本著为国家社会科学基金重点项目"当代文学理论观念的嬗变与创新"(编号:12AZW004)的结题成果

当代文学理论观念的嬗变与创新

赖大仁 ◎ 著

中国社会科学出版社

图书在版编目(CIP)数据

当代文学理论观念的嬗变与创新 / 赖大仁著. —北京：中国社会科学出版社，2023.9

ISBN 978-7-5227-2433-1

Ⅰ.①当… Ⅱ.①赖… Ⅲ.①中国文学—当代文学—文学研究 Ⅳ.①I206.7

中国国家版本馆 CIP 数据核字（2023）第 154437 号

出 版 人	赵剑英
责任编辑	宫京蕾
责任校对	秦　婵
责任印制	郝美娜

出　　版	中国社会科学出版社
社　　址	北京鼓楼西大街甲 158 号
邮　　编	100720
网　　址	http：//www.csspw.cn
发 行 部	010-84083685
门 市 部	010-84029450
经　　销	新华书店及其他书店
印刷装订	北京君升印刷有限公司
版　　次	2023 年 9 月第 1 版
印　　次	2023 年 9 月第 1 次印刷
开　　本	710×1000　1/16
印　　张	25
插　　页	2
字　　数	423 千字
定　　价	148.00 元

凡购买中国社会科学出版社图书，如有质量问题请与本社营销中心联系调换
电话：010-84083683
版权所有　侵权必究

目 录

绪论 …………………………………………………………（1）
第一章 当代文学本质论观念嬗变与反思 …………………（10）
　第一节 文学本质论问题形成的历史背景 ………………（10）
　　一 文学本质论：一个现代文学理论问题 ……………（11）
　　二 中国现代文学本质论观念的初始建构 ……………（12）
　第二节 从意识形态论到审美论观念的嬗变 ……………（14）
　　一 意识形态论的文学本质论观念建构 ………………（15）
　　二 从意识形态论到审美意识形态论观念的嬗变 ……（18）
　　三 审美论观念对审美意识形态论的扬弃 ……………（22）
　第三节 文学本质论观念嬗变的"人学"向度 …………（27）
　　一 新时期文学理论与批评中的"人学"回归 ………（27）
　　二 以"人学"为向度的文学本质论观念变革趋向 …（29）
　　三 以"人学"为核心观念的文学本质论建构 ………（33）
　第四节 文学本质论观念嬗变之反思 ……………………（37）
　　一 文学本质论观念嬗变的新趋向 ……………………（37）
　　二 值得反思的几个问题 ………………………………（38）
第二章 "反本质主义"论争与文学本质论新探 …………（44）
　第一节 "反本质主义"论争：是什么与为什么 ………（44）
　　一 对于"本质主义"的认识 …………………………（45）
　　二 对于"反本质主义"的认识 ………………………（49）
　　三 "反本质主义"论争的理性反思 …………………（52）
　第二节 "反本质主义"语境下的文学本质论探索 ……（55）
　　一 "反本质主义"论者的理论重建之路 ……………（56）

二　文学本质论向文学本体论的转换策略…………………（59）
　　三　坚守本质论立场的文学本质论重构…………………（63）
　　四　隐去本质论问题的文学本质论探索…………………（65）
第三节　历史主义视野中的文学本质论问题………………………（69）
　　一　文学本质论问题论争的方法论反思…………………（70）
　　二　历史主义理论视野及其方法论意义…………………（73）
　　三　从历史主义视野看文学本质论问题…………………（77）

第三章　意识形态论的文论观念与当代发展………………………（82）
第一节　意识形态论的理论渊源及其意义…………………………（83）
　　一　意识形态论：从特拉西到马克思……………………（83）
　　二　"意识形态"及其相关概念的涵义……………………（86）
　　三　意识形态论的批判性与建构性意义…………………（89）
第二节　意识形态论的文学理论观念…………………………………（92）
　　一　唯物史观视野中的意识形态与文艺…………………（92）
　　二　文艺的意识形态特性…………………………………（97）
　　三　意识形态论的文论观念之当代意义…………………（100）
第三节　文学研究的意识形态维度与当代拓展……………………（101）
　　一　文学研究的意识形态维度及其意义…………………（102）
　　二　文学特性的多样性与文学研究的多维性……………（105）
　　三　当代文学研究维度的拓展与回归……………………（109）

第四章　"失语症"论争与当代文论观念问题………………………（113）
第一节　"失语症"论争及其理论观念………………………………（113）
　　一　"失语症"话题及其引起的争论………………………（114）
　　二　从"失语症"到"转换论"的讨论………………………（116）
　　三　"失语症"讨论中的理论观念问题……………………（123）
第二节　中西文论的异质性与同构性…………………………………（127）
　　一　中国文论传统与中西文论异质性……………………（127）
　　二　中国文论的古今异质性与同构性……………………（131）
　　三　当代文论：在异质同构中创新发展…………………（137）
第三节　从理论反思到当代文论的创新建构………………………（140）
　　一　基于当代文论话语重建的理论反思…………………（140）
　　二　当代中国文论的创新重建之路………………………（145）

第五章 文学"终结论"与当代文论观念问题 (148)
第一节 西方文论中的文学"终结论"命题 (148)
一 "终结论":一个由来已久的理论命题 (149)
二 文学"终结论"产生的时代背景 (152)
三 米勒的文学研究"终结论"命题 (155)
第二节 中国文论界的文学"终结论"讨论 (161)
一 文学"终结论"引起的争论 (161)
二 米勒"文学研究"理论观念评析 (165)
三 文学"终结论"与"距离说" (172)
第三节 当代文论的理论反思与观念重构 (179)
一 当代文学发展的危机何在 (179)
二 当代文学研究:终结还是再生 (183)
三 当代文论变革:何往与何为 (188)

第六章 "文化研究"转向与当代文论观念问题 (191)
第一节 从"文学研究"向"文化研究"转向 (191)
一 "文化研究"转向的背景与趋势 (192)
二 "文化研究"的不同理论观念 (194)
三 我国"文化研究"的发展趋向 (198)
第二节 当代文论面临的挑战及其应对策略 (202)
一 当代文论面临的有效性与合法性危机 (202)
二 当代文论继续发展的理由和根据 (206)
三 当代文论研究与时俱变的应对策略 (209)
第三节 当代文论研究:回归基本问题 (215)
一 当代文论研究转向的理论反思 (215)
二 当代文论应深化研究的基本问题 (218)
三 当代文论研究的"文学性"坚守 (223)

第七章 "后理论"转向与当代文论观念问题 (229)
第一节 "后理论"转向与当代文论观念转换 (229)
一 "后理论"转向的新趋势 (230)
二 "后理论"观念及其文化表征 (231)
三 "后理论"时代的文论观念转换 (234)
第二节 "后理论"转向与当代文论研究反思 (237)

一　"后理论"转向与当代文论问题论争 ……………………（237）
　　　二　当代文论的批判反思性问题 ……………………………（240）
　　　三　当代文论重建的自觉性问题 ……………………………（243）
　第三节　当代文论研究的调整与深化问题 ………………………（249）
　　　一　当代文论变革发展的历史进程 …………………………（249）
　　　二　当代文论研究思路之调整 ………………………………（252）
　　　三　当代文论研究探索之深化 ………………………………（257）

第八章　"文学阐释论"与当代文论观念问题 ………………………（264）
　第一节　"文学性"理论观念与文学阐释 ………………………（264）
　　　一　伊格尔顿"功能论"文学观念及其文学阐释 …………（265）
　　　二　卡勒"文学性"理论观念及其文学阐释 ………………（268）
　　　三　当代中国文论中的"文学性"观念及其文学阐释 ……（273）
　第二节　解构批评的理论观念与文学阐释 ………………………（277）
　　　一　对于解构批评理论观念的质疑 …………………………（277）
　　　二　米勒的解构批评及其文学阐释 …………………………（279）
　　　三　对解构批评观念与文学阐释的评析 ……………………（283）
　第三节　读者反应批评的理论观念及其文学阐释 ………………（291）
　　　一　斯坦利·费什的文学阐释之例 …………………………（291）
　　　二　文学阐释的有效性及其限度问题 ………………………（295）

第九章　马克思主义文论观念嬗变与理论反思 ……………………（298）
　第一节　马克思主义文论中国化的理论建构 ……………………（298）
　　　一　作为原典性"译介话语"的理论形态 …………………（299）
　　　二　作为"领袖话语"的理论形态 …………………………（302）
　　　三　作为"学术话语"的理论形态 …………………………（306）
　第二节　马克思主义文论观念的当代发展 ………………………（310）
　　　一　唯物反映论与认识论的文论观念 ………………………（311）
　　　二　实践论哲学与活动论的文论观念 ………………………（315）
　　　三　人学思想与人学价值论的文论观念 ……………………（319）
　第三节　当代马克思主义文论研究的理论反思 …………………（323）
　　　一　马克思主义文论研究的当代困境 ………………………（323）
　　　二　马克思主义文论观念的精神特质 ………………………（326）
　　　三　联系当代文论研究的理论反思 …………………………（331）

第十章　当代文论的学科反思与理论重建 …………………… (337)
 第一节　当代文论变革发展中的学科反思 ………………… (337)
  一　改革开放以来文论变革发展的两个阶段及其特点 …… (337)
  二　当代文论发展面临的问题 …………………………… (341)
  三　当代文论发展中的自我迷失 ………………………… (347)
 第二节　当代文论建构的观念与思路问题 ………………… (351)
  一　"本质论"文艺学研究观念与思路 …………………… (352)
  二　"本质论"与"存在论"研究的互补 ………………… (357)
  三　"反本质主义"之后的文学本质论研究 ……………… (361)
 第三节　当代文论建构的理论基点问题 …………………… (365)
  一　面向什么需求建构当代文论 ………………………… (365)
  二　当代文论建构的学科定位与理论形态 ……………… (366)
  三　当代文论的主要阐释对象 …………………………… (367)
  四　当代文论建构的价值目标 …………………………… (368)
 第四节　当代文论建构的科学性、人文性与实践性 ……… (369)
  一　"回到文学理论本身"意味着什么 …………………… (369)
  二　当代文论建构的科学性问题 ………………………… (371)
  三　当代文论建构的人文性问题 ………………………… (376)
  四　当代文论建构的实践性问题 ………………………… (382)

参考文献 ……………………………………………………………… (388)
后记 …………………………………………………………………… (393)

绪　　论

在人类各种生命实践以及社会实践活动中，文学艺术活动既有相当久远的历史传统，同时也可以说是极为复杂、极难以解说清楚的现象之一。人们的生命实践以及社会实践活动所涉及的一切方面，从个体人生到现实关系，从内心生活到外部世界，从人间百态到自然景物，都无不在文学艺术中得到反映或表现，而且是以极其生动的艺术形象、极富于艺术想象的方式来加以反映和表现的，这与其他文化形态有很大的不同。一般而言，作为人们自由自觉的生命实践活动，必然会涉及从事此类实践活动的思想意识即观念问题。对于文学活动而言，同样有一个从事文学活动的思想意识即文学观念的问题。只不过，在具体的文学活动中，这种文学观念可能有自觉与不自觉之别。比如，在一些兴之所至的文学创作或文学阅读活动中，人们对于文学观念问题未必会有多么自觉；而在文学批评活动乃至文学理论研究中，文学观念问题就显然会表现得更加突出、也更为自觉。

文学理论是人们对于文学实践活动及其文学现象进行的理论性探究，无疑关涉文学的存在方式与形态、文学的观念与方法等多方面的问题，而文学观念显然是其中最核心层面的问题。如前所说，在人们的文学实践活动中，必然会有一个蕴含其中的文学观念问题，但实际上，这种文学观念往往有自觉与不自觉之别。为了使文学实践活动更加走向自由自觉，即成为更加合规律性与合目的性的实践活动，因此就有必要增强人们的文学观念，使这种文学观念从不自觉走向更加自觉。要做到这样，就显然需要更加自觉的文学观念建构与引导，而这正是文学理论研究，特别是文学理论观念建构的价值功能之所在。

文学理论观念，即文学观念的理论形态，是社会生活中人们的文学观念在理论研究中的反映。它一方面反映了文学实践活动中人们的文学观念,另一方面,则又反过来对人们文学实践中的文学观念产生很大的影响或引导作用。作为文学观念的理论形态,文学理论观念应当说具有相当程度的理论自觉性,也具有比较明显的历史性与时代性。某个时代或一定历史时期的文学理论观念建构或变革,既反映了这个时代或时期人们对于文学现象的基本认识,也会反映出人们对于文学实践发展的某种愿望和要求,这就构成了文学理论观念变革发展的历史进程。

从历史观点来看,无论是人类文学实践活动的发展,还是人们对于文学活动和文学现象的认识,都是不断从自发走向自觉,因而人们的文学观念也随之不断发展演变,形成其时代差异性。特别是理论形态的文学观念,也就是我们这里要重点关注和研究的文学理论观念,这种时代差异性显得更为突出。从西方文论史的情况来看,既有古典形态的文学理论观念,也有现代形态的文学理论观念,而现代文学理论观念的建构与演变,显然更具有理论自觉的特性。英国学者彼得·威德森在《西方现代文学观念简史》一书中,着重考察了西方现代文学观念(其实主要是文学理论观念)的理论建构及其历史演变。其中所关注的重点问题,是关于现代意义上的"文学"之定义、概念的理论观念建构及其历史演变,以及关于"文学性"的理论观念在现代到后现代语境中的发展演变等问题。该著虽然观照面不宽,没有涉及更多方面的文学观念问题,但是却显然抓住了西方现代文学观念建构与演变中最核心层面的问题,其研究思路与方法可以给我们许多有益的启示和借鉴。我国的文学观念(尤其是文学理论观念),无疑也经历了从古典形态到现代形态的转型发展历程。这种现代转型发展的起点,大致以20世纪初王国维等人借鉴西方现代文学观念,对中国文学进行重新认识与阐释为标志,这与威德森把西方文学观念的现代转换界定于18世纪与19世纪之间,足有一个世纪的时间差距。20世纪以来中国社会的现代转型发展,无疑走过了极为艰难曲折的道路,而中国文学的现代转型发展,包括现代文学理论观念的建构与历史演变,显然也是与时俱进的,显得极为复杂多变。对于这样的文学理论观念的现代建构及其历史演变,在我国文论界显然还研究得不够,还缺少像威德森《西方现代文学观念简史》这样专门化的理论研究。笔者曾经做过一个课题并出版专著《20世纪中国文学理论批评的现代转型》,其中就包含了这方面的研究内容,但显然做得不够,认为这仍然是一个值得深入开掘下去的学术领域。

就 20 世纪以来中国文学理论观念的现代转型发展与历史嬗变而言，可以划分为不同的历史阶段来进行具体考察。上述笔者所做《20 世纪中国文学理论批评的现代转型》研究，其中阐述了一个基本看法，认为 20 世纪中国文学理论批评经历了两次带有根本性意义的现代转型，一次发生在 20 世纪初，由古典文学理论批评形态向现代文学理论批评形态转换，在经历了"五四"前后文学理论批评的开放性、多元化发展之后，适应新民主主义革命的社会变革发展要求，逐渐归于以革命现实主义为主导的文学理论批评形态。另一次发生在改革开放新时期以来，主要是打破过于政治意识形态化的文学理论批评观念与模式，重新走向开放性与多元化的探索发展，并寻求重新建构适应新时代和新文学发展要求的当代文学理论批评形态。从总体上来看，无论是前一次还是后一次文学理论批评的现代变革转型，其实都是破、引、建三者交织互动的发展进程。所谓"破"，即打破此前既已形成的文学理论传统和定势，破除具有相当保守性和不能适应新时代发展要求的陈旧理论观念与模式；所谓"引"，即致力于从国外（主要是西方）引进具有异质性的文学理论批评资源，这既是批判破除过去陈旧理论观念与模式的有力武器，同时也是进行新的理论探索的重要借鉴与参照；所谓"建"，即重新建构能够适应新时代文学发展要求的文学理论观念与形态，以此促进新时代文学的变革发展。在破、引、建三者交织互动的发展过程中，各种理论观念和理论资源之间，显然既会彼此交织融合，也会发生不同程度的矛盾冲突，甚至会由此引起激烈争论。实际上，这种争论一方面集中反映了不同理论观念的冲突，另一方面也标志着文学理论观念与形态的重建不断走向自觉，这是中国文学理论观念现代转型发展与历史嬗变的必然历程。

如上所述，对于 20 世纪以来中国文学理论观念的现代转型发展与历史嬗变，大致可以划分为两个历史阶段来加以考察和观照。对前一个历史阶段即现代文学理论观念嬗变的考察，笔者曾有所涉及但仍做得不够，还有待于进一步深入开掘；而对后一个历史阶段即当代文学理论观念嬗变与创新的研究，则正是本课题所要着重关注和研究的方面。需要稍加说明的是，这里所说的"当代"，当然包括通常所指涉的新中国成立以来的历史阶段，但重点在于对新时期以来文学理论观念嬗变与创新的考察。毫无疑问，对于当代文学理论变革发展而言，改革开放之前与新时期以来是彼此相关的，如果说新时期以来文学理论观念的变革发展，是一个伴随着改革开放的发展深化，逐步突破或超越以往的传统文学观念，不断走向创新探索的历史过程，那么，就必然要延伸到对此前传统文学理论观念的历史观照，因为它构成了当代文学理论观念嬗变的历史背景与前提条件。当然，在当代文学理论观念的变革发展进程中，最值得关注和研究的，显然是新时期以来的文学理论观念嬗变与创新。它一方面反映了当代社会与文学变革发展的历史进程，适应了时代变革发展的必然要求，有力地促进了当代文学的创新发展；而另一方面，也在一定程度上显现出文学界和文论界自身，在变革发展中出现的一些值得关注和反思的现实问题，这关涉到当代文学和文论究竟何往与何为，以及应当如何健康繁荣发展，因此值得着重加以关注与探讨。

具体而言，对于当代文学理论观念嬗变与创新的研究，主要关涉到以下一些方面的问题。

其一，关于当代文学理论观念嬗变与创新的动因问题。应当说，无论何种思想理论观念的建构与变革，都会有在其背后起驱动作用的动力因素，当代文学理论观念的嬗变与创新也同样如此。

从总体上来看，这种动力因素可归结为这样三个方面。一是来自当代文学实践变革与创新发展的激发。文学理论本来就是生长于文学实践的土壤，而且如上所述，文学理论观念也本来就是人们的文学观念在理论研究中的反映，它既反映文学实践活动中人们的文学观念，又反过来对人们文学实践中的文学观念产生影响作用，因而构成彼此之间的双向互动关系。从新时期以来的文学变革发展历程来看，应当说是文学实践方面的创新突破走在前面，反过来对文学理论观念变革发出呼唤，产生一种巨大的激发力量，从而成为文学理论观念变革的内在驱动力。这种情况在改革开放初期表现得尤为明显，在此后的历史变革发展进程中，也始终都是不可忽视的重要因素。二是外国文论（主要是现代西方文论）引进之后所带来的深刻影响。改革开放以来，是全面引进外国文论的又一个重要历史时期，尤其是现代西方文论的各种理论批评形态，都先后被引进并产生不同程度的影响。这种借鉴和影响可以说是全方位的，包括理论观念、批评方法、学术话语、研究范式等各个方面，而其中最重要和最具有根本性意义的方面，应当说是文学理论观念的影响。在长期封闭发展之后再次开放引进外国文论，显示出文论观念上的巨大反差，因而也形成对当代中国文论的极大刺激，激发起文论界求新求变的极大热情，这无疑也是诱发和促使当代文学理论观念嬗变与创新的重要动因。三是当代文论自身的批判反思与理论重建的内在要求。如果说，上述两个方面的动因都还只能说是当代文论观念变革的外部因素，那么，当代文论自身的变革发展要求，显然是更为重要的内在动因。纵观新时期以来一些重要的文论事件，从最初对"阶级斗争工具"论、"文学为政治服务"论的深刻反思，到关于审美意识形态论、文学主体论、新理性精神文学论等理论命题的讨论等，应当说都是基于当代文论自身的观念嬗变，力图通过这种自我批判反思与超越重建，来实现凤凰涅槃一般的自我蜕变，从而呼应时代变革的要求，促进当代文学的变革发展。这个方面的内在动因，显然是更为值得重视的。

其二，关于当代文学理论观念嬗变与创新的表现形态问题。这方面的问题显然有相当的复杂性，需要找到合适的切入点和观照视角，才能得到较好的把握。这里从以下两个方面来加以考察。

一个方面，是从当代文论界一些重要理论问题的论争，来看当代文学理论观念的嬗变。通常文论界的理论问题论争，往往表现为这些理论问题上不同理论观念的分歧与冲突，通过论争使问题得以敞开，使分歧得以相对弥合，从而达到某种文学理论观念的整体性嬗变。从新时期以来文论界一些重要理论问题的论争来看，又大致有以下两种情况。一种情况是在"破"与"建"的互动关系中引起的争论，也就是围绕如何破除过去旧的理论观念，以及如何建构新的理论观念方面，形成不同理论观点和理论主张之间的论争。在新时期以来大约前二十年中，这方面的论争显得比较突出。比如，这个时期围绕文艺与政治关系论、文学审美与形象思维论、审美意识形态论、文学主体论、文学人文精神论、文学新理性精神论等所展开的讨论与论争，就主要属于这种情况。另一种情况是在"引"与"建"的互动关系中引起的争论，也就是围绕如何对待外国文论的引进与借鉴，以及应当怎样面对外国文论思潮对我国当代文论变革与建构所发生的影响，在这方面，显然也存在着不同思想观念和理论主张之间的论争。在近来这二十年左右的时间里，这方面的论争也显得更为突出。比如关于当代文论"失语症"问题、"文学终结"论、"文化研究"转向论、"反本质主义"论、"后理论"转向论、"强制阐释"论等所形成的论争，则更多是属于后一种情况。这里所说的这两种情况，都可以归结到如上所述当代文论变革发展的总体趋向，即在破、引、建三者的交织互动中，各种理论观念彼此冲突与交织融合，形成当代文学理论观念嬗变与创新的发展进程。在本课题研究中，便选取了这样一种切入点和观照视角，由此对当代文学理论观念嬗变与创新问题加以具体把握与阐释。

此外还有另一个方面，就是对新时期以来文学理论教材的理论建构加以考察。如果说，当代文论界围绕一系列重要理论问题的讨论，显示出一定的理论前沿性和与时俱变的特性，标志着当代文学理论观念嬗变与创新的极其活跃状态，那么相对而言，当代文学理论教材的理论建构，往往都需要经过一定的沉潜与积淀过程，因此要显得更为成熟和稳定一些。通过对一些有代表性的当代文学理论教材加以观照与比较，应当更可以看出当代文学理论观念嬗变与创新的时代特点和成熟形态。比如，新中国成立后至"文化大革命"前我国的文学理论教材，基本上是使用苏联专家编著的教材，或者虽然是我国学者编著但仍属于苏联理论模式的教材，所阐述的基本文学理论观念，主要是两个方面：一方面是关于文学的特征问题，如文学的形象性、典型性、真实性、情感性、想象性、艺术性、形象思维等；另一方面是关于文学的性质问题，如文学的社会性、阶级性、政治性、人民性、思想倾向性、意识形态性等。当时文论界乃至美学界的学术讨论，差不多都是围绕这一类问题展开，反映出那个时候文学理论观念的时代特点。"文化大革命"前后的一段时间，所流行的是由周扬领导编写的两本统编教材，即蔡仪主编《文学概论》和以群主编《文学的基本原理》。这两本教材的基本理论观念高度一致，其核心观念主要是生活反映（认识）论、形象（典型）表现论、意识形态论、为政治服务论、语言艺术论等，充分反映了那个时期文学理论观念的单一性和主导性。进入新时期后，当代文学理论观念的嬗变与创新，通过文论界对一些重要理论问题的讨论乃至论争，经过一定的沉潜与积淀之后，便会反映到一些新编的文学理论教材中来。在这些不断新编的文论教材中可以比较清晰地看出，从过去那种比较单一化的文学理论观念，向着文学实践活动论、文学审美论、文学主体论、文学存在论、文学的"人学"本体论等多种向度不断拓展，显示出当代文学理论观念嬗变与创新的比较稳定成熟的理论形态。因此，在本课题研究中，对当代文学理论教材所集中体现出来的理论观念嬗变与创新，也给予了较多的关注，以此作为另一个切入点和观照视角来加以具体把握与阐释。这与前一个方面正好可以构成一定的呼应与互证关系。

其三，关于当代文学理论观念嬗变与创新所关涉到的一些主要方面，以及所形成的理论形态问题。如前所述，当代文学理论观念嬗变与创新总体上呈现开放性、多向度的态势不断拓展，其关涉面无疑相当宽泛。

本课题研究把观照面相对集中在以下几个主要方面。一是当代文学理论基本问题方面的探讨。其中最突出的无疑是文学本质论观念，以及与此相关的一些理论观念问题。实际上，在诸多文学理论基本问题中，最根本、最核心的是文学本质论问题，其他一些问题都与此密切相关。此类基本问题本身具有一定的恒定性，但关于这些问题的理论观念却往往是与时俱变的。因此，当代文学理论观念嬗变，首先就会在这样的基本问题上表现出来，不仅会贯穿在许多理论命题的讨论之中，而且会在各种理论形态中体现出来。为此，我们设置了相关专题章节进行探讨。二是当代文论变革发展中一些前沿性理论问题的探讨。所谓当代文论中的前沿性问题，往往表现为如前所说在破、引、建交织互动中所形成的矛盾冲突，或者是面对当代文学新发展的现实挑战所带来的理论困惑与问题。这类问题往往有一定的敏感性和尖锐性，很容易形成不同理论观念之间的分歧与冲突，从而引起不同程度和一定范围内的相互论争，反映出当代文学理论观念嬗变的新动态与新趋向。比如前面提到关于当代文论"失语症"问题、"文学终结"论、"文化研究"转向论、"反本质主义"论、"后理论"转向论、"强制阐释"论等话题的讨论，应当说都是一定时期文论界的前沿性问题，反映了当代文论观念嬗变的新动向。在本课题研究中，我们也安排了相关章节，对这些论争中的当代文论观念问题进行探讨。三是马克思主义文论当代发展中相关问题的探讨。在我国当代文论的整体格局中，马克思主义文论的当代形态应视为其中一个重要方面和有机组成部分。从马克思主义文论中国化的理论建构，到马克思主义文论观念的当代发展，以及当今马克思主义文论研究所面临的当代困境等，实际上也都与当代文论其他方面的变革发展息息相关、彼此呼应。因此，对当代马克思主义文论的理论建构与观念嬗变问题，进行历史性的梳理和理论反思，无疑也是很有必要的。

其四，关于当代文论的学科反思与理论重建方面的问题。从总体上来看，新时期以来文学理论观念的变革发展，是一个伴随着改革开放的发展深化，逐步突破或超越传统文学观念，并在引进现代西方文论的影响下，不断走向创新探索的历史过程。在这个历史进程中，诸多文学理论基本问题的探讨不断得到拓展和深化，一些反映当代文学与文论最新变革发展的前沿性理论问题，也相继被引起关注和探讨。与此同时，文论界也不断对当代文论的变革发展进行整体性的学科反思，并进而探寻当代文论的理论重建问题。

实际上，回顾当代文论的变革发展，几乎在每一个历史阶段对一些重大或前沿性理论问题的讨论中，都会相应提出当代文论的学科反思与理论重建的问题，并引起广泛关注和讨论。近一时期同样如此。进入21世纪以来，随着文论界对"反本质主义"和"强制阐释论"等话题讨论的持续推进，所谓"当代中国文论的话语体系重建"问题又重新被提出来，并且越来越成为当代文论界讨论的中心问题。在我们看来，对于当代中国文论的重建而言，其实最重要的可能还不是"话语"重建的问题，而是"话语"（有的或称"关键词"）背后的文学理论观念重建的问题。而这种理论重建的必要前提，是对当代文论的变革发展进行系统性的学科反思，通过这种理论反思找到问题的症结所在。因此在本课题研究中，也就自然把重心落到了当代文论的学科反思与理论重建问题的探讨上。

在笔者看来，当代文论发展中最根本的问题，可能还不是文论话语方面的"失语症"问题，也不只是思维方式方面的"本质主义"问题，甚至也不见得是研究方法方面的"强制阐释"问题。其实更值得关注的是当代中国文论的"自我迷失"问题，而其他各种问题可能都根源于此。这种"自我迷失"表现为，当代文论在改革开放的时代变革中，不断追逐某些外在的目标和理论潮流，不断追求创新拓展和理论蜕变，在埋头追逐中逐渐失去了自我主体性，失去了应有的理论自觉和自信。一是迷失了作为"文学理论"所应有的对象目标和理论功能，这是一种学科特性的自我迷失；二是迷失了作为"中国文论"所应有的主体性，这是一种主体身份的自我迷失；三是迷失了作为"当代"理论所应担当的责任和使命，这是一种当代性即当代实践品格的自我迷失。要进行学科反思和理论重建，就有必要正视当代中国文论的"自我迷失"问题，对此进行全面深刻的反思，找回自我主体性，重建理论自觉和自信。否则，所谓当代中国文论话语体系建构，就会缺少必要的理论前提。

与上述问题相关联，着眼于当代文论发展中的理论观念重建，就还需要进一步重新思考和探讨以下一些方面的基本问题。一是在当今所谓"后理论"时代，文学理论何为？理论的功能是重在解构还是建构？彼此构成怎样的互动关系？当今时代文学理论还有建构的必要与可能吗？二是在当今所谓"后文学"或"泛文学"时代，当代文论所要面对的研究对象是什么？是应当不断追逐那些新潮与时尚的泛文学现象，以此为当代文论的研究对象来进行现实性阐释，还是应当以公认的经典或优秀的文学作为主要研究对象，以此为基础建立应有的文学观念和文学价值导向？三是在当今普遍强调和追求所谓理论研究的"创新性"或"前沿性"，不少人都为此而感到焦虑的情况下，当代文论应当研究什么样的问题？是否需要重新梳理文学理论所要着重关注和研究的基本问题？这些文学理论的基本问题，是否还需要面对新的现实挑战而进行创新探索和理论重建？四是在当今社会变革中普遍存在价值观念多元乃至迷乱、文学价值观念也比较混杂的情况下，当代文论研究的价值功能与价值目标何在？文学理论研究要向何处去？它又要将文学研究和文学实践引向何方？五是面对当今中外各种理论资源纷杂并存，人们普遍感到难以取舍与兼容的困境下，当代文论研究以及文论话语体系重建，是否仍然需要一定的理论资源作为依托？以及应当如何处理多种理论资源的吸纳、借鉴与融合的关系？等等。这些都可以说是当代文论的学科反思与理论重建中让人们深感困惑的问题，值得文论界深入思考和探讨。

  本课题研究力图将上述这些方面的问题梳理和归纳出来，并且尝试着进行初步探讨，阐述笔者的基本看法，或许有助于推进对这些问题的理论反思。当然，这些初步探讨都还有很大的局限性，还有待于当代文论界共同努力深入研究，通过必要的理论反思，重建应有的理论自觉和自信，才能真正走出当代文论研究的某种困境，在新的理论基点上寻求新的理论重建。

第一章

当代文学本质论观念嬗变与反思

　　文学本质论观念，是指文学理论中关于文学本质问题的基本观点或看法，它旨在回答"文学是什么"这样一个根本性理论问题，集中反映人们对于文学这一事物的基本性质和特点的理论认识。通常在文学理论的系统性理论建构中，文学本质论观念往往成为其逻辑起点和核心理论观念，而不同文学理论观念的分歧与交锋，也往往首先在这个基本问题上表现出来。应当说，文学本质论观念虽然在各种类型的文学理论批评和文学研究中都有体现，但最集中最充分的还是体现在文学理论的教科书中。因为文学理论的教材和教学，讲的正是最基本的文学理论，它无法回避文学本质论问题。而且一般说来，只有经过一定的理论研究积淀，形成较大共识或比较成熟稳妥的理论观念，才可能进入文学理论教材和教学之中，因此，这样的理论观念应当是比较有代表性的。基于这种认识，我们这里主要以现当代比较有代表性的文学理论教科书，并且兼及其他理论研究成果，对文学本质论观念的历史嬗变问题展开探讨。

第一节　文学本质论问题形成的历史背景

　　对于中国文论而言，文学本质论显然是一个现代文学理论问题。在我国传统的"诗文评"理论系统中，虽然并非没有对于诗是什么、文是什么之类问题的追问和回答，但这还不能说就是文学本质论问题。我国现代文学本质论观念的形成，一方面明显受到西方现代文论的影响，另一方面也标志着中国文论范式的现代转型，构成此后近百年来中国文论不断变革发展的历史背景。

一 文学本质论：一个现代文学理论问题

无论在西方文论还是中国文论中，当今人们所讨论的"文学"都是一个现代概念，所谓文学本质论更是一个现代意义上的文学理论问题。美国文论家乔纳森·卡勒认为，要研究文学本质问题，或者说"要解释文学性，解释这一能够界定是否属于文学的品质，应该了解关于文学本质这一问题提出的历史背景"。按照卡勒的看法，在欧洲的文化传统中，关于"文学"的现代思想，仅仅可以上溯两个世纪，在莱辛1759年起发表的《关于当代文学的通讯》一书中，"文学"一词才包含了现代意义的萌芽，指现代的文学生产。斯达尔夫人《从文学与社会制度的关系论文学》（简称《论文学》）则真正标志着"文学"现代意义的确立。[①] 正是在这样的历史背景下，才逐渐兴起了现代的文学批评和文学研究。英国学者彼得·威德森在《现代西方文学观念简史》中也认为，西方社会"文学"这个概念的现代含义大致形成于19世纪前后，以法国批评家斯达尔夫人和英国批评家马修·阿诺德的看法为标志，总体上来说，就是把"大写的文学"（Literature）从"小写的文学"（literature）中区分开来。所谓"大写的文学"，也就是现代文学观念，是指那些特别富有创造性、想象性（包括虚构性）、审美性（总体上称为"文学性"）的作品类型。[②] 这个现代"文学"观念建构的过程，同时也是西方现代"文学"学术研究体制的建构过程。这种文学研究的体制化，无疑更有利于推进对文学的认识。而这种认识的最基本、最重要的方面，又无疑是对于文学的本质特性与价值功能的认识。

中国文学的情况也大致相似，在中国文学理论现代转型与建构发展的进程中，文学观念的重建显然得到了高度重视，其中文学本质观与文学价值观便是首要问题。这种现代意义上的"文学"观念，总体上来说也是把比较纯粹意义上的文学（纯文学）从比较混杂的文学（杂文学）中区分出来。这大致是以王国维《文学小言》等论著中的阐述为标志。他显然受到西方现代文学观念的影响，把"文学"看成是一种超实用功利性

[①] 参见［美］乔纳森·卡勒《文学性》，［加］马克·昂热诺等主编《问题与观点——20世纪文学理论综论》，史忠义等译，百花文艺出版社2000年版，第29—30页。

[②] 参见［英］彼得·威德森《现代西方文学观念简史》，钱竞、张欣译，北京大学出版社2006年版，第36页。

的具有游戏、审美特性的写作或文体类型。① 这样就可以把符合这一特性的各种文体类型，如诗词曲赋、韵文散文、戏曲小说等都归入"文学"这个集合性概念之中，现代文学观念及其研究范式便由此确立起来。

二 中国现代文学本质论观念的初始建构

"五四"以来的"文学革命"，一方面激烈批判和轰毁"文以载道"之类旧的文学观念，另一方面则努力寻求建立新的文学观念。对于新文学应该是什么、起什么作用，以及怎样来建设新文学等，一直是人们关注和讨论的热点问题。当时一批"文学革命"的先驱人物，都致力于对此做出富于现代意义的回答。比如，鲁迅1907年发表《摩罗诗力说》，明确阐述了他对文学特质的认识："由纯文学上言之，则以一切美术之本质，皆在使观听之人，为之兴感怡悦。文章为美术之一，质当亦然，与个人暨邦国之存，无所系属，实利离尽，究理弗存。"② 现代文学改良与革命的倡导者胡适，在1917年初答钱玄同的《什么是文学》一文中说得明白："语言文字都是人类达意表情的工具，达意达的好，表情表的妙，便是文学。"③ 这一表述看似简单，实则大有深意。它一方面秉承抒情言志、言、意合一的传统诗文观念，另一方面则表达了他以"活的语言文字"（白话）写"活的文学"（新文学）的文学改良诉求，是一种富有"五四"时期文学革命精神的新文学观。1919年罗家伦发表《什么是文学——文学界说》，在列举欧美学者关于文学的十多种定义之后，提出了自己的界说："文学是人生的表现和批评，从最好的思想里写下来，有想象，有感情，有体裁（style），有合于艺术的组织，集此众长，能使人类普遍心理，都觉得他是极明了、极有趣的东西。"④ 1925年郭沫若在《文学的本质》一文中，探讨了包括诗、小说、戏剧在内的所谓"文学"的本质，他说："我现在所想论述的，是文学的本质上的问题：就是文学究竟是甚么的问题……我只想把我自己的体验和探讨所得叙述出来，提供一个解释。"他的解释终归还是依据言志抒情的传统观念，同时也根源于他自己主观表现

---

① 参见王国维《文学小言》，舒芜等编选《中国近代文论选》下卷，人民文学出版社1981年版，第766—770页。
② 《鲁迅全集》第1卷，人民文学出版社2005年版，第73页。
③ 胡适：《什么是文学》，《胡适文存》卷一，上海亚东图书馆1923年版，第297页。
④ 罗家伦：《什么是文学——文学界说》，《新潮》1919年2月第1卷第2号。

的思想，认为"文艺的本质是主观的，表现的，而不是没我的，摹仿的"①。周作人1932年在辅仁大学做了一篇《中国新文学的源流》的演讲，其中也明确提出了"文学是什么"的问题，他的回答是："文学是用美妙的形式，将作者独特的思想和感情传达出来，使看的人能因而得到愉快的一种东西。"② 总之，"五四"前后是中国现代文学观念建立的重要时期，除以上所述之外，还有不少作家和文论家阐述了对于文学本质特性的看法，标志着文学本质论观念的整体性自觉。

这种文学理论观念的现代转型及其建设，一方面体现在当时的文学理论批评中，另一方面也积淀在文学理论教科书中。随着现代教育的转型发展，文学教育在其中占有重要地位，而文学教育可能更需要首先解决这样一些前提性、关键性的文学观念问题，因而需要有更为自觉的理论建构。因此，如果我们要考察一定历史时期文学理论观念的转型与变革发展，既需要关注文学理论批评中的理论成果，更有必要关注文学理论教科书中的理论建构，其中往往有着更为自觉而成熟的理论积淀。从中国文学理论的现代转型与建构发展的历程来看，尤其是在文学理论教科书的理论体系建构中，"文学是什么"的问题，即文学本质论问题，始终是处于首要和核心地位的问题。因为对于文学本质特性的理解，决定着对于文学价值功能及其他文学问题的理解，也决定着文学批评的基本依据，秉持什么样的文学本质论观念，也决定着会有什么样的文学理论的系统建构。

在老舍20世纪30年代齐鲁大学授课的《文学概论讲义》中，开宗明义地宣称："在现代，无论研究什么学问，对于研究的对象须先有明确的认识，而后才能有所获得，才能不误入歧途。""……我们既要研究文学，便要有个清楚的概念，以免随意拉扯，把文学罩上一层雾气。"③ 因此，他在其中专门设置了"文学的特质"一章，系统阐述关于文学本质的观念。他的基本看法是："感情与美是文艺的一对翅膀，想象是使它们飞起来的那点能力；文学是必须能飞起来的东西。使人欣悦是文学的目的，把人带起来与它一同飞翔才能使人欣喜。感情，美，想象，（结构，处置，表现）是文学的三个特质。"在此基础上，他特别强调说："知道了文学特质，便知道怎样认识文学了……文学的功能是什么？是载道？是

---

① 郭沫若：《文学的本质》，《文艺论集》，人民文学出版社1979年版，第219、225页。
② 周作人：《中国新文学的源流》，华东师范大学出版社1995年版，第2页。
③ 老舍：《文学概论讲义》，复旦大学出版社2004年版，第1—2页。

教训？是解释人生？拿文学的特质来决定，自然会得到妥当的答案的。文学中的问题多得很，从任何方面都可以引起一些辩论……可是讨论这些问题都不能离开文学特质"；"文学批评拿什么作基础？不论是批评一个文艺作品，还是决定一个作家是否有天才，都要拿这些特质作裁判的根本条件"。① 由此可见，注重对文学本质特性问题的研究探讨，并非只是文学理论研究本身的要求，而且也是为了更好地认识说明文学现象和评论分析文学作品。在现代文学观念及文学理论学科初创时期形成的这种认识看法，可以说至今仍未过时。

实际上，这种理论上的自觉意识，在中国文学理论现代转型与建构发展进程中一直得到了传承。直至新中国成立后的文学基础理论研究，尤其是文学理论教科书中，文学本质论始终是首要和核心的问题。文学本质论观念，在根本上决定着对其他文学问题的理解和阐释，决定着某种文学理论的体系建构和基本范式。反过来我们也可以看到，新中国成立以来，尤其是新时期以来，如果说存在着文学理论的范式变革与理论转型的话，也无不与文学本质论观念的根本变革有关。当然，就具体的文学观念而言，在不同的时代条件下，人们对于文学的本质特性与功能的认识看法，显然会因时而异，由此而带来文学本质论观念的历史嬗变。

第二节　从意识形态论到审美论观念的嬗变

如前所说，在 20 世纪初我国现代文学观念开始建立之时，一方面承续了古代抒情言志的诗文观念传统，另一方面也受西方现代文学观念影响，显然偏重于把表情达意、想象与审美看成是文学最突出的本质特性。然而，在"五四"新文化运动之后，经过"文学革命"到"革命文学"的转变，为适应时代变革的现实要求，革命现实主义成为现代文学主潮，文学观念也随之发生根本转变。毛泽东《在延安文艺座谈会上的讲话》，既是对"五四"以来新文学发展的经验总结，同时也为此后的文学理论观念奠定了基础。新中国成立后当代文论体系建构的代表性成果，是 60 年代初由周扬主持编写的两部文学理论教科书，即蔡仪主编《文学概论》和以群主编《文学的基本原理》。这两部教材都是以马克思主义哲学观和

---

① 老舍：《文学概论讲义》，复旦大学出版社 2004 年版，第 48 页。

文艺观为指导，以毛泽东延安讲话文艺思想为依据，并且吸纳了 50 年代苏联专家的教材内容，建构了逻辑比较严密的当代文论体系。

一 意识形态论的文学本质论观念建构

在新中国成立以后当代文学理论体系的建构中，最早建构起来的文学本质论观念，当属"意识形态论"的文学本质观。这一文学本质论观念，最集中、最充分地体现在 20 世纪 60 年代初由周扬主持编著的两部文学理论教科书中。这两部文学理论教科书，一方面受到了此前一些苏联专家编著的文艺学教材的影响，另一方面则更直接秉承了毛泽东《在延安文艺座谈会上的讲话》的文艺思想。当年周扬以中央主管意识形态工作负责人的身份，在阐述关于文学理论教材编写的原则意见时明确提出，要把毛泽东文艺思想贯穿在里面，这是发展了的马克思主义文艺观点；要坚持文艺为人民服务和历史唯物主义的立场，要讲清楚文艺与政治、文艺与群众、文艺与现实生活的关系问题，等等。① 不过作为文学理论教科书，在贯彻这些文艺观点时无疑更为学理化了。这两部教材在当时显然具有特殊地位和某种标志性意义。其特殊之处主要在于：一是高度体系化，将中国文学理论现代转型以来的理论观念进行了系统整合，形成了逻辑比较严密的理论体系。通过与此前同类型的理论成果进行比较，特别是与 50 年代苏联专家和我国学者编著的教材比较，可以看出，许多被认为是马克思主义的文艺观点和内容都被吸纳进来了，而且逻辑性和体系性也都更加强化了。二是高度意识形态化，在当时的时代背景下，突出文学理论的意识形态性是毋庸置疑的，这些要求在教材中都得到了认真贯彻和充分体现。三是高度学科化，如果说此前的一些文学理论教材编写，都还只是某些高校自身应付一时之需，那么这两部教材则是作为全国统编教材统一组织编写、全国高校统一使用，因而实际上提升到了文学理论学科建设的高度，成为这门学科基础理论建设的一个标志。基于以上特点，其重要地位和意义不言而喻。

这两部教材的篇章结构和具体内容虽然各有特点，但作为其理论基础和核心的文学本质论观念却基本相同。如果要概括为一句话来给文学下定义，那就是：文学是用语言创造形象反映社会生活的一种特殊的社会意识

---

① 《周扬对编写文学概论的意见》，参见童庆炳主编《新时期高校文学理论教材编写调查报告》，春风文艺出版社 2006 年版。

形态。这是一种以"意识形态"为中心的文学本质观，或可称为"意识形态论"的文学本质观。从整体上来看，这一文学本质观有三个基本要点：第一，文学是社会生活的反映，是一种特殊的社会意识形态。这是文学的根本性质，一切文学现象都应当归结到这个根本或根源上来认识和解释。这个观点直接来源于毛泽东《在延安文艺座谈会上的讲话》，如果还要进行理论渊源的追溯，则可追溯到列宁的反映论哲学思想，以及马克思恩格斯的社会意识形态理论，足以证明是马克思主义的理论观点。第二，文学用形象反映社会生活，具有形象性特征，这是文学区别于哲学、道德、宗教等其他社会意识形态的根本特征。从一定意义上说来，特征作为事物的独特标志也可以理解为本质，所以通常有"本质特征"这样联系起来的说法。理解文学本质仅仅讲到反映社会生活显然是不够的，还需要推进到文学特征这个层次。通常在对文学的形象性特征进行理论阐述时，往往联系到中外理论家如刘勰、别林斯基、高尔基等人的形象论或形象思维论，可见其理论观念的普泛性。第三，文学用语言创造形象反映社会生活，是一种语言艺术，具有语言艺术的特点。这是文学区别于绘画、音乐、舞蹈等其他艺术形式的根本特点，如果不进一步作这样的比较区分，就还不能更具体准确地说明文学的特性。概括起来说，文学的本质是反映生活的社会意识形态，基本特征是文学形象，特定的表现形式是语言艺术，三位一体以"意识形态"为中心构成文学本质论的完整理论系统。从这一理论系统的逻辑关系来看，是在对文学进行"意识形态"的基本性质定位之后，分层次将文学与其他同类型的事物加以比较，把文学从事物的种、属当中区分开来。在此基础上，再对文学的其他相关特性与功能进行理论阐述，如文学的社会属性，包括社会性、阶级性、人民性等；文学的社会作用，包括认识作用、教育作用、审美作用等；文学的创作规律，包括源于生活、高于生活、典型化等，都无不围绕着这一以"意识形态"为中心的文学本质论观念展开，从而体现了这一理论体系比较严密的逻辑性和系统性。

这一以"意识形态"为中心的文学本质论观念及其理论系统，从它的形成到居于权威性地位，显然与当时多方面的时代条件、文化语境和文学现实有关。首先，从总体上的大背景来看，新中国成立后到新时期初的这一历史时期，社会生活各个方面特别是思想文化领域高度意识形态化，要求一切思想文化都要为政治意识形态服务。在这种社会背景下，文学艺术当然也需要以自己的方式服务社会现实，并且从中争取获得自身的生存发展，因此，在文学观念上不太可能逾越当时的意识形态阈限。其次，就影响当时文学观念的具体因素而言，一是如上所说，要求贯彻毛泽东文艺思想。而毛泽东延安讲话以来文艺思想的核心，就是文艺是反映社会生活的意识形态的观念。二是苏联"社会主义现实主义"文艺观念的影响。无论是经由周扬等人的引进宣传，还是经过苏联专家的教材阐释，这种以意识形态为核心的文艺观念，都实际上对我国一定时期内的文艺观念产生了深刻影响。三是马克思主义哲学观与文艺观的影响。在当时的语境中，一切学科都要求贯彻马克思主义指导思想，文学理论当然也不例外。其具体表现，就是用唯物反映论的哲学基本原理和意识形态论的文艺观，说明文学现象和阐释文学规律。四是现实主义文学发展的客观依据。从中国新文学发展的事实来看，与现代社会变革发展进程及其要求相适应，逐渐形成了现实主义文学（特别是后来的革命现实主义文学）的主导性潮流。以这种现当代文学发展事实为依据，以现实主义文学形态作为主要的阐释对象，当然就更能够证明文学作为反映社会生活的意识形态这一文学观念的正确与合理。至于其他各类文学形态，其实也都可以纳入到这一基本的文学观念系统中来加以观照，从而形成文学理论观念与文学现象之间的相互阐释。

这两部教材在"文化大革命"前后至80年代在全国高校普遍使用，它所阐述的文学理论观念，在当时被认为是权威性观点，不仅在高校而且在文学界具有相当广泛的影响，无论对文学理论、文学批评还是文学实践，都产生了很大的作用。然而随着新时期不断推进改革开放和思想解放，以及文学实践不断变革发展，这个理论体系及其文学观念，便越来越显得与现实发展不相适应，因而逐渐被新的理论观念所改造或取代。现在看来，这一理论体系及其文学本质论观念，其主要问题或缺陷在于：一是把所确立的理论观念定于一尊排斥其他，有独断性的弊端。其实，把文学看成是反映社会生活的意识形态的观点，并非就没有道理，至少是不能完全否定。只不过问题在于，把它认定为马克思主义的基本观点，而且是唯一正确放之四海而皆准的文学原理和规律，把其他各种文学观点一概否定排斥，甚至当作"资产阶级观点"加以批判，就显得过于偏激和狭隘了。二是对"意识形态"的理解过于狭隘化，差不多是等同于政治意识形态，尤其是过于强调文学从属于政治，为一定阶级的政治服务，认为所有的文学都是这样的或必须是这样的，这不仅在理论上是有缺陷的，而且在文学实践上也容易带来不良后果。三是由上述问题带来，教材中一些理论观点和内容的论述，也往往比较简单化和绝对化，显得学理性不足。

从历史的、辩证的观点来看，以这两部教材为标志的"意识形态论"的文学本质论观念及其理论体系，是适应特定时代需要的产物，具有明显的时代烙印，也毫无疑问具有时代的局限性。但现在也许还不能武断地说这种文学观念完全不对，或者像有些人那样，把它当作"本质主义"的理论观念的标本，完全予以否定和排斥，这又未免过于简单化了。对于这一历久形成并且影响深远的理论观念，一方面需要把它放到具体的历史语境中进行考察，说明它为什么是这样的，在那个历史时期为什么会形成并且流行这样的理论观念，究竟与哪些文学内部与外部的因素有关，力求从理论生成的"机制"加以认识和做出解释；① 另一方面，则是需要进行具体辩证的分析，这一文学本质论观念及其理论模式中，是否包含某些合理性因素，有哪些因素在文学现象的阐释中是具有合理性的，并且至今也是仍然有效的。如今看来，这种以"意识形态"为中心的文学本质论观念无疑是有偏颇的，但偏颇并不等于完全错误。至少应当承认，把"意识形态"作为考察和阐释文学本质特征的一个维度，仍然是必要和合适的。实际上直到今天，人们也仍然无法完全否认文学的意识形态特性，因此，这种文学理论观念如今仍在一定范围内和某种程度上具有其影响。

二 从意识形态论到审美意识形态论观念的嬗变

在新时期初改革开放的时代背景下，随着文学实践的不断创新发展，文学理论观念也随之发生一定程度的变革。一种情况是，在上述蔡仪和以群主编教材所奠定理论体系的基础上，根据当时的时代特点和现实需求，对其中的某些理论观念及具体阐述，进行一定程度的修正。比如，关于文学与政治的关系，不再提文学从属于政治和为政治服务，改为阐述文学与

---

① 美国学者乔恩·埃尔斯特认为，所谓机制，是指那些经常发生和容易认出的因果模式，而且这种模式通常是由我们没有认识到的条件或者不确定的结果所引发的。他认为，社会科学的任务在于阐明事物发生的不同机制，而不是作出某种"履盖律"的解释。从机制来解释社会现象，可以提供更多额外的解释，而不像规律解释那样简单化约。"机制"的解释不只是集中在某种单一的因素上，而是同时关注各种不同的因素在同时发挥作用。参见［美］乔恩·埃尔斯特、郭忠华《社会科学如何对社会现象作出有效解释——关于"机制"、"工具箱"问题的对话》，《南国学术》2013年第1期。

政治同属于意识形态，彼此是相互影响的关系；不再强调文学批评政治标准第一、艺术标准第二，改为讲文学批评的思想性标准和艺术性标准；关于文学的阶级性问题，不再强调文学具有普遍的阶级性，而是阐述文学具有包括阶级性、人性和人民性等在内的多方面特性，等等。但在基本的文学观念尤其是文学本质论观念方面，并没有多少实质性的变化，即仍然坚持文学是反映社会生活的意识形态，是用形象反映生活的语言艺术。这可说是一种非实质性和局部性的理论修补，80年代出版的大部分教材基本上如此。另一种情况是，对原来的文学观念和理论体系进行更大幅度、更具有根本性和实质性意义的改造，这当然首先体现在文学本质论观念的变革。其中最有代表性、也最为理论界所关注，而且实际上产生了较大影响的，是被称为"审美意识形态论"的文学观念变革和理论建构。

"审美意识形态论"作为新时期文学理论变革中的创新建构，正如童庆炳先生所说，从这个理论命题的提出到对它的深入讨论，乃至逐渐形成许多人的共识，并最终作为一个理论系统建构起来，有众多学者参与了讨论，应当说凝聚了许多人的理论智慧在内。[①] 而当这个理论观点被纳入文学理论教材，作为新的文学本质论建构起来并得到系统阐释，才使它作为一种较为成熟的理论观念积淀下来，从而产生更为广泛的社会影响。

以"审美意识形态论"作为核心的文学本质论观念来建构理论体系，最有代表性的是童庆炳、王元骧等编著的文学理论教材。1984年童庆炳编著出版的《文学概论》，对于文学的本质特征，是按照"文学是社会生活的反映""文学是社会生活的审美反映""文学是语言的艺术"三个层次加以阐述的，[②] 可见其基本观点与此前普遍流行的理论观念基本相同。但值得注意的是，它把以前所讲的文学特征，由"形象反映"改为了"审美反映"，虽只是二字之差，却具有实质性的意义。1989年童庆炳主编的《文学概论》，则更明确提出和论述了"文学的审美特质"，将形象性、情感性、想象性和虚拟性都纳入"文学的审美特征"之中加以阐述，[③] 这比前一教材有更大推进。1992年童庆炳主编《文学理论教程》第一版问世，这一教材的主要创新点，就在于集中论述了"文学的审美意识形态性质"，不仅逐层推进全面阐述了这个基本观点，而且将这个观

[①] 参见童庆炳主编《文学理论教程》，高等教育出版社2004年版，第58—59页。
[②] 童庆炳著：《文学概论》，红旗出版社1984年版。
[③] 童庆炳主编：《文学概论》，武汉大学出版社1989年版。

点贯穿整个理论体系。[1] 这本教材多次修订出版，使"审美意识形态"的文学本质论不断得到充实和强化，在理论界影响甚大。王元骧先后于1989年和2002年编著出版同名教材《文学原理》，也都明确用"文学是一种审美意识形态"来概括阐述文学的本质特性，将文学反映生活、文学的语言艺术特点，都置于这一理论命题之下加以论述。[2] 此外还有其他一些教材和论著也都阐述此类理论观点，进一步扩大了它的影响。

"审美意识形态论"的文学本质论观念，并非对此前"意识形态论"文学本质观的全面颠覆，但可以称得上是实质性的改造和理论重建。这种理论改造和重建有以下几个基本要点。

第一，仍然承认文学是一种社会意识形态，但更强调其特殊性，即在于它是一种"审美的"意识形态。在论证这一理论命题的逻辑思路上，都是首先阐述文学的"一般意识形态性质"，或文学"作为意识形态的一般性质"，这种一般性质仍然着眼于文学与社会生活的关系，即文学反映生活并在社会生活中具有重要地位和作用；然后再进一步阐述文学"作为审美意识形态的特殊本质"，以及这种特殊本质的具体体现。分这样两个层次论述，前者是理论前提，后者才是真正的落脚点。在这一论证过程中，实际上是将原来的"意识形态论"掰开来，使其发生裂变，由一个东西变成了两个东西，即"一般意识形态"和"审美意识形态"，然后将后者极力抬升到尽可能高的地位。这样便达到了一种比较理想的效果：既没有抛弃"意识形态论"的大框架和基本前提，又可以在"审美意识形态"的命题内装填新的内容。其结果是，把原来理论体系中关于"政治意识形态"方面的色彩大大弱化和淡化了，而把文学本身的审美特性大大地突出和强化了。这从某种意义上来说，也是特定时代条件下理论变革的一种策略。

第二，用"审美"取代"形象"，成为文学最根本的特性。在此前"意识形态论"的理论体系中，讲文学的特殊性，最根本的就是"形象"，即文学是"用形象反映生活"。在这种理论观念中，"形象"的地位再高，在文学中显得再重要，它也仍然是从属性的，是文学特殊的方式、手段和工具，是为反映生活和表达思想情感服务的，意识形态（反映生活）与

---

[1] 童庆炳主编：《文学理论教程》，高等教育出版社1992年第1版。
[2] 王元骧编著：《文学原理》，浙江教育出版社1989年版；王元骧：《文学原理》，广西师范大学出版社2002年版。

形象（还有艺术语言等），始终都是主从关系。而在"审美意识形态论"的理论观念中，"审美"则是作为文学的根本特征：文学是对生活的审美反映和审美认识，有特殊的对象和特殊的形式；"审美"不只是文学的特点，而且也是文学的功能。这样，"审美"在文学中就不再是从属性和工具性的，而是本体和本质所在，这意味着如果离开了审美，文学就根本不存在。这与把"形象"作为文学的根本特征，显然具有完全不同的意义。当然，在这种理论系统中也仍然会讲到文学"形象"，但它已显得并不那样重要。比较而言，在王元骧的教材中，仍较多保留了原来的一些理论观念，即仍把艺术形象作为文学审美内容的特殊表现形式进行专门论述；而在童庆炳的教材中，就已经不再专门讨论文学形象问题，充其量只是将"形象"看作"审美"中的一个因素而已。

第三，关于"审美意识形态"理论内涵的阐述。既然把"审美意识形态"确定为文学的根本性质，那么关键就在于对这一理论命题如何理解和阐释。从王元骧的论证思路来看，基本上是将其理解为"审美"与"意识形态"的有机结合。一方面，文学毫无疑问是对于社会生活的反映和认识，因此它具有社会意识形态的性质；但另一方面，文学具有与其他社会意识形态根本不同的特点，文学反映的对象、目的、方式都是特殊的，这种特殊性就在于"审美"，因此，"文学的特殊本质就是审美反映。"进而言之，文学作为对生活的"审美反映"，最根本的特点又在于情感，是一种"情感反映"，其中包含审美感受和体验，审美认识和判断等。[①] 童庆炳则不太赞成把审美意识形态看成是审美与意识形态的简单相加，而是把它看成意识形态的多样种类之一，是与哲学意识形态、政治意识形态、法律意识形态、道德意识形态等并列的一种特殊类型。"审美意识形态，是指与现实社会生活密切缠绕的审美表现领域，其集中形态是文学、音乐、戏剧、绘画、雕塑等艺术活动。审美意识形态在意识形态中具有特殊性：它一方面被看作意识形态中的富于审美特性的种类，但另一方面又渗透着社会生活以及其他意识形态的因子，与它们复杂地交织在一起。"而"文学的审美意识形态属性，是指文学的审美表现过程与意识形态相互浸染、彼此渗透的状况，表明审美中浸透了意识形态，意识形态巧借审美传达出来"。"文学的审美意识形态属性表现为无功利性与功利性、

[①] 王元骧：《文学原理》，广西师范大学出版社2002年版，第22—25页。

形象性与理性、情感性与认识性的相互渗透状况。"①

从总体上来看,在当时的社会背景下提出"审美意识形态论",其直接的目的意图,就是要与以前那种过度强制的、直露的"政治意识形态"相疏离甚至相决裂,②把文学本质论从原来的偏向政治意识形态,向偏重审美的方向扳转,实质上也就是用"审美"来对"意识形态论"的文学本质论进行根本性的改造。而从"审美意识形态论"本身而言,当然又可以看成是一种新的理论重建。笔者以为,联系当时文学观念变革的时代背景来看,对这种理论改造与重建的理论意义及实践意义,都理应给予积极的认识评价。但是,就这个理论命题本身的论证而言,其立论基础是否稳妥和坚实,学理性是否充分,理论逻辑是否严密等,仍然是可以继续讨论的。至于是否要将其提升到"文艺学第一原理"的高度,③能不能把它看成是唯一正确的文学本质论观念,也是值得进一步商榷的。近年来理论界围绕"审美意识形态论"所展开的讨论乃至争议,除去情绪化的因素外,就其理论命题本身的学理性探讨而言,也仍然是积极有益的,有利于将这个问题的认识引向深化。

三 审美论观念对审美意识形态论的扬弃

新时期文学经过一段时间的变革发展,特别是经历了朦胧诗、先锋小说、实验戏剧、寻根文学等开放性、多样化的创新探索,人们的文学观念也更加开放,对于文学的本质特性的认识也更趋于多元化。其中对于文学的审美特性与功能问题引起了更多的关注和讨论,文学理论和评论界甚至有些人提出了"纯审美"的主张,在文学界逐渐形成了一股审美主义的思潮。经过一段时间的积累和沉淀之后,到了90年代中后期,开始出现一些将"审美"作为文学根本特征的教材和论著。与此前"审美意识形态论"的理论观念根本不同,这种文学本质论观念不再将"审美"依附于"意识形态",而是单独将"审美"确立为文学艺术的本质特征,对此也许可称之为"审美论"的文学本质观。对于这种文学本质论观念也有必要单独进行考察。

在以"审美论"为基础和核心观念进行的理论建构中,较有代表性

---

① 参见童庆炳主编《文学理论教程》,高等教育出版社2004年版,第58、61页。
② 参见童庆炳主编《文学理论教程》,高等教育出版社2004年版,第60页。
③ 童庆炳:《审美意识形态论作为文艺学的第一原理》,《学术研究》2000年第1期。

的文学理论教材，有吴中杰著《文艺学导论》、杨春时等著《文学概论》、王先霈等主编《文学理论导引》等。这些著作的文学本质论观念基本趋同，但在具体的理论阐述中则又同中有异，可稍加比较评析。

吴中杰著《文艺学导论》总体理论框架，设有本质论、创作论、作品论、鉴赏论、发展论五编。其中第一编专门讨论文艺本质论问题。"本质论"在该著中是一个大概念，它把文艺本质及其相关问题，如文艺的情感与形象融合的特点、文艺的社会功能、文艺的社会联系等，统统都包括在"本质论"部分之内。当然其中核心的部分是第一章"文艺的审美本质"。从标题可知，它明确无误地把文艺的本质确定为"审美本质"，应当说具有一种标志性的意义。[①] 从论证的出发点和基本思路来看，与此前的文学本质论观念相比，已不再首先从社会意识形态着眼，并且也不再将审美与意识形态联系起来，而是直接将"审美"确认为文艺的本质，意识形态的概念差不多已经消失了。尽管如此，我们还是可以注意到这样两点：一是它仍然十分重视文艺与社会生活的关系，包括文艺反映和表现社会生活，文艺对社会的影响作用，文艺与社会的联系即与哲学、宗教、政治的关系等。这表明对于过去文学理论中涉及的这些问题，它也仍然是关注和重视的，只不过有意回避使用"意识形态"这样的概念，也不再从这样的角度着眼来进行理论阐述。二是对于文艺的"审美本质"命题的论证，其着重点在于突出和强调文艺与现实的审美关系，包括文艺以审美的方式反映生活，具有审美认识的特殊性，文艺审美活动中再现与表现的统一等。从总体上看，这种"审美论"的文艺本质论建构还是显得比较粗疏，既没有一个集中凝聚的着力点，也缺乏一种具有明确涵义的理论概括和逻辑严密的理论阐述，可视为一种比较宽泛意义上的"审美本质论"。从严格的理论建构的意义上来看，这显然还有较大的理论局限性。

杨春时等著《文学概论》的理论框架，也设置了总体论、文本论、创作论、接受论四编。其中第一章为"文学的性质"，专门论述文学本质论问题。[②] 从论证思路上看，它的第一个突出特点，是将"文学是语言艺术"列为第一节，也就是作为文学性质的第一个问题，提升到首要的位置进行阐述，这在以往是很少见到的。过去的文学理论教材，一般都是首先论述文学与社会生活的关系（文学反映生活），然后论述文学的特征如

[①] 参见吴中杰《文艺学导论》，复旦大学出版社 1998 年版。
[②] 参见杨春时等著《文学概论》，人民文学出版社 2002 年版。

形象、审美等（文学以什么方式反映生活），第三层级才论到文学作为语言艺术的特点。因为在通常的理论观念中，文学的语言艺术特点只是文学的形式因素，是表现文学内容的工具和手段，只有首先确定好了文学表现内容的基本特性，然后才来探讨文学语言如何艺术地表现内容，这样也才合乎理论逻辑。然而在这本教材中，却把通常处于第三层级的问题，提升到了第一层级，作为文学性质的首要问题来讨论，这就表明，编著者是把"语言艺术"当作文学的根本性质来看待的。这就是说，判断一个文本对象是不是文学，不是先看它的内容特点，而是首先看它是不是"语言艺术"，能否够得上作为"语言艺术"的标准。这看上去似乎是一种"语言形式"论的文学观念，与西方形式主义文论的观点颇为相通。然而实际上，论者不过是把语言艺术问题作为切入文学性质问题的一个切入点，由此而深入到对文学"审美"本质特性的揭示。在"文学的性质"这一章接下来的第二至第四节中，论者完全将重心落到了对文学审美内涵的观照，把文学是以审美为导向的生存活动、文学是以审美为导向的生存体验等，作为重要的理论命题提出来进行专门的探讨。这里所表达的基本观念是，文学的表层特征是语言艺术，它构成作为文学的基本前提条件；而文学的深层内涵在于人的生存活动的审美体验与表现，这是文学的根本特性和意义所在。对于文学的审美特性，论者的着眼点主要落在"审美超越"的特点上，认为文学最重要的特性和功能，并不在于如何真实地反映人的生存现状，更在于导向对现实的审美超越。审美本身就是超越性的，说文学的本质特性是审美，差不多就等于说文学的本质是审美超越。从总体上来看，这一理论建构基本上抛开了社会意识形态的问题，直接从文学的艺术审美特征切入，采取由表及里、由浅入深的逻辑论证方式，建立了以"审美超越论"为核心的文学本质观及其理论系统，可谓特点鲜明、独树一帜，具有较为突出的理论创新意义和启示意义。不过，如果从更为宏观的理论视野，把"审美论"作为一种类型的文学本质观念来看，应当说"审美超越"也还只是"审美"丰富内涵中的一个方面的特性，还不足以成为"审美论"的完整系统的理论建构，对此应当还有更为广阔的理论探索空间。

王先霈等主编的《文学理论导引》，没有使用诸如文学的"本质""性质"这样的概念，它更多是讨论"文学观念"问题。其开篇第一章题为"文学观念与文学本体"，实际上是集中讨论文学本体论与本质观念问题。此章依序安排的三节内容是：文学的审美性、文学的形象性、语言的艺术，由此可以看出它的特点：第一，它对文学本质特性问题的把握和论述，依然承续了以往"三段论"的模式，即先对文学的基本性质进行定位，接着讨论文学的基本特征（仍将"形象性"视为文学的根本特征），然后再阐述文学作为语言艺术的特性。在论者看来，从文学本质特性的大概念而言，应该是三位一体的，其中处于第一位和最核心的本质特性是"审美性"，而形象性和语言艺术都是审美性的具体体现。第二，在对文学本质特性问题的论述中，基本上回避了社会意识形态问题，只在个别地方稍微提到一下，如认为"作为一种社会意识形式，文学具有审美的意识形态性"[①]。只是在最后一章论述文学活动的历史发展时，才较多介绍马克思恩格斯关于经济基础与上层建筑及其意识形态的理论，论到文学发展与政治、经济、文化等方面的相互影响关系，但也并没有把意识形态作为一个专门问题提出来加以讨论，这应当说是与第一章"审美论"的立论基础相适应的。第三，对于核心观念"文学的审美性"的论述，贯彻了历史与逻辑辩证统一的原则。论者首先对中外文论史上的基本文学观念，尤其是对于文学审美性的认识，进行了比较系统的梳理和阐释；然后在概括的基础上提出结论性看法："……在上述的各种文学观念中不仅存在着分歧，也有某种共识，即各种文学观都涉及了文学的审美性，都意识到了文学的存在和发展与人类的审美活动有关，都承认文学具有想象和虚构的特点。也就是说，随着文学的发展、成熟和独立，中外文学理论都开始越来越强调文学的特殊性，强调审美、想象、情感、形象、虚构以及语言等因素对文学的规定，于是逐渐形成了狭义的即审美的文学观。审美文学观的出现，说明人们对'什么是文学'有了更进一步的理解和把握。""文学的发展趋势所呈现的特点，使人们对'什么是文学'的思考，越来越集中在文学的审美特性上。"[②] 在这一基本立论的基础上，论者对"文学审美性"的内涵及其体现，同样联系文学观念的历史发展进行了梳理阐释，从文学的语言形式特点，到文学从审美关系上理解和表现人生生活、审美理想，再到文学的虚构、想象、形象、情感特点等，逐一加以阐述。这方面的论证思路，与杨春时等著《文学概论》所论颇为相通。比较而言，王著对文学审美本质特性的论述，视野更为宽阔，内涵更为丰

---

① 王先霈等主编：《文学理论导引》，高等教育出版社2005年版，第1页。
② 王先霈等主编：《文学理论导引》，高等教育出版社2005年版，第6—7页。

富，论证也比较系统深入，不过其概括性和凝聚性仍有所不足。

总体而言，文学"审美论"的构建，是在社会进一步改革开放、文学更加多样化发展的背景下，带来文学本质论观念的进一步嬗变，是在此前"审美意识形态论"的基础上，朝着"审美论"方向的再次推进。这种文学本质论观念，虽然并不否认文学与社会意识形态的关系，不否认文学具有一定的意识形态性，但并不把意识形态看成是文学的根本性质或不可缺少的特性，不再认可文学对于意识形态的依附，在文学本质论的理论建构上完全与意识形态论"脱钩"。与此相对应，则是把审美确定为文学根本的、不可缺少的东西，这样就有可能使文学理论研究更为注重文学的独立性和自主性，更为注重文学的内部关系及内部规律，更有利于促进文学和文学理论批评的自律性创新发展。不过，问题也仍有另一个方面，就是能不能用"审美"来从根本上说明文学活动，以及解释所有的文学现象，可能仍然面临着一定的质疑和挑战。特别是在有些理论主张中，如果过于强调艺术审美而排斥其他因素，甚至走向"纯审美"或"为艺术而艺术"，那就有可能导致理论上的片面性，也可能对文学艺术实践产生不好的影响。在这方面，当然也应引起足够的重视。

当代文学本质论观念从意识形态论到审美论的嬗变，一方面反映了新时期文学实践变革发展的现实要求，即要求在文学观念上摆脱过去那种过于严苛的意识形态束缚，更多关注和尊重文学本身的特性与规律，使文学摆脱其依附性，从而在自主性和自律性的条件下繁荣发展；另一方面，当然也反映了文学理论本身的求新求变的内在要求，即改变过去那种单一化的思维方式和理论模式，革新既有的理论观念，这样既能够适应当代文学实践的发展要求，也能够对各种文学现象做出更为切合实际的理论阐释，确证文学理论本身的学理性和有效性。而这一切无疑都是在新时期以来不断深化改革开放的大背景下发生的。在笔者看来，就这一文学本质论观念嬗变本身而言，实际上并不意味着好坏对错的置换，而只意味着观照文学特性的重心发生了某种偏移。审美与意识形态在理论观念上并不必然构成非此即彼的二元对立，而是可以理解为一个有机整体中既相互冲突又彼此依存的"张力"关系，对此当然还有待于更深入的理论研究。而从当代文学本质论观念嬗变的历史进程来看，其实也并非到此为止，而是继续在不同的向度上往前推进。

第三节　文学本质论观念嬗变的"人学"向度

从新时期以来文学理论观念变革的总体格局而言，呈现出多元探索发展的趋势，并且逐渐形成影响较大的几种主要倾向或理论思潮。其中一种是如上一节所述的审美主义思潮，在对过去认识论或意识形态论的文学观念的批判反思中，致力于将文学观念扭转到审美的方面来，着重从审美的视角来理解和阐释文学的审美本质特性与价值功能，形成了诸如审美意识形态论、审美本性论、审美超越论乃至纯审美论等种种理论学说，标志着当代文学本质论观念嬗变与创新的一种趋向。另一种则是人本主义或者称为"人学"的思潮，在对社会现实和人的异化的批判反思中，着重从文学与人性、人生、人的主体性和精神自由的视角，来理解和阐释文学的"人学"本质特性与价值功能，也形成了诸如文学主体论、人生论、心灵情感论、自由精神论等种种理论观念，标志着当代文学本质论观念嬗变与创新的另一种向度。当然，在审美主义思潮与人本主义或"人学"思潮之间，其内在精神实际上存在着一些相通之处，但基本的理论观念还是有很大的不同。

一　新时期文学理论与批评中的"人学"回归

也许首先需要略加说明，通常所谓"人学"，广义上是对一切研究人的学问的统称，其范围非常广泛，几乎所有与人有关的学科都可包括在内。而文学界所讨论的"文学是人学"的命题，这里所说的"人学"实际上是一种特指，主要关涉人生意义价值的哲学，其主旨在于探寻人的本质特性、人生的意义价值及其理想追求等。所谓以"人学"为基础的文学本质论，就是从"文学是人学"的基本观念出发，以此为视角切入对文学本质特性与价值功能的观照、理解与阐释，从而建构以这种文学本质观为内核的理论系统。

"文学是人学"是一个颇有影响的理论命题，据说是来源于高尔基的文学思想。1957年钱谷融发表《论"文学是人学"》一文，对这一命题进行理论阐发，[①] 随即引起广泛争论。在"文化大革命"中，这个问题更

[①] 钱谷融：《论"文学是人学"》，《文艺月报》1957年5月号。

是被作为资产阶级人性论和人道主义思想受到严厉批判,此后理论界再不敢谈论这个话题,文艺作品也再不敢触及人性描写和表现人道精神的禁区。在新时期初思想解放的背景下,钱谷融这篇著名论文重新发表,作者对"文学是人学"的理论观点再次进行阐发,引起了文学界的广泛关注和共鸣,随之也引发了关于人性、人道主义与异化问题的激烈争论,使这一理论命题得到了比较充分的探讨,一时形成了一股"人学"理论探讨的热潮。另一方面,文学创作实践也争相突破各种文学观念、创作题材和写作方法的禁区,既出现了大批着眼于批判性描写社会异化与人性扭曲现象的作品,也出现了不少正面表现人的解放和人性复归主题的作品,这也就反过来促进了文学理论观念的进一步变革发展。

80年代中后期,一方面,文学界仍然持续展开关于人性和人道主义问题的讨论,"人"的意识不断觉醒和强化;另一方面,文学研究方法论的讨论也逐渐形成热潮,文艺创作和理论批评的主体意识不断增强。在此背景下,文学理论观念变革的"人学"向度,便以"文学主体性"问题的讨论为契机得到更大的推进。刘再复率先提出的"文学主体性"命题,原本主要是针对文学研究的思维方式而言。在提出这个理论命题之前,他曾著文提出"文学研究应当以人为思维中心",认为过去的文学研究存在很大的弊端,就是过于偏重从文学反映生活的客体因素方面着眼,忽视文学中"人"的主体因素的作用,因而提倡文学研究的重心应当从客体转向主体,进一步开拓研究的思维空间。[1] 随后他发表长文进一步论述"文学的主体性",强调文学研究要以人为中心,加强对文学主体性的研究,包括作为创造主体的作家的主体性,作为文学对象的人物形象的主体性,以及作为接受主体的读者和批评家的主体性。他认为,这种人的主体性又体现为实践主体性和精神主体性,文学活动中的主体性更主要是一种精神主体性的实现。[2] 提出文学主体论问题,意在恢复人在文学中失落了的主体地位,目的在于以此反对文学中的"物本主义"和"神本主义"倾向,反映了文学寻求向人本主义复归的内在要求。随着文学主体论问题引起理论界的热烈讨论,实际上已大大超出了文学研究思维方法论的范围,逐步深入到对文学本质特性的认识,从而带来文学本质论观念的深刻变革。

进入90年代后,在市场经济改革不断推进,消费社会逐渐形成和大

---

[1] 刘再复:《文学研究应以人为思维中心》,《文汇报》1985年7月8日。
[2] 刘再复:《论文学的主体性》,《文学评论》1985年第6期、1986年第1期。

众文化蓬勃兴起的背景下，针对文学的大众化、世俗化、市场化转型，以及文学精神价值所面临的问题和挑战，文学界围绕"人文精神"失落及其重建问题，又引起了一场颇有影响的大讨论。与此前关于文学主体论问题"一边倒"式的趋同性讨论不同，人文精神问题讨论一开始便形成了主张"终极关怀"与倡导"世俗关怀"两种截然不同的观点，彼此针锋相对争论不休，最终也难以形成结论。虽然争论双方对于人文精神的内涵理解各不相同，但是对于文学应当表现人文精神和体现人文关怀的基本立场却是一致的，而且这种争论对于从多种维度深化对人文精神内涵的理解，乃至拓展对文学基本特性和精神价值的认识，无疑都具有积极的推动作用。正是在这场讨论的基础上，一些学者进一步提出并阐发了文学的新理性精神、新人文精神等理论命题，将相关问题的探讨不断引向深入，这都可以看作是当代文学观念朝着"人学"向度嬗变的一种标志。

由此可见，新时期以来，从"人学"角度来理解和研究文学，的确形成了值得关注的时代潮流。从文学的历史发展来看，这既是对"五四"时期"人的文学"观念的历史回应，也是在改革开放新的时代条件下，寄托着人们对于人性复归、人的自由解放与全面发展的新期待，以及对文学的人本主义或人道主义价值取向的新追求。具体到文学理论观念变革与建构的意义而言，理论界并不只是停留在对某些文学现象的关注和讨论，也并不仅仅局限于对某些具体问题的探讨，而是力求提升到更高的理论层面，从文学本体论与本质论的层面上，推进文学基本理论的建设。从当代文学观念嬗变的"人学"向度来看，正如有学者所说，在"文学是人学"问题讨论基础上形成的文学人类学本体论，成为80年代文学本质论研究的一个重要维度。[1] 这种文学理论观念经过一段时间的积累和沉淀之后，逐渐进入一些文学理论教科书，从而成为当代文学本质论嬗变中较为成熟稳定，也比较有代表性的理论观念。对这种以"人学"为理论基础和主要向度的文学本质论观念，下面再分别加以考察。

二 以"人学"为向度的文学本质论观念变革趋向

在新时期以来以"人学"为向度的文学理论观念变革与建构的发展进程中，实际上有各种不同的情况。有的一开始并没有明确以"文学是

---

[1] 邢建昌、李娜：《人类本体论：20世纪80年代文学本质论的一个维度》，《燕赵学术》2013年秋之卷。

人学"的命题作为理论基点和核心观念来进行整体系统性的理论构建，而是选取与"人学"相关的理论命题作为切入点，从特定的视角观照和阐释文学的本质特性与价值功能，显示出文学本质论观念嬗变的一种"人学"趋向。

首先是"主体论"的文学本质论观念建构。如前所说，"文学主体性"命题由刘再复率先提出，所贯穿的基本思想观念就是主张"文学研究应当以人为思维中心"。就他的本意而言，是说作为文学研究者，不能总是去关注和研究文学反映生活的那些客体方面的因素，而应当去关注和研究文学中的"人"，以文学活动中的人为中心，包括作品中的人物、作家和读者在内。而人作为文学活动中的主体，是具有主体性的，所以文学研究应当关注和研究文学活动中人的主体性。可见他提出问题的出发点，主要是从如何进行文学研究的角度，也就是作为一种文学研究的思维方式提出来的，还不是一种直接阐释说明文学本质特性的理论观念。不过在这一理论命题当中，就已经包含着对文学的人学特性的感悟在内，如果稍加转换，从文学存在本身的角度来观照和提出这个问题，那就显然具有了文学本体论或本质论观念建构的意义。也正是在刘再复提出文学主体性命题的基础上，以及在当时围绕这个命题展开热烈讨论的背景下，畅广元和他的学生们及时编著了一部让人耳目一新的论著《主体论文艺学》。这部论著虽然还算不上是一部全面完整的文学理论教科书，但从它所讨论的基本问题和内容体例来看，仍然具有文学理论教材的特点，集中论证了文学基本理论中的一些核心问题。毫无疑问，这部论著的独特之处，就在于直接从"文学主体性"命题切入，并以此为逻辑起点，展开对文学活动及其作家、读者、作品、文学传统等各种相关要素、相互关系的探讨，形成自成一体比较完整的理论系统。而其中最核心的部分，当然是对文学活动的基本特性的认识和阐释，即文学本质论观念的建构。

该著开篇第一章题为"文学：主体的特殊活动"，既是对文学活动的基本定位，也是整体立论的逻辑起点。作者认为，文学活动是在人类社会实践活动的基础上产生的一种特殊的艺术创造活动，它根源于人作为实践活动主体的内在精神需要，从而通过创造一个文学的对象世界来满足这种需要。文学活动的特性在于自由，"文学是主体的特殊活动，是自由的达到自由的活动。所以，文学活动处在自由的最高位置上"①。也就是说，不仅文学活动本身是自由的，而且文学活动也是人作为主体达到自由精神境界的方式和途径。可见，论者是以人的"主体性"为中心，从"主体""活动""自由"三者的关系中来理解文学的本质特性，从而建构文学本质论观念的。在这个核心观念的基础上，论著围绕人的"主体性"在文学活动中的实现，按照文学活动的系统展开逻辑论证：作家是文学活动的第一主体，是精神价值的创造者，在文学创造活动中实现和确证自己的主体性；读者是文学活动的第二主体，通过文学阅读活动实现和确证自己的主体性；文学作品是主体对人性的审美把握活动的产物，蕴含着丰富的人文精神内涵，等等。在"人学"的观念和视野中，文学的本质特性必然关联着文学的价值功能，主体文学活动的功能就在于对人的建设，具体而言在于促进人的主体人格的建构与完善，由此形成对文学本质观的呼应。为了给主体论文学观寻找理论依据，论者还由此扩展到对其他理论资源的对接与借鉴。在他们看来，主体论的文学观念，并不是现在才出现的，实际上是根源于马克思主义人学观与文艺观，并且在中国古代文论和西方文论中，都有关于文学主体活动论的丰富理论资源，值得当代文艺理论加以吸收和借鉴。这种引古今文论特别是马克思主义文艺学来作理论后盾的做法，可以说既体现了论者比较宽阔的理论视野，同时也可以理解为当时特殊时代背景下理论创新建构的一种策略。

如果说上述论著还只是"主体性"理论观念的一种初步建构，作为文学理论教科书还不够完整系统的话，那么，此后不久畅广元等编著《文艺学导论》时，便把文学活动论和主体论的文学观念纳入其中，作为其理论建构的核心观念和逻辑起点。该著第一编集中论述文学活动的发生、性质和特征，其中对于文学活动的性质概括表述为："文艺活动是人的理想愿望的物化活动"，"文艺活动是人类情感的最高表现形态"，二者归一就是把文学活动理解为主体的精神价值的创造性表现。② 这一文学本质论观念，既是来源于传统的情感表现说，但又是置于文学主体性的视野之中加以阐释，与上述《主体论文艺学》的理论观念基本一致，显示出向"人学"转向的趋势。

其次是"人生论"或"心灵论"的文学本质论观念建构，这可以表

---

① 九歌著、畅广元审订：《主体论文艺学》，中国社会科学出版社1989年版，第74页。
② 参见畅广元等著《文艺学导论》第二章，陕西人民教育出版社1991年版。

斐《文学原理》为代表。该著第二章"什么是文学"是直接回答文学本质论问题,在对各种文艺观念和文艺类型进行比较分析后,对文学做出了一个概括性的判断:"文学是直接诉诸心灵的语言艺术"。① 论者认为,不管中外文论具有怎样的表现论与再现论的区别,也不管在美学风格上存在怎样的壮美与柔美的差异,从根本上说,文学的对象都是表现人生。与这一文学本质特性相对应的价值功能也在于此,即文学的功能虽具有多样性,诸如兴观群怨、寓教于乐、服务政治等,但"文学的最大功利是按照美的原则塑造人的心灵,使人更加热爱人生"②。从人的个体性存在延伸到社会性存在,在这个基础上来理解文学表现人生,才能够进一步理解和说明文学的社会性、民族性和全人类性。从该著的整体观念来看,它并不否定以往的文学观,仍然承认文学是一种社会意识形态,具有审美的特性与功能,但它并不从意识形态论或审美论的角度立论,而是从"人生论"或"心灵论"的角度切入,以"文学表现心灵"的观念立论,循着心灵—人生—个体性人生—社会性人生的逻辑思路,向外逐层扩展来建构文学本质观念及其理论系统,其理论观念建构的"人学"特色显而易见。

还有则是以"诗意生存论"为基点的文学本质论观念建构。傅道彬等著《文学是什么》看上去是一本阐述文学理论基本知识的普及性读物,它的特点是以理论问题为引领,"问题"意识、理论观念性和理论系统性都比较强,在文学观念的反思与建构方面具有一定的开拓性。该著在阐述一些具体的文学理论问题之前,先设置了一个"引论",首先对"文学是什么"这样一个"元问题"进行探讨,也就是首先解决一个总体文学观念的问题,然后再引向对其他具体问题的探讨。论者的基本看法是,要直接回答"文学是什么"的问题可能比较难,不如转换一个角度,把"我们为什么需要文学"的问题作为切入点,更有助于接近前一个问题的答案。论者主要依据从海德格尔存在论哲学和诗学所获得的启示,认为"人类之所以需要文学需要诗,是源于生命与生存的需要,本真的生命就是诗化的生命,是人类诗意的栖居。文学从来不是少数人掌握的一种技艺,而是人类的生存状态"。从这样一个角度来认识理解文学,那么就可以说,文学是人类满足精神需要的一种方式;或者说文学不是别的,文学

---

① 裴斐:《文学原理》第二章,中央民族学院出版社1990年版。
② 裴斐:《文学原理》第八章,中央民族学院出版社1990年版。

正是人类的一种生存方式。这样，文学的真正意义也就上升为生命与存在的意义，人类的本真生存总是要寻求诗意的栖居，伟大的文学家总是通过作品揭示出世界的意义。① 这显然是对"文学是什么"与"我们为什么需要文学"问题的一个"本源性"的回答，具有文学本体论或本质论的意义。这个回答所表明的文学本质论观念，又显然是建立在人的存在论和人学价值论的根基上的，由此决定了论者对其他文学理论问题的理解和阐释。这种文学本质论观念建构，有利于将"人学"向度的文学理论研究进一步引向深入。

三 以"人学"为核心观念的文学本质论建构

与上述情况不同，在另一些以"人学"为向度的文学理论观念变革与建构中，则是更为明确地将"文学是人学"的理论观念纳入进来，以此观照和阐释文学的本质特性与价值功能，标志着一种更为自觉的理论观念嬗变。

这种理论观念嬗变又大致有两种情况，一种是属于多元文学本质论，在整体性的文学观念中纳入了"文学是人学"的理论命题，一定程度上将文学置于人学视野加以观照，成为多维度理解和阐释文学本质特性与价值功能的一个重要方面，显示出文学本质论观念嬗变的"人学"向度。

孙子威主编的《文学原理》出版于1989年，较早将"文学是人学"的理论观念引入文学理论教科书。该著第一章论述文学的本体、本质及基本特征，分别从文学是人学、艺术形象、语言艺术三个层面或维度进行阐述。② 从整体理论框架和思路可以看出，基本上还是80年代教材那种"三段论"的文学本质论模式。而与其他教材明显不同之处在于，以"文学是人学"的理论取代了"文学是社会意识形态"的命题及其地位，标志着文学本质论观念变革转型的一种趋向。但从该著的完整理论建构来说，还未能将这一"人学"思想观念真正转换成为文学本质论的核心命题，对其理论内涵也未能加以充分阐述，所论文学本质论观点不太明确和集中，因此还不能说是真正意义上的人学的文学本质论建构，但它的这种转型趋向还是十分明显的。

陈传才、周文柏合著的《文学理论新编》也是持多元本质论的观点，

---

① 傅道彬等著：《文学是什么》"引论"，北京大学出版社2002年版，第7页。
② 参见孙子威主编《文学原理》第一章，华中师范大学出版社1989年版。

但明显突出了以"人学"为其理论基点。首先,该著第一编"文学活动论",把文学理解为一种具有系统结构的活动,文学作品是这个文学活动系统的核心要素和中介环节,这一看法显然与当时比较流行的"文学活动论"观念相通。在此基础上,第二编"文学本质论"集中对文学本质进行多维观照和阐释。论者认为,文学本质是由多方面的本质要素构成的,主要包括文学的社会意识形态本质,文学审美实践的特殊本质,以及文学区别其他艺术即语言艺术的特质。[①] 由此不难看出它对以往文学观念的继承性与融合性,但问题是把这几个方面或层次的文学本质,分别用"本质""特殊本质""特质"来表述,似乎显得概念逻辑有些不太清晰。不过该著的独辟蹊径之处在于,它在阐述了文学的多元本质之后,专门列出一章(第五章)来讨论"文学的人学特质",也就是意在文学的多元本质观念中,把文学的"人学特质"作为理论基点和核心观念凸显出来。而这一文学的"人学特质",既与上一编考察文学活动的特性,把文学活动视为"人的生命表现的对象化"的观点相呼应,又与后面关于文学价值与功能的阐述相关联,形成其理论的自洽性。这一理论思路显然是有新意的,体现了90年代初期文学理论观念的"人学"向度的转型趋向。只不过,从该著对文学的人学特质的具体论述来看,所着眼的主要是文学作为文化现象的人性表现,文学追求超越现实的理想品格,以及文学的民族性与世界性交汇的人类性等几个方面,所论显得比较宽泛和一般化,似乎并未把文学的人学内涵和特质充分阐释清楚,这表明了论者当时认识上的局限性。

另一种情况则可以说是一元或多元归一的文学本质论,更为明确地从"人学"基点立论,将"文学是人学"的理论观念,作为文学本质论建构的理论基点和核心观念,以此建构比较完整的理论体系,在新时期以来文学理论观念向人学方向变革转型的整体性趋向中,也许更具有代表性和理论意义。

曾庆元编著的《文艺学原理》没有明确引用"文学是人学"的说法,而是直接以马克思主义的"人学"思想作为理论基础来建构文艺本质论观念。在该著"导论"部分,首先提出了一个"文艺学的逻辑起点"问题,也就是从什么视角切入来认识说明文艺现象。作者认为,过去以认识

---

① 参见陈传才、周文柏《文学理论新编》第四章,中国人民大学出版社1994年版。

论或反映论、生产论为逻辑起点的文艺学研究都存在各自的局限和不足，而只有以马克思的"掌握论"为逻辑起点，也就是把文艺理解为人类艺术地掌握世界的方式，才更为切近文学艺术的本体，这表明作者力图依据马克思主义文艺观来研究文艺学问题。第一章通过追溯"文艺的本源"说明文艺的由来，包括文艺的原始发生即起源，具体文艺创作活动的发生（包括文艺发生的社会动因和主观动因），最终得出结论性的看法，即揭示"艺术是人类掌握世界的一种特殊方式"。而艺术掌握世界方式的特点，就在于它表现情感和追求美。在这个"文艺本源论"的基础上，第二章进而专论"文艺的本质"，其核心观点是："文艺是人追求自由精神的产物"。围绕这个核心观点，作者将文艺与宗教、哲学等进行异同比较，论证文艺的根本特性就在于追求人的自由精神，它以积极的姿态确证人的本质力量，人只有在艺术世界里才能摆脱感性世界的束缚，才能创造完美的世界，才能充分实现自己。顺着这一逻辑思路，进而探讨文艺创造及其文艺作品的审美特性，以及文艺导向审美自由和多方面的精神功能，文艺的这种审美特性和功能，显然是根源于文学的人学本质。[①] 总体而言，该著立论的根基是两个关键词：艺术掌握和自由精神；文艺本质观念的表述是两个判断句："艺术是人类掌握世界的一种特殊方式"；"文艺是人追求自由精神的产物"。它的整个理论体系，包括文艺创作论、文艺作品论、文艺鉴赏批评论、文艺发展论，也都是围绕这个基本命题和核心观点进行论述，从而形成比较系统的以"人学"为基点的文艺本质论观念及其理论体系建构。

狄其骢等著《文艺学通论》是一部比较晚出的教材，它试图直接以"文学是人学"命题作为文艺本质论观念及其理论体系的立论基础，其论证思路是，首先考察文学的多重本质属性，然后归结到"人学"的总根基上来立论建构。该著第二章"文学的外在属性与人学根基"，是集中讨论文学本质特征问题的部分，前四节分别讨论了文学的四种外在属性，即文学的社会属性、文化属性、语言属性和艺术属性，然后在第五节专门讨论"文学是人学"问题。作者认为，上述文学的所有外在属性，都可以归结到一个总的根基即"人"的根基上来，"因为说到底，社会、文化、语言、艺术等不仅是人所创造的，也是为了人而存在和发展的，而文学自

[①] 参见曾庆元编著《文艺学原理》第二章，武汉大学出版社1998年版。

身也是人以一种特有的方式所创造的一种特有的价值。所以，我们认为，如果说有必要给文学的根本属性做一个界定，那么，这个界定的最恰切、最简洁的表述就是'文学是人学'"①。在这个立论的基础上，作者从多个角度论证了这一命题：从文学的整体特性与功能而言，文学的表现对象主要是人，文学的最终目的是为了人，文学是人的自我认识；从文学的具体表现内容而言，文学可以说既表现整体的人，也表现具体的人，在表现人时总是融进文学家的情感因素，等等。尤为值得注意的是，作者在建构以人学为根基的文学本质论观念及其理论体系时，具有一种可贵的当代意识和理论自觉。在该章全面论述了上述文学本质观之后，结尾专门设置了一个部分"重申文学是人学"，阐述了在当代条件下坚守这一文学理念的重要意义。作者认为，在当代社会商品化和技术化的条件下，文学越来越趋向于"物化"了，人的因素越来越被物的因素所取代，人的主体地位越来越受到异化和颠覆。"因此，文学本质上是人的创造还是物的制作，是精神的追求还是物质的获取，一句话，文学本质上是'人化'的还是'物化'的，在当代就成为一个关系着文学的前途命运的严峻问题。我们认为，要扭转当代文学的物化趋势，在理论上所能作出的最大努力，就是重申文学是人学……重申文学是人学，就是要大力弘扬文学的人学根基。这种人学的根基性就体现在，文学可以伴随着社会的政治、经济、文化、语言、艺术、科技的变化而变化，可以不断出现种种前所未有的形态和样式。但有一点是不会改变的，文学是人为了人而创造的，是为了不断提高人的自我认识、提升人的生存状态和精神境界而存在和发展的。"② 这就实际上意味着，对于"文学是人学"这个命题的探讨，既是一个理论问题，是一种关乎学理性的探讨；也是一个现实问题，关乎对文艺现实的认识和价值评判。对现实问题的这种理论回应，既体现了以人学为根基的文艺观念所应有的理论品格，同时也具有很强的现实针对性和实践意义。

总的来看，上述以"人学"为向度的文学本质论观念变革与建构，应当说是新时期以来文学实践创新发展和理论探索不断积累与沉淀的结果，可以看作是当代文学理论思潮发展的一种风向标。一方面，这种理论观念变革反映了当代文学实践中人的主体意识觉醒和强化的新现实，也反映了改革开放时代条件下人们追求人性解放与自由发展的新要求，当然也

---

① 狄其骢等著：《文艺学通论》，高等教育出版社2009年版，第44页。
② 狄其骢等著：《文艺学通论》，高等教育出版社2009年版，第51页。

反映了文学理论自身逐渐突破既定理论观念束缚，实现自我解放和创新发展的新探索。而从另一方面看，这种文学理论观念的变革与建构，不仅为说明和解释文学现象开拓了新的理论视野，而且它也能够以理论的力量反过来影响文学实践和社会现实，促进现实的进一步变革发展。也许从这样的视角来看，才能更好地认识这种理论观念变革的意义。

第四节 文学本质论观念嬗变之反思

如前所说，文学本质论旨在回答"文学是什么"这样一个基本理论问题，是对文学区别于其他事物的基本特性与功能的理论认识。这个问题之所以重要，不仅在于对文学存在的事实做出说明，并且还与"文学为什么"即文学价值论问题、"文学应如何"即文学的审美理想问题密切相关，既关乎对文学事实的认识，也关乎文学的信念与价值取向。从上述现代文学观念的建构发展和当代文论观念的历史嬗变来看，应当说都体现了这样的理论诉求。然而，到20世纪末，出现了文学本质论观念嬗变的新趋向，也由此带来了一些新的挑战和新的问题，促使文论界进行新的反思。

一 文学本质论观念嬗变的新趋向

如果说在新时期以来的前二十年中，当代文学理论变革的主导性趋向，是在现代性基础上努力破除过去的传统文学观念，以各种方式和路径寻求理论重建，那么从20世纪末以来，则是在后现代性基础上，再次对已有的文学理论观念和范式进行批判反思，由此形成当代文论更加开放多样探索的新格局。这新一轮文学理论观念与范式的变革，应当说是从反本质主义的批判反思开始的。

90年代后期，陶东风等学者率先提出文艺学的学科反思与重建问题，认为当代文论中存在着本质主义倾向，应当对这种本质主义思维方式和理论模式进行批判反思，从而寻求当代文论的知识重建。对于当代文论的本质主义与反本质主义之争暂且不论，问题在于当代文论该如何进行知识重建。陶东风提出的是建构主义的理论主张，以及历史化与地方化的原则方法。他主编的《文学理论基本问题》（北京大学出版社2004年），有意打破了以往文学理论教材的体系性结构，不是按照一定的逻辑起点提出理论命题，并按照一定的逻辑关系建构理论系统，而是提出在作者看来比较重要的一些文学理论问题，梳理和评析中外文论中各种有代表性的理论观点，在此基础上阐述编著者自己的认识看法。其中对于"什么是文学"的问题，也仍然承认这是文学理论的总问题和起点性问题，但认为对此不能以下定义或寻找最终答案的方式解决。作者的做法是，着重梳理"文学"概念的历史变迁，介绍和评析中西各种关于"文学是什么"的知识和理论观点，最终也没有给出什么结论性的看法。作者的本意就是只为读者提供关于"文学是什么"的历史性和地方性"知识"，而并不寻求结论，让问题本身"敞开"，在开放中获得建构性发展。同样站在反本质主义立场的理论家南帆，则提出了"关系主义"的主张，力图打破过去二元对立的思维模式，把文学还原到多元的关系网络中去。他所主编的《文学理论新读本》（浙江文艺出版社 2002 年），有意避开文学本质论问题，追求理论体系的开放性，把文学看成是一种"话语实践"，并以此作为文学关系网络中的一个联结点，把关于文学的各种话语方式，文本与文类的各种形态，文本内部与外部的各种关系等，都纳入其中加以考察和阐释，充分体现了理论视野的开放性和包容性。

在反本质主义的理论背景下，也有一些学者比较审慎地对待这种理论倾向，避开理论上的是非之争，另寻理论探索之路。王一川著《文学理论》（四川人民出版社 2003 年；北京大学出版社 2011 年修订版）便有意避开了文学本质论问题，改为使用"文学属性"或"文学特性"的说法进行探讨，作者坦言自己并不固守"本质主义"或"中心主义"的观念，但也不轻易宣告"去本质主义"或"去中心主义"，而只是想按照自己的特定理解，对此做出相应的阐释。他的具体探索路径，就是将"感兴修辞"作为文学的根本特性提出来立论阐述，并建构起相应的理论系统。周宪著《文学理论导引》也与此相类似，作者也很小心地回避使用"文学本质"这个说法，但实际上并不回避这方面的问题。他认为，"文学是什么"的问题是文学理论应当回答的，但这种回答不是亘古不变的，而是历史发展的，可以因时而变做出新的阐释。他所给出的新阐释就是：文学是以用精致的语言书写的具有艺术价值的以文本为中心的文化系统。这显然是一种"文本中心论"的文学观念，该著正是按照这样一种文学观念和思路，实现其具有逻辑自洽性的理论体系建构。

二 值得反思的几个问题

从以上所述可知，文学本质论问题，实际上是一个现代意义上的文学理论问题，标志着现代"文学"观念的建立，意味着人们对文学这一事物的本质特性的认识进入到更为自觉的阶段，在此基础上，现代文学理论与批评范式才得以建立起来。也许可以说，现代文学理论与批评中的关键问题，并不在于建构一个什么样的理论体系，而在于确立一种什么样的文学观念，其中最核心的便是文学本质论观念。然而，这种文学本质论观念无疑是一个建构的过程，同时也是随着社会变革和文学发展而不断发生历史嬗变的过程。问题只在于，在这种理论观念新旧更替的历史嬗变过程中，我们究竟收获了什么，同时又失去了什么？尤其是经历了近十多年文论界的反本质主义论争之后，当今应该如何来重新认识文学本质论问题？或者说有哪些问题是值得我们重新反思的？下面提出几个方面的问题来略加探讨。

第一，对文学本质论问题本身的反思。如前所说，从中国现代"文学"观念及其理论范式建立以来，在相当长的一段时间里，都是把文学本质论作为关键乃至核心问题来论述的。然而，在前一阶段反本质主义的质疑声中，文学本质论问题一时显得声名狼藉，好像谈论文学本质就有"本质主义"的嫌疑，就是形而上学和保守僵化，这使得许多人对此避之唯恐不及，文论界一时望本质而生畏，谈本质而色变，好像这个问题将从此在文学理论与批评中消失或沉潜下去。实际上，当代文论中也确实很少有人谈论这方面的问题了，在一些新近编著的文学理论教科书中，或者完全回避文学本质论问题，或者十分小心谨慎地改用别种方式委婉言说，这种状况很难说是正常的。

平心而论，文论界在自我反思中提出反本质主义问题是有积极意义的，因为在过去一些文学理论学说中，的确不同程度上存在着文学观念狭隘僵化，以及思维方式简单化、绝对化、极端化的现象，通过批判反思引起人们对这种状况的警觉无疑是必要的。通过讨论至少可以引起我们对于过去的文学理论观念、理论范式和思维方式的自觉反思，有利于增强我们的理论自觉性。但问题在于，在某种非理性的情势下与声浪中，容易矫枉过正走向另一个极端，出现另一种简单化和形而上学偏向，走向否定主义和虚无主义。钱中文先生曾对此表达不满说："在所谓反文学理论的本质主义的讨论中，就把关于文学本质的探讨与本质主义捆绑在一起，不分青红皂白地加以批判、否定，不顾别人确认文学是一种多层次、多本质的审美文化现象，十分霸道地给别人的文学观念戴上本质主义的帽子。不承认事物具有本质特性,自己说不清楚,又不容许别人探讨,扬言本质应该被抛弃,办法是装作鸵鸟,把它'悬置'起来,以为就可把问题解决了。这种倾向几乎成了一种西方时髦的追逐,三十多年来,没有比这种理论思维更为轻佻的了!"① 把文学本质论研究等同于本质主义,又把本质主义等同于思想理论僵化,由此而导致文学理论界都不敢或不屑于探讨文学本质问题,这对当代文学理论的建设与发展并无益处。笔者认为,在学术讨论中应当慎用"本质主义"这样的概念,更不要轻易给人扣这样的帽子,否则不利于平等与平和地从学理上讨论问题。况且,即使说某些文学本质论的"观念"有可能存在本质主义弊端,也不能说文学本质论的"问题"本身是本质主义的。反本质主义充其量只能反掉某些被认为是"本质主义"的理论观念,但文学本质论的"问题"本身是反不掉的。当然,这样说也有一个重要前提,就是不必把文学本质论问题扩大化,而是应当在某些特定的范围内来认识这个问题的积极意义。

应当说,并非凡是从事文学活动的人都需要关心和思考文学本质问题。比如一般的作者、读者或文学研究者,都未必非要搞明白"文学是什么"的问题才去创作、阅读或从事研究,他们只要按照自己对文学的经验感悟去实践就行了。当然,如果他们对于"文学是什么"的问题能够产生兴趣,并且自觉地加以思考,对此有所理解和感悟,也仍然不无益处。但在另一些情况下,关于文学本质问题的探究和回答,也许就是不可或缺的,不能把这种研究看成是思想僵化。一是在文学基础理论研究中,不能缺少对于文学本质论问题的研究。正如有学者所说:"文学理论是关于文学的理论,本质上是对某一特定时期文学实践的经验总结和规律梳理……'文学是什么'这类'元问题',不是创作者或接受者需要思考的问题,而文学理论一旦出现,类似问题就成为无法绕过的核心问题。"② 如果对这样最基本的问题都不去回答或不能回答,那还叫什么文学理论?至于对这个问题应当如何研究和回答,形成什么样的观点和结论,那是另一回事。二是在文学理论教科书及其教学中,不能缺少文学本质论的内容,否则,作为文学基础理论的教科书及其教学也就是不合格的。至于对

---

① 钱中文在中国中外文艺理论学会第十一届年会的《祝辞》,参见河南大学《中国中外文艺理论学会第十一届年会暨"面向时代的文学理论与批评"国际学术研讨会会议手册》。
② 张江:《当代西方文论若干问题辨识——兼及中国文论重建》,《中国社会科学》2014 年第 5 期。

文学本质论问题怎么讲，阐述什么样的理论观点，那也是可以具体讨论的。

第二，对文学本质论观念嬗变的反思。如前所说，"文学是什么"属于文学理论的"元问题"，而对这个问题如何回答，则是一个理论观念问题。可以说文学本质论问题永远存在，而文学本质论观念则是不断变化的，如果试图寻找某种永恒不变的终极本质，或者固守着某种既定的理论观念不放，就的确有可能陷入本质主义的理论误区。有学者指出，"对文学而言，是否存在一套固定的、唯一的本质、原理、规律？我们并不认同后现代主义的'反本质主义'提法。本质是存在的，只是事物的本质总是随着时空条件的发展变化而发展变化。文学理论是关于文学的一种历史性、地方性（民族性）知识建构，不存在凌驾于历史和民族之上的终极本质。正是由于这一原因，近年来文学研究的理路发生了深刻的变化，传统的文学理论惯于追问'文学到底是什么'，今天，理论家更倾向于追问'到底哪些因素促使我们作出了这样的论断'"[①]。这也就意味着，我们需要充分看到文学本质论观念的历史性和时代性。通常说"一时代有一时代之文学"，同样，一时代有一时代之文学观，其中也包括文学本质论观念。文学本质观的形成，主要取决于两个方面的因素：一方面是这个时代的文学现实（事实），理论既是实践的总结，也是对文学事实的认识说明；另一方面是研究者的思想观念，即用什么样的观点、眼光、方法去认识说明，主观认识不同，得出的结论也就不同。所以，不同时代有不同的文学本质观是正常的，同一个时代有不同的认识见解也是正常的。可以进行比较研究，不一定非要定于一尊、非此即彼。对于当代文学本质论研究而言，应当系统梳理和反思过去各种文学理论观念。在这种梳理和反思中，最重要的不在于判断它是不是本质主义，更重要的还在于说明它为什么是这样的？努力用历史主义的态度和理论方法、视野，进行实事求是的考察和反思。一是在当时的历史背景下，为什么会形成和出现这样的文学本质观念？它与当时的历史条件是什么关系？它反映了当时历史条件下什么样的文学事实和人们的思想观念？二是它适应了什么样的现实需要？在当时起了什么样的作用？带来了什么样的结果？三是在今天看来，我们对这种文学观念进行反思，能够获得什么样的经验教训或历史启示？这样才

[①] 张江：《当代西方文论若干问题辨识——兼及中国文论重建》，《中国社会科学》2014年第5期。

能真正从历史的经验教训中获得有益的借鉴。

第三，对当今文学本质论研究的反思。毋庸讳言，近一时期文学本质论研究陷入了某种沉寂状态，这一方面可说是前一时期反本质主义论争带来的消极结果，另一方面也反映了当今时代文学发展的某种困境，以及当代文论在文化研究转向中一定程度的自我迷失。

首先，是文学阐释对象的迷失。应当说，历来有价值有影响的文论建构，都是建立在对某些特有文学对象的阐释基础上的。传统文论多以每个时代的经典文学为阐释对象，新时期以来文学观念的嬗变，也是以当代文学本身的创新发展为阐释基础的。如今所面临的困惑是，文学现象已经完全"泛化"了，文学被混杂和淹没在大众文化的汪洋大海之中，当代文论似乎找不到应有的阐释对象，于是就只好盲目地跟着一些文化研究转悠，导致自身的迷失。当代文论要走出这种困境，就需要重新找到自己的阐释对象。应当看到，在当今纷繁复杂让人眼花缭乱的文化现实中，仍然有许多重要的文学现象值得关注，有许多优秀作品在赓续经典文学传统，并且深刻地影响社会现实和人们的精神生活。当代文论可以有比较宽阔的理论视野，但无疑应当以当代有精神品位、有重要影响的文学作为主要阐释对象，否则就不可能把握一个时代的文学精神，更谈不上有新的理论发现和创造。

其次，是文学理论问题的迷失。反思新时期以来文学理论观念的嬗变，那些影响较大的理论观念，如文学审美论、文学主体论、文学的人文精神论、新理性精神论等，应当说都提出了那个时代人们普遍关心的问题，反映了时代变革的要求，回应了人们的现实关切，影响了文学和现实变革的发展进程。然而在后来所谓文化研究转向中，好像找不到应当关注的现实问题了。实际上，并不是文学发展没有问题值得关注，当今时代从现实生活到文学活动，很大的问题是在精神价值上没有方向感特别令人困惑。现实生活中的价值迷乱，会进入文学中来影响其精神价值取向，而文学中反映的生活现实和表现的精神价值，又会反过来介入现实影响人们的价值观。那么，文学究竟应当如何面对和回应这样的现实？应当表现什么样的时代精神和文学精神？以及当今何以还需要文学？它究竟能够起到什么样的作用？这些都是需要面对现实努力回答的问题。如果不能在新的现实面前对于文学是什么与为什么的问题做出新的回答，那么就不可能有当代文论的创新性理论建构，当然也难以发挥它应有的作用。

再次，是文学理论信念与价值立场的迷失。任何真正的理论建构与创新，不可能没有基本的理论信念与价值立场，这不难从各种理论建构，包括新时期以来文学理论创新建构中得到启示。然而在后来反本质主义观念的冲击下，这种理论信念与价值立场也无疑被动摇了。有些人已经不关心何以还需要文学理论，或者说它还有什么用处；有些人把文学理论看成是某种知识而不是什么理论，把文学理论研究称为"知识生产"而不是什么理论创造；有些人把文学研究当作是一门技术活，比如专注于用某种结构主义或叙事学来解析文本结构，或者反过来用某些文本解析的实例来证明某种结构主义或叙事学理论，而把应有的文学精神价值追寻抛诸脑后。有些人只是把文学理论看成对文学事实的说明解释，热衷于追逐各种新潮的大众文化或文学现象，极力为其做出合理性阐释，而恰恰忘了，理论研究不只是跟在文学事实后面去说明它"是什么"，更重要的还在于，基于社会和人的合理健全发展的理念，以超越性的审美态度探究文学"应如何"，即文学应有的精神价值与审美理想，从而为文学研究与评价提供必要的理论参照和价值引导。具体就文学本质论而言，正如有学者所说，文学本质不仅有"实然性本质"，而且还有"应然性本质"，前者指向说明文学事实，后者则指向确立文学价值。[①] 在文学本质论探讨中，当然有必要充分重视文学的"实然性"本质特性，也就是基于文学事实的观照与理论概括；但更有必要去关注其"应然性"本质特性，也就是基于我们心目中所理想的文学品质和审美精神。如果缺失了当今时代应有的文学信念，就不可能有立足于现实的对于文学特性功能的深刻理解，当然也就谈不上进行当代人应有的理论探究与建构。这是当代文论研究，包括文学本质论研究在内，所需要面对和思考的现实问题。

---

① 参见余虹《在事实与价值之间——文学本质论问题论纲》，《天津社会科学》2006年第5期。

第二章

"反本质主义"论争与文学本质论新探

在新时期以来的前二十年中,当代文学理论变革发展的主导性趋向,是在重新接续现代性传统的基础上,努力破除过去过于政治意识形态化的文学观念,以各种方式和路径寻求当代文论的理论重建,那么从 20 世纪末以来,则是受到西方后现代思潮的影响,再次对过去传统的、以及已经得到重建的文学理论观念和范式进行批判反思,由此形成当代文论更加开放性和多样化探索的新格局。当代文论观念与理论范式的再次变革,比较突出地表现在"反本质主义"的论争及其理论探索方面。

第一节 "反本质主义"论争:是什么与为什么

进入 21 世纪以来,在西方后现代文化和理论观念不断引进,当代文学随着大众文化扩张不断走向泛化的背景下,围绕当代文艺学的学科反思和文学理论知识生产的转型重建问题,文学理论界展开了比较广泛深入的探讨。从某种意义上说,这一理论探讨是由文学本质论问题引起的,或者更直接说,是对文学理论的本质主义质疑引发的,在相当程度上也是在本质主义与反本质主义的论争中展开和推进的。

这场论争是由反本质主义引发的,那么究竟什么是本质主义和反本质主义?这是首先应当搞清楚的问题。然而有意思的是,论争中学者们对这个问题的理解可谓大相径庭。比如,有的学者被批评为本质主义者,而他自己却声明不是本质主义者而是反本质主义者,似乎本质主义是个坏东西,避之唯恐不及。与此相反,有的学者几乎被认定为反本质主义的代表人物,而他本人却一再表示自己不是反本质主义者,或至少不是别人所认为的那种反本质主义者。也有的学者完全不避"本质主义"之嫌,明确

第二章 "反本质主义"论争与文学本质论新探

提出本质主义有好有坏不能一概而论，旗帜鲜明地主张坚持科学的本质主义立场。有的学者把马克思恩格斯的理论毫无疑问地归入本质主义一类，反之也有学者把马克思恩格斯纳入反本质主义的理论阵营，如此等等。这样看来，学界虽然争论激烈，但对于争论的问题本身似乎并不十分明白，或者说，对于所争论的问题及其使用的概念，自己要说什么是清楚的，而对方说的什么意思则不甚明了，这样讨论的实效显然会大打折扣。因此，有必要先把关于本质主义与反本质主义的不同认识梳理辨析一下。

一 对于"本质主义"的认识

什么是本质主义？正如有学者所说，本质主义并不是一种"有头有尾"或"有名有姓"的思潮，而是一种后来被追加的命名。① 那么，这种命名是由谁提出和追加，又是为什么提出和追加的呢？大致而言，在西方理论界，这一命名的提出和追加者是那些后现代理论家，他们主张所谓"后"理论，其目标首先是要颠覆和解构此前的"元"理论。正如伊格尔顿在《后现代主义的幻象》一书中所说："后现代思想的典型特征是小心避开绝对价值、坚实的认识论基础、总体政治眼光、关于历史的宏大理论和'封闭的'概念体系。它是怀疑论的，开放的，相对主义的和多元论的，赞美分裂而不是协调，破碎而不是整体，异质而不是单一。它把自我看作是多面的，流动的，临时的和没有任何实质性整一的。后现代主义的倡导者把这一切看作是对于大一统的政治信条和专制权力的激进批判。"② 如果将后现代主义所反对的这些东西归结起来给予一个命名，那就叫做"本质主义"。他们认为，"本质主义是一种教条，这种教条把一些固定的特性或本质作为普遍的东西归于一些特定的人群……把任何文化的分类编组加以模式化的基本原则，都是在用本质主义的方式进行运作"③。"后"理论正是想要彻底打破"元"理论的垄断地位，彻底颠覆和解构这种流行的理论观念和思想方法，从而为"后"理论自身赢得合法性和生长空间。

如此看来，无论在历史上还是在现实中，都并没有一个所谓本质主义

---

① 童庆炳：《反本质主义与当代文学理论建设》，《文艺争鸣》2009年第7期。
② [英]特里·伊格尔顿：《后现代主义的幻象》之"致中国读者"，华明译，商务印书馆2000年版。
③ [英]阿雷恩·鲍尔德温等：《文化研究导论》，陶东风等译，高等教育出版社2004年版，第142页。

的"实体"存在，它实质上不过是反本质主义者设置的一个"他者"概念，用以指称他们意欲针对的批判对象。它有时候可能是个"标靶"，把所要批判的东西钉在这个标靶上以便瞄准射击；它有时候也可能是一顶"帽子"，可以随意扣到他们所选定的对象头上，使其置于被批判的地位。至于这个"本质主义"的确切含义是什么，似乎难以形成什么权威的界定，而且也未必能形成什么共识。

在我国理论界，随着"后"理论及其反本质主义思潮被引进和流行开来，"本质主义"这个概念也就随之被普遍使用。然而从近一时期的讨论情况来看，对这个概念的认识理解和态度更可谓莫衷一是，概而论之，大致有以下几种情况。

其一，将"本质主义"作为贬义词，当作完全错误的东西，视为僵化、绝对化、教条化的理论和思维方式的代名词，从而理所当然地将其作为理论批判的对象和标靶。这种认识和态度实际上来源于西方后现代主义对它的定性，正如伊格尔顿所说，所谓本质主义，"这是后现代主义著作中提到的最为十恶不赦的罪恶之一，几乎是首要罪行，或者相当于神学中的反对圣灵罪"[①]。因此，对于本质主义，无论怎样对它吐口水，也无论怎样对它进行贬抑和批判，都完全属于正义之举。这种理论预设和定性，无疑也为我国的反本质主义提供了依据和口实。

首先是一些在理论姿态上取攻势的学者，对本质主义给予定性和批判。其中比较有代表性的说法，比如有学者说："此处我们所说的'本质主义'，乃指一种僵化、封闭、独断的思维方式与知识生产模式。"[②] 也有学者说，"'本质主义'通常是作为贬义词出现。哪一个理论家被指认为'本质主义'，这至少意味着他还未跨入后现代主义的门槛……'本质主义'典型症状就是思想僵化，知识陈旧，形而上学猖獗"[③]。如此说来，本质主义显然一无是处，对它怎样指责批判都不算过分。

于是一些在论争中取守势的学者，也不能不予以招架做出回应。他们一方面严正声明自己并不是本质主义者，并列举一系列理论创新的事实，来回击那些所谓"本质主义"的无端指控；另一方面，则对反本质主义

[①] [英] 特里·伊格尔顿：《后现代主义的幻象》，华明译，商务印书馆2000年版，第112页。
[②] 陶东风主编：《文学理论基本问题》，北京大学出版社2004年版，第3页。
[③] 南帆：《文学研究：本质主义，抑或关系主义》，《文艺研究》2007年第8期。

的理论立场表示完全认同，并对本质主义表现出同样的义愤和批判态度，认为本质主义是自柏拉图、亚里士多德开始，直至康德、黑格尔的某种西方哲学思潮，其特点是追求非历史化的绝对真理、绝对理念等。19世纪以来，从马克思到尼采、萨特、海德格尔，都是持反本质主义立场，因此，这些论者"不认为今天的思想界仍然抱着本质主义思维方法，本质主义与反本质主义的战争其实早就已经结束，已经没有了悬念。"① 与上面的理论观点比较，在认定本质主义是一种坏东西这一点上是一致的，而区别只在于，激进的反本质主义极力要把目标引向现实批判，而后者则更多指向历史的批判反思。

其二，认为"本质主义"并不必然是坏的，或者说它并无好坏之分，应当具体考察某种本质主义理论的涵义，以及它在一定理论系统中所起的作用，而不能抽象地判定它的性质与好坏。

这一看法首先是来自英国学者伊格尔顿，他对后现代主义者先验推定本质主义的十恶不赦之罪不以为然，乃至为其辩护。他说："本质主义的比较无伤大雅的形式是这样一种信念，即认为事物是由某些属性构成的，其中某些属性实际上是它们的基本构成，以至于如果把它们去除或者加以改变的话，这些事物就会变成某种其他东西，或者就什么也不是。如此说来，本质主义的信念是平凡无奇，不证自明地正确的，很难看出为什么有人要否定它。照这样看，它没有什么特别的直接政治含义，没有什么好或者坏。"② 他并且认为，既不能简单地用本质主义来区分好坏，更不能用它来划定政治派别，"本质主义并不必然是政治右派的特征，而反本质主义也并不必然是左派的一种必不可少的特点。卡尔·马克思是一个本质主义者，而资产阶级功利主义之父杰里米·边沁则是一个狂热的反本质主义者"③。联系前面有学者认为马克思是持反本质主义立场，伊格尔顿这里的说法则又耐人寻味，显然他们对本质主义的理解是不一样的。

国内学者也有类似的观点，认为本质主义作为一种传统的理论模式，其实是在不断演变。就西方而言，本质主义从古希腊开始，经历了"独断论本质主义""认识论本质主义""辩证唯物论本质主义""现象学本

---

① 童庆炳：《反本质主义与当代文学理论建设》，《文艺争鸣》2009年第7期。
② ［英］特里·伊格尔顿：《后现代主义的幻象》，华明译，商务印书馆2000年版，第112页。
③ ［英］特里·伊格尔顿：《后现代主义的幻象》，华明译，商务印书馆2000年版，第115—116页。

质主义""逻辑实证主义本质主义"等各种形态,"每一种新的本质主义的出现,都是以克服旧的本质主义为前提的"①。这就是说,即使认为那种"独断论本质主义"是不好的,也并不等于说所有本质主义都是不好的和应当否定的。换言之,不能说本质主义是绝对地好或者坏,应当看它在历史发展进程中所起的作用,这本身也正是一种历史主义的态度。

其三,认为对于"本质主义"不能一概而论,似乎好就一概都好,坏就一概都坏,实际上既有坏的本质主义,也有好的本质主义,应当区别对待。

有学者明确指出:"不能断论,凡反本质主义均好,凡本质主义皆坏。不能笼统地一概而论,把所有的理论、学理和理性都视为理障,都视为研究对象所蕴含着的真理的掩盖物和遮蔽物。"针对那种将马克思、恩格斯归为反本质主义的看法,作者认为,"这种说法是不正确的,至少是不全面的。马克思、恩格斯不只是反本质主义者,他们首先或同时是科学的本质主义者。援用当代富有时尚感的学术话语来说,他们既是旧的本质理论和思想体系的解构主义者,又是新的本质理论和思想体系的建构主义者。实际上,这是一个问题的两个方面"②。这一看法与前面提到的童庆炳和伊格尔顿的看法各有相通之处,显然是一种更为辩证的认识。在论者看来,本质主义并不只有一种,而是有不同的形态。既有坏的本质主义,即那种极端的、僵硬的、教条的本质主义,对它进行学理上的清理和批判是完全应该的。但也有好的本质主义,即科学的本质主义,比如马克思主义就是这样一种科学的本质主义,"马克思、恩格斯为了追求更加合理的思想体系和社会制度,积极探索历史的发展规律和资本主义社会的隐秘,从而用新的本质主义理论取代旧的本质主义理论,为社会的进步和无产阶级的解放提供强大的科学的思想武器"③。正是秉持着这样一种理论信念,作者站在科学的本质主义的立场上,对文学本质论问题进行了持续不断的全面系统的探讨。④

---

① 汤拥华:《告别与执守:有关文学理论的论争——由一篇商榷文章引发的商榷及感想》,《浙江社会科学》2004年第1期。
② 陆贵山:《本质主义解析与文学理论建构》,《文学评论》2010年第5期。
③ 陆贵山:《本质主义解析与文学理论建构》,《文学评论》2010年第5期。
④ 陆贵山:《试论文学的系统本质》,《文学评论》2005年第5期。

二 对于"反本质主义"的认识

从逻辑上来说，反本质主义就是对本质主义的否定和批判，只要锁定了本质主义这个对象标靶，这种否定批判的针对性应当是不成问题的。然而如前所说，实际上并不存在本质主义这样一个"实体"，它更像是一个飘浮不定的"影子"，因此对它的否定批判就并不那么容易目标明确火力集中。更何况，有些人并不认为本质主义一定就坏，反本质主义一定就好，从而在理论立场上便有种种不同。因此，从反本质主义这个方面来看，也相应地显现出一定的复杂性，有必要加以辨析。

讨论反本质主义问题，首先需要关注陶东风教授的观点，这是因为，他在我国文论界最早提出反本质主义的话题，并且也被很多人认定为反本质主义的代表人物。然而从陶东风本人的一些表述来看，却显得颇为复杂甚至不无矛盾之处。比如，他有时承认自己是个反本质主义者，并且明白无误地表明自己反对本质主义的理论立场。在回应学界的质疑时，他明确说自己"是一个反本质主义者，我对自己的反本质主义的文学观持有'确定性'的信念"。而在另一段话中，他又声明自己并不是反本质主义者，他说，学界一些人"一致认定我是反本质主义者，尽管我在文章和教材中反复且明确表白我不是反本质主义者而是建构主义者，对于'反本质主义'我只是'有条件地吸收'"[①]。在这里，他显然感到自己的立场观点被别人误解了，因此有必要强调他所坚持的反对本质主义立场，并不是人们所普遍认为的那样一种反本质主义。

那么陶东风对于反本质主义究竟是一种什么态度呢？从下面一段话我们可以了解他的完整看法："本质主义的文学理论不是文学本质论的代名词，不是所有关于文学本质的理论阐释都是本质主义的。本质主义只是文学本质论的一种，是一种僵化的、非历史的、形而上的理解文学本质的理论和方法。""对本质主义文学理论的反思和扬弃并不必然导致反本质主义。或者说，我们可以把反本质主义分为'反本质主义'与'反本质的主义'两种，建构主义属于'反本质主义'，而不是'反本质的主义'。'反本质的主义'以后现代主义为代表，它不是对本质主义的反思，而是

[①] 陶东风：《文学理论：建构主义还是本质主义——兼答支宇、吴炫、张旭春先生》，《文艺争鸣》2009 年第 7 期。

彻底否定关于本质的一切言说，认为本质根本不存在。"① 应当说，这段话的意思是清楚明白的，陶东风的理论立场也是毫不含糊的。他并不赞成后现代主义那种激进的极端的反本质主义，即彻底否定关于本质的一切言说；他所坚持的也许可说是一种有限度的反本质主义，即既保持对那种僵化的、非历史的、形而上的本质主义理论的反思和扬弃，同时也不放弃对文学本质问题的建构性探索。因此他强调说："我的反本质主义（如果可以这样称呼的话）更接近于建构主义的反本质主义，而不是后现代主义的激进的反本质主义。"② 以此观之便可以明白，当他否认自己是个反本质主义者的时候，是从前一种意义而言的；当他承认自己是个反本质主义者的时候，是从后一种意义而言的。这样看来二者不仅并不矛盾，而且恰恰显示了论者严肃辩证的理论立场，就这一点而言，学界对陶东风反本质主义理论的质疑和批评，的确多有误解和不当之处。

其实，在这场本质主义与反本质主义的论争中，还有人比陶东风走得更远，秉持更加激进的反本质主义的理论主张。比如有学者明确提出"本质的悬置"，认为长期以来，我们把过多的精力放在了对"文学是什么""文学发展的规律是什么"等问题的研讨上，导致了文学理论的僵化与滞后，"如果把'规律'、'原则'等问题抬到不适当的高度，就会出现与文学理论研究的学理客观性不相称的、不讲道理的伦理性评判，'文学'和'文学理论'也便成为一个'虚构的神话'"。"只有暂时把本质'悬置'起来，文学理论才有可能与当下已发生巨大变化的文学活动的生产、传播与消费方式进行有效的对话，才有可能走出'失语'的困境。"③ 也有学者主张将后现代思想引入当代文艺学建设，"这里说的后现代是一种怀疑和反对作为现代观念的本质主义、普遍主义的思想状态"，它反对"简约的、虚假的、永恒化的、粗暴的、均质化的使用本质概念"，提倡将"本质语境化、历史化、相对化、多元化"，这样，"对永恒本质的界

---

① 陶东风：《文学理论：建构主义还是本质主义——兼答支宇、吴炫、张旭春先生》，《文艺争鸣》2009年第7期。
② 陶东风：《文学理论：建构主义还是本质主义——兼答支宇、吴炫、张旭春先生》，《文艺争鸣》2009年第7期。
③ 秦剑：《"本质的悬置"：文学理论学科性之反思》，《黄冈师范学院学报》2005年第2期。

定的渴求就让位于对事物本质这种'知识'的历史化和多元化的描述"①。从这种观念的理论逻辑来看，似乎执着于对"文学是什么"之类关于文学的本质、规律、原则等问题的研讨，就势必会走向本质主义，只有引入后现代思想，把本质问题"悬置"起来，避开对"本质"概念的界定和使用，才能走出本质主义的理论误区，这种看法显然又容易导向另一种简单化和片面性。

应当说，在讨论过程中，更多学者对于"反本质主义"还是持比较审慎的态度，注意到"反本质主义"本身所存在的两面性，即它有可能带来的积极作用与消极影响。比如，前面所引述陆贵山先生的观点，认为不能简单判断说，凡反本质主义均好，凡本质主义皆坏。反对教条主义和绝对主义的本质主义是必要的，但一概拒绝本质沉思和理论思维的偏向则是必须加以防止的。童庆炳先生也明确反对把反本质主义扩大化，认为对于反本质主义要有明智的看法，不能走向极端和偏执。"走向极端的反本质主义必然要导致不可知论和虚无主义。我们赞成的是作为思维方式的反本质主义，而不是它的某些确定性结论……我隐隐感到担心的是，有些作者在有意无意间似乎把凡是给事物下定义的，凡是想明确回答问题的，凡是把事物分成现象与本质二元对立的，凡是想搞体系化的著作的，都叫做本质主义。如果把这四个'凡是'作为衡量是否是本质主义的模式，那么这种给学术设置禁区的做法本身，给学术立这些规则的做法本身，就是本质主义的。这样，他们就不是为学术研究开辟道路，而是设置障碍了。"② 也有学者在谨慎肯定我国反本质主义文艺学的积极意义的同时，认为"反本质主义思维走向极端就是绝对的相对主义，文学在这种相对主义看来没有任何固定的本质，从而文学也就无法区别于原始森林、太阳、行星，甚至无法区别于音乐、建筑、雕刻、绘画等艺术。如果一味拆解和反本质，文学理论必然陷于碎片化而无法成为体系性的理论思考，从而无法承担人文精神提升和文学现象解说的功能"③。在学界的讨论中，不少学者都持类似看法。在笔者看来，这种理论观念力求避免论争中容易出现的情绪化、简单化和片面性，体现了一种应有的理性反思态度，是更

---

① 李秀萍：《关于建国以来文艺学教材建设的思考》，《首都师范大学学报》2005年第1期。
② 童庆炳：《反本质主义与当代文学理论建设》，《文艺争鸣》2009年第7期。
③ 章辉：《反本质主义思维与文学理论知识的生产》，《文学评论》2007年第5期。

为值得重视的。

三 "反本质主义"论争的理性反思

近一时期文艺学界出现的本质主义与反本质主义的论争，也许不是偶然发生的，而是与传统文艺学在"后文学"时代遇到的困境和挑战有关，与文艺学界在这种挑战面前努力寻求突破的理论焦虑有关，与当代文学理论知识生产转型重建的价值选择有关。那么，这种反本质主义的理论思潮究竟是怎样兴起的？它究竟是什么与为什么？这场论争究竟具有什么样的意义？对于这些问题，也许正是这场论争归于相对平静之后我们应当理性反思的。

首先，反本质主义的理论思潮兴起的原因是什么？理论界或许有各种不同的认识看法，不过在笔者看来主要有三个方面的原因。其一，从外部原因方面来看，主要是西方后现代主义思想观念的影响。伊格尔顿在其著作中一再描述后现代思想观念的特点，除上文引述外，在近年推出的《理论之后》一著中他又指出："'后现代主义'，我认为，粗率地说，意味着拒绝接受下列观点的当代思想运动：整体、普遍价值观念、宏大的历史叙述、人类生存的坚实基础以及客观知识的可能性。它怀疑真理、一致性和进步，反对它所认为的精英主义，倾向于文化相对主义，赞扬多元化、不连续性以及异质性。"① 这种后现代主义思想观念，导致了西方的"后理论"转向，即转向伊格尔顿所说的反理论主义，其内涵之一便是所谓反本质主义。在文学研究方面，也带来了所谓文化研究转向，即从对文学本身问题的研究，转向开放性的文化问题的研究。理论上的反本质主义，与文化研究转向中对文学问题的泛化和悬置是恰相呼应的。西方后现代主义以及文化研究的一些思想观念，引起了一些国内学者的兴趣和追捧，并且也成为一些反本质主义论者重要的理论资源。实际上一些持守反本质主义立场的学者对此并不讳言，在当今更加多元开放的文化背景下，这种外来思想观念的影响显然不可低估。其二，从现实因素方面来看，也许可以说是反映了当今"后文学"时代的一种理论困境。随着20世纪90年代以来大众文化兴起，文学不断走向开放性多元化的泛化发展，面对这种文学现实，当代文论界普遍表现出某种理论焦虑与困惑，沿用以往的理

---

① [英] 特里·伊格尔顿：《理论之后》，商正译，商务印书馆2009年版，第14页。

论观念和模式，已经难以对当下的文学现象做出合理的理论阐释和回答。于是，一些学者便由此转向对这种理论观念和模式本身的怀疑，以为一切关于文学的本质和规律性问题的探究，都难免陷于本质主义的误区，因而都是不合时宜的。而反本质主义的思想观念，正好为这种"后文学"时代的理论突围提供了依据。其三，再从当代文艺学自身方面来看，正如陶东风等学者在进行学科反思时所指出的那样，以往的文艺学理论建构中，的确一定程度上存在比较简单化和绝对化的倾向，比如过于强调文学的某种普遍规律性而忽视其特殊性和多样性，或者过于以某种社会意识形态观念主宰文学理论话语，缺乏现实的应变阐释能力，因而表现出比较明显的理论弊端和局限性，这在有些学者看来无疑就是一种本质主义的表现。而反本质主义作为对这种理论弊端的逆反与反拨，甚或还是对某种意识形态威权力量支配文学理论话语的一种抵制与抗争，它的兴起显然有其内在的某种必然性。

其次，反本质主义是什么？对此究竟应当如何认识？从讨论的情况来看，有一点大概是可以肯定的，即反本质主义并不构成为一种理论形态，因为它不是建构性的理论，它没有自身理论建构的基点，因此它不可能形成某种理论形态。除此之外，它还能是什么呢？从讨论情况看，大致有以下三种含义。其一，表现为一种理论立场和态度，即根源于对以往文艺学理论观念和理论体系的不满，从而以反本质主义的姿态，表明其对以往理论的反叛性、批判性、反思性的立场和态度。对于多数主张或者认同反本质主义的学者来说，恐怕主要是这样一种含义。其二，不只是一种立场和态度，更是一种理论策略，即通过反本质主义的解构策略，以求达到新的理论建构的目的。比如陶东风有时否认自己是反本质主义者，有时又承认自己是反本质主义者，不过他又特别强调："我的反本质主义（如果可以这样称呼的话）更接近于建构主义的反本质主义，而不是后现代主义的激进的反本质主义。"[①] 其实他的本意在于，提出反本质主义的命题，并不是真的要否定对文学本质问题的探讨，而是试图以此打破既已形成的某些文艺学体系的一统格局，彻底解构其理论范式，随之而来，则是要极力推出他的"建构主义"的理论主张取而代之。同样，南帆等人的反本质主义也是这样一种策略，他曾说得明白："关系主义只不过力图处理本质

[①] 陶东风：《文学理论：建构主义还是本质主义——兼答支宇、吴炫、张旭春先生》，《文艺争鸣》2009年第7期。

主义遗留的难题而已……在本质主义收割过的田地里再次耕耘。"① 这就是说，反本质主义无非是要清理文艺学这块田地里的本质主义遗留物，为推出新的理论清除障碍和开辟道路，以利于他所倡导的"关系主义"理论在这块田地里重新生长。这种以反本质主义的解构开道以求实现新的理论建构的策略不言而喻。其三，把反本质主义视为一种思维方式或者理论方法。比如，童庆炳先生就明确提出把"反本质主义作为一种开放的思维方式"，而不是把它看成一种理论形态。在他看来，本质主义的根本问题是思维方式上的极端化和绝对化，那么反本质主义所针对的当然也是思维方式问题，所以他表示，"我们赞成的是反本质主义求解问题的方式和超越精神，即不能把事物和问题看成是僵死的、一成不变的，并且要有不断进取精神，超越现成之论，走创新之路"②。也有学者认为："反本质主义只能是方法、手段或过程，而不是目的，不是结果。"③ "我们只有把反本质主义提升到方法论的层面并放在整个人类思想史的脉络里来详加审视才能真正明白其重大意义。"④ 由此可见，对于反本质主义是什么的问题，理论界各有不同的认识理解，可能未必那样容易形成理论共识，但这也许并不重要，重要的是我们能够从各种不同角度的认识理解中获得什么样的启示。

再次，对于这场论争的意义，我们应当如何认识？文艺学界关于本质主义与反本质主义的论争已持续多时，现在看来并没有也不太可能形成什么结论，但这并不意味着这场论争没有意义。在笔者看来，它的启示意义主要有以下几个方面。一是通过这种论争增强了当代文艺学的批判反思性。应当说，批判反思性是理论创造的基本品格之一，如果缺少这种品格就难以有真正的理论创新。有学者把包括马克思在内的许多理论大师都视为反本质主义者，也许正是着眼于他们的这种怀疑和批判反思精神。新时期以来文艺学的创新发展，也是在这种怀疑和批判反思中不断推进的。不过问题在于，对于前人的理论进行怀疑批判可能比较容易，而对于当代建构的理论学说进行批判反思则可能比较难。与以往主要着眼于某些理论观念和方法的批判反思有所不同，反本质主义者试图从根本上对当代文艺学

---

① 南帆：《文学研究：本质主义，抑或关系主义》，《文艺研究》2007 年第 8 期。
② 童庆炳：《反本质主义与当代文学理论建设》，《文艺争鸣》2009 年第 7 期。
③ 章辉：《反本质主义思维与文学理论知识的生产》，《文学评论》2007 年第 5 期。
④ 王伟：《文学性、反本质主义及空间转向》，《文艺理论研究》2012 年第 5 期。

的理论范式和思维方式进行质疑,这可能会让一些人感到难以接受。但不管怎样,通过这场论争刺激和搅动一下,引起当今文艺学界的自觉反思,应当说还是很有好处的。二是通过这种论争引起我们对于解构性理论立场的必要反思。就反本质主义的本意和实质而言,它显然是一种解构性的理论指向,在理论创新发展的过程中,这种解构性无疑是必要和具有积极意义的,因为不破不立,没有解构也就没有建构,这不言而喻。然而问题在于,理论解构应当有其自身的限度,它可以是一种策略、一种方法,但解构本身并不是目的,它不应当导致对一切文学本质理论的怀疑和否定,更不应当导致对一切关于文学本质探讨的愿望及其可能性的怀疑和否定。如果把反本质主义理解为一种颠覆性的解构,那就将从一种极端走向另一种极端,走向绝对化的怀疑主义、否定主义和虚无主义,那就任何理论创造都无从谈起。从这场论争的情况来看,某些反本质主义者一定程度上存在着这样的偏向,这不能不引起理论界应有的关注和警惕。对这种解构性思维方式的反思本身,也应当是深化理论认识的必要前提。三是通过这种论争也增强和激发了理论建构的自觉性。如果说我们既无法回避过去的理论思维中存在着的本质主义嫌疑与弊端,又难以接受反本质主义对文学本质论的彻底颠覆,那么,我们所应当做出的选择,便是面对现实重新寻求理论建构,既力求克服本质主义的弊端,同时也回应反本质主义的挑战。从建构性的理论立场来看,在经过了这场反本质主义的论争反思之后,就理应更加增强理论的自觉性,包括理论观念和思维方式上的自觉。当我们重新思考探索一些文学问题和建构某些理论学说时,就应当更加切近对文学的合规律性与合目的性的认识,更加意识到这种建构的历史性与当下性的关系,更加意识到这种建构的理论限度和适用性(适用对象与范围)的问题,从而避免像过去那样把某些理论观点随便说成是文学的"基本原理"或"普遍规律",以免重新陷入本质主义理论观念和思维方式的误区。倘若如此,这场论争所带来的就不仅仅是一种批判反思性的意义,而是更具有一种促进理论建构的积极意义。

第二节 "反本质主义"语境下的文学本质论探索

文学本质论是一个现代文学理论问题,通常在系统性文学理论建构中,文学本质论往往成为其理论基石和核心观念。文学本质论观念不同,便会有对于文学现象的不同认识和阐释,因而也就会有不同的文学理论体系建构。随之而来,不同的文学理论观念的分歧与交锋,也往往首先在这个基本问题上表现出来。改革开放以来,伴随着当代文学实践的不断创新发展,当代文论也努力打破过去过于政治化的文学本质论模式,寻求理论观念的变革与重建。从社会意识形态论到审美意识形态论,从审美论到人的文学论,标志着文学本质论观念的历史嬗变过程,反映了时代变革和文学发展的内在要求,对此值得进行理论反思。然而,从 20 世纪末以来,在后现代文化思潮影响下,当代文论界出现了"反本质主义"的激烈论争,形成了对传统文学观念和理论模式的冲击与挑战。在这样的语境下,当代文论将如何回应这样的现实挑战?以及如何在当下的文学理论建构(特别是文学理论教科书)中处理文学本质论问题?看来这些问题都值得进一步思考和探讨。

一 "反本质主义"论者的理论重建之路

当代文论界的"反本质主义"论争,可说是由陶东风等学者对当代文艺学的批判反思拉开序幕。在他们看来,在当今文艺学界,特别是大学文艺学教科书中,最典型地集中了本质主义的弊端,以各种关于"文学本质"的元叙事或宏大叙事为特征的、非历史的本质主义思维方式,严重地束缚了文艺学研究的自我反思能力与知识创新能力,使之无法随着文艺活动的具体时空语境的变化来更新自己,无法对新的文化与文艺状态做出及时而有力的回应,存在着严重的知识僵化、脱离实际的问题。作者以一些有代表性的文学理论教材为例,剖析了当代文艺学中本质主义弊端的具体表现。作者的结论不言而喻,当代文艺学要创新发展,就必须对这种本质主义思维方式和理论模式进行批判反思,从而寻求文艺学的知识重建。

那么应当如何重建呢?作者提出的基本思路是:"以当代西方的知识社会学为基本武器重建文艺学知识的社会历史语境,有条件地吸收包括'后'学在内的西方反本质主义的某些合理因素,以发挥其建设性的解构功能(重新建构前的解构功能)。知识社会学的视角要求我们摆脱非历史的、非语境化的知识生产模式,强调文化生产与知识生产的历史性、地方性、实践性与语境性。"① 作者将自己主编的《文学理论基本问题》作为一个尝试，它有意打破了文艺学教材的传统体例，改为用中外文论史上反复涉及或在当今文学研究中大家集中关注的基本问题结构全书，在认真梳理和研究中西方文论史的基础上，提出一些"基本问题"与重要概念。然后，按照历史化与地方化的原则方法，对这些重要的概念和问题作知识的介绍和历史的解释。最后，并不要求对这些概念和问题给出最终答案，不作结论，把问题敞开，让学生自己去思考。这意在使学生明白关于"文学"本来就有无限多元的解释与理解，从而培养他们开放的文学观念。②

从该著的理论框架和章节内容来看，的确与过去的文论教材大不相同。它不是按照一定的逻辑起点提出理论命题，并按照一定的逻辑关系展开论证，从而建立具有自洽性的理论系统，而是根据作者的理解和意图，提出在作者看来比较重要的若干个文学理论问题，然后围绕这些问题，系统梳理和阐释评析中外文论中各种有代表性的理论观点，并阐述编著者自己的认识看法。该著设七章分别探讨了七个方面的问题，并且每章所涉及的问题和内容也颇为庞杂，相互之间并没有太多的逻辑关联性。

具体就文学本质论问题而言，也体现了编著者的基本立场和观念。第一，作者虽然有针对性地提出了反本质主义问题，但并不反对和抛开对文学本质论本身的探讨，该著第一章所提出讨论的就是"什么是文学"即文学本质论问题。之所以把它作为首要的概念和问题提出来探讨，是因为作者意识到，"'什么是文学'是文学理论的起点性问题，也是文学理论作为一个独立学科而存在的总问题。文学理论的基本性质和体系构成，都取决于对这一问题的思考和回答"③。第二，该著对文学本质论问题的讨论，其出发点和立足点，都与以往的文学理论教材不同。一是并不寻求给文学下定义，或者对这个问题寻找一个最终答案。二是不像其他教材那样，把文学本质论设置为理论体系的核心，成为全书"总纲"使其起统领作用，而是把它当作众多文学理论问题中的一个，与各章节所讨论的其他问题并列设置，并不具有特殊地位和作用。第三，探讨这个问题的具体方式，主要致力于梳理"文学"概念的历史变迁，介绍和评析中西各种

---

① 陶东风：《文学理论基本问题》，北京大学出版社2004年版，第21页。
② 陶东风：《文学理论基本问题》，北京大学出版社2004年版，第25页。
③ 陶东风：《文学理论基本问题》，北京大学出版社2004年版，第27页。

关于"文学是什么"的基本知识和理论观点,最终也没有形成什么结论性看法。其本意就是为读者提供一些文学理论的历史性和地方性"知识",了解文学理论的基本形态和发展趋势。从这个角度来看,该著自有其意义价值。但从文学理论教科书的功能要求来看,如果只是介绍有关问题的历史性知识,而缺少作者应有的立论性观点或建构性看法,这无疑会让读者陷于多元化"知识"的困惑之中,并且在"理论"上感到无所适从。对于这样一种状况,人们提出批评和质疑也是不无道理的。

文艺学界另一位反本质主义的代表性理论家是南帆。一方面,他明确表达了自己反本质主义的理论立场,认为本质主义的典型症状是思想僵化、知识陈旧、形而上学猖獗;根本问题在于将表象与本质的区分视为天经地义的绝对法则,并且将这种二元对立设置为主从关系,从而导致文学理论研究的简单化。另一方面,他大力提倡"关系主义",也就是彻底打破过去二元对立的思维模式,不再把一切理论预设都指向"本质"这个唯一的焦点,而是把文学还原到多元的关系网络中去。"关系主义倾向于认为,围绕文学的诸多共存的关系组成了一个网络,它们既互相作用又各司其职。总之,我们没有理由将这些交织缠绕的关系化约为一种关系,提炼为一种本质。文学的特征取决于多种关系的共同作用,而不是由一种关系决定。"[①] 在他看来,近期兴起的文化研究有理由被视为关系主义的范例,因为文化研究对于各种复杂关系的分析提供了远比本质主义更丰富的解释。

跟陶东风的做法一样,作为"关系主义"理论主张的一种具体尝试,南帆也主编了一本教材《文学理论新读本》,其中完全体现了编著者反本质主义的理论观念。第一,它回避或者说"隐去"了关于文学本质论问题,即没有把"文学是什么"作为专门问题列出来进行探讨,表明作者对讨论这样抽象的问题没有兴趣,既无必要也无意义。第二,编著教材无论怎么说都是一种系统化的理论建构,既然如此,显然就需要有一定的理论支点和逻辑思路来加以支撑,该著的"导言"实际上就是要解决这方面的问题。作者首先分析了此前文学理论研究的两条线索,一种是重视文学自身的审美品质与审美特征,另一种是重视文学的历史意识与历史维度,前者偏重于"内部研究",后者偏重于"外部研究",两者各有道理。

[①] 南帆:《文学研究:本质主义,抑或关系主义》,《文艺研究》2007年第8期。

作者试图将这双重视野统一起来，整合在同一个理论系统之中。当然，这样的系统整合就仍然需要一个理论基点或支点，那么在作者看来，这个理论基点或支点就是"话语分析"。通过对伊格尔顿话语理论的引述与评析，作者阐述了自己的看法，认为"文学是一种话语实践"，这种话语实践的结果，向内指向文学文本的内部关系，向外指向社会历史领域，彼此相互交织构成错综复杂的关系系统。这样，"话语实践"就可以看作是文学关系网络中的一个联结点，而"话语分析"也就可以成为文学理论与文学批评的一个切入点或理论"支点"。[①] 从该著的内容和结构来看，大致上体现了这样的基本理念与研究思路。第三，理论体系的开放性。该著导言的标题即为"文学理论：开放的研究"，表明作者并不局限于某种理论模式，实际上抛开本质论问题的目的，就是为了打破封闭性走向开放。从教材内容可见，它把关于文学的各种话语方式，文本与文类的各种形态，文本内部与外部的各种关系，从经典文学到大众文学，从古典主义、浪漫主义、现实主义到现代主义、后现代主义等各种文学形态都纳入进来进行考察和阐释，的确体现了充分的开放性和包容性。

当然，对于这样一种反本质主义的文学观念及其理论探索，也引起了学界的质疑和批评，有学者认为这种倾向未免矫枉过正，如果一部教材的编写指导思想模糊，缺乏一个统摄全书的中心思想，必然导致全书总体结构不明晰，章节安排混乱，不能体现文学理论的新发展和新动向。[②] 这种批评意见未必准确，但针对反本质主义倾向所提出的问题，还是值得我们认真反思的。

二 文学本质论向文学本体论的转换策略

当代文论界的反本质主义论争，既是对传统文学理论观念的有力冲击，也引起了文论界的自觉反思。在这种新的语境下，当代文论将如何应对，特别是对于文学本质论问题将如何对待，就成为一个现实问题。一些学者似乎自有主意，既不介入反本质主义论争，也不直接讨论文学本质论问题，而是改变策略，转换为文学本体论问题进行探讨，寻求新的突破。

董学文等著《文学原理》初版于2001年，是在文论界反本质主义讨

[①] 参见南帆主编《文学理论新读本》"导言"，浙江文艺出版社2002年版。
[②] 张旭春：《全球化时代的文学理论？——评〈文学理论新读本〉》，《文艺争鸣》2009年第1期。

论兴起的背景下出版的，可能在一定程度上受到其影响。该著值得关注之处，是不像过去的教材那样直接讨论文学本质论，而是改为探讨"文学本体"问题。该著"导言"中说："应该承认，对文学原理某些从思辨性讨论转向实证性研究的趋势并没有表明文学基本理论的探索已经终结。相反，实践表明文学原理基本概念、深刻内涵、应用前景及其新形态的展示，还远未被发掘出来，一个很大的必然王国还摆在我们面前。"[1] 这似乎正是针对反本质主义有感而发的。作者的新探索主要表现在两个方面，一方面是改变编著思路和体例，作者试图紧扣文学理论的"元问题"，舍去各种枝蔓的东西，把文学原理系统定位在"五个W"上，即"文学是什么""文学写什么""文学怎么写""文学写成什么样""文学有什么用"，由此构成全书的前五个章节，最后第六章作为总结讲文学的理论与方法。[2] 这样的内容安排和结构框架，与我们以往看到的文学理论教材明显不同。二是各章节对具体问题的探讨，也尽量避开原来的模式套路，进行具有创新性的理论探索。其中最突出的是第一章对"文学的本体与形态"的论述。

作者认为，文学是什么？这是文学原理必须解答的首个问题，也是深入研究文学的一个基本问题。对这个"元问题"可以从文学的本体与形态的有机结合进行探讨。"本体是什么？从哲学意义看，本体是事物的形态掩饰之下的特质，是此物之所以为此物的内在规定性。每一种事物都有自己的感性形态，但形态不等于本体，它只是事物的外在表征，即我们可以通过感官直接把握的特点。本体则潜藏于形态，借形态显示自己，又决定着形态。因此，严格地说，本体是不可直观的，但它对我们认识事物又非常重要。"那么，什么是文学的本体与形态呢？概括地说，"文学本体当然也就是作家从文学特定的精神、审美和文化角度对世界的理解、思考和创造性把握。因此，文学作为本体或者观念，必然要涉及意识和思维、审美和精神这些重要范畴。而文学作为形式或者现象，则必然又要涉及物质形态、言、象、意等重要因素。"[3] 在作者看来，文学首先是在作家头脑中构思创造的，是一种观念形态的东西。这样就涉及两个方面，一方面，从作家构思创造的形式来说，它是一种大脑的意识活动即意识形式，

---

[1] 董学文、张永刚：《文学原理》，北京大学出版社2014年版，第1页。
[2] 董学文、张永刚：《文学原理》，北京大学出版社2014年版，第2页。
[3] 董学文、张永刚：《文学原理》，北京大学出版社2014年版，第9—10页。

同时它也是一种思维活动即形象思维；另一方面，从作家构思创造的内容来说，它是根源于人的审美需要，也是对事物的审美把握和体验，包含着形象性、情感性、思想性、真善美、意识形态性等丰富的精神内涵。其次，作家头脑中构思创造的这个艺术世界，要通过物质形态呈现出来，这种文学的感性存在状态，就成为文学现象，它直接诉诸人们感官的基本状貌、特征。文学是借助语言来实现物化获得物质形态的，它是文学语言或文学话语的构成物，而文学话语文本则又是由言、象、意构成的一个有机系统。按照这种理解，该著便从"文学作为观念"（包括意识和思维、审美和精神）和"文学作为现象"（包括特质形态，言、象、意）这样两个方面展开阐述，力求把文学与各种意识形态、艺术形态区分开来，从而揭示其不同于其他事物的特质。在此基础上，还进一步探讨了文学属性问题，认为文学属性是文学本体在现实中的流露，而文学最根本的属性，就是它的人学特性。以上述探讨为基础，该著最后给出了一个关于文学的概括性表述即定义："创作主体运用形象思维创造出来的体现着人类感性意识形式特点并实现了象、意体系建构的审美话语方式。"[1]

应当说，在文论界反本质主义的背景下，作者改变策略从文学本体论层面进行讨论，在根本上仍然是回答文学本质论问题。这种探索显然与过去那种千篇一律的理论模式大不相同，理论视野更为宽阔，力图从多个角度和维度逼近对文学本体的认识和说明，并且问题的探讨也更富有学理逻辑性和相当的理论深度。在立论阐述的同时，还对文学概念的演变进行梳理，介绍相关理论知识，显然也回应了反本质主义讨论中关于增加文学理论历史性知识的要求。当然，该著关于文学定义的表述未免显得过于复杂不易理解，而且一些理论阐述也显得过于深奥，作为基础理论教材也未必合适。

鲁枢元等主编《文学理论》初版于 2006 年，是在反本质主义争论激烈之时出版的。该著也同样避开了"文学本质"的表述，而转换为"文学本体"问题进行探讨。该著"绪论"阐述编著的初衷和思路说，文学现象极为复杂，文学关联的领域极为广阔，关于文学问题的探讨也必然是永无穷尽的。文学理论只是一套关于人类的文学活动现象的知识体系，一方面因为它的研究对象极为复杂和变动不居，另一方面因为研究者文学观

---

[1] 董学文、张永刚：《文学原理》，北京大学出版社 2014 年版，第 48 页。

念等不同,因此,包括文学理论在内的文艺学就很难成为一门"科学",也就是不可能是绝对意义上的客观的、本质的、唯一的、决定论的东西。因而更为可取的是,在研究分析文学现象时保持一种灵活的、开放的、自由的心态,在一定程度上对文学的基本知识、基本理论加以阐释和归纳。① 从这些表述可以看出,作者似乎是在对文论界的反本质主义做出某种回应,力图在文学理论观念上做出相应的调整。

从该著的内容结构来看,其实与通常的文论教材并没有太大差异,也都是讨论文学本体、文学创作、文学作品、文学价值、文学鉴赏、文学批评、文学演变等问题,但作者在对这些文学理论基本问题进行编排时,则着意贯穿了一种理念,这就是更希望把文学比作一棵在一定的生态环境中生长着的树,从而运用一种近乎生态学的眼光,一种有机整体论的视野来看待和探讨这些问题。② 然而无论怎样调整,都还是把"文学本体"作为首要问题安排在第一章进行集中探讨。首先是对"文学"的概念涵义及历史演变进行一种知识谱系性的考辨,介绍中外文论史上的相关知识。然后,则是按照作者的理解,对文学的本体特征进行立论探讨。在作者看来,"文学是什么,其实就是文学的本体是什么,这是一个不易回答但又必须回答的问题"。"文学本体论是研究文学根本属性的一种理论,要思考与回答文学概念的具体涵义、文学活动与其他的社会活动及精神活动的联系与区别、文学的基本构成、文学的主要属性是什么等问题。由此看来,文学的本体,就是研究决定一个写作活动及其结果是否是文学的那个东西。"③ 那么,文学的主要属性是什么呢?作者从三个维度来观照和回答:第一,文学是一种人文现象,它是对人的关怀的产物。文学的人文性体现在,它要表现人性、表现人的道德感、表现人的终极追问等。第二,文学是一种审美活动,是在一种无利害、非概念的状态中产生的具有主观合目的性的审美愉悦。第三,文学是一种语言艺术,具有形象接受上的间接性、描写生活的广阔性和丰富性、表现思想情感的直接性和深刻性等特点。由此便构成文学本质属性的三维一体结构系统。

从总体上看,该著虽然是转换为"文学本体"进行探讨,实际上仍然是归结为文学本质属性问题。它所构建的三维一体的文学本质观或本体

---

① 鲁枢元等主编:《文学理论》,华东师范大学出版社 2009 年版,第 1—2 页。
② 鲁枢元等主编:《文学理论》,华东师范大学出版社 2009 年版,第 2 页。
③ 鲁枢元等主编:《文学理论》,华东师范大学出版社 2009 年版,第 6 页。

观，与过去童庆炳主编《文学理论教程》等教材的文学本质观念比较接近。但不同之处在于，它用"文学是一种人文现象"替换了"文学是一种社会意识形态"，意在强化文学的人文性而淡化其意识形态性，可看出在新世纪的新语境下文学观念的某种变化趋向，可以引起我们新的思考。

三　坚守本质论立场的文学本质论重构

在很多人看来，反本质主义自有道理，但这并不意味着不能继续讨论文学本质论问题，也并非凡是对文学本质问题的讨论都要受到质疑。实际上，在反本质主义的语境下，仍有一些人不避嫌疑，继续直接探讨文学本质论问题，但他们的理论观念和具体探讨的理论模式，都与以往大不相同，具有某些新的特点。

阎嘉主编《文学理论基础》的体例结构比较接近传统，总体上由文学本质论、文学作品论、文学创作论、文学接受论、文学阐释论、文学流变论构成。它仍然把文学本质论作为文学理论的首要问题，在第一章中进行集中探讨。作者首先简要考察了"文学"概念的由来，并阐述了对文学本质问题的看法："文学"作为文学理论的核心概念，一直以来都是各种理论和理论家关注的焦点，追问文学的"本质"，同样也成了文学理论的重要问题。然而，"本质"总是指向某个事物固定不变的、实质性的、能决定其他特征的根本性质，而文学作为人类的一种社会活动，是否具有固定不变的"本质"，也就成了争议的焦点。作者认为，"在今天的文学理论中，对文学本质的解释主要有两种路径：一种是通过考察不同的文学概念或定义来表明自己对于文学本质的理解，力图寻找到能解释所有文学现象的固定'本质'；另一种则是从文学活动涉及的主要方面和事实出发来考察文学，试图揭示出文学本质问题的复杂性和开放性"[①]。看来作者是偏于采用后一种路径，借用美国文论家艾布拉姆斯《镜与灯》中提出的"视点"理论，以及文学四要素构成的文学活动系统，以此为"视点"来概括和梳理各种不同的文学本质观。接下来则分别讨论"作品与文学本质""世界与文学本质""作者与文学本质""读者与文学本质"。在每个部分的讨论中，首先解释相关概念，接着简要梳理和介绍中西文论中有代表性的理论观点，然后对这种理论观念的合理性和局限性加以评析，文

[①] 阎嘉主编：《文学理论基础》，重庆大学出版社 2014 年版，第 3 页。

后再附上"原典选读"即中西文论中的有关摘录片段。这种处理方式显得比较特别，在其他文论教材中似不多见。

这种文学本质论给人的感觉，是以"他论"代替"立论"，从视点、框架到理论观念都是引述和介绍他人的论述，而并未阐述作者自己的理论观点。而且这种按照四板块进行知识拼贴的做法，也显得有些简单化，缺乏有机整体性。看来作者更为注重文学理论的知识性，以及这种知识的历史性和开放性，比较接近陶东风《文学理论基本问题》的处理方式，似可看出较多受到反本质主义思想观念的影响。

杨守森等主编《文学理论实用教程》在体例结构上与别的教材明显不同。它首先把文学形态即诗歌、小说、散文、剧本等放在第一编进行具体描述，接着第二编讨论文学生成，第三编讨论文学存在，第四编讨论文学学术即对文学的批评与研究等。这种设置体现的观念和思路，不是从"文学是什么"的理论追问开始，而是先从对文学现象的认识开始，然后再上升到对文学存在有关理论问题的探讨。当然，它并未回避文学本质论问题，而是放在第三编的第十二章"文学界定"中，放在这个位置并不引人注意有些耐人寻味，从逻辑关系上来看则显得并不顺畅。从具体理论观念而言，作者显然对本质主义与反本质主义问题具有自觉反思，认为在关于文学的认识上坚持本质主义的态度，认为文学只存在单一、唯一的本质的观点是不可取的；而出于反本质主义的需要，质疑或否定文学的本质，取消对本质问题的探讨，也是极为片面的。然而，"无论人们如何试图取消或避开文学本质问题，事实上，文学本质问题始终是无法绕过的理论焦点，一直是文学研究的核心问题。文学理论是以此为基石而进行建构的，文学理论的发展也是沿着对这一基本问题的阐释而向前推进的"[①]。作者的具体做法，一是对"文学"概念的发展演变放在中西文论史的背景下加以概述，并对文学概念做广义和狭义的区分；二是对"文学活动"进行动态观照，阐述有代表性的理论观念；三是对我国当代文论教材中有代表性的理论观点进行简要评述；四是在此基础上阐述作者的理论观点。值得注意的是，作者把文学的本质特征和文学的属性看成是彼此相互联系的两个侧面：文学本质特征意在指明文学之所以为文学的质的规定性，旨在回答"文学是什么"这个文学理论"元问题"，而文学属性则是文学类

[①] 杨守森等主编：《文学理论实用教程》，中国人民大学出版社2013年版，第215页。

属的特征问题。前者是处于核心层面的根本性质，后者则是处于本质核心层外的相关属性。具体而言，作者把文学的本质特征集中概括为三个方面：文学是塑造想象性形象的语言艺术；文学是传达生命精神的纯意识形式；文学是诉诸心觉的审美文化形态。而文学的多元属性则包括：文学的诗学属性、美学属性、心理学属性、语言学属性、社会学属性、哲学属性等。由此便构成了一个内在本质和外在属性彼此关联呼应的有机系统。

从这种理论建构可以看出，作者试图极力拓宽视野，既比较全面地介绍有关"文学"概念和本质的历史性知识，同时又立足当下对文学本质特征和文学属性问题进行全面观照与阐释，这应当说是对反本质主义的一种积极的理论回应。当然，这种理论阐释似乎显得过于庞杂，涉及面过于宽泛，虽然充分注意到了文学的复杂性，但未必有利于真正深刻理解文学的本质特性。

四 隐去本质论问题的文学本质论探索

在当代文论的反本质主义语境中，不管人们对于文学本质论和本质主义如何理解，实际上都很难划分二者之间的界线。为了避开某些是非之争，这就使得有些学者小心谨慎地避开正面讨论文学本质论问题，但实质上是在另辟蹊径进行某种新的探索，从而给我们带来一些新的启示。

王一川独著的《文学理论》教材出版于 2003 年，是在文论界反本质主义讨论开始兴起的背景下出版的。作者一方面对反本质主义有自觉的认识，另一方面则仍想坚持自己的文学信念不轻易放弃，于是他就要在理论观念与思路上进行某些策略性的折中与调整，以免被误解而归入本质主义理论范式之中。该著初版"引言"部分，谈到对文学理论普遍性问题的看法，认为卡勒等人的反本质主义观点自有其合理之处，但未必导向对文学理论普遍性的否定，每种文学理论都需要去寻求自身的特殊立足点来建构其理论框架，作者当然也不放弃这种努力。但他还是特别小心地避开使用"文学本质"一词，而转换为"文学属性"问题，并且对"本质"与"属性"两个概念的含义做了比较说明。[①] 在后来修订版"导论"和第三章中，作者进一步表明了对于文学本质论研究的看法，并再次将"文学属性"改为"文学特性"，对于从文学本质论到文学特性论的观念转变，

---

① 王一川：《文学理论》，四川人民出版社 2003 年版，第 69—70 页。

也做了更为详细的阐述。作者坦言，自己并不固守"本质主义"或"中心主义"那种"唯一"，但也不轻易宣告它们"终结"或扬言"去本质主义"或"去中心主义"，而只是想按照自己的特定理解，对此做出相应的阐释。① 因而他尝试舍弃以往盛行的本质论而代之以特性论。所谓文学特性，"是指文学具有特定的属性或特殊品质……如果说，本质论倾向于确认文学的跨越个人、群体、时代乃至民族的普遍而唯一的共同属性，那么，特性论致力于确认文学的与个人、群体、时代和民族的具体状况紧密相连的特定品质。如果舍弃本质式思维而改用特性的视角去观察文学，可能会发现文学的植根于民族生活土壤之上的特定而又多样的面貌及其变化"②。作者还特别指出，就目前我国文学理论界的实际情形来说，尚不存在探访文学理论原野的唯一"大道"，而可以见到若干条交叉"小道"，所以自己便选择了其中的一条"感兴修辞"论的小道进行探索，希望能看到一些独特的理论景致。③

从具体的理论探索建构来看，可以说充分体现了上述理论观念。该著第二章"文学观念"属于历史观照，对中外历史上各种关于"文学"的概念及相关知识进行了梳理介绍，重点落在对中国古代到现代的感兴论、修辞论的文论传统进行比较阐释，为推出其"感兴修辞"论的理论观点奠定必要的知识基础。作者提出设想，可以"在文学观念上来一次大胆的继承和革新，这就是把'感兴'论与'修辞'论在当代基础上融会起来，成为'感兴修辞'即'兴辞'"④。第三章"文学特性"是全书的核心和总纲，将"感兴修辞"作为文学的根本特性提出来，具体阐述了文学兴辞性的内涵、兴辞的构成和类型等，从而建构起比较完整的理论系统。作者认为"可以给文学下一个操作性定义：文学是以富有文采的语言去表情达意的艺术样式，是一种在媒介中传输语言、生成形象和唤起感兴以便使现实矛盾获得象征性调达的艺术。简言之，文学是一种感兴修辞，更简洁地说，文学是一种兴辞"⑤。基于这一核心观念，在接下来的各章节中，作者运用这一感兴修辞的文学观，分别观照和阐释文学文本、文学创作、文学阅读、文学批评等问题，从而完成这一理论系统的完整建构。

---

① 王一川：《文学理论》，四川人民出版社 2003 年版，第 6 页。
② 王一川：《文学理论》，四川人民出版社 2003 年版，第 74 页。
③ 王一川：《文学理论》，四川人民出版社 2003 年版，第 6 页。
④ 王一川：《文学理论》，四川人民出版社 2003 年版，第 71 页。
⑤ 王一川：《文学理论》，四川人民出版社 2003 年版，第 83 页。

第二章 "反本质主义"论争与文学本质论新探

从整体上来看，作者立足于对文学理论传统的反思总结，在此基础上力图另辟蹊径，着力于建构新的文论观念和理论体系，这无疑是值得称道的。不过从作者对"感兴修辞"文学特性的阐释来看，有些问题仍然值得商榷。比如对于文学特性的阐述乃至文学定义，究竟是着眼于文学的"普遍性"还是某些个别"特性"，似乎并不明确，也没有把"感兴修辞"论的特定内涵或特性真正揭示和阐释出来。而且"感兴修辞"论可能比较适合于说明阐释诗歌散文类作品，实际上作者在阐释这个理论命题时所举例子也都是诗歌作品，叙事类作品的例子很少且解析也颇有局限性，这也许不是偶然的，而是理论本身的局限性使然。如果要将这个理论命题作为一种普遍性的文学理论来理解和建构，显然会有一个阐释的适应性和有效性的问题，这在当今文学样式多样化且极为泛化发展的现实情况下，可能就更是如此。

周宪著《文学理论导引》与上述王一川所著教材有某些相似之处。首先，在文学本质论观念方面，作者似乎也很小心地回避使用"文学本质"这个说法，但实际上并不回避这方面的问题。在该著"导论"中，作者认为，对于"文学是什么"的问题，是文学理论必须回答的，否则就无法去认识和评判文学；但是对这个问题的回答，不是亘古不变的，而是历史的发展的，可以因时而变做出新的阐释。基于这种认识，于是接下来做了两个方面的工作，一方面是对古往今来一些有代表性的文学概念及其涵义进行梳理与比较评析。"导论"的第一节主要介绍和评析了"作为日常经验理解的文学""作为历史概念的文学""作为逻辑概念的文学"等几种关于文学的概念，说明对于"文学是什么"的问题，实际上有各种不同的理解和回答，这些回答都是历史性的、有特定语境的。另一方面，则是作者提出自己的看法，概括性地给文学下了一个逻辑定义："文学是以用精致的语言书写的具有艺术价值的以文本为中心的文化系统。"[①] 这是作者对于文学本质的一种独特理解，以此作为理论系统建构的基础。

从上述文学定义来看，显然是一种"文本中心论"的文学本质观念，对此大概需要分两个层面来理解。第一层次，"文学是以文本为中心的文化系统"。作者的另一个更为具体的说法是，"文学是以文学文本为中心

[①] 周宪：《文学理论导引》，高等教育出版社2014年版，第12页。

的人类文化活动的独立系统"①。在这个层次中，又有两个要点，一是在根本上把文学理解为一种"文化系统"。在这里，"文化系统"是文学定义的中心词和落脚点，强调这一点，就在于强调文学的开放性，强调文学与作者、读者、语境等要素之间的关系，以及文学与社会历史、意识形态等之间的广泛联系，以免静止地、封闭性地理解文学。二是文学"以文本为中心"。"文学是包含了文本、作者、读者和语境等不同要素的文化系统，其中，文本是文学研究的重心所在，其他要素都是围绕着文本而形成的特定的结构关系。"② 所以作者强调，文学研究一定要立足于文本，如果离开了文学文本，就谈不上对文学的理解和阐释。第二层次，则是对于"文学文本"如何理解的问题，作者的界定是：文学文本是"用精致的语言书写的具有艺术价值的文本"。这其中也有两个要点：一是文学文本"用精致的语言书写"。这意在强调文学文本与其他语言文本不同，文学是一种语言的艺术，文学文本的语言特性在于用"精致的语言书写"。这与一般的文学观念基本相通，只是在表述上略有不同。二是文学文本"具有艺术价值"。这应当是指文学文本中具有丰富的意蕴内涵，蕴含着多方面的艺术价值。这显然是一个极为宽泛的说法，没有明确的所指。在作者看来，实际上"文学就像一个'大篮子'，里面可以置放许多不同的东西，从所谓的'纯文学'，亦即具有创造性、想象性、审美特性的文学，到参与现实并塑造人心的道德文章，再到功利活动之余所做的精神之游戏，等等，都触及文学的不同层面"③。作为一个文学概念内涵的概括，似乎宽泛也有宽泛的好处，读者和研究者完全可以从自己的角度去理解，什么样的价值是"艺术价值"，以及文学究竟具有什么样的艺术价值。这在一个文学观念极为开放多元的时代，的确不失为一种明智之举。

值得注意的是，作者不厌其烦地强调文学"以文本为中心"，文学理论研究要从文本出发，正是为了克服过去这种脱离文学实际的弊端。当然，研究文学文本可以有两条路径，一条是专注于文本的风格、技巧、文类、修辞、叙述等层面的分析，即所谓"内部研究"；另一条是以文本与其他方面的关系为研究对象，如作家创作、社会背景、文学接受等，考察文本发生的外部情况，即"外部研究"。按照作者的理论逻辑，既然"文

---

① 周宪：《文学理论导引》，高等教育出版社 2014 年版，第 12 页。
② 周宪：《文学理论导引》，高等教育出版社 2014 年版，第 27 页。
③ 周宪：《文学理论导引》，高等教育出版社 2014 年版，第 8 页。

学是以文本为中心的文化系统",那么就既要注重研究"文本"的内部关系,也要注重研究文本所关联的"文化系统",两个方面统一起来形成一个整体。按照这种逻辑思路,所以教材篇章结构的安排就是:以文本的文学性为圆心,由内向外,由小到大,由文学自身到文学的社会文化相关性,最终达到系统地把握文学的目的。①

从总体上来看,该著的突出特点,正在于它的"文本中心论"的观念,这既是一种文学本质论观念,也是一种文学理论研究的观念和思路。可以说,是前一种观念决定了后一种观念和思路,并由此而决定了这本教材的结构框架和理论系统。这就使得它在众多文学理论教科书中独树一帜。这也就恰好证明了一点:有什么样的对于文学本质特性的理解,就会有什么样的文学理论研究思路和理论建构。如果没有比较明确的文学观念,就不可能有严密自洽的理论体系建构。

以上对我国当代文论反本质主义语境下,对于文学本质论问题的不同态度,以及对这个问题进行探索的不同路径,做了一些粗略梳理和简要评析。这未必能够反映反本质主义论争以来当代文论变革发展的全貌,但至少可以由此看出当代文论多元开放探索的发展趋向。实际上,一次反本质主义论争,不可能终结对于文学本质论的研究,而是更有助于人们调整观念和思路,导向对这个问题更全面深入的创新探讨。因为文学发展不会终结,人们对于文学本质特性的认识也需要与时俱进,因此,文学本质论的创新探索也必然还在路上。

第三节　历史主义视野中的文学本质论问题

文学本质论问题,是文学理论的基本问题之一。新时期以来,文学本质论观念不断嬗变,从打破以反映论为基础、意识形态论为内核的单一性文学本质观,走向对文学本质特性的多维度探索。近年来,则又出现了文学本质论中的本质主义与反本质主义的论争,进一步带来了问题的复杂性和一定程度的理论困惑。本质主义观念往往是先验论的,追求和满足于对文学本质简单地下定义,因而容易走向绝对主义和极端化,形成排他性和封闭性,并不利于对文学本质问题的科学认识。反本质主义基于其反思性

---

① 周宪:《文学理论导引》,高等教育出版社2014年版,第25—27页。

理论立场，致力于破除本质主义的思维方式和理论观念，就此而言是具有积极意义的。但如矫枉过正走向对一切文学本质的怀疑和否定，则又容易陷入相对主义、虚无主义和不可知论，导致对文学理论信念的根本瓦解。当今关于文学本质问题的认识探讨，有"建构主义""关系主义"等种种理论主张，应当说都具有一定的启示意义和理论价值。笔者认为，也许可以适当调整理论思路，从历史主义的观点出发，将文学本质论问题放到历史主义视野中来进行反思与探讨。

一　文学本质论问题论争的方法论反思

在笔者看来，前一时期文艺学界关于本质主义与反本质主义的论争，从实质上来说并非属于文学本体论的问题，而是属于文学研究方法论的问题。就是说，不是争论文学有没有本质，或者说文学本质是什么以及在哪里，而是关于"如何对待"文学本质论研究，以及"如何去研究"文学本质的问题，这就是关于文学研究方法论的问题。

从方法论的角度来看，所谓"本质主义"的根本问题，并不在于它肯定文学本质的存在，以及致力于去揭示这种文学本质，甚至也不在于它给文学下了什么样的定义，而是在于理论观念和思维方式上，它相信文学具有某种与生俱来、一成不变的本质，文艺学研究就是去寻求并确认这种文学本质；而一旦确认了某种文学本质，便相信它是绝对的、永恒的、普遍性的东西，它似乎就成为了某种绝对或终极真理，是只能接受而不容怀疑的。这其实是一种极为简单化和封闭性的理论观念与思维方式。

从逻辑上来说，反本质主义就是对本质主义的否定和批判，它不接受也不承认有什么绝对的、永恒不变的文学本质，更反对那种极端的、僵硬的、独断的、教条化的理论模式。但从反本质主义论争的情况来看，只有很少人是从本体论的意义上反对本质主义的，即从根本上怀疑文学本质是否存在，以及质疑进行文学本质探寻的可能性，因而主张"悬置"或者放弃这种本质论研究的努力。而多数人主张或者赞成反本质主义，并非不承认文学本质的存在，也不是反对研究文学本质，更不是要把文学本质统统反掉，而是反对那种简单化、绝对化的研究文学本质的理论观念和方法、模式。比如，我国文艺学界最早提出反本质主义命题、并且被认为是反本质主义代表人物的陶东风教授，就曾多次声明他并不是反对文学本质论研究，而是反对本质主义的研究方法。在他看来，"本质主义的文学理论不是文学本质论的代名词，不是所有关于文学本质的理论阐释都是本质主义的。本质主义只是文学本质论的一种，是一种僵化的、非历史的、形而上的理解文学本质的理论和方法"。他认为，"对本质主义文学理论的反思和扬弃并不必然导致反本质主义。或者说，我们可以把反本质主义分为'反本质主义'与'反本质的主义'两种，建构主义属于'反本质主义'，而不是'反本质的主义'。'反本质的主义'以后现代主义为代表，它不是对本质主义的反思，而是彻底否定关于本质的一切言说，认为本质根本不存在"①。由此可见，陶东风所提出的反本质主义，并不是一个本体论意义上的命题，而是一个方法论意义上的命题。童庆炳先生曾被一些学者视为本质主义文艺学的代表人物，但他并不接受这种说法，并且明确表示赞成一些学者提出的反本质主义主张。而他所理解和赞成的反本质主义，也正是一种"开放的思维方式"，他说："我们赞成的是作为思维方式的反本质主义，而不是它的某些确定性结论……我们赞成的是反本质主义求解问题的方式和超越精神，即不能把事物和问题看成是僵死的、一成不变的，并且要有不断进取精神，超越现成之论，走创新之路。"② 这说到底仍然是一个方法论的问题。还有其他学者也认为："反本质主义只能是方法、手段或过程，而不是目的，不是结果。"③ "我们只有把反本质主义提升到方法论的层面并放在整个人类思想史的脉络里来详加审视才能真正明白其重大意义。"④ 由此可见，理论界对于反本质主义问题的讨论，差不多都指向了一种文学研究方法论的反思，这也许正是问题的关键所在。

当然，这场讨论还并不止于对以往文艺学的批判性反思，而且进一步引向了对文学研究的建构性探索。在我们看来，这些探索从根本上说来仍然不是本体论意义上的理论建构，而是方法论意义上的理论探讨。比如，陶东风一方面提出了反对本质主义的论争命题，另一方面则是推出了"建构主义"的理论构想。如果说前者更多是一种消解性的批判解构策略，意在为创建新的理论清扫地盘，那么后者也就直接引向了对新的理论问题的建构性探讨。从"建构主义"论者的一些理论阐述来看，也只是

---

① 陶东风：《文学理论：建构主义还是本质主义——兼答支宇、吴炫、张旭春先生》，《文艺争鸣》2009 年第 7 期。
② 童庆炳：《反本质主义与当代文学理论建设》，《文艺争鸣》2009 年第 7 期。
③ 章辉：《反本质主义思维与文学理论知识的生产》，《文学评论》2007 年第 5 期。
④ 王伟：《文学性、反本质主义及空间转向》，《文艺理论研究》2012 年第 5 期。

强调任何关于文学本质的理论，都是在特定的历史条件下建构起来的，而不可能是先验地设定的。"建构主义反对本质主义，但它同时也可以是一种关于本质的言说。建构主义的文学理论并不完全否定本质，而是认为文学的'本质'是受到社会历史条件制约的文化与语言建构，我们不能在这些制约语境之外，也不能在语言建构行为之外谈论文学的本质（好像它是一个自主的实体，不管是否有人谈论都'客观存在'着）；也就是说，建构主义不是认为本质根本不存在，而是坚持本质只作为建构物而存在，作为非建构的实体的本质不存在。本质主义文学观的核心是认为文学的本质是先验的、非历史的、永恒不变的，是独立于语言建构之外的'实体'，即使没有关于文学本质的言说行为，文学本质仍然像地下的石头一样'客观'存在着，只是没有被人发现罢了。""相反，建构主义认为离开了人的建构行为，文学的本质就不存在，不是'本质'本来就在那里，只要方法得当就可以发现（也就是获得了关于文学的'绝对真理'）。本质不是发现的而建构的。"[①] 从这些论述可知，论者所倡导的建构主义，所针对的仍然是所谓"本质主义"的那种先验的、绝对化的理论观念与思维方式。与此相对应，他们更为强调的是文学本质的建构性，以及这种建构的历史性与地方性，多样性与差别性等。应当说，它所主要着眼的仍然是关于建构的理论观念和思想方法问题，而并没有切实阐明，究竟应当如何进行建构，以及具体建构什么。

建构性探索中的另一种影响较大的理论主张，是南帆先生提出的"关系主义"，它所针对的是本质主义那种孤立、封闭、二元对立的思维模式，强调理论的相对性、开放性和多元性。"让我们总结一下本质主义与关系主义的不同工作方法。本质主义力图挣脱历史的羁绊，排除种种外围现象形成的干扰，收缩聚集点，最终从理论的熔炉之中提炼出美妙的文学公式……关系主义强调进入某一个历史时期，而且沉浸在这个时代丰富的文化现象之中。理论家的重要工作就是分析这些现象，从中发现各种关系，进而在这些关系的末端描述诸多文化门类的相对位置。""关系主义倾向于认为，围绕文学的诸多共存的关系组成了一个网络，它们既互相作用又各司其职。总之，我们没有理由将这些交织缠绕的关系化约为一种关系，提炼为一种本质。文学的特征取决于多种关系的共同作用，而不是由

---

① 陶东风：《文学理论：建构主义还是本质主义——兼答支宇、吴炫、张旭春先生》，《文艺争鸣》2009年第7期。

一种关系决定。"① 由此可见，关系主义也只是从文学研究的理论观念和思维方式上，提出了应当怎样和不应当怎样，而并没有对文学本质问题本身阐述新的见解。如此看来，无论是建构主义还是关系主义，以及其他什么理论主张，其实都是关于如何来认识和研究文学本质的方法、思路问题，而并不是关于文学本质论本身的理论建构。因此，它更多是一种方法论上的启示意义，而并非本体论上的创新意义。当然，这种方法论上的意义也是值得充分肯定的。

也许可以这样认为，近一时期文艺学界关于文学本质论问题的论争，最大的收获和最根本的意义，并不在于对文学本质问题提出了多少新的见解，或找到了什么新的答案，而在于引起了文艺学界对于文学研究的方法论反思，增强了文学研究的方法论自觉，这种意义显然不可低估。

二 历史主义理论视野及其方法论意义

从上一部分的反思性探讨，我们也许可以获得这样一种启示，即如果期望文学本质问题的探讨取得实质性突破，必要的前提是先解决理论观念与视野的问题，增强文学研究的方法论自觉。落实到这个层面上来进行反思，我们以为，上述建构主义、关系主义等理论主张，都还只具有一般方法论的意义，而并不具有根本性的元方法论的意义。真正具有这种根本性的元方法论意义的，则莫过于"历史主义"。从方法论的角度看，"本质主义"的对立面不是别的，而正是"历史主义"。换句话说，"本质主义"的实质和要害正在于它是一种"非历史主义"。从严格的意义上说，反本质主义并不构成为一种方法论，实质上它只是一种反叛性的理论立场和态度，甚或是一种解构性策略；而建构主义、关系主义作为某种特定范围或维度上研究文学的方法，也只具有某种特殊的理论意义，它们的理论观念和方法论要素，其实也都可以纳入历史主义的理论视野和方法论原则中来理解和认识。

当然，历史主义可能有各种不同的理论形态，我们这里所讨论的主要是马克思主义唯物史观意义上的历史主义。马克思曾经说过："我们仅仅知道一门唯一的科学，即历史科学。"② 我们理解马克思的这个说法，其本意在于强调：世界上一切事物和问题，都可以而且应当纳入历史视野中

---

① 南帆：《文学研究：本质主义，抑或关系主义》，《文艺研究》2007 年第 8 期。
② 《马克思恩格斯选集》（第 1 卷），人民出版社 1995 年版，第 66 页，注①。

来认识和探讨，这是一种彻底的历史唯物主义态度。英国学者肖恩·塞耶斯在探讨马克思主义人性观问题时认为，历史主义的对立面即是本质主义，"黑格尔以来的历史主义哲学家都批判和否定这种本质主义方法"。他认为，在根本的意义上，"马克思主义是一种历史主义。事实上，它的确否定启蒙运动时社会哲学的本质主义方法"。就人性观而言，"马克思主义从历史的角度对人性、人的种种需求以及人的理性进行了精辟的论述。如果说历史是人性发展的结果，那么人性也同样是历史发展的产物"。"这是一个辩证的发展过程，一种社会活动与人性的互动。"这种历史主义的本质观，如果换一个角度来看，也是一种人道主义的价值观，"马克思的人道主义观点是一种独特的历史观，它以人性的历史发展为基础，并且源于人性的历史发展"。"它本质上是一种人道主义的理论，它只是为各种道德价值提供了一个现实的社会历史背景。""马克思认为人类道德发展的理想就是人的全面发展，人类的真正财富就在于人性的发展。"[①] 在塞耶斯看来，在马克思主义的理论视野中，历史主义的本质观与人道主义的价值观是有机统一的。这种理论认识无疑能给我们许多启示，可以引入到关于文学本质论的探讨中来，这不只是一种方法论的意义，还因为归根到底"文学是人学"，将人学问题与文学问题关联起来思考探讨，也正是我们努力的方向。

马克思主义的历史主义方法论原则主要有以下一些方面。一是强调实践性。马克思说："全部社会生活在本质上是实践的。凡是把理论引向神秘主义的神秘东西，都能在人的实践中以及对这个实践的理解中得到合理的解决。"[②] 这就意味着，任何事物都不能先验地、抽象地加以说明和证明，而只能从人的实践活动出发，放到人的历史实践的过程中，从这种实践关系及其发展中去理解和说明。即便是观念形态或理论形态的东西，按照存在决定意识、理论源于实践的基本原理，也同样需要从实践出发来理解。二是强调主体性。马克思批评旧唯物主义的主要缺点在于，对于现实的事物，"只是从客体的或者直观的形式去理解，而不是把它们当作感性的人的活动，当作实践去理解，不是从主体方面去理解"[③]。而唯物史观

---

① 以上引文均引自［英］肖恩·塞耶斯《马克思主义与人性》第九章"马克思主义和人性"，冯颜利译，东方出版社2008年版，第192—217页。
② 《马克思恩格斯选集》（第1卷），人民出版社1995年版，第56页。
③ 《马克思恩格斯选集》（第1卷），人民出版社1995年版，第54页。

要求从实践出发理解事物,换个说法也就是要求从人的主体性出发理解事物,因为实践的主体是人,一切实践都是人的实践,一切历史也都是人的实践构成的历史。所以马克思说:"整个所谓世界历史不外是人通过人的劳动而诞生的过程,是自然界对人来说的生成过程";①"历史什么事情也没有做……创造这一切,拥有这一切并为这一切而斗争的,不是'历史',而正是人,现实的、活生生的人……历史不过是追求着自己目的的人的活动而已"。② 从人的主体性出发理解实践活动,那么很显然,任何实践都是合规律性与合目的性的统一,是客观性与主观性的统一。由此出发来认识事物,也必然要求真理观与价值观统一,在本质论研究中则体现为本质观与价值观的统一。上面说到,塞耶斯认为马克思主义的人性观体现了历史主义本质观与人道主义价值观的有机统一,即是根源于此。三是强调整体性。所谓整体性也就是事物的普遍联系,这种联系不仅是共时态意义上的相互关联性,也是历时态意义上的运动过程的关联性。恩格斯认为,从黑格尔以来,有一个"伟大的基本思想"已经成为一般人的意识,"即认为世界不是既成的事物的集合体,而是过程的集合体,其中各个似乎稳定的事物同它们在我们头脑中的思想映象即概念一样都处在生成和灭亡的不断变化中,在这种变化中,尽管有种种表面的偶然性,尽管有种种暂时的倒退,前进的发展终究会实现"③。这就意味着我们认识事物的存亡与兴衰,都不能孤立地从这个事物本身着眼,而是要从整体性着眼,即从这个事物与其他事物的普遍联系以及相互作用的运动过程来理解。四是强调发展性。毫无疑问,所谓历史的观点也就是发展的观点,从这个观点来看,任何事物都是处于历史发展的过程之中,所谓事物的本质特性与功能价值,也都是在历史运动过程中生成和变化的;任何事物存在的必然性与或然性,以及合理性与不合理性,也都只有从历史发展的观点才能得到说明。恩格斯说:"在发展进程中,以前一切现实的东西都会成为不现实的,都会丧失自己的必然性、自己存在的权利、自己的合理性;一种新的、富有生命力的现实的东西就会代替正在衰亡的现实的东西……凡在人类历史领域中是现实的,随着时间的推移,都会成为不合理性的,就是说,注定是不合理性的,一开始就包含着不合理性;凡在人们头脑中是合

---

① 《马克思恩格斯文集》(第1卷),人民出版社2009年版,第196页。
② 《马克思恩格斯全集》(第2卷),人民出版社1990年版,第118—119页。
③ 《马克思恩格斯选集》(第4卷),人民出版社1995年版,第244页。

乎理性的，都注定要成为现实的，不管它同现存的、表面的现实多么矛盾。"从这个观点来看，一切所谓永恒完美的东西，"是只有在幻想中才能存在的东西；相反，一切依次更替的历史状态都只是人类社会由低级到高级的无穷发展进程中的暂时阶段。每一个阶段都是必然的，因此，对它发生的那个时代和那些条件说来，都有它存在的理由；但是对于它自己内部逐渐发展起来的新的、更高的条件来说，它就变成过时的和没有存在的理由了；它不得不让位于更高的阶段，而这个更高的阶段也要走向衰落和灭亡……在它面前，不存在任何最终的东西、绝对的东西、神圣的东西；它指出所有一切事物的暂时性；在它面前，除了生成和灭亡的不断过程，无止境地由低级上升到高级的不断过程，什么都不存在"[1]。因此，这就要求把事物放到历史发展过程的链条中，联系特定的历史背景和历史条件去认识，才能真正认识事物存在的历史合理性与历史局限性。在上述历史主义方法论原则中，如果说实践性和主体性是认识理解事物的基本出发点，那么整体性和发展性就是认识理解事物的根本落脚点。

这种历史主义的理论视野及其方法论原则，无疑具有普遍的意义，即便对于文学现象的认识和文学问题的研究，同样具有指导意义。因为，文学现象无论具有怎样的特殊性和复杂性，它都不外乎是人们的一种社会实践活动，是一种自由自觉的、合规律性与合目的性相统一的活动；文学现象说到底也是一种整体性关系中的存在，与其他社会现象构成复杂的相互联系和互动关系；文学像其他事物一样，也都要进入历史的发展过程，并且在这种历史过程中不断适应新的历史条件而变革发展。因此，对于古往今来复杂文学现象的认识，以及各种文学问题的研究，也都适合于运用历史主义的理论视野与方法，或者更进一步说，努力将历史主义的理论视野和方法论原则，转换成为文学研究的特定理论观念和思维方式，以适应研究具体文学问题的需要。事实上，在前一时期文艺学界关于文学本质论问题的讨论中，有些理论主张就自觉或不自觉地关涉到这种理论观念与方法问题。比如上面所说的建构主义理论，强调文学的本质不是发现的而是建构的，这种建构行为必然受到社会历史条件和语言文化因素的制约，并且总是为着一定的目的和需要而建构的；再如关系主义理论强调文学是关系中的存在，并且这种关系并不只是一种二元对立的关系，而是多元的、复

---

[1] 《马克思恩格斯选集》（第4卷），人民出版社1995年版，第216—217页。

杂的关系网络，这种关系网络还时常伸缩不定和不断转移，这种变化恰恰暗示了一种历史的维度，因此要求从文学的复杂关系出发研究文学的本质问题。应当说，这些理论主张都在一定程度上包含着历史主义的某些思想观点，但又还不是一种真正历史主义的理论观念与方法。我们以为，如果真的要从方法论上对本质主义进行批判性反思，并且真正深化对文学本质论问题的认识，就还是应当回到历史主义的视野与方法，将有关问题纳入到相应的历史语境中来进行探讨。

三 从历史主义视野看文学本质论问题

将文学问题纳入到历史主义的视野中来加以观照，也许有以下几个方面的基本问题可以提出来进行探讨。

首先，关于文学存在本身的认识问题。从历史主义的观点来看，如上所说，古往今来的文学现象无论怎样复杂，从根本上来说都不外乎是人们的一种社会实践活动，都根源于人们的现实需要。一方面，这种文学实践活动并不是孤立的，而是与人类其他方面的社会实践活动密切相关的。越是在人类社会的早期阶段，文学活动与人的其他社会实践活动就越是密不可分，以至如果不与其他社会实践活动及其文化形态联系起来，就根本难以说明文学的起源及其发展，也难以认识和说明那些历史阶段上文学现象的特性与价值功能。随着人类生产力与社会分工的发展，文学生产越来越成为一种专门化的生产，文学现象也越来越成为一种独特的社会文化现象。然而，从文学作为一种社会实践活动的意义上来看，它仍然是与每个时代人们的其他社会实践活动密切相关的，如果不从它们的这种相互关系着眼，也仍然难以从根本上说明文学的特性与价值功能所发生的历史嬗变。另一方面，从"文学是人学"的意义而言，文学作为人的自由自觉的审美创造和接受活动，必然是根源于人的需要。那么，人何以需要文学（文学审美）？进而言之，在每一个历史阶段，人们究竟在什么样的意义上需要文学，又是以什么样的方式创造了文学，从而满足当时人们的这种现实需要？这也许是永远无法回避的本源性问题。随着社会历史发展，人们的现实需求（包括精神需求）不断发生变化，并且文学生产与传播的手段方式也同样不断发生变化，于是文学活动及其文学现象也变得越来越复杂，各种文学样式、文学形态也都层出不穷。正是由于古往今来文学现象的这种复杂性，也就带来了对它的认识和解释的种种困难。

其次，关于文学本质的认识问题。既然要对文学现象进行研究，那么"文学是什么"就是一个基本的、难以回避的问题，这通常被认为是关于文学本质的问题。所谓文学本质，也就是作为文学这种事物的质的规定性，是它区别于其他事物的内在品质与根本特性。如果我们要追问"文学本质是什么？"可能先要回答"文学本质在哪里？"这种提问方式的不同，实际上意味着思维方式和探讨路径不同。历来形而上的思维方式相信存在某种文学的根本性质，就像某些理念论哲学相信在现实事物之上存在本原性的"理念"或"绝对精神"一样，而理论思维就是试图以思辨的方式找到这种本质，从而给文学下一个精准的定义，一劳永逸地解答"文学是什么"的问题，这正是一种本质主义的思维方式。而从历史主义的观点看，文学是一种根源于人们生存现实的实践活动和创造性成果，它随着社会历史发展因时而变生生不息，因此，文学本质就不是预成的，而是历史地生成的，根本就不存在所谓万古不变的文学本质。要说文学本质在哪里，它只存在于文学现象之中，对象之外无所谓文学本质。任何时候本质都不是外在的东西，而是包含在事物本体之中。不是本质决定对象，而是对象决定本质。再者，通常人们所讨论的所谓文学本质，也并不是一个可以确证的"实体"存在，而是一种"观念"的产物，是人们从文学对象中认识、发现和概括出来的，是思维对于存在的一种抽象认识把握的结果。问题在于，这种理论概括与阐释，是以特定的文学存在为依据的，而不是可以先验性地加以预设的。如果我们承认文学是在人们的社会实践活动中发生和发展的，那么也同样应当承认，文学本质不会是一成不变的，人们对文学本质的认识把握和理论概括也会是因时而变的，一切都应当放到文学实践的这种历史发展进程中来理解，这就是我们理应倡导的历史主义的文学本质观。

再次，关于文学本质论的认识问题。所谓文学本质论，也就是关于文学本质的理论学说，是建立在人们对于文学本质认识把握基础上的理论建构。作为一种理论建构，当然就与建构者的理论观念与思维方式相关。如上所说，如果是秉持先验论的观念与形而上的思维方式，试图寻求文学的某些固有的普遍性的本质，那就很可能被认为是本质主义的理论思路。当然也可能还有其他各种理论观念与探索方式，也会有各自的认知结果和理论建构。我们这里倡导以历史主义的理论视野和思想方法来看待文学本质论问题，意在阐述以下一些基本看法。

一是如何理解文学本质论的建构。历史唯物论历来反对虚无主义和不可知论，相信凡是在社会历史发展中存在的事物，都可以在历史视野的观照中得到合理的解释。文学本质问题虽然复杂，各种理论观念分歧甚大，但文学本质论的建构仍然是必要的，而且也是可能的。只不过，的确需要避开本质主义的理论误区，不要指望用一个或几个笼统的概念去界定文学，先验地、思辨地、形而上学地设定某种文学本质，然后用这个一成不变的、僵硬的、教条的理论模式去衡量、裁判不同时代和不同类型的文学，这显然是不可取的。文学本质问题的探讨和理论建构，首先要求确认所要说明的文学对象是什么？以及这种文学现象的边界在哪里？一定的理论形态自有其相应的适用范围，试图用某种理论建构去概括所有的文学现象，以及说服所有的人，这本身也许就是不切实际的。其次，任何一种文学本质论的建构，其实都是在用建构者的眼光去看待和说明文学，自觉或不自觉地表达他对文学的理解和信念，甚至寄托着对于文学的某种价值理想，这也都很正常。从这个观点来看，无论是历史上的各种文学价值论，还是当今人们关于文学本质的理论建构，都应当放到当时的社会历史条件和文化语境去理解。任何一种关于文学本质的理论或者文学的定义，在得到一些人认同的同时，又引发更多人的不满和质疑，这也并不奇怪。列宁曾指出："人的思想由现象到本质，由所谓初级本质到二级本质，不断深化，以至无穷。"[1] 这就意味着，事物的本质是多方面多层次性的，我们对事物本质的认识把握也不可能一次性完成，而是不断展开和深化的。如果一种文学本质论的建构，能够揭示文学某些方面或层面的本质特性，对人们认识文学现象具有启示意义，这也许就足够了。

二是对历史上的各种文学本质论如何认识评价。从历史主义的观点看，历史上形成的各种文学本质论都是历史的产物，都可以从当时的社会历史条件和文化语境中去得到说明，去认识分析它的历史合理性和历史局限性。通常说，一时代有一时代之文学，同样，一时代也有一时代之文学观。因此，不同的历史时代有不同的对于文学的认识，包括有不同的文学本质论，都是非常正常的。问题只在于，我们如何以历史主义的观点去认识和说明：某个时代或历史时期为什么会形成那样的文学观念和文学理论？如果这样追问下去，那么就显然与这样几个因素相关：第一是与当时

---

[1] 《列宁全集》（第55卷），人民出版社1990年版，第213页。

的文学现实相关,人们总是根据当时面对的文学现象来认识说明文学的特点与性质;第二是与当时人们对文学的现实需要和价值诉求相关,在文学观念中往往表现出当时人们的价值理想;第三是与当时的时代精神和文化风尚相关,文学观念也往往成为这种时代精神和文化风尚的表征。因此,我们可以把以往的各种文学本质论或文学定义,都看成是历史性、阶段性的理论建构,是当时历史条件下人们对文学的一种认识和理解。我们未必要完全认同它,更不必把某些理论奉为绝对真理,但也未必要完全否定和解构它。过去的理论中也可能包含着一定的合理性乃至真理性的成分,显示出一定的思想智慧,值得我们加以吸收。在对历史上的各种文学本质论或文学定义进行历史反思时,也许不能轻易地给某种文学理论扣上"本质主义"的帽子,简单地批判否定。我们可以对其进行理论反思,但在进行价值判断和分析时仍应坚持历史的观点。我们以为,"反本质主义"更适用于当今的理论反思和创新建构,而不宜滥用于对过去理论学说的简单评判,这样可能容易陷于主观武断。再退一步说,即使某些被认为是本质主义的理论学说,也不见得就完全不对或不好,其中也可能包含某些合理的内核或成分,比如一些"理念"论的文学观、"唯美"论的文学观等,虽然未必有助于我们的经验认知,但所体现的价值理想却可以使我们获得某些启示,仍然可以批判地扬弃和合理地吸收。恩格斯曾说过,通常所谓真理与谬误、善与恶、必然与偶然等,"这些对立只有相对的意义,今天被认为是合乎真理的认识都有它隐蔽着的、以后会显露出来的错误的方面,同样,今天已经被认为是错误的认识也有它合乎真理的方面,因而它从前才能被认为是合乎真理的;被断定为必然的东西,是由纯粹的偶然性构成的,而所谓偶然的东西,是一种有必然性隐藏在里面的形式,如此等等"[①]。这就要求我们,在面对过去的理论学说时,既需要坚持批判反思的精神,同时也需要秉持理性平和的态度。在文学本质论研究方面,同样应当如此。

三是关于当今文学本质论的探讨。如上所说,任何关于文学本质的理论学说,都是一定历史时代的产物。那么当今时代当然也可以而且应该努力建构我们时代所需要的文学观念,表达我们这一代人对文学本质特性的新的认识理解,这是当今所需要的创新探索。当然,在这种探索建构中就

---

① 《马克思恩格斯选集》(第 4 卷),人民出版社 1995 年版,第 244 页。

会面临这样几个问题：第一是我们所需要面对的文学事实。因为理论总是对事实的认识和说明。如今我们所面对的文学事实，既包括历史上传承下来的文学，也包括当前正在发展的文学，而当今的文学恰恰正在走向泛化发展，经典化或精品化的文学与大众化消费性的文学并存，文学形态前所未有的复杂多样。我们进行什么样的理论建构，取决于我们怎样来认识看待这种文学现实，以什么样的文学事实作为主要的说明和阐释对象。问题的复杂性以及理论研究的难度和挑战性，很大程度上就在这里。第二是我们所需要利用的理论资源。任何新的理论建构都不可能完全抛弃原有的理论基础，也不可能完全拒绝对其他理论成果的借鉴，如果像某些"反本质主义"主张那样，试图把过去的理论全部推倒，显然并非明智之举。然而究竟如何对前人建构起来的理论学说进行必要的反思，历史地辩证地认识它的历史合理性与历史局限性，从而批判地扬弃和吸收，借前人的智慧来开启我们今人的智慧，从而进行我们这一代人新的探索和创造，这也是我们当今需要面对的挑战。第三是我们所需要坚守的文学信念和价值理想。如上所说，真正意义上的理论建构，就并不仅仅是解释和说明事实，同时也是一种理想信念的建构，是合规律性与合目的性的统一，是真理观与价值观的统一。当代文学本质论的探索建构，应当是基于我们这一代人对文学（包括文学的历史和文学的现实）的认识理解，是基于我们这个时代对社会和人的合理健全发展的理解与诉求，其中也必然融入应有的文学信念和价值理想。当然，这只是从理论建构的一般要求而言，对于不同的理论家来说，必定还有其自身的理论素养和信念，有他们对文学的独到理解和认识，因此各有其不同的个性化的理论建构，这是属于情理之中的。但面对同样的社会现实和文学现实，担负同样的时代使命，那么就可以相信，不同的理论建构探索所表达的文学信念与价值追求，应该是可以相通的。

第三章

意识形态论的文论观念与当代发展

从我国现代文论的建构到当代文论的发展，意识形态论都是其中一个重要问题。无论是文学本质论观念，还是文学价值论观念，其内核都要关涉意识形态论、审美论、人学价值论、语言艺术本体论等几个基本的方面。当代文学理论观念的嬗变，很大程度上就是在这些基本理论观念之间不断调整，在不同程度的相互冲突中此消彼长交织发展。而其中的意识形态论问题，可能显得更为复杂，引起的争论也更多，尤其是涉及文艺与政治的关系等问题，更是众说纷纭莫衷一是。从当代文论变革发展的进程来看，可以说经历了从"意识形态化"到"去意识形态化"到"再意识形态化"（其中包括"政治化"到"去政治化"到"再政治化"）的演变过程。进入21世纪以来，在西方"文化研究"转向的影响下，以及当代社会变革带来人们思想观念冲突日益凸显的背景下，文艺的意识形态性（包括文艺与政治的关系）问题，重新引起学界重视和探讨。那么，在当今时代条件下和现实语境中，应当如何从学理上重新认识文艺的意识形态性问题，如何认识意识形态论的文论观念建构及其变革，包括如何重新认识文艺与政治的关系问题等，都值得进一步深入思考和探讨。前面的讨论较多涉及审美论、人学本质与价值论、语言艺术本体论等方面的文论观念问题，这里则相对集中讨论意识形态论方面的文论观念与当代发展问题。有关文学意识形态论问题的讨论，显然离不开马克思主义唯物史观及其意识形态的理论资源。在马克思主义唯物史观及其意识形态理论中，一般是将文学艺术与哲学、道德、宗教等相联系，所以在本章以下论述中，一般使用"文艺"这个复合概念，而在讨论文学理论的具体问题时，则转换为主要使用"文学"概念，特此加以说明。

第一节　意识形态论的理论渊源及其意义

要讨论文艺与意识形态的关系，首先关涉一个前提性问题，就是对于意识形态的理论内涵如何理解。实际上，从国外到国内学界，对于意识形态问题的理解和阐释，历来都是众说纷纭、莫衷一是。而文论界关于文艺与意识形态关系的讨论，之所以争论不断和分歧甚大，很大程度上也是根源于此。因此，我们这里探讨意识形态论的文学理论观念嬗变问题，就有必要首先追溯意识形态论的理论渊源，以及它的概念内涵和不同语境中的意义指向，从而使相关问题的讨论有一个基本的理论定位。

一　意识形态论：从特拉西到马克思

据学界比较公认的看法，最早使用"意识形态"这个概念的是法国大革命时期的学者德斯图·德·特拉西，他在1796年首先提出这个概念，原意是指"观念学"或"观念论"。特拉西的本意是要说明，一种观念系统或观念科学，在理性的基础上，通过实践而对现实发生影响，能够解释世界和改造世界，从而造福于人类。在这个意义上，"意识形态"就跟一般的哲学或解释性理论不同：一是它具有实践因素，二是它具有明显的政治意图。这两个特性在特拉西及其信徒为法国设计的一套国民教育制度中，得到了比较充分的体现，而且他是偏重于在肯定的意义上来使用这个概念的。到了马克思和恩格斯建立他们理论学说的时代，"意识形态"一词不仅在法国，而且在整个欧洲大陆都已经颇为流行了。[①]

特拉西提出的"意识形态"概念及其所阐发的思想，显然给马克思以启发，并且也恰好契合马克思的思想，可以借此来表达自己的理论思考。早在1845年春写的《关于费尔巴哈的提纲》中，马克思就特别强调了"全部社会生活在本质上是实践的。凡是把理论引向神秘主义的神秘东西，都能在人的实践中以及对这个实践的理解中得到合理的解决"。他又说："哲学家们只是用不同的方式解释世界，问题在于改变世界。"[②] 在马克思看来，有一种哲学家及其理论学说，他们只是用自己的方式解释世界，而并不关心现实世界的变革，甚至可能导向某种神秘性（比如某些

[①] 以上参见李思孝《文艺与意识形态》，《文学评论》1991年第5期。
[②] 《马克思恩格斯选集》（第1卷），人民出版社1995年版，第56—57页。

经院哲学或玄学理论）。即便如此，这种导向某种神秘主义的东西，也同样可以从社会生活的实践中得到解释。当然还有另一种哲学家及其理论学说，他们不仅用自己的方式解释世界，而且更关心如何去改变现实世界。这就是后来马克思、恩格斯在《德意志意识形态》中所重申的："实际上，而且对实践的唯物主义者即共产主义者来说，全部问题都在于使现存世界革命化，实际地反对并改变现存的事物。"[①] 马克思、恩格斯显然看到了某些思想观念即"意识形态"的实践性和政治性，从而将"意识形态"这一概念，引入到他们所创立的唯物史观的理论学说之中。

不过，马克思、恩格斯的"意识形态"学说，并不仅限于特拉西所阐发的意义，他们不仅从肯定的意义上，并且也从批判的意义上来看待和讨论"意识形态"问题。或者可以说，他们对"意识形态"的理论阐述，首先是从对它的批判开始的。在马克思、恩格斯看来，意识形态就其本意而言，应当真实地反映一定的社会存在与现实关系，这样它就会具有科学性与真理性，并具有作用于现实经济基础的政治与实践的力量。然而在《德意志意识形态》中，当他们以此观照以黑格尔、费尔巴哈、鲍威尔和斯蒂纳等人所代表的德意志意识形态时，就发现这些所谓批判哲学家们，不过是把他们虚构出来的观念与意图当作现实，而把真实的现实世界与现实关系看成是观念世界的产物，他们以为只要解决了意识形态领域里的问题，那么一切现实世界中的问题也就迎刃而解了。在马克思、恩格斯看来，这种所谓"德意志意识形态"，显然是一种"虚假意识"或"虚假观念"。尽管这种意识形态是虚假的和具有极大欺骗性的，然而它仍然具有很强的政治性和功利性，仍然会对现实世界产生很大的影响，因而它对于变革现实的实践来说，无疑是十分有害的。正因此，马克思、恩格斯才要毫不留情地对它给予尖锐批判。

虽然马克思、恩格斯在《德意志意识形态》中对当时德国意识形态的虚假性和欺骗性进行了批判，但并不能由此得出结论说，一切意识形态都是虚假的和欺骗性的。事实上，马克思、恩格斯在建立他们的唯物史观学说的时候，是把意识形态当作整个社会结构系统中一个重要的有机组成部分来看待的。马克思在《〈政治经济学批判〉序言》那段阐述唯物史观的经典名言中说："人们在自己生活的社会生产中发生一定的、必然的、

[①] 《马克思恩格斯选集》（第1卷），人民出版社1995年版，第75页。

不以他们的意志为转移的关系，即同他们的物质生产力的一定发展阶段相适合的生产关系。这些生产关系的总和构成社会的经济结构，即有法律的和政治的上层建筑竖立其上并有一定的社会意识形式与之相适应的现实基础……随着经济基础的变更，全部庞大的上层建筑也或慢或快地发生变革。在考察这些变革时，必须时刻把下面两者区别开来：一种是生产的经济条件方面所发生的物质的、可以用自然科学的精确性指明的变革，一种是人们借以意识到这个冲突并力求把它克服的那些法律的、政治的、宗教的、艺术的或哲学的，简言之，意识形态的形式。"[1] 很显然，马克思在这里以唯物史观的宏阔视野，描绘出了人类社会的结构形态，意识形态作为这个社会结构中的一部分，归属于社会的上层建筑（也可称之为"观念的上层建筑"）。在这个唯物史观的社会结构图式中，意识形态显然是作为一个客观事实，也是一个社会结构要素而被描述的，它并不涉及真实还是虚假的性质判断，也不关涉肯定还是批判的意义。

综上所述，笔者认为，马克思、恩格斯的意识形态理论，从特拉西的言说脱胎发展而来，具有了一种全新的意义。首先，经过马克思、恩格斯的创造性阐发，意识形态被纳入马克思主义思想体系，成为唯物史观中的一个特定范畴，由此而获得了一种"系统质"，具有了一种观念上层建筑的性质与意义。从这种唯物史观的视野来看，无论何种意识形态，都可以由它与社会存在或经济基础的关系来得到说明，即便是虚假性的意识形态，也同样如此。这就正如上引马克思所说的，哪怕是把理论引向神秘主义的神秘东西，都能在人的社会实践关系中得到理解和说明。其次，当马克思、恩格斯对社会现实中的意识形态进行观照考察的时候，他们显然看到了意识形态的不同性质和功能，因而表现出不同的态度。比如，某些意识形态是虚假的和欺骗性的，它作为某种社会形态中的观念上层建筑，掩盖了这一社会中真实的现实关系，维护着某些阶级（通常是那些占统治地位的阶级）的特殊利益，成为社会变革进步的阻碍性力量，对这种性质的意识形态，马克思、恩格斯理所当然采取了批判的态度。但从另一方面看，人类社会总是要追求合理的发展建构的，尽管在马克思、恩格斯所生活的时代还没有看到这样一种社会，但他们以极大的热情预想了这样的社会，即未来的社会主义社会。在这样的社会中，显然不会没有它的上层

---

[1] 《马克思恩格斯选集》（第2卷），人民出版社1995年版，第32—33页。

建筑和意识形态，而这种意识形态理应是真实的和科学的，对于社会的变革发展与合理建构，起积极的建设性作用的。马克思主义的思想学说本身，作为与社会主义运动相适应的意识形态，正具有这样一种性质与功能。因此可以说，马克思、恩格斯对于社会现实中的意识形态，是根据具体对象的情况区别而论的，整体上说既有批判性的态度，也有建构性的意义。有一种观点认为，马克思、恩格斯所论及的意识形态只具有虚假性，因而他们的意识形态理论也只具有批判的意义，这恐怕是不太符合事实的。

二　"意识形态"及其相关概念的涵义

我们知道，马克思、恩格斯在他们的著作中，尤其是在阐述他们的唯物史观学说时，经常会使用一些相关的重要概念，如社会意识、社会意识形式、社会意识形态（简称"意识形态"）、意识形态的形式等。在这一组相关概念中，最重要和最核心的概念无疑是"意识形态"。然而我们同样知道，马克思、恩格斯在使用这些概念时，并没有给它们下定义或解释其内涵，这样就给人们的理解带来了困难，甚至由于理解不同而引发争论。在关于文艺与意识形态关系的争论中，可能有一些就是由对意识形态涵义的理解不同造成的。因此，在讨论文艺与意识形态的问题时，有必要首先辨析一下"意识形态"及其相关概念的涵义。我们这里参照有关教科书与工具书，对这一组相关概念试作辨析，这对于深化对这一问题的认识和讨论，也许是有益处的。

为论述逻辑上的方便起见，我们姑且先从"社会意识"这一比较宽泛的概念的考察开始。通常所谓"社会意识"，一般有两重含义。一是与一般"意识"相对应的含义。"意识"是对存在的反映，这里的"存在"包括一切自然存在和社会存在；而"社会意识"则是对社会存在的反映。社会存在具体指人类社会的存在，其中最基本的是人类的物质生活及其过程。《中国大百科全书》对"社会意识"的释义是："人们对社会存在即社会物质生活及其过程的反映，包括各种社会意识形式和社会心理。"[①]二是与"个人意识"相对应的含义。"个人意识指个人对外部现实的反映过程和意识活动，是个人对外部现实观念的关系。社会意识是指整个一定

[①] 《中国大百科全书》（哲学卷），中国大百科全书出版社1987年版，第768页。

社会或一定社会集团的精神生活过程和观念的关系，它具有复杂的结构和不同的水平，包括不同的形式。"① 这就是说，社会意识不只属于个人，而是属于社会的。"个人意识具有明显的个性，而社会意识则带有普遍性和典型性。"② 从个人意识到社会意识，有一个从低级结构到高级结构的渐进过程，甚至还有一些介乎其间的中间状态。总之，"社会意识"的含义大致包括：第一，它是对社会存在，其中又主要是社会物质生活及其过程的反映；第二，社会意识不是单个人的，也是属于社会的，具有群体性、普遍性和社会意义；第三，社会意识具有不同的水平、结构和形式，有的水平较低，结构较松散，带有较多的个体性和非集团性，如一般的社会心理；有的则水平较高，有比较稳定的结构和较强的集团性，如各种理论学说等。

"社会意识形式"这个概念，也许可理解为"社会意识的具体表现形式"，即人们以什么方式、形式来把握世界或反映社会存在。马克思在《〈政治经济学批判〉导言》中，谈到政治经济学的方法时曾说，人的思维着的头脑"用它所专有的方式掌握世界，而这种方式是不同于对于世界的艺术精神的，宗教精神的，实践精神的掌握的"③。世界是复杂的，社会存在和社会生活更是复杂的，人类在实践中逐渐学会了以不同的方式掌握世界，也学会了分门别类从不同的方面、侧面、层面来反映社会存在，因而就有了宗教、哲学、法律、道德、文学艺术等，这些都是社会意识的不同表现形式。《中国大百科全书》对"社会意识形式"的释义为："社会意识表现社会存在的比较自觉的、定型化的方式。主要包括政治法律思想、道德、文学艺术、宗教、科学和哲学等。"又说："社会意识形式的多样性反映着社会生活的复杂性。社会意识的诸形式以政治法律观点、道德规范、艺术形象、宗教虚幻观念、科学规律、哲学的范畴体系等不同方式，从不同方面反映社会存在，并通过各自的特点对社会存在发生影响。"④ 这一释义较好地说明了"社会意识形式"是以不同的方式、从不同方面反映社会存在的基本涵义。值得指出的是，"社会意识形式"这一概念主要说明人们反映社会存在的不同方式或形式，而并不必然包含对

---

① 《中国大百科全书》（哲学卷），中国大百科全书出版社1987年版，第1096页。
② 参见邢贲思《意识形态论》，《中国社会科学》1992年第1期。
③ 《马克思恩格斯选集》（第2卷），人民出版社1995年版，第19页。
④ 《中国大百科全书》（哲学卷），中国大百科全书出版社1987年版，第769页。

各种反映形式的自觉性和定型化程度的规定。就是说，某一种社会意识形式在反映某一方面的社会存在的时候，可以有不同的结构水平。比如，日常生活中人们的道德意识和理论形态的道德观点，在反映生活的结构水平、自觉和定型化程度方面显然是有差别的。但从掌握世界或反映生活的方式来说，无论是比较低级形态的社会道德心理，还是比较高级形态的道德观点，都应当说是属于"道德"这样一种"社会意识形式"。

社会意识中属于比较高级形态的，具有高度自觉性和系统结构水平的，则是"社会意识形态"（简称"意识形态"）。联系马克思主义的唯物史观来理解，它显然具有特定的涵义。1980年版《苏联百科全书》说："意识形态是借以认识和评价人对现实关系的那些政治的、法的、伦理的、宗教的、美学的、哲学的观点和观念的体系。"苏联康斯坦丁诺夫《马克思列宁主义哲学原理》中说："意识形态是直接或间接反映社会的经济特点或社会特点，表达社会一定阶级的状况、利益和目的，旨在保存或改变现存社会制度的思想观点的体系。"① 《中国大百科全书》对"意识形态"是这样定义的："系统地、自觉地、直接地反映社会经济形态和政治制度的思想体系，是社会意识诸形式中构成观念上层建筑的部分。在阶级社会中，意识形态具有阶级性，集中体现一定阶级的利益和要求。"② 概言之，"意识形态"不同于一般的社会意识：第一，它是充分自觉、系统、直接地反映社会存在，尤其是社会经济政治关系的；第二，它形成了比较系统、完整、定型化的思想体系；第三，它具有鲜明的政治性、阶级性，集中体现了一定阶级的利益和要求。正因此，它才构成观念的上层建筑，由经济基础所决定并反过来对经济基础发生直接和巨大的影响。此外，"意识形态"也不同于"社会意识形式"，之所以说意识形态是"社会意识诸形式中构成观念上层建筑的部分"，就意味着社会意识诸形式中，还有的部分（比如比较低级形态的社会心理）并不一定系统、直接反映社会经济政治关系，不一定构成完整和定型化的思想体系，因而不一定属于观念的上层建筑即意识形态。

最后，关于"意识形态的形式"。意识形态作为一种思想体系，应当是由社会意识诸形式中的一些核心部分构成的。那么也就可以说，社会意识诸形式中并不构成观念上层建筑的部分，如一般政治的、宗教的、道德

---

① 以上转引自陆梅林《何谓意识形态》，《文艺研究》1990年第2期。
② 《中国大百科全书》（哲学卷），中国大百科全书出版社1987年版，第1097页。

的社会心理等，只能称为一般的"社会意识形式"，而只有构成观念上层建筑即意识形态的部分，如政治、道德、宗教等理论学说，则可以称作"意识形态的形式"。所以，笔者理解"意识形态的形式"这个概念的涵义，实际上是指"作为意识形态的表现形式"，或者说是"可以上升为意识形态的社会意识形式"。比较而言，"社会意识形式"作为一种更宽泛的概念，包括"意识形态的形式"；反过来说，"意识形态的形式"只是"社会意识形式"中核心的、构成观念上层建筑的部分。

从上面的比较分析可以看出，这一组概念实际上具有一定的包容和交叉关系。而从它们的含义和关系来看，很显然，对于政治、法律、道德、宗教、哲学、文艺等，都可以在不同的意义上用不同的概念来指称。比如，作为对社会存在的反映，它们属于社会意识；作为以不同方式对世界的掌握，它们又是各种不同的社会意识形式；而从它们与经济基础的关系以及在社会结构中的地位来看，它们又是观念的上层建筑即意识形态和不同的意识形态形式。在马克思、恩格斯的有关著作中，往往是根据不同的情况和不同的对应关系，而使用不同的概念来指称这些对象的，这并不难理解。因此，对于文艺（其他对象也是如此），把它理解为社会意识，或社会意识形式，或社会意识形态（简称"意识形态"），或意识形态的形式等，其实都是可以的。如果规定只能用其中的某个概念来指称它，而不能使用别的概念来指称，这恐怕并不符合马克思和恩格斯的本意。这里的关键问题在于，在具体的语境和行文逻辑关系中，究竟赋予它什么样的涵义，以及在什么样的意义上使用它。

三 意识形态论的批判性与建构性意义

马克思主义创始人究竟是怎样看待"意识形态"问题的？或者说他们对"意识形态"是肯定还是否定的？从学界的讨论来看，人们的认识似乎存在较大分歧。有人依据马克思、恩格斯《德意志意识形态》中的论述，认为他们是从否定的意义上使用"意识形态"概念的；当然也有人认为，马克思、恩格斯对"意识形态"的论述也包含着肯定的意义。

笔者认为，不能笼统地说马克思主义创始人对"意识形态"是肯定还是否定的，仍然要看具体的语境和所论及的对象。据笔者理解，马克思、恩格斯关于"意识形态"的论述，至少具有以下三种意义：一是作为一个中性概念，具有描述性的意义。如前所说，"意识形态"这个概念，最早是法国大革命时期的学者特拉西提出的，原意是指"观念学"，即一种观念系统或观念科学。"意识形态"同一般的哲学或解释性理论不同，一方面它具有实践因素，另一方面它具有明显的政治意图，它建立在理性的基础上，通过实践而对现实发生影响，能够解释世界和改造世界。也许正是在这个特定的含义上，后来马克思主义创始人引用了这一概念，用以表达自己的理论思考，特别是在阐述和建立唯物史观的过程中，他们用"意识形态"这个概念来概括指称社会思想观念的系统，并将其作为整个社会结构系统中的一个有机组成部分来加以描述。在这里，"意识形态"显然是一个科学性、说明性与描述性的概念，并不关涉到肯定性或否定性的价值判断。二是批判性意义上使用的概念，具有否定性的意义。就"意识形态"的本义而言，它作为一定社会的思想观念的系统，本来要求真实地反映一定的社会存在与现实关系（特别是经济的、物质生活的关系），这样它才会具有科学性与真理性，并且对现实经济基础的变革产生积极的推动作用。然而实际上，某些耽于幻想或玄想的理论家，他们所建立的思想观念体系，却往往是虚构的，并不能真实反映社会存在与现实关系，因而就成为虚假的意识形态。在《德意志意识形态》中，马克思、恩格斯就批判了以黑格尔、费尔巴哈、鲍威尔和斯蒂纳等人所代表的德意志意识形态，指出这些所谓批判的哲学家们，不过是把他们虚构出来的观念与意图当作现实，而把真实的现实世界与现实关系看成是观念世界的产物，这种所谓"德意志意识形态"显然是一种"虚假意识"或"虚假观念"。还有就是那些作为统治阶级代言人的思想家，总是把统治阶级的思想观念即意识形态，说成是全民和全社会的共同意愿，这更是一种虚假和欺骗。在马克思、恩格斯看来，尽管这种意识形态是虚假的和具有极大欺骗性的，然而它仍然具有很强的政治性和功利性，仍然会对现实世界产生很大的影响，因而它对于变革现实的实践来说，无疑是十分有害的。正因此，马克思、恩格斯才要毫不留情地对此给予尖锐批判。三是肯定的即建构性的意义。按照马克思主义唯物史观的基本原理，任何社会形态都必定会有与其经济基础相适应的意识形态，或者也可以说，任何阶级也都会谋求建立在自身根本利益基础上的思想观念系统即意识形态。既然如此，那么无产阶级作为革命阶级，也必定会有自己的意识形态，作为这一阶级所追求实现的社会主义、共产主义社会，也不会没有与其相适应的社会意识形态。而马克思主义的思想理论体系本身，恰恰就是这种意识形态的一个标志,它所显示出来的,无疑是一种积极的建构性的意义。

综上所述,笔者认为,不能简单地把意识形态看成是否定性或肯定性的,而应当理解为:作为唯物史观视野中对社会结构系统的一种理论描述,"意识形态"这个理论概念,指称的是一定社会形态中客观存在着的思想观念系统,它只是一种事实描述,而并不关涉到价值判断,所以无所谓肯定或否定的含义。然而当我们的视野投向历史活动过程本身,进入到对社会历史实践的考察,那么就可以看到,那些在社会历史实践中创建起来并发生作用的思想观念体系即意识形态,有的能够真实反映一定的社会存在与现实关系,有利于经济基础和整个社会变革进步;而有的则歪曲和掩盖了真实的社会存在与现实关系,不利于经济基础和整个社会变革进步。站在马克思主义的立场上,对于前者当然是应当肯定和维护的,对于后者则是需要否定批判的。对于一定的社会意识形态,如果要做出价值判断,那么显然不能只看它说的是什么,而要看它实际上所反映的是什么样的经济基础和现实关系,以及它所代表的是什么人的根本利益。如果一定的社会意识形态能够真实反映社会存在和现实关系,并真正代表人民大众的根本利益和历史进步要求,那就必然会得到人们的肯定和维护;如果某些意识形态只是表面上显得冠冕堂皇,而实质上背离了人民的利益愿望和历史进步要求,那它就只不过是一种"虚假意识"或欺骗性宣传,是理应受到批判质疑的。

一个显而易见的事实是,无论是对社会现实关系的直接研究与批判,还是对作为思想观念的意识形态的审视批判,这种研究批判本身又应当归属于一定社会思想观念系统,即它自身又可能成为某种意识形态的一部分。由此带来的一个问题是,在功能论的意义上,"意识形态"的特性与功能,实际上有两种不同的指向:一种是意识形态的批判功能,即表现为对各种不合理现实关系,以及各种虚假性、欺骗性思想观念的批判;另一种是意识形态的建构功能,即表现为对建立一种新的社会形态或现实关系,以及与之相适应的思想观念和价值体系的积极建构。之所以还需要这样一种建构,用乔治·卢卡奇的话来说就是:"意识形态在这一场合不仅仅是社会的经济结构的结果,而且是它平稳运转的前提条件。"①

如果我们把马克思主义思想学说也当作一种意识形态理论来看待的

---

① [匈]卢卡奇:《历史与阶级意识》,杜章智、任立、燕宏远译,商务印书馆1999年版,第361页。

话，那么可以说，它一方面表现出很强的批判性，即对资本主义的经济社会关系及其思想体系和价值观念进行了非常深刻的批判分析；另一方面也显示出积极的建构性，即创建了无产阶级社会主义的思想理论体系，以及以人的解放与自由全面发展为目标指向的价值观念体系。这既显示出意识形态本身的双重特性与功能，同时对他们创立的唯物史观及其意识形态学说而言也可以说是一种确证。

第二节　意识形态论的文学理论观念

马克思主义创始人创立唯物史观学说，首次把文艺问题跟意识形态联系起来，将文艺现象置于唯物史观的宏阔理论系统中加以阐释，从而为意识形态论的文学理论观念奠定了基础。当然，由于马克思主义创始人并不是专门的文论家，他们只是为如何从意识形态的角度来看待文艺现象提供了一种思想方法，而并没有对文艺的意识形态特性与功能等具体问题进行详细阐释，从而给后人留下了很大的探索空间。因此，意识形态论的文学理论观念，也就有一个逐步建构与不断嬗变的发展过程。在这个过程中，围绕意识形态与文艺的关系，文论界一直存在争论。所涉及的主要问题，一是在马克思主义唯物史观视野中，是如何把意识形态与文艺联系起来进行观照和阐述的？二是我们可以怎样来理解意识形态与文艺的关系，比如是否可以把意识形态看成是文艺的一种本质特性？三是意识形态论的文论观念对于当代文学研究有什么意义？这些问题的确值得认真探讨。

一　唯物史观视野中的意识形态与文艺

马克思主义是在什么样的语境中论及文艺与意识形态关系的呢？

据笔者理解，马克思主义创始人对文艺与意识形态问题的论述，与其他理论家显然不同，他们并不是从一般的意义上，而是在某种特定的语境中阐述这一问题的。这里所谓特定的语境，就是指唯物史观的语境或者视野。众所周知，马克思、恩格斯并不是专门的美学家和文艺理论家，而是哲学家、思想家和革命家，他们并不是从文艺现象本身出发，也不是从文艺与意识形态的一般特性着眼，来说明文艺的本质特征。从他们在《德意志意识形态》《〈政治经济学批判〉序言》等著作中的论述来看，很显然，他们的理论目标，是为了阐述和建立唯物主义历史观，以此来科学地解释人类社会的结构状态与发展规律，为社会变革与人类解放寻找出路。正是在他们对人类社会结构状态与发展规律的认识和解释中，也就是在他们的唯物史观视野中，是把整个人类社会现象，包括人们的物质生产与生活现象，以及各种社会设施和精神生活现象等，都纳入这一宏阔视野中来加以观照和描述，其中当然也包括把文艺现象纳入其视野中，与法律、政治、宗教、哲学等一起，看作是人类社会结构中的有机组成部分。当然，这些社会现象各有其存在方式与形态，并且在整个社会结构系统中也处于不同的地位和发生不同的作用，因而需要从这个社会结构的运行规律或历史发展进程来加以认识说明。马克思说："人们在自己生活的社会生产中发生一定的、必然的、不以他们的意志为转移的关系，即同他们的物质生产力的一定发展阶段相适合的生产关系。这些生产关系的总和构成社会的经济结构，即有法律的和政治的上层建筑竖立其上并有一定的社会意识形式与之相适应的现实基础。……随着经济基础的变更，全部庞大的上层建筑也或慢或快地发生变革。在考察这些变革时，必须时刻把下面两者区别开来：一种是生产的经济条件方面所发生的物质的、可以用自然科学的精确性指明的变革，一种是人们借以意识到这个冲突并力求把它克服的那些法律的、政治的、宗教的、艺术的或哲学的，简言之，意识形态的形式。"[1] 在这里，马克思显然是把法律、政治、宗教、艺术、哲学等看成"一定的社会意识形式"或"意识形态的形式"，它们作为社会结构要素属于社会的上层建筑，既与经济基础相适应，同时也随着经济基础的变更或慢或快地发生变革。马克思所强调的是，无论这些意识形态的形式具有怎样的独特性和社会作用，都必须放到整个社会结构系统中，特别是与物质生产和生活的关系中才能得到解释，并且它们的发展变革也只有从经济基础的变更中才能得到说明，而这正是唯物史观的根本所在。

由此我们至少可以得出两点认识：第一，在马克思主义唯物史观的思想理论中，显然是把艺术（文艺）作为一种社会意识形式或意识形态的形式来看待的。这里将艺术作为"意识形态的形式"来列举，一方面说明，在马克思主义唯物史观的视野看来，艺术在社会结构系统中具有与法律、政治、宗教、哲学等差不多同等重要的地位和作用；另一方面也似乎意味着，艺术也具有与法律、政治、宗教、哲学等相通的某些特性和功

---

[1] 《马克思恩格斯选集》（第 2 卷），人民出版社 1995 年版，第 32—33 页。

能。那么这个特性和功能是什么呢？我以为就是，艺术也与其他意识形态的形式一样，总是会反映出一定社会的思想观念，并且反过来对一定社会人们的思想观念产生影响。也许正是从这个意义上，艺术在社会结构系统中可以作为观念的上层建筑即意识形态的形式之一来理解。当然，这里所指的"艺术"是作为一种整体社会现象来看待，以及作为一个"类"概念来使用的。第二，明白了上面这一点，也就同样不难明白，马克思主义创始人虽然把艺术作为意识形态的形式来看待，但他们的本意是为了阐明唯物史观的原理，揭示和描述社会的整体结构系统，而并无意于以此说明文艺的全部本质特性，更不是用"意识形态"范畴来给文艺下定义。即使如上所说，马克思将艺术与法律、政治、宗教、哲学等一并列举，也充其量说明艺术只是"意识形态的形式"之一，它跟其他各种"意识形态的形式"一样，具有某些意识形态的特性与功能，但它本身并不就是意识形态。因此，仅仅根据马克思主义创始人关于艺术与意识形态的片段论述，而不管他们的本意和语境是什么，直接把这些论述看作是给艺术下定义，很显然是一种曲解。至于一些理论家依据马克思、恩格斯的某些论述，简单地把文艺归结为一种意识形态来加以阐发，恐怕也与他们的初衷和本意相去甚远。

关于意识形态与文艺问题，在马克思主义创始人那里并不是孤立的命题，当然也不是孤立地被讨论的。众所周知，无论是他们的意识形态理论，还是他们对文艺的看法，都是在他们的唯物史观理论视野中被观照和阐发的。因此，如果我们要理解和讨论马克思、恩格斯对意识形态与文艺问题的见解，那么就不能孤立地理解和讨论，而必须联系他们的思想理论体系，把意识形态与文艺问题放到他们的唯物史观视野中来认识和理解。打个比方来说，如果把马克思主义思想体系比喻为一棵参天大树，那么"意识形态"学说就是从上层建筑这个分枝上长出来的，而文艺则又从属于"意识形态"这个更上一层的分枝。

首先从"意识形态"理论来看，如上所说，它是从属于马克思主义唯物史观的，是他们整个思想理论体系中的一部分。"意识形态"学说显示了马克思主义唯物史观的宏阔视野，马克思、恩格斯正是以这种宏阔的视野来观照人类社会及其发展历史，描绘了人类的社会结构与社会形态，创立了生产力与生产关系、经济基础与上层建筑的理论学说，其中把"意识形态"作为一种"观念的上层建筑"即"更高地悬浮在空中的思想领域"来看待。马克思主义的唯物史观，可以说把所有的人类社会现象如经济、政治、法律、道德、宗教、哲学等都纳入了它的宏阔观照视野，其中当然也包括文艺现象。

事实上，文艺从来就是人类社会重要的文化现象之一，马克思、恩格斯的唯物史观并没有也不可能把它遗忘掉。不过要把文艺现象放到人类社会结构形态中去加以归类考察，显然只有归入到观念上层建筑即意识形态中去，而不可能归入别的方面。并且就艺术特性来说，它也的确具有意识形态特性，不仅是艺术的理论观念，而且艺术作品和艺术活动中也往往包含着思想倾向和价值观念，尽管程度各有不同，但毕竟包含着意识形态性。就像前人没有揭示过唯物史观，没有将"意识形态"纳入唯物史观系统来进行阐释一样，前人同样没有尝试过从这样的视角来看待文艺问题，这应当说是马克思主义唯物史观的重要发现，为我们认识和研究文艺现象提供了一种宏观视野，这无疑具有重要启示意义。

同时还应当看到，马克思、恩格斯毕竟只是从极其宏观的唯物史观视野来看待文艺现象，把文艺与政治、法律、道德、宗教、哲学等联系在一起，都看作是"意识形态"的形式。在这里，"意识形态"显然是一个更大的、涵盖面更宽的概念，文艺、道德、宗教、哲学等只能是从属于或归属于"意识形态"。从逻辑上说，当某事物归于某一种概念时，往往可以简便地说它是该事物，但这并不意味着二者的含义是相等的。比如我们说苹果是"水果"的表现形式之一，通常也可以简化地说苹果是一种"水果"，但不能由此而理解为苹果就等同于水果，或水果就是指苹果。在这里，"水果"是苹果及其他果品的"共名"，通常可以用"共名"来指称苹果，但这并不就是苹果本身。同样的道理，由于文艺具有意识形态的特性，在宏观意义上可以把它归属于意识形态或意识形态的形式，所以通常也可以简化地说文艺也是一种"意识形态"。但这并不等于说文艺就是（即等同于）"意识形态"。这个意思在马克思、恩格斯的论述中应当说是很清楚的。

但现在的问题在于，马克思、恩格斯把文艺放在了意识形态的属下来列举和论说，能不能理解为是在给文艺下定义，或者说是规定艺术的属性与本质？我以为，从马克思主义唯物史观与意识形态理论的出发点和语境来看，他们根本无意于给艺术下定义，也无意于用"意识形态"来回答艺术的本质问题。他们的理论目标和路径都非常清楚，就是从唯物史观出发，描述和阐释人类社会的结构形态及其发展规律。在这个过程中，他们不只是没有给文艺下定义和说明本质，甚至也没有给意识形态下定义或说明其内涵。

也许这里有一个区别在于，作为专门的文艺理论家或美学家，当他们研究文艺现象的时候，职业性的思维习惯决定了他们总是从对文艺现象本身的观察出发，力图寻找出文艺的本质特征并给它下定义，这是理所当然的。而当他们又试图用马克思主义的观点来看待和解释文艺现象，并极力要从马克思主义创始人的理论中寻找依据的时候，也同样会习惯性地把马克思、恩格斯论述到文艺问题的地方，看成是在揭示文艺的某种本质，甚至看成是给文艺下定义。过去一个比较典型的例子，就是把恩格斯致哈克奈斯的信中谈到关于现实主义的一段话，看作是给现实主义文学下定义。当人们这样做的时候，往往忘记了马克思、恩格斯论述问题的出发点及其语境。显而易见的事实是，马克思、恩格斯并不是专门的美学家和艺术理论家，而是革命家、哲学家和经济学家等，他们论述意识形态与文艺问题的时候，是从整个人类社会现象出发，而不是仅仅从文艺现象本身出发；他们的理论目标，是为了阐述唯物史观原理，而不是为了说明文艺的本质特征。他们并无意于代替美学家和艺术理论家，来专门思考探讨文艺的本质问题，我们当然也不能要求他们回答这个问题。但问题在于，后来的美学家和艺术理论家们偏偏就直接从马克思、恩格斯那里寻找答案，找到马克思、恩格斯关于意识形态与艺术的片段论述，不管他们的本意和语境是什么，直接把有关论述看作是给艺术下定义，但这实际上未必符合马克思、恩格斯的初衷和本意。

当然，问题也还有另一个方面，就是即使马克思、恩格斯没有直接说明文艺的本质，也并不妨碍专门的文艺理论家或美学家们，尤其是那些坚守马克思主义信念的理论家们，借助马克思主义的思想观点来对文艺的本质特征，对文艺与意识形态的关系等问题进行思考探讨和做出理论阐释，这是完全应该的，甚至可以说是我们的一种学术责任。不过我们在这样做的时候，也许有必要注意两点：一是有必要还原马克思主义创始人论述问题的具体语境，首先搞清楚他们所言说的本意是什么。因为我们毕竟是在讨论马克思主义理论中的问题，或者说是在马克思主义的名义下讨论问题，那么无论是"照着说"还是"接着说"（当然从学术争鸣的意义上，也应当允许有人"反着说"或者"对着说"），其前提都应当是先弄明白马克思、恩格斯本身说了什么和说的是什么,然后再来讨论问题。如果没有这个前提条件,那就无论怎么说都与言说对象无关,成为没有"所指"的"能指",或者说是与"所指"错位甚至不相干的"能指"(就如同"指鹿为马"的言说),这应当说是不言而喻的。二是有必要区分清楚,哪些是与马克思、恩格斯讨论问题的语境相符合的"原旨"性命题和理论观点;哪些是我们在新的时代条件下和新的学术语境中阐发的理论命题及其看法(或者也可以看成是一种"与时俱进"的发展)。这两者虽然有密切联系,但毕竟还不是一回事,并且正由于语境不同,事实上具有不同的意义。

按照笔者的理解,马克思主义创始人是不是说明和揭示了文艺的本质,他们在理论表述上究竟是把文艺归属于社会意识形式,还是社会意识形态,抑或意识形态的形式,其实都并不重要。我以为最重要、最关键之处在于:一是他们开辟了唯物史观的宏阔视野,并且将文艺现象纳入了这种宏观视野加以观照,这对于文艺研究(无论是宏观的文学艺术史研究,还是具体的文艺现象研究),都具有一种世界观和方法论的启示意义,这种意义无论怎样估价可能都不会过高。二是与此相关联,马克思、恩格斯把文艺与社会意识形式或社会意识形态等联系起来,也就意味着为文艺研究与文艺批评,提供了一个新的观照角度和阐释评价的维度,有助于我们更全面地理解文艺的特性与功能。事实上,马克思、恩格斯不仅是在关于唯物史观的理论阐述中给我们提供了这种启示,而且他们的著作、书信中涉及对各种文艺作品的具体阐释和评析,如对古代神话、史诗、悲剧以及各民族史诗传说等的阐释,对歌德、莎士比亚、巴尔扎克等作家的评论,对哈克奈斯、考茨基、欧仁·苏等作家作品的评论,对拉萨尔《济金根》的评析等,也都在这种文艺观念和批评方法上给我们极大的启示。因此,对于马克思主义文艺思想的研究与阐发,不一定非要纠缠于马克思、恩格斯如何看待和说明文艺的本质特性,或者如何依据他们的论述来规定文艺的本质特性,而是应当调整思维方式,更多从对马克思主义唯物史观的理解入手,真正获得一种唯物史观的宏阔视野,以此成为我们观照人类文艺活动的角度,以及研究、阐释和评价文艺现象的维度,这也许是更为重要的,也是更有意义的。

二 文艺的意识形态特性

在上述基础上,再将文学艺术纳入到马克思主义唯物史观及其意识形态的理论视野中来看，我们可以看到，文艺虽然并不直接表现为某种思想观念的理论体系，未必能直接将它定义为意识形态，但其中往往包含着一定的思想观念即世界观、价值观，因而必然会具有一定的意识形态特性。按安东尼奥·葛兰西的看法，他在《狱中札记》中认为意识形态是"含蓄地表现于艺术、法律、经济活动和个人与集体生活的一切表现之中"的世界观。① 如果这个说法不无道理的话，那么文艺的意识形态性则更是不言而喻。

在马克思主义创始人那里，的确是自觉不自觉地把文艺纳入意识形态的理论视野中来加以观照和阐发的。其中大致有这样几种情况。

其一，他们在研究人类社会发展进程时，总是特别注重联系当时的文艺作品进行分析考察，所看到的是文艺反映一定社会形态的现实关系及其思想观念的意识形态特性。比如，恩格斯在谈到一位学者的研究方法时曾说过："雅科布·格林在研究德意志民族性格、德意志风俗习惯和法律关系时，一向把从记载基姆布利人进军的罗马史学家到不来梅的亚当和萨克森·格腊马提克所提供的一切证据，从《贝奥伍尔夫》和《希尔德布兰德之歌》到《艾达》和古史诗的一切古代文学作品，从《野蛮人法典》到古丹麦和古瑞典法律以及日尔曼人习惯法记录的一切法律汇编，都看作同样珍贵的史料，是完全有理由的。"② 这是因为，这些文学作品往往真实地反映了那个时期的社会存在与现实关系，如生活习俗与法律关系等，包含了那个时代人们的思想观念，从中可以观照出当时的社会状况，包括现实关系及其意识形态的某些方面。同样的道理，马克思在《摩尔根〈古代社会〉一书摘要》中曾根据希腊神话中女神所处地位的变化，来推论古代社会妇女社会地位的变化；恩格斯在《家庭、私有制和国家的起源》一书中，引用了马克思的这个看法，并进一步联系荷马史诗、埃斯库罗斯的悲剧等，来说明妇女地位的下降和一夫一妻制家庭形式的变化，以及古希腊一些部落和小民族的组织机构与议事方式，等等；③ 不仅如此，他还在自己的著作中，详细引述了巴霍芬《母权论》一书对埃斯库罗斯《奥列斯特》三部曲所作的母权制社会历史分析，认为"对《奥列斯特》三部曲的这个新的但完全正确的解释，是巴霍芬全书中最美好精

---

① ［意］葛兰西：《狱中札记》，曹雷雨等译，中国社会科学出版社2000年版，第239页。
② 《马克思恩格斯全集》（第16卷），人民出版社1964年版，第571页。
③ 《马克思恩格斯选集》（第4卷），人民出版社1995年版，第59—60页、102—104页。

彩的地方之一"。① 此外，恩格斯在研究古爱尔兰史的过程中，还曾把中世纪斯堪的那维亚的诗作《克腊卡之歌》和冰岛氏族时代的《尼亚耳史诗》里有关爱尔兰历史事件和生活面貌的形象描写，作为宝贵的历史材料加以引用。② 从上述这些例子中可以看出，马克思、恩格斯是在一定意义上把文艺作品作为具有社会意识形态特性与功能的历史文献和思想资料来看待并加以利用的。

其二，在对批判现实主义文学的评论中，看到并揭示了文艺的意识形态认识批判功能。例如，马克思在《英国资产阶级》一书中曾盛赞狄更斯、萨克雷等一批杰出的现代英国小说家，说他们在卓越的描写生动的书籍中向世界揭示的政治和社会真理，比一切职业政客、政论家和道德家加在一起所揭示的还要多。③ 恩格斯也说过，巴尔扎克的《人间喜剧》是一部法国社会，特别是巴黎上流社会的卓越的现实主义历史，从中所学到的东西比当时所有职业的历史学家、经济学家和统计学家那里学到的全部东西还要多。④ 不仅如此，批判现实主义文学通过对现实关系的真实描写，能在一定程度上显示生活的真相和真理，引起人们对现实关系的反思，从而"打破关于这些关系的流行的传统幻想，动摇资产阶级世界的乐观主义，不可避免地引起对于现存事物的永恒性的怀疑"，⑤ 从而具有一种社会认识与批判的作用。恩格斯对敏·考茨基、玛·哈克奈斯等作家的肯定性评价，正是着眼于此。恩格斯还曾以欧仁·苏为例说："欧仁·苏的著名小说《巴黎的秘密》给舆论界特别是德国的舆论界留下了一个强烈的印象：这本书以鲜明的笔调描写了大城市的'下层等级'所遭受的贫困和道德败坏，这种笔调不能不使社会关注所有无产者的状况。"⑥ 换言之，文学艺术对于现实的揭露批判性描写，在一定程度上甚至能起到"批判的武器"的作用。

其三，在对具有社会主义倾向的文艺作品的评论中，看到并阐发了文艺的意识形态宣传教育功能。马克思曾经在一篇文章中特别提到在西里西亚纺织区流行的一支革命歌曲《血腥的屠杀》："首先请回忆一下织工的

---

① 《马克思恩格斯选集》（第4卷），人民出版社1995年版，第6—7页。
② 《马克思恩格斯全集》（第16卷），人民出版社1964年版，第565—570页。
③ 《马克思恩格斯全集》（第10卷），人民出版社1962年版，第686页。
④ 《马克思恩格斯选集》（第4卷），人民出版社1995年版，第683—684页。
⑤ 《马克思恩格斯选集》（第4卷），人民出版社1995年版，第673页。
⑥ 《马克思恩格斯全集》（第1卷），人民出版社1956年版，第594页。

那支歌吧！这是一个勇敢的战斗的呼声。……无产阶级在这支歌中一下子就毫不含糊地、尖锐地、直接了当地、威风凛凛地厉声宣布，它反对私有制社会。西里西亚一开始就恰好做到了法国和英国工人在起义结束时才做到的事，那就是意识到无产阶级的本质。"[1] 恩格斯也曾以极大的热情提到优秀的德国现实主义画家许布纳尔描绘西里西亚织工生活状况的一幅画，详细描述了这幅画的内容，认为"从宣传社会主义这个角度来看，这幅画所起的作用要比一百本小册子大得多"[2]。在这里，文艺所表现的阶级意识和思想观念，以及所产生的意识形态方面的宣传教育作用也是不言而喻的。

三　意识形态论的文论观念之当代意义

从上述马克思主义创始人对于文艺的观照与阐释中，我们又可以获得一些什么样的启示呢？我以为，理解和看待文艺与意识形态的关系，可以从以下两个不同的角度来加以观照。

一是文艺创作及其作品本身所具有的意识形态特性与功能。从文学史和艺术史的事实来看，不能说所有的文艺作品都具有同样的意识形态特性，但显然有相当多的文艺作品，其中的确包含着比较明显的世界观与价值观，不自觉地反映了一定社会形态的现实关系，表达了某一社会群体或阶级共通的思想观念，或某一时代人们普遍的精神情感诉求，因而可以从中看出一定社会的意识形态特性。不仅如此，事实上不管创作者是否意识到或是否愿意，在社会历史实践中，此类作品往往很容易被纳入到一定的社会结构系统中，特别是意识形态的功能系统中发挥作用，这在社会大变革的时代尤其如此。时至今日，即使一些文艺作品及其所反映和发挥作用的时代都早已成为历史，这些文艺作品已经失去现实功能而只是作为历史文化形态而存在，然而其中所凝固着的那一社会形态的现实关系及其思想观念，却仍然可以让后人从中观照到那时的社会结构（包括意识形态）的状况，就像马克思、恩格斯在他们的著作中所描述和分析揭示的那样。至于当下的文艺实践，恐怕也仍然如此，只不过有些人不愿意承认和面对而已。

二是文艺批评与文艺研究者以独特的眼光，对文艺作品进行意识形态

---

[1]《马克思恩格斯全集》（第1卷），人民出版社1956年版，第483页。
[2]《马克思恩格斯全集》（第2卷），人民出版社1957年版，第589页。

意义的观照与阐发。文艺作品价值功能的实现，一方面当然是通过读者观众直接的阅读接受得以实现；而另一方面，却也往往借助于文艺批评，使作品中所隐含的东西得以彰显和放大。因为文艺作品所反映的现实关系、表达的思想观念和精神情感诉求等，往往有自觉不自觉或显与隐之分别，如果文艺批评与文艺研究者以其独特的眼光，去发现文艺作品中所隐含的思想情感内涵，将其开掘、阐发并加以张扬，无疑能使文艺作品的价值功能得到更充分的实现。显而易见的是，文艺批评与文艺研究能够从文艺作品中发现什么，从而致力于开掘、阐发和张扬什么，必然与评论者的思想观念和价值立场相关。如果评论者的社会意识形态观念很强，当然就会致力于去发现和开掘文艺作品中的社会意识形态内涵，张扬其社会意识形态意义。马克思、恩格斯对许多文艺作品的分析阐发是这样，列宁对托尔斯泰创作的评论阐释也是这样。还有后来西方马克思主义学派的许多理论家和批评家，也大多是站在意识形态批判的立场上，对现代社会的文化现象和文艺作品进行认识评判的。直至当下的某些文化批评，甚至不过是借助于某些文艺作品的解析，诉诸当下社会的意识形态批判，更显示出当今意识形态批评的某种新趋向。

综上所述，笔者的基本看法是：第一，是否把文艺归结为意识形态，或者说能否用意识形态给文艺下定义，这并不重要，重要的是我们能否从马克思主义意识形态理论中获得唯物史观的视野，看到文艺的意识形态特性（就文艺作为一个整体即"类"的存在而言，而不是就每一个具体作品而言），从而将文艺纳入到社会结构系统中，放到物质生活和经济基础所最终决定的历史发展进程中来认识说明。这对于文艺的宏观研究特别是文艺史研究来说，可能显得尤其重要。第二，也许不能简单地理解和规定文艺的意识形态功能，认为它只能是批判解构的，或者是维护建构的。应当说无论对于历史还是现实而言，这两个方面的功能都是需要的，关键还在于我们自身的理论立场、态度和能力，仅此而已。

第三节　文学研究的意识形态维度与当代拓展

文学是人类社会生活中客观存在的一种重要现象，人类自古以来就存在各种文学活动，从早期的乐舞歌谣、神话史诗，到后来的辞赋传奇、戏剧小说等，人类社会生活不断发展，人们的文学活动也不断发展变化绵延不绝。那么人类社会为什么会有这样一种文学现象？人们为什么需要它而又创造了它？文学活动及其各种类型的文学作品究竟具有什么样的特性与功能？它们在人类社会以及个人生活中究竟具有什么样的意义价值？等等。这些问题都需要人们认识和解释它，这就形成了古往今来的文学研究。实际上文学研究往往有不同的观照视角与维度，从而对复杂的文艺现象进行多方面的认识阐释，其中意识形态的维度显然是一个重要方面。然而意识形态维度对于文学研究的意义应如何认识，它与文学研究其他方面的维度形成怎样的关系？这无论在理论认识还是实践发展中，似乎都还不能说是一个完全解决了的问题，关于审美意识形态问题的争论就多少说明这一点。因此，将文学研究的意识形态维度与其多维性联系起来，进行一些理论分析与历史观照，也许能对这个问题的认识有所推进。

一 文学研究的意识形态维度及其意义

文学作为人类社会一种极为复杂的现象，无论是它的形态与特性，还是它的功能与价值，都显得极其复杂多样。自古以来，人们就从各种不同的角度对文学现象进行研究，形成了自然模仿论、心灵情感表现论、艺术思维想象论等种种理论学说，后来在各种现代科学发展成熟的背景下，又逐渐形成了文艺社会学、文艺美学、文艺心理学等分支学科研究，以及各种综合性的研究形态。在此基础上，从文学活动的基本特性与功能着眼，又凝聚到关于文学本质特性的一些基本的方面，如艺术审美、社会文化、文学本体特性（语言艺术特性）等基本维度上来进行系统综合的观照研究。其中，意识形态研究维度的形成，显然标志着文学研究的新拓展。

将文学与社会意识形态联系起来，从而开辟文学研究的意识形态维度，应当说是马克思主义的重要理论贡献。虽然"意识形态"理论范畴并非马克思、恩格斯首先提出和运用于哲学文化研究，但是他们把意识形态纳入到自己所创立的唯物史观的宏阔视野，把意识形态作为人类社会结构中一个重要的有机组成部分来看待，它与一定的社会经济基础及其上层建筑设施相适应，反过来又对它们产生能动的影响作用。按照马克思主义创始人的看法，"意识形态的形式"包括多方面的要素，如法律、政治、宗教、哲学等，其中也包含艺术（文艺）。这样，他们就将文学纳入到意识形态的系统，并进而纳入到唯物史观的视野加以观照。换一个角度，即从文学研究方面着眼，也可以说马克思、恩格斯第一次将意识形态维度和唯物史观视野引入了文学研究。正如唯物史观的创立为人类社会研究开辟了新天地一样，意识形态维度和唯物史观视野引入文学研究，也为这一领域开辟了新的天地。虽然马克思、恩格斯并没有多少关于文学与意识形态关系的直接理论阐述，但是他们所开辟的研究维度与视野，以及对一些文艺现象的评述阐发中所隐含着的思想方法，却带给我们许多宝贵的启示，事实上为后人的研究开辟了一条新的道路。这主要表现为以下几个方面。

其一，拓展了对文学本质特性的理解。按列宁的看法，事物的本质并不是单一的，而是多方面多层级的，有一级本质、二级本质乃至多级本质。文学这种特别复杂的事物可能就更是如此，它的本质特性也许更为复杂多样，事实上如上所说，古往今来人们从各个不同的角度和方面，对文学的本质特性做出了种种解释。马克思主义给我们的一个重要启示，就是使我们从一个新的角度或维度来理解文学的本质特性，即文学的意识形态性。所谓"意识形态"，按这个概念的最初提出者法国学者特拉西赋予它的涵义，是指"观念学"，即一种观念系统或观念科学，它具有明显的政治性与实践性，能够解释世界并通过实践而对现实发生影响。马克思、恩格斯在阐述和建立唯物史观的过程中，引入"意识形态"这个概念来指称社会思想观念的系统，并将其作为整个社会结构系统中的一个有机组成部分来看待。如上所说，马克思、恩格斯把文学艺术纳入到意识形态系统，将它与法律、政治、宗教、哲学等一起作为"意识形态的形式"来列举，这至少说明，在他们的理解中，艺术也具有与法律、政治、宗教、哲学等相通的基本特性，那么这个特性就是"意识形态性"。这就是说，艺术也与其他意识形态的形式一样，总是会反映出一定社会的思想观念，并且反过来对一定社会人们的思想观念产生影响，从而影响社会实践。葛兰西曾把意识形态定义为一种在艺术、法律、经济行为和所有个体的及集体的生活中含蓄地显露出来的世界观，也正是基于这种理解。也许正是从这个意义上，艺术在社会结构系统中可以作为观念的上层建筑即意识形态的形式之一来理解。当然，这里所指的"艺术"，不是指某一单个作品，而是把艺术作为一个"类"概念来使用和作为一个整体社会现象来看待的。尽管马克思、恩格斯把艺术作为意识形态的形式来看待，其本意只是为了阐明唯物史观的原理，揭示和描述社会的整体结构系统，而并无意于以此概括艺术的本质特性，更不是要用"意识形态"范畴来给艺术下定义，但由此而开启的思维向度，却无疑极大地拓展了文学本质特性探讨的路径。

其二，深化了对文学价值功能的认识。文学作为一种意识形态的形式，它处于一定的社会结构系统中，一方面为这种社会结构系统的复杂关系所制约，另一方面也必然在这个社会结构系统中发生作用，显示出它作为意识形态形式的价值功能。这种价值功能主要有：一是文学作品总是在某种程度上客观反映出一定社会的现实关系与思想观念，让人们从中看到这种社会形态的基本状况，因而具有认识功能。如马克思《摩尔根〈古代社会〉一书摘要》、恩格斯《家庭、私有制和国家的起源》等著作，在研究人类社会发展进程时，总是特别注重联系当时的文学作品进行分析考察；马克思、恩格斯还多次盛赞狄更斯、萨克雷、巴尔扎克等作家，认为他们对社会现实的卓越描写，以及所揭示的政治和社会真理，比一切政论家、道德家、历史学家和经济学家等加在一起所揭示的还要多。这是因为这些文学作品往往真实地反映了那个时期的社会存在与现实关系，如生活习俗与法律关系等，包含了那个时代人们的思想观念，从中可以看出当时的社会状况，包括现实关系及其意识形态的某些方面，马克思、恩格斯正是从这个意义上来看待上述文学作品的。二是文学作品在对一定社会生活的揭露批判性描写与控诉中，显示出意识形态的批判性功能。马克思、恩格斯在对批判现实主义文学的评论中，就看到并揭示了文学的这种意识形态批判功能。恩格斯认为，批判现实主义文学通过对现实关系的真实描写，能在一定程度上显示生活的真相和真理，引起人们对现实关系的反思，从而"打破关于这些关系的流行的传统幻想，动摇资产阶级世界的乐观主义，不可避免地引起对于现存事物的永恒性的怀疑"，[1] 显示出对社会现实关系的批判作用。他对考茨基、哈克奈斯等人的肯定性评价，正是着眼于此。在这里，文学作品对于现实的揭露批判性描写，甚至在一定程度上能起到"批判的武器"的作用。三是那些具有社会主义倾向的文学作品，在变革现实的实践中发挥着思想启蒙和宣传教育的作用，显示出意识形态的建构性功能。在这里，文艺所表现的革命阶级的思想意识和价值观念，以及所产生的意识形态方面的宣传教育作用也是不言而喻的。

其三，科学地揭示了文学发展史的规律。唯物史观不仅科学地解释和描述了人类社会的结构系统，更科学地揭示了人类社会的历史发展动力及

---

[1] 《马克思恩格斯选集》（第4卷），人民出版社1995年版，第673页。

其规律。在马克思、恩格斯看来，虽然各种社会现象各有其存在方式与形态，并且在整个社会结构系统中处于不同的地位和发生不同的作用，但都需要从这个社会结构的运行规律或历史发展进程来加以认识说明。在唯物史观的视野中，文学作为一种"意识形态的形式"，属于观念的上层建筑，它既与经济基础和设施性的上层建筑相适应，同时也随着经济基础及其他上层建筑部分的变革而或慢或快地发生变革。虽然文学现象具有相当的复杂性和独特性，与其他意识形态的形式并不能完全等同，但从根本上说，文学活动也仍然可以而且必须放到整个社会结构系统中，在与其他社会结构要素的关联中，特别是与物质生产和生活的关系中才能得到解释，并且文学的历史发展变革也只有从经济基础的变更中才能最终得到说明。这一唯物史观的宏阔视野和思想方法，被引入文学史研究领域，显然深化了人们对于文学发展历史规律的认识，极大地影响了人们的文学史观，正如我们所看到的那样，各种文学史和艺术史研究的格局也因此大为改观。

总之，马克思主义唯物史观视野及其意识形态维度引入文学研究，的确带来了整个文学研究，特别是文学社会学和文学发展史研究的深刻变革，其革命性意义无论怎样估计都不会过高。

二 文学特性的多样性与文学研究的多维性

文学现象原本是一种非常复杂的社会文化现象，因此作为专门的文学理论研究，必然要求从文学现象本身的客观存在出发进行全面考察，对它本来所具有的多方面特性和规律给予认识解释。然而实际上，与人们对其他社会现象的认识一样，人们对具体文学现象的观察研究，也往往会侧重于从某个方面着眼和入手，对其中某个方面的特性规律加以研究揭示。这就意味着，任何一种角度和维度的认识解释，都可能既具有合理性又存在局限性，彼此既矛盾而又互补。正是由于有各种不同角度和维度的认识解释，才形成对文学现象的全方位的观察和认识。从历史的观点看，也正是各种不同角度和维度的认识解释，形成了文学研究历时态逐步拓展和推进的历史进程。对于意识形态维度的文学研究，当然也可以而且应该放到这个历史进程中来看待。

如前所说，将文学与意识形态联系起来，从而开辟文学研究的意识形态维度，是马克思主义的重要理论贡献，由此带来了文学研究的深刻变革。应当说马克思主义创始人从唯物史观出发来看待文学现象，既合乎他们的思想理论逻辑，也符合文学现象的实际，因而他们的理论观点和批评实践都是极富启示意义的。但另一方面，马克思、恩格斯并不是专门的文学理论家，他们并无意于用"意识形态"范畴来框定文学现象和给文学下定义，他们所阐发的文学观并不能代替对文学全部规律的研究。换言之，他们所开辟的文学研究的"意识形态"维度，是一个非常重要的维度，但并非唯一的维度。但问题恰恰在于，人们往往容易教条化地对待马克思主义，过去一旦说马克思主义是普遍真理，便把他们的任何具体论述都当作普遍原理，于是，关于文学与意识形态的论述当然也就看成是给文学定性或下定义，这样文学就被直接等同于"意识形态"，文学的"意识形态"特性就成了唯一的特性，文学研究的"意识形态"维度就成了唯一的维度。本来马克思主义唯物史观及其意识形态学说的创立，为文学研究开辟了一个前所未有的视野，增加了一个全新的维度，然而一旦简单化地将这个视野和维度放大，就往往形成对文学其他方面特性及其研究维度的挤压与障蔽，于是多维的观照变成了单一的认识，文学研究似乎注定了要走上一段弯曲的道路。

这种情况实际上早有前车之鉴。苏联文学研究中的庸俗社会学派，首先是庸俗化地理解马克思主义学说，把唯物史观的丰富思想简化为一堆社会学概念，然后再教条化地套用到对文学问题的阐释中，通过强化文学的意识形态特性，以适应当时社会现实的特殊需要，这不可避免地造成了文学研究和文学实践的扭曲。作为一种历史的反拨，后来的审美学派极力反对这种偏向，一味强调文学的审美本质而否认其意识形态本质，由此引发了不同观点的激烈争论，实际上这一争论并没有一个最终结果。

历史往往具有相似性，我国的文学研究又何尝不是走了这样一条弯曲的道路。在新时期之前特定的时代背景下，我们的文学观念显然是偏于强调意识形态性的，不仅在文学政策和文学实践中直接把文学当作意识形态宣传工具看待，即使在权威性的文学理论教科书中，也是直接用社会意识形态来给文学下定义。虽然为了与其他的社会意识形态相区别，往往使用"文学是一种特殊的社会意识形态"这样的表述，然而文学的这种"特殊性"仅仅表现在，它是以艺术的或形象的方式来反映生活服务现实的；虽然在阐述文学的社会作用时也会提到它的"审美作用"，但这里的"审美"仅仅是作为实现文学的认识、教育作用的方式手段而被利用的，其根本功能还在于为政治服务。在这样的理论阐释中，文学的政治意识形态特性与功能被抬到了无以复加的地步。在文学特性被扭曲的同时，用以观照文学的多维视角也显然被严重遮蔽了。

新时期文学观念的拨乱反正，正在于打破这种政治意识形态一统文学的局面，复归文学的多重特性与功能，同时也复归文学研究的多维视角。在这个过程中，文学审美的特性与观照维度显然被大大凸显出来。20 世纪 80 年代，文学界就有人提出"回到文学本身"的主张，极力张扬"纯文学""纯审美"的观念，理论上则力图建构"审美本性论"，以此排挤和消解文学的意识形态性，乃至于根本否定文学的意识形态性质。当然也有学者提出了文学的"审美意识形态"理论，试图把文学的审美特性与意识形态特性融合起来，从而克服以往的片面性，达到对文学本质特性更为全面的把握，这种努力无疑是值得肯定的。但由此也带来了新的问题，一个时期以来围绕这个理论命题的论争，便将这些问题凸显了出来。一是"审美意识形态"本是个复合词组，包含"审美"与"意识形态"两个不同的方面，那么这两者是什么关系，它们是如何融合的？实际上在对这个理论命题的讨论与阐发中，就存在着审美本性与意识形态本性之争：有的认为"审美"是文学的本性，在审美中可以融合意识形态、情感、文化等其他特性；也有的认为"意识形态"是文学的本性，它是以审美方式所呈现的意识形态；还有的把审美和意识形态都看作是文学的本性，不过两个"本性"之间究竟是什么关系却难以解释清楚，笼统地用个"融合"的说法并不能使人满意。二是如果要全面地把握和说明文学的本质特性，仅仅拈出"审美"和"意识形态"两者是否就够了呢？如果说这两者算作文学的本性，那么文学的其他特性如形象表现、情感传达、艺术想象、语言艺术、人类文化等特性，则又该置于何地呢？它们算不算文学的本质特性，并且与审美、意识形态之间又是什么关系呢？这些都是理应回答而实际上又并没有得到切实回答的问题。

首先，笔者不太赞成所谓"文学本性"说。何为"本性"？通常理解其含义大致有二：一是指事物"本来就具有的特性"；二是指事物"根本"的特性。如果按第一个含义理解，文学有没有所谓"本来就具有的特性"？如果有的话这个特性是什么？对此能够确切地回答吗？我以为，这个命题方式本身就有先验论和本质主义之嫌。实际上文学的特性只能是在人类艺术实践发展过程中生成并不断展开丰富的，而不可能是先验预设和规定死了的。再从第二个含义理解，文学的"根本"特性究竟是一个、二个还是多个？如果只能有一个"本性"，那么这个本性是什么？是审美还是意识形态，抑或是其他？如果可以是多个（既然并非一元论而允许二元论，当然也可以是多元论），那么除了审美与意识形态之外，还有形象、情感、艺术想象、语言艺术等是否也可以算作是文学"本性"？并且它们如何才能准确地概括到关于文学的定义说明中去？所谓"文学本性"说所带来的这些问题，实际上不可能得到科学的回答。与其如此，不如改换为"文学特性"的表述似乎更合适一些。其次，我也不太赞成用一两个概念或短语给文学下定义的做法，因为事实上对于文学这样一种非常复杂的现象，仅仅用一两个概念或短语是难以概括说明其本质特性的。

因此，我们有必要改变过去那种习以为常的本质主义思维方式和表述方式，而改换为描述性的方式，或许能更切实地概括说明文学的本质特性。比如，我们可以依据马克思关于人类掌握世界的方式的基本思想，以及关于文学与意识形态的理论，结合古往今来人们对文学普遍特征的认识，对文学进行这样一种概括性的描述：文学是一种艺术地把握世界的特殊方式，是人们对自然、社会与人生的审美感悟、体验、认识的艺术表现，具有审美性、意识形态性、语言艺术性（此外根据不同理解，还可以加上形象性、情感性、艺术想象性）等多方面的特性。这样来理解和把握文学的本质特性，可能更符合文学现象的实际情况，既便于与其他精神文化现象区分开来，也有利于从各种不同的方面和层面来观照认识文学现象，从而真正复归多视角、多维度的文学研究。

当然，这里所谓对文学的多视角、多维度研究，也只是从一般的理论逻辑上来讲，不过事实上在具体的文学研究中，谁也不可能真正做到全方位的研究。通常我们更多看到的是，研究者总是习惯于从自己的认识理解出发，侧重于从某个方面着眼对文学现象进行认识观照，从而对某个方面的特性有更为深入的研究阐释，这是完全可以理解的，也是十分必要的。但问题在于，当研究者这样做的时候，不应当忘了还有自己所未能顾及的观照视角和维度，以及自己尚未深入细致观察研究的方面。还有就是不必非要把我们自己所特别看重的某个方面的文学特性，轻易地强调为文学的"本性"，否则就很容易造成对其他观照视角和研究维度的障蔽，不利于文学研究的深入拓展。以往的历史教训已经证明了这一点。也许有人会说，文学的多种本质特性未必是处于同一层面的，它们可以区分为如列宁所说的一级本质、二级本质、三级本质等，这样一级本质层面的特性就可以作为文学的"本性"来看待。倘若果真如此，那么这里的前提就是，必须首先确立一个理论上的逻辑起点，从这个起点加以逻辑的历史的展开，将各种文学特性都纳入到不同的层次加以合乎逻辑的科学的排列说明，从而能够真正全面科学地解释说明全部文学现象。然而实际上，如上所述的一些所谓文学"本性"论，似乎还没有确立这样的逻辑起点并建构起全面科学的理论系统，因而其科学性与合理性非常有限。而且真要这样做，从可能性来看也并非易事，因为对于如此复杂多样的文学现象（它不同于某个具体的事物），几乎每换一个观照视角和研究维度（如审美维度、意识形态维度、情感维度、文化维度、语言艺术维度等），就会形成建立在这个基础上的逻辑起点，以及逻辑地历史地展开的理论系统与核心范畴，很难说哪一个更符合文学的实际。看来在目前情况下，还是保持多视角、多维度的研究格局，可能更有利于当代文学研究的繁荣发展。

三 当代文学研究维度的拓展与回归

如前所说，新时期以来我国的文学研究，从原来特别重视和强调文学的意识形态特性与功能，走向了开放性、多元化的发展道路。但在这种变革发展进程中，也出现了过于张扬文学审美特性，排斥消解文学意识形态特性等偏向。不过在经历了这样一个历史的回摆运动之后，从当今我国文艺研究的总体状况来看，已基本上形成多元化、多维度研究并举的新格局，这应当说是比较符合文学本身的特性与发展要求的。而其中出现的一些新趋向也似乎值得加以关注。

一是随着文学研究中的文化研究转向，文学研究的文化维度正在不断拓展。从文学研究向文化研究转向，据说这在西方社会早已发生。其主要原因在于，由于电信传媒的高度发达，图像文化、网络文化以及消费文化等异军突起，文学也不断走向泛化发展，从文学作品的文本形态到特性功能都不断发生变异，越来越成为一种大众文化和消费文化形态。因而文学研究就不能不打破原来形成的封闭性格局，走向更为宽泛的文化研究。一方面是研究对象越来越宽，并不仅限于传统意义上文学现象与经典性文学作品，也包括与此相关的大众文化现象；另一方面是研究领域越来越扩大，研究方法也越来越多样，越来越具有包容性和跨学科、跨文化的性质。在全球化语境中，这种文化研究转向也对我国的文学研究产生了直接影响。比如有人提出"文化批评"的主张,以区别于过去那种纯粹化的文学批评,认为应当将文学现象放到更广阔的文化视野中来进行观照阐释,努力克服原来纯审美研究的狭隘视界,从而扩大文学研究的文化视野,发现过去被忽视了的文艺作品的文化价值。也有学者提出"文化诗学"的理论命题,认为目前文学理论批评界兴起的"文化研究",并不是从西方生硬搬来的东西,也不是远离现实的抽象的观念诉求,而是给文学理论研究重新迎回来文化的视角,文化研究在伸向文化的广阔领域后,将扩大文学理论批评的疆界。为了避免文化研究对象的转移所带来的种种弊端,特别是一些人所担心的文学文本可能在文化批评的视野中消失,因此这种理论主张特别强调,"文化诗学"虽然吸收了文化研究的特性,但它的旨趣在于:一方面文化诗学始终保持对于文学艺术现实的反思,密切关注现实文学艺术活动中的重大理论与实践问题,也不放弃追求文学艺术的意义与价值;另一方面,文化诗学追求在方法论上的革新和开放,它不囿于文学的自律,而从语言、神话、宗教、艺术、科学、历史、政治、伦理、哲学等跨学科的文化大视野来考察一切古今中外的文学、艺术问题,方法上的开放是它的活力所在。[①]

  当然,对于这种文化研究转向,理论界还存在不同的理解和看法,而且从理论观念的转变到文学研究的践行并真正取得实绩,也还有一个时间过程。但从总体上看,这种转向显然还是一种必然的积极的走向,它使文学研究中的文化视野与维度,由此而凸显了出来,标志着当代文学研究正走向更为开放多元的发展。只不过在这种文化研究转向中也不是没有隐忧,除了如上所说一些学者担忧过于追逐泛文化研究,将会导致文学本身意义价值的丧失外,还有就是在文化研究中坚守什么样的文化精神的问题。在当今时代后现代文化扩张的现实语境中,很容易带来后现代文化精神对文学精神价值的消解,导致文化批评与文化研究的庸俗化。因此,如何在拓展文化研究维度的同时,在文化批评中坚守现代性文化精神,就成为一个特别值得关注的现实问题。

  二是在当今时代的文学研究中,显现出意识形态性回归的新趋向。如上所说,在新时期文学观念的变革发展中,出于对过去政治意识形态文学观念过于强化的不满与逆反,一个时期以来,在文学审美观念大为张扬的

---

① 童庆炳:《植根于现实土壤的"文化诗学"》,《文学评论》2001年第6期。

同时，文学的意识形态性质则被普遍质疑与消解，文学研究的意识形态维度也大为弱化。然而近一时期似乎出现了一种新趋向，这就是意识形态研究的回归与升温。一方面在理论研究中，诸如围绕"审美意识形态"论所展开的讨论，对文学与意识形态关系的探讨，都一时引起广泛关注；另一方面，在文学批评实践中，意识形态批判的特性也愈益凸显出来，这在后现代文化氛围越来越浓的当下，已成为一道别具意味的独特的文化景观。

出现这样一种新趋向，也许与两个方面的因素有关。一方面是受国外文化研究潮流的影响。在如上所说的西方文化研究转向中，实际上就包含着意识形态批评的拓展。如果说20世纪西方文学批评中，如形式主义批评、英美新批评、结构主义批评、符号学批评、叙事学批评等诸多批评形态，在不断开拓出各种新的研究维度的同时，也很大程度上遮蔽和消解了意识形态批评的维度，那么在另一些批评形态中，如存在主义诗学、西马学派的文学研究等，仍然坚持了社会文化批判取向和意识形态维度。直至后来新历史主义批评、女权主义批评、后殖民主义批评等不断兴起，这种意识形态批评特性就显得更为突出。在所谓西方文化研究转向中，可以说既标志着文化维度的拓展，也包含着意识形态批评的强化。随着西方文化研究转向风潮传入我国，其中意识形态批评的启示与激发作用便会随机发生，从而对此前形成的片面性产生一定的纠偏作用。另一方面，则是我国当下的文化语境也发生了一些变化。随着市场经济转轨和消费社会转型，以及社会改革的进一步深化，社会利益关系复杂化，各种社会矛盾和问题日益凸显，市场化和消费主义本身也作为意识形态问题引起关注和讨论。当代文学不能不在相当程度上介入现实和关注这些问题，因而文学批评与文学研究也实际上绕不开这些问题。还有大众文化转向所带来的文学精神价值取向上的多样与迷乱，也引起了社会的普遍关注，国家意识形态正力图强化核心价值观的主导作用，文学理论批评界也加强了对文学精神价值取向的探讨。这种整体氛围就使得文学研究中的意识形态回归成为一种必然的要求与趋势。

不过值得注意的是，当今所谓文学研究中的意识形态回归，并不是简单回到过去的观念，而是具有了与以往不同的涵义和时代特点。首先，从西方马克思主义研究的情况来看，一批西马学者如卢卡奇、葛兰西、马尔库塞、伊格尔顿、杰姆逊等人，从西方当代资本主义社会现实出发，对马克思主义意识形态理论给予了新的理解和阐发。而且当今西方文化研究中所关涉到的许多意识形态问题，也已经并不仅限于过去所理解的经济与政治关系、阶级斗争、民族解放、自由民主之类，而是扩展到更加广阔的领域，如种族、性别、身份、人权、话语权、宗教信仰、文化冲突，以及全球性和全人类性的环境保护、生态平衡、和平共处、文化多样性、可持续发展等。这些新的意识形态问题及其理论话语，随着文化研究思潮的传入也都广泛进入我们的文学研究领域。此外还有我们本土性的意识形态问题，如和谐社会、以人为本、贫困阶层、弱势群体、社会公平等，以及媒体意识形态、大众意识形态、消费意识形态等理论话语，也都被广泛关注和谈论。虽然这些都并不属于文学问题，但在文艺大众化和审美日常生活化的时代，文学活动与日常生活的相互渗透影响空前密切，因而任何日常生活中的意识形态问题都不可能与文学无关，当然也不会与文学研究无关。实际上在当今的文学理论与批评中，上述问题和理论话语都是为我们所熟识的。

作为多维度文学研究中的一个重要方面，意识形态维度的文学研究在一度被排斥消解之后重新回归，一方面意味着过去那种非此即彼、顾此失彼的片面性文学观念正在得到克服，多视角多维度的文学研究格局逐渐形成；另一方面也表明，意识形态维度的文学研究的确仍有其价值和生命力。不过就当下意识形态维度的文学研究本身而言，它既有必要调整自身的理论姿态以适应现实的需要，同时也可能需要避免陷入新的误区，这就是"泛意识形态化"倾向。这种"泛意识形态化"有可能表现在两个方面：一是像当下有些文化批评那样，仅仅是借文学批评之名而谈论泛意识形态化的话题，很少关心文学本身的特性与功能价值，从而也就失去了文学研究应有的意义；二是受西方后现代主义理论思潮影响，将意识形态理论命题无限泛化，这样所谓意识形态批评就实际上转换成为一种泛文化研究。在这种悄然转换之中，原本在意识形态批评中所包含的马克思主义意识形态论和唯物史观的基本精神，就在无形之中被消解了。而这种消解了马克思主义意识形态论和唯物史观精神的意识形态批评，实际上也就失去了它的精魂和意义，无异于取消了意识形态研究的维度，这显然是不利于当代文学研究的健全发展的。

第四章

"失语症"论争与当代文论观念问题

新时期以来文学理论观念的变革发展,一方面是不断破除各种陈旧落后的文论观念,致力于解放思想探索创新;另一方面则是在引进外国文论资源的基础上,努力适应当代文学创新发展的要求,寻求新的理论观念与话语形态的创构。在这个风云激荡的历史变革进程中,由于人们的理论立场和思想观念差异甚大,因此,在许多重要理论问题的探讨中,实际上都伴随着各种激烈争论。如果说在 20 世纪 90 年代中期以前,当代文论界几次影响较大的争论,都主要是围绕着如何在破除旧的文论观念的基础上建构新的理论形态,如审美意识形态论、文学主体论、文学人文精神论、文学新理性精神论的讨论等;而在此之后,则更多转向了对当代文论变革建构本身的整体性反思与争论。作为这种整体性转折的一个标志性的文论事件,就是围绕当代文论是否患了"失语症"所展开的讨论,以及由此而来的关于当代文论究竟应当如何建构、以什么样的理论资源为基础进行建构的讨论。其中讨论得尤为热烈的,便是"古代文论现代转换"的话题。围绕"失语症"以及"古代文论现代转换"话题的讨论,前后持续了十多年,至今仍可说余波未了,比较集中地反映了当代文论界对于中西文论异质性的认识,以及当代文论创新建构中如何利用理论资源方面的观念冲突。本章拟对这场争论及其所反映出来的相关文学理论观念问题,进行必要的梳理和探讨。

第一节 "失语症"论争及其理论观念

在新时期以来文学理论批评界的学术研讨中,"失语症"这一形象化的表述,以及它所指向的对当代文论弊病的诊断与尖锐批评,应当说是极富冲击力的。因此，"失语症"这一理论命题一经提出，便引起文论界的广泛关注和激烈争论。从表面上来看，关于"失语症"的诊断及其讨论，针对的只是话语层面的问题，由此关涉的是如何对待和利用理论资源的问题，而在实质上，则是当代中国文论应当如何进行重建的根本理论观念问题。正因此，由"失语症"话题的讨论，便关联到"转换论"话题的讨论，并逐渐扩展和深化到"重建论"问题的讨论。从这些话题的讨论中，可以看出当代文论界各种理论观念的分歧与冲突。这里先对上述理论命题及其讨论情况进行梳理，然后基于当代文论话语重建问题进行必要的理论反思，以期找到问题的关节点和进一步深化讨论的切入点。

一 "失语症"话题及其引起的争论

关于当代中国文论"失语症"与话语重建的理论命题，大致是20世纪90年代中期提出，并引发了较为广泛的讨论乃至激烈争论。这一讨论所形成的理论背景，主要可从两个方面来看。

首先，80年代中期以来，在改革开放的条件下，外国文论（尤其是西方现代文论）再次大规模、全方位地被引进，它一方面在文学观念上引起巨大变革；另一方面在文论话语上也带来了严重的"西化"倾向。其实更重要的是，在文论话语"西化"的背后，是文学观念（其中核心是文学价值观念）的被置换。这对于不是热衷于引进外国文论，而是站在中国文论立场的学者，尤其是古代文论或中西比较文论学者，无疑是一种很强烈的刺激和挑战——难道中国文论除了跟着外国人谈论他们的话题，就没有自己的话语可言说了吗？如果这样，岂不是患了"失语症"？当有学者提出这个问题时，便在学界引起强烈反响。

其次，中国文论界从80年代以来着重在破除旧的文学观念，清理那些过时的、泛政治化的文论话语；进入90年代以后，文学理论批评进入到相对独立的发展和学科化建设的阶段，致力于从解构走向建构。那么究竟应当以什么样的理论资源，即主要以"西化"的文论资源还是"本土化"的文论资源为基础来进行建构？这个问题很现实地摆在文学理论批评界面前。一些学者基于对当下西方文论话语独霸状况的不满，从而提出"话语重建"的问题，其本意在于倡导以中国古代文论的现代转换来重建当代文论话语。

此论一出即引起了文论界的普遍关注和讨论，古代文论界反响尤为强烈，形成 90 年代中期一个热点理论问题。1996 年 10 月，在西安举办的"中国古代文论的现代转换"学术研讨会上，当代文论和古代文论两方面的学者对此进行了研讨，随后出版了专题论文集。①《文学评论》杂志从 1997 年第 1 期起，开辟"关于中国古代文论现代转化的讨论"专栏，对这一问题展开了长时间的学术讨论。此外还有不少学术刊物也都发表文章参与研讨，多年来这方面的讨论一直持续不衰。

这场讨论的源头，可以追溯到 80 年代关于古代文论研究的整体意识和方法思路的探讨，②但真正把这场讨论引向深入，应当说还是从一些学者提出"失语症"和"重建论"的理论话语开始的。从事古代文论或中西文论比较研究的一些学者，从 90 年代初中期以来，接连提出了相互关联的几个理论命题。

一是断言 20 世纪中国文论中断了传统，缺乏创造力，患了"失语症"。这种文论传统的断裂与失落，往前可追溯到"五四"时期过激地反传统，当然更严重的还是 80 年代以来，西方文论话语的全面输入，乃至形成独霸的局面。在他们看来，如今"这种'失语症'已经达到了如此严重的地步，以至于我们不仅在西方五花八门的时髦理论面前，只能扮演学舌鸟的角色，而且在自己传统文论的研究方面也难以取得真正有效的进展……传统诗学研究在整体上仍然还没有摆脱把玩古董的局面，流连于换个谈法之间，徘徊于寻章摘句之岸。其深层次的原因之一，就在于没有从根本上解决'失语症'的问题。长期以来，我们使用一套借自西方的话语来进行思维和学术研究，用'现实主义'、'浪漫主义'、'内容'、'形式'，或者是'结构'、'张力'等概念来分析中国古代作品，而对这套话语的有效性范围缺乏认真的反思"③。换言之，我们过分看重了西方理论范畴的普遍性，把某些西方文论概念当成了放之四海而皆准的东西，而对文化的差异和任何一种理论范畴都具有的先天局限性重视不够，以至于面对当今各种主义此起彼伏的世界文论，竟然不能发出我们自己的声音。其实这种"失语"的深层原因是精神上的"失家"，是作为我们民族安身立命之本的精神性的丧失，因而丧失了精神上的创造力。

---

① 参见《"古代文论现代转换"会议论文集》，陕西师范大学出版社 1998 年版。
② 参见陈雪虎《1996 年以来"古文论的现代转换"讨论综述》，《文学评论》2003 年第 2 期。
③ 曹顺庆、李思屈：《再论重建中国文论话语》，《文学评论》1997 年第 4 期。

二是提出"重建中国文论话语"。这是基于上述"失语症"的分析判断而提出的正面主张。在他们看来，要克服所谓"失语症"，只有重建新的文学理论批评话语。这就是说，"中国的文论话语已经不是一个'要不要重建'的抽象理论问题，而是'怎样'重建的迫切现实问题"。那么应当怎样重建呢？他们认为，所谓重建，不是简单地回到新文化运动以前的传统话语体系中去，也不是简单地套用西方现有理论来解释中国的文学现象，而是要立足于中国人当代的现实生存样态，潜沉于中国五千年生生不息的文化内蕴，复兴中华民族精神，在坚实的民族文化地基上，吸纳古今中外人类文明的成果，融汇中西，而自铸伟辞，从而建立起真正能够成为当代中国人生存状态和文学艺术现象的学术表达并能对其产生影响的、能有效运作的文学理论话语体系。为此，就需要对传统话语进行发掘整理，并使之进行现代化转型。而现在所要采取的具体途径和方式是：首先进行传统话语的发掘和整理，使中国传统话语的言谈方式和文化精神得以彰明，然后使之在当代的对话运用中实现其现代化的转型，最后在广取博收中实现话语的重建。在这个重建的过程中，最重要的步骤是运用，即"通过现实的批评实践，才能使一种话语按照自己的方式活起来。所以，话语的运用，是我们重建中国文论话语的一个必不可少的重要步骤"[1]。

由上述"失语症"的判断到提出"重建论"的主张，理论界关注和讨论的重心，逐渐集中到以什么样的理论资源来重建中国文论话语上来。"中国古代文论的现代转换"的理论命题便在这样的背景下出场，引起学界的热烈讨论，尤其是在西安那次专题学术研讨会之后，讨论更不断引向深入。

二 从"失语症"到"转换论"的讨论

综观从"失语症"到"古代文论现代转换"理论命题所展开的讨论，由于不同论者审视历史与观照现实的角度不同，所持守的学术理念也不同，因而对同一个理论命题表述了各不相同的看法，这些看法应当说各有一定的启示意义。

首先，一些学者对"失语症"与"转换论"的理论命题持肯定和积极呼应的态度，并各自从不同的角度，根据自己的理解来支持和论证这一

---

[1] 曹顺庆、李思屈：《再论重建中国文论话语》，《文学评论》1997年第4期。

第四章 "失语症"论争与当代文论观念问题

理论命题。

如罗宗强先生认为,"失语症"问题的提出,"确实反映了面对现状寻求出路的一个很好的愿望。因它接触到当前文学理论界的要害,因此引起了热烈的响应,一时间成了热门话题"①。季羡林先生呼吁:"我们中国文论家必须改弦更张,先彻底摆脱西方文论的枷锁,回归自我,仔细检查、阐释我们几千年来使用的传统术语,在这个基础上建构我们自己的话语体系。"② 还有中国现当代文论界也对这一问题表示关注,认为中国当代文论的"失语"与"话语重建",已经成为20世纪中国文学理论批评的一个基本问题。③

再如张少康先生主张,以古代文论为母体经过一定的现代转化,从而建设当代文艺学,是当代文论发展的历史必由之路。他认为,"五四"以来,我们的文艺学从理论体系到名词概念大都是搬用西方的;新中国成立后,我们的文艺学是苏联模式的,新时期又大体接近西方模式,总之,七八十年来我们的文艺学始终没有走出以"西学为体"的误区。现在有些研究者盲目崇拜西方文论和美学,从思维方式到"话语"全部都是西方化的,离开了西方这一套,几乎就说不了话、写不了文章。中国人研究文艺学而不懂中国传统文论,而只会跟着西方人亦步亦趋,用西方的"话语"说话,实在是一个令人啼笑皆非的悲剧。因此必须要"改弦更张",要有我们自己的"话语",这就是必须以古代文论为母体和本根,实现古代文论的"现代转换",深入研究和发掘中国古代文论的内在精神和当代价值,这是建设当代文艺学的历史必由之路。④

蔡钟翔先生也基本赞成"转换论",但他对这一理论命题显然有自己独到的理解和主张。他认为,要实现古代文论的现代转换,建设有中国特色的文艺学,并不是改头换面地恢复旧传统,而是必须在继承传统的基础上创新。换言之,古代文论的现代转换不一定非要绝对地忠实于古人,不必完全固守经典文献的原意,而是可以通过某种"误读"和"曲解"来创新发展。他主张,对待古代文论资源,一方面要研究,另一方面要开发

---

① 罗宗强:《古文论研究杂识》,《文艺研究》1999年第3期。
② 季羡林:《门外中外文论絮语》,《文学评论》1996年第6期。
③ 参见黄曼君主编《中国20世纪文学理论批评史》(下册),中国文联出版社2002年版,第819—821页。
④ 以上引述参见张少康《走历史发展必由之路——论以古代文论为母体建设当代文艺学》,《文学评论》1997年第2期。

利用。从古代文论的"研究"方面而言，理应保持古代文论的本来面目，不能随意曲解或拔高，目的是"还原"而不是"改造"；而古代文论的"利用"，原则却有所不同，可以有对原典的误读或别解，这恰恰可以成为创造性的发展，这就是所谓"六经注我"的方式。今天我们利用古代文论提供的理论资源来建设文艺学，也不必要求"还原"，而恰恰需要"改造"，使之适应总结和指导当代文艺创作实践的需要，这就是一种现代转换，但这与研究中对古人理论作现代阐释那种转换是有所区别的。其中关涉到古代文论的体系研究，特别是范畴体系研究，对于古代文论的现代转换来说是意义重大的。这里的关键是要推陈出新，在继承传统的基础上创新，不能照搬古代文论的范畴体系，范畴体系的转换必然是一个渐进的过程。所以古代文论的现代转换，可以先绕开范畴体系的建构这个难题，而从局部性的理论入手。①

不过也有一些学者对"转换论"持积极而又比较审慎的态度。如钱中文先生在1996年西安会议上的发言，一方面对西方文论的引入做了积极评价，认为"西方百年来的文艺思潮、流派更新了我们的知识，扩大了我们的视野，使我们了解到西方文论发展的大趋势"；另一方面则又指出，从90年代中期开始，将是我国文论发生重大转折的新时期，是进一步探索、普及弘扬我国古代文论的新时期，也是融合多种文论传统，创造具有我国特色的当代文论的新时期。为此，他认为有必要大力整理与继承古代文论遗产，使其成为一种自成理论形态、具有我国民族独创性的古代文论体系。同时，需要站在当代社会历史的高度，将具有丰富文化底蕴的我国古代文论融入当代文论之中，这种融入应该既是继承的，也是超越的；既是形而上的，也是形而下的；同时是有机的，而不是寻章摘句点缀式的。具体说来，就是吸取其思维内在特性，选择其合理的范畴、观念、乃至体系，并在融合外国文论的基础上，激活当代文论，使之成为一种新的理论形态。②

当然，学界也有不少学者对"转换论"及其相关的理论命题表示质疑。

首先，是对作为"转换论"理论前提的"失语症"论断的质疑。如

---

① 以上引述参见蔡钟翔《古代文论与当代文艺学建设》，《文学评论》1997年第5期。
② 参见屈雅君《变则通，通则久——"中国古代文论的现代转换"研讨会综述》，《文学评论》1997年第1期。

果像有些人所认为的那样,是由于西方文论话语的全面输入而导致了文论界的"失语症",那么这一判断未免过于轻率。事实上,我国近代以来的文论,相当大的程度上是在借鉴吸收外国文论(包括西方文论、俄苏文论和马克思主义文论等)的基础上转型发展过来的,形成了现代文论的新传统,尽管在这一转型发展过程中有不少值得吸取的教训,但显然不宜以"失语症"的绝对化判断一概予以抹杀。至于新时期以来我国文学理论批评的变革转型,更是在西方文论话语全面输入的背景下发生的,如果没有对西方文论的全面引进与吸收,就不可能真正打破僵化的局面实现创新发展。因此,无论是"五四"时期,还是改革开放的新时期,对西方文论的输入和运用,总体上应当说是"得"大于"失",是"得语"而不是"失语"。蒋寅先生则直言他不赞同"失语症"的提法,认为它发自文化上的自卑和理论创造上的浮躁,实质上是个"虚假命题"或曰"不能成立的命题"。[1] 论者由此而追问道:"我们是否真的已借得西方文论一整套话语?"他的看法是,几十年来我们对西方文论并没有真正学到多少,而恰恰是错过了许多东西,"要说已借来一整套西方话语,恐怕是个幻觉"。既然如此,那么问题出在哪里呢?他认为问题的实质在于"中国当代文学理论日益与现实的文学生活、与时代的发展隔膜,在很大程度上丧失理论的发言权和解释能力,变成无对象的言说"。因此可以说,"文学理论对话中的'失语',就决不是中国文论的失语,而只是某些学者的失语"[2]。

在这一点上,朱立元先生的看法也与此相通。他认为:"'失语症'论对当代中国文论的缺陷和危机的判断,存在着明显的错位。它只就中国文论话语系统较多吸纳西方文论话语的某些表面现象而推断中国当代文论缺少自己的话语,进而认为'失语'是其最根本的危机。它完全没有顾及当代中国文论与现实的关系,没有分析它是否贴近当今现实,是否能回答新现实提出的新问题,即是否适合现实语境。"他进而指出,"在我看来,中国当代文论的问题或危机不在话语系统内部,不在所谓'失语',而在同文艺发展现实语境的某些疏离或脱节,即在某种程度上与文艺发展

---

[1] 参见蒋寅《如何面对古典诗学的遗产》,《粤海风》2002 年第 1 期;《文学医院:"失语症"诊断》,《粤海风》1998 年第 9—10 期。
[2] 蒋寅:《对"失语症"的一点反思》,《文学评论》2005 年第 2 期。

现实不相适应"①。而郭英德先生则认为,即便是在古典文学研究领域,其实根本问题也并不在于过多使用了西方话语而导致"失语",而在于越来越严重的"私人化"倾向,"'私人化'的学术研究导致日益狭隘的学术视野,日益浅薄的学术素养,日益僵化的学术思维,日益封闭的学术心理",这样"独语"式的言说如何能走向交往与对话,又如何能不失语呢?② 由此看来,理论界对于"失语症"问题显然有各不相同的理解和看法。

其次,则是对"转换论"命题本身提出质疑。按朱立元先生的看法,所谓以中国古代文论为基础,实现"现代转换","重建"我们自己的文论"话语",正是依据上面所说"失语症"的论断开出的药方。既然"失语症"论的诊断本身就值得怀疑,那么针对这种诊断所开出的药方当然也就很成问题了。从中国当代文论建设需要继承传统的意义而言,我们显然并不只有古代文论一种传统,同时也还有现当代文论的新传统,而对后一个方面传统的继承发展也许是更为重要的。那种只承认古代文论传统,而全盘否定20世纪特别是"五四"以来形成的新传统的看法是值得商榷的。他明确指出,"建设新世纪文论只能立足于现当代文论新传统,而无法以中国古代文论为本根"③。而另有一些学者则更多从古今文化与意识形态语境的不同,以及古今文论本身的异质性等方面,对"转换论"提出质疑和商榷。如许明先生在1996年西安的会议上就曾经对"转换论"的命题发问:我们有怎样的现当代意识形态土壤和文化土壤?古代文论这棵大树往哪儿栽?④ 王志耕先生则更进一步指出:"特定的话语总是在特定的语境中存在的。在建立当代文论的时候,我们必须看到,中国文论的历史语境已经发生了根本的变化。"换言之,中国古代文论生成的语境已经缺失,因而它只能作为一种背景的理论模式或研究对象存在,而将其运用于当代文学的批评,则正如两种编码系统无法兼容一样,不可在同一界

---

① 朱立元:《走自己的路——对于迈向21世纪的中国文论建设问题的思考》,《文学评论》2000年第3期。
② 郭英德:《论古典文学研究的"私人化"倾向》,《文学评论》2000年第4期;《文学传统的价值与意义》,《中国文化研究》2002年春之卷。
③ 朱立元:《走自己的路——对于迈向21世纪的中国文论建设问题的思考》,《文学评论》2000年第3期。
④ 参见屈雅君《变则通,通则久——"中国古代文论的现代转换"研讨会综述》,《文学评论》1997年第1期。

面上操作。正因此,当代文论的话语重建,只能说是以中华文化为母体和家园,而不可能回归古代文论。① 对此笔者也颇有同感,我曾表达了这样的看法:无论从理论逻辑还是现实逻辑来说,也无论从"五四"以来的历史事实还是当今的理论探索来看,所谓古代文论的"现代转换",都并没有令人信服的成功例证,其主要原因也许在于,古今的文学形态、意识形态和文化语境,以及人们的理论思维方式与语言习惯等,都已根本不同,难以相互转换;更重要的是,古代文论的思想理论资源,已经难以提供现代社会和文学变革所需要的东西,不能适应新时代、新文学发展的现实要求。因此我认为,要解决中国当代文论的创新发展问题,可能无法依靠所谓古代文论的现代转换,而只能以中国现当代文论新传统为基础,充分吸纳中外文论资源中有用的东西,进行综合创新发展。

无须讳言,在对"转换论"进行质疑和商榷的过程中,有些意见显得比较激烈尖锐一些。如上面提到的蒋寅先生的看法,他坚持认为,"转换论"实际上是一个毫无意义的命题即"伪命题",它与"失语说"一样,都属于对理论前提未加反思就率尔提出的一个虚假命题,是少数人的学术炒作。一个显而易见的事实是,"'古代文论的现代转换'——一个命题已经讨论了几年,含义还是不清楚,是不是该反省一下命题本身有问题?""转换"果真能将我们带出文学理论的困境吗?他认为,每个时代的文学理论都是在特定的文学经验上产生的,是对既有文学经验的解释和抽象概括。当新的文学类型和文学经验产生,现有文学理论丧失解释能力时,它的变革时期就到来了。概念、术语、命题的发生、演化、淘汰过程都是顺应着文学创作的。明确了这一点,就不难理解为什么有关"转换"的讨论难以深入了。一种文学经验消亡,它所支持的文学理论便也随之枯萎;一种文学经验旺盛,它所支持的文学理论也相应活跃,或被新的理论所吸收。因此,古代文论的概念、命题及其中包含的理论内容,活着的自然活着,像"意象""传神""气势"等,不存在转换的问题;而死了的就死了,诸如"比兴""温柔敦厚"之类,想转换也转换不了。希望将古代文论进行转换,在此基础上生成新的中国文学理论,实不免于缘木求鱼。这种理论思路,说到底反映了我们固有的对待文化遗产的一种价值偏

---

① 王志耕:《"话语重建"与传统选择》,《文学评论》1998年第4期。

见。① 郭英德先生也同样认为"转换论"完全是个"伪命题",当今中国文论的问题,实质上并不是一个所谓"话语"问题,而是研究者的心态问题,因此他说:"在我看来,'现代转换'也好,'失语'也好,都是一种漠视传统的'无根心态'的表述,是一种崇拜西学的'殖民心态'的显露。'世人都晓传统好,惟有西学忘不了',如此而已,岂有他哉?"②

对于来自文论界各个方面的这些批评意见,持"失语症"与"转换论"观点的学者并不接受,他们一方面毫不客气地反唇相讥,另一方面则不断著文重申自己的基本理论观点。③ 曹顺庆先生自称是"失语症"的"始作俑者",他回应并评述了学界对于"失语症"的一些有代表性的反对意见,认为多数反对意见是在"误解"的基础上进行商榷的,并没有真正理解"失语症"的理论内涵。他具体阐释说,"失语症"所指的"语"主要有两个方面:一方面是意义生成和话语言说的固有文化规则,而并非古代文论的某些范畴和话语本身。他认为这种文化规则主要有二,一是以"道"为核心的意义生成和话语言说方式;二是儒家"依经立义"的意义建构方式和"解经"话语模式。另一方面是文化的"杂交优势",即中国与西方在跨文化对话中产生理论成果的良性机制。之所以提出"失语症"与"转换重建论",其用意在于警醒人们认识到中国文化的危机,设法引导中国文化走从"西方化"到"化西方"的转变之路,逐步寻回中国文化之骨骼血脉,在文化杂交之中,既趁势推出中国文化,又能达到理论创造的新高峰。他主张,应当从研究中外文论的异质性与变异性入手,来对待中外文论交流与对话。"通过变异,以我为主,融汇西方来重建中国文论话语,我们不但倡导中国古代文论的现代转化,也倡导'西方文论中国化',这是中国当代文化、文论建设新的制高点。"④ 由此可见,尽管曹顺庆等学者仍然坚持"失语症"与"转换论"的基本立场,但他们的一些观点与表述已悄然加以调整和补充修正,对问题的认识逐渐

---

① 参见蒋寅《如何面对古典诗学的遗产》,《粤海风》2002年第1期;《就古代文论的"转换"问题答陈良运先生》,《粤海风》2003年第2期。
② 参见郭英德《论古典文学研究的"私人化"倾向》,《文学评论》2000年第4期;《文学传统的价值与意义》,《中国文化研究》2002年春之卷。
③ 参见曹顺庆、翁礼明《"失语症"再陈述——兼与蒋寅教授商榷》,2005年11月,文化研究网(http://www.culstudies.com);曹顺庆:《再说"失语症"》,《浙江大学学报》2006年第1期。
④ 曹顺庆、靳义增:《论"失语症"》,《文学评论》2007年第6期。

引向深入。然而他们的看法仍然值得进一步商榷和讨论。

三 "失语症"讨论中的理论观念问题

综上所述，从"失语症"到"转换论"的讨论持续多年，不仅涉及面宽，而且学界众说纷纭分歧甚大。如果将这些讨论意见梳理一下，归结到理论观念问题上来看，主要关涉两个方面的基本问题。

首先，是如何面对历史，对20世纪以来我国现当代文论的转型发展如何认识评价，其中包括如何看待外国文论的引进与中国古代文论的传承，以及对各种理论资源的借鉴利用中孰得孰失的问题。这个问题显然有一定的复杂性，产生理论观念上的分歧与冲突便是必然的。

一方面，20世纪中国文论的转型发展必然有得有失，问题肯定存在。一些学者描述的"失语症"，如果是指某些客观存在的现象和问题，这当然不难理解；然而一旦简单以"失语症"来概括和诊断我国现当代文论的整体状况，则难免以偏概全评判失当；进而以此完全否定新时期以来乃至整个20世纪中国文论的转型发展，那就更是难以使人认同接受，因此引发纷争便在所难免。至于他们提出"古代文论现代转换"的主张是否可行，以及它是否能真正有效医治"失语症"，当然也同样令人怀疑。但从另一方面看，"失语症"与"转换论"问题之所以引起人们的普遍关注和热烈争论，其原因也许正在于，新时期以来文学理论批评的转型发展，的确存在着引进外国文论资源与传承中国文论传统之间的不平衡性或片面性，其中富有中国特色的创新性理论建构明显不足。"失语症"与"转换论"的提出，恰好为人们全面反思新时期以来乃至整个20世纪中国文论转型发展的得失，以及进一步思考探讨当代文论的重新建构，提供了一个难得的契机。许多学者积极参与这一理论话题的讨论，但未必真正认同这个命题，更未必赞同提出者的观点，而只不过是借此话题的讨论阐发自己的思考。从这个意义上说，无论"失语症"与"转换论"命题本身是否能够成立，它所引发的对上述问题的理论反思与学术探讨，则是值得充分重视的。

其次，则是如何面对当下，即如何认识和诊断当代中国文论存在的问题，以及如何有针对性地克服当代文论变革发展中的弊端，从而走向合理的创新建构。一些学者提出"失语症"的命题，如果不是过分拘泥于这个概念的字面含义，那么实际上可以把它作为当代中国文论存在问题的一个代名词来理解。问题只在于，这里所谓当代文论的"失语症"，究竟"失"的是什么"语"？如此"失语"的原因又是什么？在这方面，当代文论界的理论观念显然分歧更大。

有些学者所说的"失语症"，是指中国现当代文论中断了传统，失去了中国文论应有的言说方式，这不仅仅是指传统的文言文和文论范畴等表层话语被中断使用，更是指支配这些范畴的深层文化规则已经失去作用。那么，是什么原因导致了这种"失语"状态呢？他们认为是在多重话语霸权的打压之下，中国传统文论话语处于边缘化状态。具体而言则在于：一是不正常的文化教育，不注重经典的学习研究；二是国人一味崇洋的殖民心态；三是学界没有充分认识中西文论的异质性而盲目套用，等等。应当说这些现象都是事实，20世纪初以来（更不必说新时期以来），中国文论的确远离了古代文论的话语言说与意义生成方式，而是更多借鉴吸收了包括西方文论、俄苏文论、马克思主义文论等各种文论资源，从而转换生成为现当代文论的话语言说与意义生成方式。至于为什么会如此，一些论者所分析的因素也许存在，但笔者以为，最根本的原因并不在此，而在于中国社会的现代变革转型与文化转型，其中当然也包括文学艺术的转型。

众所周知，中国古代文学以言志抒情写意的诗文为主，可称之为古典表现主义文学形态；在此基础上形成发展起来的中国古代文论，也主要是诗文理论，是一种古典表现主义文论。这两者是彼此相适应的，而且它们又整体上与中国古代社会形态、文化形态及其社会意识形态的特性相适应。而到了20世纪，中国社会在内忧外患中开始走上现代变革转型的艰难历程，启蒙与革命成为新时代的主题。与此相适应，新时代的文学便转换为以叙事写人、认识反映生活的现实主义文学为主，即便是抒情写意性的诗文，也已大不同于古典形态的吟咏性情，而是走向诅咒现实、讴歌理想和追求个性解放，是一种全新的现代表现主义。这种现代性的文学（包括文化）形态，才有可能承担起启蒙与革命的时代使命。面对中国社会形态与文学（文化）形态的这种变化，中国古代文论形态显然难以适应这种变革转型发展的时代要求，难以对新的文学形态做出阐释。相反，倒是西方文论、马克思主义文论、俄苏文论中的诸多理论观念、范式与话语，恰恰能更切实地对这种文学现实做出批评阐释，从而有利于推动社会文化的现代转型发展。从这个意义上来说，国外各种文论和思想资源的引入，就是一种积极的"得语"，而并非消极的"失语"。也许可以说，在一个社会与文化大变革、大转型的特定历史时期内，古典形态的文化及其文论被疏离乃至断裂，几乎是不可避免的命运；而富于现代性精神的外国文论被"拿来"，就成为一种合乎逻辑的选择。对于新时期思想解放与改革开放背景下，中国社会形态与文学（文化）形态的再次变革转型，以及当代文论的转型发展，也仍可作如是观。

有学者认为："相比于中国古代文论，西方现当代文论在解释中国的现当代文学时要相对合适一些，这是因为中国的现当代文学，特别是新时期以后出现的文学，与西方现当代文学存在更多的近似性"，因此，"我们的文论重建之路恐怕更多地只能借鉴西方的理论"。[1] 对于这样一种时代性的变化，"失语症"论者似乎很不理解，也很不以为然，认为强调以"当今现实"为主，但当今现实已经是西化了的现实，中国已经走了近百年的"西化"老路，是一条向西方靠拢而继续"失语"的老路，因此不足为据。[2] 那么这里的问题就在于，如果认为当今现实已经是"西化了的现实"，那就不仅近百年的文论是西化了的现实，而且它所阐释的对象即近百年的文学也是西化了的现实，而这种文学与文论在根源上又是与中国社会现代变革转型相适应的，那岂不意味着近百年来中国社会变革也是西化了的现实？如果要避免走这种"西化"的老路，岂不是要回到古代社会形态去？这有可能吗？社会历史发展有其必然性，退回去是不可能了。那么随之而来，"失语症"论者所提出的试图复归古代文论意义生成和话语言说的固有文化规则，就必然会遭遇与现实格格不入的尴尬与麻烦。比如，在现代思想理性已普遍建立的当代社会，古代道家那种以"道"为核心的"无中生有"的意义生成和话语言说方式，还有可能完全复活吗？再如，现代社会已经确立了启蒙主义、民主主义、马克思主义等新经典话语（意识形态），那么还有可能依古代儒家的经典理念与注释方法去"依经立义"和"解经"吗？也许"失语症"论者也意识到在当今现实条件下，要完全实现古代文论的"转换重建"是难以做到的，因此不得不调整策略，转而强调文化的"杂交优势"，主张在中国与西方的跨文化对话中进行文论重建。然而"杂交"的前提是先"杂"后"交"，没有外国文论的引入，如何谈得上"杂交"？而一旦引入外国文论又惊呼"西方

---

[1] 陶东风：《关于中国文化"失语"与"重建"问题的再思考》，《云南大学学报》2004年第5期。
[2] 曹顺庆、靳义增：《论"失语症"》，《文学评论》2007年第6期。

化"和"失语",岂不陷入"叶公好龙"式的悖论？应当说曹先生等人强调应处处以我为主,以中国文化为主来"化西方",而不是处处让西方"化中国",这显然是对的。但问题是,这有一个渐进的历史过程。在社会文化变革转型的一定历史阶段,对外国文论的引入比较粗疏而消化（即所谓"化西方"）不足,乃至出现某些"失语"现象,这可能是难以避免的,但不宜以"失语症"作为整体判断否定其历史的合理性。也许要经过一个比较漫长的消化融合过程,才有可能真正形成以我为主、中西融合的"杂交优势",一些学者的期待自在情理之中,但需假以时日,难以操之过急。

　　实际上,我国当代文论转型发展中出现的主要问题,如果也借用"失语症"称之,则恰恰是另一种情况的"失语",即当代文论与我国社会发展要求脱节,不能面对当代社会现实和文学现实发言,不能描述和阐释当代文学经验,在很大程度上丧失了文学理论的解释功能和批判反思精神；更进一步说,则是当代文论缺乏当下的"问题意识",不能抓住当下社会发展与文学发展中的根本问题,不能提出富有挑战性和创新性的理论命题,不能创建富有时代精神的文学思想,不能张扬时代发展所需要的文学精神,不能以自身创造性的理论贡献有效参与社会的现代化变革发展进程,不能让人们感到它不可缺少的意义价值,那么它作为"多余的存在"就难免陷入"失语"状态。其实在近百年中国文论发展史上,不管是用什么话语言说,凡是能够提出和回答中国现实发展中的重大问题的理论,就并不让人感到"失语",如鲁迅的文学是"国民精神灯火"论,毛泽东的人民文学论和生活源泉论,新时期以来的文学主体论、新理性文学精神论,等等。而当代文论中人们所描述的诸多文论"失语"现象,又都无不与回避现实问题相关。比如曹先生所批评的那种"西化"学者,其实他们的问题并不在于用西方话语言说,而主要在于一门心思只顾照搬翻炒外国文论以显示学问获得实惠,而根本不研究中国问题,不关心当代文学发展,这种现象如今仍然比较普遍。再如有学者指出当今文学研究中越来越严重的"私人化"倾向,除了一己之兴趣,毫不关心文学发展问题,拒绝与他人交往对话,这样的自我封闭式"独语",能不失语吗？还有在市场化的背景下,一些文学理论批评干脆随波逐流,或参与文化市场炒作谋取利益,或玩理论批评游戏自娱自乐,全无"问题意识"与精神担当。人们曾一再感叹当代文学理论批评的"缺席"与"失语",问题的实质也正在于其功能性的缺失。总之，不关心、不应对、不研究解答当下社会和文学发展现实中的根本问题，才是一切所谓"失语"的总根源。

第二节 中西文论的异质性与同构性

如上所述，"失语症"讨论中涉及的理论观念问题之一，是对20世纪以来我国现当代文论的转型发展如何认识评价，其中包括如何看待中外文论资源的借鉴和利用。很显然，在中国文论的转型发展中，中外文论资源的借鉴利用都是不可缺少的。那么，这就涉及对中外（主要是中、西）文论的差异性与相通性如何认识的问题。随着"失语症"到"转换论"的讨论不断深入，于是一些学者便进一步提出了中国文论的"异质性"问题展开探讨。比如，《文学评论》2000年第6期发表了一组"中国文论的'异质性'笔谈"，集中讨论这方面的问题，由此将当代中国文论的反思与重建的讨论进一步引向深入。应当说，站在当代中国文论反思与建构的立场上，来看不同文论之间的差异性与相通性，就不仅有中、西文论之间的差异性与相通性，也还有古、今文论之间的差异性与相通性的问题，以及对中国文论传统如何认识的问题等。因此，就有必要将上述话题，落实到中西和古今文论资源的异质性与同构性的问题上来探讨。

一 中国文论传统与中西文论异质性

在上述《文学评论》发表的"中国文论的'异质性'笔谈"中，有曹顺庆先生的《为什么要研究中国文论的异质性》一文，其中说到，中国文论的"异质性"问题，是在提出"失语症"及"话语重建"命题之后更进一步深入的又一个重要理论问题。这一问题多年来一直未被学界真正重视并认真研究，这正是造成中国文论"失语"的根本原因之一。这里的问题在于：为什么言说了上千年的中国文论话语，会在今天完全失效？也许重要原因之一，是对中国文论的异质性认识不够。就中国与西方文论而言，它们代表着不同的文明，在基本文化机制、知识体系和文论话语上是从根本上就相异的。如果不能清醒地认识并处理中西文论的异质性，就很可能会促使异质性的相互遮蔽，并最终导致其中一种异质性的失落。而中国古代文论的现代命运，正是学界忽略其异质性、处处套用西方文论而不顾及中国文论的异质性，使中国文论话语的异质性被西方文论话语所遮蔽，最终使中国文论话语失落。所谓中西文化与文论的对话，更需要异质性的话语，才可能形成真正的话语之间的"对话"，否则就只有西方文论的一家独白，由此可见研究"异质性"问题的重要性。[①] 基于这种认识，他与一些学者从各自的角度初步探讨了中西文论异质性的几个主要方面。

由于论者是把这一论题放在当今中国文论发展建构的视域中，针对整个中国文论的研究和比较而言说的，并且又是与其对当今文论"失语"的判断及其"话语重建"的理论主张联系在一起的，因此所论及的问题及关系就具有相当的复杂性。而从一些论者的论说及其学理逻辑来看，感到有些似是而非，对其中有些问题，似乎就有必要从学理上加以考量，并进一步思考和探讨。

首先，关于"中国文论"或"中国传统文论"范畴的所指问题。一些论者在"中国文论的异质性"这一命题之下，所使用的"中国文论""中国传统文论"范畴，所指仅限于中国古代文论，而未包括中国现当代文论在内。这就是说，在这些学者的理论观念里，"中国文论"等同于"中国传统文论"，并且等同于"中国古代文论"。这从一般逻辑关系上看，显然是以偏概全的。然而，这在实质上又并不完全是逻辑层面上的问题。这就是说，论者不是由于逻辑上的不明了或者疏忽，而是出于某种理论"故意"，其中隐含着更深层次的学术观念问题。从一些论者一贯的学术观念看，他们本来就不承认有现代意义上的中国文论，因为在他们看来，20世纪中国文论已经"失语"了，而这种"失语"了的文论，或者根本就算不上文论，或者至少不能归入"中国文论传统"的范畴。在他们的"中国文论"视野里，除了中国古代文论传统之外别无其他。这种观念在当今文论界具有一定的代表性。对于这个问题，笔者比较赞同朱立元先生的看法：一个民族的文化传统并不完全等同于其古代文化，中国文化和文论的传统不是一个，而是两个，一个是19世纪前的古代文化、文论传统，一个是百年以来、特别是"五四"以来逐步形成的现当代文化、文论新传统。[②] 我们姑且承认，中国现当代文论与中国古代文论之间，确

---

① 参见曹顺庆《为什么要研究中国文论的异质性》，《文学评论》2000年第6期。
② 参见朱立元《走自己的路——对于迈向21世纪的中国文论建设问题的思考》，《文学评论》2000年第3期。

实存在着某种断裂与质变（这当然也可以看成是一种"异质性"），其中较多吸纳了外国文论（包括马克思主义文论）资源。但是，并不能因此而完全否认二者之间的继承关系，并不意味着这就改变了中国文论的基本性质，更不能笼统地说这是"失语"，进而否认它是中国文论传统的一部分。总的来说，"中国文论"之所指，理应包含中国古代文论和中国现当代文论，中国文论传统应当包括古代与现代两个传统。至于对后者该如何认识评价，完全可以进行讨论，可以有不同的看法，但显然不宜从整体上对它视而不见或完全否定排斥，完全逐出"中国文论"的视野和论域。讨论中国文论异质性问题，这是首先需要确认的理论前提。

在上述前提下，讨论中国文论的异质性问题，看来有两种不同的理论立场：一种是站在中国古代文论的立场，以外国文论为参照比较对象，探讨作为外国文论"镜像"的中国古代文论的异质性；另一种是站在中国现当代文论的立场，一方面以外国文论为参照比较对象，另一方面以中国古代文论为参照比较对象，作为这两种参照物的"镜像"，则中国现当代文论就可能具有两种不同的异质性，即中外文论比较视野中的异质性和中国文论本身的古今异质性。笔者以为，关于中国文论异质性问题的研究，各种立场、各种视野的研究都是需要的，但若是强调从当今中国文论话语重建出发来讨论这个问题，那么后一种立场可能是更为重要的。

很显然，曹先生等人是站在前一种理论立场，特别重视和强调在中外文论比较视野中认识中国古代文论的异质性，这当然是很重要的。实际上这方面的比较研究并不少，如季羡林、杨周翰、叶维廉、乐黛云等先生，都在中外文论比较的意义上探讨过中国古代文论的异质性问题。只不过对这种"异质性"的具体内容是什么，不同的人从不同的角度研究比较，可能有不同的认识。曹文中"以知识谱系的构成为例"谈到三点：第一，在知识形态上，"传统诗学知识的集结是以文体、文类或具体的门类艺术为核心的"，"中国传统文论在谱系构型上没有作为严整学科分类之逻辑根据的分类座架"，它"不是依据从整体到部分的逻辑划分"，"因而演绎逻辑和分析性推导不能成为传统诗学知识谱系的结构原则。"第二，在求知意向上，中国传统文论不刻意去追究"真理"。中国诗学的关切重心是如何作诗（艺术），如何品诗，如何进行诗化活动，但不思考如何"研究"诗。第三，在求知路向上，是从"品"中求知识，而不是从经验分析和逻辑实证中求知识，许多著名的理论不是从"研究"（分析）当中产生，而是从"品"当中"拈出"或"悟出"（如滋味说、妙悟论、神韵论、性灵说、境界说等等），形成极为发达的艺术感受论。① 总的来说，他认为传统文论没有理论视点的充分分化和整体理论系统的有意识逻辑化、分析化。这作为一种比较宏观的认识把握，也不无道理。

不过，对此类问题的研究，重要的也许还不在于描述，而在于进一步研究分析为什么会形成这样一种"异质性"？以上述曹先生的概述为例，似乎可以追溯到：第一，从哲学文化背景看，中国自古以来，在思维方式上是偏重于"悟性"思维，而非像西方那样偏重于"知性"思维；在价值取向上主要是偏向于"尚用"的取向，而非像西方那样偏向于"求真"的取向。所以中国历来本体论哲学不甚发达，往往不问"是什么"，而只关心"怎么样"和"如何做"。这在哲学上是如此，表现在文论上也是如此，也就是如上面所说的，不刻意去追究"真理"，而只注重如何作诗、品诗、感悟诗。第二，从文学本身的根源来看，中国文学的发展有几个特点：一是各类文体是渐次发展成型的，而不像西方文学，一些主要文体在源头上即差不多同时发展成熟并取得突出成就；二是在中国文学中，文体显得特别重要，文体不只是一个形式要素，它甚至决定文学的内容及性质，因为一种文体往往与特定的表现内容、价值功用密不可分。三是中国长期以来是杂文学形态和杂文学观念，"文学"的内涵甚为模糊。这样，就使得中国文论不可能、也不注重从整体上回答"文学是什么"的问题，因此不能从一个文学学科的整体上建立一个逻辑支点，据此进行从整体到部分的逻辑划分。与此相反，倒是特别重视对文体的特点、功用的研究，因而在知识形态上，其知识的集结是以文体、文类或具体的门类艺术为核心的。第三，从中国古代的文化格局和士人心态来看，长期以来，统治阶级的意识形态通过强力控制经典文化形态，差不多是独霸了"真理言说"的空间，在文与质、艺与道等根本问题上早有基本的价值定位，其中并未留下多少可以自由发展的空间。因此，无所作为或难有作为的文人们，在创作上只能是吟咏性情（独吟或诗友唱和交流），在"吟"中讨人生；在理论上也只能关心如何做诗和如何品诗，在"品"中求知识，同时也是品味人生。由于上述一些原因，也就形成了中国文论独有的特点即异质性。

---

① 参见曹顺庆《为什么要研究中国文论的异质性》，《文学评论》2000年第6期。

关于中国古代文论这种异质性的意义何在，是不是非要转换成为当代话语形态才算有价值（至于能否实现这种所谓"现代转换"则另当别论），否则就没有意义？在笔者看来，中国古代文论作为在过去历史条件下以及在古典文学形态基础上建构起来的理论系统，不管它能不能实现"现代转换"，都自有其存在的价值。这价值主要表现在：一方面，当人们研究中国古代文学形态时，往往离不开古代文论的理论观照，尽管当代人的古代文学研究难免会带有现代观念，但在运用具体理论范畴和话语进行批评阐释时，可能还是古文论中的一套东西来得切实，因为它毕竟是从这种文学形态中生长出来的，自有其特别的适用性。另一方面，就这个理论系统本身而言，中国古代文论在两千多年的历史发展中，已经形成了一个由既定的观念、范式、话语构成的系统，已然是一种凝固成型了的、也相对完整封闭的理论形态和历史积淀物，这种历史存在本身就具有不可替代的价值。因此，对于中国古代文论，一方面是要研究，研究它的命题、思路、范畴乃至结构系统——如果说中国古代文论与批评没有形式上的体系而有实质上的系统，那么就需要通过宏观而深入的研究，把它的潜在体系逐渐揭示出来，全面阐发它的理论价值，包括对于研究古代文学形态乃至现代某些文学形态的意义价值。二是要利用，这种利用不一定就是理论话语的直接转换，不是改头换面地恢复旧传统，而是表现为对传统美学精神的吸收融汇，在继承传统的基础上实现创新。所以，对于中国古代文论研究，笔者也赞成以古释古，而不要强行以西释古。但这是否就要完全拒绝借用西方的理论范畴进行观照阐释，完全排斥以西释中呢？笔者以为，完全以西方的理论范畴来研究阐释中国古代文论固然不可取，容易造成"失语"；但完全排斥似乎也无益，特别是在比较诗学研究中，如果只一味强调中西诗学的"异质性"，认为彼此不能对话，不可兼容与通约，那就失去了比较研究的意义。

二　中国文论的古今异质性与同构性

笔者以为，在当今时代条件下，尤其需要提倡和强调站在中国现当代文论的立场，从当代中国文论面向未来创新建构的需求出发，来讨论中国文论的异质性问题。这里首要的一个问题是，是不是承认有一个中国现当代文论传统，以及如何评价这个传统？显然理论界有两种完全不同的看法：一种是不承认中国近百年来有成熟的文论，即使有也是"西化"了即"失语"了的文论,因此不能归入中国文论传统;另一种(如钱中文、朱立元等先生)则是充分肯定近百年来中国文论变革发展所取得的成绩,认为在一定意义上形成了中国现当代文论的新传统。至于对这一新传统应当如何认识总结,正是当今理论界面临的重要任务。对于当代中国文论的建设发展来说,这是更值得重视、也更具有直接意义价值的文论传统。对于这后一种看法,笔者是更为赞同的。

问题还在于,对于中国现当代文论传统的性质该如何判断?是"中国式"的,还是"西化"的,还是"不中不西"的?我想这里问题的关节点恰恰在于,既需要看到中国现当代文论对中国古代文论传统的继承,以及对外国文论(包括西方文论,俄苏文论和马克思主义文论等)传统的借鉴,同时又要看到在这个继承和借鉴过程中所发生的质变。作为中外两种文论传统的"镜像",它与其继承和借鉴的对象之间既有异质性,也有同构性。既然是站在中国文论建构的立场上来讨论问题,那么,仅仅看到和强调"异质性"的一面是不够的,还需要重视和探讨"同构性"的一面,从异质性和同构性的辩证认识中获得自觉意识,从而找到中国当代文论建构的基础和理论资源。

为论述的方便,我们先从中国文论的古今异质性与同构性说起。

按一些学者的看法,中国古代文论从20世纪初开始,便发生了大断裂、大失落,或者可以叫作"失语"。不管是不是用这样激烈的话语表述,中国古代文论在现代转换过程中发生了一定程度的质变,这恐怕是文论界都公认的一个基本事实。这就是说,中国文论事实上是存在着古今异质性的。笔者以为,这种异质性就表现在:一种是"古典性"的质,一种是"现代性"的质。那么问题在于,发生这种质变的根本原因是什么?从外部的、表层的原因看,显然有外国文论(包括西方、俄苏、马克思主义文论)的介入与影响;但从内部的、深层的原因分析,应当说是根源于中国社会及其中国文学的现代性变革。由于这种变革,古典性质的文论难以适应这种变革的现实要求,而现代性的文论则在时代的呼唤中应运而生。

如果不是固守着某种理论观念不放,那么就应当承认,文论的变革发展,一方面根源于文学变革的现实与发展要求,另一方面则根源于与文学和文论密切关联着的社会现实的变革与发展要求。理论界普遍认为:20世纪中国社会变革发展的基本走向是寻求现代转型;时代主题是启蒙与救亡、民主革命以及后来的改革开放；主导意识形态是革命民主主义和马克思主义；文化价值取向是民主与科学。在这种社会转型与时代召唤之下，必然促使文学与文论的现代转型。从这种转型中所表现出来的中国文学和文论的古典性与现代性的"异质"，主要可以从以下几个方面来看。

第一，中国古代文学形态主要是抒情写意性的诗文，其中尤其以言志抒情的诗长期占主导地位，这或许可称之为古典表现主义的文学形态。即使后来的戏剧、小说，也仍然不过是抒情写意的一种新形式，并未超出古典表现主义的范围。在此基础上形成发展起来的中国古代文论，就其根本性质来说，也显然主要是一种古典表现主义文论，其主干是诗文理论，尤其是诗论成就最大。而20世纪以来，在启蒙与救亡的时代条件下，具有现代意识和觉悟的现代知识分子，自觉担当社会道义和社会责任，介入社会生活，促进社会现代转型，因此文学不再限于言志抒情，而是主要反映社会现实，传达时代要求，抒写民众心声；文学形态转变为以叙事文学为主，尤其是现代小说、报告文学、话剧等，适应人们认识批判现实的需要得到长足发展；即便仍属表现型的诗文，也已大不同于古典形态的"吟咏性情"，而是走向诅咒现实、讴歌理想和追求个性解放，是一种全新的现代表现主义。面对中国现代文学形态这种划时代变化，文学理论批评也不再限于"品评"，而是走向张扬文学的时代精神，放大文学的社会意义，指向社会变革实践中的价值实现。从梁启超、王国维发端，经由陈独秀、鲁迅、茅盾、成仿吾、朱光潜，直至胡风、冯雪峰、毛泽东等人的不懈努力，中国现代文论一方面呼应中国社会和中国文学现代转型的时代要求，另一方面从西方现实主义、浪漫主义、现代主义文论以及马克思主义文论中获取理论资源，创造出诸多现代性的理论范畴和话语，从而对新的文学现实给予切实的批评阐释，由此表现出它的现代性特质。而建立在古代文学形态基础上的古典表现主义文论，对这种新的社会和文学现实则显然难以应对，在它的理论系统中很难找到、也难以"转换"出一套适用于新时代文学形态的理论批评话语，因之它在新世纪被疏离甚而断裂就是不可避免的命运。这样看来，所谓"断裂"主要不是外国文论挤压的原因，而是时代社会变革的原因。既然如此，就应当属于历史的必然要求。如果不顾时代条件，仍站在古典文学观念的立场上，以吟、品为艺术之上乘或至境，以此指斥文学和文论的时代变革与进步，就未免显得过于迂执了。

第二，任何一种文论话语，应当说都有其特定的文化及意识形态语境。中国古代文论的文化及意识形态语境，是以儒家思想为主导，儒、道、释三者互补构成的。儒家站在社会本位立场，确立了一种以"礼"为核心的社会理想，设计了一整套社会制度规范和伦理道德规范，以此去建构理想的社会形态，并把文学也纳入这种建构之中，要求文学也站在社会本位立场去向民众施行政治伦理教化，使人去服从这种社会规范，从而维护现存社会秩序。道家以个体生命存在为本位，不满于现实社会对人的自然生命本性的桎梏，寻求远避社会归于自然，以保全个体生命的率真本性；他们在文学活动中更为注重个体生命的审美体验，追求自我情感寄托和怡情悦性，把文学作为表现寄托个体生命体验和保全自我的最好方式。中国化的佛教（尤其是禅宗）在人生观念和审美理想上比较接近道家，但更追求空灵境界和审美解脱。庄禅之路，通常是中国封建社会那些处于"穷"境而不甘认同现实的文人所乐于选择和追求的。中国古代文论系统，差不多就是在这样一种文化及意识形态语境中，由这样一些具有特定文化心态的文人们所建构，并代代积淀传承，成为具有极大普泛性的文学规范和批评尺度。到了20世纪反封建和追求人的解放的时代，整个社会的意识形态和文化语境发生了极大变化：儒道释的思想观念被置于批判地位，民主主义、马克思主义成为新时代的意识形态主流。在这种现实语境中，人们的文学观念和价值取向也发生了根本变化：与儒家政教中心论站在封建社会立场去教化民众以维护现存社会秩序相反，新时代的文学则是着眼于唤醒民众觉悟和认识批判社会，以促进社会变革；即使从个体本位立场出发，也与庄禅退避式的人生态度和文学策略截然不同，即不再满足于消极地借文学以寄情和自慰，而是借文学以张扬个性，表现思想，抒发激情，呼唤人性解放。古典性的整个文论系统，显然与这种现实意识形态语境格格不入。而现代文论则正是这种现代文化及意识形态语境的产物，显示出它的现代性特质。

第三，正如不少学者所指出过的，中国古代文化和文论在思维方式上是偏于感悟、综合的直觉思维，并不追求逻辑的清晰严密和理论的系统性，这是一种古典性的思维方式。而现代文论的思维方式显然更为注重逻辑分析、理论概括及系统建构，因为这更符合现代人要求更清晰准确地把握世界的需要，也是进行现代启蒙和文学大众化的需要，其中所包含的现代性特质也是不言而喻的。

中国古代文论与现代文论之间，虽然存在着如上所述的质变与断裂即"异质性"一面，但同样存在着保存与继承关系的另一面。由这种保存与继承发展关系，就决定了新旧两个传统之间必然存在着"同构性"。这种同构性的基点，总的来说就是文论形态与文学精神的民族性。比如民族文学的语言特性：尽管在现代文化转型的过程中古代汉语转换成了现代汉语，并且现代汉语中还吸纳了不少外来语成分，但从根本上来说，汉语言作为一种独特的表意性语言，仍然决定着以此为符码的汉民族文学的根本特点。比如，民族文学独有的编码与解码方式，由语言特点决定着的感悟性思维方式，以表意性为主的创作传统，意会式的文学接受习惯，等等。现代文论只要还是面对着汉语表达的文学，并且自身也仍然是在用汉语表达，就不可能丧失其传统特性。再如，在文学价值观念方面，古代文论中的"尚用"观念，"文以载道"的政教功利主义，经过现代转化，成为启蒙功利主义，文学反映现实、认识现实、促进社会变革的革命功利主义；而从审美体验中寻求人生寄托的观念，经过现代转化而成为对审美解放、审美自由的新追求，等等。这些方面都可以说是中国古代文论在新的历史条件下的保存、延伸和发展，从中可以看出新旧传统之间的异质同构性。还有，如果说中国古代文论的基本精神是注重"艺术性"（与西方文论的注重"科学性"形成对照），即把文学当作艺术对象来研究，注重艺术感悟、艺术品位，追求艺术人生化、人生艺术化，乃至文论的概念范畴、理论形态本身也都讲求诗性化、艺术化，那么应当说，这种基本精神在现当代文论的优秀成果中，也得到了很好的继承发展，并注入了现代性的新质。至于在有些现当代文论中失落甚至背离了这种文学精神，则恰恰是应当认真反思的。

再从中国现当代文论与外国文论的关系来看。近百年来中国文论所发生的一切变革，一方面是根源于如上所说中国社会与中国文学的变革发展，而另一方面，应当说也是在外国文论的介入和影响之下发生的。外国文论之所以能够如此深入地影响中国现当代文论的变革发展，其原因就在于彼此之间具有某种"同构性"（异质同构）。这种同构性一方面是缘于文学规律的相通，如毛泽东所说："艺术的基本原理有其共同性，但表现形式要多样化，要有民族形式和民族风格。""中国的和外国的，两边都要学好……这不是什么'中学为体，西学为用'。'学'是指基本理论，这是中外一致的，不应该分中西。"① 这就是说，作为文学的基本原理、基本规律中外是可以通约的。比如西方历来叙事文学比较发达，建立在这一基础上的叙事文学理论，如模仿论文论，尤其是现实主义理论，包括马克思主义的现实主义理论，都有非常丰富的理论资源，而这恰恰是我们的古代文论资源中所缺乏的。20世纪以来中国文学格局与古代相比显然发生了很大变化，由抒情言志的文学为主，转变为以叙事文学为主，这既与中国社会现代转型相适应，也受到西方近现代文学的直接影响。那么，在现代文论建设中较多借鉴吸纳外国的现实主义小说、戏剧理论等文论资源，就是既自然又合理的事情。"东海西海，心理攸同；南学北学，道术未裂"② 中外一致可以彼此通约同构的某些学理，就未必要强分中西而以"失语"论之。此外，中国现当代文论之于外国文论的同构性还有另一方面，这就是作为一种时代精神的"现代性"品格。不管怎么说，近数百年来，与中国封建社会的保守落后性相比，西方从文艺复兴以来的文明发展，包括在近现代文学和文论中的发展，确实更体现了一种文明进步，体现了一种"现代性"。特别是马克思主义理论，将这种"现代性"阐发得更彻底、更切实、更具有实践品格。而近代以来中国社会的现代转型（从社会改良到社会民主革命），无不是以西方近现代的变革为参照，也无不是在追求着一种中国式的"现代性"，这在中国现代文学和文论的变革转型中同样如此。因此，中国现代文学和文论致力于从外国近现代文学和文论（包括马克思主义文论）中寻求借鉴，也就包含着从中寻求"现代性"的思想资源，借以推动中国的启蒙与革命，即推动中国文学乃至中国社会的现代化进程。中外文学和文论间在"现代性"追求上的这种通约性与同构性，是无论如何不应忽视的。

至于与外国文论比较而言的中国现当代文论的"异质性"，显然没有中国古代文论的异质性那样大，原因当然在于中国现代文论本来就借鉴吸纳了外国文论的许多因素，包括写实主义、浪漫主义等一系列概念范畴。但这并不是像有人所认为的那样是外国文论的翻版，其实二者仍是异质的，这主要表现为民族性的不同。比如西方的"现代性"有西方社会的特点，而中国在现代转型中所追求的"现代性"，则有中国社会的特定内涵。从社会转型来说，20世纪前半叶主要任务是反帝反封建，通过人民

---

① 毛泽东：《同音乐工作者的谈话》，《人民日报》1979年9月9日。
② 钱钟书：《谈艺录·叙》，中华书局1984年补订本，第1页。

民主革命创建新中国；后几十年主要任务是通过改革开放建设有中国特色的社会主义现代化强国。20世纪以来的中国文学和文论，正是面对中国社会的现代化变革发展的现实而言说的，有时看起来所使用的话语或表现形式是"西式"的，但精神实质则是中国现代的。正如毛泽东谈到鲁迅的小说时所说："吸收外国的东西，要把它改变，变成中国的。鲁迅的小说，既不同于外国的，也不同于中国古代的，它是中国现代的。"[①] 鲁迅、茅盾、毛泽东等的文论也是如此。这就是说，中国现代文学和文论中所表现出来的"现代性"，具有特定的民族生活、民族心理、民族精神的内涵，与外国文学和文论相比仍是异质性的。看不到这一点，也就不能真正理解中国文学和文论的"现代性"。

三 当代文论：在异质同构中创新发展

一些学者之所以提出中国文论的异质性命题来加以讨论，其学术立场以及逻辑理路已经表述得很清楚：首先，是针对近百年中国现当代文论的状况作出了一个基本判断，就是患了"失语症"。这主要表现为过多引入了西方文论话语，中国现当代文论成了西方文论一家独白，而中国古代文论却成了博物馆里的秦砖汉瓦，成了学者案头的故纸堆，它不但无法参与现当代文学与文论的言说，甚至无法表述自身。其次，为了克服这种"失语症"，继而提出"话语重建"的命题，具体说也就是要重视和实现"中国古代文论的现代转换"。那么为什么会造成中国文论的"失语"？怎样才能实现"话语重建"？他们认为关键是要研究和认识中国文论（指中国古代文论）的异质性。这几个理论命题之间的逻辑关系可谓一目了然。

对于中国现当代文论"失语症"的判断，以及试图通过"中国古代文论的现代转换"以实现"话语重建"的主张，笔者同学界许多同仁的看法一样，对此并不赞同。不过，对于其中所提出的一些具体问题，比如，为什么言说了上千年的中国文论话语会在今天完全失效？为什么它无法参与现当代文学与文论的言说，甚至无法表述自身？造成这种状况的原因，是不是在于对中国文论的异质性认识不够？诸如此类的问题，则又是非常值得重视和认真探讨的。当然，按有些论者的看法，从中国文论的异质性入手探究原因不失为一条思路，但笔者以为，不能仅限于从中西比较

[①] 毛泽东：《同音乐工作者的谈话》，《人民日报》1979年9月9日。

的意义来观照中国文论的异质性，同时还需要考虑中国文论本身的古今异质性。从某种意义上来说，这后一种异质性甚至是更值得重视的。要说中国古代文论之所以会在今天失效，根本原因也许就如上面所说，它作为在古代社会文化与意识形态语境中形成、完全是面向过去时代的社会现实和文学现实言说的理论形态，在根本性质上它是"古典性"的，而不是"现代性"的。甚至可以说，在它的理论系统中，恐怕很难找到能够与现代社会和现代文学发展要求相通的"现代性"内质，因此，要真正实现中国古代文论的现代转换是很难的。假如要进行这种现代转换，那么它就应当能够面对当今的社会现实和文学现实言说，就需要回答当今现代化发展中提出的现实问题。比如，精英文学向大众文学位移的问题，传媒文艺、网络文学等新的文学形态的发展所带来的问题等。以中国古代文论的观念和话语，恐怕是很难回答这些问题的。因此，笔者赞同朱立元先生的看法：检验一种理论、学说是否还有活力、是否存在危机的主要标准，不应局限于与其他理论、学说的话语系统或话语方式相比较，而应将其置放于现实语境中，看其是否适合现实的需要，以及适合的程度如何。中国当代文论的问题或危机不在话语系统内部，不在所谓"失语"，而在同文艺发展现实语境的某些疏离或脱节，即在某种程度上与文艺发展现实不相适应。[①]

解决这个问题的办法，显然无法依靠所谓中国古代文论的现代转换，而只能以中国现当代文论新传统为基础，充分吸纳中外文论资源中有用的东西，进行综合创新发展。

如前所说，中国文化、文论传统，包括古代和现代两个传统。然而在一些秉持"尚古"观念的学者那里，其学术视野中往往只有古代传统，而现代传统则几乎不屑一顾。分析其原因，也许有三：一是古代传统积累数千年，而现代发展则不过百年左右，其所占份量不成比例，几乎可以忽略不计。二是认为近百年来，由于战火连连或政治风云变幻的外部环境，加上文化传统断裂、外来文化冲击渗透等原因，中国现代文化、文论缺少真正的建设，没有多少成就。或者在一些人的眼里，已有的文化成果也打上了外来文化的深深烙印，国学本色已失，几无传统特色可言。尤其是在进行中西文论比较研究时，似乎难以构成可以彼此对话和比较的另一方，

---

① 参见朱立元《走自己的路——对于迈向 21 世纪的中国文论建设问题的思考》，《文学评论》2000 年第 3 期。

因而几乎无须顾及。三是在比较诗学的视野内，西方人只认可中国古代诗学的对话资格，而没有中国现代诗学的学术地位，因而我们自己也愧于提及。

尽管如此，要谈中国文论的异质性，要涉及当代中国文论的创新建构问题，就不能将现代文论传统弃之不顾。还是朱立元先生说得好：对于古代和现代这两个传统，我们有一个优先选择或主要选择的问题。选择的主要依据首先应着眼于价值尺度，就是从传统对我们建设、发展、推进当代中国文论的意义和价值关系着眼，哪一个作用更大，更有价值，就应当选择哪一个；与价值尺度紧密相关的是历史尺度，就是要看传统在历史发展过程中哪一个更进步、更先进，更符合历史发展的必然趋势。而我们当前只能以现当代传统为建设、发展新文论的重点。① 如果我们把整个中国文论传统比作一棵既已长成的树，那么，不管前数千年的传统如何根深叶茂，而近百年来的发展毕竟是这棵树上最新长成的一节。虽然这新长成的一节受到时代风雨的摧折，还有外来文论的嫁接引种等因素的影响，长得不太令人满意，但毕竟是现代转型发展的成果，内含着现代性的新质，是既成的离我们最近的传统。我们不可能抛弃这个传统，不可能截去这一节而另找别的理论生长点，而只能在既有传统的基础上创造，在老树上发新枝。如果抛弃这种现代传统，所谓当代文论建构就更没有了依托。

总之，要建构当代文论形态的新质，不可能完全移植西方文论之"质"，也不可能回过头去坚守古代传统的那种"质"，即古典性之质。比较切实可行的选择，是需要在现实基础上，在中外古今文论观念的交往对话基础上，在各种文论资源的"异质同构"中创新发展，从而生成当代中国文论的新质。它应当是一种新的知识形态，是一种具有现代性的新质。对于中国古代文论资源的整理、发掘和转化当然也很重要，但不可能整个文论界和文化界都一拥而上。当今更为重要的，恐怕还是应当关注现实问题和未来发展，融合中外古今的思想理论资源，实现当代文论的综合创新发展。

---

① 朱立元：《走自己的路——对于迈向 21 世纪的中国文论建设问题的思考》，《文学评论》2000 年第 3 期。

第三节　从理论反思到当代文论的创新建构

如果说，20世纪以来我国文学理论的转型发展，特别是新时期以来当代文论的变革发展，是在破、引、建三者的相互作用中向前推进的，那么，这三者之间推进的不平衡，则容易产生新的矛盾。比如"破"，显然是要破除过去的落后僵化的文论观念，包括传统文论中不能适应当代发展的文论观念，然而却也难免矫枉过正，造成传统文论观念的某种程度的断裂、遮蔽或边缘化；再如"引"，当然是指对外国文论尤其是西方文论的引进吸收，但由于理论观念上的迷误，也容易造成过度引进与盲目追逐，以至于喧宾夺主和迷失自我；还有"建"，无疑是面对当下的理论重建，这也必然关涉在什么样的现实基础上，以及依托和利用什么样的理论资源来进行重建的问题，如果出现理论观念上的偏差，也容易导致这种理论重建陷入误区。由"失语症"引发的一系列相关问题的讨论，应当说都是根源于上述几个方面在变革发展中产生的内在矛盾，并且围绕这些话题形成的论争，也仍然反映了人们理论观念上的歧见。因此，对于这些问题本身，以及学界的各种理论见解，也都应当落到当代文论话语重建的理论基点上来加以反思和探讨。

一　基于当代文论话语重建的理论反思

综观从"失语说"到"转换论"的这场讨论，应当说既有十分重要的理论意义，但也存在着很大的局限性和不足。笔者认为，在这场讨论中，不管学者们是围绕什么样的理论命题和使用什么样的理论话语言说，其实所讨论问题的实质都在于，究竟应当如何看待中国当代文论发展的现状？以及中国当代文论重建究竟路在何方？应当承认，"失语说"与"转换论"正是在这样一个现实语境和理论层面上提出问题并进行讨论的。不管这些命题本身是真问题还是"伪命题"，至少当代中国文论的重建肯定是个真问题，学术界围绕这样一个现实问题进行探讨乃至争论（如上所说，由于学者们的理解认识不同，所提出的具体理论命题和使用的理论话语也可能各不相同），必定会对中国当代文论的建设发展起到推动作用，其意义显然不可低估。但问题的另一方面在于，当代中国文论发展中所存在的比较突出的问题，很可能是多方面的，如果仅仅局限于某一方面的诊断分析，将其"病症"加以放大，就有可能障蔽了其他方面的问题。更重要的是，在并没有对现实问题做全面分析诊断的情况下，只是根据某一种"病症"而开出唯一的、期望能解决所有问题的"药方"，这显然是令人怀疑的。何况即便是讨论同一个名目的"病症"，人们的诊断分析和认识看法也各不相同，又如何能采用同一个"药方"来加以诊治？

例如，关于人们讨论最多的"失语症"问题，其实就各有不同的认识理解。应当说，最初一些学者提出"失语症"命题进行讨论时，更多是从文学理论批评"话语"层面着眼的。然而，后来学界在讨论这个问题时，却实际上自觉不自觉地超出了"话语"的范围，把凡是不能切实有效的言说都归之于"失语症"，因此，"失语症"的讨论才滚雪球般地越滚越大，人们的理解阐释越来越宽，对"失语症"的理解也就各有不同。

从上面的讨论综述来看，对于"失语症"至少有三种不同的理解判断。一是如曹顺庆等先生所理解的，中国当代文论在西方话语霸权面前丧失了自我话语权力，我们只会操用他人的话语言说而发不出自己的声音。二是如郭英德等先生所理解的，当今的文学理论批评话语过于"个人化"和"私语化"，在多元化的批评语境中，虽是众声喧哗、热闹非凡，但彼此都只顾操用个人话语自言自语，无法沟通，难以对话，或者说成为一种聋子的对话——彼此都不明白对方说什么，因而也就无法确定自己应该说什么，并且说了也白说。这样的"独语"状况，其实还是一种"失语"。三是如朱立元、蒋寅等先生所理解的，中国当代文论日益与现实生活脱节，与时代发展隔膜，无法面对当代的文学现实和文学经验发言，在很大程度上丧失了理论的发言权和解释能力，或者是变成无对象的言说，这又何尝不是一种"失语症"？既然"失语症"本身就有各种不同的情况或"病症"，那么当然就不能只开出同一个"药方"。

针对上面所说的第一种"失语"状态，即完全操用西方话语而发不出自己声音的状况，从而提出"中国本土文论话语建构"的主张，也许比较容易得到认同，大概很少有人会认为应该长期继续这种西方话语独霸的局面。只不过问题在于，其一，要建构中国文论的本土话语，是否就要拒绝排斥西方文论话语的输入？如果不是，又该如何处理与西方文论话语共存的关系？其二，是否就要否定近百年来外国文论（包括西方文论、俄苏文论和马克思主义文论等）引进的成果？能不能说这种引进是造成中国文论"失语"的根源？如果不是，又该如何正确看待和评价这一历史事实？其三，要改变这种"失语"状态，是否只有"中国古代文论的现代转换"一条道路？还有没有别的比如创建中国当代文论新话语的可能？如果认准了"转换论"一条道路，那么又该从何入手、以什么样的方式来实现这种"转换"？诸如此类这些问题，应当说都是此种"失语症"判断及其所开出的"转换论"药方所必须面对和回答的问题，其实，这也正是一个时期以来人们对此不断进行追问和质疑的问题。看来持守这种理论立场观点的学者，并没有对这些大家十分关心的问题做出令人满意的回答。

关于第二种"失语"，即批评话语过于"个人化"和"私语化"，以至于无法沟通对话的状况，在笔者看来，则可能与一些人信奉个体主义、相对主义、解构主义的理论批评观念有关，同时也与"游戏化"为特征的后现代主义文化思潮的影响相关。也就是说，一些人从事文学写作和理论批评活动，并不打算为当代文学发展或当代文学理论批评建设承担什么责任，也无意于与人对话交流和争辩是非高下，而只是出于个人兴趣爱好，满足于自言自语和自娱自乐。对于这样一种现象，显然难以用"建构"论的理论立场去要求他们，更不是"中国古代文论的现代转换"所能够解决的问题，可能需要放到比较广阔的社会文化背景中进行诊断分析，给予比较宽容的对待并加以某些适当的引导。对这些现象，乱开"药方"显然无济于事。

还有第三种意义上的"失语"，即当代文学理论批评缺乏对文学现实和文学经验的阐释能力，不能面对现实问题发言，这也许是中国当代文学理论批评面临的一个更为重要、也更为值得关注的问题。对于这种现象，"话语"层面上的讨论肯定解决不了问题，与"转换论"更是扯不上关系。这里更需要的是深切的现实关怀精神、强烈的"问题意识"和具有穿透力的思想见解；最关键的在于，能否提出切合实际乃至切中时弊的问题，回应时代的呼唤，促进文学实践的健康发展。只要是真知灼见，其实根本不必在乎用什么样的话语言说，这正可借用莎士比亚剧作中的那句名言：被叫作玫瑰的那种东西，叫别的什么名字还不是一样芬芳！既然如此，有什么必要在"话语"的层面上纠缠不休呢？

话说回来，一个理论命题在讨论中被不断扩展，有时的确不依人的意志为转移，但这种不断扩展，也往往不利于这一理论问题本身讨论的深化。应当说，当初提出"失语症"和"转换论"命题，其逻辑线索是比较清楚的：第一步提出"失语症"问题，认为西方文论话语的全面输入形成话语霸权，造成我国文论界都用他人话语言说而发不出自己的声音，这是不正常的。既然如此，于是第二步，就接着提出"当代文论话语重建"问题，即主张建构中国本土文论话语。然后第三步，在讨论如何重建、用什么理论资源来重建中国当代本土文论话语时，一些学者提出了"转换论"的命题，即主张以中国古代文论为资源进行"现代转换"，来重建中国当代文艺学。于是分歧由此产生，讨论也由此扩展开来，导致上述命题无限泛化，也使这些命题的讨论本身难以深化下去。

现在看来，就"转换论"命题的讨论而言，也许有两点是值得反思的。一是这个命题的表述本身存在问题，容易引起误解。应当说，提出在中国当代文论话语重建中，要防止过分"西化"的倾向，应当充分重视中国古代文论资源的开掘，通过现代性的观照与阐释从而加以运用，这样的观点也许是比较容易得到认同的。但由于使用了"中国古代文论的现代转换"这样一个比较生硬的说法，有些阐释也同样比较生硬和排他，于是引起歧义和误解，激烈的争论便不可避免。倘若当初不是提出这样一个生硬的、容易产生歧义和争议的命题，而是使用"中国古代文论的现代意义与作用"或"中国古代文论的现代阐释与利用"之类更明白也更富有弹性的表述，是不是更符合持论者的本意，也更符合大多数人的愿望呢？这样探讨的效果是不是会更好一些呢？这当然只是笔者的一种揣测罢了。二是就古代文论在中国当代文论建构中的作用而言，老是在那里争辩古代文论能够现代转换还是不可能现代转换，其实是没有多少实际意义的。更需要做的也许是，从中国当代文论发展建构的现实要求出发，认真研究一下古代文论中哪些东西是仍然具有生命活力的，是可以被中国当代文论借鉴吸收乃至现代转化，从而进入当代文论批评话语系统的。要做到这样，就有一个理论前提，必须承认并认真研究古、今两种文论话语的"异质性"与"同构性"。之所以要研究"异质性"，是因为如许多学者所认识到的那样，古今文论所依据的文学经验，所面对的阐释对象，所依存的意识形态与文化语境，所形成的思维方式与表达方式，所建构的话语系统与理论形态等，都是根本不同的。只有把这些"异质性"的方面认识清楚，才能真正找到我们研究利用古代文论资源的出发点和立足点。而另一方面，还要看到并研究古今文论的"同构性"，即彼此之间的相通之处。这也许不只是在话语方面，而是要更多从人与自然、人与社会之间的审美关系来理解，从文学与人生、人性的关系来理解，从人生感悟与审美感悟的关系及其方式，人生价值观念与审美理想追求等方面去寻找互通之处。只有这样，才能真正找到我们研究利用古代文论资源的切入点和契合点。同样的道理，如果要对外国文论进行借鉴吸收并使之中国化，从而进入当代文论批评话语系统，也需要认真研究中、外文论话语的"异质性"与"同构性"，找到可借鉴利用的立足点和契合点。

毫无疑问，无论是反思过去时代文学理论批评变革发展的历史经验与教训，还是讨论当代中国文论的重新建构，显然都回避不了两个方面的问题，一个是它与这一时代文学变革发展要求之间的互动关系问题；另一个是它需要依托和借鉴什么样的理论资源的问题。就后者而言，则又关涉两个方面，一个是本土的即中国传统文论资源的传承，另一个是外国的特别是西方文论资源的借鉴。从一般的理论原则而言，应当说是中外古今的理论资源都要合理吸收的。即便是提出"失语症"和"转换论"命题的论者，也未必完全反对借鉴吸收外国文论资源。而问题只在于，应当如何认识不同文论资源之间的差异性与相通性，才能真正做到合理地借鉴吸收。因此，在前面所论"失语症"及"话语重建"命题的基础上，再进而提出中国文论的"异质性"问题来进行讨论，将上述问题的讨论再推进一步，应当说是具有积极意义的。然而，从一些学者对于中国文论"异质性"问题的讨论来看，其局限性也仍显而易见。一是他们从西方文论输入造成中国文论"失语"的角度提出问题，强调要重视研究中、西文论的"异质性"，这自有其针对性和合理性；但他似乎并未意识到，中国的古、今文论之间，同样有一个"异质性"的问题，同样需要学界真正重视并认真研究。二是他只看到并强调了不同文论之间"异质性"的一面，却没有意识到不同文论之间还有"同构性"的一面，这也同样是值得我们重视并认真研究的。正是有感于这种不足，笔者提出有必要全面重视和研究中国文论的"异质性"与"同构性"问题：从"异质性"方面而言，既包括中、外文论之间的异质性，即不同民族文论的"本土性"和"民族性"的差异；同时也包括中国文论本身的古、今异质性，即中国古代文论的"古典性"与现当代文论的"现代性"之间的差异。从"同构性"方面而言，也就是研究不同文论之间的"异质同构"关系，寻求文学的基本特性和原理上的相通之处，其中也同样包括两个方面，即中、外文论之间的"异质同构"关系和古、今文论之间的"异质同构"关系。只有在这样的基础上,才有可能如人们所期待的那样,有效地借鉴吸收中、外文论资源,以激活当代文论,促进中国当代文论的创新发展。

综上所述,关于"失语症"与"转换论"、中国文论"异质性"等话题的讨论,都关涉到当代中国文论话语重建这一根本问题。这方面的讨论已持续了很长一段时间,至今仍为学界所关注,并以不同的话语方式延续着这种讨论。这至少说明两点:一是这个问题本身的确比较重要,关乎中国当代文论的建构之路究竟应当如何走,在传统与现代之间究竟该如何选择;二是对这个问题的讨论,虽历经很长时间,但似乎仍没有多少实质性的突破和推进,也没有达成多少理论共识。从一些相关论争文章来看,似乎表层性的争论和情绪化的论辩较多,而真正学理性的深入探讨却较少。笔者以为,如果上述话题仍要真正有效地继续下去,还是需要放到当代中国文论重建的理论平台上来进行,从传统与现代之间的关系来考量,庶几能有所推进和见出成效。

二 当代中国文论的创新重建之路

由"失语症"引发的相关话题的讨论,通过如上所述的梳理与反思,其中所涉及的问题应当比较清楚了,那么当代文论重建又该解决什么问题,以及应该走什么道路呢?笔者以为,主要应着力解决以下三个方面的问题。

第一,调整好理论立场。从"失语症"与"转换论"的理论主张中,我们可以明显感受到某种民族主义情绪,这在全球化和后殖民主义的时代背景下,是很可以理解的。然而问题是,当代文论重建显然不宜从单纯的民族主义立场出发。如果只是因为不甘心于近百年来外国文论引入而导致中国传统文论的边缘化,因而力图夺回失去的地位和话语权,那就未免显得狭隘。站在这种立场对近百年中国文论转型发展加以否定,不仅"反对无效",而且对真正总结经验教训也并无助益。当代文论重建还是应当站在当今时代的现代性立场,从我国社会文化及其文学发展的时代要求出发,着力于研究和回答当下社会和文学发展现实中的根本性问题,以与时俱进的理论创造,介入文学发展与社会发展现实,有效参与和推动社会的现代化变革发展进程。其中当然也包括充分重视中国文论的民族化、本土化,但这也应主要立足于现实向前看,着眼于当今民族本土文论的创新发展，而不能总是向后看，试图从古代文论传统的开掘与转换中去寻找济世良方。

第二，强化"问题意识"和理论反思精神。站在当代文论重建的现代性立场，必然会提出这样的要求。如上所述，如果说当代文论存在"失语"现象，那么主要就表现在它与现实要求脱节，缺乏当下的"问题意识"，不能抓住现实中的根本问题，不能提出有针对性的理论命题，不能创建有价值的文学思想和文学精神，丧失了作为文学理论的应有功能。笔者赞同王元骧先生的看法，文学理论不只是说明性的，而且是反思性的；它不能仅仅以说明现状为满足，还需要为我们评判现状提供一个思想原则和依据。文学理论的核心问题是一个文学观念的问题，是在观念层面上对于文学的一种理解和把握。① 所以当代文论的重建，应当主要是当下"问题意识"的重建，当代文学观念、文学思想和文学精神的重建。在当前，尤其是文学与理论批评中的价值观问题，更值得给予充分重视和深入探讨。

第三，以现代化为体，各种理论资源为用。近百年来中国文化（包括文学及其文论）的现代转型发展，始终回避不了这样一个现实：一方面，国外文化引入打破了中国文化既有的封闭格局，将中国社会文化引上了现代转型的道路；另一方面，我们的传统文化面临挑战，如何才能延续这种民族文化传统？于是就有了"全盘西化"论、"中体西用"论和"西体中用"论等各种主张。李泽厚先生曾在"西体中用"的提法之下，做过这样的阐述：所谓"西体"就是现代化，因此也就是以现代化为"体"，以民族性为"用"。② 应当说他的"以现代化为'体'"的思想是极富启发性的。笔者试图改其意而用之，把所谓"现代化"理解为我们自己国家的现代化而不是西方的现代化，从而提出：以现代化为"体"，以各种理论资源为"用"，立足现实面向未来，重建我国的当代文论（文化）形态。所谓以现代化为"体"，就是如上所说，从我国当代社会及其文学的现代化发展现实出发，以近百年特别是新时期以来我国文论的现代转型发展所取得的成果为基础，在对现实问题的研究探讨中建构富有现代性精神的创新理论。所谓以各种理论资源为"用"，就是说，不管是中国传统文论资源，还是马克思主义文论资源，俄苏文论资源，西方古典主

---

① 王元骧：《当今文学理论研究中的三个问题》，《文学评论》2008年第1期。
② 参见李泽厚《中国古代思想史论》，人民出版社1986年版，第317—318页。

义、现代主义、后现代主义文论资源，只要有助于我们研究探讨现实问题，有利于当代文论的创新建构，并推动我国社会文化（文学）的健康发展，都是可以而且应该为我们所用的，不必人为地扬此抑彼。当然，正如对来自现实中的现象观照及其理论研究不能缺少批判反思精神一样，对任何理论资源的开掘、转换与利用，也不能失去应有的批判反思精神。我们的理念和目标只有一个，不是为传统而传统，不是为理论而理论，而是为了让理论介入和参与社会的现代化发展进程，推动社会的文明进步，实现人的更加合乎人性的自由全面发展。

第五章

文学"终结论"与当代文论观念问题

文学"终结论"本是 20 世纪 80 年代前后西方文论界讨论的一个话题,在全球化的背景下,这个话题在 20 世纪末由西方学者引入中国,由此引起我国文论界的关注和讨论。文学"终结论"命题实际上有两重涵义:一是指传统的文学形态及其文学生产,在电信技术和图像文化等因素的作用下,将难以生存发展而必然走向终结;二是指传统的文学理论和文学研究,也将在这种情况下难乎为继而走向终结。对于我国当代文学和文论界而言,一方面对这种文学"终结论"感到一时难以接受;而另一方面,随着 90 年代以来的社会变革和文化转型,却也切实感受到了这种现实挑战和某种程度上的危机。这种文学"终结论"显然对我国当代文论观念带来了不小的冲击,不论是否能够接受这种观点,对其提出的问题及其描述的现象则是难以回避的。因此,进入 21 世纪以来,我国文论界围绕文学"终结论"命题相继展开讨论,对其中涉及的一些重要问题,如文学"终结论"的现实依据问题、"终结论"与"距离说"的关系问题、当代文学及其文论是"终结"还是"再生"的问题,以及当代文论变革究竟何往与何为的问题等,都展开了比较深入的理论探讨。这一方面可以看出我国当代文论界对文学"终结论"所做出的回应,另一方面,也在一定程度上反映了当代文论观念变革的某种发展趋向。

第一节 西方文论中的文学"终结论"命题

如前所说,文学"终结论"本是西方文论界讨论的一个话题,然后由西方学者引入中国,从而引起我国学界的关注和讨论。那么,西方学界是如何提出这个问题的?文学"终结论"的产生究竟与哪些因素相关?

还有，这个话题首先是由美国解构主义批评家希利斯·米勒引入我国文论界来的，那么，他对这个理论命题是如何理解和阐发的呢？本节先对此做一个粗略的考察。

一 "终结论"：一个由来已久的理论命题

全球化时代的到来，究竟会对文学和文学研究发生什么影响，其前景如何？这个问题在西方学界早就被提出来了。往前大概可以追溯到瓦尔特·本雅明，他常被人引用的文章是《机械复制时代的艺术作品》，他提出机械复制时代的科学技术，使得许多原作可以大量地复制，这种复制会使得艺术品失去了传统艺术那种原真性。这种原真性的即时即地性，使传统艺术成为"独一无二的历史"[①]。文章论到新的技术、新的生产和消费方式，创造出一种全新的生活方式，因而会对文学产生根本性影响。

到了解构主义理论家那里，则变成了一个空前尖锐的问题：全球化时代文学和文学研究还会继续存在吗？比如雅克·德里达在《明信片》一著中预言：在特定的电信技术王国中，"整个的所谓文学的时代（即使不是全部）将不复存在"。他甚至断言："电信时代"的变化不仅仅是改变，而且会确定无疑地导致文学、哲学、精神分析学，甚至情书的终结。美国解构主义批评家希利斯·米勒显然认同德里达的"文学终结"论，他说："事实上，如果德里达是对的（而且我相信他是对的），那么，新的电信时代正在通过改变文学存在的前提和共生因素（concomitans）而把它引向终结。"文学的命运尚且如此，"那么，文学研究又会怎样呢？它还会继续存在吗？文学研究的时代已经过去了。再也不会出现这样一个时代——为了文学自身的目的，撇开理论的或者政治方面的思考而单纯去研究文学。那样做不合时宜"[②]。

正是由于米勒的阐释，这一话题被逐渐引入中国。早在 1997 年，当我国文论界正在热烈讨论如何"重建中国文论话语"的时候，米勒在中国发表《全球化对文学研究的影响》一文，论述全球化对文学和文学研究的影响。由于当时中国文论界讨论的热点不在于此，所以对这个问题似

[①] ［德］瓦尔特·本雅明：《机械复制时代的艺术作品》，王才勇译，中国城市出版社 2002 年版，第 8 页。
[②] ［美］希利斯·米勒：《全球化时代文学研究还会继续存在吗？》，《文学评论》2001 年第 1 期。

乎并未引起多大的关注。几年之后的 2000 年夏天，在北京举行的"文学理论的未来：中国与世界"国际学术研讨会上，米勒在会上作了发言，并在《文学评论》2001 年第 1 期发表长文《全球化时代文学研究还会继续存在吗?》。这一次也许由于语境不同了，米勒的观点引起了中国学界的关注，并引发了讨论，一些中国学者纷纷发表与米勒商榷讨论的文章，形成 21 世纪初中国文论界的又一热点话题。

在《全球化对文学研究的影响》一文中，米勒具体分析了全球化过程的若干特征，如新的快速旅行和运输方式，经济全球化，新的交流技术的迅速发展使文化交流从书籍时代转到了电子时代等，由此带来文学研究和人文学科研究的激烈变化。第一，在新的全球化的文化中，文学在旧式意义上的作用将越来越小，越来越多的人正花越来越多的时间看电视或看电影，再转向电脑、网络等，很少关注书本的文学作品；第二，新的电子设备在文学研究内部引起了变革，电脑上写作、修改、阅读、查阅和获取资料、处理资料等新的交流技术对文学研究带来重要影响；第三，全球化带来旧的独立的民族文学研究，正在逐渐被多语言的比较文学或世界英语文学的研究所取代；第四，所谓文化研究迅速兴起，据说这是对已在解构主义里死去的形式主义批评的反应中，出现的一种对外在批评的回摆，对一种新的意欲使文学研究政治化和重新历史化的回摆，以便使这种研究具有社会作用。在这种新的形势之下，文学研究虽仍有一定的价值，但已面临极大挑战。[①] 在《全球化时代文学研究还会继续存在吗?》一文中，米勒引述了德里达《明信片》中关于电信技术王国中所谓文学的时代将不复存在的观点，并对这一观点进行了具体阐释，他最后的结论是："文学研究的时代过去了。再也不会出现这样一个时代——为了文学自身的目的，撇开理论的或者政治方面的思考而单纯去研究文学。那样做不合时宜。我非常怀疑文学研究是否还会逢时，或者还会不会有繁荣的时期。"他引述黑格尔"艺术属于过去"的箴言后补充说："艺术和文学从来就是生不逢时的。就文学和文学研究而言，我们永远都耽在中间，不是太早就是太晚，没有合乎时宜的时候。"尽管米勒一生都从事文学研究，并表示仍不打算放弃文学研究，但他对文学和文学研究发展的前景显然是比较悲观的。

[①] ［美］希利斯·米勒：《全球化对文学研究的影响》，王逢振编译，《文学评论》1997 年第 4 期。

其实,文学艺术"终结论"作为一个理论命题,并不是到20世纪才提出来。早在本雅明、德里达、米勒等人之前,差不多两个世纪前的黑格尔老人就做出了这样的预言。他在其美学巨著中,一方面按其艺术理念,描述了人类艺术发展由象征主义—古典主义—浪漫主义的运行轨迹,并预言:"到了喜剧的发展成熟阶段,我们现在也就达到了美学这门学科研究的终结……到了这个顶峰,喜剧就马上导致一般艺术的解体。"① 而艺术解体之后,则被宗教和哲学所取代。另一方面,黑格尔似乎也看到了资本主义发展与文学艺术发展的敌对性质,他指出:"我们现时代的一般情况是不利于艺术的。"② 后来马克思更深刻地论述了资本主义生产内在的矛盾性,明确提出了"资本主义生产就同某些精神生产部门如艺术和诗歌相敌对"的论断。③ 到了20世纪,随着资本主义进一步发展,乃至逐步进入后工业社会,西方马克思主义学派中的一些理论家,则更现实地看到了资本主义的"文化工业"或是"大众文化"对文学艺术所形成的冲击挤压,以至阿多尔诺无奈地感叹:"艺术可能已进入它的没落时代,就像黑格尔在一百五十年前估计的那样。"④ 沿此演进,到当今的电信时代或全球化与后现代主义文化时代,德里达、米勒等人提出"文学终结"论,虽不免让人猛然一惊,但从理论逻辑上可以说其来有自,毫不奇怪。

从德里达和米勒等人的论述来看,全球化时代对文学发展形成的挑战,主要表现在三个方面:其一,是电信传媒技术的普遍运用,正改变文学存在的前提和共生因素,即媒介传播的公开性和开放性,打破了个人的空间,改变了文学表达和接受的个人性以及某种隐秘性,从而将文学引向终结。关于这一点,上面引述德里达和米勒所论已表述得十分清楚。其二,是当今时代文化与文学的图像化转向,即传统的以语言为中心的文化,转向以图像为中心的文化,这使得以语言为介质依托的文学日益边缘化,图像的文化霸权地位已成为无可辩驳的事实。图像成为人们感知世界的主要方式,文学被迫淡出,而且出现生存危机。这是当今世界的普遍性现象,中国也不例外。其三,是由于这种文化存在形态的变化以及大众文化的兴起,带来了传统文学研究向文化研究的转向,这在文学理论批评观

---

① [德] 黑格尔:《美学》(第3卷)下册,朱光潜译,商务印书馆1981年版,第334页。
② [德] 黑格尔:《美学》(第1卷),朱光潜译,商务印书馆1979年版,第14页。
③ 《马克思恩格斯全集》(第26卷第1册),人民出版社1972年版,第296页。
④ [德] 阿多尔诺:《启蒙的辩证法》,转引自马新国主编《西方文论史》,高等教育出版社1994年版,第549页。

念上形成了一种严峻挑战。

文学或文化的转向，以及文学与文学理论批评的命运问题，对于中国学界来说，这毕竟是一个全新的理论话题，是一个迟早需要面对的现实。因此，西方学者提出的"文学终结"论，一方面引起了中国学者的质疑与商榷，另一方面也引发了学术界对于当今时代文学与文学理论批评发展前景的理论反思。

二 文学"终结论"产生的时代背景

如上所述，米勒在中国学界阐述文学"终结论"问题，是把它放在全球化的语境下来谈论的，他在中国学术刊物上发表的两篇影响甚大的文章，即《全球化对文学研究的影响》和《全球化时代文学研究还会继续存在吗？》，也都是从全球化的角度来讨论的。那么，这里所说的"全球化"是什么涵义呢？所谓全球化对当今世界，尤其是对中国当代文学和文化的影响，又主要是哪些方面呢？综合起来看，也许主要是以下三个方面。

首先，是经济全球化的影响。据说，"经济全球化"这个词是西方学者于20世纪80年代中期提出来的，大致是指世界各国的经济活动打破封闭、超越国界，资本、技术、贸易等跨国和跨地区流动，使世界经济日益成为紧密联系的一个有机整体。经济全球化已是当代世界经济发展的重要特征和趋势，对世界各国的经济发展都有重要影响，对于改革开放后中国的经济改革，特别是90年代的市场经济改革发展进程，无疑产生了巨大而又深刻的影响。经济全球化对文化和文学发展的影响主要表现为：其一，市场经济大潮把文化与文学也卷入市场，并且资本也迅速进入文化市场，使文化与文学成为产业，成为市场经济的一部分。这在西方国家早已如此，且被称为"文化工业"。尽管在我们的传统文化观念和文化形态中，这几乎是不可思议的事情，然而经济全球化以及市场经济浪潮的魔力，在不长的时间里便把这一切变成摆在我们面前的事实，而且我们都不能不接受这样的现实。其二，市场经济向文化领域的扩张渗透以及文化的产业化，在一定程度上动摇了既有的文化体制，带来了一些具有革命性意义的变化。文化人作为个体生产者，并不一定考虑体制化的需要，而更多是为消费市场和经济利益而生产。其三，更深刻的影响还在于，经济全球化带来了经济思维方式与经济价值观的普泛化，使其成为整个社会主导性、支配性的思维方式和价值观念,它渗透到当今社会的一切领域,包括文化和文学艺术领域,从而改变着人们的文化和文学价值观念。如今各种文化和文学活动,无不使人感到有一只市场化的无形之手在暗中起支配性作用,文学上的所谓"成功",其含义恐怕不单指艺术成就,更多的还在于市场效益;在当今的文学研究中,传统的按"创作—作品—接受"流程而形成的研究范式,也悄然转换为"生产—流通—消费"的研究范式;审美走向消费是新时尚也是新观念,传统的文艺社会学和文艺审美学研究的正宗地位,正让位于文艺经济学研究,并且这些传统的文艺研究学科,也正经历着文艺经济观念渗入后的自我嬗变和改造,如此等等。这些都无不与经济全球化及其市场经济浪潮的激荡相关。

其次,是信息全球化的影响。电子与信息传播技术的进步本身既是全球化的标志之一,同时也是推动其他方面的全球化进程的必要条件。它对文学的影响具体表现在:其一,文学的存在方式在发生根本转向,即从语言形态向图像形态转向。随着现代电子信息传播科技的发展,各种图像艺术门类迅猛发展起来,并大面积占领文化消费市场,所以有人断言当今已经进入"图像时代"。在此种现实面前,作为传统语言艺术的文学便遭遇严峻挑战:一方面是自身的生存空间在逐渐缩小;另一方面是文学不能不改变其存在方式,努力寻求与图像艺术的联姻,甚至成为其附庸。其二,文学的生产方式也随之发生变化,即由传统文学创作主要依赖个体的独创性想象创造,转向更多依赖群体性的策划与合作,依赖技术性的制造、复制、包装和商业性的宣传、营销,这样便大大超越了个体生产的局限,文学生产与科技、资本、市场紧密联为一体,真正成为一种工业化生产(文化工业)。其三,文学传播与接受方式的变化。如果说传统的文学形态决定了传统的语言媒介传播方式,也培养了读者的传统阅读接受方式,那么在当今的时代条件下,一方面由于社会变革带来人们工作生活节奏加快和比较功利化的诉求,另一方面也由于图像本身的吸引,当今人们显然更依赖于直观式的图像接受,它便捷、自由、轻松、畅快,不像语言阅读接受那样费心吃力,那样需要更多主体精神的投入,因此,"读图"更成为当今主要的接受方式。当然,这种传播与接受方式的变化,也就不知不觉地改变着人们的思维方式,容易形成被动接受、直观思维、平面思维的习惯。而受众的这种接受习惯和兴趣,以及思维方式的转变,则又必然会加速上述文学生产的转向和整个文学形态的转型。其四,随着上述变化,文学研究也必然发生转向。正如有学者所指出的，20世纪西方文学研究的语言学转向，今日已被"图像的转向"所取代：图像的转向在西方是整个后现代转向的一部分，它不仅是当代文化的趋向，亦激发了新的文化研究路径，即视觉文化研究。① 后者正呈现出方兴未艾之势。这些变化，显然都与当今电子信息科技的全球性发展有关。

再次，是文化全球化的影响。当今的文化全球化浪潮作为一个动态过程，虽然包含全球各民族文化相互交流影响、多元互动的方面，但其中主导性的方面则还是西方后现代文化的全球性扩张与渗透。对于我国当今的文化与文学来说，早已明显感受到西方后现代文化扩张进逼的压力，并在其渗透影响之下悄然发生着变化，我们的某些文化形态中已经具有某种明显的后现代性特征。一方面，90年代以来后现代主义文化思潮在中国大地风云激荡，固然有西方后现代文化全球性扩张的原因，但也与我国知识界、文化界基于颠覆解构的内在冲动而主动迎合和积极鼓吹不无关系。另一方面，后现代文化的平民化、世俗化、娱乐化、游戏化、消闲性和消费性的特点及其趣味，也恰好适合当今消费社会大众的文化趣味和消费需求。按有的学者的看法，"消费社会是指后工业化社会，在这样的社会里，消费成为社会生活的生产的主导动力和目标。确实，在消费社会里，经济价值与生产都具有了文化的含义。传统社会的生产只是艰难地满足生存的必需，而消费社会显然把生活和生产都定位在超出生存必需的范围"②。中国的经济和社会发展显然还不能说进入了后工业社会，但从人们的物质、文化消费观念与趣味来看，却可以说超前进入了消费社会。而消费社会本身就具有后现代特性，在文化消费方面尤其如此，这就使具有后现代特性的大众消费文化，获得了极广阔的市场和生长空间，从而极大地改变着当今的文化格局和文化生态。这股文化潮流其势汹涌，既轰倒了传统文学的"象牙塔"，也消解了当代文学的"先锋潮"，正如有学者所指出的："消费社会兴起的时代难以再有文学上的先锋派，消费时尚前卫已经取代了先锋派，那些消费性的符号、行为和所有的象征之物，以其新奇怪异的形式独具魅力，而处于潮流的前列，它们引领了生活变化的趋势，遥指着未来的方向。它们迅速被复制，随后消失，而另一轮的流行潜

---

① 周宪：《图像的转向》，《文艺报》2002年4月23日。
② 陈晓明：《挪用、反抗与重构——当代文学与消费社会的审美关联》，《文艺研究》2002年第3期。

伏于其中。"① 这股潮流即使不说是目前席卷全球的后现代主义文化大潮的一部分，也至少是受其影响，暗合于它的发展趋向的。

上述全球化给我国当代文学与文化带来的变化，就构成了我国学界近一时期来关于文学与文学理论发展前景问题讨论的现实背景。

三　米勒的文学研究"终结论"命题

在西方学界，文学"终结论"命题并不是米勒最早提出的，他也未必是这一理论最坚定的鼓吹者，但他显然在相当程度上接受认同这种观念。对于中国学界而言，是他首先把文学"终结论"命题引进来，并且在各种不同场合对这一命题进行阐释，在我国文论界产生了不小的影响。米勒对于文学"终结论"的阐释，可能有两点值得注意：一是他作为解构主义批评家，主要是从文学理论和文学研究的角度，来对这一理论命题进行阐释的。也就是说，他更关注的是文学理论和文学研究方面的"终结论"问题，当然，这与作为文学研究对象的文学本身的"终结论"问题是直接相关的。二是米勒对于文学"终结论"命题的阐释，更确切地说，对于文学研究"终结论"问题的阐释，实际上是存在矛盾的，在不同情况下的谈论前后是有变化的。如果我们不注意其中的内在矛盾或前后所论的变化，就容易造成对其理论观点的误读。由于我国学界对于文学"终结论"主要是受米勒理论的影响，因此，就有必要先对米勒的理论观念本身加以考察。

首先，我们从米勒的文学研究"转向论"谈起。在米勒的理论阐述中，文学研究"终结论"是与文学研究"转向论"相互关联的，但二者并非一回事。如果说"终结论"是从文学本质论的意义上提出来的，那么"转向论"则是从文学形态论的意义而言的。在米勒看来，当今的文学和文学理论已经发生根本性的转变，它已大不同于传统的文学和文学理论形态，而是在走向一个新的方向，一种新的、现在还不可知的新形态。所谓传统意义上的文学理论，是指适应传统文学形态的理论。那么什么叫传统形态的文学呢？也就是以语言为媒介的文学。所以传统的文学理论，就是基于一种具有历史、文化功能的或者与历史、文化保持联系的文学，是以语言为基础的。而新的文学理论，则是适应新形态文学的理论。他认

---

① 陈晓明：《挪用、反抗与重构——当代文学与消费社会的审美关联》，《文艺研究》2002年第3期。

为，新形态的文学越来越成为一种混合体，这个混合体是由一系列的媒介发挥作用的，这些媒介除了语言之外，还包括电视、电影、网络、电脑游戏……诸如此类的东西，它们通过数字化进行互动，形成一种新形态的"文学"。新的文学理论，也正是这样一种文学的、文化的、批评的理论混合一体的理论形态。[①]

从文学研究的角度来看，这种文学和文学理论形态的转变，也就标志着传统"文学研究"向"文化研究"的转向。米勒曾多次说到，近年来美国的文学研究中，一个最重要的变化，就是20世纪80年代以来"文化研究"的兴起，传统的以语言为基础的文学研究纷纷向文化研究转向。关于这种转向的原因，当然是多方面的，据米勒的看法，其中最主要的原因在于：一是如上所说，随着电子信息技术的迅速发展，人类从书籍时代转到了电子时代。电子传播媒介对文学生产的影响日益广泛，由此带来文学形态的巨大变化，文学与电视、电影、网络、电脑游戏以及各种图像读物等相互渗透，使文学越来越改变其原来的纯粹形态而成为一种混合体，因而就不能不将这种新的文学形态置于更广阔的文化范畴中，与电视、电影、网络等文化形态一起进行研究。二是研究主体的变化。米勒看到，在当今美国社会，不仅越来越多的人正在花越来越多的时间看电视或看电影，甚至出现了从看电视或看电影转向电脑屏幕的迅速变化，而且那些义无反顾转向文化研究的年轻学者们，也恰恰是大学教师和研究人员中，被电视、电影和商业化流行音乐熏陶长大的第一代人，他们当中的许多人从孩提时代起，花在看电视、电影和听流行音乐上的时间，就远较读书为多。这些在相当程度上为新型的视觉和听觉文化所形构的年轻批评家，更愿意研究他们所熟悉和感兴趣的东西，这也吸引着其他从事文学研究的学者改弦更张，转向文化研究。三是现代大学教育体制的变化。米勒在《跨国大学中的文学与文化研究》的长文中，指出当今大学的内部和外部都在发生剧变，大学已失却了19世纪以来的传统人文理念，转而更为重视技术训练，而技术训练的服务对象已不复是国家而是跨国公司，在这样没有理念的、技术和工具型的大学里，在实用技术大行其道的时代，传统的文学研究要么为那些实用学科所吞并，要么改弦易辙转变功能，与那些

---

① ［美］希利斯·米勒：《"我对文学的未来是有安全感的"——希利斯·米勒访谈录》，《文艺报》2004年6月24日。

新型通信技术及媒体文化相关联,即转向文化研究以寻求新的生机。① 四是文学研究本身的内在原因。"据说,正是在对被认为已经在解构主义里死去的形式主义批评的反应中,80 年代中期或者更早一些,出现了一种对外在批评的回摆,对一种新的意欲使文学研究政治化和重新历史化的回摆,以便使这种研究具有社会作用,使它成为一种解放妇女、少数民族和在后殖民、后理论(post—theoretical)时期一度被殖民化的那些人的工具。'文化'、'历史'、'语境'和'媒体','性别'、'阶级'和'种族','自我'和'道德力量','多语言主义'、'多元文化主义'和'全球化',这些现在已经以不同的混合形式变成了新历史主义、新范式主义、文化研究、通俗文化研究、电影和媒体研究、妇女研究和性别研究、同性恋研究、各种'少数话语'研究、以及后现代主义研究等等的标示语";"对文化研究来说,文学不再是文化的特殊表现方式……文学只是多种文化象征或产品的一种,不仅要与电影、录像、电视、广告、杂志等一起进行研究,而且还要与人种史学者在非西方文化或我们自己文化中所调查了解的那些日常生活的种种习惯一起来研究。"②

　　在米勒看来,无论从文学研究的内部还是外部情况来看,传统意义上的以语言为媒介的文学研究,在全球化时代已不可避免地走向衰落,正转向一种混合型的文化研究。这种文化研究虽然并不排斥文学,但显然也已并不那么重视文学的独特性,而是恰恰要模糊和消解以往的那种"文学性",使之与其他的文化形态如电影、电视、网络文化等具有更多的共通性和社会功能。如果说在这种文化转向的过程中,文学与文学理论都还不甘于被汹涌而来的泛文化大潮所吞没,还要力图寻求某种相对独立的发展,那也只能在这种已经成为多元混合体的情况下,逐渐建构新的形态。至于这种新的形态将是怎样的,似乎米勒也感到目前难以预测。

　　其次,关于文学研究"终结论"。如上所述,米勒已经看到了当今文学和文学研究所发生的根本性转向,即传统意义上的文学,正转变为一种越来越成为混合体的新形态,而传统的文学研究也越来越转向混合型的文化研究。尽管对未来的文学及其文学研究将走向怎样的新形态尚未可知,

---

① 陆扬:《我们依然必须研究文学吗?——米勒谈今日大学文学与文化研究》,《文艺报》2004 年 6 月 1 日。
② [美] 希利斯·米勒:《全球化对文学研究的影响》,王逢振编译,《文学评论》1997 年第 4 期。

但这毕竟预示了一种新的发展前景。既然如此，那么文学研究"终结论"则又从何说起呢？其实，米勒的文学研究"终结论"，并非指整个关于文学的理论研究而言，而是特指他所理解的那样一种传统意义上的文学研究。他曾一再指出这样一个事实："在新的全球化的文化中，文学在旧式意义上的作用越来越小"，那种纯粹的文学研究或文学理论将不复存在。尤其是在《全球化时代文学研究还会继续存在吗？》一文中，米勒引用雅克·德里达《明信片》中的话："……在特定的电信技术王国中（从这个意义上说，政治影响倒在其次），整个的所谓文学的时代（即使不是全部）将不复存在。哲学、精神分析都在劫难逃，甚至连情书也不能幸免……"米勒显然赞同德里达的这一论断，并为此作了多方面的阐释论证，最后他自己的结论是："文学研究的时代已经过去了。再也不会出现这样一个时代——为了文学自身的目的，撇开理论的或者政治方面的思考而单纯去研究文学。那样做不合时宜。我非常怀疑文学研究是否还会逢时，或者还会不会有繁荣的时期。"又说："……我坚持认为，文学研究从来就没有正当时的时候，无论是过去、现在、还是将来……文学研究的时代已经过去，但是，它会继续存在……"这些话说得似乎有些吞吞吐吐、犹犹豫豫，但所表达的意思却也十分明白。

很显然，米勒这里所论说的"文学"，是指旧式意义上的文学，即以语言为媒介的文学；而他所说的"文学研究"，也是指"为了文学自身的目的"而单纯去研究文学。那么这样的文学研究为什么就不合时宜而必然要走向终结呢？究竟是一些什么样的因素导致了这样一种结果呢？

如上节所述的那样，通常人们会比较多地从电子技术发达及其数码文化转向方面来寻找原因（如果认同上述结论的话），将其归结为电子数码文化的不断扩张对传统文学与文学研究形成的挤压，德里达和米勒同样看到并指出了这样一种事实。然而这只是一种表层现象。德里达和米勒的真正深刻之处在于，他们透过这种表层现象，抵达文学更为本质的层面，去探讨和揭示导致传统的文学及其文学研究终结的深层原因。

在他们看来，要讨论文学的"死"，先要理解文学的"生"。实际上他们所理解的文学，是近现代意义上的文学。米勒说得很明白："在西方，文学这个概念不可避免地要与笛卡尔的自我观念、印刷技术、西方式的民主和民族独立国家概念，以及在这些民主框架下言论自由的权利联系在一起。从这个意义上说，'文学'只是最近的事情，开始于17世纪末、

18世纪初的西欧。它可能会走向终结，但这绝对不会是文明的终结。事实上，如果德里达是对的（而且我相信他是对的），那么，新的电信时代正在通过改变文学存在的前提和共生因素（concomitants）而把它引向终结。"

那么这种所谓"文学存在的前提和共生因素"指的是什么呢？文章接着说："德里达在《明信片》这本书中表述的一个主要观点就是：新的电信时代的重要特点就是要打破过去在印刷文化时代占据统治地位的内心与外部世界之间的二分法（inside outside dichotomies）……明信片代表而且预示着新的电信时代的公开性和开放性（publicity and openness），任何人都可以阅读，正如今天的电子邮件不可能封缄，所以也不可能属于个人……"①

看来这里的逻辑关系在于：文学研究的终结，是根源于它的研究对象即传统文学形态的终结；而这种文学形态的终结，则又根源于其生存的前提和共生因素的改变乃至丧失。从米勒所论来看，这里所谓"文学存在的前提和共生因素"，主要是指"过去在印刷文化时代占据统治地位"的一些因素，如私人生活空间的隐秘性、自我意识或精神生活的独立性（甚至是孤独性）、内心与外部世界之间的二分所造成的距离，等等。这些因素不只是旧式的文学，而且也是德里达所提到的与文学命运与共的情书、哲学和精神分析学等存在的前提和共生因素。比如情书的特点，显然在于彼此的分离及其情感的隐秘性，当爱情成为身边公开的事实时，情书便失去了存在的必要；哲学则往往以孤独的自我意识与内心省悟，试图去抵达存在的彼岸，当人一头扎入现实生活，面对各种信息而应接不暇时，哲学便难逃被放逐的命运；而精神分析学的基础，恰恰在于意识与无意识的区别，当人的一切意欲，包括潜伏在意识深处的本能欲望也都被公开展示和宣泄无遗，所谓精神分析学也就的确不复存在了。而以语言为媒介、以情感为动力的文学，则可以说是人的精神生活最丰富的表现形式，它的神奇之处是创造一个虚拟的现实，这个现实是与外部世界分离和对应的，只能通过个体化的想象和自我体悟来把握和体验，它一旦变得现实化、感官化或直观化，就无异于消解了它的存在。换言之，印刷文化时代内心与外部世界之间的二分，是由语言来实现阻隔或拉开距离的，同时又通过语

---

① 以上所引见［美］希利斯·米勒《全球化时代文学研究还会继续存在吗?》，《文学评论》2001年第1期。

言和借助想象来实现沟通与联结,因而书籍的阅读和想象完全是个人自我的,甚至是孤独的和排他的,所获得的体验也是个体化的、独特的和隐秘的。

米勒自述其阅读体验时说:"在我读黑格尔和海德格尔时,黑格尔的'精神(Geist)'或者海德格尔的'存在(Sein)'从我眼前闪过;在我读精神分析方面的著作时,无意识的鬼魅或者弗洛伊德的病人如伊马尔、安娜和多拉跃然纸上;而当我读小说时,作品中那一群人物形象也都跳将出来……书籍构成了一种强有力的武器,使我们得以结识所有那些栖居在哲学、精神分析学和文学大厦里的幻象。"然而在当今的电子数码时代,"所有那些电视、电影和因特网产生的大批的形象,以及机器变戏法一样产生出来的那么多的幽灵,打破了虚幻与现实之间的区别,正如它破坏了现在、过去和未来的分野";还有,"不同媒体之间的界限也日渐消逝。视觉形象、听觉组合(比如音乐),以及文字都不同地受到了0和1这一序列的数码化改变。像电视和电影、连接或配有音箱的电脑监视器不可避免地混合了视觉、听觉形象,还兼有文字解读的能力。新的电信时代无可挽回地成了多媒体的综合应用。男人、女人和孩子个人的、排他的'一书在手,浑然忘忧'的读书行为,让位于'环视'和'环绕音响'这些现代化视听设备。而后者用一大堆既不是现在也不是非现在、既不是具体化的也不是抽象化的、既不在这儿也不在那儿、不死不活的东西冲击着眼膜和耳鼓。这些幽灵一样的东西拥有巨大的力量,可以侵扰那些手拿遥控器开启这些设备的人们的心理、感受和想象,并且还可以把他们的心理和情感打造成它们所喜欢的样子"。①

总之,在当今这个由电视、电影、电话、视频、传真、电子邮件和互联网构成的电子空间,已从根本上改变了人们的生存方式,尤其是精神生活方式:人即便独处一室,也可以看电视、打电话或者上网巡游,由此不再感到孤独;由于人总是处在各种多媒体听觉和视觉形象的包围轰炸之中,虚拟世界与真实世界二分的边界、私人空间与外部空间的边界被彻底打破,人对于自我以外的世界,既没有了距离感和神秘感,也失去了诗意的自由想象的可能性空间,甚至除了接受现成的事实外,也再没有了对事物进行思考探求的兴趣和欲望。

---

① 以上所引见 [美] 希利斯·米勒《全球化时代文学研究还会继续存在吗?》,《文学评论》2001年第1期。

从 20 世纪初至六七十年代，西方的文学研究，即被米勒称之为"为了文学自身的目的而单纯去研究文学"这样一种文学批评，正是以探寻这种"文学性"为旨归的。随着电子信息时代的到来，数码图像文化蓬勃发展并不断向文学领域扩张，确乎根本改变了传统文学存在的前提和共生因素，使其走向衰落；而以这种文学存在为前提的文学研究将随之走向终结，当然也就毫不奇怪了。对于我们这样的后发社会而言，虽然与西方社会存在巨大的时代落差，但在当今全球化的背景下，我们也多少能感受到这样一种现实，因而对此类问题也引起了普遍的关注。

第二节 中国文论界的文学"终结论"讨论

西方的文学"终结论"命题引入我国学界，引起了我国文论界的普遍关注和讨论。从讨论的整体情况来看，一方面，大多数学者在总体性判断上并不认同这样一种文学"终结论"的观点，西方文学的情况尚且不论，至少从我国当代文学的发展来看，并不能得出这样悲观的结论；但另一方面，对于文学"终结论"当中提出的一些具体问题，尤其是希利斯·米勒所阐述的一些具体观点，却又是值得重视的。对于后一个方面所涉及的理论观念问题进行深入讨论，有利于增强我们的理论自觉，并且有利于避免文学"终结论"的消极性误读与误导。

一 文学"终结论"引起的争论

在 2000 年夏天北京召开的研讨会上，米勒发言提出关于"文学与文学研究的时代已经过去"的命题，当时不少学者在讨论中并不赞成这种悲观论。王宁关于此次会议的综述中有这样一段话："与会的不少中外学者都认为，只要有人类存在，对文学的阅读和欣赏就永远不会完结，而作为一种以文学现象为主要研究对象的文学理论，则无论就其自身的学科意义而言，还是对批评实践，都有着不可取代的存在理由和意义，因此过早地宣布'文学理论已经死亡'至少是短视的和不负责任的。但在当今这个全球化的时代，文学理论的作用显然不可能像过去那样具有巨大的启蒙和指导作用，它将和文化研究共存，而不会被后者所吞没。只是文学研究的领域已得到了拓展和扩大，不少文化研究的课题也进入了文学理论家的视野,因此文学研究与文化研究并非一定要形成对立的局面。"①

首先,对"文学终结"论的质疑与商榷。针对米勒等人关于在电信技术王国中,文学和文学批评、文学研究将随之消亡的预言,童庆炳等人提出了质疑,并表述了不同的看法。他认为,米勒的预言和担忧虽然对我们有启发,能引起我们思考,但对他的极端化预言却难以苟同。因为文学和文学批评存在的理由在于人类情感表现的需要,而不在于媒体的变化。文学是不断变化的,但变化的根据主要在于人类情感生活是随时代变化而变化的,而不决定于媒体的变化。人类文化曾有过口头传播文化、印刷传播文化、当今的电子文化三次大变化,文学只是在其存在形式上面发生变化而已。但无论怎么变,有一点可以肯定,文学不会因媒体的变化而消亡。各种文化、文学形态如文学与电视、电影、互联网等将共时态存在,并形成互动关系。他的结论是:如果人类需要文学来表现自己的情感的话,那么文学和伴随它的文学批评就不会消亡。②

李衍柱从"图像化转向"的分析入手,对"终结论"的理论前提表示质疑。德里达和米勒等人的悲观结论,是根源于当今时代已进入电信技术王国,出现了信息时代的幽灵——信息数码图像,因而打破了过去印刷文化(文学)占统治地位的局面。但问题在于,信息数码图像的出现,究竟对人类文化发展是一种进步还是一种灾难?它是否导致文学时代的终结和文学研究时代成为过去?这是需要具体分析的。论者认为,信息数码图像的广泛运用,不是世界悲剧的来临,而是人类文化进步的重要标志,其积极意义表现为:第一,它使世界各民族几千年创造和积累的文学艺术珍品,真正成为人类的共同财富;第二,"世界图像"的创制和运用,为作家艺术家提供了更多"自由时间",有益于发挥艺术家的独创性;第三,"世界图像"的创制和发展,有益于提高广大读者(观众)的审美素质和鉴赏水平,使其真正成为审美活动的主体。换言之,"世界图像"的创制和普及并未改变文学存在的根本前提,这个前提就是创造文学和需要文学的主体——人。因为人毕竟还需要语言的交流与交往,具有以语言为媒介的审美意识和审美需求。在信息化时代,传统的文学存在方式和传播

---

① 王宁:《走向东西方对话和开放建构的文学理论——"文学理论的未来:中国与世界"国际研讨会综述》,《文学评论》2000年第6期。
② 童庆炳:《全球化时代的文学和文学批评会消失吗?——与米勒先生对话》,《文艺报》2001年9月25日。

形式遇到了严峻的挑战，但作为语言艺术的文学仍有其他任何艺术形式不能企及和取代的优点，即间接性、音乐性、含蓄性、具象性与抽象性等特点，更富哲学意味。进入图像世界的文学仍然是人的文学，仍然是语言的艺术，因此人类对语言艺术的创造，对文学美的追求，永远不会停止，根本不存在什么"终结"的问题。①

另外也有学者认为，虽然存在文学边缘化和危机的事实，但并不意味着文学命运的终结。文学存在有人类学的根据，即它有着独特的优越性和不可替代性：文学是人学，是"关于存在的诗性沉思"，承载着一种诗性内核，能够提供其他领域所无法提供的智慧；文学的一个永恒的主题就是对人的存在的关怀与意义追问，它与人的情感和精神世界有着最为亲密的接触，同时也为人的精神诉求提供了更为广阔的文本空间。杰出的文学文本无不是以精神灵魂为自己的生存支点与价值的确证，充当精神家园的重量级承载。当今科技理性和实用理性膨胀，一定程度上遮蔽了人的精神与思想，人们沉醉于物质主义和物欲享乐的满足，不免灵魂虚弱，海德格尔曾问"在技术千篇一律的世界文明的时代中，是否和如何还能有家园？"文学正是生活世界的一片诗意麦田。当然，推举文学并不意味着否定或贬低图像，从文化生态角度来看，假如只有图像，世界似乎过于直观和具象；而只有文学，文化也不免单调与沉重。二者同在，正可以形成互补与平衡。②

讨论中还出现了一些完全对立的观点和比较极端的看法。比如，有人从网络改变世界的现实出发，推导出文学必然死亡的结论。论者认为，在当今时代条件下，无论人们做出什么努力，都无法改变文学死亡的命运。"传统文学早像一堆嚼透嚼烂的甘蔗渣，只有含在嘴里才知汁液已被吮尽，除了张口吐掉，确实难有他法。"特别是在网络时代，网络在改变人类认知模式的同时，也必将会重写文学的定义——而这个所谓"重写"，其实就是文学的死亡。传媒学祖师爷麦克卢汉早就对今天发生的一切作过极为准确的预言，麦氏虽未论及文学，但他的观点作为"公理"套用到文学上也正合适。网络已经把当下世界变成一个庞大的母语村，这不仅使文学这种远距离的文字传播样式变得不合时宜，使这个想象的、缓慢的、无法引发互动的文字样式，或者沦为影视的奴隶，或者正在被更为单纯的

---

① 李衍柱：《文学理论：面对信息时代的幽灵——兼与希利斯·米勒先生商榷》，《文学评论》2002年第1期。

② 于文秀：《图像的霸权与文学的危机》，《文艺报》2001年10月16日。

文字样式取代。文学在今天既不能为我们带来新的历史观,更不能提供新的哲学观,除了一些修辞的快感外,对于公众几乎别无用处。让人感到可笑的是,一些文学界人士却宁愿臣服印刷品所铸造的那个孤独、单向、复杂、自恋的思维与认知模式中,他们注定要成为这个时代最先消亡的群体。文学死亡的戏剧天天都在上演,他们却宁愿像鸵鸟一样,把头埋在修辞的土堆里,翘着高高的屁股面对世人。① 从这些带有嘲讽挖苦语气的表述中,不难看出论者的态度,对文学的发展前景已经完全不抱希望。与此相反,也有论者认为,当今电信网络时代的文学发展,非但不会走向"终结",即使说文学面临某种"危机"也不值得讨论,认为文学"危机论"也是一个伪命题;网络时代文学发展的形势大好,获得了许多前所未有的发展机遇和技术条件,因此,当代文学发展并不存在"危机",而是充满"生机"。②

由此可见,我国学界对于当今文学现状及未来发展的看法分歧甚大,这实际上反映了在文学"终结论"的激发之下,不同文学观念之间的差异与冲突。

其次,由文学"终结论",也引发了对于当今时代文学与文学理论批评发展前景的理论反思。钱中文的《全球化语境与文学理论的前景》一文,将我国90年代以来文学理论的发展状况及未来发展前景,放在当今全球化的语境中加以探讨,提出和阐述了这一理论命题中的一些深层次问题。他认为,在全球化语境中,20世纪中外文论发展曾发生过几次错位。从目前双方文学理论的情况来看,可能是第三次错位,即中西文论都在走向"文化研究",但西方的"文化研究"贯穿了后现代主义文化思想,体现了后现代性的诉求;而在我国的文化研究中,则更倾向现代性的诉求,作为后现代主义思潮的文化研究,只占整个文化研究的一小部分。这正是在当前全球化语境中,中外文论间的差异所在。他表示相信,作为一门独立学科的文学理论,还会按自身规律运作下去,不会被文化研究所吞噬。这是因为文艺具有独特的艺术意识和审美思维方式,同样文学理论也自有其特殊性和独立形态,不同于文化研究,因而不会被文化研究完全取代。当然,文学研究与文化研究可以是互动的相互影响的关系:文化研究大大

---

① 叶匡政:《网络在重写文学定义》,《社会科学报》2009年2月5日第8版。
② 参见管怀国《文学"危机论"是一个伪命题——与赖大仁教授等商榷》,《学术月刊》2006年第6期。

拓宽了社会科学、人文科学探讨问题的范围，把一些学科打通起来了，也把文论、文艺批评与其他研究领域打通了；文艺理论批评有其自身范围的综合性研究，也可以从文化研究方法中吸取教益。因此以文化研究的那种综合性研究来取代文论与文学批评研究是很困难的；抹去文化研究与文学研究的界限，效果也未必是积极的。[①]

也有学者指出，在西方，文学研究正让位于文化批评，文学及文学研究已经演变为弱势话语，这是一种不争的事实。我们在同步性地输入当今西方的文化研究时，却忽视了它本原存在的生态学环境。我们过去模仿过西方文学及文论话语的繁荣，现在则无意识地模仿它的衰微，不顾它在西方经济的压迫下以及在新近的全球化语境中所处的边缘地位，不顾它的弱势话语本质。作者抱着一种文学理想主义的态度提出，在当今文学衰微的时代，重振文学和文学研究，挽救文学和文论所共同面对的存在危机，是文学知识分子的首要任务。具体说来，一是使文学话语摆脱政治、经济以及消费的媒介文化等诸种全球化的圈套，复归自身的人文本位；二是使文学话语在技术入侵、文化俗滥符号混入和各种媒体的狂轰滥炸中找回自己的文类本位；三是文学话语在各种堂而皇之或名正言顺的强权意志影响和多渠道资助（尤其是商业性资助）之下保持自己的学术本位。当今文学及文学理论批评有必要调整自身的姿态，变不利为有利，寻求文学的开放性发展。[②]

从上述讨论情况来看，文论界对于文学理论和文学研究"终结论"的反应，应当说是比较平静的。一方面，对于文学理论研究的"终结"问题，基本上不予理会，不相信有什么理论研究的"终结"可言；另一方面，则是对其中所涉及的文化研究转向问题，则是表现出了积极的回应，而这毕竟只是一个如何调整理论观念和研究方法的问题，并不必然决定文学理论研究是否走向"终结"的问题。关于当代文论发展中的文化研究转向，当然也是一个大问题，我们这里不过多讨论，将在下一章中再专门探讨。

二　米勒"文学研究"理论观念评析

如前所说，对于我国文论界而言，主要是米勒把文学和文学研究"终结论"命题引进来，而且也主要是受到他对这一命题所阐发的理论观

[①] 钱中文：《全球化语境与文学理论的前景》，《文学评论》2001年第3期。
[②] 王钦峰：《论处于全球化外围的文学与文学研究》，《文学评论》2002年第1期。

念的影响。那么，我们究竟应当如何理解这个理论命题以及米勒所阐述的理论观点，从而促进我们自己的理论反思和观念建构，就需要通过对米勒理论观念的解读和评析，从中获得应有的理论启示。

在笔者看来，米勒对于文学研究的态度以及他的理论观点，实际上是存在矛盾的：一方面他认同德里达所做出的判断，确信文学的时代已经过去，文学研究也将难乎为继，并言之凿凿而又不无悲观地描述和论证着文学与文学理论将如何走向终结；但另一方面他又似乎于心不甘，对自己所论证的文学与文学理论"终结论"的命题有所保留，认为文学研究的时代虽然已经过去，但它还会继续存在。90年代以来，米勒多次来到中国进行学术交流与对话，阐述他对当今文学与文学研究的见解。从他后来的一些理论阐述来看，似乎并不像前些年那样大谈文学研究的终结，而是更多谈自己对文学研究如何理解和选择，由此阐发新媒体时代关于文学研究的一些新的思路与观念。那么，他所经常讨论的究竟是一种什么样的文学研究呢？或者说他对文学研究到底是一种什么样的观念呢？也许可从以下几个方面来加以读解。

第一，虽然米勒对电信时代的文化研究转向一直持疑虑态度，但他也努力调整理论姿态，将其视为一种新的文学研究走向，尽可能给予宽容而积极的理解。米勒在接受访谈时认为，当今文学正转变为一种混合体的文学，文学理论也正在走向一种文学的、文化的、批评的混合一体的新的理论，这种状况存在一定的矛盾：一方面，传统意义上的文学和文学理论仍然有效；而另一方面，新的文学形态显然也需要研究，并且对这种新的文学形态的研究必然会形成新的文学理论，不管这种文学理论形态将会是什么样的。

实际上，米勒自己就已经开始关注和研究这一新的现象。在他看来，"新形态的文学越来越成为混合体。这个混合体是由一系列的媒介发挥作用的，我说的这些媒介除了语言之外，还包括电视、电影、网络、电脑游戏……诸如此类的东西，它们可以说是与语言不同的另一类媒介。然后，传统的'文学'和其他的这些形式，它们通过数字化进行互动，形成了一种新形态的'文学'，我这里要用的词，不是'literature'（文学），而是'literarity'（文学性），也就是说，除了传统的文字形成的文学外，还有使用词语和各种不同符号而形成的一种具有文学性的东西"[①]。很显然，

---

① [美]希利斯·米勒：《"我对文学的未来是有安全感的"——希利斯·米勒访谈录》，《文艺报》2004年6月24日。

米勒强调他所用的这两个词的区别，正是为了把这种"新形态的文学"与传统意义上的"文学"区别开来。或者不妨说，他这样用词，似乎还隐含了另外一层意思，即按照米勒一贯的文学观念，他并不认为这种新形态的混合体的文学是一种真正意义上的文学，它只不过具有一定的"文学性"而已！

既然如此，新的文学研究当然就要去研究这种新的"文学性"。那么这种研究该从何入手呢？在米勒看来，首先要研究媒介的特点。新的文学形态与传统文学的差别，当然首先是媒介不同，后者以语言为介质，前者则依靠大量视觉与听觉元素，这肯定会带来表达与读者接受感觉的大不一样。其次，由这种媒介的特点所决定，混合体文学的"文学性"特征也根本不同——这主要表现在两个方面：一是虚拟性特征。由于它除了使用文学语言之外，还加上了可视性因素，"由此造成一种效果，它们带给观众的不是一个真实的世界，而是一种被加工过的世界，我把它叫作虚拟的现实，原来文学所要给人们一种实在的世界，现在是一种虚拟的现实世界。我读一本小说的时候，我可能在心里边想象人是什么样子的，世界是什么样子的，但虚拟的东西，像电脑游戏，这种媒介，它造成的是一种虚拟现实的效果，它把这种效果直接呈现给你"。这里的道理也许在于，语言所描写的世界，尽管是想象虚构的，但由于要经过接受主体自己的理解、想象、加工以及感觉体验，因此反倒感觉是真切实在的；而可视性的艺术则把一切虚拟性直接呈现出来，并且强加于人，它既不能提供人们经验想象和自由理解的空间，更难以转化成为接受主体真实的感觉体验，剩下的就只有被动的、无所谓真实与否的信息接收。这样一来，魔力无边的数码信息的虚拟性，便把通过文学描写来真实感知世界的特性无情地吞没了。二是所谓"创造"的特征，"它善于创造——由多种符号的使用形成的创造"。米勒将其具体解释为一种"施为性的"（performative）、描述性的特征，它与"表述性"（constative）是恰相对应的。"让我举个例子：在传统文学中，读者读到'北京城'几个字，脑子中就会产生对北京城的想象，但是当电影电视要表现北京城的时候，它会把一个城市的景象呈现在你眼前，不用你的脑子去想。通过电视、电脑这种媒介所表现出来的东西，它就不仅是表述性的，而更多的是一种施为性的、描述性的东西。总之，这就是视像艺术的文学性的第二个特征，创造的特征。"米勒这里所说的"创造"，实际上突出的是新的文学形态的"描述性"，它与传统的以语言为媒介的文学的"表述性"特征恰好形成对照。其背后所隐含的意思也许在于,"表述性"的文学或许更注重表达对世界人生的理解与思考,而"描述性"的文学在热衷于追求将事物或景象直观生动呈现的时候,或许恰恰会忽视对事物的深刻理解与审美表达。这种现象无论是在当今的各类视像艺术中,还是在各种新潮文学中,都可谓屡见不鲜。此外,米勒还注意到视像艺术中另一个方面的特征,即感官的愉悦快感。他说:"我认为适合阅读文学的人,并不排斥感官的愉悦。现在确实有这种问题,像电影、电视这种视像艺术,它们有非常强烈的感官震撼效果。"虽然他认为如果这种感官冲击力太强,可能会影响人的审美情感,但他仍然肯定"感官上的快乐不一定是坏事,这也是文学阅读的一个基础。"

由此可知,尽管米勒并不那么认同新的文学和文学理论的转向,但还是在一定意义上承认它的"文学性",并给予积极的理解。同时,对于他人所进行的文化研究,他也表示了应有的尊重。当有采访者问到他关于从西方到中国的文化研究现状的看法时,米勒回答说:"我对此的态度是,这是很令人激动、也是很有意思的事情。我知道一些老的学者——像我这么大年龄的学者对此都感到一种忧虑,认为这是一种很不好的事情。我认为这种新的形式带来很多新方法、新的思考方式,这都是很好的事情。比如有些年轻学者向我提问时,或者问我在研究什么电影,或者问我一些跟电影有关系的问题,我认为这很好。我的一生都在研究文学,我也不太懂电影方面的东西,至少在我的有生之年,我对文学的未来还是有安全感的。在我的有生之年,它是不会消亡的。"[1] 在这里,他既表达了自己的文学信念,同时也对他人的研究采取了比较宽容理解的态度。

第二,米勒虽然看到了当今的文学变化和文化研究转向,但就他本人而言,显然更倾向于保持传统的文学研究方式;尽管他预言了文学研究的时代已经过去,文学理论将走向终结,但他还是相信"传统的文学理论形态依然存在"。据我理解,如果说"终结论"是根源于他对当今的文学和文化研究转向的事实而做出的一种判断,那么他认为传统的文学研究将会继续存在,则更多表达了一种信念——在其一生的文学研究中所形成的执着信念。米勒曾多次表示,说自己一生都从事文学研究,现在仍不打算放弃。他说:"我希望文学研究本身能够以某种方式继续下去,这一方面

---

[1] 以上所引见 [美] 希利斯·米勒《"我对文学的未来是有安全感的"——希利斯·米勒访谈录》,《文艺报》2004年6月24日。

第五章 文学"终结论"与当代文论观念问题

是因为我是如此地热爱文学，我于它倾注了毕生的心血；另一方面是因为我想即使书籍的时代过去了，被全球电信的世纪取代了（我认为这一过程正在发生），我们仍然有必要研究文学。教授'修辞性阅读'，这不只是为了理解过去，那时文学是何等地重要，而且也是为了以一个经济的方式理解语言的复杂性，我想只要我们使用语词彼此间进行交流，不管采用何种手段，语言的复杂性就依然是重要的。"① 在 2004 年来北京所作的学术演讲中，他还专门讲了《为什么我要选择文学》这样一个题目，再次阐发了他对文学和文学研究的理解与信念，令人感念至深。

所谓传统意义上的文学研究，乃是一种建立在修辞性语言表达和"细读"（或叫"修辞性阅读"）基础上的研究。那么这样的文学研究到底具有怎样的魅力和意义呢？米勒在一个题为《论文学的权威性》的演讲中，提出了一个饶有兴味的问题，即"文学的权威性"来自哪里？它意味着什么？他辨析了从柏拉图、亚里士多德以来的种种文学观念，认为文学的权威性既非来自社会，也非来自上帝，甚至也并非来自作者，而是文学作品自成权威。他说，我"现在终于达成了一种观点，即文学的权威性源于语言艺术的表演性使用，语言的这种使用使读者在阅读一部作品的时候对它所营造的虚拟世界产生信赖感"；"对我来说，那些，书页上的文字简直就像一种神奇的处方使我能够达到一个只有通过那些英语单词才能够达到的先验的虚拟的世界"；"文学作品被看作神奇的处方，它可以提供给人们一个虚拟的现实，这一虚拟现实的第二个重要特点是：我们只能了解到文字所揭示出的这部分虚幻现实。当作者把他们放到一边的时候，我们便永远无法知道小说中的人物到底在说什么、想什么。正像德里达所说的，每一部文学作品都会隐藏一些事实，隐藏起一些永远不被人知晓的秘密，这也是文学作品权威性的一个基本体现"。②

在另一个题为《为什么我要选择文学》的演讲中，他甚至说到，文学的存在是不需要理由的，就像玫瑰的绽放不需要理由一样，"我可以得出这样的结论，那就是文学在本质上自成一格，具有其自身的终极目的。它的存在是不需要理由的，然而确实又存在着某种理由"。在他看来，这个理由就在文学作品自身，并且具有像魔力般的吸引力。他自称，"我一

---

① 转引自金惠敏《趋零距离与文学的当前危机——"第二媒体时代"的文学和文学研究》，《文学评论》2004 年第 2 期。
② ［美］希利斯·米勒：《论文学的权威性》，《文艺报》2001 年 8 月 28 日。

直有着两方面的兴趣：一方面，我对文学情有独钟，一部文学作品会像魔术一样，将我引领到一个想象的世界中来，出于某种原因，进入这个想象的世界给我带来了巨大的愉悦。另一方面，我一直沉溺于这样一个问题，那就是这种魔术到底是怎样被制造出来的，它是如何运作的"；"我渴望用一种类似科学的方式，去解释和理解文学。在我看来，文学在不同的情形下，似乎始终以这样或那样的方式，偏离语言运用的正常规则，或说显得很是奇怪。所以，文学最使我感兴趣的因素是作品中的语言特性"。他说正是为了对于阅读文学作品有帮助，才对文学理论感兴趣，"与'为什么选择文学？'这个问题相比较，现在我更经常问自己，'为什么我选择了文学理论？'那是因为文学批评不但使我了解了阅读的方法，阅读的模式，而且也因为我发现阅读文学批评理论是一件很有趣的事"。[①] 由此可见，他对文学研究和理论批评仍然不肯放弃。

第三，米勒关于"文学研究"的观念，既有坚守传统文学研究理念的一面，也还有顺时而变、不断自我扩展丰富的一面。他的清醒与变通主要表现在以下几个方面。首先，米勒将"阅读"的概念加以提升和扩展，使之成为一种开放性的、具有方法论意义的理论范畴，以此作为文学研究的核心和基础。"阅读"原本是对语言文本而言的，面对当今文学向多媒体化扩容，米勒随之把"阅读"扩展到阅读一切符号。其次，米勒开始关注到文学和文学研究的意识形态性及相应的社会功能，甚至认为文学并非与政治无关。这二者之间本来就具有一种内在的关联性，因为新的电信技术在形成和强化意识形态（包括跨国意识形态）方面具有很大的作用。这种作用当然也会通过对文学的渗透，并借助文学的方式显现出来和发生影响，这样，文学和文学研究就不可能再保持原来那样一种纯粹性了。米勒当然也能感受到这一点，因此他才会说那种纯粹的文学研究在今天已不合时宜。在美国文学批评杂志《批评探索》2002 年的一次研讨会上，作为该刊主编，米勒在发言中特别说到，目前关于文学社会作用的看法特别有问题。按他的看法，文学是进行公民教育的一种主要手段或方式，传统意义上的文学，就曾在美国的公民教育和公民社会精神的培养中起过重要的作用，他认为这正是美国教育一个不可思议的特征。然而进入新媒体时代之后，一方面人们的情感与思想越来越受到电视、电影和 DVD、因特

---

① [美] 希利斯·米勒：《为什么我要选择文学》，《社会科学报》2004 年 7 月 1 日。

网、计算机游戏等新媒体形式的控制，另一方面文学研究和教学也陷于某种混乱之中。正如有人批评的那样，一些教授把他们的教学和学术写作看作用话语来从事政治。米勒认为情形可能确实如此，但他同时认为，"夸大大学教学和写作应有的政治力量无论如何都是错误的，但是像目前一样站一旁无所事事，在我们学科范围内继续教书，做我们在这儿所做的事情，是很困难的"。因为当今美国本身以及世界上其他地方，几乎每天都在发生一些重大的政治事件，"面对周围所发生的这一切，我们很难视而不见，继续用传统非政治的方式教授维多利亚时代的小说。我不是在谈论我有义务拥有个人的政治观点，而是在谈论在教学或写作过程中这些政治观点应怎样成为我专业的一部分，现行政治应怎样成为《批评探索》的一个特征"①。在他看来，当今的文学研究者有必要保持对社会政治的关注，然而这种关注是指研究者的一种立场态度，一种内在的价值观念，而不是要在文学作品中直接寻找和阐释某种政治意识形态——这往往正是当今一些文化研究的惯常做法。米勒与他们的不同也正在这里。

此外，值得注意的还有米勒对人的主体性的重视。新媒体时代已经带来了文学形态的根本性转变，这是无可回避的事实，文学研究当然也需要对此加以关注。然而米勒认为，这种研究"不是说仅仅追随电影业对各种电影的研究，对新媒体进行描述或对其产品进行分析，而是要反思新媒体将造就或正在造就什么样的公民"。具体而言，就是要研究新媒体对"公民情感、气质和内心生活的影响"。② 由此他提出了一个有关"文学的主体性"与"数字的主体性"之间关系的问题。按米勒一贯的观念，传统意义上的文学主要是一种诉诸阅读的行为，在阅读中充实和提升自我，从而实现和确证其主体性（或许可化用笛卡尔的命题叫作"我读固我在"）。为此他特意提到澳大利亚学者西蒙·杜林那篇题为《文学的主体性》的论文。③ 这篇文章认为，文学主体性主要表现为一种对文学的热爱，一种以阅读及写作为中心的生活，一种对于文学表达与创造力的追求。杜林正是针对新媒体时代以及全球化影响，对过去经典文学所强调的文学价值和文学使命被逐渐消解和抛弃的现实，而重新提出和强调文学主体性的意义的。这无疑非常符合米勒的看法。然而米勒的深刻之处在于，

---

① ［美］希利斯·米勒：《批评理论的未来》，《国外理论动态》2004 年第 2 期。
② ［美］希利斯·米勒：《批评理论的未来》，《国外理论动态》2004 年第 2 期。
③ 参见［澳］西蒙·杜林《文学主体性新论》，《文学评论》2001 年第 2 期。

在新媒体文化的冲击下,他开始积极反思不同文学和文化形态对于人的主体性所可能发生的作用。他从反思中所获得的感悟是:对文学作品的阅读固然可以让人进入想象的世界或虚拟的现实,使他获得一种自己的生活;但读书也不一定使人成为好作家,因为埋头阅读也有可能使人处于被动地受他人文字左右的危险之中,从而失去自我。在这种情况下,有时像尼采那样停止阅读而自己思考和写作,恰恰能成为自我,获得应有的主体性。与此相对应的是,如果有人积极、主动地使用新媒体,也同样能使他获得一种自己的生活,使他在写作表达上得到很好的训练。① 所以,不论是语言阅读的文学,还是多媒体的文学,关键并不在于媒体本身的问题,而是人的主体性的问题,即我们究竟以什么样的态度去对待文学?我们试图从文学中获得一种什么样的生活?我们要让文学或文化造就一种什么样的人(包括成为怎样的自我)?这一切都可以启示我们对文学功能以及文学主体性问题重新理解。

综观米勒近期阐发的关于文学与文学研究的观念,可以发现,他一方面对自己的文学研究理念具有一种内在的坚守,不轻易放弃传统的文学研究方式;而另一方面,他也对当今文学和文学研究的变化具有清醒的意识,具有一种理论观念和视野的开放性,不断调整理论姿态,力图顺时而变,以寻求文学研究新的发展生机。这既表现为对新媒体时代新的文学研究走向尽可能给予宽容而积极的理解;同时也试图将传统的文学研究理念融入当今新的文学研究,使其获得更深厚的根基;或者力图吸取新的文学研究理念,以激活传统文学研究方式的内在生机。这显示了一种执著与变通的辩证而通达的态度。笔者以为,与其固守某种文学理念一味去争论当今的文学和文学研究会不会消亡,不如以这样辩证而通达的态度,去认真反思和探讨当今的文学研究如何可能。这也许就是米勒的理论观念所给予我们的启示。

三 文学"终结论"与"距离说"

在希利斯·米勒关于文学和文学研究"终结论"问题的讨论中,涉及一个对于"文学性"的理解问题,也就是关于文学的"距离"的问题。在米勒看来,文学作品作为一种艺术创造的产物,它是一种"修辞性"

---

① [美] 希利斯·米勒:《批评理论的未来》,《国外理论动态》2004 年第 2 期。

文本，其根本特点在于，它已经拉开了与它所反映的对象世界的距离，具有了想象、隐喻、象征等修辞性特征，因而也就使得文学文本具有多种读解和意义阐释的可能性，这正是文学的独特魅力和价值所在。而在当今的电子信息和图像文化时代，使得艺术世界与现实世界之间这种距离消失了，因而作为文学的根本特性的、以距离为前提的文学性也消失了，由此便使文学走向终结。从德里达的"明信片"推演出"终结论"，到米勒对于这种"终结论"内在逻辑的阐释，都可以看出这种理论观念与思路。

有学者认为，我国文论界对于米勒《全球化时代文学研究还会继续存在吗？》等文章中的论述看来是误读和误解了，因而有必要对他所提出的理论命题重新读解。[①] 而这种误读和误解的根源，可能就正在于忽视了文学"终结论"与"距离说"之间的关系。因此，对于从德里达到米勒的"终结论"的读解，还需要联系其"距离说"做专门的探讨。

其实，早在形式主义文论中，就充分注意到了"文学性"与"距离"的关系问题。对于以语言为媒介的文学而言，它在本质上是依赖于距离的，通常关于文学的一些指涉，如"模仿""再现""虚构""想象""修辞""陌生化"等，实际上都可以看作"距离"的另一种说法，其中隐含着文学对于外部世界的超离特性。比如"陌生化"，按什克洛夫斯基的说法，"艺术的目的是要人感觉到事物，而不是仅仅知道事物。艺术的技巧就是使对象陌生，使形象变得困难，增强感觉的难度和时间的长度，因为感觉过程本身就是审美目的，必须设法延长，艺术是体验对象的艺术构成的一种方式；而对象本身并不重要"[②]。显然，"陌生化"就是拉长欣赏者与其对象之间的感觉距离，在创造这一距离的同时也就是创造了审美。同样，所谓文学的"象征""隐喻""反讽"之类，也无不是与一定的距离（比如言与意、此在与彼在等）相关联的。而这一切就构成了形式主义批评家所说的文学之所以为文学的本质特性即"文学性"。

有学者认为，中国文论界对米勒的误读和误解，主要表现在两个方面：一是没有充分注意到米勒（似乎对于德里达也是如此）情感态度及其理论见解的悖论性——他一方面固然言之凿凿地认为文学和文学研究从来生不逢时，并预言在当今的电子媒介时代，文学和文学研究可能更难以

---

① 金惠敏：《趋零距离与文学的当前危机——"第二媒介时代"的文学和文学研究》，《文学评论》2004 年第 2 期。

② [俄] 什克洛夫斯基：《散文理论》，百花洲文艺出版社 1994 年版，第 100 页。

继续存在,并为此而深感忧虑;但另一方面,在该文结尾,他又试图"换种方式"来表达他对文学和文学研究的执著态度与信念:"文学研究的时代已经过去,但是,它会继续存在,就像它一如既往的那样,作为理性盛宴上一个使人难堪,或者令人警醒的游荡的魂灵。文学是信息高速公路上的沟沟坎坎、因特网之神秘星系上的黑洞。虽然从来生不逢时,虽然永远不会独领风骚,但不管我们栖居在一个怎样新的电信王国,文学——信息高速路上的坑坑洼洼、因特网之星系上的黑洞——作为幸存者,仍然急需我们去'研究',就是在这里,现在。"① 这又表明他并不愿意相信文学和文学研究真的会终结。这两种表述显然是存在矛盾的。我们对米勒关于文学和文学研究"终结论"的论断感受深刻,而对于他在这个问题上的疑虑和有所保留的方面则比较忽视,或至少是注意不够。二是无论米勒断言文学和文学研究会走向终结也好,还是对此并不愿意相信或有所保留也好,其理由和根据究竟是什么?中国文论界从米勒和德里达的论述中所读解出来的,是电信技术高度发展所带来的图像网络文化的冲击。这固然不错,但这也许只是表层原因。问题在于,为什么电信技术发达就一定会带来文学和文学研究的危机?难道只是因为图像网络文化的兴盛挤占了文学生存的空间,使得人们更热衷于读图、读屏而无暇去阅读报刊吗?似乎是这样但又不完全如此。更深层次的原因也许还在于,建立在电信技术基础上的图像网络文化,正改变着人们感知事物的方式,使人与对象之间的距离消失了。而文学依赖于语言传达和阅读,恰恰是以"距离"为必要前提条件的,正是距离的消失即"趋零距离"构成了对于文学和文学研究的威胁,带来了它的危机。② 论者正是把这样一个问题还原于当代国际理论语境,还原于米勒和德里达自身的理论思路,从而以"距离"说为线索,去探寻他们文学"终结论"的深层根源,解读这一悖论式理论命题的复杂意味,从而对当前的文学危机加以解析。

从"文学即距离"这一角度来理解文学的特性及其意义,以及思考文学危机的缘由,这的确是一个非常具有理论张力与阐释空间的问题,金文的读解阐释是富有启发意义的。然而我感到,金文对这一命题的读解阐

---

① [美] 希利斯·米勒:《全球化时代文学研究还会继续存在吗?》,《文学评论》2001年第1期。

② 参见金惠敏《趋零距离与文学的当前危机——"第二媒介时代"的文学和文学研究》,《文学评论》2004年第2期。

释，主要是以德里达《明信片》中的论述为依据的，而对米勒的看法则所论不足；并且稍加比较可知，德里达对"距离"的理解可能主要是哲学意义上的，而米勒对文学的理解想象，则更多从文学的"旧式意义"即"文学性"方面着眼，更为重视语言"陌生化"以及修辞性表达与阅读方面。那么对于德里达和米勒的文学"终结论"究竟应该如何理解？"终结论"与"距离说"之间究竟具有怎样的内在关联性？当前文学的危机究竟何在？这些问题都有必要再作进一步思考和探讨。

按上述学者对德里达的读解，关于文学的本质特性，似乎可以从对情书（书信）的理解开始。《明信片》中以情书暗示了一种思维踪迹："显然情书作为一种书信其客观之必要性在于写信人与收信人之间存在有距离。而现在电信创造了'世界范围的联结'……距离被压缩为趋零距离，于是情书的必要性从根本上就被动摇或颠覆了。"由此而联系到文学："当爱情就是身边的事实时，没有文学；而当其飘逝于彼岸时，文学即刻诞生……在此德里达是否就是说如同情书的写作，文学的诞生亦须以距离、意识甚或生死相隔为前提，至少或首先是在物理的层面上？……德里达敏感于距离，以及距离的消逝对情书、对文学的毁灭性打击。"这种打击首先是来自电信技术，"德里达常常以电话为例，摧毁了时空间距，摧毁了书信所赖以生存的物理前提，因而也就是摧毁了书信本身的存在。毫无疑问，文学的写作如同情书的写作，也首先是以距离为其物理性前提的，写作由此而成为一种传达，传达那不是其本身的东西——传达是往来传达，往来于书写与书写对象之间的距离"。①

那么文学的距离究竟是一种什么样的距离，这种距离又是怎样产生的呢？这又是一个值得进一步深入探讨的问题。

如上文所论到的那样，文学的距离可能首先是一种物理性的、时空意义上的距离。按我的理解，这种距离在很大程度上是从语言媒介的传达方式中产生的。文学的写作的确如同情书的写作，本质上是一种传达。只不过情书的写作也许有比较明确的指涉对象，而文学的写作则如同有人所形象表述的那样：没有地址，抵达心灵。因此文学距离更具有不确定性。并且，文学的传达更有多种向度，借用米勒的说法，有的可能是"施为性的"（performative）即描述性的，有的可能是"表述性"（constative）的。

---

① 金惠敏：《趋零距离与文学的当前危机——"第二媒介时代"的文学和文学研究》，《文学评论》2004年第2期。

前者更多指向对外部世界的模仿；后者更多指向心灵世界的表现。然而无论何种向度，传统语言媒介的传达方式，所描述的都只能是虚拟的世界，与真实存在的世界之间永远存在着距离。一方面，人们总是力图驾驭语言之舟，以最高超的语言艺术技巧，最大限度地抵达对象世界，描述或者表述对象世界的一切；另一方面，语言的传达本身又构成巨大的障碍和阻隔，使之永远无法完全抵达对象世界，这就构成了艺术传达目的与语言传达手段之间的巨大冲突与张力，造就了语言艺术传达的无限可能性。此外更有一种观念，恰恰是极力要拉开语言文本形式与表现对象之间的距离，追求语言形式的"陌生化"效果，形成另一种艺术张力。西方形式主义批评所理解的"文学性"，便是从这一语言艺术的巨大张力中产生，而且这个批评流派也始终致力于研究这种"文学性"的奥秘。这一文学批评方法在20世纪西方文学批评中形成了持续百年的传统。

  从德里达到米勒的文学研究，其实也正是从这一传统而来，只不过他们如今更多看到了它不可避免走向终结的命运。比如米勒就曾在一篇关于《论文学的权威性》的讲演中说，我"现在终于达成了一种观点，即文学的权威性源于语言艺术的表演性使用，语言的这种使用使读者在阅读一部作品的时候对它所营造的虚拟世界产生信赖感"。"对我来说，那些书页上的文字简直就像一种神奇的处方使我能够达到一个只有通过那些英语单词才能够达到的先验的虚拟的世界"；"文学作品被看作神奇的处方，它可以提供给人们一个虚拟的现实，这一虚拟现实的第二个重要特点是：我们只能了解到文字所揭示出的这部分虚幻现实。当作者把他们放到一边的时候，我们便永远无法知道小说中的人物到底在说什么、想什么。正像德里达所说的，每一部文学作品都会隐藏一些事实，隐藏起一些永远不被人知晓的秘密，这也是文学作品权威性的一个基本体现"。① 他还说："我可以得出这样的结论，那就是文学在本质上自成一格，具有其自身的终极目的。它的存在是不需要理由的，然而确实又存在着某种理由。"在他看来，这个理由就在文学作品自身，并且具有像魔力般的吸引力。他自称"我一直有着两方面的兴趣：一方面，我对文学情有独钟，一部文学作品会像魔术一样，将我引领到一个想象的世界中来，出于某种原因，进入这个想象的世界给我带来了巨大的愉悦。另一方面，我一直沉溺于这样一个

---

① [美]希利斯·米勒：《论文学的权威性》，《文艺报》2001年8月28日。

问题，那就是这种魔术到底是怎样被制造出来的，它是如何运作的"。"我渴望用一种类似科学的方式，去解释和理解文学。在我看来，文学在不同的情形下，似乎始终以这样或那样的方式，偏离语言运用的正常规则，或说显得很是奇怪。所以，文学最使我感兴趣的因素是作品中的语言特性。"①

对于文学而言，语言是传达的唯一工具，然而它与对象世界之间永远存在着距离，正是这种距离的存在使得文学充满了神秘与魔力，吸引着众多的读者和文学研究者，孜孜不倦地去读解和探求其中所隐藏的秘密。这的确是一种比较纯粹意义上的文学研究：它出于研究者个人对文学的强烈兴趣和爱好；它为了文学本身的目的，为了探寻文学作品中所隐藏的秘密，尤其是文学语言的魔力；它最重要的方式是独立的"阅读"，并且要求是"细读"，或者说是一种"修辞性阅读"，从中获得自己独特的发现，米勒说："我想独立地阅读……如果你有眼光去发现那些矛盾的、不一致的、奇怪的东西，去发现那些无法用作品特点的主题性描述来解释的东西，去发现那些没有被以往的批评家所强调和重视的东西，那么你或许就会得到非常重要的发现。"② 米勒所追求的正是这样一种文学研究方式。尽管他早已说过，这种为了文学自身的目的而进行的文学研究早已在解构主义中死去，早已不合时宜，但他自己却仍然不肯放弃。

然而文学作品所隐藏起来的那些永远不被人知晓的秘密，显然并不仅仅是语言文本形式本身的"文学性"秘密，同时也还有来自于心灵表达与精神诉求的秘密。从"文学即距离"的命题来说，这种"距离"并不仅仅表现在物理性的、时空意义的层面，也不单纯表现在语言"陌生化"的层面，可能更表现在文学的内在精神的层面，即人的心灵对于生存现实的想象性超越。文学的世界是一个语言的世界，也是一个想象的世界，是一个超离于我们生存的此岸世界之外的一个彼岸世界，正是这种距离的存在，正是这种对现实的超越，才使它成为我们的精神家园。

西方马克思主义学者卢卡奇曾指出："如果把日常生活看作是一条长河，那么由这条长河中分流出了科学和艺术这样两种对现实更高的感受形

---

① ［美］希利斯·米勒：《为什么我要选择文学》，《社会科学报》2004 年 7 月 1 日。
② ［美］希利斯·米勒：《为什么我要选择文学》，《社会科学报》2004 年 7 月 1 日。

式和再现形式。"① 科学以高度抽象的形式反映人对客观世界规律性的认识把握，成为一种对现实而言更高的知识谱系。但是科学在根本上是实用的、功利的，是引向现实生活的，正如王国维在《〈红楼梦〉评论》中所说的那样：人的一切知识与实践，都只在于使人之生活趋利而避害，各种科学的成功都是建立在生活之欲上面，无不与生活之欲相联系。而艺术则是以想象的、审美创造的方式实现对现实世界的超越，它使人超然于现实生活利害之外，忘物我之关系，从而摆脱现实人生痛苦求得心灵的慰藉。② 朱光潜在谈到艺术和审美时，也把艺术的"美感世界"与现实的"实用世界"相对应，把人生的"入世"与"出世"相对应，他认为"人要有出世的精神才可以做入世的事业"，"美感的世界纯粹是意象世界，超乎利害关系而独立。在创造或是欣赏艺术时，人都是从有利害关系的实用世界搬家到绝对无利害关系的理想世界里去"。正由于有了艺术，才使人有可能突破现世中那个"密密无缝的利害网"，使人达到"超越利害"的优美人生境界。所以艺术的目标在于使人心净化，使人生美化。③ 诗人学者王小波曾说过：一个人只拥有今生今世是不够的，他还需要一个诗意的世界。我想这应该就是文学艺术存在的理由和根据。

所以，笔者以为，对于"文学即距离"的理解，应并不仅限于语言"陌生化"的层面，更重要的还在于精神审美对现实世界与世俗生活的想象性超越。与此相关联，则是对"文学性"的理解，如果按雅各布森那个宽泛的解释："文学性就是使一部作品成为文学作品的那个东西"，那么"文学性"就既包括语言"陌生化"之类的形式要素，也应该包括精神审美之类的内质要素，否则就难免是片面的。然而问题在于，"文学性"作为西方形式主义文论赋予其特定涵义的一个概念，经过近一个世纪约定俗成的理解使用，已经被历史地凝固化了，恐怕难以改变人们对它的理解，那么我想是否可以提出一个对应性的"文学质"的概念来加以补充。如果说"文学性"按照形式主义者赋予的规定性偏于强调文学语言文本形式方面的特性，那么"文学质"则突出强调文学的内在精神品

---

① [匈] 卢卡奇：《审美特性》（第 1 卷），中国社会科学出版社 1986 年版，"前言"第 1 页。
② 王国维：《〈红楼梦〉评论》，《中国近代文论选》（下），人民文学出版社 1981 年版，第 743—746 页。
③ 朱光潜：《谈美》，《朱光潜全集》（第 2 卷），安徽教育出版社 1987 年版，第 6 页。

质方面的特性——"文学性"与"文学质"的统一，才构成文学的完整本质特性。同样，只有对文学的语言"陌生化"距离与精神审美的想象超越性距离统一起来，才能形成对"文学即距离"命题的完整理解。

第三节 当代文论的理论反思与观念重构

在当代中国语境中讨论文学"终结论"问题，其主要意义并不在于对这一理论命题应当如何全面理解，也不在于应当怎样对文学发展的命运做出预测和判断，而是更应当关注以下问题：一是在当今时代社会变革和电信科技、图像文化等快速发展的条件下，当代文学发展是否真的面临着危机，以及这是一种什么样的危机？二是当代文论和文学研究到底面临一些什么样的问题，以及如何有针对性地去解决这些问题？三是当代文论应当如何通过理论反思进行观念重构，从而给当代文学发展形成更积极的引导？下面联系当代文学和文论发展的实际对这些问题加以探讨。

一 当代文学发展的危机何在

当前文学是否存在危机？如果存在的话，又是一种什么样的危机？看来学界是颇有争议的。通常人们谈论当前文学的危机，主要是着眼于电信时代的图像化转向及其扩张，以及对传统文学形态形成的极大挤压，不断将其逼向边缘，文学市场逐渐萎缩。这应是不争之实。德里达和米勒等人早已谈到，在当今西方社会，越来越多的人正在花越来越多的时间看电视或看电影，甚至出现了从看电视或看电影转向电脑屏幕的迅速变化；那些义无反顾转向文化研究的年轻学者们，也正是被电视、电影和商业化流行音乐熏陶长大的第一代人，他们更愿意研究自己所熟悉和感兴趣的东西；在西方的大学中也早已是实用技术大行其道，传统的文学教学与研究要么为那些实用学科所吞并，要么改弦易辙转变功能，与那些新型通信技术及媒体文化相关联，从而转向宽泛的文化研究。[①] 这种情况在我们身边也正在发生。

随之而来的另一种变化，是当今的文学顺时而变走向"泛化"，比如与图像结合或与网络联姻，生成某些混合体的新媒体文学形态。对于这种

[①] 参见［美］希利斯·米勒《全球化对文学研究的影响》，《文学评论》1997年第4期；陆扬《我们依然必须研究文学吗？——米勒谈今日大学文学与文化研究》，《文艺报》2004年6月1日。

文学"泛化"现象，乐观者把它看成文学新的生机与活力的表现，极力为其欢呼叫好；悲观者则认为这仍然是一种文学的危机，因为传统的文学精神或"文学性"往往在消费主义和娱乐化中被转化或被消解了。

因此当前文学的危机，不只是表层的、文学形态意义上的危机，更根本的还是文学本质或文学精神意义上的危机，是一种深层的危机。这表现为传统文学所培养起来的文学性阅读（米勒叫作"修辞性阅读"）的弱化，理性思维与想象感悟能力的萎缩，作为文学存在前提条件的"距离"的逐渐消解丧失，其中尤其是精神审美超越性的丧失。

比如图像化转向与扩张所带来的，并不仅仅是挤占了文学的地盘，吸引人们更多转向读图和读屏，更重要的是，由此而极大地改变了人们的认知方式与精神生活方式。图像文化形态的确有认知与表达的感性直观、信息交流的方便快捷等优势，在追求快节奏、高效率的当今社会，能满足人们的某些现实需要。但是图像文化显然主要是直观性、描述性的，它给人以直观真实性、视觉吸引力和感官冲击力（创作者也正是在这些方面下功夫），受众往往是被动性接收，被图像拼贴起来的世界图景及其虚拟的真实性所牵引所吸附，主体的思维感悟判断能力相对被压抑。并且图像的直观真实性、视觉吸引力和感官冲击力越强，对主体能力方面的压抑也许就越严重。如果图像化接收成为人们的主要认知方式，难免会造成思维判断能力的蜕化，带来主体自我的失落。正如米勒所描述的那样："所有那些电视、电影和因特网产生的大批的形象，以及机器变戏法一样产生出来的那么多的幽灵，打破了虚幻与现实之间的区别，正如它破坏了现在、过去和未来的分野"；还有，"不同媒体之间的界限也日渐消逝。视觉形象、听觉组合（比如音乐），以及文字都不同地受到了 0 和 1 这一序列的数码化改变。像电视和电影、连接或配有音箱的电脑监视器不可避免地混合了视觉、听觉形象，还兼有文字解读的能力。新的电信时代无可挽回地成了多媒体的综合应用。男人、女人和孩子个人的、排他的'一书在手，浑然忘忧'的读书行为，让位于'环视'和'环绕音响'这些现代化视听设备。而后者用一大堆既不是现在也不是非现在、既不是具体化的也不是抽象化的、既不在这儿也不在那儿、不死不活的东西冲击着眼膜和耳鼓。这些幽灵一样的东西拥有巨大的力量，可以侵扰那些手拿遥控器开启这些设备的人们的心理、感受和想象，并且还可以把他们的心理和情感打造成它们所喜欢的样子"①。

当今的文学"泛化",即与图像、网络等结合所生成的新媒体文学形态,如电视文学、摄影文学、网络文学、"图说"形态的文学等,无论从传播媒介与生产(写作)方式的变化来看,还是从它们的内在特性来看,总的趋向显然也是转向图像化,更为突出描述性、纪实性和感官吸引力;从外部关系上看,也是充分适应市场化条件下的文化消费主义原则的。即便是传统语言文本形态的文学,虽然在语言思维与写作方式上仍保留传统文学的特性,但相当一部分文学创作,也呈现出与上述文学"泛化"现象趋同的走向,比如突出了"描述性"而淡化了"表述性",贴近了"日常化"而远离了想象超越性,强化了身体快感而弱化了精神美感,等等。如今文学艺术的总体趋向是回归日常生活,理论观念上的表述就叫作"审美日常生活化"或者"日常生活审美化",其实就是以文学艺术的方式,打造各种类型的世俗化幸福生活,引人在虚幻的想入非非之中体验陶醉一把。至于那些不断出新出奇且大肆炒作的"私语化写作""身体写作"之类,更是把人吸引到窥探隐私、满足私欲的境地。正如有人所说的那样,当今的一些所谓文学写作,所追求的就只有欲望生产、快乐原则和当下身体感,它们把"美是理念的感性显现",很轻便地替换成了"美是欲望的感性显现"。在这里,文学艺术既彻底消除了过去的精神贵族气息,也完全消解了以往的精英价值取向,剩下的只有当下的欲望化与世俗性,成为日常生活的直接表达,几乎与日常生活完全合流。

由此带来的便是"文学性"与"距离感"的彻底丧失。首先从文学语言层面而言,如前所说,传统的文学极为讲究语言艺术与修辞技巧,追求语言表达的"陌生化"效果,在语言描述与对象世界之间,语言表达与意义世界之间,或者说在语言符号的能指与所指之间,通过"陌生化"造成某种间离与阻隔,从而形成一定的"距离",由这种"距离"便又形成相应的艺术张力,一切所谓艺术的象征、隐喻、反讽,以及阐释的多义性等,都从这"距离"与"张力"中产生。正是由于有了这样充满艺术张力和无穷魅力的语言文本,因此才吸引人们去阅读理解和感悟品味,甚至于需要人们去"细读"和揣摩解析,使一部作品成为文学作品的所谓"文学性",也往往要从这样的"细读"中去"发现"和领悟。而如今

---

① [美]希利斯·米勒《全球化时代文学研究还会继续存在吗?》,《文学评论》2001年第1期。

"泛化"或"日常生活化"的文学,首先在语言层面便日常化、世俗化乃至粗鄙化了,"陌生化"没有了,语言修辞所带来的"距离"与"张力"消失了,当然"文学性"也就无从谈起了。随之而来,阅读活动也必然是肤浅化的消遣性娱乐性阅读,而不是真正意义上的文学阅读,更不可能是米勒所说的那种"修辞性阅读"或者"细读"。当真正的文学阅读转变成了消费性阅读(更不必说由"阅读"转向"看图"),那也就在一定意义上意味着"读者死了";而"读者之死"无疑加重了文学的危机。

当然更重要的还是文学精神层面的问题。无论图像化转向,还是当今文学的泛化转向,在很大程度上都是朝着世俗化和消费性转向,不断导向与日常生活的合流。由此带来的便是文学世界与日常生活之间的距离消失,文学对现实的反思批判精神衰竭,文学的艺术想象力与审美超越性消解,文学本该拥有的彼岸性与精神家园不复存在。如果说现实生活的逻辑是力图消灭"距离",把想象变成现实,把虚拟变成真实,把欲望变成享乐,那么艺术的逻辑恰恰就是要拉开与现实的距离,将精神引向对现实的超越与升华。如果文学艺术完全世俗化了,它与日常生活的距离消失了,那就意味着文学艺术存在的基本前提也消失了。

由此我们不难理解,德里达和米勒所说的文学终结,是有其特定含义的,正如金惠敏的文章中所指出的那样:"显然德里达并非要宣布电信时代一切文学的死亡,他所意指的确实只是某一种文学:这种文学以'距离'为其存在前提,因而他的文学终结论之所以终结者就是以'距离'为生存条件,进而以'距离'为其本质特征的那一文学。"[①] 他们一方面预言了文学的终结,另一方面又相信文学还会继续存在,这一悖论式理论命题似乎传达出这样的意味:人的生存不能只有一个单向维度,人的心灵与精神生活不应当与外部世界没有距离,文学正是以这种"距离"为其存在的前提,同时也以此显示自身的意义。而我国一些学者怀疑文学终结论,相信文学不会消亡,甚至提出"文学救赎"的命题,也是基于这样一种信念:人的生存不能没有心灵情感的安顿之所,不能没有自己的精神家园,这是文学存在的最大根据。可见彼此的理解在根本上是可以相通的。

---

① 金惠敏:《趋零距离与文学的当前危机——"第二媒介时代"的文学和文学研究》,《文学评论》2004年第2期。

总之，如果说当前文学存在危机，就不只是图像转向或文学"泛化"所带来的危机，而是其生存前提即"距离"消失所带来的危机；不只是"文学性"的危机，更是"文学质"即文学精神的危机。而从"文学是人学"的观点看，这种文学的危机，说到底还是反映了当今社会生活所存在的问题，反映了人的生存的片面性与精神匮乏。如今以金钱消费及其快乐享受为取向的生活追求，如同能量巨大的黑洞具有极大的吸附力量，很容易把生活中的一切都吸引过去，导向一种平庸化、欲望化的生存现实，人所应有的诗意生存境界及其人性的丰富性，日益远离了人们的生活实践。这就似乎需要有一种力量和方式，使人们从当下的平庸化生活现实中适度超离出来，文学应该而且能够担当起这一使命。当然这里的前提是，文学自身需要保持应有的"距离"，需要有"文学性"与"文学质"的坚守，而不至于被世俗化、欲望化现实黑洞吸附进去。

二　当代文学研究：终结还是再生

问题不在于仅仅看到和描述这样一种现实，更在于我们面对这一现实，该如何看待当今的文学研究？从米勒的态度来看，他显然是充满了矛盾的：既预言了文学和文学研究的终结，却又在期待它的新生，或者说对文学和文学研究的前景既感到绝望，却又仍不放弃希望。当他多年前最初关注到电子化与全球化对文学和文学研究的影响时，就开始提出和思考这样一些问题："作为这些变化的后果文学研究会发生什么呢？今天我们是否仍然可以研究文学？我们是否应该或必须研究文学？在新的全球化的世界上文学研究为什么目的服务？"[①] 至今他仍在不断地重复提出这些问题，并试图做出自己的回答。

首先，米勒虽然认为文学研究的时代已经过去，文学研究将走向终结，但他本人却仍然倾向于坚守传统的文学研究方式。如果说"终结论"是根源于他对当今文学形态的变化和文化研究转向的事实而做出的一种判断，那么他说传统的文学研究将会继续存在，则更多表达了他的一种信念。

所谓传统意义上的文学研究，乃是一种建立在修辞性语言表达和"细读"（或叫"修辞性阅读"）基础上的研究。那么这样的文学研究到

---

① ［美］希利斯·米勒：《全球化对文学研究的影响》，《文学评论》1997年第4期。

底具有怎样的魅力和意义呢？米勒在 2001 年的一篇《论文学的权威性》的演讲中谈到，"文学的权威性源于语言艺术的表演性使用，语言的这种使用使读者在阅读一部作品的时候对它所营造的虚拟世界产生信赖感"；"对我来说，那些书页上的文字简直就像一种神奇的处方使我能够达到一个只有通过那些英语单词才能够达到的先验的虚拟的世界"；"文学作品被看作神奇的处方，它可以提供给人们一个虚拟的现实，……正像德里达所说的，每一部文学作品都会隐藏一些事实，隐藏起一些永远不被人知晓的秘密，这也是文学作品权威性的一个基本体现"。① 在《为什么我要选择文学》的演讲中，他又说到，文学的存在是不需要理由的，然而确实又存在着某种理由，这个理由就在文学作品自身，并且具有像魔力般的吸引力。他自称，"我一直有着两方面的兴趣：一方面，我对文学情有独钟，一部文学作品会像魔术一样，将我引领到一个想象的世界中来，出于某种原因，进入这个想象的世界给我带来了巨大的愉悦。另一方面，我一直沉溺于这样一个问题，那就是这种魔术到底是怎样被制造出来的，它是如何运作的"。"我渴望用一种类似科学的方式，去解释和理解文学。在我看来，文学在不同的情形下，似乎始终以这样或那样的方式，偏离语言运用的正常规则，或说显得很是奇怪。所以，文学最使我感兴趣的因素是作品中的语言特性。"②

由此可以看出，米勒所理解的也是他自己所孜孜不倦追求的文学研究，的确是一种比较纯粹意义上的文学研究：首先，它是出于研究者个人对文学的强烈兴趣和爱好；其次，它是为了文学本身的目的，即为了探寻文学作品中所隐藏的秘密，尤其是文学语言的魔力；再次，这种研究最重要的方式是独立的"阅读"，并且要求是"细读"，或者说是一种"修辞性阅读"，从中获得自己独特的发现，他说："我想独立地阅读……如果你有眼光去发现那些矛盾的、不一致的、奇怪的东西，去发现那些无法用作品特点的主题性描述来解释的东西，去发现那些没有被以往的批评家所强调和重视的东西，那么你或许就会得到非常重要的发现。"③ 众所周知，这一切正是 20 世纪初以来西方文学批评或文学研究的传统。米勒早已说过，这种为了文学自身的目的而进行的文学研究早已在解构主义中死去，

---

① ［美］希利斯·米勒：《论文学的权威性》，《文艺报》2001 年 8 月 28 日。
② ［美］希利斯·米勒：《为什么我要选择文学》，《社会科学报》2004 年 7 月 1 日。
③ ［美］希利斯·米勒：《为什么我要选择文学》，《社会科学报》2004 年 7 月 1 日。

早已不合时宜,但他自己却仍然不肯放弃。

那么问题在于,在已经变化了的形势下,这样的文学研究还有什么意义呢?米勒认为至少有这样三个方面的价值:第一,研究文学仍然是我们了解过去时代的一种必不可少的方式。因为文学在过去图书时代也是文化表现自己和构成自己的一种主要方式,其中包含多方面的信息资源,甚至不无商业或经济价值的东西,即便是在当今全球化的经济和文化交往中,也仍然可以通过文学去了解其他民族的语言和历史文化状况。第二,通过文学研究来理解语言。因为语言现在是而且将来仍然是我们交流的主要方式,并且语言的运用事实上塑造了我们的生活,而"文学研究仍将是理解修辞、比喻和讲述故事等种种语言可能的必不可少的手段。"第三,更重要的是,文学研究还是达到某种"陌生性"或其他人的"他性"的一种必不可少的方式。"他性"不只是那些属于不同文化的人,而且也包括我们自己文化中的那些人。每一部作品对于我们都是一个"陌生化"的世界,都具有一种异于我们自己的、让我们感到惊奇的"他性",而"这种与'他性'相遇只有通过常说的'细读'并得到理论反思的支持才会实现。今天许多人断言修辞阅读是过时的、反动的、不再需要或不再适合。面对这种断言,我以顽固、执拗、不无挑战的抗辩态度要求对原始语言细读。甚至在全球化的形势下,这种阅读对大学学习和研究也仍然是最基本的"[①]。由此可以看出,米勒对于传统意义上的文学研究,既与西方形式主义文学批评传统(如倡导"细读")有关联,但又显然具有不同的独特理解,赋予它远远超出形式主义批评的意义价值。明乎此,对于他为什么执着于这样一种文学研究,大概就不难理解了。

其次,虽然米勒本人仍钟情于传统的文学研究方式,对当今的文化研究转向持疑虑态度,但他还是尽可能对新的文学研究走向给予宽容而积极的理解。如前所述,米勒已经看到了当今文学和文学理论所发生的变化,在他看来,新形态的文学越来越成为混合体,这个混合体是由一系列的媒介发挥作用的,因此,它与传统的文学已大不相同,从某种意义上来说,它已不适合被称为"文学"(literature),而是更适合称为"文学性"(literarity)。既然如此,新的文学研究当然就要去研究这种新的"文学性"。尽管米勒并不那么认同那种新的文学和文学理论的转向,但还是在

---

① [美]希利斯·米勒:《全球化对文学研究的影响》,《文学评论》1997年第4期。

一定意义上承认它的"文学性",并给予积极的理解。同时,对于他人所进行的文化研究,他也表示了应有的尊重和理解的态度。

再次,米勒既不轻易放弃传统的文学研究方式,同时也对当今文学和文学研究的变化具有清醒的意识,并且力图顺时而变,以寻求文学研究新的发展生机。米勒的这种执著与变通大致有以下两种向度。

一是试图将传统的文学研究理念融入当今新的文学研究,使其获得更深厚的根基。最引人注目的是米勒将"阅读"的概念加以提升和扩展,使之成为一种开放性的、具有方法论意义的理论范畴,以此作为当今文学研究的核心和基础。

"阅读"原本是对语言文本而言的,传统的文学研究便是以"细读"为基础。面对当今文学向多媒体扩容,米勒随之把"阅读"扩展到阅读一切符号:"文学系的课程应该成为主要是对阅读和写作的训练,当然是阅读伟大的文学作品,但经典的概念需要大大拓宽,而且还应该训练阅读所有的符号:绘画、电影、电视、报纸、历史资料、物质文化资料。当今一个有教养的人,一个有知识的选民,应该是能够阅读一切符号的人,而这可不是轻而易举的事情。"另一处又说:"这里阅读不仅包括书写的文本,也包括围绕并透入我们的所有符号,所有的视听形象,以及那些总是能够这样或那样地当作符号来阅读的历史证据:文件、绘画、电影、乐谱或'物质'的人工制品等。因此可以这么说,对于摆在我们面前有待于阅读的文本和其他符号系统,阅读是共同的基础,在此基础上我们能够聚集起来解决我们的分歧。这些自然也包括了理论文本。"米勒将"阅读"扩展到一切符号领域,可以说具有双重意义:一方面,"阅读"向一切文本、一切可被阅读的符号开放,可借此表明对媒介研究、文化研究的宽容与接纳;而另一方面,则是将语言文本"阅读"的方法理念与价值观引入对其他一切文本的读解,导向对一切符号中的意义价值的追寻。诚如有学者所言:"'阅读'对米勒而言本质上就是文学'阅读',因此米勒以'阅读'所表现的开放性同时又是其向着文学本身的回归,是对文学价值的迂回坚持,他试图以文字的'阅读'方式阅读其他文本符号",从中表现出他的人文主义的救世情怀。[①]

二是吸取新的文学研究理念,以激活传统文学研究方式的内在生机。

---

① 金惠敏:《趋零距离与文学的当前危机——"第二媒介时代"的文学和文学研究》,《文学评论》2004年第2期。

这表现为米勒近年对文学研究的意识形态性及其社会、政治功能的接纳。

米勒说自己当初选择文学研究,完全是被文学中那富于魔力般的语言特性所吸引,因此他历来提倡根据自己的兴趣爱好、为了文学本身的目的去研究文学——这也正是米勒所理解的传统文学研究的特点。然而在整个文学和文学研究转向的新形势下,他不能不承认"文学在旧式意义上的作用越来越小",不能不看到为了文学自身的目的而纯粹研究文学已不合时宜。事实上,当今文学的变化和文化研究的转向,一方面固然与电子媒体的扩张渗透有关,但另一方面,显然也还与全球化背景下社会的开放性,以及诸多社会问题的凸显有关,如全球经济与政治冲突、民族冲突、文化冲突、女权主义、新殖民主义等。这样,文学和文学研究就不可能再保持原来那样一种纯粹性了。米勒当然也能感受到这一点,因此他才会说那种纯粹的文学研究在今天已不合时宜。在最近对于"为什么我要选择文学"这个问题的新的回答中,米勒指出了这样两点:第一,文学强化了,而且在某种程度上创造了起支配作用的意识形态;第二,文学还具有特定的社会功能。他所举的例子,是特洛罗普的小说中对于求爱和结婚情景的描写,将会如何影响英国人对于婚嫁的态度及其行为方式;从此类作品中可以知道维多利亚中产阶级意识形态的最纯粹的表现方式是什么,等等。在他看来,这恰恰就是文学的意识形态和社会功能之所在。①

当然,米勒既不认为当今的文学研究可以远离政治和意识形态,但是也反对像有些文化研究的学者那样把文学看成某种意识形态的直接而纯粹的表达,反对在文学研究和文学教学中夸大政治的作用。换言之,米勒对于文学的意识形态性及其社会作用,有着远较一般人更为宽泛的理解,并且也更为切合文学本身的特性。在最近的一次讨论发言中,米勒还特别指出:"夸大大学教学和写作应有的政治力量无论如何都是错误的,但是像目前一样站在一旁无所事事,在我们学科范围内继续教书,做我们在这儿所做的事情,是很困难的。"因为当今美国本身以及世界上其他地方,几乎每天都在发生一些重大的政治事件,"面对周围所发生的这一切,我们很难视而不见,继续用传统非政治的方式教授维多利亚时代的小说。我不是在谈论我有义务拥有个人的政治观点,而是在谈论在教学或写作过程中这些政治观点应怎样成为我专业的一部分,现行政治应怎样成为《批评

---

① [美]希利斯·米勒:《为什么我要选择文学》,《社会科学报》2004年7月1日。

探索》的一个特征"①。我理解米勒这里的意思是说,当今的文学研究者有必要保持对社会政治的关注,然而这种关注是指研究者的一种立场态度,一种内在的价值观念,而不是要在文学作品中直接寻找和阐释某种政治意识形态——这往往是当今一些文化研究者的惯常做法。米勒与他们的不同也正在这里。

综上所述,米勒虽然一方面看到了当今的文化研究转向,也预言了文学研究的终结,但另一方面,他又相信传统的文学理论依然活着,仍然执著于他终生热爱的文学研究,并以其开放性的姿态和变通性的策略,努力为文学研究寻求新的生机和发展空间。这就是米勒(也许可包括德里达)式的悖论。从这一悖论式理论的解读中,我们所能获得的领悟是:无论文学还是文学研究,它是活着还是死去,并不一定由某些现实条件(如电信技术)所决定,也未必取决于我们一味乐观还是忧心忡忡,重要的是要有对文学与人的生存之永恒依存关系的深刻理解,有建立在这一基础之上的坚定执著的信念,同时还有一种与时俱进、顺时变通的开放性态度。若此,就有可能使文学和文学研究绝处逢生,获得新的生机,开辟新的前景。

三 当代文论变革:何往与何为

如上所述,随着全球化时代的到来,文学与文学研究显然面临着严峻的挑战,有人甚至提出了文学与文学研究"终结论"。那么文学终结的时代如今果真到来了吗?或者说文学走向终结果然是它无可避免的宿命吗?从一段时间来文学界的反应来看,许多人显然难以接受这一观点,不相信文学真会走向消亡。我以为这两种看法从各自的立场和视角来说都有一定道理,能引发我们许多思考。

首先,德里达、米勒等人的论断主要是基于"实然"即人类当今生存的事实判断。因为从当代人的生存境况(尤其是精神生活状况)以及文学生存的现实处境来看,说文学、哲学等人类精神生活形态正面临危机,有可能走向终结,我以为这并不是危言耸听,而恰恰是揭示了当今人类生存的一个基本事实。我们当今的生存现实,可以说是在大大膨胀了即时性感受和快乐性欲望化消费的同时,相对萎缩了自由想象的空间与超越

---

① [美] 希利斯·米勒:《批评理论的未来》,《国外理论动态》2004年第2期。

性精神诉求，这样就使得人类一些精神性的活动越来越失去了存在的基本前提。即以情书而言，本来是与爱情态度的羞涩与缠绵，爱意情感的隐秘、含蓄与丰富，以及情感传达的时空阻隔等等相联系、相依存的，然而随着电信时代人类交往的公开性和开放性，以及现代生活条件下人们爱情观念和情感态度的改变，性情中人随时可以实现彼此间的"零距离接触"，即便是异地间的情感传达也有了更多更便捷的方式，在此条件下可能确实很少人会多费心思去写情书。再如，当代社会被认为是最为自由和个性化的时代，然而实际上当今人们的日常生活恰恰是非个性化的，从生活态度到生活方式，人们更多时候是在跟着感觉走，跟着时尚走，跟着广告走，人们的行为动机更多是受某种浅俗的集体无意识（从众心理）的支配，其中恐怕没有多少真正的个体心理经验和动因可言，既然如此，作为解析个体无意识心理的精神分析学也许真的会逐渐失去其意义。哲学的本性使它在任何时代都无不承载着对宇宙人生的终极追问与沉重思考，然而在一个越来越追求人生的及时行乐和即时消费，越来越注重当下直接的感性诉求与欲望满足的时代，哲学可能真的难以再逢其时。至于文学，无疑也面临着类似的挑战。一方面，如上所说，随着现代电子图像技术的迅猛发展，当代文化正发生整体性的"图像转向"，语言艺术被迫向图像艺术出让地盘，文学作为语言艺术的基本特性，如想象、幻想和审美感悟等特性，显然也在人们日益习惯化了的图像感知中被逐渐消解和放逐了。而另一方面，随着后现代主义文化的全球化扩张和消费文化市场的蓬勃兴起，诗性的文学往往敌不过它们的挑战和进逼，被迫自我消解其诗性品格而走向浅俗化与平面化，以屈从时尚化的消费需求。从总体上来看，在全球化语境下，现代人的精神生活确实日益在走向公开化、平面化、世俗化，照这样的发展趋势，传统意义上的即诗性的文学与文学研究，恐怕真的会成为过去。从这个意义上说，德里达、米勒等人的忧时之论并非毫无道理。

其次，一些学者认为文学不会消亡，则是出于"应然"即人类应当如何生存的理想信念与价值判断。因为从合乎人性地生存之理想追求或内在诉求来看，完全世俗化、欲望化的生存，只重当下性、即时性快乐而轻精神生活的质量与品位的生存，未必是真正合乎人性的生存方式。当然，如果历史地来看待社会发展，在过去物质贫困和政治意识形态高度禁锢的年代，人们曾痛苦地经历和体验了生命的不能承受之重，因而随着社会改革和市场经济发展，人们的物质生活与精神生活都变得丰富、开放和轻松，这无疑意味着历史的进步和人性的解放与复归。不过问题在于，在这种全球化与市场化单向性推进的过程中，人的生存则又可能走向另一种片面，即过于沉湎于当下即时的、过于轻量化的浮华享乐生活，从而陷于生命的不能承受之轻，这也许会带来另一种意义上的人性失落。

那么很显然，面对当下人的生存现实，事实上如何与应当如何两者之间是存在矛盾的，这就面临着选择，是抛弃文学而走向现实的即时性、欲望化生存，还是适度抵御欲望化生存的潮涌，保存诗意生存的空间，寻求诗意地栖居，就成为摆在我们面前的严峻问题。正是出于对全球化所带来的现代文化和人的生存状况的深切忧虑，一些人文学者提出了"文化救赎"的命题，认为在当今全球化趋势中，人文知识分子应守护人类精神家园，弘扬人文精神，其中文艺应该而且能够担当起这一使命。文艺的终极关怀就是人文精神，就是恢复和保持人的价值、人的血性和良知，以及同情和悲悯等人道主义情怀。我们纪念和研究历史上的这些文学大师，就是为了坚持和弘扬人文精神，反抗全球化对人的价值存在和精神家园的侵蚀和威胁。[①]

总之，这里提出的理论命题是：全球化的现实发展所带来的，是文学生存的危机，还是我们人自身生存的危机？是需要我们去拯救文学，还是需要文学来拯救人自身？或者更确切地说，人是否有必要通过拯救文学来救治自己生存的片面性？答案是不言而喻的：首先应当是我们需要文学来拯救自己，不至于在当下的欲望化生存中失去人生的意义；那么反过来当然也需要人去拯救文学，打捞起失落的文学精神。换言之，人有必要通过拯救文学来拯救自己，救治人的生存的片面性，使人真正如海德格尔所说"诗意地栖居"，更如马克思所说"合乎人性地生活"。

[①] 钱中文、谢冕等在"全球化趋势中的文学与人"学术研讨会上的发言，参见《"全球化趋势中的文学与人"学术研讨会综述》，《文学评论》2000年第1期。

第六章

"文化研究"转向与当代文论观念问题

所谓"文化研究"转向,是指在后现代主义文化思潮影响下,传统意义上的文学形态及其文学生产受到冲击,不断走向适应后现代消费社会需求的"泛化"发展;与此相联系,传统意义上的"文学研究"也遭遇前所未有的冲击和挑战,逐渐适应这种文化转型和文学发展潮流,开始向"文化研究"转向。这种从"文学研究"向"文化研究"的转向,首先是在西方社会发生的,出现了不少影响甚大的"文化研究"理论,并不断渗透到各种流派的文学研究之中,对文学研究产生了整体性的引导作用。在西方后现代主义文化思潮全球化扩张的背景下,这种"文化研究"转向也对我国当代文论研究产生了一定程度的影响,引起了与传统"文学研究"观念的冲突,引起了文论界各种观点之间的争论。现在看来,这种"文化研究"转向的渗透影响是难以回避的,然而对这种所谓后现代文化发展潮流完全顺应也是有问题的,因此,在理论观念上产生一定的冲突和引起彼此之间的争论,也都是必然的。问题在于,如何对这种"文化研究"转向所带来的影响和观念冲突加以辨析,形成自觉的理性认识,找到与时俱变的应对策略,从而推进当代文论转型发展。

第一节 从"文学研究"向"文化研究"转向

从20世纪90年代以来,在全球化背景下,我国当代文论和文学研究领域,开始引入西方"文化研究"理论,并且在这种理论观念的影响下,也开始发生文学研究向文化研究的转向。实际上,文论界对于什么是"文化研究",以及这种"文化研究"转向会对当代文论和文学研究带来什么样的影响,应当如何看待这种发展趋向,人们各有不同的认识看法。

这里首先对此进行一些梳理和考察。

一 "文化研究"转向的背景与趋势

关于"文学研究"向"文化研究"转向，这显然与全球化背景以及当代文学变革发展的趋向相关。西方学界普遍认为，全球化发展带来了文学与文化发展的几个重要变化或转向：一是由于电信传媒的高度发达，文学与文化形态由印刷文化为主转向以图像文化为主；二是由审美文化为主转向以消费文化为主；此外还有政治意识形态的淡化等别的一些因素的作用，由此带来了传统的文学研究向文化研究的转向。

如果追溯起来，20世纪西方文学研究曾发生了两次全方位转向。第一次发生在20世纪初，随着文学形态由传统现实主义向现代主义转型，文学研究与文学批评也发生转向，即由传统的"认识论诗学"转向"语言论诗学"。在传统认识论哲学基础上建立起来的经典诗学，是以理性为中心问题，突出文学的认识特性，强调理性内容决定语言形式。而从20世纪初以来，从俄国形式主义到结构主义、后结构主义等，都把语言置于前所未有的重要地位，语言成为种种诗学流派乃至哲学共同关注的中心。[①] 从这一语言学转向开始，随后半个世纪中，文学研究的重心从"外部研究"转向"内部研究"，即以文学语言本身为对象进行"文学性"研究，俄国形式主义、英美新批评、法国结构主义等流派相继出现。他们拒斥文学的社会性研究，强调文学的独立性，将文学视为一个封闭系统，提出文学自主性问题，极力改变以往社会历史批评的"外部"视角，使文学研究回归文学本身。这一转向确实使文学自身的一些问题得到了相应的重视与研究，但完全割断文学与社会、历史的联系，也不符合客观实际情形。正因为有如此弊端，从而引发了新的转向。[②]

第二次转向大致从20世纪五六十年代开始，即由"语言论诗学"向"文化研究"转向。这次转向显然与全球化发展潮流相关。随着电子传媒的快速发展，图像文化、网络文化以及消费文化异军突起，这就使文学研究的纯粹性与封闭性成为不可能。在全球化大潮中，人文社会科学显得越来越不重要，甚至被全然吞没，纯粹审美的文化及文学为即

---

① 参见王一川《从理性中心到语言中心——20世纪西方语言论诗学的兴起》，《文学评论》1994年第6期。

② 参见易晓明《从"外部研究"到"文化批评"》，《文艺报》2001年10月30日。

时性消费文化所取代，从而建立在这种审美现代性基础上的语言论诗学也难乎为继。

西方社会所谓"文化研究"大致有两种基本形态：一种是完全脱离文学的文化研究，它面向整个大众文化，并且与当代传媒关系越来越密切，把消费文化、大众传播媒介等都囊括进来，传统意义上的文学研究被淹没了；另一种则是文学研究中的"文化批评"，它把传统文学研究的疆界逐渐扩大，使之变得越来越包容和具有跨学科、跨文化的性质。它当然也切入大众文化，但它的态度是对之进行批判性的分析和阐释，并在很大程度上保持其固有的精英文化批评立场。

最早的文化研究的倡导者，可上推至20世纪50年代英国的利维斯。至60年代初，以英国伯明翰大学设立当代文化研究中心为标志，文化研究作为一个准学科和跨学科的理论话语，占据了当代文化学术界的主导地位。然后这一新潮迅速进入美国学术界，一批美国学者介入对全球化文化现象的研究，将文学研究无边际地扩张到历史学、社会学、人类学、地理学、传播学等。当代美国文化研究者关注的对象也极为广泛，如广告、艺术等。这些文化研究者极力排斥经典文化和文学作品，宣称致力于大众化与非精英文化产品的研究。这股风气随着全球化浪潮迅速传播到全球。[1]

对于中国的文学研究转向来说，除了来自英美世界的文化研究新潮的影响外，似乎还受到另一方面思想理论资源的影响，这就是来自俄苏的巴赫金文化诗学理论。巴赫金是在同俄国形式主义展开积极对话的基础上，走向文化诗学研究的。他认为文学是一种社会审美文化现象，主张诗学研究应当从文学内部结构入手，从文学体裁和形式切入，但又不应脱离社会历史语境和文化语境。在他看来，欧洲文论（诗学）的偏窄主要在于，只反映了社会稳定时期的官方化了的上层文学现象，没有反映出社会变革和转折时期的渗透了民间文化的文学现象。他正是从文学现象的复杂性和多面性的观点出发，强调要从文化的角度研究文学。他的文化诗学不是贵族式、经验式的，而是贴近人民、贴近民间根基的，他是带着千百年积淀起来的非官方的民间文化闯入了诗学研究领域，具有强烈的民众意识。[2]

---

[1] 参见王宁《全球化语境下的文化研究和文学研究》，《文学评论》2000年第3期；陆扬《伯明翰中心的传统——追缅"文化主义"》，《文艺报》2003年1月7日。

[2] 参见程正民《巴赫金的文化诗学》，《文学评论》2000年第1期。

巴赫金的文化诗学理论给中国文学研究界很大的启示，许多学者如钱中文、程正民等都对此进行了深入研究和阐释，这些都为中国文学研究的文化学转向，提供了某些观念上的启示和理论资源的借鉴。

再从我国文学变革转型的背景来看，学界普遍认为，新时期以来我国文学和文学研究也发生了两次大的转向：第一次转向从20世纪70年代末期开始，文学实践上由传统现实主义文学向现代性文学形态转向，与此相关联，文学研究也开始从"外部研究"转向"内部研究"，或者说是由社会历史批评转向审美批评；第二次是90年代以来，在全球化背景下，文学不断走向泛化，走向边缘化、大众化、世俗化，文学研究也再次由内向外突围转向，即由审美批评走向文化研究，形成了一种不断强化的发展趋势。

二 "文化研究"的不同理论观念

总的来看，从20世纪末以来，我国文学研究向"文化研究"的转向，呈现出两种比较明显的发展趋向：一种是泛文化研究，表现为对西方"文化研究"的快速跟进，所关注和研究的对象与重心是大众文化、消费文化、传媒文化等，显示出一种"后现代性"的价值取向；另一种则仍属于文学领域内的文化研究，它把文学放到更广阔的文化视野中来进行研究，努力克服原来审美研究的狭隘视界，扩大文学研究的文化视野。当然这其中又有各种不同的看法和主张。

有学者借鉴西方的文化研究思路与"文化批判"主张，提出在我国当代文学研究中，也"有必要弘扬一种新的文化批评"。这种"文化批评"是文化研究与文学研究的中介，对它的界定有以下几个方面：第一，中国当代文化批评首先应立足于中国文化这个根本。它的着眼点主要是文学艺术现象，而并非无边无际的各种泛文化现象。第二，文化批评与人文批评的关系决非对立，而是一种对话和互动关系。人文批评更加注重审美理想和文学内部的欣赏和出自人文关怀的评价，而文化批评则偏重阐释和解决当代现实以及文学的现状；人文批评更注重文学本身的价值判断，而文化批评则有选择地融入人文精神并更注重对考察对象的理论分析和文化阐释，以达到理论建构的最终目的。文化批评并不反对价值判断，但认为这种价值判断必须基于对对象的深入研究和考察，以便对其作出具有理论意义和学科意义的阐释。第三，在当今全球化和后现代、后殖民语境下，文化批评有着鲜明的意识形态批判性，它反对一切形形色色的话语霸权，同时自己也不试图主宰文学批评论坛。第四，这种基于广阔的跨文化视野下的文化批评所瞄准的不仅是国内的批评理论界，同时更要瞄准国际批评理论界，以便在国际性的批评论争中发出中国批评家的声音。从文化批评的视角来看，文学研究与文化研究不是对峙，而是共存。文化研究的一些理论方法完全可以引入文学研究，并产生一些新成果。虽然全球化现象造成了文学研究领地的萎缩和文学研究疆域的无限扩大，但是走出形式主义的狭隘领地，进入文化研究的大语境之中，并不会导致文学研究的被淹没；如果对这二者之关系协调得当，倒有可能把狭窄的文学研究领地扩大，把狭义的精英文学的范围拓展，并引进文化批评的因素，进而使濒临危机的文学研究得以在新的世纪再现辉煌。①

之所以要倡导这种文化研究或文化批评的转向，其原因正在于，在当今这个经济全球化的时代，传统的经典文学研究事实上正在受到大众文化甚至消费文化的挑战，这使得文学市场变得日益萎缩起来。而文化研究的特色是从理论阐释和分析批判的视角来研究当代大众文化及其产品通俗文学的。应当承认，进入经济全球化时代的文化研究越来越远离经典文学及其伟大的传统，它容纳了种族研究、性别研究、区域研究、传媒研究等，当前在英语学术界占据主导地位的文化研究，完全被诸如种族、性别、大众传媒、大众文化以及消费文化等非文学现象所主宰，它对文学研究实行挤压和排斥的策略，并且本身越来越远离文学研究，在北美，比较文学几乎沦落到被文化研究吞没的边缘。在这种情况下，能够缩小比较文学研究与文化研究之间的鸿沟的一个切实可行的办法，就是把文学研究置于一个广阔的文化研究的语境之下。②

与上述"文化批评"的理论主张有所不同，另一些学者提出了"文化诗学"的理论命题。《文学评论》2001年第6期刊载了一个"文化诗学"研究专辑，发表了北京师范大学文艺学研究中心几位学者的文章。其中童庆炳的《植根于现实土壤的"文化诗学"》一文，阐述了这个学术群体关于"文化诗学"的基本观念。该文认为，目前文学理论批评界兴起的"文化研究"，不是从西方生硬搬来的东西（虽然从西方学者那里吸取了一些理论资源和养料），不是远离现实的抽象的观念诉求，而是根

---

① 王宁：《全球化语境下的文化研究和文学研究》，《文学评论》2000年第3期。
② 王宁：《经济全球化时代的比较文学和文化研究》，《文艺报》2001年4月10日。

源于 80 年代以来中国文学理论批评的几次大的转折变化，这构成了文化研究转向的思想学术背景。从一个方面看，文化研究对于文学理论批评来说，既是挑战，也是机遇。说它是挑战，就是文化批评对象的转移，解读文本的转移，文学文本可能会在文化批评的视野中消失。说它是机遇，主要是文化批评给文学理论研究重新迎回来文化的视角，文化研究在伸向文化的广阔领域后，将扩大文学理论批评的版图和疆界。但另一方面，正是由于担心文化研究对象的转移，而失去文学理论批评起码的学科品格，因此提出"文化诗学"的构想。"文化诗学"正是吸收了文化研究特性的具有当代性的文学理论，它的旨趣在于：第一，文化诗学是对于文学艺术现实的反思，它密切关注现实文学艺术活动中的重大理论与实践问题，现实性品格是它的生命力之所在。第二，文化诗学追求文学艺术的意义与价值，意义追求是它的基本特征。第三，文化诗学追求在方法论上的革新和开放，它不囿于文学的自律，而从语言、神话、宗教、艺术、科学、历史、政治、伦理、哲学等跨学科的文化大视野来考察一切古今中外的文学、艺术问题，方法上的开放是它的活力所在。[1]

在这种"文化诗学"的观念之下，一些论者便致力于将西方的或巴赫金的文化研究，提升到方法论的层面来加以把握和阐释，从而引入中国文学及文论研究。如上面提到的程正民对巴赫金文化诗学的研究阐发便是如此。再如陈太胜《走向文化诗学的中国现代诗学》，从追溯西方文化诗学的发展由来入手，透视其中所包含的理论观念与方法原则，比如从"新历史主义"发展而来的新历史观，在这种新历史主义视野中的开放性的文本观，以及分层的文本概念和对话性的文本阐释方法等，认为这些文化诗学的观念与理论原则，对于中国现代诗学研究具有一定的启示意义。[2] 李春青《文化诗学视野中的古代文论研究》，试图借用"文化诗学"这个概念来倡导一种阐释方法，这种方法将阐释对象如古代文论，置于更大的文化学术系统之中进行考察，寻求新的视点，从而使千百年前的文论话语历久弥新，不断提供新的意义。[3]

当然，对这种新起的文化研究转向新潮，也有人表示疑虑。有学者认为，西方的文学研究转向与中国的文学研究转向，各有不同的历史条件与

---

[1] 童庆炳：《植根于现实土壤的"文化诗学"》，《文学评论》2001 年第 6 期。
[2] 陈太胜：《走向文化诗学的中国现代诗学》，《文学评论》2001 年第 6 期。
[3] 李春青：《文化诗学视野中的古代文论研究》，《文学评论》2001 年第 6 期。

发展历程,并不具有同等的意义。西方从 20 世纪初开始语言学转向,随后半个世纪文学研究的重心从"外部研究"转向"内部研究",也就是以文学语言本身为对象进行文学性研究。20 世纪中后期,随着英国"伯明翰学派"、美国的"新历史主义"等流派出现,新一轮文学研究"向外转",即回归历史主义、社会学、作家传记等"外部研究",至 80 年代成为主潮,被称为"文化研究"——文学研究的历史正是这样螺旋式地向上发展。而中国的文学理论则一直是疲于跟进西方理论:80 年代"新方法热"中,把西方各种"内部研究"理论介绍进来,90 年代又马不停蹄地跟上西方新一轮"文化转向"的步伐,大量介绍新历史主义、后殖民主义、女权主义等文化理论,如今,西方后现代理论在中国几乎达到了同步相应的程度。如果说西方理论研究的运行轨迹,符合历史发展规律的螺旋式上升,它的物极必反,构成了充分的挖掘,充分的平衡,"内部研究"与"外部研究"的全方位发展,最后达到了文学研究的全面发展;那么中国理论界则是在赶潮,它是跳跃式的,缺乏螺旋式上升的必要环节,并未像西方那样做了几十年"内部研究"的扎实工作,实际上是从社会历史批评的视野,迅速又跳入了外部"文化研究"的视野,从"外部研究"到"外部研究",缺乏对文学本身内部结构的深入探索与研究这一重要的环节。应该说,对"外部研究"的热衷与倾心,与中国人的思维定势有关,中国文人骨子里这种以文介入社会、介入现实的心理积淀,使他们接受"外部研究"比接受"内部研究"顺畅得多。这注定使中国研究界容易形成"外部研究"繁盛而"内部研究"萎缩的不对称局面。①

有学者指出,"文化诗学"在给文学批评带来崭新天地的同时,也存在若干不足,其适用范围有限,不能充当所有文学的有效阐释手段,如果生搬硬套就会造成不具创新性的误读,造成"过度阐释"。此外,文化诗学有时也会掩盖对作品文学价值的发现,文学之为文学必然有自身不可取代的独特性,文化批评虽然会重新发现一些过去被忽视了的文学作品的价值,但并不能涵盖文学的全部特性。由此,"文化诗学""文化批评"无法成为文学批评的唯一方向,更无法取代狭义的文学批评,我们必须建立一种不拘一格的开放的理论研究框架,强调理论原创性,以促成新的批评或美学范畴的生成。②

---

① 参见易晓明《从"外部研究"到"文化批评"》,《文艺报》2001 年 10 月 30 日。
② 徐润拓:《文学的文化研究和文化研究中的文学》,《文艺理论研究》2003 年第 4 期。

也有学者对"文化研究"阐述了另一种理解，认为在当今中国，人们是把"文化研究"当作可以与国际接轨的学术新潮来追捧，但目前对"文化研究"存在太多的误解。比如，在一些人那里，"文化研究"甚至成了用学术来拥抱"流行文化"的最佳借口。有人竟然声称应该把法兰克福学派逐出文化研究的谱系，因为这个学派对"大众文化"采取了所谓"精英主义"的批评立场。其实恰恰是这种批判态度，体现出"文化研究"的基本精神。因此，与其把"文化研究"当作一套固定的理论方法和一组既定的知识谱系，不如把它视为一种批判的实践精神，一种开阔的理论视野，一种灵活的分析方法和一种权宜的介入策略。如果这样来理解，那么"文化研究"对当今文学研究的"介入"，很可能会带来意想不到的生机和活力。比如，将文化研究引入文学研究，在观念与方法上可用"读出文本"和"读入文本"两个相关联的过程来概括：所谓"读出文本"是指对文学文本的解释不能封闭在文本内部，而必须把它放置到一个更开阔的社会文化语境中予以理解；但仅此还不够，所谓"社会历史文化语境"不是一个先定的解释框架，而是一种需要在文本中加以检验的话语实践，这样就必须把"社会历史文化"的因素"读入"文学文本，仔细地观察它们在文本中留下了怎样的痕迹，以及文本对它们产生了什么影响和它们发挥了何种作用。①

三 我国"文化研究"的发展趋向

综上所述，在我国当代文论界，人们对"文学研究"向"文化研究"的转向，虽然存在不同的理解和看法，但总体上还是承认存在这样一种现实与发展趋势，认为这种转向是一种必然的积极的走向。因为事实上在当今时代（有人称为后现代时代，这对当代中国来说虽未必准确，但要说具有某些后现代特性，则还是无法否认的），文学发展已进入后文学时代，文学本身已经走向泛化、大众化和世俗化，已经成为人们的现实性生活方式，而不像过去那样仅仅是超越性精神生活方式。既然如此，就有必要从文化转型的意义去研究它，这就必然形成"文化研究"。而另一方面，当今的文学事实上已成为泛意识形态话语，与阶级、种族、人权等密切关联，而不是像以往的文学那样更多具有纯文学、纯审美与精神寄托的

---

① 罗岗：《读出文本和读入文本——对现代文学研究和"文化研究"关系的思考》，《文学评论》2002 年第 2 期。

意义，因此无疑需要文化视野的观照。当然，人们在认识分析文化研究走向时也不无隐忧，这种担忧不在别的，而主要在于作为文学的一种精神品格或者精神家园的丧失。

倘若要细加分析，从近年来我国理论界对西方文化研究转向的介绍阐释，以及对我们自己的文化研究转向的理论探讨来看，人们所理解的"文化研究"，大致有三个层面的含义：一是指一种比较宽泛的学术研究的方法。就是说当今时代的文学研究，不可能仅仅局限于用某种单一的、传统的方法，而是需要借鉴更多别的学科如人类学、文化学的方法，"读出"与"读入"互通的阐释方法等来进行研究，从而对文学文本阐释出更丰富的意义。二是指一种"学术视野"。即突破原来纯文学、纯艺术、纯审美的视野，打破纯文本分析的封闭性，将文学置于社会历史文化的更为广阔的研究视野中来加以观照，将会看到文学的某种全新的景观，诸如文学的生活化，生活的文学化等。三是指一种"学术精神"，即通过将文学研究引向文化研究，在文学观念上打破既已形成的自我封闭性，使文学重返社会，重新获得社会文化批判的意义与意识形态的特性。

对于前两个层面的"文化研究"，学界并没有太多的异议，因为这对于拓展文学研究的学术视野和意义空间是大有益处的。问题在于第三个层面上，人们的认识似乎存在较大分歧，这又主要表现为对当今兴起的大众文化持一种什么样的态度。

事实上，从西方到中国，文化研究转向的直接背景正在于文学的泛化，即传统文学形态向大众文化形态的转向，作为这一文学转向所带来的文化研究，显然在一定程度上是依存于这一现实的，因而在不少文化研究的理论主张和批评实践中，对大众文化多取认同的乃至推崇的态度。然而正是这一点引起了另一些学者的担忧，忧虑这样一种新起的文化研究倘若只是一味顺应大众文化发展的现实，而失去了应有的批判态度，将会导致文学精神的彻底丧失，这样就会带来文化研究对传统文学研究的基本品格的完全消解。倘若如此，人们对文化研究就难免不产生怀疑乃至抵触的情绪。由此便又带来对于文化研究的两种不同态度：一种是对文化研究持比较消极的态度，主张坚守文学研究的立场，以此抵御文化研究对文学精神的消解；另一种是主张突破以往那种纯粹文学研究的视界，拓展文化研究的视野，只不过需要在文化研究中重视和加强理性精神与批判性力量。倘若如此，这两者之间就未必是对立或不可通约的。

其实，在学术主张上是提倡坚守文学研究的立场，还是倡导走向文化研究的立场，这本身并不重要，重要的是在文学研究或文化研究中，坚守一种什么样的价值理念与实践精神。无论文学研究还是文化研究，其实都可以而且应该在"现代性"的立场上形成某种共识。在这方面，钱中文先生的看法是值得我们重视和思考的。钱先生认为，我国的文化研究转向虽然是在全球化的语境下发生的，也在一定程度上受到西方文化研究潮流的影响，但我国的文学研究与文化研究还有着特定的现实语境，与西方的文化研究在精神实质上是很不相同的。在西方整个后现代主义文化思潮中，传统的文学价值与文学研究的意义遭遇到前所未有的危机，使得一些从事文学研究的学者（如希利斯·米勒等人）切实感受到这种现实危机，以至于认为，文学理论已不可能再去探讨文学自身的问题，这样做已不合时宜；并且也不可能再形成一个文学研究的繁荣期，文学研究的必然趋势是转向文化研究，而这种文化研究又显然是以后现代性诉求为特征的，其中包含着对文学的审美诉求的消解。而在我国的社会生活中，作为多种思想原则诉求的现代性、前现代性与后现代性相互影响而又杂然并陈，即便是在当今的文化研究转向中，主要作为后现代主义思潮的文化研究，只占整个文化研究的一小部分。我国整体上的文化研究，其主导倾向应诉诸于现代性，其中也包括仍然坚持文学理论的现代性及其审美诉求。总的来看，在当前全球化的语境中，实际上存在现代性与后现代性两种思想的不同诉求，以何为主，则要看那个国家的文化发展的具体情况。从我国现阶段的情况来看，文学研究与文化研究显然还是以现代性诉求为主导性倾向的。[1] 钱先生的上述看法，是颇为深刻和富有启示意义的。

从我们所处的整个文化语境而言，实际上是处于全球化与现代化双向互动的现实语境之中：一方面，全球化语境必然会对我国的文学与文化发展产生重要影响，其中包括后现代文化思潮的影响。我国近一时期文学形态的变化，以及文学研究向文化研究的转向，实际上就显示出了这种影响。而另一方面，我国现代化建设的现实语境，也必然更直接地作用于文学与文化的发展，决定着我们的文学研究与文化研究必然要以现代性立场和现代性诉求为主要价值取向，从而与后现代性构成某种必要的张力。

这里所谓文学研究与文化研究的现代性立场或现代性诉求，我以为又

---

[1] 钱中文：《全球化语境与文学理论的前景》，《文学评论》2001年第3期。

大致包括两个方面。

一方面是坚守文化现代性，从而对社会现代化发展保持某种必要的审视和反思。因为社会的现代化发展以追逐科技高度发达、经济高度发展为目标，它能给社会带来巨大福祉，也会造成许多传统社会所没有的问题。因此就需要有从整个"现代性"中裂变出来的"文化现代性"，来对"社会现代性"的单一性推进加以批判反思和怀疑抵制，以维护人的主体性。有了这种紧张关系和激烈冲突所形成的"张力"，才使一个社会保持比较合理健全的发展。在当今社会保持向消费主义目标单向度强劲推进之势的时候，无论文学研究还是文化研究，都应是"文化现代性"的承当者，都有责任坚守文化现代性立场，批判地审视和反思所谓"消费社会"的现实，以维护人的主体性和人生意义价值。倘若文学研究仅仅只是文学象牙塔中纯"文学性"的研究而无关乎现实人生，或者文化研究只顺应乃至主动迎合文化消费主义潮流，而放弃应有的价值立场，这都只能说是文学与文化的自我放逐，是"文化现代性"的自我消解。而缺失了站在文化现代性立场上的批判反思，社会的现代化发展也必然缺乏应有的"张力"，这显然不利于保证一个社会的健全合理发展。

另一方面，从文学本身而言，也有一个文学现代性在自身发展中的自我裂变与形成张力的问题。新时期文学的变革发展，首先是突破了政治工具论的桎梏而回到文学自身，获得了文学的独立性和主体性，复归了文学的审美本性，标志新时期文学开始获得了一种现代性品格。然而随着这种发展，后来的先锋或实验文学却又过于疏离了社会与大众，走向了个体审美主义，走向了纯艺术追求乃至形式主义，走向了审美乌托邦，于是文学现代性就发生自我裂变，产生了对这种趋向的自我反思与批判，从个体审美的小圈子中突围出来，走向适应社会的市场化发展，形成了大众文学的审美意识，也形成了文化研究的广阔视野，显示出新的现代性特征。然而现在的问题是，文学在满足社会大众审美需求的同时，却又过于顺应乃至迎合欲望化的市场消费趋向，过于走向边缘化与世俗化，过于重娱乐休闲而轻社会人生与诗性审美，由此带来文学价值的失重。在这一现实面前，是否还有必要继续坚守诗性文学立场，以文学为精神高地，在泛大众文化潮流中坚守精神家园呢？作为文学与文学研究，是否需要对自身在现实面前的消极退避态度进行自我反思，作为"文化研究"，是否有必要对自身的消解性力量进行自我批判呢？说到底，文学或文化的"现代性"自身是否有可能再度裂变而产生一种力量，对自身的媚俗与平庸加以反思批判，从而形成一种必要的张力呢？这无论对于文学研究还是文化研究，可能都是一个需要共同面对的问题。

第二节　当代文论面临的挑战及其应对策略

与20世纪八九十年代文学理论创新发展的繁荣景象相比，在当代文化转型和"文化研究"转向的大背景下，当代文论面临着严峻的现实挑战，甚至有人认为已陷入了某种"危机"。那么，对于这种现实挑战或者危机究竟应当如何认识？当代文论究竟应当何为？它应当怎样调整自身的理论观念来应对这种现实挑战，实现与时俱变的转型发展？这是当代文论界需要进一步探讨的问题。

一　当代文论面临的有效性与合法性危机

20世纪90年代以来，文学的变异发展可谓前所未遇，当代文论试图自我调整以应对挑战，然而似乎并未摆脱所面临的危机，这主要表现在以下一些方面：

其一，当代文学的变异发展带来文学现象纷繁复杂，当代文论的阐释能力及其有效性面临挑战。首先，从文学形态方面看，在全球化背景下，随着现代电子信息传播技术的发展并进入文学生产领域，使文学的生产方式发生了前所未有的巨大变化，新的文学形态层出不穷，如文学的网络化、图像化、多媒体化、博客化、超文本式以及手机短信式的文学等；由此也影响到传统的书写印刷文学，从内容到形式、从文体形态到文本形态也都不断发生新变化。从总体上看，当代文学是在不断走向扩张与"泛化"。与此相联系，文学传播与接受方式也随之发生变化，如果说传统文学形态决定了传统的语言媒介传播方式，也培养了读者传统的阅读接受方式，那么当今人们显然更依赖于直观、快捷的接受方式，从而形成直观思维和平面思维的习惯。而受众的这种接受习惯和兴趣，以及思维方式的转变，则又必然会加速上述文学生产的转向和整个文学形态的转型。其次，从文学在当代社会的地位，文学与人们生活的关系，以及文学功能方面看，也发生了前所未有的变化。在文学发展史上，曾经历过文学教化、文学启蒙、文学革命、文学审美的时代，如今也许可以说正进入一个文学消费的时代；如果说过去的文学活动（包括写作、接受与批评研究等）更多是一种社会化的活动，那么当今可能更多是一种个人化的活动；过去的文学较多地承载了认识、教育等社会功能，因而经常处于社会文化的中心地位，让人们倍加关注，当今开放时代的文学无疑越来越"边缘化"；过去的文学追求以虚构想象的方式尽可能拉开与世俗生活的距离，导向典型化、理想化、审美化等等，实质上是不断追求精神境界的提升，而当今时代则更多以模拟化的方式，尽可能拉近与世俗生活的距离，文学从艺术圣坛走向日常生活，更多显现出大众化、世俗化、消闲化、娱乐化等特性，以顺应"日常生活审美化"的潮流。这些都显然与全球化背景下后现代文化价值观念的影响有关，与当今社会人们生活方式及价值观念的开放性与多元化的发展趋势相关。

面对这样的文学现实，当代文论将如何给予认识阐释？比如，对于当代文学形态的不断"泛化"，我们该怎样来界定文学的疆域或边界？与此相联系，我们又该怎样来认识说明当代文学的特性与功能？再如，当代文论该如何对待文学经典？传统文论历来有一种"经典情结"，文论的有效性往往表现为对经典作家作品的完满阐释，反过来也获得经典文学的有力支撑。在过去文学形态和文学观念都比较单一的情况下，对文学经典的确认和阐释，都还比较容易形成共识，如今随着文学的"泛化"和文学观念的多元化，传统意义上的"文学经典"在相当大的程度上被消解了，对于当代文学，要在"文学经典"的意义上形成共识显然更为困难。这样一来，当代文论就难免会陷入一种找不到阐释对象的尴尬之中，其阐释的有效性当然也会面临挑战。

其二，当代文论在转型发展中曾试图寻求"突围"，但两极化的"突围"则又难免导致陷入新的困境。如上所说，传统的文论往往只面对过去的文学经典进行阐释，随着文学经典的地位下降或被冷落，文论自身也同样遭遇冷落。当代文论如果仍然只是面对过去的文学经典进行阐释，显然会让人感到保守陈旧，而要把当代文学作为阐释对象，则又会因其缺乏经典意义不被认同而充满顾虑。无奈之下，就带来了当代文论的两极化"突围"：其中一极是向"形而上"方面转化，走向纯粹科学理论的建构。曾几何时，一些理论家宣称，文学理论是知识论而不是经验论，它无须追随在文学创作后面，无须去研究阐释文学现象，特别是当下的文学现象；它可以像哲学和美学那样只说自己的话，自身生产知识和思想，独立地显示自身的意义。它力图摆脱对文学的依附,也就是摆脱因文学的变动不居而带来的被动和困惑,以获得一种自由的发展和超然的生命力,似乎这样才能真正显示文论自身的独立性和科学品质。然而这种"突围"的结果是使得当代文论越来越远离文学实际,尤其是远离当下的文学现实,成为一种没有阐释对象的、无根的文学理论。而且当代文论的这种"自恋情结"似乎越来越严重,一些人也越来越满足于在文论圈中自说自话。然而这种回避和远离文学现实的文论究竟会有多少真正的生命力,究竟能走多远,则是令人怀疑的。另一极则是文学理论向"形而下"的方面转化,即所谓文学理论的批评化,一头扎入实用批评,近年来新潮迭出的各种批评理论与文化批评,都越来越显示出这种发展趋向。这种转向一方面把文论从"形而上"的半空中拉回到了地上人间,直接面对当今各种文学现象发言,贴近了现实,介入了生活,拉近了与大众的距离,体现了现实关怀等;但另一方面,则又难免带来文论本身的学理性弱化,科学性品格降低,从文学理论到文学批评都变得浮躁化、泡沫化,缺乏应有的理论规范与提升。正如有学者所认为的那样,文学理论观念总是先预设了一种理论的态度,这种"理论的态度"正是文学理论具体价值取向与思维模式的依托所在。因此文学理论研究的重要任务之一便是对作为其依托的文化价值观与思维方式进行追问,这种追问构成了建构新的文学理论话语的前提。[①] 而当代文论走向批评化则恰恰容易导致这种"理论态度"的缺失,从而陷入深层危机。

其三,近一时期的文化研究转向,带来文学理论的扩容和越界,以及对文论观念本身的质疑,这就更把当代文论拖进了自我消解的危机之中。据说西方社会早已发生文学研究向文化研究的转向:一方面文学在电信时代图像文化的扩张挤压之下日益萎缩,乃至被认为正走向"终结";另一方面则是大众文化蓬勃兴起,成为后现代消费社会的新宠,于是文学研究也随之转向,转而研究更为时尚的流行文化现象和更能吸引人们关注的文化问题。在全球化的背景下,我国当代文论也跟风转向,以求在文化研究的新潮中寻找新的生机。但这无疑也给当代文论本身形成了极大的挑战。比如,一些文论家力图调整自己的理论姿态,试图从传统意义上的文学研究中突围,不再研究那些纯粹的文学现象和文学问题,而是扩展到研究

[①] 李春青:《文学理论的"自性"问题》,《福建论坛》2002年第1期。

"日常生活的审美化"及其相关的文化现象，这通常被称作当代文论的"越界"与"扩容"。虽然这种扩展并非没有一定的合理性，不过由此带来的问题是：当代文论这种边界扩张，还有没有一定的限度？倘若当代文论的阐释对象无限扩张，连自己阐释的边界都不知道在哪里，还怎么谈得上阐释的有效性？特别是像有些理论家所倡导和践行的那样，在文学理论的名义下却并不研究文学现象和文学问题，而是热衷于研究影视、广告、美容、时装、街心花园、休闲广场，以及文化消费理论与身体美学等，那么这样的研究还何以能再称之为文学研究或文学理论？它岂不就会完全消解在某些时尚化的"文化理论"之中？此外，文化研究转向还带来了对传统文论观念及其研究方法本身的质疑，在反"本质主义"观念影响下，如果仍要对文学的本质特性作定性化的研究，往往都会遭到怀疑和否定，文学理论的基本问题及其存在的基础正在被消解。

其四，当代文论发展所面临的更深层次的危机，可能还在于理论立场上的游移与困惑。无论如上所说的文学研究对象如何宽泛复杂，也无论文化研究转向对文学研究带来了多大的冲击，事实上文学研究并没有终结。不过问题在于，在开放多元的现实文化语境中，当代文论的理论立场与价值取向却面临着现实的困扰。比如，是坚守"中心"还是退居"边缘"？是坚守精英立场还是转向大众立场？是坚守精神高地还是面向消费市场？是追求终极关怀还是走向现实关怀？还有，在意识形态与审美、市场消费与文学价值等多向拉力中，又该如何应对与选择？然而实际上，在这些无可回避的现实问题面前，当代文论往往显得游移困惑无所适从。即以近期的文化研究转向而论，有学者认为，文化研究本质上应是一种文化批判，而文化批判向来无法摆脱精英化的趋向。但文化研究者从一开始就反对文化的精英化，而把大众文化作为其关注的焦点，以努力树立一种大众化的文化观。然而这种大众化的追求只是一种虚幻的镜像，事实上一些人并未摆脱精英化立场，他们所追求的文化民主主义只是一种文化民粹主义，是当今时代左翼知识分子为维护自己社会地位而接受的一种信仰。[①] 这也许可以说，当今一些人所持守的理论立场，既不是真正的精英文化批判立场，也不是真正大众民主的文化立场，而是一种以自我利益为转移的、在精英化与大众化之间游移不定的

[①] 黄应生：《大众化的想象与精英化的现实——文化研究中的意识形态问题》，《文艺研究》2003年第4期。

立场。可以想象，倘若当代文论在面对各种复杂的文学与文化问题时，连最基本的理论立场都没有，或者其理论立场是游移困惑的，还怎么能够保证其言说的合法性与有效性？

当代文论所面临的危机和挑战，也许还不止这些，但仅就以上所论列的这些现象与问题来看，显然已具有一定的严峻性，值得理论界认真思考与应对。

二　当代文论继续发展的理由和根据

当代文论发展所面临的这些危机和挑战，使我们不能不思考一个问题，就是当代文论还会继续存在和发展吗？进而它继续存在与发展的理由和根据何在？接下来的探讨就从对这一根本性问题的追问开始。

一般而言，文学理论作为对文学的认识看法的理论概括，是在人们对文学现象的认识阐释中建构起来的，也是在对变化着的文学现象进行追踪认识研究的过程中不断发展的。自古以来人类的文学活动就一直绵延不绝，文学活动与人们的生活活动密切相关，在人类社会的变革发展中发挥了重要作用。既然社会生活中存在着文学现象，那么当然就有必要去认识和解释它，从而形成文学理论。文论的建构发展也许主要与两个方面的因素相关：一方面是认识阐释者面对什么样的文学现象？文学现象的发展变化必定会不断对文学理论的阐释提出挑战；另一方面是认识阐释者处于什么样的历史文化语境，以及他是依据什么样的观念方法来进行阐释的？历史文化语境的变化及其人们观念方法的变化，也同样会导致对文学现象做出不同的认识阐释，由此构成文学理论本身的历史发展。但无论文学现象有多么复杂，人们对文学的认识阐释有多么不同，文学理论的基本功能与价值都应当在于：通过对文学的这种认识阐释，努力引导人们的文学活动成为一种更为自由自觉的活动，更加有利于人性的丰富和人的自由全面发展，更加有利于社会的和谐文明进步，这或许就是文学理论存在的理由和根据。

那么当代文论已失去这种存在的理由和根据了吗？在什么样的情况下它会失去这种存在的合法性而导致真正的危机呢？我想大致有两种情况：一是随着文学本身的发展演变，文学现象已经消亡了，这样当代文论就失去了研究的对象，当然也就失去了存在的前提；二是当代文论发生了根本性转向，已经远离文学研究，或者根本就不研究文学了，那么它存在的理由和根据也会发生问题，有可能导致自我消亡。当今的实际情形又如何呢？

从前一种情况看，虽然近一时期从国外到国内都有人在讨论文学"终结论"或文学"危机论"，认为随着电信时代的到来，图像文化的转向与扩张，文学必将难以存在下去。但这只是某些人的一种理论预测，而并非历史定论。无论国外还是国内，都有不少学者对这种危言耸听的预言表示怀疑，认为从根本上说，文学是根源于人类的心灵情感表达和语言表达的一种艺术形式，只要人类还会继续使用语言，只要人类还有情感表达的需要，只要人的头脑还需要借助于语言来进行思维想象，那么作为用语言来思维想象和表情达意的文学活动就不会消亡。事实上当今的文学活动仍普遍存在，只不过在新兴电子图像文化的冲击挤压之下面临着某些挑战，文学形态本身在走向"泛化"，文学的特性与功能也正发生一定的变异。这种现象只意味着文学的与时俱变，在新的时代条件下寻求适应性的生存发展。面对这种不断变化的文学现实，恰恰需要当代文论去研究其中的新情况和新问题，一方面对此做出合乎实际的认识阐释，另一方面致力于引导当代文学健康发展，使之在当代社会的和谐文明建设和人性的健全发展方面发挥更为积极的作用。这既是当代文论继续存在发展的理由和根据，也可以说是它进一步创新发展的新机遇。

再从后一种情况来看，当代文论是否还研究文学以及如何研究文学，则取决于研究者自身的思想观念与理论立场。如上所述，当代文论界的确存在这样一种现象，面对当今文学不断走向"泛化"，有人确实不太关心文学的发展了，他们宁愿远离文学现实，去研究某些纯粹的理论问题，满足于在狭小的理论圈子内自说自话；也有人干脆跟随文化研究转向的风潮，去研究图像文化、大众文化，以及种族、性别、身份等某些专门化的文化问题，而不再研究文学现象和文学问题了。这无疑会给当代文论带来所谓"合法性危机"。应当说在当今开放多元的时代条件下，学科领域发生某种分化也是正常的，既然当今图像文化、大众文化已经蓬勃兴起，那么当然应该有人去研究它，而且这种文化研究也自有价值，这是不言而喻的。不过问题在于，文化研究毕竟不能等同和取代文学研究，在当今的文化研究之外，还理应肯定文学研究的坚守，因为当今文学现象毕竟还普遍存在，文学对当今社会文化生态和人生人性的影响也客观存在，其中有许多新的问题还有待加以认识和阐释，当代文学的健全发展还有必要通过理论批评加以积极的引导，这同样是不言而喻的。而且笔者还认为，在当今文学不断走向"泛化"的情况下，当代文论虽然也有必要去关注和研究这种文学的"泛化"与"变异"现象，或者研究文学与其他文化形态交叉的"边缘化"现象，但作为专门学科的文学理论，更有必要去关注和研究那些文学中心地带的现象，那些具有重要的文学意义价值（而不只是文化学、社会学等方面的意义价值）的现象，那些来自文学现实的紧迫而重要的文学问题，力求对此做出符合文学实际和文学自身发展要求的理论回答，从而推动当代文学的健全发展。否则，作为当代文论存在的理由和根据就至少是不充分的。

关于当代文论研究者的思想观念与理论立场，除了如上所说是否还研究文学现象和文学问题之外，还有一个更深层次的问题，就是在基本观念上如何看待文学的存在及其意义，这同样关涉当代文论存在发展的理由与根据。毋庸讳言，在当今市场经济转轨与消费社会转型的时代条件下，当代文学的社会地位和意义价值都被大大地看"轻"了，在许多人的心目中，文学的确成了一种快餐式的精神消费品，其基本功能无非就是娱乐消闲，供人们饭后茶余打发休闲时光，用功利主义的眼光看，的确可以说"百无一用是文学"——不仅平民大众这样看，许多文学家和理论批评家自身可能也这样看。如果是这样，当代的文学研究也就真的没有多大意义，成为一种可有可无的"多余的"存在。

然而笔者却宁愿相信另外一种看法。有学者认为，从本质上说，文艺是人性的镜子，是传播观念的一种手段。携带价值观的文艺是联通哲学观念与大众文化的桥梁，是把知识转化成文化观念的最有效的手段，因为艺术能够在人们的心灵中潜移默化地引起思想感情、人生态度、价值观念等的深刻变化，还能获得精神享受和审美愉悦。文艺本身又是最具个性、最离不开自由的社会活动，这使得文艺格外适合于传播观念、塑造信仰。[1] 自古以来文学艺术总是以其特有的方式，作用于人们的观念信仰与心灵情感，作用于人性与人生，进而关联着国民精神的重铸与社会的文明进步。文学艺术的这种特性和意义价值早已为历史所确证，那么在当今时代，它是否就完全变成了一种消费文化形态呢？也许会有人引西方当今的消费文化转型为例来论证这种发展前景，但笔者仍然以为，我国当代文艺的发展

---

[1] 刘军宁：《中国，你需要一场文艺复兴——写在即将到来的新人文运动前夜》，《南方周末》2006年12月7日B15版。

并不必然和全然如此。姑且不论文艺是否一定可以担当思想启蒙的重任，即便从一般的人学意义而言，文艺作为人性的镜子，必将反映人的生存发展状况，它所携带的价值观（哪怕是娱乐消费观念），仍将对人们的观念信仰与心灵情感产生极大的影响。因此，站在当代社会和谐发展与人的合乎人性地生活的立场上，以当代"人学"的眼光来对当代文学的变革发展加以观照与阐释，从而给人们的文学活动以积极有益的影响，这应当是当代文论的真正价值所在，在这种积极的作用中，正可以获得其存在发展的更为充分的理由与根据。

三 当代文论研究与时俱变的应对策略

当代文论应对现实的挑战，除了如上所说在思想观念与理论立场上进行必要的反思和恰当的定位外，也许还有必要在理论思维方式、研究方法与策略上进行一定的反思，并做出相应的调整，以应对当今的文化转型和文学变革，从而实现当代文论与时俱变的发展。笔者以为，我们也许可以从以下一些方面进行探索：

第一，将对文学的认识阐释，从被定义的转变为被理解的。

传统文学理论研究的基本取向与特点，首先就是寻求给文学下定义，由此对文学进行定性研究，包括划定研究对象的范围，确定文学研究的边界，规定文学的基本性质，力求对文学做出科学的解释。传统意义上的西方美学与文论，从亚里士多德《诗学》开宗明义把一切艺术定义为自然的模仿以来，这种研究思路与方法，就早已形成传统。无论是"自上而下"的逻辑演绎，还是"自下而上"的经验归纳，最终都往往要归结到对美或文艺下定义，以一定的概念范畴规定其本质，进而建构理论系统，建立美学或文论的科学形态与理论规范。

但这个传统后来受到了现代思想观念的挑战，波普尔的科学证伪主义理论认为，任何理论命题（包括被定义的东西）都是可以被怀疑与反驳的，未经过证伪检验的东西是不可能被证实的；杜德里·夏皮尔的反预设主义理论认为，任何预设（给事物下定义本质上即是一种预设）的前提都是把事物看作永恒不变的东西，而实际上事物是不可能永恒不变的，因此一切预设（定义）都是靠不住的；现象学主张"还原"研究，即把原来对事物的理论认识与本质规定（定义）悬置起来，重新回到事物本身进行认识解释；解构主义的反逻各斯中心主义与反本质主义观念，更是不承认有任何中心本原和确定不变的本质,只有解构一切形而上学的既定理论规范,才能为新的认识理解开辟新的空间与途径。德里达主张在讨论文学问题时,首先应当中止那些形而上学的命题,他认为文学是不可定义的,没有所谓确定的"文学本质",甚至没有确定的所谓"文学性"。因为,"没有内在的标准能够担保一个文本实质上的文学性。不存在确实的文学实质或实在。如果你进而去分析一部文学作品的全部要素,你将永远不会见到文学本身,只有一些它分享或借用的特点,是你在别处,在其他的文本中也能找到的,不管是语言问题也好,意义或对象("主观"或"客观的")也好。甚至允许一个社会群体就一种现象的文学地位问题达成一致的惯例,仍然是靠不住的、不稳定的,动辄就在加以修订"。正因此,德里达才试图用"文学行动"取代"文学本质",也就是用"行动"的复杂性否定"本质"的纯粹性,并且极力倡导文学阅读,认为凡"适用于'文学作品'的东西也适用于'文学阅读'",也就是主张通过阅读来理解文学,以取代形而上学地定义文学。① 作为德里达的追随者,希利斯·米勒充分阐发了这一"文学阅读"理论,他已经看到当今文学所发生的巨大变化,新形态的文学已经越来越成为一种混合体,在这种情况下,要给文学下定义或规定文学的本质,恐怕就更为困难,而通过阅读来理解文学,追求文学自身特质即"文学性"的充分实现,或许是一种更为切实可行的途径。②

我国现当代美学与文论研究,受西方传统美学与文论的影响,长期以来其实也是致力于定性研究,追求确定文学与审美的本质并为其下定义,以此为基础建立理论体系。然而随着美学与文论的现代转型发展,如今却陷入了如有学者所说的"失范"与"失语"的两难困境之中:一方面,如果不努力建构一个以本质论为核心的理论系统与科学形态,便唯恐"失范";而一旦寻求将西方美学和文论的范畴移植过来,用西方理论范式阐释中国文学和进行理论建构,则又会导致"失语"。③ 现在看来,走出这种悖论与困境的办法,也许就是将对文学的认识阐释,从被定义的转变为被理解的,即把"什么是文学"的问题转变为"可以怎么来理解文

---

① 以上引述参见[法]德里达《文学行动》,赵兴国等译,中国社会科学出版社1998年版,第39页、第18页。
② 参见[美]希利斯·米勒《"我对文学的未来是有安全感的"——希利斯·米勒访谈录》,《文艺报》2004年6月24日。
③ 陈炎:《走出"失范"与"失语"的中国美学和文论》,《文学评论》2004年第2期。

学"的问题。事实上，那种试图用一个定义就囊括文学所有特性的独断论研究方式，现在的确是难以为继了。这是因为：一是在当今文学不断泛化和多元化的发展中，确实没有哪种文学定义能够涵括几乎无边的文学现象了，任何企图用几个概念范畴给文学下定义的努力都会变得捉襟见肘；二是在当今开放多元的时代，也几乎没有人会相信和接受某种独断论的文论，或某种唯此为大、唯此为尊的文学解释。这就迫使我们另辟蹊径，换一个角度来研究文学，即不是试图如何去定义文学，对阐释对象做出是与不是的判断，而是寻求我们可以怎样来理解文学，包括理解文学的存在方式与形态，理解文学存在的理由与根据，理解文学的存在意义与价值等。如果说定义式的研究是独断论的、封闭性的，那么理解则是开放的、对话的、民主的。从这样一种理念来看，那么就可以说，古往今来、各个时代的文学理论，都是那个时代的人们对文学的一种认识看法；每一种理论学说，如模仿论、表现论、审美论、语言符号论等，都是从某个方面或某个层面对文学的一种理解和阐释，都可能存在某种合理性。今天人们在借鉴前人认识理解的基础上，同样可以对文学做出我们自己的理解和阐释，以适应和促进当代文学的变革发展。

第二，将对文学的认识阐释，从本质论的转变为价值论的。

本质论的文学研究往往注重给文学下定义，它总要寻求给文学规定一个本质（大致有"由上而下"的先验论逻辑演绎与"由下而上"的经验论归纳两种基本路径），由此而建立一个以这一本质规定（定义）为核心的理论系统，然后将文学纳入这个本质论所规定的逻辑框架中加以阐释。因此这种本质论的文学研究，是比较强调客观性的，也是排他性的（凡不符合这种本质规定的文学现象往往不能进入其视野），因而也容易成为独断论的。

然而实际上，文学现象本身是极其复杂的，正如特里·伊格尔顿所说，"文学"是一种极不稳定的事物，它并不是一锤定音、永不更改的，因此必须丢开那种文学类别是"客观的"幻想，文学研究并不像昆虫学研究昆虫那样面对一种稳定的、界定清晰的实体，对文学不可能给出明确的类型概念。他断言"根本就不存在文学的'本质'这回事"，"从这个意义上说，人们不大可能把文学看作是从《贝奥伍夫》到弗吉尼亚·伍尔夫的某些写作类型所展示出的某些内在特性或一系列特性，而很可能把文学看作是人们把他们自己与写作联系起来的一系列方式"①。这里伊格尔顿明确认为不存在确定的所谓文学"本质"，因而本质论的文学研究实际上是不可能的，而换个角度把文学与人们自己的写作联系起来，或许更有可能理解文学。上面说到德里达主张在讨论文学问题时，应当中止那些形而上学的命题，认为文学是不可定义的，没有所谓确定的"文学本质"与"文学性"，提倡从文学阅读来研究文学。我理解这实际上意味着一种文学研究观念的转向，即从本质论的文学研究转向价值论的文学研究。

事物的价值总是与对人的需要的满足程度相联系，文学也总是在人们的相关实践活动中存在，并在人们对它的需求与理解中显示其特性与意义价值的。因此，对于文学也许就更有必要从文学实践（创作、阅读等）方面来理解，从主观方面来理解，即如上面伊格尔顿和德里达所说，把文学与人们的写作、阅读活动联系起来，实际上也就是与主体的内在要求联系起来理解。这种理解本质上是一种人学价值论的理解，"文学是人学"的命题在这里能得到十分恰切的说明。从这个角度来研究文学，其主要着眼点就在于：一定时代文学的存在及其变革，是如何适应这个时代人们的需要而发生的，它又给人们的生存发展带来了什么？一定时代的文学形态及其特性，会对这个时代人们的人生观念、人性滋养与社会文明产生什么影响，人们又该怎样来理解和对待文学的这种变革发展？这些就必然上升成为文学研究的主要问题。

既然如此，那么对于以往关于文学艺术本质的理论探讨又该如何看待呢？有学者认为，艺术史上对艺术本质的认识是不一样的，有时甚至是截然对立的，任何一种产生过影响的艺术本质理论，都受到过其他理论的挑战和批判，都没有逃脱被指责为一种错误的、有偏见的理论的命运。对于我们当今的研究者来说，也许就不能完全从追问某种关于艺术本质的理论和观念正确与否的角度，而是从策略和意识形态的角度理解它们的立场，寻找它们获得支持、取得合法地位的社会基础、文化语境和艺术背景。因为事实上每一种关于艺术本质的理论，都会通过推理、归纳和论证的方法把其说成是唯一正确的，而这种正确性又是它在艺术领域产生影响的最起码的前提。② 上述看法应当说是有道理的。从"体用不二"的观点看，实

---

① ［英］特里·伊格尔顿：《文学原理引论》，刘峰等译，文化艺术出版社 1987 年版，第 11 页。
② 游佩林：《对艺术本质不同认识的思考》，《文艺研究》2004 年第 3 期。

际上以往任何一种关于文艺本质的理论中,是包含从当时的社会基础、意识形态和文化语境所获得的支持的,亦即包含着价值内涵。我们现在所要做的,就不是简单判断某种文艺本质论的对错,更不是只挑选某种自己所乐于接受的理论而奉为圭臬,而是需要尽可能去寻求各种文艺本质论背后所获得支持的那个理由和根据。而这个理由和根据恰恰要从当时人们对文艺的需求和理解中去寻找,换言之也就是从价值论方面入手去认识和寻找,所以一切都又还是要归结到价值论的基点上来。

当今文学研究从本质论向价值论转型,并不意味着对文学本质论的抹杀和消解,而只意味着转换文学研究的观照与切入角度。从人学价值论角度研究文学,肯定仍然包含着对文学本质特性的认识把握,只不过它不再是那种形而上学的、一元论和独断论的判断,而更是一种从文学价值功能与特性出发,综合性把握和多元性的理解。比如近期学界对文学"审美意识形态论"的讨论,许多学者就并不赞成用某一断语给文学下定义,而主张把文学的本质特性理解为综合的、系统的本质特性,并用描述的方式加以表达,如文学的意识形态特性,文学的审美特性,文学的文化特性,文学的语言艺术特性,等等。从这种描述中凸显出来的,既可以说是文学的本质特性,更可以说是文学的价值维度与内涵。这也许正可以看作当代文论研究悄然转向的一种标志。

第三,将对文学的认识阐释,从知识论的转变为方法论的。

传统本质主义的文学理论,可以说更多是属于知识论的,它的主要功能是告诉人们:文学是什么;文学是什么样的;文学具有哪些特点和作用;等等。而这些关于文学的知识,一旦形成和确定,并被纳入一定的理论体系,就有可能成为一种规定性和凝固性的知识,乃至成为一种权威话语。人们一旦接受这种关于文学的知识,就往往会用这种知识框架的规定性来看待和衡量文学现象,形成对文学的认识判断,而这种认识判断往往会是独断性的、排他性的。还有一个问题就是如上所说,文学理论一旦自视为一种独立的知识系统,就往往会变得"自恋"起来,强调自己就可以生产知识、生产思想、生产意义,有可能越来越脱离文学现实,越来越满足于在文学理论的知识系统内自说自话,追求概念、范畴、范式及知识系统本身的派生与增殖,其结果是带来这个知识系统的封闭性。

如果从方法论的意义上来看待和建构文学理论,那么它的主要功能则在于告诉人们:文学的存在及其本质特性都不是确定不变的,更不是某些关于文学的定义或理论规定所能够完全说明与涵盖的,重要的在于我们可以从一些什么样的角度,用一些什么样的方法,以及通过一些什么样的途径来理解和认识文学?反过来说,从古往今来人们对文学的各种认识阐释中,我们又可以获得怎样的方法论启示?如果说知识论的文论观念着重在对文学的说明与判断,即它往往按照某种既定的关于文学的本质规定(文学本质观)来说明文学现象,给文学下判断;那么方法论的文论观念则重在对文学的理解与阐释,即可以从什么样的方法、途径入手来认识理解文学,从而对文学做出合乎实际的阐释。据说"阐释学之父"狄尔泰创立古典阐释学时首先提出的问题是:我们对于世界的阐释,是一种"说明"还是一种"理解"?在他看来,自然科学是对于自然的一种"说明",它是按照自然世界原有的样子来解说世界,因为自然世界是客观实在的,所以科学知识能以一种纯粹客观的、未经主观因素玷污的态度反映客观实在,这种知识可以是比较真实可靠的。而人文学科所面对的是人的世界,特别是人的精神世界,这是一个充满自由和创造的世界,人们往往需要通过体验理解来把握它,因而会带有某种主观性和特殊性。人文学科为了向科学的客观性与普遍性靠拢,就必须通过"解释"的途径来消除其主观任意性,从而达到对对象世界的真正"理解"。[①] 作为人文学科的文学理论,所面对的是作为"人学"的文学这一特殊对象,更是需要通过阐释来加以理解把握,在这里,重要的恐怕还不只是阐释的结果,更重要的还在于是通过什么样的阐释方法与途径来实现的,从认识论的意义上说,方法比结果更值得重视。

事实上,历史上任何卓有成就的文论学说的背后,往往都有某种独特的认识与阐释方法蕴含其中,对于这些理论成果,重要的不只是从知识论的层面上去接受其现成的结论,而更应该从方法论的层面去理解和把握它所蕴含的思维方式、研究方法、阐释策略及其理论智慧。对于当代文论而言,我以为也同样不宜仅仅在知识论的层面上,热衷于生产某些新概念、新话语,或者追求各种"话语转换",而更应注重在方法论的意义上,即在如何更切实有效地认识阐释文学的方法与策略上面下功夫,力求为当代的文学研究提供新的理论方法与智慧。这里顺便还要提到当今的文学理论课程教学,似乎也有必要倡导从知识论的教学模式向方法论的教学观念转

---

① 参见姚文放《当代性与文学传统的重建》,人民文学出版社2004年版,第287—288页。

变，即不只是向学生讲解某些既定的文学理论概念范畴与原理，让学生死记硬背这样一堆现成的文论知识，而是尽可能引导学生学习和思考，可以怎样来认识理解和研究阐释文学，启发和帮助学生建立一定的文学观念，学习一些认识阐释文学现象和读解评论文学作品的基本方法，培养一定的理论思维与分析能力，从对文学与文论的理解感悟中开启人生智慧，这也许是更为重要的。

第三节　当代文论研究：回归基本问题

一段时间以来，当代文学理论研究在接连不断的"转向"，以及对各种新潮理论的追逐中，越来越远离文学实际，也越来越远离文学的基本问题，越来越远离当今社会人们的文学诉求，一定程度上带来了如上所说文学理论的合法性危机。面对这种现实，就有必要呼唤当代文论研究回归基本问题，重视对文学存在论、文学本质论、文学价值论、文学特征论等文学基本问题的研究，联系不断发展变化的文学实践，对这些基本问题进行新的探讨阐释，从而对现实发展作出应有的回应。

一　当代文论研究转向的理论反思

综观近几十年来文学理论学科的变革发展，往往给人这样一种深切的感受：一方面，文学理论界空前活跃，思想解放、思维开放，充满了求变创新的激情与热望，各种以创新为旨归的文学理论教材和著作层出不穷，可谓新潮迭起、新论迭出，显示出前所未有的多元、开放发展的繁荣景象。但另一方面，在这种追"新"逐"后"开放多元的发展潮流中，在理论界的众声喧哗和话语狂欢中，却又生发出一些新的矛盾和问题，而且这些新的矛盾和问题还具有相当的普遍性，这不仅让文学圈外的人们"看不懂"，就是文学圈内的人也往往感到迷惘和困惑。在当前文学理论研究中存在的矛盾和问题，主要有以下一些方面。

首先，是当代文论研究越来越远离文学实际，尤其是当下的文学现实。本来文学理论就应该是关于文学的理论，它是以文学为土壤和根基的，是在对文学现象的认识阐释中建构起来的，并且它的主要功能和价值也应该是有助于对文学的认识、阐释，以及影响文学的现实发展。回顾以前蔡仪主编《文学概论》和以群主编《文学的基本原理》为代表的一批教材，以及那时的文学理论研究，是非常注重联系文学实际的，但凡重要的文学理论命题，都要寻求文学发展史实的支撑，都要指向对文学现象，尤其是那些经典性的作家作品的观照阐释。而这里的所谓文学经典，不仅包括历史上的经典之作，而且也包括现当代文学中的经典之作，由此充分显示其对文学的阐释力。然而，从强调当代文论研究创新，特别是文化研究转向以来，文学理论研究的这种理论联系实际的传统逐渐失落，越来越远离文学实际，尤其是当下的文学现实，越来越成为理论自身的自说自话，因而使得当今的文学理论自我架空，对文学的阐释力不断下降，对文学现实的影响力也愈来愈减弱，这正是当今文学理论面临的危机之一。

为什么会出现这样一种情况呢？我想也许有这样两个方面的原因。一方面是缘于"文学经典"的被消解。我们的文学理论历来有一种"经典情结"，凡是进入到文学理论阐释范围的，尤其是要进入到文学理论教材中加以阐释的，都要求是比较经典性的文学现象，其中作家作品尤为要求"经典"。这在过去文学观念比较单一的情况下，对文学经典的确认，无论是古代文学中的经典，还是现当代文学中的经典，包括革命文学经典、红色文学经典等，都还比较容易形成共识，也比较容易进行阐释。然而随着一个时期以来文学观念的不断变革走向多元化，人们对"文学经典"的理解分歧越来越大，对原来一些被当作"文学经典"对待的作家作品，认同度也越来越低。除了外国文学和我国古代文学中一些"久经考验"的作家作品，还能被当作"经典"对待外，我国现当代文学中能够被当作"经典"认同的已所剩不多，而那些革命文学经典、红色文学经典等，则在相当大的程度上被消解了（这里指"经典"意义上的消解，并不包含对其文学和历史意义的否定）。还有新时期以来的文学，由于缺乏足够长的历史和时间的检验，以及人们文学观念不同导致认识判断上的巨大差异，要在"文学经典"的意义上形成共识显然更为困难。至于当下那些比较新潮乃至"另类"的文学现象，人们的认识看法就更是分歧巨大，能否把它当作一种正常的文学现象来认识都成为问题，就更遑论所谓"文学经典"了。这样一来，当代文学理论就陷入了一种找不到阐释对象的尴尬之中：如果只是面对古代的和外国的文学经典进行理论阐说，会让人感到知识老化和保守陈旧，太缺少现实感；如果要把现当代文学中的一些文学现象和作家作品纳入进来进行阐释论说，则又会因其是否具有经典意义、是否能被认同而顾虑重重；特别是如果要对当下的文学现实加以阐释评说，那就更是要担心因其"不成熟"而引起争论。无奈之下，就只好回避文学现实，尤其是回避那些容易引起争议的作家作品和当下的文学现实，更多地导向文学理论自身的自说自话。而另一方面，则是缘于文学理论的过于"自恋"。曾几何时，我们一些理论家就曾经宣称，文学理论不需要跟在文学现象后面做研究，特别是不屑于跟在当下的文学现象后面转，认为文学理论自身就可以像哲学那样生产知识、生产思想，可以独立地显示自身的意义。于是文学理论的"自恋情结"便生成了，并且越来越严重，在近一时期文学理论界纷纷向文化研究转向的情况下，这种倾向就显得更为突出，文学理论就更加远离文学，更加热衷于向哲学、社会学、文化学、历史学等靠拢，更加满足于文学理论自身的自说自话。而这种状况人们似乎也已经习以为常了。

其次，文学理论研究越来越远离文学的基本问题。作为一门成熟的理论学科，显然是有自身的基本理论问题的。文学理论作为对文学现象进行认识阐释的学科，对于文学存在论、文学本质特性论、文学价值论，以及对于文学的创作、接受等规律的探讨，理应成为这门理论学科的基本问题，无论这门学科如何创新发展，也都应当是在这些基本问题上的深化和拓展，而不是对这些基本问题的遮蔽和抛弃。然而一个时期以来的实际状况又如何呢？如果说在过去文学观念还比较单一的时候，无论是文学理论研究还是教学（包括教科书），一些文学理论的基本问题还是比较明晰的，那么后来随着文学观念的不断变革，以及对理论创新的不断追逐中，这些基本问题也就越来越模糊乃至被遮蔽了。究其原因，一方面显然与如上所说的当代文学理论远离文学实际有关，当理论脱离文学现实之后，也就感受不到文学现实对于理论的强烈呼唤和激发，一些与文学现实发展密切相关的基本问题也就得不到应有的重视而日渐远去。而另一方面，则是一个时期以来我们的文学理论和文学研究，热衷于追逐西方文论思潮不断"转向"：忽而"向内转"，转向研究审美、文本、形式、语言、符号、叙事策略等；忽而"向外转"，转向研究大众文化、消费时尚、身体美学，以及阶级、种族、性别、身份等。特别是在近一时期的后一种转向中，文学理论的边界不断拓展，乃至于不断"越界"，文学研究越来越成为一种文化学、社会学研究，在这种理论疆域的不断扩张中，文学理论自身的基本问题反倒迷失或被悬置了。更有甚者，在这种具有后现代特性的转向中，某些解构主义和反本质主义的思想观念，干脆把关于文学的那些基本问题当作"本质主义"的东西消解掉,甚至把文学本身也消解掉(如文学危机论或文学消亡论)。而随着对文学和文学理论基本问题的逐步消解,文学理论学科也就不可避免地陷入了自我消解的危机之中。

再次,则是文学理论研究越来越远离当今社会人们的文学诉求。传统的文学观念让我们相信,文学是人学,是人的心灵情感之学,是人的人生智慧之学,是人的生活教科书,文学中寄托着人们的人生理想与心灵诉求。与此相关,文学理论学说也应当是一种人学,它理应关心文学对于社会人生的表达,关心人们对于文学的诉求。然而当今的所谓现代文学观念,却似乎越来越追求把文学理论变成科学,即力图使其成为一门知识性学科,它更多关心的是文学理论自身的学科体系、理论范式、研究方法、概念范畴、话语方式、叙述策略等,却并不那么关心文学如何表达一个时代的社会诉求和人们的心灵情感诉求,并不那么注重通过对文学的认识阐释引导社会的文明建设和人心的净化、人生的美化。正是由于文学理论对于人学精神的这种自我消解,以及对于当今社会人们的文学诉求的这种疏离,也使得人们失去了对于文学理论的兴趣,社会并不关心理论家们在说些什么,这样文学理论研究也就成为同行圈内的话语游戏,从而失去了对于世道人心所应有的影响作用。这也不能不说是当今文学理论所面临的一种危机。

如上所说的这些矛盾和问题,实际上都已关涉到文学理论存在的理由和根据的根本问题,或者说当今文学理论所面临的种种危机,在一定程度上也可以说,意味着文学理论的合法性危机,值得我们认真反思。

二 当代文论应深化研究的基本问题

正是基于如前所说关于文学理论的合法性,以及其存在的理由和根据的认识,因而就有必要呼唤文学理论回归文学基本问题的研究。那么究竟有哪些问题属于基本问题呢?笔者认为主要有以下一些方面。

第一,关于文学存在论方面的问题。其中包括:什么是文学?文学的存在方式如何?文学存在的理由和根据何在?

首先,对于什么是文学?通常被认为是本质论的问题,古往今来,曾有许多关于文学的解释和定义,但几乎没有一个是得到普遍认同的,而且恐怕永远也不会有一个被完全认同的定义。由于难以形成共识,而且事实上用任何一个关于文学的定义都难以说明各种复杂的文学现象,强作解释

第六章 "文化研究"转向与当代文论观念问题

难免牵强附会，于是就有人干脆否定这个命题，把它归入"本质主义"而消解掉。然而常识告诉我们，任何事物的存在都是有其质的规定性的，否则此事物与彼事物就根本无法区分开来，而所谓事物质的规定性，其实也可以说就是事物的本质。按列宁的看法，事物的本质往往是多重性、多层次性的，有一级本质、二级本质、三级本质等。系统论认为，事物作为一个复杂的结构系统，它的本质往往表现为一种"系统质"，即多重本质构成的有机体。据此有学者提出文学的本质是系统本质，是多重本质的有机系统，[1] 这应当说是有道理的。"本质主义"的问题在于，把事物的某种本质绝对化、凝固化，封闭而排他，以为"放之四海而皆准"，这种形而上学的思维方式和理念显然是应当破除的。但反对"本质主义"并不等于要把对事物本质的认识探求本身也否定掉。对于文学是什么的问题，我以为仍然是文学理论的基本问题，无论过去和现在的文学现象怎样复杂多变，无论古往今来人们对文学的认识和解释有多少发展变化，我们都还是有必要从它质的规定性方面去把握它、认识它、说明它，把它在历史发展过程中不断展开和丰富起来的多重系统本质揭示出来，以便更好地认识解释这种现象，使文学活动真正成为人们自由自觉的活动。

其次，关于文学的存在方式问题。应当说我们过去对这个基本问题的研究是不够的，许多文学理论著作和教科书，在把文学作为阐释对象时，有时是就文学活动而言，有时是针对文学作品而言，有时则显得比较含混，使人难以把握文学究竟是一种什么样的存在。因此在对文学进行研究阐释时，也许有必要首先对文学的存在方式加以界定，增强其针对性。有学者认为，现代传媒语境中的文学存在方式，有两种基本形态：一种是文学的动态存在方式，即文学作为一种活动的存在，它由世界、作家、作品、读者构成一个文学活动的系统，其中包括文学创作活动、文学接受活动、文学批评活动等；另一种是文学的静态存在方式，即文学作品的存在，其中又有文体的因素，媒介或载体的因素，以及其他种种复杂因素。[2] 韦勒克和沃伦合著的《文学理论》一著，其中就有一章专门讨论"文学作品的存在方式"，他们以诗为例，从多个方面讨论诗是什么，有关诗的存在方式的各种要素，如图画或符号、声音或音响以及格律等，可

---

[1] 陆贵山：《试论文学的系统本质》，《文学评论》2005年第5期。
[2] 参见单小曦《现代传媒语境中的文学存在方式》第三、四章，中国社会科学出版社2007年版。

以给我们许多启发。① 时至今日，文学发展已进入电信时代、网络时代、图像化时代、后现代消费主义时代，关于文学的存在方式，无论是作为文学活动的存在方式，还是文学作品的存在方式，与传统的文学形态相比都出现了许多新的变化和新的现象，如图像化的文学、网络化的文学等，无疑有待于我们去进一步认识探讨。

此外，关于文学存在的理由和根据何在？这显然需要从人学的意义上来加以追寻，从人们何以需要文学、在什么意义上需要文学来回答。这既是有关文学本体论的问题，也是关联着文学价值论的问题，按照"体用合一"的逻辑，有必要与文学价值论联系起来进行探讨，这下面再谈。

第二，关于文学价值论方面的问题。文学究竟有什么意义价值？应当说古往今来曾经有各式各样的回答。比如，西方自古希腊以来就不断有理论学说告诉我们：文艺可以通过模仿获得经验与真知；可以通过灵感把握理念培养人的理性与智慧；可以"寓教于乐"；可以进行思想启蒙和培养人的德行；可以表达情感与歌颂理想；可以反映现实与批判社会；可以通过建立审美乌托邦以超越或逃离现实；可以通过反映和观照人的异化状态从而克服人的异化；如此等等。中国历史上的理论阐发也不少：如诗（文学）可以兴、观、群、怨；可以美化现实或针砭时弊（美刺）；可以易风俗、厚人伦、美教化；可以成为经国之大业、不朽之盛事；可以写景状物、言志抒情、明道载道；可以新民、新政治、新道德和改良社会；可以思想启蒙、批判现实；可以表现情感、解放个性；可以改造"国民性"，并使文学成为引导国民精神前进的灯火；可以反映人民生活为革命事业服务；可以解放思想促进改革开放，等等。然而所有这些回答，都并没有也不可能穷尽对文学功能价值的探寻。如同文学本质是在文学的历史发展过程中不断展开和丰富起来的一样，文学的功能价值也应是在文学的历史发展过程中不断展开和实现的，需要历史地加以认识和揭示。

对于当今的文学价值论研究而言，也许可以从这样几个方面着眼展开：一是本源性的探求，即把文学活动置于人类实践活动系统中，追问为什么自古以来人类就有文学艺术活动？这种活动在人类生活中究竟具有什么样的意义价值？二是历史性的考察，即文学活动在人类发展史上曾经发生过什么样的作用？为什么会有这样的作用？历来的文学理论是如何认识

---

① 参见［美］韦勒克、沃伦《文学理论》，刘象愚等译，生活·读书·新知三联书店1984年版，第148—165页。

和阐释这些文学功能价值的？三是现实性的思考，即在今天的社会生活和我们的日常生活中，是否还需要以及在什么意义上需要文学？文学活动对于当代人的生存发展具有什么样的意义价值？四是也许还有必要专门探讨一下，文学教育在当今整个文化教育中的地位如何？它对于当代人的健全人格培养具有什么样的意义价值？

此外还有关于文学价值论研究的维度问题，现在看来主要有这样几个基本维度：一是社会意识形态的维度，即把文学纳入社会意识形态的视野中来加以观照和理解阐释，说明文学的意识形态特性与意义价值，通常关于文学与政治、文学与道德、文学与宗教等问题的研究，都是在这个维度上展开的。二是历史文化的维度，即把文学作为一种历史文化现象来加以观照和理解阐释，说明文学的历史文化特性与意义价值，过去历史文化学派的研究，以及当今兴起的文化研究等，往往是在这个维度上展开的。三是人文精神的维度，即从人性与人生的视角，对文学现象加以观照和理解阐释，说明文学的人文特性及其对于人生的意义价值。四是艺术审美的维度，即从审美的视角切入，研究审美与人性、审美与人生的关系，实际上是人学研究的一种延伸。不过这里更侧重于把文学审美作为一种特殊性的现象来研究，着眼点在于文学审美与人的精神自由的关系，由此说明文学的审美特性及其对于人的精神自由的意义价值。上述不同的维度构成文学的功能价值系统，在不同的社会历史条件下，文学价值的这几个维度之间会构成不同的相互关系，从而体现不同的主导性价值取向。那么在当今的时代条件下，文学价值系统内彼此之间的关系如何？哪些文学价值功能将历史性地消退，某些新的文学价值功能又将在怎样的维度上展开和实现？这恰恰是我们现在所要着力研究的问题。

第三，关于文学特征论方面的问题。这里主要指文学作品的形态特征，当然同时也关联着文学活动的各个方面。要认识说明文学，就不能不把握文学的基本特征；也只有把文学的基本特征认识清楚了，才能更合乎规律地去创作文学和阅读、评论、研究文学，使文学活动真正成为自由自觉的活动。历来对于文学的特征也已形成各种不同的认识：有人认为文学的特征在于表达情感，而不同于科学诉诸人的理智；也有人认为文学的特征是用形象说话，而不同于科学用概念表达；还有人认为文学的主要特征是虚构想象，创造可能的艺术世界；当然还有人认为文学的主要特征在于"文学性"，即语言表达自身的形式技巧与叙述策略，等等。应当说这些看法都从不同的方面开启了认识文学特征的途径与可能性，但如果仅仅把文学特征归结为某一方面又可能是不够的。

现代系统论的思维方式启示我们，还是应当把文学的特征也看成是一个多方面或多维度的特征构成的有机系统，进而可以从不同的维度切入和展开来认识文学的基本特征。比如我们可以归纳为这样几个方面的维度：一是语言艺术的维度。文学作为语言的艺术，当然首先表现为语言方面的特征，文学语言是一切意义（从形象、情感到人文精神与审美意蕴等）存在的家园，如同希利斯·米勒所指出的那样，文学的魅力在相当大的程度上表现为语言的艺术魅力，① 因此有必要充分认识和研究文学的语言艺术特征。在这方面，西方的形式主义文论和叙事学研究等能给我们许多启示，不过由于语言系统的不同，对我们的民族文学研究实际上又仍有相当的隔膜。如何从民族语言的特性入手来研究我们民族文学的语言艺术特征，仍然是大有可为的课题。二是艺术想象的维度。如果换一个角度来看，文学通常又被称为想象的艺术，它以语言为媒介展开艺术想象与虚构，精骛八极、心游万仞（陆机《文赋》）；思接千载、视通万里（刘勰《文心雕龙·神思》），极大地开启和拓展人的思维想象空间，将人的心灵引向唯有艺术想象才可能抵达的现实或超现实的艺术境界，从而给人以奇妙丰富的心灵感受与精神体验。应当说其中既包含着思维规律方面的特点（如以前所讨论过的形象思维、灵感思维等），但又绝不仅限于此，还有更为丰富深厚的人生与人性意义在内，值得与人学价值论问题联系起来加以开掘探讨。三是情感表现的维度。中国古人云"诗言是其志也"，"情动于中而形于言"；托尔斯泰艺术论认为，文学就是将自己的情感表现与传达出来，从而影响别人的情感；后来普列汉诺夫补充说，文学不只是表现情感，同时也包括思想，这样表述当然就更全面完整了。总的来说，用艺术的方式表情达意，无疑是文学的本体性特征之一，这个命题在当今也仍未失去其意义。四是艺术形象的维度。用语言创造艺术形象反映生活和表情达意，的确是文学的一个非常突出的特征，过去相当长一个时期的文学理论以此作为文学最基本的特征，并非没有一定的道理，只不过阐释中有些简单化和绝对化。但后来有的理论走向消解文学的形象性，显然是过于偏激的。总体上应当说文学离不开形象创造，但不同形态的文学

---

① ［美］希利斯·米勒：《论文学的权威性》，《文艺报》2001年8月28日第2版。

作品，其艺术形象的具体形态是各有不同的：有物象与意象，有一般性形象与典型形象，有情境与意境，等等。这正是需要我们在比较中不断深化认识的。

此外，还有文学作品的文本特征论问题，如传统的内容与形式二元统一的文本构成论，以及本来同样古老、但又被认为很现代的多元层次结构文本论，如言、象、意等多层次文本构成论，等等。它们各有什么特点？彼此孰优孰劣？如何更契合对文学作品的读解分析与阐释？似乎也都还有进一步深入探讨的必要与可能。

如上所述这些文学的基本问题，在过去的文学理论中，应当说得到了相当程度的认识与探讨，但同时又存在着很大的不足。比如文学观念上的局限与制约，尤其是不能根据发展了的文学实践，对这些基本问题做出更深入、更富于创新性的认识阐释。而在后来文学理论研究的不断"转向"中，又往往把这些基本问题"转"迷失了。特别是在当今文学和文学观念"泛化"的情况下，这些基本问题更有可能被遮蔽和泛化掉。笔者认为，这个时代只要还有文学现象存在，而且也还有充分的理由和根据期待文学的健全发展，那么文学理论作为研究文学的专门学科，就有必要呼唤回归对文学基本问题的研究，联系不断发展变化的文学实践，对这些基本问题进行新的探讨阐释，从而对现实发展作出应有的回应。作为基础理论学科的文学理论教学来说，更应该重视和突出这些基本问题的教学，而不应在对后现代新潮理论的追逐中把这些基本问题抛弃了，在知识论的张扬中把价值论方面的问题遮蔽了。

三 当代文论研究的"文学性"坚守

在当代文化转型与文化研究转向中，除了一般意义上的传统语码形态的文化与文学"泛化"发展，以及由此带来的理论观念与研究方式的变化之外，还有一种比较特殊的情况，这就是随着电子科技与新媒体的迅速发展，图像文化异军突起急剧扩张，成为电子时代的新宠，出现了当代文化发展中"图像转向"的新景观。这种现象在西方社会早已出现，西方学者米歇尔等人早已论述了这种"图像转向"的趋势，德里达和米勒等人甚至预言了电信时代文学和文学研究将走向"终结"。不管我们是否认同和接受他们的看法，但所提出的问题是值得关注的。中国虽属"后发"国家，但在全球化背景之下，我们的经济社会发展无不受世界潮流影响，文化发展同样不可能置身于全球性的文化转向之外。从一个时期以来我国文化形态的变化发展趋势看，显然也正发生图像化转向并呈现不断扩张之势，传统文化形态虽不能说已退居边缘，但在图像化扩张中受到极大挤压，应是不争之实。

问题可能并不在于是否承认这一现实，而在于如何对此做出解释和回应。西方学者将图像化转向归之于电子数码技术的发展，这应当说有一定道理，但又未免过于简单化了，不少中国学者对这种"技术决定论"观点深表怀疑。其实电子科技发展只是为文化转型提供了必要的技术支持，在这表层的技术原因之外，应当还有其社会原因，比如西方文化工业或大众文化兴起的背景，我国文化的大众化、产业化和市场化转型的背景等。这种文化转型也意味着文化功能及其人们文化观念的转变，即由意识形态转变为日常消费，由认识教化转变为消闲娱乐，由主要追求美感转变为主要寻求快感等。在这种转变中，图像文化显然更能满足这种新的需求。社会上有"眼球经济"的说法，经济与文化联姻，当然也会催生出"眼球文化"，图像在吸引人们眼球方面无疑更占绝对优势，它之成为市场经济时代新媒体文化中的新宠，当然也就不足为奇了。

换一个角度看，图像化转向似乎也与人们的文化接受习性有关。曾有学者认为，从人对世界的感知方式而言，图像认知也许最接近人的本性，它与人类最初对世界的识别形式直接同一。只是由于人类在原始时代，感到无法运用图像完成对世界的复杂表达，于是发明了语言文字作为人类认知世界的基本手段。如今随着科技发展，人们不顾一切地向着图像世界推进，正说明图像认知契合了人类认知的本真状态，或者说是最具有人性化的一种形式，因而图像转向可视为一种"文化返祖"倾向。[①] 这种看法不无道理。如果作为人类认知方式来看是如此，那么作为审美方式来看可能更是如此。因此，不少中外学者从不同方面，如认知与表达的感性直观、信息交流的方便快捷等，充分肯定了图像文化的积极意义，同时也肯定了图像转向的某种现实合理性。从这个意义上说，倘若完全站在传统文化立场，对图像文化形态一味鄙薄否定，也许会让人感到轻率与粗暴。

不过问题显然还有另外一个方面：当我们把图像认知（审美）当作最接近人的认知本性或最具有人性化的一种形式来看待的时候，是不是又

[①] 陈晓明：《摄影文学的先锋性》，参见《21世纪全球摄影文学论坛》，哈尔滨出版社2003年版，第200页。

会带来对文化发展的另一种简单肤浅认识，甚至导致对人性的片面理解呢？会不会在看到图像转向的现实合理性时，忽视其中所隐含着的问题乃至危机呢？这正是值得进一步讨论的问题。

人类对世界的认知及其文化发展，大概经历了一个图码认知—语码认知—全息认知的演进过程。图像认知无疑是人类文明初始阶段的基本方式，这一方面受原始人认知能力的限制，同时也反映了刚从自然界分化（进化）而来的人类，其生命活动（包括认知活动）与对象世界浑然同一的特征。随着人类文明发展，人类认知逐渐从具象化走向抽象化，语言文字的发明创造，既是这种认知抽象化的结果，同时又成为进一步认知世界的基本手段。随着认知符号（语言文字）的抽象化，人类思维也逐渐从感性化走向理性化，不断朝着超越性、想象性的层面提升，创造出一个由语言符号所生成并由思维想象来把握的世界。这就带来了语言世界与具象世界的分离，心灵感悟的世界与外部世界的分离，从而实现人类精神的想象性超越。从这个意义上说，语言也就成为存在的家园。这个过程，并不仅仅是一个认知发展过程，同时也是人的本质力量不断展开和丰富的过程，是人性不断提升的过程。当然，人类认知走向抽象化、理性化、语码化，并不意味着完全告别和抛弃具象化、感性化、图像化，尤其是在艺术审美领域，无疑更多保留了图像化的形态。但是，进入抽象化认知发展阶段之后的图像艺术，早已不复是初始阶段单纯认知意义上的模仿性、描述性，而是将抽象化、理性化思维和心灵感悟的东西融入图像创造之中，使其具有了更多的表意性、想象性、超越性，概言之，由原来简单的形象化走向丰富的意象化。文学作为语言艺术，它本身是抽象化语言思维与表达的产物，它所创造的是想象的艺术世界，是与外部世界分离的。但从文学的观念与形态之历史发展来看，早期也多是倾向于模仿外部世界，然后在人类认知抽象化、理性化的导引下，在模仿再现的同时更强化了表意性与艺术想象，更倾向于追求超越性的艺术境界。文学是人学，文学艺术以自身特有的方式，同样显示着人性不断展开、丰富和提升的历史进程。

如今人类早已超越了原始"图码认知"和后来以"语码认知"为基本方式的阶段，而进入到"全息认知"阶段。在这个全息符码织构的文化世界中，声音和图像构成的文化形态，借助于电子数码技术的力量而风靡天下，占据越来越突出的地位，的确有将语言文字符码的文化形态挤向边缘之势。如上所说，这有一定的历史必然性和合理性，并非不可理解。

不过问题在于，如今一些图像文化（艺术）形态，过于迷信电子数码技术的魔力，过于屈从市场经济条件下的文化消费主义原则，从某种意义上说也过于迁就了人性的弱点，不遗余力地在打造视觉吸引力和感官冲击力方面下功夫，以虚拟的直观真实性替代了思考的深刻性，以肤浅的趣味性消解了理性与意义的深度，以直觉快感取代了精神美感。有人说现在的图像文化不外乎就是欲望生产、快乐原则和当下身体感，这话虽然说得有点绝对，未必所有图像文化都是如此，但这种情况显然在一定程度上存在。美国文学批评家希利斯·米勒就曾经指出过电子数码时代图像转向所带来的一些问题："所有那些电视、电影和因特网产生的大批的形象，以及机器变戏法一样产生出来的那么多的幽灵，打破了虚幻与现实之间的区别，正如它破坏了现在、过去和未来的分野"；"不同媒体之间的界限也日渐消逝。视觉形象、听觉组合（比如音乐），以及文字都不同的受到了0和1这一序列的数码化改变。像电视和电影、连接或配有音箱的电脑监视器不可避免地混合了视觉、听觉形象，还兼有文字解读的能力。新的电信时代无可挽回地成了多媒体的综合应用。男人、女人和孩子个人的、排他的'一书在手，浑然忘忧'的读书行为，让位于'环视'和'环绕音响'这些现代化视听设备。而后者用一大堆既不是现在也不是非现在、既不是具体化的也不是抽象化的、既不在这儿也不在那儿、不死不活的东西冲击着眼膜和耳鼓。这些幽灵一样的东西拥有巨大的力量，可以侵扰那些手拿遥控器开启这些设备的人们的心理、感受和想象，并且还可以把他们的心理和情感打造成它们所喜欢的样子……"[①] 如果长久沉迷于此类图像世界中将意味着什么呢？也许就是主体自我的迷失，理性精神的缺失，深度美感意义的丧失，在根本上造成人性的片面与匮乏。所以当我们把图像转向作为一种"文化返祖"现象来看待的时候，应该警惕在这一"返祖"过程中会不会把历史进化中所获得的人性的丰富性丢失掉。

由此联想到文学界广为争论的"文学救赎"的问题。图像化转向与扩张，无疑对文学形成相当程度的挤压，对比出了文学生存的无奈与尴尬，悲观如德里达、米勒等西方学者甚至预言了文学的终结。尽管如此，许多中外学者或者根本不相信文学会走向"终结"，或者虽然对文学发展前景不无悲观，但仍然希望拯救文学。即便是米勒等人，一方面宣告了文

[①] ［美］希利斯·米勒：《全球化时代文学研究还会继续存在吗？》，《文学评论》2001年第1期。

学的死讯，另一方面却仍执着于文学研究，并试图寻求文学在新媒体文化中的转化再生。那么我们为什么需要文学而不愿意它死去？或者说文学的存在对我们真的很重要吗？

回答这个问题，可能还是需要回到"文学是人学"这个命题的本体论意义上来探讨。如前所说，文学是在语码认知阶段发展起来的，一方面，运用抽象的语言符码进行思维与表达，由此充分发展了它的想象性与超越性，也不断实现它的理性化提升；另一方面，文学的思维与表现内容又是充分感性化和形象性的，二者结合达到高度的意象化，成为感性与理性统一把握世界与表现自我的特殊方式。文学既以形象化的一维联系着我们的感性经验世界，同时也以理性化的一维导向对现实的分离与超越，导向美好想象的世界，构筑起人类的精神家园。近一个世纪以来，一些外国学者把历来关于文学本质的追问"悬搁"起来，转而专注研究"文学性"，并把"文学性"主要定位在文学的文本与语言形式特性方面，如"陌生化"、隐喻、象征、叙事形式及其结构等。至今一些执着于文学研究的西方学者如米勒等，也仍将重心放在"修辞性阅读"以及研究文学语言的神奇魔力上。这些研究应当说是极有价值的，通过这种研究我们可以知道，人类运用语言符码进行思维与创造，可以达到何等神奇绝妙的境地，在语言艺术领域可以创造何等的奇迹。尽管如此，我仍然认为，这绝不是"文学性"的全部。米勒曾在转述德里达的看法时说：每一部文学作品都会隐藏一些事实，隐藏起一些永远不被人知晓的秘密，这正是"文学作品权威性"（即所谓"文学性"）及其魔力之所在。[1] 笔者相信，这种文学的秘密与魔力，绝不仅仅表现在语言修辞与文本形式上，也应表现在对现实的想象性超越与心灵诉求上，否则文学充其量只是一种语言文本游戏。因此探究"文学性"的奥秘，还应将触角深入到语言文本之内，看看文学如何通过语言虚拟现实以超越现实，创造出关于心灵世界或彼岸精神世界的永恒秘密。文学对于读者的价值，也正在于通过语言阅读与思维想象，在一定意义上达到自我实现与自我超越，使心灵获得慰藉，让精神回归家园，使人性得以丰富。

如果说当今文学遭遇了空前危机，可能首先是在图像化转向与扩张中，人们更多转向读图和读屏，文学阅读越来越少，这种情况在青少年中

---

[1] 参见［美］希利斯·米勒《论文学的权威性》，《文艺报》2001年8月28日第2版。

可能更为普遍。据说当今西方社会那些义无反顾转向文化研究的年轻学者们，正是被电视、电影和商业化流行音乐熏陶长大的第一代人，他们花在看电视、电影和听流行音乐上的时间，就远较读书为多，因此更愿意研究他们所熟悉和感兴趣的东西。当然也有人认为文学正走向"泛化"以寻求新的生机，比如与图像结合或与网络联姻，生成某些混合体的新媒体文学形态。然而问题在于，这种文学的"泛化"转型，往往是在市场化与消费主义的策动下发生的，或许"文学"的某种形式与名义仍在，但其"文学性"则在整体性的娱乐化中被消解或被转化了。所以真正的文学危机，是"文学性"的危机，是"阅读"的危机。当"读者"变成了"观众"，"阅读"转化为"观看"，"审美"蜕变为"消费"，那就意味着"读者死了"，"阅读"消亡了，这样真正的文学也就终结了。

从"文学是人学"的观点看，如果真的存在文学危机，那么实质上就意味着人的生存的某种危机；如果说需要拯救文学，也意味着需要文学来拯救人自身，或者确切地说，人需要通过拯救文学来救治自己生存的片面性与精神匮乏，不至于在当下消费主义的现实生存中失去人生的意义，失去人性的丰富性，使人更多一些"诗意地栖居"，或者如马克思所说，更加"合乎人性地生活"。文学的拯救可能更主要是如上所说的"文学性"或文学精神的坚守。其意义也许有两个方面：一是就文学本身而言，无论是保持传统形态，还是"泛化"转型成为新媒体混合形态，都有必要坚守文学的心灵诉求、人性关怀与精神超越性，不至于在平庸媚俗中自我陷落，这在世俗化与消费主义时代尤其具有救治人心的特殊意义。另一方面则可以策略性地将"文学性"即文学的精神向图像文化形态"扩张"，比如像米勒所设想的那样，把原本属于文学文本的"阅读"概念，扩展到阅读一切符号（包括图像）。[①] "阅读"的扩展可以说具有双重意义：一方面，"阅读"向一切文本、一切可被阅读的符号开放，可借此表明对文化研究的宽容与接纳；而另一方面，则是将语言文本"阅读"的方法理念与价值观引入对其他一切文本的读解，导向对一切符号中的现代性意义价值的追寻——即便是图像接收，也应当是真正的"读"图，而不只是"看"图。这也许是文学和文学研究的一种突围与自救之途。

---

① 参见金惠敏《趋零距离与文学的当前危机——"第二媒体时代"的文学和文学研究》，《文学评论》2004年第2期。

第七章

"后理论"转向与当代文论观念问题

"后理论"转向本来是 20 世纪末以来，西方文论和文化界提出的一个概念，并引起热烈讨论的一个话题。其基本含义大概是指，在 20 世纪中期"文化研究"风起云涌的时代，出现了诸如新历史主义、后殖民主义、女性主义、种族主义等一批宏大的文化研究理论，风行一时、影响巨大，对各种人文社会科学产生了极大影响。随着创建这些宏大文化理论学说的理论大师们相继辞世，以及社会文化语境的变化，这些文化理论的影响也日渐式微。在这些宏大文化理论风行之后，从文化理论到文学理论，将发生怎样的转向，或者说会形成什么样的新的发展走向，是需要重新关注和探讨的问题。在西方学界，已经出现了一批被称为"后理论"的理论学说，各有不同的理论见解和主张。这种"后理论"转向，也正在对我国当代文论研究产生影响，会在一定程度上影响当代文论的理论观念和发展走向。那么，就像此前的"文化研究"转向一样，如今的"后理论"转向究竟会给我们带来一些什么样的影响，以及这种影响的利弊如何，是积极的还是消极的，等等，这些都有待于进行理论的分析判断，从而做出我们应有的选择。

第一节 "后理论"转向与当代文论观念转换

西方理论界有一种看法，认为 20 世纪末以来，随着一批著名理论家如拉康、列维-施特劳斯、阿尔都塞、巴特、福柯、威廉斯、布尔迪厄等人相继去世或退场，文化理论的黄金时代已经一去不复返，其影响也日渐式微，这就标志着"后理论"时代开始了。又随着拉曼·塞尔登《后理论》、伊格尔顿《理论之后》等一批以"后理论"命名的著作逐渐流行，所谓"后理论"的影响也不断扩展开来。

一 "后理论"转向的新趋势

在一些人看来，就像"后现代"一样，"后理论"也并不仅仅是一个时段划分的标志，同时也意味着某种理论上的根本转向。比如，以那些理论大师为代表的现代性理论范式进一步解体走向终结；过去那种宏观性的"大理论"逐渐消退，转换成为众多的、小写的"小理论"；过去那种专门化的"纯理论"（如文学理论）日益退化，转换成为跨学科交叉的"杂理论"（如各种"文化研究"）；等等。

在这种背景之下，传统的理论形态也悄然转型，更多呈现为一种"话语—知识"形态。有学者认为，后现代转折的特点之一，便是从"理论"到"话语"。"后现代以前，理论只有用理论一词才具有理论性，到后现代，理论一词反而没有了理论的本质性和普遍性，要在'理论'一词的后面加上'话语'，成为'理论话语'才能获得理论的本质性和普遍性。因而不是理论概念，而是话语概念成为后现代时代的理论形态的基础。"那么"理论"与"话语"的区别何在呢？"不妨说，概念、逻辑、体系意味着超越话语的理论，谈论、言说、随感就是非理论的话语。"[①]而"理论"一旦转换成为"话语"，它也就随之变身成为一种"知识"，通常意义上的理论研究就转换成为一种"话语言说"或"知识生产"。于是我们看到，关于"知识生产"之类的概念也就日益流行起来。

受西方后现代文化以及这种"后理论"转向的影响，近一时期我国文论界也随之发生一些变化。一是有些学者对西方"后理论"转向给予很大关注并加以介绍和研究；[②] 二是在当今的理论研究中，也有不少人自觉或不自觉地追随这种"后理论"趋向，越来越习惯或热衷于使用诸如"知识生产""知识范式""知识谱系""知识图景"之类的概念术语，这似乎意味着一种新时尚。当然，使用什么样的名词概念并不是多大的问题，更值得注意的是其背后的那种实质性的变化，在某些不知不觉地转换中，作为理论研究的一些内在特质实际上也在悄然改变，这对于当代文论

[①] 张法：《走向全球化时代的文艺理论》，安徽教育出版社2005年版，第29、35页。

[②] 参见周宪《文学理论、理论与后理论》，《文学评论》2008年第5期；李西建、贺卫东《理论之后：文学理论的知识图景与知识生产》，《陕西师范大学学报》（哲学社会科学版）2012年第2期。

显然会带来一定的影响和挑战。那么，对于这种转向是怎样发生的，它究竟会带来一些什么，我们应当如何认识这种现象，以及当代文论究竟何往与何为等，这些问题也许都值得我们关注和探讨。

二 "后理论"观念及其文化表征

首先从西方学界的情况来看，所谓"后理论"转向也只是一种文化表征，从根本上来说，还是根源于西方社会整体上的后现代文化转型，尤其是解构主义思想观念带来的普遍性影响，这对于文学理论的影响尤为明显。

比如，解构主义瓦解了形式中心主义、文本中心主义乃至整个文学观念，从而瓦解了文学理论的前提和基础，导致文学研究向文化研究转向。如果说西方文论的现代转型开启了专门化的文学研究，进入 20 世纪以来更是聚焦到了对于"文学性"的研究，从俄国形式主义、英美新批评到结构主义等，建构了各自的理论体系，形成了以"形式""文本"为中心的研究范式，那么随着后结构主义转型，则直接指向了对这种理论体系和研究范式的解构，从语言能指符号的不确定性、文本的"互文性"到任何阅读都是"误读"等问题的提出，彻底打破了封闭性的文本观念，使形式中心主义、文本中心主义的研究范式走向解体。与此同时，随着电信时代图像文化兴起，后现代大众消费文化勃兴，文学自身不断泛化并融入后现代文化潮流之中，由此也就带来关于"文学"观念的进一步消解，传统文学研究也随之向文化研究转向，文学理论的学科边界被打破，汇入到跨学科交叉互通的众声合唱之中。在这种背景下，文学理论便失去了作为独立自主的理论系统的前提基础，成为一种多元混杂中的理论话语或知识形态，文学问题虽然仍是人们经常谈论的话题之一，但系统性的理论建构已不多见。

再如，作为后现代思想基础的解构主义思想观念，基本倾向是反中心主义、反总体性、反体系性。这在德里达那里，是要彻底消解"逻各斯中心主义"，打破一切理论体系的深度结构模式及其封闭性，而更为重视一切存在的差异性、替补性、播散性等。在利奥塔那里，则是要彻底解构一切"宏大叙事"，还原为平面化、日常化的小叙事。在德勒兹和瓜塔里那里，他们的目标是要解构思想理论的"树状模型"，而重新建立"块茎模型"。在他们看来，前者是有结构、有等级、一元论和封闭性的；后者则是无结构、无等级、开放性和散漫性的，是并列和缠绕性的。对于存在不要试图去进行理性化的追根问底，而只遵循动力和欲望的非决定性的律令，让思想自由游牧从而成为一种"游牧学"。在福柯那里，他的"知识考古学"和"知识谱系学"意在引向对知识的历史考察，但他反对理想意义和无限目的论的元历史叙事，反对进行形而上学的起源论或知识的本原性研究，而是把知识归结为对于物（事实）的"陈述"，这种陈述行为实际上是一种"话语"，认为包括历史在内的各种陈述都往往是非连续性的、断裂的，由此还原为对散落性细节知识的考据式研究，如此等等。这一切集中到一点，就是力图消解理论的体系性和深度模式，还原为知识的无结构、无等级、平面性、开放性状态，从而解构形而上学的思维惯性，达致对事物的重新认识理解。这种思想观念无疑对文学理论研究也产生了直接影响，与以往形式主义文论那种严整的体系性理论建构不同，后现代文论已解体成多元无中心的"话语—知识"形态。

又如，与上述反中心主义、反体系性相联系，在对具体问题的研究中则是主张反本质主义、反普遍主义、反规律性。如果说现代性思维还是承认事物的本体性存在及其内在的规律性，相信事物的现象与本质、表层结构与深层结构之间的必然联系，只是因为我们寻找的方法不对，所以还没有很好地发现和认识它；而后现代性思维则认为，找不出来不是因为方法不对，而是因为这些所谓本质、规律和普遍性的东西根本就不存在，过去人们的那种寻找都不过是一种观念迷误。他们更相信事物是一种偶然性而非必然性的存在，要说事物或现象之间有某种联系，那也只是一种当下性、暂时性的联系。在这种思想观念的支配下，后现代主义者显然无意于去追问文学存在的本质规律性，也不打算对所谓元理论、元问题进行追根寻源式的学理性探讨，而是更多走向对某些文学现象的描述和阐释，或者谈谈如何对作品进行阅读理解，文学理论便也更多成为一种导读性的文学知识。

此外，后现代主义在解构"中心"之后，在价值论上便走向相对主义、多元主义。在这种价值观念中，既没有所谓绝对真理，也不存在所谓终极价值，一切言说都自有其理由和根据。将其应用于文学研究之中，那么就可以说，文学无所谓好坏优劣，文学经典既可以建构也可以解构；理论也无所谓是非对错，问题只在于是否有人相信和接受。既然如此，那么各种"话语"都可以自由言说和参与对话，一切"知识"都可以摆放在同一个平台上供人选择，于是理论判断便悄然隐退，而过滤了价值判断的"话语—知识"形态便被推上前台。

总的来看，正如人们通常所认为的那样，后现代美学风格的特点就是：断裂、碎片、平面、拼贴、挪用、仿真、拟象等，这可以说既是后现代文化的普遍现象，也是包括文学理论在内的许多西方理论话语的基本特征。如前所说，在西方整体性的后现代转型以及"后理论"转向中，从形式主义理论到结构主义文论那种体系性的理论建构已不多见，乃至西方文论那种独立自主的理论传统也已解体，后现代文论已成为一种多元混杂中的"话语—知识"形态。如今我们所看到的一些以文学理论名义流行的论著，往往以"话语"或"知识"命名，似乎要极力与"理论"区别开来；不少论著实际上更注重各种理论知识的拼贴与汇编，在"理论"的名义下其实已经"知识化"。英国著名理论家拉曼·塞尔登接连编著了《当代文学理论导读》《文学批评理论：从柏拉图到现在》等影响甚大的著作，他敏感地注意到了西方文论界那种"反理论""反历史"的倾向，指出："解构主义和拉康派理论的许多支持者都把1968年以前所有的文学理论看做天真的'逻各斯中心主义'，因而要用后结构主义的新观点完全取代它（这显然是非历史的）。"这种后现代理论"坚持一种完全与历史切断联系的立场。这种情形非常显著地表现在'后现代主义'的论述中，后现代主义常常强调自身与以往的文化存在深刻的断裂，甚至不承认自己与刚刚过去的'现代主义'阶段的联系"。他本人试图克服这种弊端，努力建立起历史知识的连续性，将古今文论纳入一个对话的理解框架中，成为一种具有历史连续性的可以古今对话的"知识体系"。[①] 即便如此，在这里"理论"很大程度上也已经"知识化"了。

有学者形象地将当代西方文学理论和批评的面貌称之为"马赛克主义"，并具体阐释说："当今西方的各种文学理论和批评不仅呈现出碎片化、杂糅、拼贴的特征，而且都极力表明自身与众不同的特色，力图成为'马赛克'中的一种色彩，既不愿吸纳他者，也不愿被他者吸纳。这种各自为政的'马赛克'局面，正是极力追求'多元化'的后现代的典型特征，也是当今西方思想和文化的基本面貌。在外表上，后现代的'马赛克主义'一方面以'多元化'来对抗主流意识形态控制或操纵的'中

---

① 参见［英］拉曼·塞尔登编《文学批评理论：从柏拉图到现在》"原序"，刘象愚、陈永国等译，北京大学出版社2003年版。

化'；另一方面又以'碎片化'来表明自身不以建构宏大的理论体系为目的，往往只从一个特殊的角度，或者阐发一种观点，或者对传统理论进行拆解，甚至打破传统学科的边界，在跨学科、跨领域的层面上来探讨某个'专业'问题（例如"性别"问题），结果往往使文学问题溢出自身而渗透到其他领域之中。换句话说，我们现在已经很难找到'纯粹的'文学理论或批评问题了。"[1]这种所谓"马赛克"状态，正是当代西方文论"话语—知识"形态的具体表征。

三 "后理论"时代的文论观念转换

再从我国文论界的情况来看。如前所说，受西方后现代文化以及这种"后理论"转向的影响，近一时期也随之发生一些值得注意的变化。一是随着对西方后现代理论以及近期"后理论"的不断引介和借鉴，诸如"知识生产""知识范式""知识谱系""知识图景"以及"理论话语"之类概念术语已被不少人普遍接受，并作为一种新潮学术标识在文学理论研究中频繁使用，通常意义上的理论研究概念似已成为过时的东西而被逐渐淡忘。二是某些比较新潮的理论研究，也有意无意地模仿西方的"后理论"形态，在一些看似理论化的研究论题之下，其实并不研究多少实质性的理论问题（这在有些人看来似有"本质主义"之嫌），也并不注重理论的系统性和逻辑性，不追求多少研究的学理深度，而是热衷于引述各家各派的西方理论，足以显示出知识的丰富与广博，成为一种"知识生产"或"再生产"新范式。三是一些新编的文学理论教材，或类似于教科书之类的读物，并不注重自身的理论建构，而是在某些理论框架之下，罗列介绍各种中外文论知识，成为一种平面化理论知识的集束式堆集，差不多就是一个文论知识的杂烩"大拼盘"。实际上如今的文学理论课程教学，理论性也已大为减弱，而知识性则更为凸显，文学理论作为一门人文性理论学科，越来越蜕变成为一门人文精神日益弱化的知识性学科。

从历史的观点看，上述变化也并非没有一定的历史合理性。比如，相对于过去把文学理论批评仅仅当作"思想斗争工具"的极端化做法，适当让其回归"话语—知识"形态，也许是某种意义上的一种纠偏。正如拉曼·塞尔登所言，将各种不同的文论知识整合到一定的"知识体系"

---

[1] 阎嘉主编《文学理论精粹读本》"导论"，中国人民大学出版社2006年版，第1—2页。

中，有利于形成一种比较和对话，从而克服单一话语的独断性，这未尝不是一种进步。再如，相对于过去那种"大理论"的宏大叙事，过于形而上、过于空泛而不切实际，那么适当转换成为某种"小理论"，或某些具体的知识点进行比较探讨，也许会更有意义。还有，相对于过去那种纯文本论、纯形式论、纯审美论等"纯理论"研究而言，适当引入跨学科性的文化研究，似乎也有利于拓宽视野和丰富知识，这些也都不言而喻。

然而问题也许在于，从整体上来看，随着这种"后理论"转向，以及文学理论研究随之进一步向"知识生产"转型，那么就有可能走向另一个极端，从而带来一些新的问题。

首先，如果文学理论研究过于"跨学科化"，过于"越界"，就可能带来研究对象的过于泛化与迷失，导致文学理论基本问题的模糊与遮蔽。如果我们的文学理论不再以文学为研究对象，而是转而去追逐研究流行文化；不是着力于研究文学理论本身的问题，而是转而去研究各种大众文化问题，那么它就仅有文学理论之名而并无其实，甚至可以说是文学理论本身的自我消解。在这种情况下，所谓文学理论的规范化与科学性更无从谈起。

其次，如果文学理论越来越成为一种"知识生产"，有可能导致理论的进一步萎缩和蜕化。在有些人那里，理论研究一旦变成简单的"知识生产"，实际上就成为一种"来料加工"式的机械制作，只要采集各种学科知识，引入形形色色的后现代文化理论，再糅合某些文学理论元素加以拼装组合，便可以生产出适合各种口味需求的知识拼盘，摆下一场话语盛宴。这种知识拼盘看上去内容丰富多姿多彩，实际上只是一些零散化、平面化的知识堆集，在这里，作为理论研究所应有的"问题意识"和学理深度不见了，作为理论学科的有机系统性和逻辑性可能也没有了，这又还有什么理论性和科学性可言？

更为值得关注的问题也许还在于，如果将文学理论导向"知识化"而削弱其理论性，容易导致脱离现实和走向价值迷失。一般而言，理论不同于知识之处在于，理论要求从实际问题出发，从理论与实践的结合上对所面临的问题进行思考做出回答，起到推动现实变革发展的作用，同时也实现理论自身的创新发展。如果理论研究变身为"知识生产"，就很容易导致丧失理论的思考能力和思想含量，它的理论性和科学性也必将大打折扣。西方学者尼尔·路西在《理论之死》一文中，对于"知识化"倾向进行了批判性反思，能给我们一定的启示。文中引用卢梭的看法说："卢梭认为知识在本质上是危险的，因为它唤起我们天性上的恶习，并因此败坏我们在其他方面向善的强烈倾向。此外，没有理由认为伟大的科学发现已经导致了人类在美德方面的增进。相反，大量的事实（不包括那些没有意义的）已经证明了它们对社会来说是相当无用的。"在卢梭看来，这种偏向由来已久，"在雅典和古罗马社会的晚期，越来越多的时间被耗费在了对美学知识和科学知识的追求上，损害了社会的和谐，也损害了在伦理学上对于'同自己交谈、在激情的静默中倾听自己良心的声音'的根本关注，对卢梭而言，后者正是'真正的哲学家'"①。在当今被称为知识信息"爆炸"的时代，我们所缺少的可能不是各种学科知识，而是应有的价值方向和思想信念，真正的理论研究，包括文学理论在内，正需要在这种理论建构上有所作为。

笔者以为，我国当代文论在经历了前一时期的历史性变革发展之后，如今需要走向"正—反—合"的辩证式超越发展：既有必要克服过去那种过于意识形态化的"大理论"的弊端，也有必要克服"后理论"转向所带来的理论研究蜕变为"知识生产"的偏向，从而回归到"理论重建"的根本立场上来。而"理论重建"的应有之义，应当是知识、方法、观念三者的有机统一，这不仅对于文学理论研究是如此，而且对于文学理论教学更有必要加以强调。

从"知识论"的层面看，无疑可以把文学理论视为一种"理论话语"或"知识形态"，在一定的话语平台上将各种各样的文论知识加以呈现，使之形成相互比较与对话的场域和机制，作为理论知识的这种基础性意义不言而喻。不过问题在于，如果只是把文学理论作为一种"知识形态"来对待，仅仅在"知识论"的范围内进行重复性的知识生产或再生产，显然又是有问题的。其实作为理论形态来看，在知识的背后隐含着"方法"，而方法所针对的则是"问题"，是我们发现和思考问题的方式。任何真正的理论学说，往往都蕴含着某种独特的认识与阐释方法。对于当代文论的理论重建而言，可能也需要重视这种理论研究方法和思维方式的自觉建构，而不是仅仅在知识论的层面上，热衷于生产某些新概念、新话语，或者追求各种"话语转换"，而更应注重在方法

---

① ［澳］尼尔·路西：《理论之死》，阎嘉主编《文学理论精粹读本》，中国人民大学出版社2006年版，第229—230页。

论的意义上，即在如何更切实有效地认识阐释文学的方法与策略上面下功夫。倘若再深入一步来看，作为理论形态的根本应当说是"观念"，观念决定方法、话语及其知识形态。对于文学理论来说，最重要的是对于文学的根本看法、信念和价值观。从当今的文学及其理论形态来看，最值得关注的也许正在于文学信念的缺失和价值观的迷乱，这既是一个无法回避的现实问题，因而也是当代文论重建中需要着重思考探讨的理论问题。在我们看来，文学理论的科学性与人文性，正体现在这种知识、方法、观念三者的有机统一之中。

第二节 "后理论"转向与当代文论研究反思

在当今这个所谓"后理论"转向时代，各种文学和文化理论，都面临着不同程度的质疑与挑战，乃至引起激烈争论。我国文艺学界围绕文学本质论问题的论争即是这种表现之一。文学本质论问题历来是文学理论的基本问题，不同文学理论观念的分歧与交锋，往往首先在这个基本问题上表现出来。20世纪90年代以来，随着西方后现代文化及其理论观念持续不断输入，开始动摇以往文学理论的稳固根基，关于文学理论知识生产的后现代转型，随即被推上了历史的前台。而其中关于文学本质论问题的讨论，具体而言，即围绕文学本质问题形成的本质主义与反本质主义的论争，无疑构成了近年来一个比较突出的文论"事件"，这也许可以看作当今"后理论"转向时代的历史舞台上，文学理论的后现代性自身裂变的一个序幕。在"后理论"转向的背景下和语境中，对论争所引起的有关问题加以反思并做进一步探讨，也许有助于当代文论建设的深化与推进。

一 "后理论"转向与当代文论问题论争

文艺学界围绕文学本质问题形成的本质主义与反本质主义的论争，是20世纪末以来比较突出的文论"事件"，放到更大的理论视野中来看，这一"事件"显然并不是孤立发生的，而是与"后理论"转向时代的理论观念变革密切相关。按照《当代文学理论导读》一书作者拉曼·塞尔登等人的看法，自从进入21世纪以来，西方理论界出现了一批以"后理论"或"理论之后"为标题的著作，标志着一个新的"理论的终结"或

"后理论"转向时代的到来。[①] 那么,这种所谓"后理论"转向意味着什么呢?塞尔登等人在该著的"引论"和"后记:后理论"中,做了较为详细的阐述与评析,概括起来,大致有以下一些方面的含义:一是标志着历时性意义上的"理论之后"。具体而言,如果说在20世纪60年代到90年代,以巴尔特、德里达、福柯、拉康、阿尔都塞、克里斯蒂娃等为代表的一批理论家,以他们创建的那些"大写"的文化理论,开创了一个"理论时期"或者说"理论转向时期",那么随着这批文化理论家相继辞世或退场,以他们为代表的后现代文化理论的黄金时期已经过去,再无具有特别影响的大理论产生,似乎标志着理论的时代已经结束,再没有什么单一的正统观念要遵循,再没有什么新运动要追赶,再没有什么新的理论文本要阅读了。二是表现为一种"反理论"或"抵制理论"的态度,即对此前的"大理论"的批判反思态度。在一些"后理论"学者看来,过去几十年"理论时期"所建构起来的那些以各种"主义"为标榜的"大写"的文化理论,曾经产生很大的影响,但也有诸多弊端和教训值得质疑与反思,如对文学"经典"及经典建立的标准的解构;对业已形成的"文学"和文学批评观念的颠覆,把文学研究推向各种形式的"文化研究";理论与批评实践的分离,导致理论/批评功能的丧失;等等。当然,这种批判反思并非要完全否定和终结过去的理论,而是需要建立当代人应有的理论自觉。三是显示出与此前"理论时期"不同的一种新的理论趋向。这种"后理论"趋向既表现为对"前理论"偏向的某种修正,也表现为对前人遗留问题以及面对新的现实问题重新探讨,从这个意义上来说,"后理论"又可以说是一种"新理论",它预示着一种新的理论发展趋向,正如塞尔登等人著作中所说,"在一定意义上,'后理论'所昭示的不过是'即将到来的'理论而已"[②]。至于这种新的理论发展趋向是什么或应该是什么,不同的理论家则有各不相同的看法与主张。比如特里·伊格尔顿在近著《理论之后》中认为,以往"正统的文化理论没有致力于解决那些足够敏锐的问题,以适应我们政治局势的要求"[③]。因而他"提出的补救办法是一种雄心勃勃的'政治批评'";而有些理论家则更为推崇"新审

---

① [英]拉曼·塞尔登等:《当代文学理论导读》,刘象愚译,北京大学出版社2006年版,第326页。
② [英]拉曼·塞尔登等:《当代文学理论导读》,刘象愚译,北京大学出版社2006年版,第12页。
③ [英]伊格尔顿:《理论之后》"前言",商正译,商务印书馆2009年版。

美主义",① 其中透露出来的信息颇为耐人寻味, 值得分析。

从总体上来看, 西方的"后理论"转向的确具有一种"反理论主义"的冲动, 它所直接针对的正是此前包括文化研究在内的"大理论", 是对"大理论"所表征的本质主义、基要主义、普遍主义、逻各斯中心主义的反叛或反拨, 去中心化、非同一性、差异合法化是其基本要义。② 应当说, 这种"后理论"本身也是从后现代主义文化理论发展过来的, 然后又走向了对此前文化理论的批判反思。在一些西方理论家看来, "在多数情况下, 这些人的立场是取消文化理论和文化研究的, 同时也摒弃后现代主义……因此, 对上述许多人来说, 来到'后理论', 似乎意味着从文化研究与后现代主义控制的时代走出来"③。这种现象也被西方理论家称为"后现代理论裂变", 对此也很值得研究。

我国前一时期关于文学本质论问题的讨论, 特别是围绕这个问题所形成的本质主义与反本质主义论争, 从时间维度上看, 差不多是在西方"后理论"转向的时期发生的。从对当代文艺学进行理论反思所借鉴的西方理论资源来看, 似乎比较混杂, 既有后现代文化理论资源, 也包括一些"后理论"的因素在内。陶东风先生在谈到这个问题时曾说, 自己所借鉴的理论资源比较庞杂, 主要有形形色色的文化研究、布迪厄的知识社会学和文化社会学、福柯等人的后现代主义、罗蒂的实用主义, 等等, 这些学术或思想流派都不同程度地存在反本质主义倾向。④ 他在具体阐述其理论观念时也说道: "……以当代西方的知识社会学为基本武器重建文艺学知识的社会历史语境, 有条件地吸收包括'后'学在内的西方反本质主义的某些合理因素, 以发挥其建设性的解构功能(重新建构前的解构功能)。知识社会学的视角要求我们摆脱非历史的、非语境化的知识生产模式, 强调文化生产与知识生产的历史性、地方性、实践性与语境性。"⑤ 其他理论家的情况可能各有差别, 但从总体情况来看, 我国学界所借鉴的

---

① [英] 拉曼·塞尔登等:《当代文学理论导读》, 刘象愚译, 北京大学出版社 2006 年版, 参见该书"结论: 后理论"部分。
② 参见张玉勤《走向"后理论"时代的文学理论》,《广西社会科学》2010 年第 1 期。
③ [英] 拉曼·塞尔登等:《当代文学理论导读》, 刘象愚译, 北京大学出版社 2006 年版, 第 338—339 页。
④ 参见陶东风《文学理论: 建构主义还是本质主义——兼答支宇、吴炫、张旭春先生》,《文艺争鸣》2009 年第 7 期。
⑤ 陶东风:《文学理论基本问题》, 北京大学出版社 2004 年版, 第 21 页。

西方学术资源及其所受到的理论观念的影响，包括后现代文化理论和"后理论"转向的各种理论资源在内，因而是比较混杂的。

那么这就带来一个问题，即理论观念上的内在矛盾性。如上所述，西方的"后理论"转向本身就标志着一种"后现代理论裂变"。这就是说，它一方面是从后现代主义文化理论发展过来，另一方面则又走向了对此前文化理论的批判反思。具体而言，一方面，在对僵化的理论观念、本质主义思维方式等进行批判性反思方面，与此前的后现代文化精神是一脉相承的；另一方面，"后理论"所批判反思的对象，并不只是指向后现代主义之前的理论观念与模式，而是更多指向了后现代主义文化理论本身，特别是指向那些标榜各种"主义"的所谓"大写"的文化理论。对这种"理论主义"的过于宏大高远而不能面对和解决现实问题，理论与批评实践分离而导致理论/批评功能丧失，文化研究过于远离和解构文学，导致文学在文化中被淹没和泛化等进行反思和批判，并寻求一定程度上的反拨和补救。这种"后理论"的批判反思显然预示了一种新的发展趋向。我国前一时期的当代文艺学反本质主义的讨论，其批判反思和致力于解构的主要指向，一是过去政治社会学的文学观念及其理论模式，二是新时期以来建构起来的、以审美为内核的自律论的文学观念及其理论模式，而对于90年代以来逐渐兴盛起来的后现代理论和文化研究、文化批评则反思不多，甚至有促其继续扩展强化的势头。这与同一时间维度上西方"后理论"转向的发展趋向，无疑形成了较为明显的反差，这一点也值得我们关注和思考。当然，我们注意到，近期有的学者也开始了这方面的反思探讨，因而值得重视。

在当今进行文学理论问题探讨时，之所以要将"后理论"转向的问题引进来，是因为这种"后理论"转向的一些理论观念，以及所关注的一些关键性问题，有助于我们自己的理论反思，并且在当代文学理论、特别是文学本质论的建构性探索中有所启示和借鉴。

二 当代文论的批判反思性问题

在当今时代条件下，我们的文学理论研究，尤其是关于文学本质论问题的研究，有必要进一步加强理论反思，包括对各种理论观念和理论范式进行历史性和学理性的批判反思，在此基础上，才能增强或重建应有的理论自觉性。

第七章 "后理论"转向与当代文论观念问题

如上所说,"后理论"转向的一个重要特点就是"反理论",这里的"反理论"不是反对理论或反掉理论,不是要消解和抛弃理论,而是注重批判性地反思理论。美国文论家乔纳森·卡勒在谈论"理论究竟是什么"时,强调了理论的几个特点:第一,理论是跨学科的话语;第二,理论是分析的话语;第三,理论是对常识的批评;第四,理论具有反射性(反思性),是关于思维的思维,是带有很强质疑性的思维。[①] 拉曼·塞尔登等人在《当代文学理论导读》中谈论"后理论"的基本观念时,也历数了一些西方理论家的观点,如乔纳森·卡勒说,理论是"对常识观念充满战斗气息的批判",它"提供的不是一套解决方案,而是进一步思索的前景";大卫·凯洛尔说,理论遭遇的是"未经检验的主流批评策略……传统问题中固有的矛盾和复杂性",它寻求"提出不同的问题或者用不同方式来提问";迈克尔·佩恩说,"理论讲的是我们如何以自我反身的方式来看待事物";特里·伊格尔顿说的也差不多,"倘若理论意味着对我们那些指导性假设的一种合理的体系性的思考,它就将永远是不可缺失的",等等。[②] 还有法国理论家安托万·孔帕尼翁也说:"理论不应被简化为一门技巧,一门教案……当然,这也不能成为将其玄学化、神秘化的理由。文学理论绝非宗教。再说,文学理论未必只有一种'理论意义',我完全有理由说,它很可能在本质上是论战性的,批判性的,生有反骨的。"[③] 这些理论观念的一个共同点,就是强调理论的反思性,特别是对所谓"常识"观念的批判性反思。实际上,我们从塞尔登等人的《当代文学理论导读》,伊格尔顿《20世纪西方文学理论》和《理论之后》,孔帕尼翁的《理论的幽灵——文学与常识》等著作,都可以读到他们对于以往各种文学理论,包括各种流派的文化理论、各种后现代主义理论观念的批判性反思和分析,能够给我们许多启示。

比较而言,我们的理论反思传统是比较薄弱的。虽然我们有过"文化大革命"这样激烈的文化大批判,但这并不是真正的文化反思,而是

[①] [美]乔纳森·卡勒:《当代学术入门 文学理论》,李平译,辽宁教育出版社1998年版,第16页。

[②] 参见[英]拉曼·塞尔登等《当代文学理论导读》,刘象愚译,北京大学出版社2006年版,第328页。

[③] [法]安托万·孔帕尼翁:《理论的幽灵——文学与常识》,吴泓缈、汪捷宇译,南京大学出版社2011年版,第7页。

一种文化破坏和文化愚昧。新时期初我们也有过对"文化大革命"本身的批判，以及思想理论观念上的拨乱反正，但也往往是简单化的思想批判，还不是真正的意义上的理论反思。改革开放三十多年来的发展历程中，我们也曾有过大大小小、各种各样理论问题的讨论或争论，似乎也往往是情绪化的争吵较多，而真正学理性的理性反思较少，理论界自身也对此并不满意。具体就文学理论方面的情况而言，应当说我们的理论反思也是很不够的。在过去一段时间里，有一些文学理论教科书，都有意无意地强调是"以马克思主义为指导"，或者直接自称为"马克思主义文艺理论"，这就差不多是请来了一道"护身符"，使得别人不敢或不能对其提出质疑。还有就是在过去人们的观念中，总是把教科书里所不断重复讲述的一些理论知识，以及所引用的一些似乎很权威的名人名言，都当作文学理论"常识"来理解，对此也不敢或不能进行质疑。于是，我们的老师和学生，也就只能不加反思地理解、相信和接受这些现成的文学理论知识。这些现象，在很长时间里大家都习以为常，不觉得有什么问题。前一时期兴起的文艺学反本质主义讨论，开启了当代文学理论的反思之路，应当说是很有意义的当代文学理论"事件"。然而不无遗憾的是，后来的一些论争又似乎过多地掺杂了情绪化的或其他复杂的因素，使得学理化的理论反思难以持续和真正深入下去。在这种情形下，在当今"后理论"转向的启示之下，进一步加强和推进我们的理论反思，应当说是很有必要的。

作为理论反思，毫无疑问需要一定的怀疑和批判精神。从西方的现代性启蒙思想，到后现代文化理论，直至当今的"后理论"转向，应当说都始终充满一种批判性的反思精神，由此而推动了理论自身的进步。这种批判反思不仅指向过去的思想传统，如逻各斯中心主义之类，而且也指向当下流行的文化现象及其理论观念，乃至包括各种理论"常识"，还包括一些理论流派和理论家的自我批判反思在内。在这方面，我们的理论传统中可能尤其缺乏。如果说我们过去对于理论有过太多的迷信和盲从，如今实际上很多人又可能什么都不相信，什么都不当回事。但对于为什么相信和为什么不信，其实都没有经过理性思考，没有经过批判性的质疑反思，于是表现出对什么样的理论观念都不置可否，导致由盲从而走向麻木。正如有智者所告诉我们的那样，未经生活考验的"道德"是不可靠的，未经实践检验的"真理"是不可信的，未经证伪检验的"科学"是值得怀疑的，未经批判反思的理论"常识"也应当说是靠不住的。所以真正的理论建设总是与批判反思相伴而行，对此应当有比较清醒的认识。不过从现实情况来看，要真正推进批判反思还是颇为不易，对不少人来说还是有太多的顾忌，还是容易为尊者讳，容易对理论权威抱有过度的敬畏，或者有时候也难以避免某些情绪化的因素，等等。如果不能克服这样一些因素，显然就难以形成良好的批判反思的习惯和风气。

当然，问题也还有另外一个方面，就是真正的理论反思，不仅仅是怀疑和批判，不只是否定性或解构性反思，而且应当是建构性的反思，或者说应当包含建构性的理论精神在内。批判质疑性的反思，目的在于打破僵化的理论观念和思维方式，从而开辟理论创新之路；而建构性的反思意味着，理论反思的根本目的是建构，是着眼于通过反思获得历史的经验和启示，从而为新的理论建构做必要的准备。对于过去的理论学说，如同对待过去的老房子，是把它当作完全无用的废物拆除抛弃，还是着眼于拆了以后重建，在拆除中吸取和保留有价值的东西用到重建中去，这无疑是大不一样的。从历史的观点看，过去的各种文学理论都是历史的产物，都可以从当时的社会历史条件和文化语境中去得到说明，去认识分析它们的历史合理性和历史局限性。即使是某些被认为是本质主义的理论学说，其中也可能包含某些合理的内核或成分，可以使我们获得某些启示，仍然可以批判地扬弃和合理地吸收。因此，在面对过去的理论学说时，既需要坚持批判反思的精神，同时需要秉持理性平和的态度。

三　当代文论重建的自觉性问题

在上述理论反思的基础上，需要进一步探讨的是，如何增强或重建当代文论自觉性的问题。其实，一些西方理论家显然也意识到，在"后理论"的语境中，有可能出现一些令人困扰的问题，就是很可能产生"理论的终结"之类的幻觉，以为可以不再去搞理论了，由此而引发一定的焦虑情绪。那么，"怎样才能走出消极被动地对待理论的困境"？这是当代文学理论必须面对的问题。如上所说，所谓"后理论"转向，并非不再需要理论，而是需要"新理论"。正如拉曼·塞尔登等在《当代文学理论导读》中所说："在目前的语境中，我们可以将'后理论'重写为'后理论主义'（post-Theoreticism），这里的'主义'是晦涩的、奥秘的经院主义的缩写，而'理论'却可以留下来，成为包容新批评实践的母体……在一定意义上,'后理论'所昭示的不过是'即将到来的'理论而已。"① 这就是说,"后理论"在批判反思过去理论的同时,也还是要面对新的现实建构新理论。从我们目前的语境来说,可能就更是如此。而要进行新的理论建构,不仅需要如上所说的理论反思,更需要在理论反思的基础上建立新的理论自觉。当然,这种理论自觉应当是多方面的,但就目前情况而言,可能主要是以下几个方面的问题。

一是当代文学理论建构的现实基点问题。一段时间以来,在不断引进当代西方文论的强势压力下,我们似乎已经习惯于从西方"先进"的文学理论资源中,选择看来比较"有用"的东西,采用移植、嫁接、拼贴等方法,生产出一些似乎比较"中国化"的文学理论,并寻求对与之相适应的文学现象进行阐释,从而显示理论的"有效性"。然而实际上,正如有学者指出,当代西方文论的最大缺陷在于,不是从文学实践出发,而是在文学领域之外,征用其他学科的理论,强制移植于文论场内,然后用这种无关文学的"文学理论",对文学现象和文学作品进行"强制阐释",这就直接侵袭了文学理论及批评的本体性,文论由此偏离了文论。② 如前所述,西方"后理论"家们在对西方后现代理论进行批判反思时,也指出了它们与批评实践相分离,导致理论/批评功能丧失的问题。只不过,在我们对西方文论的简单移植、嫁接和拼贴中,可能导致的是双重的"场外征用"和"强制阐释"。

其实,用历史发展的观点看,一时代有一时代之文学,同样,一时代有一时代之文学理论与批评。这个时代所特有的文学理论与批评,应当是建立在这个时代文学实践的基础之上的。因此,真正的理论建构,必定要求面对这个时代的文学实践。孔帕尼翁曾说:"只要我们谈理论,就预设了一种实践(此说法并不只属于马克思主义),理论面向实践,理论基于并指导实践……文学理论不教我们如何写小说——它教的反而是文学研究,即文学史和文学批评,或者说文学探索。"③ 虽然文学理论与批评不一定能够指导文学创作实践,但至少它要对文学现实做出说明和评判,在文学观念方面对文学活动产生影响,从而起到应有的引导作用。当今时代

---

① [英]拉曼·塞尔登等:《当代文学理论导读》,刘象愚译,北京大学出版社2006年版,第12页。
② 参见张江《强制阐释论》,《文学评论》2014年第6期。
③ [法]安托万·孔帕尼翁:《理论的幽灵——文学与常识》,吴泓缈、汪捷宇译,南京大学出版社2011年版,第10页。

文学的各种创新实践已经不少，所缺少的恰恰是我们时代所需要的"正当化"理论，是理论对于文学实践的说明、评判与引导。

当然，文学理论一旦要面向和基于文学实践，就会面临着种种困惑：如今的文学太复杂、太多样、太泛化了，究竟应当面向和基于什么样的文学现实呢？实际上，任何时代的文学都并非单一自有其复杂性，任何文学理论也都只能主要面向和基于某一类文学现象进行说明阐释，而不太可能把所有文学现象都包罗进去。通常那些比较有影响的文学理论，往往都是基于这个时代最有创造性、最有特色和影响、最能体现这个时代的精神，因而也最值得重视的文学对象进行说明和阐释，成为这个时代最有代表性的文学观念。在笔者看来，在当今文学极为泛化的情况下，可以有不同的文学理论建构，某种理论偏重于对某些特别值得关注的文学现象进行说明和阐释，有助于对此类文学现象的认识和引导，这自有其价值。其中，也还是有必要倡导建构这样一种主导性的文学理论，能够从当今时代泛文学发展潮流中，发现和关注那些更富有创造性、更具有丰厚的文学品质、更能体现当今时代精神的文学现象，面向和基于这样的文学现实来进行说明和阐释，从而建构应有的文学观念和理论系统，以此影响文学批评和介入文学实践，对当今文学发展起到更积极的导引作用。在当今开放多元发展的时代，对于许多人而言，或许是一个"小"时代、"微"时代，如微信、微博、微小说、微电影等，传达个人化生活经验和私人化的情感体验，的确成为一种"小写"的文学。如果面向和基于这样的文学现实，在理论的"宏大叙事"被宣布过时之后，当然也有理由建构某种与之相适应的"小写"的文学理论。然而这可能还不够，问题还有另一个方面，就是从当今时代的大局着眼，从国家民族发展和人类发展的大处境而言，当今又是一个"大时代"，有许多值得文学和理论去关注的大问题。实际上，当今也仍然有不少这样"大写"的文学存在，如果面向和基于这样的文学现实，也应该有某种与之相适应的"大写"的文学理论建构起来。至于什么样的文学属于这个时代的"大写"的文学，与之相适应的"大写"的文学理论应当如何建构，这正是需要我们进一步思考和探讨的问题。

二是当代文学理论建构的文学观念和价值理念问题。一般而言，理论探索有两个基本的目标指向：一个是指向说明事实存在"是什么"或者"怎么样"，是一种事实性、规律性的认识和探索，体现研究者的学理态度；另一个是指向思考和探究"应如何"，是一种价值性、目的性的研究和探索，包含研究者的价值信念在内。实际上这两者之间又是密切相关、相互作用的。从文学是人学、文学理论归属人文学科的特性而言，可能价值理念是更为重要的方面。如上所说，文学理论建构应当面向和基于文学实践，但究竟面向和基于什么样的文学实践，选择什么样的文学现象作为其理论阐释的对象，以及对这些文学对象如何进行阐释与评判，实际上都是取决于理论家的文学价值理念。而且，如果一种文学理论是真正有效的，它所表达的文学观念和价值理念，也必定要对文学批评和文学现实起到影响和导引作用，其价值导向性不言而喻。

过去曾有一段时间，受西方科学主义理论思潮的影响，在我国文论界也流行过一种科学主义的理论观念，认为文学理论的功能就是对文学事实做出科学的说明和解释，而无关乎价值判断，最好是能够像自然科学那样用某种定理、公式、模型来说明解释文学事实。然而问题在于，是否有可能建立起这样公式化和模型化的文学理论姑且不论，即便是能够建立这样的文学理论，也就意味着在这样的理论视野中，一切文学都同质化了，一切文学的个性、差异和独创性都消失了，一切文学的价值创造也都变得没有意义了。那么，这种"科学"的文学理论除了概念游戏和自我证明之外，对于文学实践有什么关系？而这种与文学实践、文学价值没有关系的文学理论，又究竟有什么实际意义？笔者以为，真正意义上的文学理论建构，应当是两个方面的统一，即事实与价值的统一、学理与信念的统一。从事实与价值的统一而言，文学理论不仅仅是陈述和说明文学事实，它还应当阐释缘由和做出价值判断；不仅需要告诉人们"是什么"，更需要引导人们思考"应如何"，从而寻找应有的价值方向，否则就难免陷入"一切存在即合理"的误区之中。从学理与信念的统一而言，文学理论作为一门人文科学，它既需要充分的学理性，即努力探究和揭示文学存在本身的特性和规律，同时它也是一种信念，往往寄托和表达人们对于文学的价值诉求及其审美理想。至于这种价值信念和审美理想应该是什么，不同的理论家当然会有不同的理解和追求，这里的问题是，理论家应当有充分的理论自觉，才会有积极的理论建构。

三是当代文学理论的"介入"功能问题。对于当代文学理论来说，不能满足于自给自足自说自话，而是要努力介入文学批评和文学研究，并借此而介入文学实践和社会现实。所谓"后理论"时代来临，就是注重对"理论"的反思,而反思的重点之一,就是理论与批评实践的关系。塞尔登等人指出,在文学研究中,关键的问题是理论与批评的关系,所谓"理论的失败"就表现为理论与批评实践的分离,以为理论可以高高在上,不承认理论与实践相互印证、相互改变的辩证关系。他们主张,"理论是要被使用的、批评的,而不是为了理论自身而被抽象地研究的"[①]。正因此,孔帕尼翁才强调说,只要我们谈理论,就预设了一种实践,因为理论总是要面向实践,基于并指导实践。"后理论"的意图之一就是补救此前理论之弊,如伊格尔顿试图以雄心勃勃的"政治批评"来改变现状介入现实,一些理论家倡导"新审美主义",试图重建理论与批评实践的关系,等等,[②] 都显示出了这样一种补偏救弊的发展趋向。

在我国当代文论界,也曾有人声称,文学理论没有必要依附于文学创作,不必跟在作家创作后面亦步亦趋,满足于为文学实践作注释,而是完全可以自己独立生产,追求理论自身的意义。这种理论观念,一方面反映了在快速变革发展的文学实践面前,理论无力追赶的无奈,另一方面也表现出了理论的自我放弃和自我迷失。笔者以为,就文学理论的功能而言,虽然它不一定非要从具体的文学事实和实践经验中概括总结出来,但它应当能够说明解释文学现象与经验事实,能够介入文学实践从而发生影响作用,否则它就充其量只是一堆"知识"而不是"理论"。知识与理论的区别就在于:知识是非功能性的,是抽象化、平面化、书本化和被悬置了的东西,宛若陈年干果,有如词典之类工具书上的客观介绍;而理论则是功能性的,是根植于生活实践的土壤,富有思想和生命活力,它总是力图"介入"现实、"干预"生活,因而时时与生活实践保持某种紧张(张力)关系,以理论的特有方式对生活实践产生现实的影响作用。当代文论最值得反思的一种现象,就在于文学理论的"知识化",文学理论研究变成了"知识生产",文学理论著作和教科书变成了介绍评点各种文论的"知识拼盘"。在这里,文学理论又重新变得不成其为"理论",而成为一种"知识"乃至"常识",成为人们迷信盲从的对象。如上所说,理论本来应当是对知识、常识的批判反思,当它自身成为一种"知识"乃至"常识"之后,它就既

---

① [英]拉曼·塞尔登等:《当代文学理论导读》,刘象愚译,北京大学出版社2006年版,第10—11页。

② 参见[英]拉曼·塞尔登等《当代文学理论导读》之"结论:后理论",刘象愚译,北京大学出版社2006年版。

失去了理论自身的批判反思功能，也失去了理论介入和影响文学实践发展的功能。对于我们当今的文学理论来说，有必要通过认真反思来增强这种理论自觉，重建文学理论对于文学实践的"介入"关系。如今文学界提出"重返80年代"的口号，我想其主要诉求，即在于呼唤80年代文学那种关注和介入现实变革的现代性精神，其中也包括文学理论积极介入文学实践和社会现实的精神，这应当说是文学和文学理论走向主体自觉的一种体现。

四是当代文学理论的开放与坚守的问题。在一些人的理解中，当今文学理论的开放性，主要是面向当今的文学实践开放，向多样化的文学形态开放，包括向大众化消费化娱乐化的文学现象开放，这应当不言而喻。但这又可能带来另一个方面的问题，即自觉或不自觉地把面向文学传统或传统文学形态的大门关上了，以为这样的文学已经过时不再需要了，这同样是一种偏执和盲视。我们所应有的理论视野，应当是全面的开放，包括向历史的文学经验开放，向现实的文学实践开放，向各种各样的文学形态和文学现象开放。不过，在这种开放性当中，还是有必要充分重视历代的文学传统和文学经验，充分重视文学经典的品质与价值；对于当代的文学形态而言，如前所说，也有理由更多关注那些更富于创新性、更充分体现当今时代精神、更富有经典文学品质的文学现象，更多研究"当代的文学经典化"问题，[①] 更多着眼于对当代文学发展的积极导引，这就是我们所理解的开放与坚守的辩证统一。

还有就是当代文学理论与其他学科的关系，一方面当然有必要向相关的学科领域开放，从其他学科借鉴理论资源，从中学习方法、获得启示、汲取智慧；但另一方面，又的确需要避免脱离文学本体的"场外征用"和"强制阐释"。换言之，一切理论资源的借鉴，都应当以尊重文学本身的特性为前提，都应当建立在文学"本体阐释"的基础上，并且也都是为了更好地说明阐释文学的性质和价值，而不是将文学批评和文学研究引向歧途。这同样是我们所理解的开放与坚守的辩证统一。总之，当代文学理论在视野上应当力求开放，而在文学观念和价值理念上则应当有所坚守，不能一味顺应现实迎合时尚，随风俯仰随波逐流，否则就失去了理论的应有品格，也丧失了它导引文学实践的积极作用。所谓重建当代文学理论的自觉性，其意义正在于此。

[①] 参见泓峻《推进当代文学的经典化》，《文艺报》2013年10月30日第3版。

第三节　当代文论研究的调整与深化问题

在西方后现代主义理论思潮影响下，在文论界关于本质主义与反本质主义论争的当下语境中，我国当代文论似乎正遭遇着茫然四顾无所适从的种种困扰。一些学界同仁主张引入和借鉴西方"反思社会学"的理论资源，从而促使当代文学理论走向自觉的理论反思与重建。[①] 这种理论自觉无疑是难能可贵也极有必要的。然而实际上，所谓理论反思也存在着"解构性"反思与"建构性"反思的分别，前者以否定批判已有理论范式为主要诉求，后者则以理论创新建设为根本旨归。当然，从理论逻辑上来说，理论反思中的解构性与建构性并不必然对立，关键在于反思者的理论立场和学术态度如何。我们认为，对于中国当代文论的变革发展而言，可能既需要质疑、批判即解构性的理论反思，更需要积极的建构性的理论反思。换言之，理论反思的根本目的在于使根本性的理论问题呈现和明晰起来，进而使我们的研究思路、观念与方法得到调整，从而有利于将当代文论的创新探索继续深化下去。

一　当代文论变革发展的历史进程

改革开放以来我国文学理论的变革发展，总体上来说是破、引、建三个方面相互作用共同推进的。首先是"破"，即在拨乱反正、改革开放和思想解放的时代背景下，致力于破除过去各种极左僵化的文学理论观念与模式，由此带来文学理论与批评范式的大革新。其次是"引"，即在对外开放的时代条件下，积极引进西方现代文学理论与批评的各种新学说、新观念、新方法、新话语，从现代主义到后现代主义的各种理论批评学说，几乎都被全方位引进，从而使我国当代文学理论批评的面貌焕然一新。然后是"建"，即在上述变革发展中，力图回应社会和文学的现实发展要求，寻求当代文论的重新建构，例如关于文学审美反映论、审美意识形态论、文学主体性理论、新理性文学精神论等问题的探讨，都取得了建设性的理论成果，并且产生了很大的影响。在这三十余年的变革发展进程中，破、引、建三者彼此交织互动，形成了新时期生机勃发的繁荣景象，显示

[①] 参见陶东风《文学理论基本问题》"导论"，北京大学出版社2004年版；邢建昌《理论是什么——文学理论反思研究》导言"文学理论的自觉：走向反思"，人民出版社2011年版。

出人们求变求新的冲动与激情。

也许可以说，在近一时期当代文论变革发展中，这种破、引、建三者交织互动的基本格局依然未变，只不过在新的时代条件下和后现代文化语境中，开始了新一轮的历史循环运动，带来了一些值得关注的新变化和新问题。

首先，就"破"的方面而言，在解构主义及后现代主义思想观念的影响作用下，文学理论界的"反本质主义"浪潮逐渐兴起并形成不小的声势，它所指向的主要目标，恰恰是新时期以来所逐步建构起来的那些有代表性的文学观念及其理论系统，如审美论或审美意识形态论的理论系统，文学主体论的理论系统，新理性精神文学论的理论系统等。从"反本质主义"者的理论立场来看，这些在破除过去政治意识形态僵化观念过程中建构起来的新观念新理论，其基本的思想观念、思维方式和理论模式仍然是"本质主义"或"逻各斯中心主义"的，虽然具体观点跟过去相比有很大的不同，但在基本的理论逻辑上则并无根本差异。因此，只有从根本上破除这种"本质主义"或"逻各斯中心主义"的思想观念、思维方式和理论模式，才能进一步解放思想，推进当代文学理论的变革发展。当然，理论界也有各种不同的看法，因而引起了持续不断的争论。

其次，从"引"的方面来看，很显然，上述关于"反本质主义"理论思潮的形成，是与从国外传入的"文化研究"转向直接相关的。通常认为，西方社会从20世纪五六十年代开始形成所谓"文化研究"，它本来是一种新兴的研究文化的方式，它的主要特点是跨学科性，如人类学、社会学、历史学、人文地理学等都把各自的学科关注带入到对文化的研究之中，极大地拓展了文化研究的领域。[1] 这种跨学科的"文化研究"当然也把文学研究纳入其中，或者也可以反过来说，文学研究在历经了约半个世纪的形式主义研究"自闭式"缠绕，正难乎为继急于摆脱困境之时，恰逢这样一种跨学科文化研究"收编"的机遇，于是顺理成章地发生了学界所说"文学研究"向"文化研究"转向。而这样一种理论风潮也在20世纪90年代我国市场经济改革和大众文化兴起的背景下传入，并逐渐形成气候。其实，就我国这一次的"文化研究"转向而言，除了大众消

---

[1] 参见［英］阿雷恩·鲍尔德温等《文化研究导论》，陶东风等译，高等教育出版社2004年版，第3页。

费文化兴起这一现实语境条件之外，并无其他可供借鉴的理论资源，于是就如同新时期初全方位引进西方现代文学理论批评资源一样，也差不多是把国外文化研究及各种相关理论学说，从热点问题到理论观念和学术话语等，都悉数引进介绍，从解构主义到"文学终结"论，从"反本质主义"到"日常生活审美化"，从"身体美学"到"消费美学"等，都被频频引入和大加阐释发挥张扬。其结果是，既使得这样一些后现代理论观念传播甚广，也对此前所建构起来的理论观念带来很大的挑战乃至一定程度的消解。

然后，则是"建"这个方面的问题。也许可以说，这是当代文学理论变革的新一轮历史循环运动中最为薄弱的一个方面。从当代文论界的整体情况来看，似乎人们更容易产生怀疑与"解构"的冲动，而难以燃起探究与"建构"的热情。虽然我们也注意到，在文论界关于"本质主义"与"反本质主义"的争论中，也有学者提出过"建构主义"的理论主张，认为在反思文艺学学科中的普遍主义和本质主义倾向的同时，还是应当重建文艺学的知识论基础，并且也提出了一些思路与构想。[①] 尽管我们也知道，即便是这种所谓"建构主义"的理论主张，其实也仍然是来自西方的"文化研究"理论，是从其中的"社会建构主义"理论以及福柯、布迪厄等人的学说中获得思想资源及其理论启示。[②] 当然，这种借鉴本身并没有什么不好，问题在于我们的当代文论自身究竟应当如何建构？在什么样的理论基础上建构？围绕哪些基本问题进行建构？以及站在什么样的理论立场和用什么样的价值观念进行建构？这一系列问题似乎都不甚明确，更难以达成理论界的"共识"。在这种情况下，恐怕就很难取得实质性的所谓"建构"成效。现在看来，在近一时期"文化研究"转向背景下的当代文论研究，能够得到学界公认的本土化的建构性理论成果似乎并不多见，不管人们是否愿意这样挑明来说，但这毕竟是客观存在的事实。

如果说以上所述可以视为对新时期以来当代文论变革发展的"过程性"反思的话，那么，也许有必要再推进和深化一步，进入到对它的

[①] 参见陶东风《文学理论基本问题》"导论：文艺学的学科反思与重建"，北京大学出版社 2004 年版；陶东风：《建构主义还是本质主义？》，《文艺争鸣》2009 年第 7 期。

[②] 参见[英]阿雷恩·鲍尔德温等《文化研究导论》，陶东风等译，高等教育出版社 2004 年版，第 142 页。

"问题性"反思。如上所述，近一时期当代文论的变革发展，总的来说可谓"破""引"有余而"建构"不足，我以为问题的根源也许在于：一是过多受到国外"文化研究"转向的影响，文学研究"泛化"为文化研究，作为文学理论失去了对其特定的研究对象即文学本身的关注，尤其是对当代文学实践日益疏离，因而也就失去了文学理论自身存在的理由和合法性依据。二是过多受到国外解构主义及反本质主义理论观念的影响，往往把对问题的理论性追问与探究都当作"本质主义"加以怀疑和否定，甚至干脆把关于文学的"问题"本身也当作"本质主义"的根源加以抛弃，于是当代文学理论的"问题"模糊了、遮蔽了、消失了，人们只能在所谓"文化研究"的重重迷雾中盲目摸索，既没有确定的"对象"，也没有明确的"问题"，又还能指望抓到一些什么有价值的东西呢？三是过多受到国外各种相对主义、多元主义思想观念的影响，不相信有什么确定性、实质性的东西可以把握，也不相信有什么真理性或普世性的价值存在，于是就会轻易放弃对问题应有的思考，往往会停留在表面，以对某些现象的描述、阐释代替对问题的"思考"，导致"思"的弱化与消解。四是过多受到国外所谓"知识论"思想观念的影响，自觉不自觉地把"理论"变成了"知识"，把对理论问题的追问与探究变成了所谓"知识生产"，于是作为一种理论学说应有的"理论品格"丧失了，其精神价值也在不知不觉中被淹没或消解了。此外，可能还有其他方面的问题。总之，由于上述一些问题的存在，所谓当代文论的"建构"将会如何也就可想而知。

在这种情况下，如果真要有效推进当代文论的进一步建构和创新发展，那么也就有必要在全面深刻反思的基础上，致力于廓清某些观念迷误和调整理论思路。下面笔者再谈谈这方面的思考。

二 当代文论研究思路之调整

针对上面所说近一时期文学理论变革发展中存在的问题，的确有必要在反思中调整我们的理论立场和研究思路，以适应当代文论进一步建构和创新发展的要求。按笔者的认识看法，这种理论立场和研究思路的调整至少可从以下几个方面着眼。

其一，由追逐"文化研究"回归到立足"文学研究"。

如前所说，一段时间以来，受到国外"文化研究"转向的影响，我国的文学理论或文学研究也更多"泛化"为一种文化研究，文论家们的兴趣和兴奋点，都更多放到了当今时兴的文化理论和时尚文化现象的关注上，而对文学本身的研究却越来越薄弱，与当代文学实践也越来越疏离。其原因一方面是缘于当代文学本身的变化，即它与各种大众文化现象交织混杂在一起，越来越成为一种"泛文学"现象；另一方面则是当今大众消费文化空前繁荣夺人眼球，而"文化研究"也正是当下的热门时髦学问，因此"跟着潮流走"抛下文学而追逐文化研究也就成为一种"明智"的选择。但由此带来的问题，一是如果文学理论不再研究文学，那么它存在的理由和合法性依据何在？二是当今时代真的无须关心文学的命运，真的不再需要文学研究了吗？

前一个问题属于文学理论自身的问题。不言而喻，任何一种学科理论，都应当有它特定的研究对象和范围，有其特定的理论命题和学科边界，当然还有它的特定功能与作用，这正是一种学科理论存在的理由和合法性依据。文学理论作为一种研究文学的特性和规律的学问，它的研究对象理应是文学存在。文学现象自古以来就存在，至今也仍然以各种方式存在和发展，虽然对于什么样的现象属于文学现象，什么样的文本属于文学文本，不同的人会有不同的认识，但是对于哪些现象可以作为文学现象来研究，以及这种研究对象的大致范围和边界，人们还是有基本共识的，由此而奠定了文学理论的学科基础。不同形态的文学理论，可能会设置不同的理论框架，使用不同的理论范畴，关注特定的文学对象和研究各自的理论问题，但毕竟总是以文学现象及其文学问题作为基本的学科边界，否则就难以称得上是文学理论。当然，这并不意味着文学理论要自我封闭，在当今文化语境中，适当将某些文化研究的观念与方法引入文学研究，适当拓宽文学研究的理论视野或学科边界，应当说都不成为问题。而问题在于，如果文学理论抛开文学研究不顾，转而追逐大众文化研究，从而成为一种没有确定研究对象和边界的"泛理论"，那么就必然带来其存在的理由和合法性的危机，导致文学理论的自我迷失乃至自我消解。

后一个问题关涉对于当今文化与文学现实如何认识判断。无须讳言，如今大众消费文化日益繁荣已是不争之实，文学的"泛化"发展本身也的确是值得关注和研究的现象。但是这种关注客观事实本身，并不意味着价值判断上的完全认同。站在理性的文化立场上看，大众消费文化的过度泛滥，以及文学随波逐流式的"泛化"发展，似乎并不是完全值得肯定的事情；对于文学的沉沦与危机冷漠对待弃之不顾，或者推波助澜任其消亡，也许都是一种不负责任的态度。这里实际上关涉到一个文学信念的问题，即我们是否有理由相信：当今大众消费文化的普遍泛滥并非值得完全肯定和顺应，当代社会仍然需要精神价值的支撑和审美情感的滋养，而文学的良性发展恰恰有利于这种价值体系建设，有利于人与社会的健全发展。因此，我们现在应当做的，不是任凭大众消费文化大潮把文学完全裹挟进去而陷入灭顶之灾，而是恰恰需要把文学从"泛文化"中凸显出来，把文学的精神价值从欲望消费的沉沦中打捞出来，并使之加以高扬。当代文学理论如果具有这种信念，就理应坚守自己的学理和价值立场，通过对当今文学现象和文学问题的研究，为大众文化时代的文学发展提供必要的理论支撑，在当代文学的良性发展中有所担当和有所作为，这也正是它的价值所在。因此，呼唤当代文学理论调整好自己的理论姿态，由追逐"文化研究"回归到"文学研究"的立场上来，无疑是十分必要的。

其二，由注重阐释现象回归到致力思考问题。

当今时代，可能人们都普遍感觉到了理论的"疲软"，现象描述阐释有余而对问题的思考不足，缺乏思想的力量和力度。文学理论方面的情况可能也是如此。究其原因可能也是两个方面的因素造成的：一方面是当今社会变革转型加快，各种社会文化现象和文学现象层出不穷纷繁复杂，各种新潮理论知识也纷至沓来目不暇接，理论家们要及时跟进加以把握殊为不易，恐怕难以停下脚步和凝聚心智来潜心思考；另一方面也可能由于如今怀疑解构之风颇盛，容易浇灭人们积极思考的热情，阻断学术探索的进路。西谚云：人类一思考，上帝就发笑。如今的现实则是：人们一思考，后现代主义和反本质主义者们便发笑。学理性思考在这个时代似乎成了很可笑的事情，于是不少人便也因此学得聪明起来，放弃对理论问题的研究思考，转向对一些常见现象的描述和阐释。只是这样一来，现实中的"问题"往往难以揭示出来，甚至还有可能更加被遮蔽起来，理论的阐释力和有效性进一步弱化，这些都是目前我们所能切实感受到的现实。

应当说，当代文学变革发展中的确出现了许多新的现象，比如文学地位的边缘化，文学形态的多样化，文学生产的市场化，文学功能的娱乐化，以及文学日益被图像文化挤压和网络文化收编，不断被大众消费文化吸附而失去自主性，从而面临着走向消亡的种种危机，等等。一段时间以来，文论界对于这样一些新出现的文学现象并不缺少关注，但很大程度上只是一种现象的描述和事实的阐释，很多情况下或许还是一种事不关己乃至幸灾乐祸式的渲染与炒作，而对其背后所存在的问题却不甚关心，缺少应有的认真深入思考，因此理论就无法不显得"疲软"。当然，现象描述和事实阐释无疑也是必要的，但显然又是远远不够的，因为仅限于此容易让人们产生一种错觉，似乎"存在即合理"，一切都是必然结果，既无须改变也无法改变，我们只能顺应接受。这是一种观念的迷误，只会导致一种犬儒主义或庸人的价值观，而不是我们这个时代应有的改革发展的积极价值观。作为理论学说，更重要的是从这些现象变化或事实背后发现和提出问题，在对问题的研究思考中提出有价值的思想见解，这样才能体现出作为理论研究所应有的阐释能力，进而充分发挥它"介入"文学现实，影响文学和社会发展进程的积极作用。

比如，对于图像文化扩张形成对文学的挑战，仅仅描述和阐释这种现象也许于事无补，更重要的是要研究其中的问题，如图像化的直观认知方式与文学性的想象感悟方式究竟有何不同？从人性发展与丰富的意义而言，它们都各自满足或作用于人的精神需求的哪些方面，为什么都是不可或缺的？文学究竟可以在哪些方面与图像文化形成互补，文学审美在何种意义上能够克服图像认知的片面性，从而在人性的健全发展与不断丰富中发挥作用？等等，对这些问题的深入思考和探讨，比只是描述现象或争论文学会不会在图像化扩张中消亡，可能会更有意义价值。再如文学娱乐化现象，这显然也是当今大众文化时代难以回避的问题。大众娱乐可以有很多的方式，文学当然也可以是其中的方式之一，或者反过来说，文学也自有其娱乐消费的价值功能。但问题在于，是否要把娱乐消费当作文学最主要乃至唯一的价值功能？倘若以娱乐为主要价值取向，文学显然远不及其他的娱乐形式，在这种娱乐化比拼中文学就可能真要陷于危机乃至走向消亡。然而这个社会难道就只需要娱乐，除此之外是否还需要别的精神价值？人性难道就只能沉迷于娱乐而不需要更丰富的精神追求？娱乐过度是否也会带来人性的迷失？真正富有德性和审美精神的文学，在人性的丰富发展和精神价值建构中究竟能够起到什么样的积极作用？这些问题也都比文学娱乐化现象本身更值得关注和思考。看来当代文学理论的确需要从过于追逐新潮现象中回过神来，强化"问题意识"，直面现实挑战，对那些难以回避的文学现实问题做出自己的思考和回答。

其三，由注重生产"知识"回归到努力重建"理论"。

当今文学理论界流行着一种理论"话语化"或"知识化"的现象。按有些学者的看法，后现代转折的特点之一，便是从"理论"到"话语"。"后现代以前，理论只有用理论一词才具有理论性，到后现代，理论一词反而没有了理论的本质性和普遍性，要在'理论'一词的后面加上'话语'，成为'理论话语'才能获得理论的本质性和普遍性。因而不是理论概念，而是话语概念成为后现代时代的理论形态的基础。"那么理论与话语的区别何在呢？"不妨说，概念、逻辑、体系意味着超越话语的理论，谈论、言说、随感就是非理论的话语"[①]。这种所谓"话语化"如果换一种说法，实际上也可叫作"知识化"。如今在文学理论界可以看到一种现象，所谓"理论研究"已经不大有人提起，似乎这种说法或者观念早已过时，一些人更愿意将有关研究活动称之为"知识生产"，这无疑显得更为新潮。其实这并不仅仅是说法的不同，而的确是一种实质性的变化。一段时间以来我们可以看到，一些新编的文学理论教科书，并不注重自身的理论建构，而是在某些章节标题框架之下，罗列介绍各种中外文论知识，差不多就是一种文论知识的杂烩"大拼盘"。一些理论新著也并不注重理论系统性和逻辑性，也不追求多少研究的学理深度，往往也是在一些看似理论化的标题之下，介绍各种理论知识，引述各家各派的论述，成为一种平面化理论知识的集束式堆集。这样的"知识生产"实际上是一种"来料加工"式的机械制作，只要采集各种学科知识，引入形形色色的后现代文化理论，再糅合某些文学理论元素加以拼装组合，便可以生产出适合各种口味需求的知识拼盘，摆下一场话语盛宴。然而此类"知识生产"一旦成为一种模式和时尚，无疑将导致理论的进一步萎缩和蜕化。

正是针对这种理论危机，西方学者尼尔·路西在《理论之死》一文中提出了对于"知识化"倾向的批判性反思。文中引用卢梭的看法说，"卢梭认为知识在本质上是危险的，因为它唤起我们天性上的恶习，并因此败坏我们在其他方面向善的强烈倾向。此外，没有理由认为伟大的科学发现已经导致了人类在美德方面的增进。相反，大量的事实（不包括那些没有意义的）已经证明了它们对社会来说是相当无用的"。在卢梭看

[①] 张法：《走向全球化时代的文艺理论》，安徽教育出版社2005年版，第29页、35页。

来，这种偏向由来已久，"在雅典和古罗马社会的晚期，越来越多的时间被耗费在了对美学知识和科学知识的追求上，损害了社会的和谐，也损害了在伦理学上对于'同自己交谈、在激情的静默中倾听自己良心的声音'的根本关注，对卢梭而言，后者正是'真正的哲学家'"①。西方学者对于"知识化"导致思想和情感迷失的这种理论反思，无疑也是值得我们借鉴的。当今是一个所谓"信息爆炸"的时代，我们实际上并不缺少"知识"。但丁《神曲》开篇说："我们在丛林中迷失了方向"，我们当今所应该担忧的恰恰是在生活和知识的"丛林"中迷失方向。为了避免这种迷失，就需要努力增强我们的主体性，增强我们对价值方向的辨别、判断和思考，这正是理论的功能。理论不同于一般性知识的独特品格就在于，它坚守应有的理论立场和价值信念，具有强烈的问题意识和反思精神，具有深刻的思想性和现实穿透力。真正的理论研究要求从实际问题出发，从理论与实践的结合上深入思考，对所面临的现实问题做出富有学理深度的回答，从而起到推动现实变革发展的作用。当然，在此过程中同时也实现理论自身的创新发展。对于当代文学理论的变革发展而言，如何克服这种过于追逐"知识生产"的偏向，回归到"理论重建"的根本立场上来，看来也是一个无法回避的现实问题。

三 当代文论研究探索之深化

如前所说，当代文论的变革发展经历了三十多年的曲折历程，文学理论的学科边界、研究领域和视野都不断得到拓宽，这既是一种历史性进步，同时也带来了新的问题，表现出过于"泛化"的变化趋向，容易在后现代文化语境中陷入自我迷失。因此，当代文论有必要进行自我调整，回归到文学研究的立场，注重对当下问题的思考探讨，寻求研究探索的进一步深化，从而致力于理论重建。

那么，这种深化研究探索走向理论重建的方向何在？笔者以为，在当今时代条件下，可以寻求朝着人学的方向，从人学与美学（艺术哲学）结合的向度上进行深入开掘探索。如果说以往的文学理论研究，曾经在唯物反映论和意识形态论的向度、美学或审美论的向度、社会学与文化研究的向度，以及心理学、语言学等各种向度都进行过不断探索，

---

① ［澳］尼尔·路西：《理论之死》，阎嘉主编《文学理论精粹读本》，中国人民大学出版社 2006 年版，第 229—230 页。

既取得了相当丰硕的成果，也实际上存在着较大的局限性，那么如今调整聚焦到人学的向度上来，从人学与美学的视界融合中来观照和研究文学问题，应当是一种比较切实可行的深化研究探索的路径。按笔者的认识，美学与人学本身就是可以在哲学的基础上融为一体的，或可称为人学的美学，或者是人学的文论。通常说"文学是审美的艺术"，又说"文学是人学"，那么这两者之间就必定存在着内在的必然联系。将美学与人学融合起来，从两者的视界融合中来观照和研究文学问题，既是进一步深化当代文论研究的学术路径和学理探索，更应当是将文学和文论引向"介入"现实，促进现实变革实现人与社会健全发展的现实需要和价值诉求。

具体而言，从人学与美学的视界融合中来观照和研究文学问题，我想可以在以下一些方面深化推进当代文论的理论建构。

首先，从最根本的意义上回答文学存在的原因、理由和根据问题，为文学的创新发展奠定深厚的理论基础。

这实际上关涉到文学本体论或存在论、文学本质论、文学价值论等文学理论基本问题的深化探讨。以往的文学理论，曾分别从自然模仿论方面，生活反映论或社会认识论方面，情感表现论方面，艺术审美论方面，艺术或文化生产论方面，艺术形式本体论方面等，已经对文学存在的原因或本源问题进行了各种不同的探究。然而我以为，这些方面的探究虽然都各有意义价值，但都还没有真正切入文学存在论的实质，没有从根本上回答文学存在的原因、理由和根据问题。在我们看来，仅仅从文学本身或一般社会学的层面来说明文学存在，都是不可能彻底的，只有深入到人学层面，从人的生命活动实践的根本意义上探讨，才能得到更为深入切实的认识。

我们认为，"文学是人学"这一传统命题，正可以作为文学本体论命题，从最深层的意义来加以理解。从这个意义上看，文学的本体存在与人的本体存在就是一致的，也就是说二者具有某种意义上的同构性，因此，可以把文学存在放到人的生存发展的根基上，与人的自由自觉生命活动联系起来加以考察。从历史上看，在不同的社会历史条件下，文学曾以各种不同形态出现过，然而透过种种文学存在的表象，就文学活动的内在本性而言，可以说它正是人的生命实践活动的一种特殊方式。马克思曾说过："艺术创造和欣赏都是人类通过艺术品来能动地现实地复现自己，从而在创造的世界中直观自身。"[①] 文学艺术创造是人的精神领域的创造活动，它一方面是对人的现实生命实践活动的复现与直观，另一方面也是人的精神本质力量（如想象、情感、意愿、理想等）的自我实现方式，这两个方面就构成了人的自由自觉生命活动的全面实现与自我确证。当然，人们在文学艺术创造中复现自己和直观自身的方式是多种多样的，可以有模仿再现的方式、自我表现的方式、想象幻想的方式、象征隐喻的方式等，不论何种方式和形态的艺术创造，本质上都是人对自身的复现与直观，都是人的本质力量的自我实现和确证。从这个基本认识出发，我们就可以在文学存在论的基础上不断追问下去，比如：文学作为人的自由自觉生命活动的产物，必定根源于人的生命活动的内在需要，那么人为什么需要文学，或者说在什么样的意义上需要文学？反过来说，文学究竟满足人们什么样的需要？文学与人的生命意义价值有什么关系？以及人们究竟是怎样来创造文学的？这其中究竟有些什么样的内在逻辑或规律性？如此等等。换一个角度看，当然还有文学的存在方式问题，文学的存在形态问题，以及文学的基本特性问题等，都可以在这一文学本体存在与人的本体存在同根并存的逻辑链条上，展开对文学理论基本问题的追问与探究。

当然，仅仅是逻辑的展开是不够的，还需要进入到历史的观照。正如人的生命活动和人的本质力量都是在实践发展的历史进程中不断展开和丰富一样，人们对于文学的需要，以及文学的创造方式、存在形态、价值功能等，也都会随着上述历史进程而不断发生变化。从认识文学变革发展的事实和原因而言，当然可以从文学本身着眼，也可以从某些社会因素着眼，但要真正深化下去，还是可以从人的现实生存与发展、人性的历史变化、人的自由解放的现实要求等方面得到更深刻的说明。如果要从这种文学变革发展的价值评判而言，也许就不能简单套用历史进化论原则，以为存在的就是合理的，发展的就是进步的，还是需要基于人与社会合理健全发展，以及"合乎人性的生活"的理念，做出应有的价值判断和理论阐释。如此看来，文学理论就永远是一个历史与现实交织互证的建构过程。当今的文学理论当然也是置于这样一个历史建构的过程之中，它可以在对当代文学变革发展与人的发展问题的理论阐释中，实现自身的创新发展并获得自我确证。

---

① 《马克思恩格斯全集》第 46 卷（上），人民出版社 1979 年版，第 50 页。

其次，从人学视野观照和阐释文学的关系，既深化对文学特性与规律的认识，也为文学"介入"现实提供充分有效的理论依据。

按照马克思主义观点，人的生活在本质上是实践的，人的生命活动实践使人成为"社会关系的总和"，人的生存发展只能在现实关系的制约或改变中实现。如前所说，文学的本体存在与人的本体存在具有某种意义上的同构性，那么，说人是关系中的存在，同时也意味着文学也是一种关系中的存在，人的生命活动及其现实关系的展开维度，与文学实践活动及其关系的展开维度，也具有相当程度上的同构性。比如，从文学的内向性关系而言，这种关系在个体自我表现的维度上展开，包括文学与情感、文学与想象、文学与审美、文学与主体性、文学与价值观等。也许可以说，人的个体生命活动特别是精神活动延伸到哪里，文学敏感神经的触角就会延伸到哪里。再从文学的外向性关系而言，这种关系在人的社会实践活动的维度上展开，包括文学与生活、文学与社会历史、文学与意识形态、文学与政治、文学与道德、文学与文化、文学与教育等。同样可以说，人的社会实践活动及其现实关系延伸到哪里，文学外部关系的展开也会延伸到哪里。此外还有一层关系，即作为文学本体自身的各种内在关系，如文学与文本、文学与文体、文学与语言（符号）、文学与形式、文学与媒介等。这些关系看似属于纯文本形式问题，好像与人学无关，然而文学作品毕竟是人的创造物，任何文本形式方面的因素，都必与文学主体的审美感知与表达的方式相关，与人对语言、文体、形式的认知把握能力相关，乃至与人的艺术想象力和创造力相关，因此仍然可以而且应该置于人学视野中来加以观照和研究。

我们知道，在以往的文学理论研究中有一种趋向，就是努力把文学从各种复杂关系中剥离出来，试图孤立地集中研究文学之所以成为文学的"文学性"何在，其重心多是落在审美或文本形式上面。从局部的意义而言，此类研究对于我们更好地认识文学的文本形式方面的特性与规律是有价值的；但从整体上来看，这种趋向又是有很大局限性和弊端的。尤其是在此过程中出现了一些极端化的理论主张，比如一味倡导文学去政治化、去道德化、去意识形态化等，由这种文学观念影响到文学实践，便出现了文学疏离现实走向玩文学的偏向。有鉴于此，还是应当把文学放回到它所生存发展的关系系统，在人学视野中，从不同的关系维度，观照和阐释文学多方面的特性和规律，这既是文学理论本身的学理性和科学性要求，也是引导文学介入生活促进社会变革发展的现实要求。至于有人鉴于过去的教训，担心重建文学的各种关系维度，是否会使文学重新沦为某种意识形态的工具，这应当说是另外一个问题，即如何改善社会文化生态环境的问题，这本身就需要文学和文学理论积极参与。如果只是消极地回避文学的各种现实关系，好像只要不承认它就不存在，那只能说是一种"鸵鸟式"的态度，既不利于在学理上阐明问题，也不利于文学实践的良性发展。

再次，从人学视野观照和阐释文学审美问题，为文学审美实践提供积极的价值引导。

之所以要将文学审美问题单独提出来加以探讨，这主要是因为，在人们的文学观念中，审美是文学最重要的特性，有人甚至认为审美是文学的"本性"。那么究竟如何认识和理解审美，不仅关系到文学理论本身的学理性，同时也会影响到文学审美实践的价值导向。

我们略加反思可知，新时期以来文学变革转型的一个基本向度和路径，正是文学从过于政治意识形态化逐渐回归审美，文学理论也在文学审美特性与规律的探讨方面多有创新建构。但这种文学审美观念在后来的发展中，出现了两种值得注意的趋向：一种是审美的过度"纯化"，以为审美是纯艺术化、纯形式化的东西，要把各种社会性、思想性的因素从文学审美中"过滤"出去；另一种是审美的过度"泛化"，尤其是在大众消费文化兴起的背景下，在"日常生活审美化"的现实语境中，把各种娱乐、游戏、搞笑、快感刺激等也都当作审美因素纳入文学中来，导致文学品质和审美精神的不断滑落。也许可以说，在一些人的文学观念中，仅仅是在一般性的美学层面上，或者说是在很肤浅的"感性学"层面上，来理解所谓审美的，实际上并没有真正领悟审美精神。笔者以为，需要将文学审美问题纳入到人学视野中来，从人学与美学的视界融合中来观照和阐释审美问题，才能深刻领悟应有的文学审美精神。

从人学观点看，审美是人的一种内在需要，审美意识和审美能力是人的本质力量之一。这种审美意识和审美能力在人的生命活动实践中形成和发展起来，同时人的内在审美需求也日益生长起来。在这种动力驱动之下，便出现了人类生活中各种形式的审美活动，乃至形成越来越发达的文学艺术活动。反过来看，人类各种审美活动，特别是作为高级形态的文学艺术审美活动，既使人的审美需要得到满足，同时也使人的精神生活得到充实，人的本质力量得到丰富发展，人性不断得到完善。具体而言，文学审美满足人的内在需要并不只有单一的意义，而是具有非常丰富的内涵，大而言之有以下三个层面。一是审美具有令人愉悦的特性与价值。英国学者 H. A. 梅内尔在谈到审美价值的本性时说，"审美的善，或有价值的艺术品的特征，是一种在适当的条件下能够提供愉悦的事物"①。给人提供所需要的审美愉悦，为人们的生活带来愉快，应当说是文学审美最基本的价值功能。二是审美具有令人解放的特性与价值。黑格尔最早提出审美解放的命题，认为审美具有令人解放的性质。马克思在《1844 年经济学哲学手稿》中也深刻论述了审美对于人的全面解放的意义。"西马"学派理论家马尔库塞也强调说："艺术的使命就是在所有主体性和客体性的领域中，去重新解放感性、想象和理性。"② 那么这就意味着，真正的审美并不仅仅停留在精神愉悦的层面，更关乎人性的解放，以及人的全部本质力量的解放和丰富发展。三是审美具有使人超越的特性与价值。英国哲学家休谟说："美并非事物本身的属性；它仅仅存在于观照事物的心灵之中。"③ 从这个意义上说，审美本身就具有主观性和理想化的性质，尤其是在文学艺术的审美创造中，更是体现了人们的审美升华或审美超越的愿望诉求。在马尔库塞看来，这种审美升华或审美超越，与审美批判和审美解放具有内在的一致性，"审美升华在艺术中构成肯定、妥协的成分，虽然它同时又是通向艺术的批判、否定功能的桥梁。艺术对眼前现实的超越，打碎了现存社会关系中物化了的客观性，并开启了崭新的经验层面。它造就了具有反抗性的主体性的再生。因此，以审美的升华为基础的个体，在他们的知觉、情感、判断思维中就产生了一种反升华，换句话说，产生了一种瓦解占统治地位的规范、需求和价值的力量"④。理论家们之所以特别强调这种审美批判与审美解放、审美升华与审美超越的特性和价值，其根本之处在于，提醒人们不要陷入过于"物化"的生存现实，避免人性在这种过于"物化"的生存中异化。这无论在理论还是实践上都具有重要意义，在当今时代可能尤其如此。

---

① ［英］H. A. 梅内尔：《审美价值的本性》，刘敏译，商务印书馆 2001 年版，第 2 页。
② ［美］赫伯特·马尔库塞：《审美之维》，李小兵译，广西师范大学出版社 2001 年版，第 197 页。
③ 转引自［英］I. A. 瑞恰兹《文学批评原理》，杨自伍译，百花洲文艺出版社 1992 年版，第 164 页。
④ ［美］赫伯特·马尔库塞：《审美之维》，李小兵译，广西师范大学出版社 2001 年版，第 196 页。

在对当代文论变革发展的历史反思与当下思考探索中，我们认识感悟到，任何理论问题及其观念都不是自明的，不是可以先验预设的，而是需要在历史发展进程中进行建构的，并且也是要在解构与重构的矛盾运动中推进发展的。从这个意义上说，避免绝对化的本质主义思维方式，坚持开放性的建构主义理论观念，无疑是值得倡导的。从建构性的理论立场来看，真正意义上的文学理论建构应当是两个方面的统一，即事实与价值的统一，或者说是学理与信念的统一。从事实与价值的统一而言，文学理论并不仅仅是陈述和说明文学事实，它还应当阐释缘由和做出价值判断；不仅需要告诉人们"是什么"，更需要引导人们思考"应如何"，从而寻找应有的价值方向，否则就难免陷入"一切存在即合理"的误区之中。从学理与信念的统一而言，文学理论作为一门人文科学，它既需要充分的学理性，即努力探究和揭示文学存在本身的特性和规律；同时它也是一种信念，往往寄托和表达人们对于文学的价值诉求及其审美理想。我们主张将文学理论研究置于人学基础之上，正是基于这样一种理论信念，相信文学问题在根本上是人学问题，人们的文学观念及其审美理想，必与一定的人学价值观密切相关。正因此我们相信，朝着人学的方向，将人学与美学融合起来，从两者的视界融合中来观照和研究文学问题，应当是当今时代条件下深化推进当代文论的理论建构的有效途径。

第八章

"文学阐释论"与当代文论观念问题

"文学阐释论"是西方文论中一种重要的理论形态,从古典阐释学发展到现代阐释学,再到接受美学和读者反应批评,以及解构主义批评等,在当代西方文论和文学批评中都影响甚大。新时期以来,我国文学理论和文学批评界对这种理论形态也多有介绍和研究,其理论观念和批评方法往往被纳入文学理论教科书中加以阐述,对我国当代文学理论与批评产生了很大影响。应当说,这种文学理论与批评形态,对于打破过去"作品中心论"或"文本中心论"的理论观念和批评模式,走向开放性理解和评论阐释文学作品,是很有启示意义的。但是,它也并非没有理论局限性,尤其是将某些方面的特点加以放大之后,其片面性和极端化的弊端便会显现出来。近一时期,有学者提出"强制阐释论"的问题进行讨论,便关涉到对这种文学理论观念和文学批评模式的重新认识评价问题。其中,既涉及对西方"文学阐释论"如何认识评价,也涉及我国文论界对这种理论形态如何理解接受,以及对当代文论观念变革的影响如何认识的问题。本章拟对这些方面的问题加以探讨。

第一节 "文学性"理论观念与文学阐释

在当今的后现代文化语境中,传统意义上的文学和文学研究,乃至各类学校里的文学教育,都正面临前所未有的挑战。这种挑战不仅来自文学的外部环境条件,如当今后现代消费文化对于文学的全面渗透与瓦解,现代图像文化、网络文化对于文学的强力吸附;而且也来自于文学自身的某种自我消解,如在文学的过度泛化发展中致使其精神品格不断丧失,以及文学研究中某些有意或无意的过度阐释所造成的自我伤害,还有文学理论

第八章　"文学阐释论"与当代文论观念问题

与批评中的反本质主义理论观念,更使文学遭遇到被解构的威胁。其中,有些看似非常正宗的文学研究,而且是针对文学本质特性或曰"文学性"的专门研究,却并不是导向自我肯定的正向阐释,而恰恰是导向自我怀疑的反向性阐释,甚至是一种过度的强制阐释。这种阐释方式往往与对"文学性"本身的质疑联系在一起,有的甚至直接就是反本质主义理论观念的一种表征。这种看似认真的文学研究,对于文学及"文学性"的解构性威胁可能更大。这种情况当然首先是在西方当代文学理论批评中发生的,而我国当代语境中的文学理论批评也多少受到这种消极影响,值得加以反思和评析。

一　伊格尔顿"功能论"文学观念及其文学阐释

在当代西方文论资源的借鉴利用中,英国理论家特里·伊格尔顿的理论常被反本质主义论者所关注,他的某些论述也常被一些论者引用并加以阐释。伊格尔顿无疑是西方当代的理论大家,但他的理论也并非没有欠妥之处,如果不加分析地引用阐释,也恐怕会谬以千里。在《当代西方文艺理论》一书的"导论"中,伊格尔顿专门讨论了"什么是文学"即文学本质论的问题,其中论述道:"根本不存在什么文学的'本质'。任何一篇作品都可以'非实用地'阅读——如果那就是把文本读作文学的意思——这就像任何作品都可以'以诗的方式'来阅读一样。假如我仔细观看列车时刻表,不是为了找出换乘的列车,而是在心里激起对现代生活的速度和复杂性的一般思考,那么可以说我是把它作为文学来读的。"然后,他接着引用他人的一个比喻说法,继续阐释说:"约翰·M.艾利斯曾论证说,'文学'这个术语的作用颇有点像'杂草'这个词,杂草不是特定品种的植物,而只是园丁因这种或那种原因不想要的某种植物。也许'文学'的意思似乎恰好与此相反,它是因这种或那种原因而被某些人高度评价的任何一种写作。正如一些哲学家所说,'文学'和'杂草'是功能论的而不是本体论的术语,它们告诉我们要做些什么,而不是关于事物的固定存在。"[①]

首先,从这段论述中的理论观点方面来看。很显然,伊格尔顿在这里是针对"客观主义"的文学本质观而言的。在他看来,对于"文学是什

[①] [英]特里·伊格尔顿:《现象学,阐释学,接受理论——当代西方文艺理论》,王逢振译,江苏教育出版社2006年版,第8—9页。

么"的问题，有本体论与功能论的两种理解。从本体论的角度理解，显然就会得出"客观主义"的结论，即认为客观地存在着"文学"这种东西（写作类型及作品文本），它是一种本体性的存在，它的本质也都是天然地预先确定的，只要把某种写作类型或作品文本归入其中，那它就是确定的"文学"。伊格尔顿显然不接受这种观点，因此他断然否定，认为根本不存在这样一种所谓文学的"本质"。与此相对立，他对于文学则是作了"功能论"的理解，这种理解则又显然是偏于主观性的。在他看来，一个文本对象是不是"文学"是并不确定的，关键取决于阅读接受者以什么样的态度进行阅读。如果读者是进行"非实用地"阅读，也就是把文本对象"当作"文学来阅读，那么就不管这个文本对象本来是什么，它都能被认定是"文学"。笔者以为，公正地说来，"客观主义"的文学本质观的确是片面性的，这无须多论；而按照"功能论"的文学观念，强调对于文学的理解，要充分考虑阅读主体的因素，这无疑是有道理的。但这种强调显然又走向了另一个极端，把"非实用地"阅读直接等同于"文学阅读"，并进而推断这种阅读的对象文本就是"文学"，也就是把主观"当作"的东西认定为这种事物本身，这无疑又是一种极端的主观主义与片面性，是一种矫枉过正，这与客观主义的文学观念所犯的是同样的错误。从理论论证的角度来看，应当说这也是一种极端与偏激的阐释逻辑。

其次，再从举例阐释方面来看。论者也许是为了通俗明白地说明其理论观点，于是就近取譬随意举了一个例子，说是我们也可以"非实用地"把列车时刻表当作"文学"作品来读，因为在这样的阅读中，它可以"在心里激起对现代生活的速度和复杂性的一般思考"，因而这列车时刻表也可作为"文学"来看待。笔者宁愿把这一比喻阐释理解为论者的一种幽默俏皮的行文风格，或者说是为了反驳"客观主义"文学观而故作极端之论。倘若是作为一种理论观点的论证阐释（从具体语境来看不无此意），那就真有偏激与过度阐释之嫌。我们无法确切地知道，是否真有人这样阅读过一本列车时刻表，即便真有人像论者所说这样"非实用地"阅读（即使有恐怕也是绝无仅有吧），那又是否能把这列车时刻表真当作"文学"呢？这其中究竟有没有一点"文学性"（哪怕是最宽泛意义上的）可言呢？凡有正常思维的人都不难做出自己的判断。那么，这就带来了一个问题，当我们说某个文本是或者不是"文学"的时候，是否仅仅取决于读者（论者）的主观看法，而完全与文本对象本身的特性无关呢？"客观主义"的文学观念固然偏颇值得质疑，但完全排除"文学"中的客观性（即内含的"文学性"）因素，难道又是合理的吗？如果这样的话，又究竟凭什么来认识和说明某一事物的特性与功能呢？

由此就关涉到以上论述中的另一个比喻，也就是将"文学"与"杂草"相比，只不过从功能选择上来说恰好相反，"杂草"是要被除掉的东西，而"文学"则是要保留下来的东西。这个颇为知名的比喻也常被一些论者津津乐道，用来证明"文学"这个概念是无法言说的。这里的论证逻辑和理论推断同样显得似是而非。为了便于说明问题，笔者试用一个比"杂草"更为贴切一些的比喻来言说。比如，我们通常所说的"水果"这个概念，这无疑是一个抽象的集合式概念，它所指称的对象及其边界很难说是确定不变的。它不像"苹果""梨""桃"这样一类概念，所指称的对象是比较确定的，一般不会产生什么歧义。而"水果"作为一个抽象的集合式概念，所指称的对象包括苹果、梨、桃等，人们在对这类对象物的基本特性与功能加以认识的基础上，使用了"水果"这样一个概念来概括性地指称它们，并且对其进行说明解释。《现代汉语词典》中"水果"词条是这样解释的："名词，可以吃的含水分较多的植物果实的统称，如梨、桃、苹果等。"如果要较真的话，应当说这个解释也并不是无懈可击的。比如，甘蔗通常都被认为是水果，但严格地说它并不是植物的果实，而是这种植物的"茎"；萝卜通常是归入蔬菜类的，但有时候也可以当作水果食用。在生活实践中此类复杂情况肯定很多，但我们不能因为存在这样一些复杂情况，于是就要颠覆"水果"这个概念，断定关于这一事物的基本特性与功能的解说是不能成立的，甚至认为这个概念是不可言说的。如果这样的话，那就任何一本词典之类工具书和植物学、动物学之类的教科书都完全无法编写，人类岂不是又要回到混沌无知的状态中去吗？

其实，"文学"这个概念的情形也与此类似。学界都普遍承认，无论在西方还是在中国，这都是一个现代性概念，而且也是一个抽象的集合式概念，它所指涉的对象，包括诗歌、小说、戏剧、艺术性散文等。人们根据这一类对象物的基本特性与功能的认识，在词典等工具书中编写"文学"词条对其加以说明解释，编写文学理论之类教科书对其加以理论阐释，甚至建立"文学"的学科门类对其进行专门研究，其目的应当是为了更好地认识这一事物的特性与功能，更好地为人类社会的文明进步发挥作用。毫无疑问，"文学"这类事物与"水果"之类事物相比，其中的各种复杂情况不知要大过多少倍，但基本道理仍然是一致的。不管"文学"这类事物如何复杂，总还是能够从那些公认的对象物中，认识其最主要、最基本的特性与功能，给予一定的理论概括与阐释，为人们提供一定的认识借鉴。如果因为存在着文学的历史与现实的复杂性，便认为"文学"像"杂草"一样不可认识说明和无法言说阐释，显然是言之太过不足为据，对此津津乐道过度阐释更是大可不必。

最后，我们还是回到伊格尔顿的理论上来。如上所说，他的某些具体论述看来不无极端与偏激之处，我们未可全信。然而，如果我们不是拘泥于伊格尔顿的局部所论，而是从他的整体理论观念来看，其实可以发现，在整篇"导论"中，他又并不完全否定文学的"客观性"而只承认主观性，并不认为"文学是什么"的问题不可言说。在"导论"的最后一段他是这样说的："如果把文学看作一种'客观的'描述的类型行不通的话，那么说文学仅仅是人们凭臆想而选定称作文学的写作同样行不通。因为关于这种种的价值判断根本不存在任何想入非非的东西；它们扎根于更深的信念结构，而这些信念结构显然像帝国大厦一样不可动摇。因此，我们迄今所揭示的，不仅是在众说纷纭的意义上说文学并不存在，也不仅是它赖以构成的价值判断可以历史地发生变化，而且是这种价值判断本身与社会思想意识有一种密切的关系。它们最终所指的不仅是个人的趣味，而且是某些社会集团借以对其他人运用和保持权力的假设。"[①] 这里的意思是说，仅仅从某种文本本身来认识文学，或者仅仅从个人的观念看法来认识文学，都是不对或者不够的，只有从文学与社会思想意识的关系着眼来认识文学，才能真正对文学做出应有的说明和价值判断。这种看法，是完全符合他关于"政治批评"的主张的。由此看来，伊格尔顿的行文阐述往往比较随意和飘忽不定，有时一些论说甚至不免自相矛盾，对此还是有必要认真辨析，不宜只根据某些论断而随意阐释。

二 卡勒"文学性"理论观念及其文学阐释

像伊格尔顿一样，美国著名文论家乔纳森·卡勒也是一位"功能"

[①] [英]特里·伊格尔顿：《现象学，阐释学，接受理论——当代西方文艺理论》，王逢振译，江苏教育出版社2006年版，第16页。

论者，颇为注重从文学语言的功能来理解文学。他有一篇十分著名的题为《文学性》论文，专门探讨"什么是文学"即文学的特质问题。在追溯和比较了关于这个问题的各种观点后，他把关注点集中在"文学性"上面。俄国形式主义者首先提出了"文学性"的概念，指的是使一部既定作品成为文学作品的特性，他们认为这种"文学性"就在于文学作品语言结构的"生疏效应"。卡勒大概并不认同这种"客观论"的观点，认为"文学性"并不确定存在于文本自身，而是还依赖于解读文本的某些条件。他阐述说："本章节关于文学性的讨论，介于文本特性的确定（文本的结构的确定）与通常解读文学文本的习惯和条件的界定之间。两种角度几乎没有共同之处，很难说它们不是互相矛盾的两个角度。其实，语言和文化现象的性质似乎要求两种角度交替使用：只有相对于一套约定俗成的惯例，相对于此层次或彼层次，一个符号系列或声段才具有自己的特性。然而，角度的交替可能产生文学界定方面的困难。一方面，显然，与其说文学性是一种内在的品质，毋宁说它是文学语言与其他语言之间的差别关系的一种功能。"为了说明这个观点，他随即举了一个例子："假如我们把一段报纸上的新闻按诗体的形式排列在一张纸上，文本中属于新的约定形式的某些功能品质就会显示出来：昨天，在七号国道上／一辆轿车／以每小时一百公里的速度冲向／一棵梧桐树／车上的四位乘客／全部丧生。"（注：这里本应分行排列，但为节省篇幅改为用斜线间隔。下文所引诗例亦同）然后论者阐释道，由于分行排列，于是就使得"这段社会新闻的特点发生了变化。'昨天'不再指某一确定的日期，而指所有的'昨天'，因而其内涵也相应变化，由偶然的单一事件变成了经常发生的事件。'冲向'一词也增添了新的活力，似乎轿车具有某种愿望。另外，'梧桐树'一词的'plat'音节也比较响亮。报道性风格和细节描写的缺乏，甚至可以表示一种屈服性的态度。从另一角度来看，主题的选择似乎包含着对当今感慨的评论，如今，车祸已是司空见惯的悲剧形式"论者特别强调："上述阐释的基础，是把这段文字看作文学语言，并对它予以评说。正因为这种可能性是存在的，因此，我们需要思考文学性的本质。"当然，这样的阐释不能只看作是孤例，而是与一种普遍性的看法有关，卡勒接着说："应当指出，如今理论研究的一系列不同门类，如人类学、精神分析、哲学和历史等，皆可以在非文学现象中发现某种文学性。……似乎任何文学手段、任何文学结构，都可以出现在其他语言之中。假如关于文学性质研究的目的就是区分文学与非文学,上述发现将令人沮丧;如果研究的目的在于鉴别什么是文学最重要的成分,关于文学性的研究则展示出文学对于澄清其他文化现象并揭示基本的符号机制的极端重要性。"①

对于以上所论,我们同样可以从理论与实例方面来加以讨论与评析,其中容易引起我们疑虑的大致有以下一些问题。

第一,对于"文学性"问题研究阐释的方向和目标是什么?是使这种认识更加趋于明晰,还是使其更加混杂模糊,乃至最终让这种"文学性"在泛化中淹没和消解掉?其实,卡勒在对"文学性"问题研究历史的考察梳理中已经说得明白,最初人们提出"什么是文学"的问题进行研究,其目的是认识文学区别于其他活动的特质,以及确定成为文学作品的标准有哪些?"直到专门的文学研究建立后,文学区别于其他文字的特征问题才提出来了。提出问题的目的,并非一味追求'区分'本身,而是通过分离出文学的'特质',推广有效的研究方法,加深对文学本体的理解,从而摒弃不利于理解文学本质的方法。"② 在我们看来,这种努力的方向和目标并没有什么不对或不好。但颇为吊诡的是,在后现代文化语境中,对于"文学性"问题的研究则又出现了反向而行的趋向,也就是不断地往非文学的外围扩展,不断地使"文学性"泛化,正如卡勒文章中所说,"如今理论研究的一系列不同门类,如人类学、精神分析、哲学和历史等,皆可以在非文学现象中发现某种文学性"③。这本来一点也不奇怪,世界上本来就没有纯而又纯的东西,但这并不意味着不能对事物进行区分研究。有些崇尚后现代思想观念的研究者,不是致力于面对文学去研究"文学性",而偏偏要从非文学中寻找"文学性",力图证明人类学、精神分析、哲学和历史中也有"文学性",当然反过来说,文学当中也有人类学、精神分析、哲学和历史之类的东西。这样便是你中有我,我中有你,证明"文学性"无处不在,任何文本中都有"文学性"。论证的结果就是重归于混沌,证明对于什么是"文学性"、什么是文学与非文学是不可言说的,也是说不清楚的。在后现代主义者看来,什么都说不清楚就正

---

① 以上所引参见[美]乔纳森·卡勒《文学性》,[加]马克·昂热诺等主编《问题与观点——20 世纪文学理论综论》,史忠义等译,百花文艺出版社 2000 年版,第 39—40 页。
② [美]乔纳森·卡勒:《文学性》,[加]马克·昂热诺等主编《问题与观点——20 世纪文学理论综论》,史忠义等译,百花文艺出版社 2000 年版,第 30 页。
③ [美]乔纳森·卡勒:《文学性》,[加]马克·昂热诺等主编《问题与观点——20 世纪文学理论综论》,史忠义等译,百花文艺出版社 2000 年版,第 40 页。

常了，谁要是试图去把某种事物或某个问题说清楚，那就有"本质主义"之嫌而必反之，这真有些匪夷所思。也许卡勒并不完全认同这种观念，否则他就没有必要去写这篇专论"文学性"的论文了。然而坦率地说，我们从文章中读到的多是他的矛盾与困惑，而这给读者带来的恐怕也只能是更多的矛盾与困惑。

第二，与上述问题相关，如果要研究"文学性"的话，重心应当在哪里？按照卡勒（还包括上述伊格尔顿）"功能"论的观点，对于文学性的讨论，仅限于文本特性本身是不行的（这被认为是"客观主义"偏向），还需要研究读者解读文本的习惯和条件，这种看法自有其道理。然而问题在于，在文本特性与读者阅读条件两者之间，究竟哪个方面是更重要的，应当是"文学性"研究的重心？卡勒和伊格尔顿都认为读者的因素才是最重要的，只要读者有这种兴致，列车时刻表也可以当作"文学"来读，报纸新闻也可以读作"诗"。按照这种"主观主义"的理论逻辑，连列车时刻表和报纸新闻都可以当作"文学"，那世界上恐怕没有什么文本不可以当作"文学"了，那还有文学存在的可能和研究文学的必要吗？在这种将文学对象无限"泛化"的过程中，岂不是把文学完全消解掉了吗？在笔者看来，将"功能"因素纳入"文学性"问题的研究中来是有必要的，但研究的重心应当是在文本特性方面。所谓"皮之不存，毛将焉附"，任何事物"功能"的实现，都必然要以该事物本身的特性为前提。对于文学而言，如果没有文本中"文学性"的存在，又何来文学阅读接受中的文学性价值实现？至于文本中"文学性"的具体内涵是什么，以及如何认识把握这种文本特性，那就与研究者的文学观念相关。在这方面无论怎样千差万别，总还是有悠久而强大的文学传统在起作用，可以作为当代人的参照，对此也是不可完全忽略的。

第三，由此而来就关涉到下一个问题，研究"文学性"究竟应该以什么样的文本为主要对象？以及对于文本特性应该主要关注什么？笔者以为，对于宽泛意义上的文学性研究而言，只要研究者有这种兴致，当然可以去研究任何文本（如哲学、历史乃至列车时刻表之类）中的"文学性"，实际上当今某些"文化研究"也正这样做。而对于文学研究（包括文学理论、文学批评等）的学科属性而言，还是理应把文学文本而不是非文学文本作为主要的研究对象，其中尤其是应当以那些公认的经典、优秀的文学文本作为研究重心。英国学者彼得·威德森《现代西方文学观念简史》中，把西方现代文学批评传统的形成追溯到马修·阿诺德，他在《现代批评的功能》中明确提出，文学批评关注的对象应当是"在世界上最好的即最著名的和最为人所思考的东西"；文学批评家应该有能力从"大量的普通类型的文学"中鉴别出"最好的诗歌艺术"①。加拿大学者雷吉纳·罗班在谈到文学概念的涵义时说："文学首先是指'经典作品'，那些经过历史考验、经得起时尚变迁和不同批评流派评说、进入先贤祠的圣贤之作。文学还包括当代所有的'雅文学'作品；按照皮埃尔·布尔迪厄的说法，能够写出雅文学作品的作者为数不多……"②其实无论中西，自有文学研究以来就形成了这样一种传统。笔者一直想不明白，这种文学研究的传统究竟有什么不好，我们当代人为什么要把这种传统颠覆掉？在有些人看来，什么是优秀的、经典的作品根本说不清楚，如果要这样说那就是先验预设，是要坚决反对的。而我们认为，对于文学作品的好坏优劣是可以分辨的，一方面既有伟大的文学传统作为参照，另一方面也有众多读者的阅读反应作为依据，是可以有一定程度的共识乃至公认的。如果连这一点也不承认，那就只会陷入相对主义与虚无主义。研究"文学性"除了关乎文本对象外，还有就是究竟关注什么样的文本特性？不同的文本有不同的特性，文学文本也同样有多方面的特性，那么究竟哪些是属于"文学性"的东西，不同的研究者当然会有不同的看法。当初形式主义者提出"文学性"这个概念时，主要是关注文本的语言结构特点；而据有论者研究，此前西方文学批评传统中，更多关注的则是文学作品的"审美性""创造性""想象性"等品质，将此视为文学的独特本质和更高价值，并以此作为"大写"的文学，乃至"好的文学""伟大文学"的评判标准。③这种传统文学观念与形式主义文学观虽然相去甚远，但它们仍有共同之处，那就是试图找到文学特性中那些"最重要的成分"，从而将文学与其他事物区分开来，以便更好地认识文学的特性，使其更好地发挥作用。只要研究的方向和目标相同，不同的认识可以形成互补，让我们对文学特性与功能的认识更加丰富和清晰起来。但如今却让我

---

① [英]彼得·威德森：《现代西方文学观念简史》，钱竞、张欣译，北京大学出版社2006年版，第39—41页。

② [加]雷吉纳·罗班：《文学概念的外延和动摇》，[加]马克·昂热诺等主编《问题与观点——20世纪文学理论综论》，史忠义等译，百花文艺出版社2000年版，第45页。

③ [英]彼得·威德森：《现代西方文学观念简史》，钱竞、张欣译，北京大学出版社2006年版，第36—38页。

们看到一种反向的努力，引导人们去关注和研究文学与非文学混杂难分的那种"文学性"，使文学与其他事物尽可能混淆起来。在笔者看来，这终归不是文学研究的"正路"。

再从卡勒所论到的报纸新闻分行排列变成"诗"的例子来看，这原本可以看作是日常生活中随处可见的一种玩乐游戏，有人愿意这样玩那是个人的自由权利，类似的玩法甚至可以无穷无尽，因而对此不必太当真。有一点应当没有疑问，这首"诗"肯定算不上什么艺术创作，它与真正的诗人呕心沥血的艺术创造肯定不可同日而语；即便要说到它具有某种"文学性"，那也肯定不能与真正的诗作相提并论。论者非要说这样一段报纸新闻分行排列而成的"诗"是一首"好诗"，非要从中寻找和阐释出许多的"文学性"来，总给人一种刻意拔高和强制阐释之感。笔者的困惑在于，我们的文学批评和文学研究，将多少优秀的诗人作家及其杰作撇在一边不去研究阐释，却偏偏对这样近乎游戏的低劣之"诗"感兴趣，费了诸多心思来寻找和阐释其"文学性"，不知其意义价值究竟何在？

三　当代中国文论中的"文学性"观念及其文学阐释

实际上，西方文学研究中的某些偏向，也对我国的文学理论与批评产生了一定的影响，我们也不妨略举数例并稍加评析。

张隆溪先生《二十世纪西方文论述评》是新时期较早介绍和评述当代西方文论的著作，其中就介绍评述了乔纳森·卡勒的结构主义诗学，并引述了上面那个报纸新闻变成"诗"的例子，只不过译文和排列稍有不同："昨天在七号公路上/ 一辆汽车/ 时速为一百公里时猛撞/ 在一棵法国梧桐树上/ 车上四人全部/ 死亡"，然后论者阐释说："这本是一段极平常的报道，一旦分行书写，便产生不同效果，使读者期待着得到读诗的感受。"文中接着还引述了另一个更为著名的例子《便条》："我吃了/放在/冰箱里的/ 梅子/ 它们/ 大概是你/ 留着/ 早餐吃的/ 请原谅/ 它们太可口了/ 那么甜/ 又那么凉"。据说这原本只是一张普通的便条，经过分行排列之后，便成为一首著名的诗。论者引用这个例子，显然是为了更好地说明卡勒的观点，书中接下来阐释说："这是美国诗人威廉斯一首颇为著名的诗，它和一张普通便条的重要区别，不也在那分行书写的形式吗？……这类例子说明，诗之为诗并不一定由语言特性决定，散文语句也可以入诗，而一首诗之所以为诗，在于读者把它当成诗来读，即耶奈特所谓'阅读态度'。"[1] 看来论者是认同卡勒的观点，认为一个文本是不是"诗"（文学），并不取决于文本自身的特性，而是取决于读者的"阅读态度"，即是不是把它当作"诗"（文学）来读。这种看法显然是过于主观化的，其偏颇之处上文已有评析不再重复。

后来，上述《便条》诗的例子还被写进了文学理论教材，把它作为"文学与非文学"相区别的一个典型范例来加以分析。论者阐释说，当这些句子未分行排列时，它便是一张普通的便条，"这些句子组成了日常生活中司空见惯的便条，似乎毫无审美意味或诗意，在通常情况下，谁也不会把它们当成文学来欣赏，显然应当被归入非文学的应用文类"。然后转而论述道："面对这样分行排列的'诗'，任何有耐心的读者都可能会'读'出其中回荡的某种诗意。这首诗巧妙地引进日常实用语言，描写了我与你、冰箱与梅子、甜蜜与冰凉之间的对立和对话，使读者可能体味到人的生理满足（吃梅子）与社会礼俗（未经允许吃他人的梅子）之间的冲突与和解意义，或者领略现代社会人际关系的冷漠以及寻求沟通的努力。'那么甜'（so sweet）又'那么凉'（so cold）可以理解为一组别有深意的语词，既是实际地指身体器官的触觉感受，也可以隐喻地传达对人际关系的微妙体会。这里用平常语言写平凡生活感受，但留给人们的阅读空间是宽阔的、意味是深长的。"然而，看来论者对这种情况似乎也不无疑惑，所以又说："那么，这里决定文学与非文学的标准是什么？看起来是句子的排列方式（分行与不分行）的差异，但是，倘是深究起来，这里的标准有些模糊。例如，难道诗与应用文的区别仅仅在于句子的排列方式吗？如果回答是肯定的，那么，是否任何非文学文体一经分行排列便成为诗了呢？这样一来，问题就更为复杂了。例如，我们信手从报纸上原文照抄一句话，把它加以分行排列：'举世瞩目/ 中国球迷挂心的/ 四十一届世界乒乓球锦标赛/团体赛/ 赛制有变'。这叫诗吗？尽管分行排列，但读者不难判断出它不是诗。"最后，论者总结道："判断文学与非文学的标准并不简单地在于审美属性及语言形式，而主要在于：第一，文学的语言富有独特表现力，例如'那么甜'与'那么凉'别含深意；第二，文学总是要呈现审美形象的世界，这种审美形象具有想象、虚构和情感等特

---

[1] 张隆溪：《二十世纪西方文论述评》，生活·读书·新知三联书店 1986 年版，第 117—118 页。

性，例如《便条》建构了一个想象的人际关系状况；第三，文学传达完整的意义，本身构成一个整体；第四，文学蕴含着似乎特殊而无限的意味。"[1]

其实，在上述例子的阐释中，关键之处在于，论者首先假定了这张便条分行排列后已经成为"诗"，然后再按照"读诗"和"解诗"的方法，通过"诗意的想象"方式，对它进行仔细解读，这样就可以从中阐释出许多的"深意"甚至是"无限的意味"。同样，后面那个关于"赛制"的报道，也是首先认定它是新闻报道而不是"诗"，所以也就不去做"诗"的解读，这样它当然就不是"诗"了。假如我们把那个关于"赛制"的报道分行排列后，也改变一下"阅读态度"，首先把它"当作"是一首诗，而且认定它是一首"著名的诗"，然后也按照读《便条》诗一样来阅读和阐释，是不是也可以"读解"出一些"诗意"来呢？比如，或许可以这样来进行"诗意的想象"——"举世瞩目"意味着全世界都在关注"赛制有变"这件事；那为什么会特别让"中国球迷挂心"呢？外国球迷会不会也同样"挂心"？在这种"诗意"的联想中，我们似乎可以感悟到，其中暗示或隐喻了中国与世界的空间关系，构成了中国球迷与世界球迷，或者"本土性"与"世界性"对立和对话，从而象征性地表现了中国球迷的爱国主义情愫。再比如，为什么"团体赛/赛制有变"会特别引起"中国球迷挂心"呢？这也是暗示了球迷的"集体主义"信念，由此可以读出诗中这种"集体无意识"的象征性表现。以这样的"阅读态度"读这首"诗"，便可以激发我们无限的诗意想象，不仅读来耐人寻味、意味深长，而且能够给我们爱国主义和集体主义的思想启迪——对于这样的读解阐释，肯定会让人嗤之以鼻，认为神经不正常。然而这岂不正是《便条》和车祸新闻"诗"之类的解诗逻辑吗？这种解诗逻辑的关键就在于"循环论证"，即首先认定某个文本（或某种形式的文本）是"诗"或者不是"诗"，然后阐释者对其进行相应的"诗意"或者"非诗意"的解读阐释，最后得出结论判断其是"诗"或者不是"诗"。这里至关重要的在于解读者的"阅读态度"，而与文本对象本身的内涵特性没有太多的关系，这种阐释观念及其逻辑不能不令人怀疑。

这类例子其实还有不少。笔者以为，在中国语境中出现这种情况，很

---

[1] 童庆炳主编：《文学理论教程》，高等教育出版社 2004 年版，第 54—56 页。

大程度上是出于西方理论批评的误导。我们总是相信西方理论批评都是对的，特别是对一些外国名人的学说更是不敢怀疑，他们阐述的理论观点容易被当作经典之论，他们所讨论过的例子也往往被当作经典之例，以为具有普遍意义，然而实际上未必都是如此。当然，这里并不是说此类例子毫无意义，如果是用来说明文学现象的多样性与复杂性似无不可，然而以此来论证文学的特性即"文学性"问题则未必妥当。因为这不仅无助于说明文学区别于其他事物的根本特性，反而更容易模糊对于"文学性"问题的认识理解，甚至有可能导向对于真正的"文学性"的消解。

笔者认为，在文学基础理论研究和教学中，还是应当以公认的经典、优秀的文学作为主要阐释对象，在此基础上建立基本的"文学性"观念，确立应有的文学价值导向。对于现实生活中的大众化写作现象，当然可以给予适当的关注，从文学现象的多样性与复杂性的意义上对它们做出说明，但不宜在有意无意的过度阐释中形成误导。前些时候有媒体炒作某些"梨花体"诗，例如《傻瓜灯——我坚决不能容忍》："我坚决不能容忍/那些/ 在公共场所/ 的卫生间/ 大便后/ 不冲刷/ 便池/ 的人"；近期又有人炒作一些"废话体"诗，例如《对白云的赞美》："天上的白云真白啊/真的，很白很白/ 非常白/ 非常非常十分白/ 极其白/ 贼白/ 简直白死了/啊——"（此类诗应当与前述《便条》和车祸新闻"诗"相类似，而且好像还是某些被封为"诗人"的人正经八百作为"诗"来"创作"的），在当今开放多元的时代，如果有人愿意这样去写，也有人愿意去读，甚至有人愿意去吹捧，这都是个人的自由权利，大概别人无权干涉。但作为文学理论与批评，则没有必要从这样的写作及文本中去寻找和阐释什么"文学性"，因为其中实在没有多少作为文学（诗）的价值可言，更无助于让社会形成良好的文学价值导向。

那么，说到底，什么才是我们的文学理论与批评该做的工作呢？笔者还是宁愿认同19世纪中期英国诗人和批评家马修·阿诺德的看法，这里姑且摘引他在《当代批评的功能》中的一段话，他说："批评的任务，正如我们已经说过的，是只要知道了世界上已被知道和想到的最好的东西，然后使这东西为大家所知道，从而创造出一个纯正和新鲜的思想的潮流。它的任务是，以坚定不移的忠诚，以应有的能力，来做这桩事；它的任务只限于此，至于有关实际后果以及实际应用的一切问题，即应完全抛弃，对这些问题也不怕没有人做出卓越的成绩来。否则的话，批评不仅违反了自己的本质，而且只是继续着它一向在英国所蹈的故辙，并将必然错过今天所得到的机会。"①

第二节　解构批评的理论观念与文学阐释

近年来，我国文论界围绕当代西方文论与文学批评如何重新认识评价的问题，展开了比较热烈的讨论。其中，也涉及对解构主义理论和解构批评的认识评价问题。张江先生接连发表了他与美国著名解构批评家希利斯·米勒先生之间的两次通信，围绕解构批评与文学阐释的相关问题展开对话讨论。②从双方讨论的话题和表达的观点来看，可以看出他们对一些问题的看法仍存在较大分歧。对于这场对话讨论，我们也许可以进行一些解读分析，从而进一步深化对有关问题的认识。为了便于比较，我们或可先对双方对话讨论的主要问题及其阐述的基本观点略加梳理，然后再来进行一些比较评析和理论探讨。

一　对于解构批评理论观念的质疑

从张江先生通信的内容来看，他主要向米勒先生提出了以下一些方面的问题或质疑，并且表达了他的一些基本看法。

第一，对解构主义和解构批评如何理解的问题。论者对解构主义和解构批评提出质疑，认为这种理论观念和批评方法是消极的、否定性的，是指向对文本意义的碎片化解构。然而米勒本人的批评实践却并非如此，看来解构主义理论观念与解构批评实践是存在矛盾的。在说明解构主义的特点时，论者主要引述了中国学者的看法，认为解构主义是一种否定理性、怀疑真理、颠覆秩序的强大思潮。表现在文学理论和批评上，就是否定以往所有的批评方法，去中心化，反本质化，对文本作意义、结构、语言的解构，把统一的东西重新拆成分散的碎片或部分。但通过对米勒《小说与重复》等著作中一些批评实例的分析，可看出批评家仍然是在对作品文本的分析阐释中寻找意义主旨。这就证明其批评实践背离了批评原则，

---

① ［英］马修·阿诺德：《当代批评的功能》，伍蠡甫主编《西方文论选》下卷，上海译文出版社1979年版，第81页。
② 张江与米勒的通信讨论，见《文艺研究》2015年第7期、《文学评论》2015年第4期。文中所引作者论述均见该文，不另详注。

二者之间存在着非常明显的不能调和的矛盾。这似乎也可以理解为,这种所谓解构批评原则在批评实践中也是做不到的。

第二,对文学作品的文本意义如何认识的问题。论者提出的问题是,一个确定的文本究竟有没有一个相对确定的主旨,并且这个主旨是否会为多数人所认同,或者说多数人是否会对文本主旨有相对一致的认同?按照解构主义的立场,一部作品文本是丰富多义的,并且多种意义都能成立又互不相容,因此,从来就不会存在唯一的、统一的意义中心和本原。解构主义批评也是强调文本的多样性,即文本中明显地存在着多种潜在的意义,它们相互有序地联系在一起,受文本的制约,但在逻辑上又各不相容。因而对于批评家和读者而言,对一个文本的分析和解读,绝无可能有相同的认识和结论。然而从米勒本人的一些批评实例来看,却并不能证明上述观点,而是恰恰可以反过来证明:一部作品文本是有主题的,尽管这个主题的表现形式不同。或者说,尽管文本意义可以多元理解,但终究还是有相对确定的含义自在于文本,应该为多数读者共同认定。在通信中虽然论者是以向对方提出质疑和进行商榷的口气谈论问题,但不难看出其中自有其认识判断,就是认为一个确定的文本,应当存在着相对确定的意义主旨,并且相信文本中这个相对确定的主旨或主题,能够得到多数人基本认同。而文学批评的意义,便是去发现作品文本中潜存着的这种意义主旨,并且以自己的方式对此加以揭示和阐释。

第三,关于文学作品的读解阐释是否可能的问题。论者提出的疑问是,从解构主义的立场来看,解读阐释似乎是不可能的,米勒本人也认为"解读的不可能性"是个真理。但问题在于,既然解读是不可能的,解读问题是失败的,为什么解构批评家并没有放弃解读的冲动?米勒本人也是一直立足于解读,以深入的解读见长,通过解读和阐释系统地表现了自己的理论立场和取向。如此看来,在这个问题上解构批评同样是自相矛盾的。

第四,关于文学创作和文学批评是否存在规律性的问题。论者提出的问题是,从解构主义的立场来说,到底有没有系统完整的批评方法,可以为一般的文学批评提供具有普遍意义的指导?进一步说,从文学理论的意义上总结,小说的创作有没有规律可循?如果按照解构主义坚决反对"逻各斯中心主义"的立场和理论逻辑,显然是认为文本之中没有确切的可以供整一阐释的意义,而且认为没有整一的、具有一般指导意义的系统批评方法存在。然而从米勒的解构批评本身来看，却又并非如此，而总是寻求在千变万化的文本叙事中，在无穷变幻的故事线索中，找出具有普遍规律的一般方法。比如在《小说与重复》中，就是力图从"重复"入手解析文本，这本身就是一个大的方法论的构想，这种解读和阐释岂不是为了找到系统的、具的"规律"意义的普遍方法吗？由此可以肯定地说，文学创作和文学批评是有规律存在的，文学理论的任务就是找到和揭示这些规律。如此看来，解构批评在这方面也是充满矛盾的。

综上所述，张江先生的质疑集中到一点，就是认为解构主义的理论观念和文学批评原则是并不可靠的，而且与米勒本人的文学批评实践并不一致。这种理论主张与批评实践之间的自相矛盾，反映了它与文学规律本身的背离。

二　米勒的解构批评及其文学阐释

米勒在回信中首先肯定，对方提出的议题是非常重要的，值得反复讨论。他对这些问题基本上都做出了回应，特别是对于他自己所理解的解构批评更是做了详细深入的阐释，有助于我们对这些问题的深度理解。

首先，关于对解构主义的认识。针对张江通信中所谈到的中国学者对于解构主义的理解，米勒表达了他自己的看法。他认为中国学界对于解构主义（至少是他本人的解构批评观点）的理解，过于强调了所谓"解构"的消极面。他说如果自己是或曾经是一个"解构主义者"，也从来不是中国学者所指的那种解构主义者，因为自己从来不拒绝理性，也不怀疑真理（虽然，在一个特定的文学文本中关于真理的问题经常是复杂的，甚至是自相矛盾的），而只是希望以开放的心态进行自己的文本阅读。一部文学作品不一定就要保持某种"统一"，也许它是统一的，也许它不是，这有待于通过严谨的"阅读"来观察与展现。而且，对于"中心"与"本质"的讨论，也应该是敞开的。他还特别解释了"小孩拆解父亲留下的手表"这个比喻，说这里所表述的意思是，"解构"这个词暗示，这种批评把某种统一完整的东西还原成支离破碎的片段或部件。它绝不是说解构就像孩子为了反叛父亲，反叛父权制度，而将其手表拆开。德里达是在海德格尔的德语词 Destruktion 的基础上创造了"解构"（Deconstruction）这一词，不过他又在词语 "destruction" 中加入了 "con"，这样一来，这一词语既是"否定的"（de），又是"肯定的"（con）。由于他感到对解构主义的正确理解特别重要，所以在第二次通信中再次重复了上述解释，并且补充了他在英文维基百科关于"解构主义"条目更确切的表述，即解构不是要拆解文本的结构，而是要表明文本已经进行了自我拆解。之所以会有文本的"自我拆解"，是根源于文学语言的比喻（隐喻）性，它会干扰人们所希望获得的直白的字面含义，这在诗歌文本中表现得特别突出，在其他文学文本中同样如此，所以需要特殊的解读方法来适应这样的批评要求。

其次，关于解构批评与批评阐释学（阐释学批评）、读者反应批评之间的关系。针对张江将解构主义与批评阐释学、读者反应批评放置到一起来讨论的做法，米勒也阐述了他的看法，他认为这几种文学批评的观念是根本不同的。批评阐释学是从希腊开始，起源于对《圣经》等经典文本的注释；而它的现代形式则起源于施莱尔马赫等人直到现象学的不断发展，它到现在也仍然很重要也很活跃。他认为，阐释学阅读是一种"主题阅读"，阐释学批评的一个重要特点，就是力求寻找文本中单一的主题意义。"在寻找一个特定文本的单一、广泛被人们接受的文本意义时，'阐释学'或多或少就会出现。"米勒在对话文章中，还特意引述了保罗·德曼的一段话，说明文学研究中阐释学与文学诗学之间的紧张关系：当你做阐释学研究时，你所关心的是文本的意义；当你这样做诗学研究时，你所关心的是文体或一个文本产生意义的方式描述。一个人会因为过于关注意义的问题而无法同时做到阐释学与诗学两者兼顾。很显然，解构批评观念是疏离阐释学而更接近诗学的。米勒文章中还特别提到，德里达在其职业生涯的初期，曾受到胡塞尔现象学的极大影响，他后来创建"解构"理论，正是他对阐释学所做出的一种回应。这里所谓"回应"，实际上就是反叛的意味。至于读者反应批评，则可说是从另一方面与解构批评形成对立。在米勒看来，读者反应批评理论（例如斯坦利·费什的观点）的特点在于，它认为一个文本本身没有任何意义，意义是从文本之外通过"读者社群"强加给文本的；而解构主义者却从来不会说任何文本本身没有任何意义，只会说很多文学作品都具有多个可以确定的含义，但不一定总是要相互不兼容。不过，必须仔细阅读特定文本才能够找出这些含义。米勒通过这种比较阐释，就把解构批评与阐释学批评、读者反应批评区别开来了。与此同时，他也就更明确地阐明了解构主义本身的基本观念，即它并不否定文本中包含意义，甚至认为一个文本中可能包含多个可以确定的意义；但它并不追求寻找文本中单一的主题意义，而是更为注重文本中多个意义之间的共存与兼容关系。这是米勒对解构主义及解构批评所做的进一步解释。

再次，对他所倡导的解构批评即"修辞性阅读"的说明阐释。这是米勒在两次（尤其是后一次）通信对话中，所要着力阐述的内容。他特别强调说：近来更愿意将自己所做的事情称为"修辞性阅读"，而不是"解构性阅读"（从文学批评的角度说，可能称为"解构性批评"或"修辞性批评"更为确切）。他为什么要这样强调说明？这也许是因为，在很多情况下，人们都把米勒看成是解构主义批评的代表性人物，然而米勒自认为，自己并不是人们通常所理解的那种解构主义者，而是有自己独特的批评理念与追求，所以他要用一个独特的概念来标示，这就是"修辞性阅读"。那么，什么是"修辞性阅读"（修辞性批评）？米勒曾在多种场合一再对此进行阐述，在这次的对话讨论中又再次详细说明。综合起来看，大致有如下基本涵义：一是强调要"回到文本"。他说："我的座右铭就是'永远回到文本'。"而且他还强调，不是一般意义上的回到文本，而是要以"科学化的"态度和方法对待文本，这样才能做到对一个特定文本的评论有据可依；在对文本进行研究和评论时，需要重视从文本中的引用，这样才能够足以支持我对该文本的判断。二是强调要特别注意文学文本区别于其他文本的特殊性。这种特殊性就在于，文学文本是修辞性文本，应当特别注意文本中隐喻以及讽刺等修辞手法的运用，而其他文本显然不像文学文本这样重视和运用修辞性（或可叫作"艺术性"），这应当说不言而喻。为什么要特别强调这一点呢？这就跟上面所说的解构批评观念相关。在解构批评看来，解构不是要拆解文本的结构，而是要表明文本已经进行了自我拆解，而所谓文本的"自我拆解"（或可理解为文本结构与意义的"开放性"），正是根源于文学语言的隐喻性，这样就会带来一个文本含义的不确定性或多义性，以及读者对文本进行多种意义读解的可能。修辞性文本会干扰人们所希望获得的直白的字面含义，所以需要特殊的解读方法来适应这样的批评要求。由此而来的第三点，也是对于"修辞性阅读"（修辞性批评）来说最重要的一点，就是强调文学阅读（批评）不应固守某种程式和理论，而是应当充分重视每个修辞性文本所具有的独特魅力，以及我们在这种修辞性阅读中所获得的奇妙独特的体验感受。米勒再次重复阐述他曾说过的一段话："文学的特征和它的奇妙之处在于，每部作品所具有的震撼读者心灵的魅力（只要他对此有着心理上的准备），这些都意味着文学能连续不断地打破批评家套在它头上的种种程式和理论。"然后他强调："对我来说，这句话是我本人批评范式的一个重要内容。"在他看来，大多数人阅读小说或抒情诗，由此进入人物及其行动的想象世界，或者欣赏诗词在头脑中生成的源自作者的思想和情感，能够从中获得由修辞性语言及想象景象所带来的快感。他说自己读小说，也是因为非常喜欢那种进入小说想象世界的过程。由此可知，米勒所理解和倡导的"修辞性阅读"（修辞性批评），并不是要通过阅读刻意去寻找某种主题意义，而是更为注重从文学文本的修辞性阅读中所获得的真切体验与认识，在此基础上才形成对文学作品的批评阐释。

最后，关于文学批评的理论方法与文学阅读（文学批评）实践的关系问题。针对对方所提出的核心问题，即"从解构主义的立场来说，到底有没有系统完整的批评方法，可以为一般的文学批评提供具有普遍意义的指导？"米勒做出了十分明确的回答：从理论建构的意义上来说，显然是存在着这样的理论体系的，从亚里士多德一直到罗兰·巴特，西方有很多这样的批评理论方法存在，其中也包括解构主义的理论方法在内。但从文学批评实践的意义上来说，没有任何一套理论方法能够提供"普遍意义的指导"。他以非常肯定的语气说道："不存在任何理论范式，可以保证在你竭力尽可能好地阅读特定文本时，帮助你做到有心理准备地接受你所找到的内容。因此，我的结论是，理论与阅读之间是不相容的。我认为，人们实际的文学作品阅读，以及将其转变为日常生活的一部分的过程，比任何关于文学的理论都更加重要。"当然，这并不是说关于文学批评的理论方法毫无用处，而是说在文学阅读和批评实践中，它只是像仆人一样处于从属地位，理论的作用只不过是起一种辅助阅读的作用。换言之，对于文学批评实践而言，所谓理论范式与方法并不是最重要的，更重要的还是对于特定作品文本的阅读体验与感悟。

总的来看，米勒对于张江在讨论中所提出来的那些"具有挑战性的问题"，以平和而诚恳的态度做出了积极的回应。他似乎无意于争辩是非对错，而是尽可能明晰和充分地阐明自己对问题的看法，既尊重对方以及他人的理论立场，同时也毫不隐讳地表明自己的认识见解，使读者对讨论中所涉及的问题有更好的理解。

三 对解构批评观念与文学阐释的评析

如果我们从旁观者的角度，来看张江和米勒在通信对话中所讨论的问题，也许可以集中到以下两个方面的基本话题上来认识和评析，并由此启发我们对一些问题做更深入一步的思考和探讨。

第一个方面的话题，是对解构主义或解构批评如何认识的问题。这是双方首先讨论的一个核心问题，从双方的理论表述来看，显然彼此的认识看法是存在很大差异的。

从我们局外人的角度来看，这其实完全不难理解。首先，解构主义本身就是一个很复杂的东西，即使在西方学界，也往往是众说纷纭存在各种不同的理解。如前所说，德里达最初在海德格尔德语词基础上创造了"解构"这个词语，自有其主观预想以及所要表达的特定涵义。然而，后来在其他人对这一词语的使用和进一步理论阐释中，却很可能会产生各种程度不同的误读或曲解。这种情形再正常不过，几乎在各种颇有影响的理论学说的传播运用过程中，都会出现这种情况。如果要去仔细翻检西方学界关于解构主义的各种理论阐释，肯定会发现其中的种种差异乃至矛盾之处。所以米勒在回应张江对解构主义的质疑时，其语气也似乎并不那么肯定，而是要委婉地表示："如果说我是或曾经是一个'解构主义者'"，并且还要特别声明："但我从来都不是您说的中国教科书中所指的那种解构主义者。"这也就意味着，米勒对于解构主义所做的解释，只是表明他自己的理解看法，并不能认为是对于解构主义的权威注解。米勒本人尚且是这样一种态度，我们当然也应注意到其中的复杂性。其次，解构主义理论进入到中国语境，则更是有可能带来各种误读和误解。不同理论立场的使用和阐释者，往往会从各自的角度来认识解构主义，并根据自己的理论立场和现实需要对它加以解读阐释，这也应当说是不言而喻的。这种跨语境的读解阐释，有可能产生更大程度上的"误读"，使这种理论学说变得更加复杂化，或者距离创立者的初衷更远。所以，当米勒在对话中获悉中国学者（教科书）对解构主义的理解时，难免会感到吃惊，并且要赶紧声明自己并不是这样的解构主义者。由此我们不难得到一种启示，就是对于一种理论学说，特别是经过了较漫长发展历程和跨语境旅行的理论学说，在对其进行阐释和评价时，要充分看到它的复杂性，避免对其做望文生义的简单化理解（此种情况在关于"文学终结论"、文艺学"反本质主义"等话题的讨论中都有不同程度的表现），这应当说是合理的要求。

对于解构主义以及解构批评这样影响很大同时又很复杂的事物，要说清楚并不容易，要准确认识评价也许更难。但这似乎并没有那么重要，我以为比这更为重要的问题还在于，我们究竟为什么要关注和研究这种理论批评形态，以及我们可以从什么样的意义上来认识和借鉴它？从这个角度来看，这场围绕解构主义理论话题的对话讨论，有更值得我们重视的启示意义。

比如，在米勒对于解构主义问题的回应中，有一点是特别值得注意的，这就是他认为中国学界过于强调了"解构"的消极面。那么，其言下之意，就是说解构主义还有积极的方面。所以，在接下来的讨论中，无论是对德里达创建"解构"这个词语的由来和初衷的说明，还是他对自己被称为"解构"批评的辩护性理论阐释，都是力图证明解构主义的积极方面的意义。这也就启示我们，对于解构主义理论及其文学批评，是否的确有必要全面地、辩证地来认识和区分它的积极面和消极面？上面说到解构主义的复杂性，这种复杂性可能不仅表现在理论内涵的复杂，更表现为价值取向上的复杂。也许可以说，解构主义并不是铁板一块的东西，既有积极的解构主义，也有消极的解构主义；或者说，在解构主义这个矛盾统一体中，既有积极的方面，也有消极的方面。

那么，如何来认识解构主义的积极面与消极面呢？从米勒的理论阐述中，我们也许可以获得以下几点认识。

第一，解构主义并不只是解构，同时也强调建构，是二者的有机统一。米勒在两次通信中，一再重复阐述德里达当初如何在海德格尔的德语词 Destruktion 的基础上，创造了（Deconstruction）"解构"这一词语，不过他又在"destruction"中加入了"con"，这样一来，这一词语既是"否定的"（de），又是"肯定的"（con），就是试图从源头上说明这一点。而且，米勒还特别声明，自己从来都不是只强调"解构"的那种解构主义者，说自己从来不拒绝理性，也不怀疑真理云云，都表明他力图与那种消极的解构主义划清界线。由此也就不难看出，在米勒的心目中，真正的解构主义，既是否定的也是肯定的，或者说既是解构的也是建构的，其积极意义自在其中。而那些主张否定一切、怀疑一切、解构一切的解构主义理论，以及把解构主义简单理解为打倒、破坏和颠覆一切的理论阐释，都是一种消极的解构主义，或者说是过于强调了解构主义的消极方面。

第二,关于解构主义理论中"解构"的含义,以及如何判断其积极或消极的问题。之所以称之为解构主义,"解构"肯定是其基本含义。从它的初衷和目的而言,解构作为一种思维方式,是要打破似乎是自然的、固有的等级划分和二元对立,把一部作品原有的、完整的结构拆解开来加以观照,并根据新的理解来重建作品新的结构和意义。它并不是要简单拆解或毁灭一个结构及其意义,而是要重建一种结构和意义,因此说它既是解构也是建构。解构批评家乔纳森·卡勒说:"解构最简单的定义就是:它是对构成西方思想按等级划分的一系列对立的批评:内在与外在、思想与身体、字面与隐喻、言语与写作、存在与不存在、自然与文化、形式与意义。要解构一组对立就是要表明它原本不是自然的和不可避免的,而是一种建构,是由依赖于这种对立的话语制造出来的,并且还要表明它是一种存在于一部解构作品之中的结构,而这种解构作品正是要设法把结构拆开,并对它进行再描述——这并不是要毁灭它,而是要赋予它一个不同的结构和作用。但是作为一种解读的方法,用巴巴拉·约翰逊的说法,解构是'文本之中关于意义的各种论战力量之间的一种嬉戏',研究意义表述模式之间的张力,比如语言的述行特点和述愿特点之间的张力。"① 从这种思路来看,解构本来的意义,正在于打破固有的封闭结构和模式化的思维方式,为重建新的结构和生成新的意义开辟道路,因此它本来是一种积极的思维取向。按照这种基本含义,或许可以这样说,如果解构的动机和目标,是为了打破固有的结构模式及其僵化的思维方式,寻求建构新的结构形态及其意义生成方式,那么就是"解构"的积极思维取向。与此相反,根本就无意于新的意义建构和思维创造,只有简单怀疑否定一切、盲目颠覆解构一切的冲动,那就显然是"解构"的消极思维取向。这种复杂情况在很多具体问题的争论中都会表现出来,比如前一时期围绕文艺学"反本质主义"的论争中,就表现出这种复杂性和不同的思维价值取向。

第三,关于解构主义中"建构"方面的诉求,以及在解构批评中如何实现的问题。在米勒看来,积极意义上的解构主义,并不是简单地破坏结构和消解意义,而是更在乎重建新的结构和生成新的意义。对于解构批评而言,其实就是在两个方面寻求突破。一个方面是极力打破此前结构主义的封闭性文本观念,重建新的开放性文本观念。如前所述,米

---

① [美] 乔纳森·卡勒:《文学理论入门》,李平译,译林出版社2013年版,第131页。

勒毫不隐讳地表达了关于"解构"（拆解）文本的诉求，为此他甚至还用了一个孩子拆解父亲手表的比喻来说明。当张江先生在通信中用他这个比喻来求证其观点时，他不得不费力地加以解释，使人相信是别人误解了他的意思（坦率地说，这个比喻确实用得不好，很容易让人产生简单化的理解）。为澄清看法，他不得不补充引述自己在英文维基百科关于"解构主义"条目的确切表述，强调解构不是要拆解文本的结构，而是要表明文本已经进行了自我拆解。他的意思本来是说，由于文学文本是修辞性文本，文学语言充满了隐喻性，因此，这种文本就会呈现出"自我拆解"式的开放性结构，其中充满了各种内在张力。把文学文本看成是这样一种"自我拆解"式的开放性结构，才会有不断生成丰富多样的文学意义之可能。当然，这种丰富多样而又不确定性的文学意义之实现，则又取决于另一个方面，那就是读者（批评家）的建构性读解阐释。米勒不仅强调文本的开放性，同时也强调文本阅读的"开放性心态"，努力寻求某种特殊的解读方法，来适应这样的批评要求。这种特殊的解读方法，就是他所倡导的"修辞性阅读"。其实它的内核仍然是解构性思维，但它不是指向解构性的，而是指向建构性的、寻求新的意义生成的读解方式。在这里，解构作为一种解读作品文本的方法，它要着力于研究文本之中所构成的各种张力关系，包括文本叙述与意义之间的张力，文本中多重意义之间的张力，文本叙述方式与叙述者意图之间的张力等。在这种解构性阅读中，能够发现或生发更为丰富多样的意义。从这个角度看，这种解构性阅读也正可以看成是文本意义的积极建构与生成，因此可以更多从积极的方面来认识。

与上述问题相关的第二个方面的话题，是应该如何进行文学批评（或文学阐释）的问题。张江从中国文学批评传统及其语境出发，阐述了他的理论见解；而米勒则站在他的解构批评立场，对此做出了回应性阐释。很显然，两者阐述的看法是有较大差距的，他们之间这种不同的文学批评观念之间的对话，以及所反映出来的中西文化的差异性，同样可以给我们一些启示，引发我们对相关问题的进一步思考。这里我们概括以下几个方面的具体问题略加评述和探讨。

第一，关于文学批评（或文学阐释）的目标问题。张江对此并没有做多少正面的理论阐述，他是以提问的方式来表达看法的。他给米勒的第一封信开门见山提出了这个问题："在我心里反复纠结的问题是，一个确定的文本究竟有没有一个相对确定的主旨，这个主旨能够为多数人所基本认同？"从他后面的分析及行文逻辑不难看出，他对此是做肯定回答的。不仅如此，通过对米勒本人一些批评实例的分析，他认为米勒自己的文学批评也是在努力寻找和论证一部作品的主旨（主题），从而暴露其批评理论与批评实践之间自相矛盾，期望对方能对此现象做出解释。而米勒在回信中却似乎不太明白对方何以会提出这样的问题，乃至惊异于"为什么这对于您来说是一个如此重要的问题？"由于他没有看到对方的具体解释，所以他就试图加以推测："我的猜测是，您认为，如果'多数人'能在一个特定的'确定文本'中找到'相对确定的主题'，那么大多数读者就会对如何阅读作品的问题达成一致性意见。这将创造一个读者社群，在这个社群中，各读者成员之间相互协调。"应当说，米勒的这个推测分析是大致不错的。张江所提出的问题及其表达的观点，应当是基于中国的文学批评传统及其文化语境。众所周知，根源于"诗以言志"和"文以载道"的文学观念，中国历来有主题批评的传统，就是要努力从诗文作品中读解和求证出表现的是什么"志"和"道"；同时这又和"兴、观、群、怨、识、事（事父事君）"的文学价值观念密切相关，要通过这种文学批评的主题阐释，来充分发挥文学的认识、教化、群治等方面的社会功用。这种主题批评传统在中国历史上一直占主导地位，在中国现当代文学批评中可能显得更为突出。因此，中国文学理论批评家持有这样的批评观念，应当说毫不奇怪。然而对于米勒这样的西方解构批评家来说，却似乎对此难以理解和认同，所以在回信中表达了他的疑问，并且仍然坚持阐述他自己的观点。他认为文学批评（文学阐释）的目标，并不是为了去寻找和求证某种主题或主旨，以此寻求多数人认同，从而起到思想情感和精神价值同构的作用；恰恰相反，他更为注重个体性的精神体验和独特发现，因此强调个性化阅读与阐释，既承认一个作品文本中可以有多种意义（主题或主旨）不分先后主次地平等并存，也尊重每个人（读者或批评家）对作品文本意义的不同理解与阐释，未必谁的评论阐释就一定更权威、更应当认同。而这一切都根源于一个基本理念，那就是文学阅读与批评阐释，完全是读者或批评家个人化的事情，而不是一个社会化和群体性的行为。这样就不难理解，他为什么明确反对阐释学批评的主题阅读与阐释方式。其实，持有这种文学阅读与批评观念的并不只是米勒，在当代西方批评家中有一定普遍性。比如，同样被认为是解构批评家的哈罗德·布鲁姆就强调说，文学阅读以及批评阐释，是为了消减孤独、增强自我和达到自我完善，而不是为了去影响你的邻居街坊，或者去改变别人的生活，"除非你变成你自己，否则你又怎么有益于别人呢？"只有首先通过阅读完善自己，最终才会成为别人的启迪有益于社会。[①] 他的意思是说，无论是文学阅读还是批评阐释，不要总是想着如何去教化别人，而应首先想着如何完善和提高自己，自己完善和提高了，自然会有益于别人和社会（这似乎有点类似于中国古人所说"古之学者为我，今之学者为人"的意思），他的看法显然与米勒相通。应当说，张江提出的问题和表达的看法，与米勒、布鲁姆表达的看法之间，很难绝对判断说是谁对谁错，而只能说是彼此的志趣各异和目标不同，反映了中西文学批评传统和文化语境的差异所在。记得有一位教育理论家在谈到中西教育理念的差异时，曾说过这样的意思：西方讲人的成长，所以注重个性；中国讲人格塑造，所以注重教化。这反映在文学观念上，也体现了这种差异性。

第二，关于对文学作品文本及其意义的理解问题。从张江和米勒的对话讨论来看，双方仍有一些共同之处，比如，都认为文学批评（文学阐释）要重视文本。张江明确提出"本体阐释"的命题，强调任何文学阐释都应当以文本为依据。米勒的"修辞性"阅读阐释更是离不开文本，所以他要把"永远回到文本"作为自己的座右铭。然而他们的分歧也是明显的，这就是对文本意义该如何理解的问题，这一点与前面所说的文学批评（文学阐释）的目标问题直接相关。从张江的主题（主旨）批评观念和眼光来看，一个作品文本无论有多么丰富多样的意义内涵，其中总会有一个更占主导性的方面（可称为主题或主旨），文学批评应当主要以此为阐释目标，揭示其主要方面的思想意义。看来米勒是试图努力去理解对方的想法："我猜测您认为'主题'对于整个文本从开头到结尾或多或少都具有调试掌控。您可能假设，文本中的所有内容都在例证那一个主题。"但他好像还是无法完全认同对方的想法。在他看来，一方面，从作品文本的含义来说，由于文学作品是充满了隐喻、讽刺、象征之类的"修辞性文本"，其中的结构与意义可能是多指向的，彼此之间是充满张力的，多种含义纠结并存，很难认定其中哪种含义是更占主导地位或起决

[①] 参见［美］哈罗德·布鲁姆《为什么读，如何读》"序曲：为什么读？"，黄灿然译，译林出版社 2011 年版。

定性作用的；另一方面，在文学批评的意义阐释中，应当尽可能去发现一个文本中的多种意义指向，并且，即使认为其中一个或几个意义更为明显突出，那也是"这一个"批评阐释者的看法，未必其他的读者和批评阐释者也这样认为，更不能认定为是作品文本中本来就是这样的。从上述对话讨论可以看出，这是两种很不相同的文学批评思维方式和致思路径：一种是偏重于"聚焦性"的思维方式，注重发现和阐明作品中的某种更为明显和确定的主旨意义，并且寻求为多数人所认同，从而形成文学批评的精神价值导向作用；另一种则是偏重于"发散性"的思维方式，注重个体性的阅读体验和独到发现，致力于发掘和阐释作品中可能存在的多种意义指向，使自己以及读者从一个作品中获得尽可能多的启示与教益。在这里，同样很难说是谁对谁错，而是不同的文学批评观念与思维方式的差异，各自都能给我们一些有益的启示。

第三，关于文学理论与批评方法的功能作用问题。这是双方在第二次通信中讨论的一个重点问题。如前所说，张江针对解构主义不相信任何确定性的东西（包括前人的理论方法）的理论观念，向米勒提出了一个富于挑战性的问题：到底有没有系统完整的批评方法，可以为一般的文学批评提供具有普遍意义的指导？从发问者的立场和语气来看，显然是相信存在文学和文学批评的规律性，也相信能够建立科学的文学理论和批评方法，从而为文学批评实践提供具有普遍意义的指导。看来米勒的回应不能简单归结为对此是赞成还是反对，他的看法实际上有两层意思。第一层意思是说，他并不否认各种文学理论和批评方法的客观存在，以及对于文学批评实践具有影响作用。但他并不相信任何一套理论批评方法能够无条件地起作用，特别是不相信能够起到"普遍意义的指导"这样的作用；任何一种理论范式，都不能够保证某种具体批评实践的有效性和成功，如果没有一定的条件，理论与阅读阐释之间有可能是不相容的。第二层意思是他着重要表达的，就是强调批评阐释最重要的是取决于阅读，也就是他所反复阐述的"修辞性阅读"。对他而言，文学批评（解构批评）就是"修辞性阅读"。所谓"修辞性阅读"，就是充分重视文学文本（修辞性文本）的特点和规律的阅读，是充分注意文本中的各种结构和意义张力关系的阅读，是尽可能去发现文本中的多种含义的阅读，也是充分重视读者的个体性审美体验与独特发现的阅读，只有建立在这种阅读基础上的文学阐释才是可靠的、有意义的。在他看来，在具体的批评实践中，理论方法只是起

"辅助"的作用,这也许可以叫作"阅读第一、理论方法第二"。对于米勒这样一种观点,哈罗德·布鲁姆的一段话或许可以提供一种参照。他说:"当你的自我完全铸就时,就不再需要方法了,而只有你自己。文学批评,按我所知来理解,应是经验和实用的,而不是理论的……从事批评艺术,是为了把隐含于书中的东西清楚地阐述出来。"[①] 他们的观点也许可以理解为一个批评家应该是一个很有专业素养的"自我",在成为这种"有素养"的自我(读者和批评家)的过程中,对于文学理论和批评方法的学习是不可忽视的重要方面。问题在于,这种理论方法要能够真正"内化"为自我的一种"素养"和读解能力,当这个"自我"完全铸就时,就不再需要去寻找某种外在的理论方法了。如果不是这样,只是把某种理论方法当作万能的工具拿来简单套用,那就仍然会出现理论方法与批评阐释两不相容的矛盾,其批评阐释的有效性和说服力就可想而知了。由此可知,在这个问题上,双方的观点也不是根本对立的,而是在不同层面和不同意义上各有不同的理解,所提出的问题和阐述的看法也都能给我们某些有益的启示。

总的来看,从双方的对话讨论可以看出,彼此的理论基点和价值取向存在较大差异:张江更多站在寻求文学和批评阐释活动的普遍规律性的理论基点,更为注重文学和批评阐释的社会性价值取向;而米勒则更多站在强调文学和批评阐释活动的个体独特性的理论基点,更为注重文学和批评阐释的个体自我体验与完善的价值取向。应当说,他们都各自关注和强调了文学及其批评阐释的价值功能的不同方面,都各有其理论启示意义。这两种不同的理论基点和价值取向在同一场对话中相遇,乃至在同一个理论平台上交锋,除了带给我们许多有益的理论启示之外,同时也会给我们带来更多的理论思考。其中尤为值得我们思考的问题是,在我们面对的各种不同的文学批评观念和价值取向中,究竟什么样的文学批评观念和价值取向,更有利于激活我们的文学批评传统,以及更能够适应当下文学批评和文学发展的现实要求?其他各种不同的文学批评观念和思维方法,又是否可以借鉴吸纳进来发挥积极的作用?这些问题都有待于我们进一步深入思考和探讨。

---

① [美]哈罗德·布鲁姆:《为什么读,如何读》,黄灿然译,译林出版社2011年版,第3—4页。

第三节　读者反应批评的理论观念及其文学阐释

张江《开放与封闭——阐释的边界讨论之一》一文，通过对意大利理论家和小说家安贝托·艾柯两部著作的细读分析，提出了一个文学阐释中的重要理论问题，即文本的开放性与阐释的限度问题来加以质疑和探讨，阐发了十分深刻的理论见解。作者认为，在文学阐释中，打破文本的封闭性走向开放性无疑是有道理的，这样就为文本的开放性读解阐释打开了通道；但问题是，不能由此而走向另一个极端，否定文本的自在性及其所蕴含的有限的确定意义。确定的意义不能代替开放的理解，理解的开放不能超越合理的规约。应当在确定与非确定之间，找到合理的平衡点，将阐释展开于两者相互冲突的张力之间。[①] 这些独到见解都是极富启示意义的。在笔者看来，对于应当如何进行文学批评阐释的问题，也许还可以换一个角度来探讨，这就是在文学批评阐释活动中，究竟应当以什么作为依据和限度？这种批评阐释活动究竟从哪里来，又要到哪里去？这些都是值得进一步追问和探讨的问题。

一　斯坦利·费什的文学阐释之例

我们这里也从一个文学批评阐释的例子说起。美国霍普金斯大学的斯坦利·费什（又译斯坦利·菲什）教授是著名的读者反应批评代表人物，他的理论观点与安贝托·艾柯的看法相通，在强调文学阐释的开放性方面甚至走得更远。他极力反对阅读理解的客观主义倾向，也不承认作品文本的客观性，认为作品的客观性只是一种假象，而且是一种危险的假象。因为它容易导致一种误解，即把作品当作一个某种既定价值和意义的贮存库，人们的阅读阐释行为，似乎就是从这个贮存库中把某种价值和意义提取出来，这显然是一种错误观念。针对这种客观阐释论，他明确提出"文学在读者""意义即事件"的观点，认为在阅读阐释活动中，作品本身"是什么"并不重要，重要的是读者和阐释者"你在做什么"。比如说你正在进行阅读，这个阅读行为本身就是一个"事件"，而所谓文学的"意义"就生成于这个事件之中。换句话说，所谓文学及其意义，并不取

[①] 张江：《开放与封闭——阐释的边界讨论之一》，《文艺争鸣》2017 年第 1 期。

决于作品文本当中有什么或者是什么，而是取决于读者即时的阅读反应，也就是取决于事先不可预知的阅读效果。[①] 他相信这种把焦点放在阅读效果上的批评方法是一种更为行之有效的方法。不仅如此，他还将其作为一种教学方法运用于教学活动中，有意识地进行这样一种阅读反应的文学批评实验。

在《看到一首诗时，怎样确认它是诗》这篇著名的文章中，费什饶有兴味地详细叙述了他进行这种文学批评实验教学的一个例子。这个实验过程大致是这样的：当时他同时承担了两门课程的教学工作，同一天上午在同一教室上课，前两个小时给前一组学生讲课，主要讲文体学和语言学方面的内容；下课后另一组学生进入教室，这些学生主要是研修文学的，重点是如何进行诗歌阐释。当时，给第一组学生上课时写在黑板上的作业仍未擦去，上面是随意写下的几位语言学家的名字：

  Jacobs-Rosenbaum

  Levin

  Thorne

  Hayes

  Ohman（？）

此时他突然想到，如何使两个班学生在所学内容上找到一个契合点，于是就在这一组人名的周围画上了一个方框，在框线上方注明"第43页"，然后告诉这些学生，黑板上看到的是从某本书上摘抄下来的一首宗教诗歌，这种类型的诗歌正是你们近期一直在学习的，现在要求你们对这首诗歌进行解释。很快学生们便开始作答，纷纷发表见解，从诗歌语言的能指与所指、诗歌的隐喻象征手法和结构模式、诗中表现的宗教精神与深厚意蕴等各个方面，对这首诗做出了应有尽有的各种解释。

从这样一个随意设置的读解阐释之例中，费什先生在惊异于学生所表现出来的非凡阐释能力的同时，也得出了他惊人的结论性看法。他认为，通常读者和文学批评家对于一首诗的识别行为，是由文本语言所表现的能够观察到的显著特点，以及它是否符合诗歌的基本特征来识别和判断的。

---

① 参见［美］斯坦利·费什《文学在读者：感情文体学》，《读者反应批评》，文化艺术出版社1989年版。

而在这个例子中,这些学生并没有遵循这一模式,而是一开始便是识别行为,他们事先就知道他们所面对的是一首诗,接着才去注意这首诗到底具有哪些显著特点。因此,"作为一种技巧,解释并不是要逐字逐句去分析释义,相反,解释作为一种艺术意味着重新去构建意义。解释者并不将诗歌视为代码,并将其破译,解释者制造了诗歌本身"。由此他得出结论:"所有的客体是制作的,而不是被发现的,它们是我们所实施的解释策略(interpretive stratehies)的制成品"①。

如果联系上述读解阐释之例,把费什先生关于诗歌识别与解释的理论观念做一个简要概括,大概有这样几个要点:第一,阅读阐释的前提,是首先把文本对象认定为这是一首诗,然后就可以按照读解诗的那些方法和套路进行分析阐释。对于那个文本客体而言,它本身是不是诗并不重要,它里面有什么意义内涵也不重要,重要的是事先认定它是诗,并当作诗来阅读理解,就一定能够"读出"各种应有尽有的意义内涵,这正是读者反应批评的神奇魅力所在。第二,能够进行这样阅读理解的前提,应当是"有知识的读者",甚至要求是具有某种专业化知识并且训练有素的读者。"我们的读者的意识或者说知觉是由一套习惯性的观念(notion)所构建的,这些观念一旦发生作用,便会反过来构建一个合于习惯的,在习惯的意义上可被理解的客体。"课堂上的那些学生,都是一些专攻文学特别是宗教诗歌的专业读者,他们已经学会了如何识别基督象征,以及如何按照这种象征模式来读解阐释诗歌,所以,在那样一种随机设置的临场实验中,能够达到令老师十分满意的阐释效果,也就毫不奇怪了。第三,在阅读解释活动中,意义并不只是与文本和读者特性相关,"解释团体"要在其中起到更为重要的制约作用。他说:"我曾提出一种观点,认为意义(meanings)既不是确定的(fixed)以及稳定的(stable)文本的特征,也不是不受约束的或者说独立的读者所具备的属性,而是解释团体(interpretive communities)所共有的特性。解释团体既决定一个读者(阅读)活动的形态,也制约了这些活动所制造的文本。"② 这也许可以理解为,阅读解释并不只是读者单个人的随机读解行为,而是要受到群体性的观念

---

① [美]斯坦利·费什:《看到一首诗时,怎样确认它是诗》,见斯坦利·费什《读者反应批评:理论与实践》,文楚安译,中国社会科学出版社1998年版。
② 以上所引见[美]斯坦利·费什:《看到一首诗时,怎样确认它是诗》,见斯坦利·费什《读者反应批评:理论与实践》,文楚安译,中国社会科学出版社1998年版。

模式和思维惯性的影响制约作用。从上述这个例子来看，可以想见当时课堂上这一组学生所构成的解释团体，以及这种场域氛围所形成的影响，它所导引的读解阐释方向及其效果不言而喻。

应当说，上述这个读解阐释之例，与费什先生的读者反应批评的理论观念之间，的确是可以相互阐释和彼此证明的，它们具有理论与实践之间的自洽性。而且，这种理论观念及其批评实践，也的确得到了一些评论界同行的认可和追捧，类似例子在其他地方也随时可见。比如，那个著名的"便条诗"例子："我吃了／ 放在／ 冰箱里的／ 梅子／ 大概是你／ 留着／ 早餐吃的／ 请原谅／ 它们太可口了／ 那么甜／ 又那么凉"。它本来只是一张普通的留言便条，然而只要把它分行排列，并宣称它是一首诗，于是就可以对它任意读解阐释出各种各样的"诗意"。还有那个"车祸诗"的例子："昨天，在七号国道上／ 一辆轿车／ 以每小时一百公里的速度冲向 ／一棵梧桐树／车上的四位乘客／全部丧生"。如果这行文字印在报纸上，那就是一个再普通不过的交通事故报道，而当有人把它分行排列，并宣称它是一首诗，于是就有人对它进行令人惊异的诗意解读和阐释。只不过比较而言，费什先生那个把一组人名当作宗教诗让学生解读阐释的实验，显得更为极端和离奇而已。

如果把上述例子视为一种日常生活中的智力游戏，当然也可以博得人们开心一笑，然后一笑了之。然而，真要把它作为一件正经事情来看待，并且还要以此为依据，堂而皇之地建构一套文学批评理论来加以推崇，那就真是值得我们从学理逻辑上仔细考量了，因为这关涉到文学批评阐释的有效性及其限度的根本问题。

为了便于提出和论证问题，我们不妨对上述读解阐释之例做几个假设和追问。第一，如果费什教授当时在课堂上如实告诉这些学生，写在黑板上的只是一组人名，并不是什么诗歌，那么，这些学生还会把它当作一首诗歌来读解阐释吗？第二，即使蒙着学生对他们提示这是一首诗，但并不特别强调这是一首宗教诗，那么，学生们还会极力往宗教精神的象征隐喻方面去读解阐释吗？第三，假如当时在场的是一组普通读者，而不是一些接受了费什教授专门训练的学生，那么，即使告诉他们这是一首诗，而且是一首宗教象征诗，他们还能够读解阐释出这么多几乎是无中生有的意义吗？无须多言答案可想而知。同样的道理，对于"便条诗"和"车祸诗"之类的例子，大概也可以做出这样的推测分析：如果不是那些专门的理论家和批评家，为着某种特殊目的而刻意对其进行"诗意"解读，对于绝大多数普通读者而言，应该都会按照正常的思维逻辑进行阅读理解，难以读出比留言便条和车祸报道更多和更深的"诗意"。

二 文学阐释的有效性及其限度问题

由上述分析我们也许可以形成几点基本看法。其一，如果完全不顾文本对象的特性，把随便什么东西都随意称之为诗歌或文学，这种玩笑游戏的态度，本身就是对诗歌（文学）的亵渎，恰恰容易导致对文学性及其意义的消解。其二，像上述一些文学批评阐释之例，无论是蒙着学生让他们把一组人名当作诗歌来读解阐释，还是评论家非要把留言便条和车祸报道之类当作诗歌来评论阐释，怎么说都不是一种严肃和负责任的批评阐释活动，在相当程度上会造成文学批评的误导。从批评伦理的意义上来说，这是对读者的不尊重，甚至可说是一种愚弄，怎么说都是一种不道德的行为。其三，上述文学批评阐释之例，完全是一种预设了前提即主观预设在先的强制阐释行为，也是一种特别专业化的读解阐释活动，充其量只是小范围内的批评阐释实验，显然并不具有普遍性意义。要以这种极个别的专业化批评阐释实验为基础，来建立某种具有普遍性意义的文学批评理论，也显然是不可靠也不科学的。

如果我们要从文学批评阐释活动的普遍规律着眼来提出问题，那么，就有必要考虑文学批评阐释的有效性及其限度的问题。联系上述文学批评阐释之例，也许有以下几个具体问题值得提出来加以探讨。

第一，在文学批评阐释活动中，完全否定文本对象的客观性是合理的吗？我们知道，从解构批评到读者反应批评的兴起，所针对的是此前文本中心论的文学批评观念与方法。那种文学批评观念显示出某种极端化的"客观主义"倾向，把作品文本看成是一个封闭的完满自足的客体，当作一个装满了现成的价值和意义的贮存库，而人们的阅读与批评阐释活动，无非就是从这个贮存库中把某种价值和意义提取出来而已。针对这样一种极端化的"客观主义"倾向进行质疑和反叛，无疑是必要的，也是具有合理性的。但问题在于，对于极端化的"客观主义"倾向的反叛，是不是就要完全否定文本对象的客观性？就要完全无视一个文本的文学性及其意蕴内涵？无论从什么意义上来说，随意写下的一组人名怎么就能说成是一首诗？根本就不是艺术创造的人名排列怎么就会有文学性？谁都知道这个人名排列并不构成一个有机文本,更不具有任何文学意义上的价值内涵可言,却又凭什么能够读解阐释出这么多毫无由来也毫无依据的所谓价值意义?归结到根本上来说,失去了文本对象的客观性,完全没有艺术创造和文本意蕴特性的依据,这种天马行空、无中生有的文学批评还有什么合理性和科学性可言?除了把它作为一种文字游戏或愚人节目可以逗人取乐,还能有什么真正的文学批评阐释的意义?

第二,在文学批评阐释活动中,完全无视文本对象的特点和内涵,只凭主观预设进行任意性的强制阐释,这是合法有效的吗?如前所述,在费什先生的批评阐释理论以及那个一组人名的批评阐释之例中,第一个最重要的前提,就是不管文本对象本身是什么,要首先相信并把它认定为一首诗,这样就可以按照通常读解诗的那些套路进行分析阐释。这就有点像那个"指鹿为马"的故事,对于任何一种动物,你不要管它是不是马,只要你认定它是马,那么它就是马;然后按照马的特性进行识别和解释,其最终结果,不是马的东西也就变成了马。如果说文本中心论的文学批评是一种极端化的"客观主义",那么,这种只凭主观预设进行任意性强制阐释的文学批评,就是极端化的"主观主义"。这种主观预设在先的批评阐释,其合法性和有效性又到底在哪里呢?

第三,在文学批评阐释活动中,文学批评阐释的开放性及其限度究竟何在?毫无疑问,文学批评阐释活动不可能是自我封闭的,像文本中心论的文学批评那样,试图把文学阐释完全封闭在文本结构之内,追求纯客观的分析解释,这几乎是不可能的,或者也可以说是自欺欺人的,因为你难以避免主观因素的介入,并且也难以证明你所分析阐释出来的完全是纯客观的东西。因此,作为文学批评阐释活动,具有相当程度的开放性本来就是应有之义。从文本特性方面而言,即便是一个语词概念,也有其基本的内涵和外延,对它的理解和解释不可能没有限度。一个语词概念的内涵决定了它的基本意义,在此基本义的前提下才能按照外延指向去理解它的引申义、隐喻义、象征义等,而且这些外延性的意涵与其本义之间也必定是彼此相关联的。一个文学文本显然比一个语词概念复杂得多,但从理解和解释的意义而言,其基本道理无疑是相通的。或许可以这样说,基于文学作品语言形象体系的基本内容而进行的内涵(本义)阐释,应当构成文学批评阐释的基本规定性,这是作为批评阐释活动的"内涵性限度",也可说是一种"底线性限度",如果没有这种起码的限度,那就不可能有批评阐释的合法有效性。而基于作品文本的隐喻象征等而进行的外延性意义阐释，则构成批评阐释活动的开放性，这种批评阐释的开放性也理应有一定的限度，这就是以呼应和关联作品的内涵（本义）为限度，这或可称之为"外延性限度"。这种文学作品的内涵性阐释与外延性阐释，不应当是南辕北辙的悖谬式关系，而理应是彼此既存在相互冲突同时又相互吸引的"张力"关系。如果打个比方，文学批评阐释活动就像卫星环绕地球旋转一样，无论它怎样远离地球，也无论它在绕行中有多少近地点与远地点的不断变化，它都是从地球出发的，而且也总是环绕地球运行的，一旦失去了地球这个目标，那么它就将不知所归，同时也失去了它本身存在的意义价值。

第九章

马克思主义文论观念嬗变与理论反思

在我国当代文学理论的整体格局中,马克思主义文论是其中一个重要方面,当然这里指的是中国化的马克思主义文论。按照笔者的看法,中国化的马克思主义文论,大致有三种基本理论形态:一是原典性译介话语,二是从毛泽东以来历代中共领导人的文艺思想构成的领袖话语,三是当代文论界对马克思主义文论研究阐发的学术话语。除译介话语属于马克思主义文论原典的译介传播外,无论是领袖话语还是学术话语,实际上都是根据马克思主义文艺思想的基本观点方法,对中国文艺问题进行研究阐发而形成的理论形态,是一种特殊的中国文论形态。由于马克思主义在我国当代社会生活中的特殊地位,马克思主义文论在我国当代文论和文艺实践中的影响也不言而喻。然而,马克思主义文论并不是完全定型化了的东西,它仍然在随着时代进步而发展,尤其是当代中国化的马克思主义文论,更是随着当代中国的社会变革而不断发展。在不同时期的社会背景下和历史语境中,马克思主义文论观念也是与时俱变的,会呈现不同的理论形态及其文论观念的特点,从而对当代中国文学艺术的创新发展产生不可低估的影响。当然,在这种与时俱变的当代展中,与其他各种文论形态一样,马克思主义文论也会遭遇各种挑战,或者面临某种发展中的困境,也需要不断进行理论反思,并联系当代文论和文学研究的实际,在理论观念上做出必要的调整,从而找到应有的发展方向。本章着重对马克思主义文论中国化的理论建构、当代语境中马克思主义文论的观念嬗变及其相关问题进行探讨。

第一节 马克思主义文论中国化的理论建构

"马克思主义文艺理论中国化"一直是我国文论界研究的重点课题。

然而究竟怎样理解这个命题？学界实际上存在不同的看法和见解。比如有人认为，这是一个马克思主义文论在中国的具体实践过程，即毛泽东所说的"马克思主义在中国的具体化"；也有人理解为，是用马克思主义观点方法来分析和解决中国文艺问题所形成的理论成果，如毛泽东文艺思想等；还有人认为，这个说法本身是不科学的，甚至可以说是一个伪命题。在笔者看来，"马克思主义文论中国化"作为一个理论命题应当是可以成立的，关键在于我们如何认识理解。笔者以为，如果把它作为一个完整的命题来理解，可以理解为马克思主义文艺思想在中国语境中的具体转化，也就是转化成为中国化的马克思主义文论形态及其实践探索过程。这个转化包含相互联系的两层含义：首先，这是一个历史进程，从"五四"以来我国早期共产党人李大钊、瞿秋白等对马克思主义文艺思想的介绍，以及周扬、冯雪峰等理论家的具体阐发，到毛泽东《在延安文艺座谈会上的讲话》创造性地发展马克思主义文艺思想，并在其倡导下我国文艺界的不断实践探索，这个历史过程始终没有中断过；其次，它也指一种理论形态，即在上述历史进程中所形成的具有中国特色的马克思主义文论成果，是在马克思主义思想观点指导下，研究解决我国文艺实践中的具体问题而创建的理论学说。只不过这种理论成果也许并不仅限于毛泽东等领袖人物的文艺思想，同时也还包括其他各种理论形态，如原典性译介话语、学理性探讨的学术话语等等。这些理论形态应当说各有其特点和不同的意义，下面拟对此分别论析。

一　作为原典性"译介话语"的理论形态

马克思主义文艺理论的中国化，当然首先表现为马克思主义文论原典在中国的译介阐释，由此形成的理论形态也许可称为原典性"译介话语"。马克思主义原本是产生于欧洲的理论学说，是一种西方话语形态，虽然它的观照视野遍及整个人类社会，但它对现实问题的研究阐释则还是以西方社会为主要对象的。作为对人类社会现象的深刻认识理解，马克思主义理论学说，特别是其中所包含的立场观点与思想方法，无疑具有普遍真理性；但它作为一种西方话语，显然需要经过一定的译介阐释即话语转化，才能成为我们中国人所容易理解接受的东西。因此，马克思主义中国化的第一个步骤及其第一种理论形态，就是通过译介阐释，把马克思主义思想学说转化成为中国式的理论话语，并使其逐渐得到传播推广。马克思主义文艺理论的中国化显然也是如此。

从马克思主义文论中国化的实际进程来看，这种译介阐释性的理论形态，经历了一个从比较零散到比较系统化的过程。从"五四"运动时期到1928年"革命文学"论争前后，我国理论界就展开了对马克思主义文艺思想的译介阐释与传播。例如早期的中国共产党人萧楚女在《艺术与生活》中阐述说，艺术本质上是"生活上的反映"，并且，"艺术，不过是和那些政治、法律、宗教、道德、风俗……一样，同是一种社会人类的文化，同是建筑在社会经济组织上的表层建筑物，同是随着人类底生活方式之变迁而变迁的东西"。① 瞿秋白也曾译介马克思主义意识形态论文艺思想，以驳斥"自由人""第三种人"的超阶级文艺观，他阐释说："文艺现象是和一切社会现象联系着的，它虽然是所谓意识形态的表现，是上层建筑之中最高的一层，它虽然不能够决定社会制度的变更，它虽然结算起来始终也是被生产力的状态和阶级关系所规定的，——可是，艺术能够转去影响社会生活，在相当的程度之内促进或者阻碍阶级斗争的发展，稍微变动这种斗争的形势，加强或者削弱某一阶级的力量。"② 李初梨在1928年发表的《怎样地建设革命文学》一文中，指出"文学为意德沃罗基（Ideology的音译，意译为"意识形态"——引注）的一种，所以文学的社会任务，在它的组织能力"，文学是"反映阶级实践的意欲"，是"一个阶级的武器"。③ 像这样零散的译介阐释是当时比较常见的理论形态。

在马克思主义文论中国化的早期阶段，这种理论学说并不是通过系统的翻译介绍，而大多是通过这样比较零散的译介阐释而被传播的。之所以如此，也许有两个方面的原因：一是马克思主义文艺理论本身并没有系统的理论形态。众所周知，马克思主义创始人并不是专门的文艺理论家，没有专门的文艺理论著作，他们的文艺思想散见于各种哲学经济学著述或书信之中，当时国外理论界也还没有对此进行系统的整理，因而还不具备系统译介的条件。二是当时人们往往从现实需要出发，有针对性目的性地加以译介阐释以解决现实问题。鲁迅曾说过："我有一件事要感谢创造社的，是他们'挤'我看了几种科学底文艺论，明白了先前的文学史家们

---

① 萧楚女：《艺术与生活》，《中国青年》1924年第38期。
② 《瞿秋白论文学》，人民文学出版社1959年版，第35页。
③ 李初梨：《怎样地建设革命文学》，《文化批判》1928年第2号。

说了一大堆，还是纠缠不清的疑问。"① 他这里所说的"科学底文艺论"，主要是指马克思主义文论。他深有感触地说："多看些别国的理论和作品之后，再来估量中国的新文艺，便可以清楚得多了。更好是绍介到中国来，……于大家更有益。"② 正是由于这种现实需要，后来许多理论家以更大热情和自觉性，投入马克思主义文论的译介与传播。瞿秋白曾把1929年称之为"社会科学翻译年"，马克思主义的许多重要著作，如《资本论》《反杜林论》《费尔巴哈论》《家庭、私有制与国家的起源》等都有了中文全译本。与此同时，上海水沫书店、上海光华书局出版了"科学的艺术论丛书"，其中就包括了马克思、恩格斯、列宁关于文艺问题的论述，由此标志着马克思主义文论的译介逐渐走向系统化。随之而来，在文学理论与批评中，来自马克思主义文论的概念范畴如生活反映、意识形态、社会、阶级、时代等，也逐渐传播开来。

在前一时期马克思主义文论不断译介的基础上，1944年，周扬在延安主持编印了《马克思主义与文艺》一书，其中分"意识形态的文艺""文艺的特质""文艺与阶级""无产阶级文艺""作家、批评家"等五辑，分别辑录了马克思、恩格斯、列宁、斯大林的有关论述；同时也将普列汉诺夫、高尔基、鲁迅及毛泽东的相关论述编入其中，此外周扬本人还为此书写了一篇"序言"，这些都可看作是对马克思主义文论的经典性阐释。经过这样比较系统的编辑整理与阐释，显然更有利于马克思主义文论的普及传播。

新中国成立后，马克思主义经典著作的编译进入全新的阶段。随着马恩列斯全集和选集的相继编译出版，马克思主义文艺论著也得到更为全面系统的译介整理，如《马恩列斯论文艺》《马克思主义文艺论著选编》等也相继编译出版；与此同时，随着大学里马克思主义文论课程的开设，诸如《马克思主义文艺论著选讲》之类的教材也层出不穷，影响更加广泛。如果说在马克思主义文论中国化的早期阶段，这种译介性的理论形态还是比较零散的、功利化的，甚至是摘章引句或断章取义式的，那么经过如此漫长的发展过程，如今显然更为全面系统准确，围绕原典所进行的研究阐释与讲解也更切合其基本精神，因而更有助于中国读者的理解接受。这一原典性"译介话语"，可说是马克思主义文论中国化的一种基本形态。

---

① 《鲁迅全集》（第4卷），人民文学出版社2005年版，第6页。
② 《鲁迅全集》（第4卷），人民文学出版社2005年版，第140页。

对这种理论形态的意义我们也许可以这样来认识：在马克思主义文论中国化的早期阶段，这种被鲁迅形容为"盗天火"式的译介传播，在当时无疑起到了马克思主义思想启蒙的作用。随着马克思主义影响下中国社会变革的不断推进，人们对马克思主义理论的传播接受也更加积极自觉，在这种时代条件下，马克思主义文论原典更为系统全面的译介阐释，则更是促进了这一理论学说在中国的广泛普及，为人们更好地学习接受和深入研究这一理论学说提供了基础。

由这种理论形态的意义特性所决定，人们对它往往就有几个方面的基本要求：一是要求译介话语的"中国化"，即把马克思主义文论原著，翻译转化成为通俗易懂的中国话语，让普通中国人都能够阅读理解，从而更有利于马克思主义理论的广泛传播。二是要求译介语言的准确性，即忠实于原著的语义，符合马克思主义经典作家本来的思想观点。如果说在上个世纪初马克思主义刚传入中国时，这种译介难免片段化、零散化，后来在极"左"思潮影响下又往往实用主义摘章引句式地选译利用，那么时至今日，就应当更有条件系统、完整、准确地进行译介编印，为人们的学习和研究提供准确可靠的译介文本。三是要求阐释的"还原"。为了帮助人们更好地理解马克思主义文论的理论内涵与精神实质，在原著翻译的基础上，有时还需要加以注释说明和讲解阐释，一些马克思主义文论教科书及笺注导读式的文章，所起的就是这种作用。这种注解阐释同样要求严谨科学，一方面要用中国语话解读得让人们更容易懂，另一方面又要尽可能"还原"原著的语境和思想，避免断章取义式的误读曲解，否则以讹传讹就将造成更大范围的误读误解。总之，作为马克思主义文论中国化的首要前提和基础，这种原典译介性理论形态的重要意义不言而喻。

二 作为"领袖话语"的理论形态

这种理论形态主要是指我国几代领袖人物，如毛泽东、邓小平等所创建阐发的文艺思想，我们姑且称之为"领袖话语"。这种理论形态，从根本上说来，正如毛泽东所说是"马克思主义在中国的具体化"，它不是马克思主义经典话语的简单转述，而是中国本土的理论创新，是马克思主义文艺思想与中国革命文学实践相结合的产物。具体而言，这种理论形态具有以下几个方面的突出特点：

其一，注重从中国的文艺实际出发，立足于从理论和实践的结合上，用马克思主义文学理论的基本原理，回答和解决中国社会发展与文艺发展中的重大现实问题，具有鲜明的中国特色与实践品格。中国共产党人历来有一个指导思想，就是倡导马克思主义基本原理与中国的具体实践相结合，研究具体情况，解决现实问题。在文艺理论方面，也就是在一定的时代背景下和历史语境中，运用马克思主义理论中的某些基本原理与观点，对文艺问题加以阐释，从而指导文艺实践。毛泽东《在延安文艺座谈会上的讲话》被认为是马克思主义文论中国化的经典性文献，在这个讲话中，毛泽东开宗明义地说："我们讨论问题，应当从实际出发，不是从定义出发。如果我们按照教科书，找到什么是文学、什么是艺术的定义，然后按照它们来规定今天文艺运动的方针，来评判今天所发生的各种见解和争论，这种方法是不正确的。我们是马克思主义者，马克思主义叫我们看问题不要从抽象的定义出发，而要从客观存在的事实出发，从分析这些事实中找出方针、政策、办法来。我们现在讨论文艺工作，也应该这样做。"[①] 事实上，在"五四"以来新文化运动与新民主主义革命的进程中，我国文艺实践不断遇到各种新的矛盾和问题。《讲话》中论述的那些重大文艺理论问题，如文艺与生活、文艺与人民、文艺与政治、文艺与革命事业的关系、文艺批评的功能与标准等，正是当时延安一些文艺工作者的思想观念以及文艺实践中没有明确解决的问题。毛泽东从马克思主义立场和当时文艺的实际情况出发，对这些问题做出了透彻的理论阐述，从而为延安文艺的发展指明了方向。在新中国成立后社会主义建设的初级阶段，如何保证文学艺术的繁荣发展，充分发挥其积极作用，也面临着诸多新的现实问题。毛泽东又从理论与实践的结合上，提出并深刻阐述了百花齐放、百家争鸣、推陈出新，文艺的继承、借鉴与创新，革命现实主义与革命浪漫主义相结合等一系列理论命题，推动了新中国文艺理论与实践的进一步发展，毛泽东文艺思想被公认为马克思主义文论中国化的标志性理论成果。新时期以来，随着改革开放和现代化建设的推进，新的时代对文艺提出了新要求，文艺实践中不断出现各种新情况和新问题，也都需要从理论与实践的结合上给予回答。邓小平总结历史的经验教训，重新论述了新的时代条件下文艺与政治的辩证关系，文艺与人民的血肉联系，坚持"二为"方向与实行"双百"方针的基本原则等，对这些理论命题赋予新的

---

① 《毛泽东选集》（第3卷），人民出版社1991年版，第853页。

时代内涵。在市场经济改革和全球化的时代条件下,"三个代表"重要思想和科学发展观则提出并阐述了一系列新的理论命题:当代文艺的大众化与开放多元发展,必须坚持社会主义先进文化的前进方向,坚持弘扬主旋律与提倡多样化统一,实现社会效益与经济效益统一;新时代的文化艺术应当坚持社会主义核心价值观,增强社会主义意识形态的吸引力和凝聚力,用中国特色社会主义共同理想凝聚力量,为现代化社会发展提供永不衰竭的精神动力,不断促进和谐社会建设和实现人的全面发展等。在全面实现中华民族伟大复兴中国梦的时代条件下,习近平更加明确地提出,要坚持以人民为中心的创作导向,要传承和弘扬中华美学精神,把追求真善美作为文艺的永恒价值,努力创作生产更多传播当代中国价值观念、体现中华文化精神、反映中国人审美追求的优秀作品,要求文艺不能在市场经济大潮中迷失方向,不能在为什么人的问题上发生偏差,等等。这些都充分体现了马克思主义与时俱进、理论和实践相结合研究解决现实问题的基本精神,标志着中国化马克思主义文论的进一步创新发展。

其二,科学性与政策性的有机结合。周扬谈到毛泽东《在延安文艺座谈会上的讲话》的意义时曾说过,这个讲话"是马克思主义文艺科学与文艺政策的最通俗化、具体化的一个概括,因此又是马克思主义文艺科学与文艺政策的最好的课本。"[①] 这的确揭示了毛泽东文艺思想的鲜明特点,同时也可以说是邓小平理论、"三个代表"重要思想和科学发展观学说中文艺思想的共同特点。一方面,这种理论形态是一种马克思主义的文艺科学,它用马克思主义的立场、观点和方法,研究和回答了如上所述的一系列重大文艺理论问题,涉及文艺本质论、文艺价值论、文艺创作论、文艺接受论、文艺批评论等各个方面。应当说,与过去的一些文论学说相比,这一理论形态始终从文艺与社会生活、文艺与人民利益、文艺与时代发展的关系来看待和说明文学活动,特别关注和强调文艺对于认识现实、促进社会变革的能动作用,从而解决了一些带根本性的理论问题,如文艺的服务方向、文艺源于生活又高于生活、文艺的普及与提高、文艺创作的典型化等,廓清了在这些问题上的唯心主义谬说和神秘主义观念,具有丰富的理论内涵和普遍的理论意义。而另一方面,它在很大程度上又体现为一种文艺方针政策,具有很强的政策性、现实针对性与指导性,对于解决

[①] 周扬:《〈马克思主义与文艺〉序言》,《新文学史料》1982年第4期。

一定历史时期我国文艺实践中的实际问题，纠正一些不正确的文艺观念与创作倾向，保障文艺事业的健康繁荣发展，都产生了积极的现实指导作用。而这种政策性之所以能产生积极的作用，正是建立在符合文艺规律的基础上的。从这个意义上说，这种理论形态是文艺科学与文艺政策的有机统一，是马克思主义理论品格与实践精神的有机统一。

其三，这种理论形态作为"领袖话语"，主要是一种意识形态性话语，或曰政治化的理论话语。毛泽东、邓小平等作为党和国家的领袖人物，他们的身份决定了他们的文艺观念，必然是偏重于把文艺纳入到意识形态的结构系统中来加以认识阐释，特别注重文艺的意识形态特性与功能，政治功利性尤为突出。毛泽东《在延安文艺座谈会上的讲话》中，首先肯定文艺是社会生活的反映，进而强调文艺是从属于政治和一定阶级的意识形态的，革命文艺必然要求反映人民生活，为人民的根本利益服务，从而始终坚持文艺规律与先进文化价值取向的有机统一，这就确立了中国化马克思主义文论的基本指导思想。这一基本思想可以说贯穿了这一理论形态的始终，只不过在不同的时代条件下和历史语境中，具体的话语方式与表述有所不同而已。这种意识形态性或政治化的理论话语，主要关注和阐述的是文艺的外部关系与规律，着重回答的是文艺实践层面的问题，显然具有其独特性。有人说这只是一种政治话语而非文艺理论，所言未免偏颇。应当说意识形态性也是文艺的基本特性，文艺与社会政治的关系是其中最重要的外部关系之一，对文艺的意识形态性及其社会政治功能的揭示与倡导，对于实现文艺在推动社会变革进步中的积极作用，无疑具有重要的理论与实践意义。

从总体上看，这种理论形态显然形成了自身比较完整的理论系统和鲜明特色。如上所述，在文艺与生活、文艺与人民、文艺与时代、文艺与政治、文艺的意识形态特性、文艺的继承借鉴与创新、文艺的"双百"方针与"二为"方向、文艺家的思想与艺术修养、文艺的民族性与先进文化价值取向等一系列重大问题上，从毛泽东《讲话》进行比较系统的阐述以来，在不同的时代条件下，一代又一代领袖人物不断进行新的阐发，赋予其新的时代内涵，使这一理论体系不断得到与时俱进的丰富发展，影响日益广泛。应当说这一理论体系的基本思想来源于马克思主义文论，但它又符合中国国情，与近一个世纪以来中国文艺实践紧密结合，真正属于中国语境中的独特理论创造。再从这一理论形态所发生的具体作用来看，实际上有两个方面：一方面它提供了一种思想理念，特别是其中所包含的文艺价值理念，即把文艺看成社会的事业而非个人的活动，把文艺事业与国家、民族的根本利益，与时代、人民的普遍要求联系起来思考理解，其意义和影响是十分深远的。而另一方面，它当然还成为现实的文艺政策，具体地规范引导文艺实践的发展，对文艺理论研究也具有重要影响。无论对此如何认识评析，显然都无法否认这一基本事实。

三 作为"学术话语"的理论形态

这种理论形态，是指我国文艺理论学者，运用马克思主义文艺观点与方法，对文艺问题（包括马克思主义文论本身的问题）所进行的学理性理论探讨，我们姑且称为"学术话语"。这种学理性的理论探讨，又大致有两种情况：一种是从马克思主义文论的原典入手，将马克思主义文艺观落到文艺原理的层面来进行学术化的研究阐释；另一种是用马克思主义文艺观来观照研究中国的文艺现象，尤其是当下的文艺实践，从理论与实践的结合中进行学理性的理论探索，从而形成富有创新性和中国特色的理论话语。从一个时期以来文论界对一些重大文艺理论问题的探讨，以及文学理论教材的编著中，可以看出这种学术化研究探讨的轨迹及其所取得的实绩。

比如，用马克思主义唯物反映论的观点来认识和解释文艺现象，阐明文艺的基本规律，是我国文论界不懈探索的重要课题，形成了不断创新发展的理论成果。唯物反映论被认为是马克思主义哲学第一原理，可以用来观照解释各种人类社会现象。马克思主义创始人虽然没有直接提出文艺反映论的命题，但从他们的哲学观念及其对文艺现象的论析中，可以看出这种基本思想。在中国语境中，比较全面系统地阐述文艺反映论的，当然是毛泽东《在延安文艺座谈会上的讲话》。但这个讲话毕竟主要是一种政治化的意识形态话语，并不能代替学术性的理论探讨。因此，在后来文论界的理论阐述与教材编著中，便致力于把这种马克思主义文艺观念，落到文艺基本原理的层面，融会到对文艺现象的分析与阐释之中，使其获得普遍的意义。当然，在过去相当长的一个时期里，我国的学术话语实际上在很大程度上受到政治意识形态话语的制约，因而这种学理性的理论探讨仍然存在较大的局限性。这主要表现在，比较简单机械地套用反映论哲学原理解释文艺现象，比较忽视文艺本身的艺特性；将文艺反映生活与文艺认识功能直接对应，导致对文艺价值功能的褊狭理解等等，由此也导致了文艺实践上的种种偏向。在新时期拨乱反正的过程中，文论界在坚持马克思主义唯物反映论文艺观的基础上，力求从文艺本身的审美特性出发，来理解文艺对社会生活的反映及其价值功能。比如：一是在原来直接以哲学反映论原理阐释文艺问题的基础上，进一步提出"审美反映论"命题，着重探讨文艺反映生活的特殊性，这种特殊性就正在于它是一种"审美反映"。而审美反映是包含了主体的审美价值判断和审美理想的，同时也是融合了主体的审美追求与审美创造的，这样就在反映论基本原理的基础上突出了文艺的审美特质，丰富了文艺反映生活的内涵。二是在原来文艺认识论的基础上，进一步提出"审美认识论"，着重探讨审美认识功能的独特性及其与其他文艺价值功能的关系。三是在原来偏重于以政治意识形态的观点看待文艺社会本质特性的基础上，进一步提出"审美意识形态论"的命题，着重探讨文艺区别于其他意识形态的特殊性，以及文艺的社会意识形态性与审美特性、文化特性的关系，等等。虽然这些理论命题在文论界仍存在较大争论，学者们有各种不同的理解看法，但有一点是彼此相通的，就是都力图尽可能准确地领会马克思主义思想观点，从而对文艺的本质特性作出既符合马克思主义观点又切合艺术规律的科学阐释。而这正是马克思主义文论中国化的学术探讨本身所需要的。

再如，用马克思主义实践论的观点来认识和解释文艺实践活动，探讨文艺审美活动的主客体关系及其基本规律。新时期初，在"实践是检验真理的唯一标准"讨论的时代背景下，我国哲学社会科学界展开了对马克思主义实践论思想学说的广泛探讨，从而推动了新时期改革开放的创造性实践。文论界也不再满足于以往那样仅仅用反映论解释文艺现象，而是开始寻求用马克思主义实践论的思想观点来研究文艺活动，特别是探讨文艺实践中主体的审美价值选择和审美创造的特性与作用。马克思和恩格斯在他们的著作中曾一再强调，他们所说的唯物主义，不同于从前的一切唯物主义，而是"实践活动的唯物主义"，这种唯物主义对对象、现实、感性，不是从客体的或者直观的形式去理解，而是当作人的感性活动即实践去理解，是从主体方面、能动的方面去理解；如此看来，社会生活在本质上就是实践的，一切神秘主义的东西，都能在人的实践中以及对这个实践的理解中得到合理的解决；对实践的唯物主义者来说，全部问题在于使现存世界革命化，实际地反对和改变现存的事物。① 从马克思主义"实践唯物主义"的观点来看，人类一切社会实践活动，一方面是"合规律性"的，另一方面则是"合目的性"的。以此观照文艺实践活动，它当然不只是一种直观的反映与认识活动，而是主体能动的审美实践活动。一方面，文艺活动是"合规律性"的，其中包括把握文艺所认识反映的外部世界与社会生活的规律，以及文艺审美创造本身的内部艺术规律；另一方面，也是"合目的性"的，即总是包含着文艺活动主体的审美感受体验、审美判断评价与审美理想追求等。作为科学的文艺理论，就需要将马克思主义"实践唯物主义"的思想观点，运用到对文艺活动的观照与阐释上来，考察这种审美实践活动与人类其他社会实践活动的关系，从学理上阐明文艺活动的特性与规律。新时期以来我国理论界在这方面展开了广泛深入的研究探讨，如美学界把马克思主义实践论观点引入审美（包括文艺审美）活动研究，形成了"实践美学"研究的热潮；文论界则力图从实践论的视角和意义来重新观照文艺活动，将原来的文艺反映论、文艺认识论等放到实践活动论的动态系统中进行阐释，把文艺的各种特性与功能辩证地整合起来说明文艺活动的规律，从而进一步拓展了马克思主义文论的创新发展道路。也正是在这种学术研究探索的基础上，"实践论"或"活动论"的文艺观念也被整合纳入一些文艺理论教科书，并以此为轴心建构新的文艺学理论体系，如陈传才等编著的《文学理论新编》、童庆炳主编的《文学理论教程》等，② 可说是其中较有代表性的理论成果。

还有，新时期以来文论界形成的一种新趋向，是致力于从马克思主义人学思想出发来研究探讨文艺问题，以寻求中国当代文论发展的新思路。按笔者的看法，从文艺反映（认识）论到文艺实践论，再到文艺与人学相结合的研究思路，可以看成是我国马克思主义文论研究不断推进深化的过程。如果说文艺审美反映与认识特性，只有放到文艺实践活动关系中才能得到更清楚的认识说明，那么人们的文艺实践活动，也只有进一步放到人学的整体系统中，才能得到更透彻的理解阐释。当代文论创新发展愈来愈自觉追求的目标，一方面是力求从以往对文艺现象的单一性观照说明，趋向整体系统性研究阐释；另一方面是要在这个基础上，形成和确立一个

---

① 《马克思恩格斯选集》（第1卷），人民出版社1995年版，第54—56、75页。
② 陈传才等编著：《文学理论新编》，中国人民大学出版社1994年版；童庆炳主编：《文学理论教程》，高等教育出版社1998年版。

足以反映我们时代要求和民族文化精神、并有能力来整合我们已经积累起来的一切有价值的理论资源的文艺观念。要达到这个目标，也许就有赖于对马克思主义人学思想加以开掘，在此基础上建构以这种人学思想为内涵的文艺观念，从而把文艺实践活动与人的主体精神及其生存意义价值联系起来进行探讨。从一个时期以来我国文论界的探索来看，这种努力大致是在两个向度上展开的：一是关于文艺主体论的探讨。如上所说，马克思主义"实践唯物主义"强调，对对象、现实应当从实践去理解，特别是从主体的、能动的方面去理解。"文学是人学"的命题，也许就意味着更需要从文艺活动的主体方面来理解。在新时期文论界关于"文学主体性"问题的讨论中，就有不少学者运用马克思主义人学观与主体观，致力于研究文艺活动主体性的内涵及其意义，进而揭示整个文艺活动系统的特质。二是关于文艺的人学价值论研究。从马克思主义人学观点看，一切所谓文艺特性及其价值功能，包括文艺的认识、教育、审美、娱乐等，归根到底都可以落到人学基础上来理解：文艺活动作为人的自由自觉生命活动的一种实现方式，是人们生存实践的自我观照与审美表达方式，文艺活动既是主体人生实践的一种结果，同时也是这种人生实践本身，是主体的实践选择与审美创造；从人的自由自觉生命活动的本性着眼，以"自由"（对文艺活动而言具体表现为"审美自由"）为基本价值坐标，以人的解放和自由全面发展、追求人性的完善与完美为尺度来看待文艺活动的价值，或许更能切入文艺价值的本质，从而抵近文艺的终极价值。在这方面，马克思主义思想宝库中具有丰富的理论资源，西马学派的研究阐发也提供了许多有益的启示和借鉴，我国文论界一个时期以来的研究探索，包括近期围绕"以人为本"命题所进行的理论探讨，无不显示了这种发展趋向，并昭示了广阔的研究前景。

此外，新时期以来运用马克思主义思想观点对文艺问题进行学理性研究阐释，还有其他各种研究思路，如关于艺术生产论的研究，关于艺术掌握世界方式的研究等等，也都取得了一系列理论成果，具有重要的启发意义，标志着马克思主义文论中国化的学理性探索的不断拓展。

如果将上述"领袖话语"的理论形态与这里所说的"学术话语"的理论形态进行比较，应当说二者异同互见。大而言之，其共同之处在于：都是从马克思主义获得思想理论资源，力图用马克思主义观点方法认识分析文艺现象和揭示文艺规律；都要面对中国社会发展与文艺发展的现实，致力于研究回答我国社会实践与文艺实践中的实际问题，引导促进我国社会与文艺的健全发展。而相异之处也许在于：首先，前者主要是一种政治意识形态性话语，其出发点和落脚点是为我国文艺事业发展提供指导思想和方针政策；而后者则主要是一种学理性、学术性的理论话语，它所寻求的是用马克思主义文艺观阐明文艺基本原理，为形成先进的文艺理念和实践导向提供充分的学理支持。其次，前者着重关注和阐明的主要是文艺的外部关系与规律，特别是文艺如何适应国家社会民族时代的发展要求；后者作为原理性的理论研究，则需要将文艺的外部规律与内部规律统一起来，将文艺对于人类社会发展与个人自由全面发展的意义统一起来，从而将整体性的文艺规律放到马克思主义理论基点上来进行探讨，成为一种全面性的科学理论。最后，还可以归结到一点，就是理论与实践统一的方式有所不同：前者更多从实践到理论，即注重从现实的文艺实践问题出发，上升到理论层面上来研究回答，然后再回到对文艺实践的指导；后者则更多是从理论到实践，即从基本文艺理论问题出发，用马克思主义观点阐明文艺规律，以此观照研究文艺实践问题，进而通过文艺批评等方式对文艺实践发生影响。尽管如此，它们的基本精神应当说是相通的。

综上所述，可以说马克思主义文论中国化是一种开放性的发展。首先，从它作为一个历史进程来说，至今虽历经一个世纪却仍远未结束，其发展前景仍十分广阔；其次，从这个历史进程中所形成的各种理论形态来看，也应当说各有其不同的内涵、特点和意义，并仍将不断有所创新发展。鉴于以往学界对马克思主义文论中国化的研究存在一定的局限性，如仅限于对"领袖话语"的理论形态的研究，或者将几种不同话语形态混而不分统而论之，实际上并不利于这一课题研究的深化。我们这里尝试将其区分为几种不同的理论形态，分别考察其内涵、特点与意义，也许能为这一课题的进一步深入研究提供一些借鉴。

第二节　马克思主义文论观念的当代发展

马克思主义文论在中国的发展，是一个不断推进和深化的过程，具体说就是在一定的时代条件下和历史语境中，不断开掘马克思主义思想理论资源中的某些原理或基本观点，对文艺问题加以阐释，从而丰富马克思主义文论形态或拓展马克思主义文论的研究思路。

由于不同时期的历史语境不同，社会生活实践和文学实践的特点不同，那么就会导致从不同的方面或层面，去发掘择取马克思主义思想理论资源中的某些原理或基本观点，从而对文艺问题作出阐释，由此形成不同历史阶段上的不同文论形态或理论思路。大而言之，当代中国马克思主义文论的创建与拓展，大致经历了三个大的阶段，分别形成了马克思主义认识论文论和实践论文论形态，以及人学研究的新思路和发展趋向。下面分别加以论述。

一　唯物反映论与认识论的文论观念

在当代中国相当长的一个时期内，我们是把唯物反映论或哲学认识论，作为马克思主义哲学基本原理来接受和阐发的，并且这一原理也确实成为我国几乎所有人文社会科学的哲学理论基础，当然也是我国文学理论的哲学基础。不过，从我国反映论或认识论文论的形成过程来看，应当说它一开始并不是从哲学认识论原理推导出来的，而是在中国新文学尤其是革命文学的发展进程中，在对马克思主义学说的接受过程中逐步形成其基本观念的。只是到了20世纪50年代，当各门学科都努力以唯物反映论的第一原理为基础建构理论体系时，文学理论也走向系统的理论整合，形成以唯物反映论为基础的认识论文论系统。

马克思主义认识论（或称反映论）文论，有两个最主要、最基本的观点：一是"意识形态论"，即把文艺看作是一种阶级的意识形态，从而在一定的社会结构中发挥作用；二是"反映论"或哲学认识论，即认为文艺作为社会意识形态是社会生活的反映，它是作家艺术家对生活认识体验的结果，因而具有认识现实以及促进现实变革的功能。这种观念的逐步形成，及至50年代以此为理论基石构建起一个完整的文论体系，经历了一个比较漫长的过程。

实事求是地说，中国人接受马克思主义学说并加以宣传阐发，最早是从功利主义立场，也就是从中国革命的实际需要出发的，这在文艺领域也是如此。早期的中国共产党人如邓中夏、恽代英、萧楚女、瞿秋白等人，几乎都是从改造社会的愿望出发而倡导"革命文学"，然后则是从革命文学的立场出发来强调文艺的意识形态特质及功用。例如邓中夏在《文学与社会改造》的演讲中就极力主张"要作社会的文学；要作社会改造的文学！"在《贡献于新诗人之前》一文中又指出："要做描写实际生活的作品，彻底露骨的将黑暗地狱尽情披露，引起人们的不安，暗示人们的希望"，这样，文学就能成为激励人们改造社会的"最有效的工具"。① 萧楚女在《艺术与生活》中明确指出，艺术本质上是"生活上的反映"，并且，"艺术，不过是和那些政治、法律、宗教、道德、风俗……一样，同是一种社会人类的文化，同是建筑在社会经济组织上的表层建筑物，同是随着人类底生活方式之变迁而变迁的东西"。② 瞿秋白在与"自由人""第三种人"的超阶级文艺观的论争中，显然是站在马克思主义意识形态论的立场上发言的，他认为，作家作为意识形态的生产者，"不论他们有意的，无意的，不论他是在动笔，或者是沉默着，他始终是某一阶级的意识形态的代表。在这天罗地网的阶级社会里，你逃不到什么地方去，也就做不成什么'第三种人'"。③ 从这些论述中可以看出当时人们对马克思主义学说的接受及运用，并且这些理论阐述也成为"五四"时期马克思主义文艺理论的初步形态。

在民主革命阶段，真正比较全面地运用马克思主义唯物论及哲学认识论思想阐述文艺问题，形成比较系统的以唯物反映论或哲学认识论为理论基础的马克思主义文论形态，还是首推毛泽东《在延安文艺座谈会上的讲话》（以下简称《讲话》）。应当说，构成毛泽东思想学说（包括文艺理论）的文化资源是多方面的，其中包括中国传统文化的深刻影响，但对他影响最大的显然还是马克思主义学说。毛泽东曾说过："十月革命一声炮响，给我们送来了马克思列宁主义。"④ 正是在十月革命后不久，他开始接触马克思主义学说，建立起对于马克思主义的信仰，他曾说过："我一旦接受了马克思主义是对历史的正确解释以后，我对马克思主义的信仰就没有动摇过。"⑤ 到了延安时期，毛泽东更为系统详细地研读了大量马克思主义哲学经典著作和马克思主义哲学教科书，对马克思主义的辩证唯物主义和历史唯物主义学说有了更全面深刻的理解，在此基础上写出了《实践论》《矛盾论》等哲学著作，阐述了他的唯物论的哲学观。而这种唯物论的哲学观也构成了他的《讲话》文艺思想的理论基础。

---

① 邓中夏：《贡献于新诗人之前》，《中国青年》1923年第10期。
② 萧楚女：《艺术与生活》，《中国青年》1924年第38期。
③ 《瞿秋白文集》（第2集），人民文学出版社1953年版，第957页。
④ 《毛泽东选集》（第4卷），人民出版社1991年版，第1471页。
⑤ [美]埃德加·斯诺：《西行漫记》，董乐山译，生活·读书·新知三联书店1979年版，第131页。

一个显而易见的基本事实是,《讲话》本来不是一部文艺理论教科书,它不是从什么是文学、什么是艺术的定义出发来讨论问题,它的目的也不是要全面阐述文艺的基本原理;它要解决的主要问题,是要使当时延安的文艺工作者懂得,在所面临的革命战争的形势下,革命文艺的任务是什么,以及革命文艺应当坚持什么方向和走什么道路。因此,《讲话》中提出的中心问题,是"一个为群众的问题和一个如何为群众的问题",围绕这个中心问题,《讲话》阐述了文艺的普及与提高、文艺的源泉、文艺与政治的关系、文艺批评的原则与标准等一系列问题。很显然,《讲话》中对这些问题的论述,是建立在毛泽东的唯物论哲学理论基础上的,始终贯穿着他对马克思主义文艺观的深刻理解与阐发,其中最主要的就是两个基本原理。一是以"唯物反映论"的基本原理阐明文艺的本质,提出"作为观念形态的文艺作品,都是一定的社会生活在人类头脑中的反映的产物。革命的文艺,则是人民生活在革命作家头脑中的反映的产物"。既然如此,那么社会生活当然就是文艺"唯一的源泉"。按照这一命题,文艺与人民、文艺与生活、文艺的源与流、文艺的普及与提高等一系列问题都顺理成章地得到了明晰的阐述;二是以"意识形态论"的基本观点阐明文艺的社会本质和社会功用,提出文艺为政治服务等一系列命题,指出"在现在的世界上,一切文化或文学艺术都是属于一定的阶级,属于一定的政治路线的";"党的文艺工作……是服从党在一定革命时期内所规定的革命任务的";"文艺是从属于政治的,但又反转来给予伟大的影响于政治。"按照这样一个基本观点,并且结合当时的社会条件和革命任务,《讲话》对政治与艺术的关系、文艺批评的政治标准与艺术标准的关系等问题,进行了合乎逻辑的全面深入的阐述。

《讲话》的文艺思想,不仅对当时及此后一个时期的文艺创作与文艺批评实践产生了深刻的影响,而且直接导引了后来中国文论的发展方向。在《讲话》发表之后不久,周扬于1944年在延安编印了《马克思主义与文艺》一书,该书正是以马克思主义唯物论原理为基础,以唯物反映论、意识形态论与阶级论为基本框架,将马克思主义经典作家关于唯物论的基本观点和关于文艺问题的论述,都整合到这一理论框架中来,为后来进一步形成认识论的文论体系奠定了一个基础。新中国成立后,由于马克思主义唯物论哲学原理的日益普及,并且成为几乎所有哲学人文社会科学的理论基础,由于《讲话》文艺思想所奠定的基础及其深刻影响,还有50年代苏联文艺学传入后所发生的作用，终于在五六十年代建构起一个被称之为"反映论"或"认识论"的文艺理论体系。这个文论体系，主要就是从马克思主义唯物反映论哲学原理出发来说明文艺问题，其中又主要是以《讲话》的文艺思想（特别是在反映论基础上生发的生活源泉论和在意识形态论基础上生发的为政治服务论）为内核，并且将马克思主义的现实主义文艺思想和苏联的社会主义现实主义原则也都纳入到这一理论体系中加以阐释。在当时及此后一个时期，我国的文艺理论教科书，基本上都是这一理论体系的衍化，并且同期的文学创作、文学批评和文学研究，也都是以这一理论为指导的。

应当说，与过去的一些文论形态相比，这一理论始终从社会生活出发来看待和说明文学活动，同时又特别关注和强调文学对于认识现实、促进社会变革的能动作用，从而解决了一些带根本性的重大问题，如文艺源泉、文艺与现实的关系等，廓清了在这些问题上的唯心主义谬论和神秘主义观念，其基本原理是正确的；并且它也有力地促进了现实主义文学思潮的发展，而这一现实主义思潮又正是与中国社会的变革进步及现代化发展进程联系在一起的，具有历史的合理性和积极意义。但从另一方面看则显然也存在局限性，比如它基本上是文艺社会学（甚至是文艺政治学）的单一视角，过于强调客观生活的决定作用，过于强调文艺的认识功能和文艺为政治服务的价值取向，而忽视了从别的视角看待文艺问题，忽视了文艺的审美创造特性，容易导致文艺主体性的弱化乃至失落，等等。在"极左"思潮的影响下，这种局限性显得愈益突出。

在新时期拨乱反正的过程中，曾有人认为这一"反映论"或"认识论"的文论形态过于褊狭，过于机械和僵化，并且把新中国成立以来文艺实践中的种种问题、弊端都归咎于文艺观念的陈旧落后，因而主张完全抛弃它。但仍有不少学者坚持认为，过去认识论的文论形态确有其理论局限，并且导致了文艺实践上的种种偏向，进行理论反思和扬弃是完全应该的，但这并不意味着这一理论的基本原理也完全错了，因此完全可以对它进行补充修正和进一步发展。事实上从 80 年代初以来，就不断有学者致力于对这一文论形态的修补与发展，而这种修补与发展的主要趋向，是用审美论对其进行补充和丰富，寻求二者的有机融合。其主要着眼点，仍然是落在这个理论体系中的两个基本观念上。一是在原来直接以哲学反映论原理阐释文艺问题的基础上，进一步提出"审美反映论"的命题，着重探讨文艺反映生活的特殊性，这种特殊性就在于它是一种"审美反映"，而审美反映是包含了主体的审美价值判断和审美理想的，同时也是融合了主体的审美追求与审美创造的，这样就在反映论基本原理的基础上突出了文艺的审美特质，丰富了文艺反映生活的内涵。二是在原来以意识形态（偏重于政治意识形态）的观点看待文艺社会本质与功用的基础上，进一步提出"审美意识形态论"的命题，着重强调文艺区别于其他意识形态的特殊性，以及文艺社会本质与社会功用的宽泛性，可以看作是这一文论形态的革新与发展。关于"审美反映论""审美意识形态论"，至今仍有不少学者在坚持着，并不断作出新的阐释。

二 实践论哲学与活动论的文论观念

进入新时期以来，马克思主义文论的发展，一方面是对原来的认识论文论进行补充修正，另一方面则是适度突破既定的理论框架，寻求向纵深层面上拓展，其中的一个努力趋向，就是一些学者致力于运用马克思主义"实践论"哲学思想来阐释文艺问题，逐渐形成"实践论"或"活动论"的文论形态。

本来，实践论的文学精神在原来认识论的文论系统中也是有机包含着的，比如在《讲话》中，就十分注重和强调文艺家的实践精神，以及文艺家作为艺术实践主体的能动特性，但在后来的社会条件下和认识论文论的演变中，反映与认识的特性和功能被极大地强化了，而艺术实践的特性以及艺术实践的灵魂即主体精神，则逐渐被遮蔽乃至失落了。因此，理论的发展就需要有一个返归本真的过程，需要特别凸显和强调原本被遮蔽或失落了的方面，因而就有了向实践论文论层面的推进。

这一探索拓展趋向所获得的一个重要契机，是 20 世纪 70 年代末展开的关于真理标准的讨论。这场讨论既是新时期思想解放的标志和改革开放的前奏，同时对新时期哲学人文社会科学的创新发展也具有至关重要的意义。因为随着"实践是检验真理的唯一标准"命题的提出以及广泛深入的讨论，"实践"的意义、特性日益凸显出来了，马克思主义的实践论哲学思想也愈益成为理论界充分关注和争相讨论的热点问题。从 80 年代初以来，哲学界根据马克思《关于费尔巴哈的提纲》《德意志意识形态》等著作中的思想，提出关于马克思主义"实践唯物主义"的命题，并由此展开了一场时间不短、规模不小的讨论。马克思在《关于费尔巴哈的提纲》中说："从前的一切唯物主义——包括费尔巴哈的唯物主义——的主要缺点是：对对象、现实、感性，只是从客体的或者直观的形式去理解，而不是把它们当作人的感性活动，当作实践去理解，不是从主体方面去理解"；"社会生活在本质上是实践的。凡是把理论导致神秘主义的神秘东西，都能在人的实践中以及对这个实践的理解中得到合理的解决"；"直观的唯物主义，即不是把感性理解为实践活动的唯物主义，至多也只能做到对'市民社会'的单个人的直观"。① 马克思恩格斯在《德意志意识形态》中说："对实践的唯物主义者即共产主义者来说，全部问题都在于使现存世界革命化，实际地反对并改变现存的事物。"② 有学者认为，可以把马克思主义学说直接归结为"实践唯物主义"；而另一些学者虽然并不赞成做这种简单的归结，但也仍然认为，马克思针对"直观的唯物主义"而提出的"实践活动的唯物主义"的命题，以及主张对事物、现实要从人的感性活动、从实践、从主体能动的方面去理解的思想，是值得特别重视的。因为这有助于我们克服过去那种对马克思主义唯物论学说的片面僵化的理解，有助于充分发挥实践主体的积极作用，促进现实的变革发展。差不多与此同时，与哲学界的讨论相呼应，美学界也展开了关于马克思主义"实践论美学"思想的讨论，其主旨是从马克思的实践论观点出发，致力于开掘马克思《1844年经济学哲学手稿》等著作中的美学思想，着重围绕"人的本质力量对象化""劳动创造美"以及美的创造的"合目的性"与"合规律性"等命题加以阐发，从而实现当代美学的创新发展。

  正是在这一时代变革背景及理论思潮的影响之下，加上如前所说的试图超越以往"认识论"文论局限的内在要求，文学理论界也同样表现出对马克思主义实践论学说的极大关注，力图从实践论的视角和意义来重新观照文艺现象，阐释文艺活动的规律，探寻马克思主义文论创新发展的道路。如果说以往的认识论文论只是从主客体的反映与被反映的相互关系来说明文艺现象，并且偏于强调社会生活的决定性作用，那么"实践论"的文论思路及观念，则是把文艺活动作为一个有机的动态系统来看待，其中尤为重视文艺主体的审美价值选择和审美创造的特性与作用。

  如果把这一理论思路放到20世纪80年代的文艺背景之下来观照的

---

① 《马克思恩格斯选集》（第1卷），人民出版社1995年版，第58、60页。
② 《马克思恩格斯选集》（第1卷），人民出版社1995年版，第75页。

话，那么就可以发现这种理论转向并不是孤立发生的，而是与当时文艺创作中的实验探索，以及理论界关于文学主体性问题的探讨相关联的。新时期以来以真理标准讨论为突破口，解放思想促进生产力发展，表现在文艺实践上，是一系列的实验探索：朦胧诗、实验戏剧、先锋小说、寻根文学，等等。不管这些实验探索的实绩如何，至少显示了当时创作主体极力要进行创新实践探索的一种内在要求，而这种文艺实践上的要求，则又迫切希望在理论上得到回应和阐释。正是在这样的现实语境中，同时也是在哲学界"实践论"讨论不断深化的背景下，文论界提出了"文学主体性"命题并展开深入的讨论，引起了人们广泛的关注。文学主体性理论的精神实质，正在于把文学活动作为一个系统来看待，主要从文学活动的主体方面入手，揭示整个文学活动系统的特质，认为文学活动并不只是单纯反映、认识生活，而是文学主体的一种更为自觉积极的实践活动方式，其中体现着主体的审美价值选择及对自我实现的追求。由此可见，文学主体性理论恰好与马克思所强调的从人的感性活动、从实践、从主观方面来理解事物的思想相暗合，也与当时哲学界讨论"实践唯物主义"和美学界讨论"实践美学"在基本精神上相通，可归于一种"实践论"的探索思路。

当然，文学主体性理论虽然是在"实践论"讨论的背景下提出并展开讨论的，其基本精神也与"实践论"相通，但毕竟还不是实践论文论本身的探讨。当代文论真正推进到实践论层面的比较自觉系统的探讨，应当说是在文学主体性讨论之后，并且从理论逻辑上说，也是在文学认识论基础上的推进与深化。在笔者看来，王元骧先生是比较执着、也比较系统地进行实践论探索的一位学者，他曾在90年代末著文，对新时期以来我国当代文论从认识论向实践论推进的历程进行反思，认为一个时期以来，出于对实践在社会活动中的重要地位的认识，我国学者以实践的观点切入对文艺理论和美学研究的也日益增多，取得了不少成果。但由于对反映论的认识和态度不同，导致对于实践的理解采取了不同立场。比如，有的采取本体论的立场，即以实践（在有的人那里主要是精神活动的实践）为艺术本体，以此抬高实践而贬低认识，或者把实践与认识对立起来，他认为这样脱离甚至否定认识来谈论实践就很容易脱离物质感性世界，使实践成为一种纯精神活动；而有的则采取价值论的立场，王先生说："我在阐述文艺的实践性时，基本上是持价值论的立场的，即除了把文艺看作反映作家人生实践的价值意识的载体之外,更是从实现文艺审美价值的意义出发去理解文艺的实践性。"① 从这一立场出发,他在 90 年代发表了《艺术的实践本性》等一系列论文,致力于用马克思的实践论哲学思想阐释文艺问题,论证文艺的实践特性,阐发了一些颇为深刻的见解。他认为,要全面理解文艺活动的性质,像过去那样仅仅从认识论(反映活动)的视角去研究是不够的,还须向实践论进行延伸。而艺术实践并不是一种与认识无关的纯精神的活动,因为在人的整个活动中,认识与实践作为两种最基本的形式,应该被看作是互相渗透、互为前提的;一切成功的实践都不只是一种合目的性的活动,同时还是一种合规律性的活动,它同是受着主观目的和客观规律的双重支配;以此观照文艺活动,他把文艺活动看作是以目的为中介所构成的认识与实践的双向逆反的流程。由此可以看出,他是很切实地从文学认识论推进到实践论,并且把认识论与实践论辩证地整合起来,这种理论思路是富有启发意义的。不过,就王先生对"实践"的理解,以及在价值论立场上如何将认识论与实践论统一起来的理论思路上,我以为也还有值得商讨之处。至于有的学者从本体论的立场来理解"实践"范畴,进而切入对艺术本质特性的观照阐释,如果它并不排斥价值论,而是在本体论的基础上将主体论和价值论统一起来探讨,我以为这种理论思路也仍有其价值,目前仍是实践论的文学理论探索的一种路向。

  实践论文论在探索发展的进程中,还与另一种理论资源,即美国当代文论家艾布拉姆斯的文学活动系统的理论相贯通。艾布拉姆斯在其代表作《镜与灯》中,从文学批评的角度,分析了构成艺术活动的"四要素",以此构建艺术批评的坐标,并按艺术"四要素"的内在或外在关系以及这一批评坐标的不同向度,区分出几种不同的批评理论。艾氏的这一理论在 80 年代末被译介进来后,引起了我国文论界的关注,由于这一理论从宏观上把握文学的基本要素并构建文学活动系统的框架,与我国当代文论从实践论视角看待和理解文学活动系统的理论思路恰相吻合,因而被纳入到实践论文论的视野中,并且那种过于哲学化的"实践论"理论范畴也随之转换成为一种更具有艺术意味的"活动论"的理论范畴,此后一些系统性的理论建构,往往都是在"活动论"的名义下展开的。但不管用什么名称,其理论思路主要是由实践论发展而来,并且也是以实践论思想

---

① 王元骧:《探寻综合创造之路》,陕西师范大学出版社 2000 年版,第 312—313 页。

为内核的。

正是在上述各种因素的共同影响作用下,"实践论"或"活动论"文论形态不断形成发展,乃至被整合纳入一些文艺理论教科书,并以此为轴心建构新的文艺学理论体系。例如陈传才等编著的《文学理论新编》,即是以"文学活动论"为基点构建的理论体系,它的侧重点是从哲学、美学的层面,从主体与客体的互动关系来看待文学作为一种实践活动的存在,由此而追溯"文学活动的发生",界定"文学活动的特性",观照"文学活动的系统",然后在这样一个活动系统中,再展开来探讨文学的本质、规律及相关问题,从而在实践活动的框架内,将认识论与审美论、社会学与人学、本体论与形态学等各种文学观念、范畴加以有机整合,形成一个理论系统。[①] 再如童庆炳主编的《文学理论教程》,也是从对"文学活动"的整体把握入手,其中一方面直接引用了艾布拉姆斯关于文学"四要素"的理论,以此构建"文学活动"系统的立体宏观的结构框架,另一方面则将马克思关于"人的活动"的范畴引入文学理论,力图将二者结合起来用以考察界定"文学活动作为人类活动的性质",追溯"文学活动的发生和发展",然后再进一步探讨"文学活动的审美意识形态性质",文学创造活动、文学接受活动和文学批评活动的规律,以及使这些文学活动得以成立和联系起来的"文学作品"的特性,等等,由此构建了一个比原来认识论文论框架宏大得多、内容也丰富得多的理论系统。[②] 此类以"活动论"为轴心所作的理论探索,我以为都可以看作是实践论层面上的探索推进,属于实践论的文论形态之一。目前这种文论形态也仍在继续发展中。

三　人学思想与人学价值论的文论观念

按笔者的理解,如果我们可以把实践作为本体来看待的话,那么按马克思的看法,实践有两个基本要求(或者也可以说是质的规定性):一是要求"合规律性",二是要求"合目的性"。前者指向认识,认识既在实践的基础上形成,同时也为进一步的实践提供前提和依据;后者则指向实践所要达到的目标,即指向价值:对实践的预期来说,目标是一种价值取向;对实践的最终结果来说,目标则是一种价值归宿。因此,实践总是一

[①] 陈传才等编著:《文学理论新编》,中国人民大学出版社1994年版。
[②] 童庆炳主编:《文学理论教程》,高等教育出版社1992年版。

头联系着认识,另一头联系着价值(可图示为:认识←实践→价值)。价值追询也许可以说是哲学探寻的永恒的终极的目标。在马克思主义哲学中,其价值论就主要表现为人学价值论,并且这种人学价值论始终是马克思思想学说的核心,以至我们几乎可以直接把马克思的理论学说称之为"人学",即关于人类历史发展与人的解放及自由全面发展的学说。早在马克思青年时代的著作中(如《1844年经济学哲学手稿》《德意志意识形态》等),即以深刻而独到的哲学思维及宏阔的视野,清晰地描绘了他的人学思路,构建了一个以人学价值论为核心的思想体系。具体说就是把"自由自觉的生命活动恰恰就是人的类的特性"作为其人学的逻辑起点,以逻辑和历史统一的思想方法,通过对人的生命活动及其特性的实现与逻辑展开的分析,揭示了人类社会发展过程中分工和私有制产生的必然性,以及所必然带来的人与人的关系的异化,进而探讨了克服和扬弃这种异化,实现人的解放的可能性与现实途径,展望了最终实现人的解放及自由全面发展的美好前景。尽管马克思后来不同阶段的理论研究有不同的侧重,一些概念、范畴的使用也多有变化,但我以为其人学思想的总体思路是一以贯之的。

然而我们以往对马克思主义哲学思想的理解是存在较大局限性的,先是仅限于唯物反映论与认识论层面的读解与阐释,进入新时期后,才推进到实践论层面的理解与开掘,由此而突出了社会生活的实践性,以及实践活动中人的主体性,为解放生产力,为激发人们投身于改革开放实践并充分发挥主动性、积极性、创造性,为改革开放实践中的大胆尝试及各种实验探索,提供了理论上的重要支持。但这只解决了实践动力的问题,还未能解决价值目标的问题。因此随着对实践论哲学讨论的逐步深化,对马克思主义理论学说的进一步开掘,也逐渐推进到人学的层面。从80年代中期以后,我国理论界日渐形成"人学"研究的热潮,其中尤为重视对马克思主义人学思想的阐发(也包括对现代西方马克思主义学派中有关人学理论资源的借鉴),借以研究探讨人与人类社会的健全合理发展问题。

在此背景下,文论界也致力于从马克思主义人学思想出发来思考探讨文艺问题,以寻求中国当代马克思主义文论发展的新思路。当然,这方面的研究也许还不能说取得了多么成熟的理论成果,但这种努力的趋向是显而易见的。如前面提到的王元骧先生就曾经说到,当今的文艺理论建设,最根本的是要形成和确立一个足以反映我们时代要求和民族文化精神、并有能力来整合我们已经积累起来的一切有价值的理论资源的文学观念，他所设想的这个文学观念，就是人学的或具有人学内涵的观念，即能把文学与人的生存和价值关系联结起来的观念。在笔者看来，他的那篇题为《对于推进马克思主义文艺学在当代发展的思考》的长文，便是致力于将马克思主义文艺学在当代的发展，从实践论层面推进到马克思主义人学的层面进行阐发，力图将马克思主义的认识论、实践论和人学思想加以整合，以求在现代语境中对文艺问题作出全面系统的阐释。① 再如一直致力于马克思主义文论研究的陆贵山先生，在他主编的一系列马克思主义文艺理论教材中，都注意加强了对马克思人学思想资源的发掘与人学的文论阐释，尤其是在《文学与人论》《宏观文艺学论纲》等几部著作中，作了更为集中也更系统深入的探讨。比如，他把"人学观点"与"历史观点""美学观点"视为马克思主义文艺理论的三大基本观点，通过对这三大观点的内涵及相互关系的阐释，设想以此为理论基点和理论支柱，构建当代宏观文艺学的理论体系框架，从而将各种文艺问题纳入这一理论框架中加以阐释。② 这一理论构想是否周全另当别论，但至少可以看作是马克思主义文艺学向着人学层面的一个拓展和推进，是富于启示意义的。

从马克思主义人学视角和层面来观照与思考文艺问题，并进行理论探讨，也是笔者一段时间以来所努力追求的。从本体论方面来看，我一直以为，"文学是人学"这一传统命题，完全可以在马克思主义人学视野中作为一个文学本体论命题来理解，具体来说就是，文学的本体存在与人的本体存在是一致的，把文艺放到人的生存发展（人生实践）的根基上，与人对自己自由自觉生命活动的观照体悟，以及对自由解放的追求联系起来思考，就有可能对文艺活动作出比认识论文论或实践论文论更深入切实一些的阐释。倘若我们基于对马克思主义人学本体论的理解，从马克思主义实践论哲学和人学统一的基础上，来理解文艺活动的本质特性，则可以说文艺活动是人的自由自觉生命活动的一种实现方式，是人（民族乃至人类）生存的审美表达方式，具体说就是文艺活动的主体对自身、民族乃至人类生存状况进行审美观照与体悟的一种传达。与实践论联系起来看，

---

① 王元骧：《对于推进马克思主义文艺学在当代发展的思考》，《社会科学战线》1997 年第 5 期。

② 陆贵山：《宏观文艺学论纲》，辽宁大学出版社 2000 年版。

则文艺活动既是主体人生实践的一种结果，同时也是这种人生实践本身，是主体的实践选择与审美创造。其次，从价值论方面来看，过去认识论文论既以反映生活为文艺本体，更以认识生活作为文艺的价值目标，然而我认为，虽然"认识"也不失为文艺的价值功能之一，但它并非文艺价值功能的全部，更不是终极价值。实践论文论以人的文艺活动实践为本体，以文艺活动中的自我实现为价值目标，应当说这也还没有涵括文艺的价值功能，也仍然没有抵达文艺的终极价值。只有超越社会学的意义，深入到人学价值论的层面上，从人的自由自觉的生命活动的本性着眼，以"自由"（在文艺活动具体表现为"审美自由"）为基本的价值坐标，以人的解放和自由全面发展、追求人性的完善与完美为尺度来看待文艺活动的价值，或许更能切入文艺价值的本质，从而抵近文艺的终极价值。在这方面，西方马克思主义文论的人学研究思路及理论观点，对中国当代马克思主义文论的发展也是有重要启发意义的。

马克思主义人学研究思路，目前还处在初步探索阶段，还有待逐步展开，可以预料，它将为中国当代马克思主义文论的发展开辟广阔的前景。

当然，运用马克思主义理论学说阐释文艺问题，以探索当代马克思主义文艺学的发展道路，还有其他各种研究思路（例如"艺术生产论""艺术掌握论"等），但到目前探讨比较系统深入、形成了一定格局和理论形态的，恐怕还是以上论及的几种文论形态。

上述诸种文论形态或理论思路，都是在不同的时代条件下和历史语境中，对马克思主义丰富的思想理论资源在不同层面上进行开掘，运用某一方面的基本原理观照阐释文艺问题而形成的，具有一定的时代特点。从共时态的关系来看，上述诸种文论形态或理论思路，都是运用马克思主义基本观点，从不同方面或层面对文艺问题的把握和阐释，在特定的理论层面上和特定的历史语境中，其基本原理有相对的合理性，它们相互之间并不必然构成矛盾对立，其内在理路是可以彼此互通的。从历时态的发展来看，从认识论文论，到实践论文论，再到人学的文论研究思路，并不是一种简单的否定性发展，即不是后者否定抛弃前者，而是后者在前者的基础上推进、深化和超越，对前者具有包容整合的意义。在当今各种文艺观念和文论形态走向对话与综合的时代，马克思主义文艺学自身的各种理论形态和理论思路，也应当寻求在当代语境中的相互对话与融合，以实现进一步的创新发展。

第三节　当代马克思主义文论研究的理论反思

在我国当代文论研究的整体格局中，马克思主义文论研究历来具有比较特殊的地位，也取得了许多公认的理论成果。与此同时，当然也总是受到来自各方面的种种质疑。马克思主义文论研究不断调整自己的研究策略，力图在回应这些质疑的过程中寻求新的发展可能性。然而，这种研究策略的调整似乎并没有改变其不利局面，而是带来了新的问题，面临着新的困境。在这种情况下，也许有必要针对这些现实问题进行理论反思，真正把握马克思主义文论的精神特质，并联系当代文论和文学研究的实际，找到它应有的发展方向。

一　马克思主义文论研究的当代困境

曾几何时，受一定时代意识形态因素的影响，马克思主义文论研究处于当代文论（包括文学基础理论、古代文论和外国文论）研究的领先地位，其影响不言而喻。经历了改革开放的发展变革之后，虽然当今主导意识形态与文化语境并没有发生多少变化，但就马克思主义文论研究的地位和影响而言，却已是另一种景象。与当今西方文论特别是某些后现代理论的风光无限相比，显然形成鲜明的对照，要说当今马克思主义文论研究面临某种困境，似乎也不为过。

在笔者看来，这种困境的表征主要有以下几个方面。一是在当今高校中文等相关学科的教学和人才培养中，马克思主义文论课程教学与研究面临着尴尬的处境。20世纪八九十年代，全国高校的中文学科从本科到研究生都普遍开设四大文论课程，其中马克思主义文论居于举足轻重的地位。与此相适应，马克思主义文论教材的编著与使用也蔚为大观。然而时过境迁，如今已是另一番景象，目前仍开设这门课程的已寥寥无几。之所以取消这门课，据说是因为学生不愿学，老师也不愿教，更谈不上对其思想理论的接受与运用。与此相关的教材编著和理论研究，无疑也都并不景气。虽然有关部门极力推行"马工程"教材编著，马克思主义文论教材当然也纳入其中，但其编著和使用效果如何，实际上也并不乐观。二是在当今文学理论学科的学术研究中，马克思主义文论研究有逐渐边缘化的趋势，从事这方面研究的人数相对较少，研究成果的影响也比较有限。这与其他文论形态的研究相比,特别是与西方文论研究的热闹景象相比,形成鲜明的对照。当然,其中有关"西马"学派的文论研究仍有不少,但这常被归入西方文论研究范围,与通常意义上的马克思主义文论研究还不是一回事。三是从文学理论被实际运用于文学研究的情况来看,可能就更是难以比拟。我们经常能看到在古代文学、现当代文学和外国文学研究中,运用各种西方文论观念与方法进行评论阐释的,比如叙事学、结构主义、精神分析、女性主义等,而自觉运用马克思主义文论观点与方法来进行评论阐释的,却很少见到,可见马克思主义文论对于实际文学研究的影响力甚为薄弱。从以上情况来看,要说当今马克思主义文论研究面临某种困境,似乎并非虚妄之论。

如果我们承认这种现象的确如此,那么,值得思考和追问的是,为什么会出现这样的情况?问题的根源究竟在哪里?是马克思主义文论已经过时,真的不管用了吗?可能还难以得出这样的结论。在笔者看来,其主要原因,一方面与当今社会现实语境有关,另一方面也与马克思主义文论研究本身存在的问题有关。

首先,从前一个方面来看。当今社会现实语境的突出特点,是思想观念多元化。这本来没有什么不好,但问题在于,不少人在思想观念多元混杂的现实面前丧失了主体自觉性,陷入了盲目性。这一方面表现为对各种五花八门的思想观念来者不拒照单全收,缺乏应有的判断和选择;另一方面则是对某些思想观念盲目反感排斥,越是强调为指导思想的东西,就越是反感排斥拒绝理解接受。当然,像过去极左时期那样,不管是否理解都要盲目迷信,这固然是荒唐的;但像现在有些人那样,根本不愿意用自己的脑袋去思考,也根本不管这个东西是什么便盲目反感拒斥,这同样是不可理喻的。从文论界的情况来看也是如此,一些人对各种各样形形色色的西方文论似乎更有追逐的兴趣,而对马克思主义文论则产生了某种程度的厌倦情绪,在文论界对西方文论不厌其烦地追逐和阐释炒作中,马克思主义文论研究被挤压而边缘化,或许就是难以避免的命运。

其次,从马克思主义文论研究本身方面来反思,无疑也存在着一些问题。具体而言有以下几种情况。

一种情况是有些人有意或无意地贬抑马克思主义文论,在一定程度上损害了它的声誉,影响了人们对它的看法。例如,有人认为,马克思主义主要是哲学和政治经济学理论,其中并没有多少文学理论;也有人认为,马克思主义创始人虽然有一些地方谈到文学问题,但也都是断简残篇式的零散化论述,并不能构成完整的文学理论,缺少作为文学理论的系统性和学理性;还有人认为,即使承认马克思主义思想学说中存在文学理论,那也是特别政治化、意识形态化的理论,而不是学理性的理论,因此并不认为它有多大的学术价值;当然,甚至有人干脆断言,不管马克思主义文论有什么或是什么,它都已经过时没有多少意义价值了。如此等等不一而足。

另一种情况则相反,有些研究者为了维护马克思主义文论的地位和影响,回应和反击如上所说的质疑与贬抑,于是就要极力强化对它的理论阐释。比如,人家说马克思主义文论不重视艺术审美,于是就极力从马克思恩格斯著作中去找出一些有关艺术审美的论述来加以证明;人家说马克思主义文论只重视文艺的外部规律而不重视内部规律,于是又去找出一些有关文艺内部规律的论述来进行阐释;人家说马克思主义文论是零散化的论述不成体系,于是就按照某种体系化的结构来进行整合,力图把它整合成为一个逻辑严密的理论体系;人家说马克思主义文论政治性强而学理性不足,于是又极力要把它"学理化"甚至"原理化",也就是按照文学基本原理的思路,把马克思主义文论中的相关论述找出来加以构造和阐发,寻求建立一个接近于文学原理的理论系统,这样就似乎可以提高它的阐释力,如此等等。这样做总让人觉得是陷入了一个圈套,在这个圈套中转来转去,不仅转不出来,反倒容易导致自我迷失。还有就是有的研究者总想把马克思主义文论的版图极力扩大,把原典形态的马克思主义文论与后来阐发形成的理论形态都整合起来,形成一个所谓"一体两翼"的庞大体系。所谓"一体"指马克思主义创始人所建立的文论;所谓"两翼"指"西马"和"中国化"的马克思主义文论,把这看成是马克思主义文论的新发展。当然,也有人认为把"西马"文论归入这个体系中去不太合适,但把"中马"文论包含进去似乎理所当然。然而这样整合的结果,是把许多不同特质的东西混杂起来了,把经典本身与"注经"的东西混杂起来了,很可能把马克思主义文论本身的特质模糊或掩盖掉了。

与此相关还有一种情况,就是极力把马克思主义文论神圣化、原则化或"指导思想化",如此极力抬高的结果,往往是使它脱离实际和远离现实,失去了它的现实批判精神,只是被高悬于神台,成为人们盲目膜拜的理论偶像,或者成为并不起实际作用的抽象原则。这样不仅无助于解决马克思主义文论研究所遇到的实际问题，反倒可能会引起人们更多的质疑，或者激起更大的逆反心理，从而加重它所面临的困境。

笔者以为，要摆脱这种现实困境，应当改变理论策略，我们没有必要按照某些人的疑问或不切实际的愿望，去对马克思主义文论进行所谓学理化、体系化、神圣化的过度阐释或强制阐释，而是恰恰需要尊重马克思主义文论的独特性，应当力求进行理论"还原"，即还原马克思主义文论本来的特质和精神，把它最重要、最有特点、最有意义价值的东西发掘和凸显出来，恢复它本来就有的强大生命力。在这个基础上，努力使这种理论介入当代的文学现实和社会现实，发挥它所特有的理论优势和批评力，在推动现实变革发展的同时，也实现其本身的创造性发展。

二 马克思主义文论观念的精神特质

要认识马克思主义文论的特质，首先应当有对它的基本定位。马克思主义文论首先是原典形态即马克思主义创始人的文论，至于其他的文论形态，无论是"西马"还是"中马"，都可以置于马克思主义文论发展史的视野，作为马克思主义文论继承与发展的某种特殊类型来看待。这样做更有利于分清源流，把经典本身与对经典的注解和阐释发挥区分开来，不至于彼此混杂模糊不清。甚至还能防止一些人打着马克思主义旗号欺世盗名蒙骗世人，从而维护马克思主义理论的纯洁性和权威性。

从原典形态的马克思主义文论来看，其基本特点在于：第一，马克思恩格斯的文论是一种思想家和革命家的文论，而不是专门的美学家和文论家的文论。因此，他们并不是从美学原理或文学专业的角度来探讨文学理论问题，而是从历史视野和社会实践的角度来讨论文学问题。但这种讨论自有其独特的意义价值，不能因为它不是专业化的理论而否定或轻视它的意义价值。第二，因此之故，这种文论不是原理性、体系化的理论建构，而是针对具体文学对象和问题进行分析阐述而形成的理论。那种极力按照原理性、体系化的标准来整合其理论的做法，应当说是不符合事实的，其效果可能适得其反。第三，与某些专业化的理论形态不同，马克思主义文论的目标指向，不是为了用文学事实来证明和建构某种理论学说，而是致力于用自己的思想观点和方法，去解释人类历史上或社会现实中的文学现象，说明文学事实，评论作家作品。因此，马克思主义文论区别于任何经院派学说的最大特点，是其极为突出的现实批判性，极为重视文学在促进社会变革发展和实现人的自由解放的实践进程中的作用。总之，未必要把马克思主义文论抬升为放之四海而皆准的普遍性文学原理，实际上它只是众多文论学说中的一种，但它又是极有个性、极有特色、具有其他文论不可替代的独特意义价值的理论学说。这样的基本定位并不会降低其价值，而是更有利于凸显其特色优势和发挥其作用。

原典形态的马克思主义文论研究，既需要充分理解其针对具体文学现象和问题所阐发的理论观点，更需要特别重视在这种理论阐述中所体现的基本立场、思想方法和价值理念，而这正是马克思主义文论的特质和生命力之所在。按笔者的看法，在原典形态的马克思主义文论中，最重要、最富有启示意义和久远生命力的东西，主要有以下几个方面。

一是观照文艺的唯物史观视野和意识形态观念。马克思主义文论区别于其他任何文论的一个突出特点，是把文艺现象纳入唯物史观视野加以观照，阐发了一系列新的观点，开辟了认识说明文艺现象的一种新路径。例如，它把文艺看成是社会意识形态之一，其实质在于，一方面把文艺纳入社会结构系统中来说明和解释其社会性质，另一方面也揭示了文艺在社会结构系统中的重要功能与作用。在他们看来，文艺现象无论多么特殊和复杂，从宏观整体上来看不过是人们精神生活的一部分，不能仅从它们本身来理解，而必须将它与整个社会生活联系起来理解。文艺活动显然是一种关系中的存在，它以艺术的方式关联着社会历史和人们的现实生活，以及人与现实的审美关系，因此，需要放到这一现实关系的基础上才能得到彻底的解释说明。这里既是指向对文艺现象和历史事实的说明，同时也是着眼于文艺对社会生活实践的积极介入，这无疑为文艺研究开辟了一种新的思路。再如艺术生产论，也无疑是植根于唯物史观的思想基础。在他们看来，艺术生产虽然有其不同于物质生产的特殊性，但它总是与整个社会生产复杂地交织在一起，在根本上脱离不开一定社会的物质基础。一方面，艺术生产有其自身的发展进程，专门的艺术生产只是社会生产发展到一定阶段上的产物，只有从生产力发展及其带来的社会分工才能得到说明；另一方面，在整个社会发展进程中，艺术生产与物质生产之间总会形成某种平衡或不平衡的复杂关系。把文艺现象或艺术生产放到这样一种宏观视野中去认识，于是马克思对艺术的繁盛时期同社会一般发展的关系，比如希腊神话、史诗等艺术形式的繁盛与当时社会物质基础的关系，希腊艺术同现代的关系，以及希腊艺术何以具有超越时代的永久魅力等问题，做出了极为精辟的阐述。① 这些前无古人的经典之论，无疑是极富启示意义的。又如，马克思恩格斯文艺批评的"历史观点"，显然不同于一般所谓"历史主义"，而是具有唯物史观的特定含义。其实质要求在于，在对作家的艺术创作或作品描写的人物事件进行评论分析时，不能仅仅着眼于表面上的历史背景，而是要求洞察人物事件所关联着的那些历史条件和现实关系，把握人物事件所处的历史潮流。② 只有真正把握了这种历史潮流，从历史的必然要求与其实现的可能性之间的关系中，才有可能对人物事件做出正确而深刻的分析评价。马克思恩格斯对拉萨尔历史剧《济金根》中的人物及其"悲剧性冲突"所做的深刻分析，以及恩格斯针对格律恩对歌德的歪曲评价，致力于从歌德所处时代的历史结构和现实关系所做的辩证分析，还有后来列宁对托尔斯泰思想和创作矛盾现象的深刻分析，都是体现这种"历史观点"的经典之例，可以给我们唯物史观的深刻启示。应当说，对于文艺这样一种极为复杂的现象，当然可以从多种维度来加以观照和说明，马克思主义创始人则是把文艺置于唯物史观视野，放到意识形态的维度和社会结构系统中加以观照与阐释，这显然是一个前无古人的重要发现和突破，其开创性意义无论怎样估计也不为过。

二是强烈的现实主义批判精神，这是马克思主义最重要的精神品格。伊格尔顿说："作为有史以来对资本主义制度最彻底、最严厉、最全面的批判，马克思主义大大改变了我们的世界。"③ 他们的批判锋芒所向，主要是指向资本主义生产关系和人的全面异化，这在他们的哲学和政治经济学中表现得极为突出。这种现实批判精神同样贯穿在他们的文论中，成为马克思主义文论极为显著的特征。众所周知，马克思恩格斯始终对现实主义文学情有独钟，对哈克奈斯、考茨基等现实主义作家的创作特别关注和评论，同时对巴尔扎克、狄更斯等作家的创作给予高度评价。在此基础上，他们对于现实主义的真实性、典型性、倾向性等相关问题，都进行了充分的理论阐述，形成了他们独具特色、自成一家的现实主义理论。问题还不在于他们阐述了怎样独具见解的文学理论，更在于他们何以如此高度地关注和评价现实主义文学。其实无非是两个方面的原因：从客观现实而

---

① 参见《马克思恩格斯选集》（第2卷），人民出版社1995年版，第28—30页。
② 参见《马克思恩格斯选集》（第4卷），人民出版社1995年版，第558页。
③ ［英］特里·伊格尔顿：《马克思为什么是对的》，李扬等译，新星出版社2011年版，第6—7页。

言，马克思恩格斯所处的时代，正是西方批判现实主义文学蓬勃发展的高峰时期，他们所面对的正是这样一种文学现实；从主观方面而言，也正在于这种现实主义文学的特性恰好符合他们批判现实的思想观念。从根本上说，批判现实主义文学的异军突起本来就是资本主义发展的产物，它的特殊生产方式所包含的内在矛盾冲突，导致人性和人的现实关系的全面异化，而批判现实主义文学，则无疑真实反映了这种异化的社会现实。它最突出的特性与功能，一个是认识功能，即有助于人们透过文学的棱镜更深刻地认识这种不合理的社会现实；另一个是批判功能，即对种种道德沦落与人性异化的罪恶现实给予无情的揭露和辛辣的讽刺，以此刺痛人们麻木的神经。当然，这一切最后都归结到一点，就是引起人们对于现实关系和现存制度的怀疑，从而走向反抗现实压迫和争取自由解放的斗争。马克思恩格斯对批判现实主义文学的高度评价，正是他们的现实批判精神的充分体现。还有，在马克思对资本主义生产方式带来现实关系全面异化的批判中，已经注意到了艺术生产关系异化的问题，从而提出了"资本主义生产就同某些精神生产部门如艺术和诗歌相敌对"的著名论断。① 马克思以诗人密尔顿的创作为例分析说："密尔顿出于同春蚕吐丝一样的必要而创作《失乐园》，那是他的天性的能动表现"，即便后来他把这部作品卖了5镑，那他也还是自食其力的非生产劳动者；相反，那些为书商提供工厂式劳动的作家，则是生产劳动者，"因为他的产品从一开始就从属于资本，只是为了增加资本的价值才完成的"②。这就是说，生产劳动者的艺术生产是受资本逻辑控制的，这样它就改变了艺术创造的天性，成为资本的奴隶和老板赚钱的工具。在这种资本逻辑的控制下，就不可能有艺术的自由和尊严，就会丧失或扭曲艺术的精神价值，造成艺术与人性的双重异化。马克思对这一艺术生产关系异化的深刻揭示与批判，无疑具有重大意义。

三是人的解放和自由全面发展的价值立场与价值理念，这可以说是贯穿整个马克思主义理论学说的思想灵魂。马克思主义致力于科学地说明人类社会的形成及其历史发展规律，是为了从中找到资本主义社会形成的历史根据和对其进行剖析的切入点；而他们对资本主义社会现实的剖析，则是为了揭示现实社会矛盾的根源，以及人性和人的现实关系全面异化的本质，从而引向变革现实的社会实践；而这种变革现实的未来目标指向，就

---

① 《马克思恩格斯全集》（第26卷第1册），人民出版社1972年版，第296页。
② 《马克思恩格斯全集》（第26卷第1册），人民出版社1972年版，第432页。

是实现人的解放和自由全面发展。具体而言，这里有两个相互交织的基本维度：一个是社会解放及其合理健全发展的维度，即通过改变以资本为主宰的生产方式与生产关系，建立更为合理的社会制度和集体关系，从而把人从异化的现实关系中解放出来；另一个是个人解放及其自由全面发展的维度，也就是在上述社会解放的前提下，实现每个人的自由解放和全面发展，成为"高度文明的人"，过上真正"合乎人性的生活"。对于这后一个方面，人们历来重视不够，因此，伊格尔顿特别指出："我们要特别强调马克思对于个人的关注，因为这与一般对马克思主义的错误理解完全不同。在这种扭曲的认识中，马克思主义就是冷面无情的集体残忍地压迫个人生活。这与马克思的真正看法相差十万八千里。我们可以说马克思政治思想的全部目的就是要使个人能自由的发展，只要我们始终铭记这种发展必须以集体的发展为前提。"① 在马克思主义文论视野中，毫无疑问也是把文艺放到这样的价值维度，来看待它的根本特性与价值功能。一方面，文艺必然与人们追求社会解放的价值诉求密切相关。古往今来的文学艺术，以各种各样的艺术形式模仿自然和反映生活，表达征服自然的愿望和改良社会的理想，无不是以自己特有的方式介入现实生活，干预社会的发展变革，从而在人们追求社会解放的进程中发挥作用。马克思恩格斯极为推崇和高度赞扬批判现实主义文学，也正在于这种文学形态对生活的真实反映和深刻批判，有助于人们认识不合理的社会现实，从而觉醒起来改造自己的环境，争取自己的自由解放，这种文艺价值取向不言而喻。另一方面，从个人解放及其自由全面发展的维度来看，文艺审美则更是凸显出独特的意义价值。按照马克思在1844年手稿中的看法，人的解放或异化的扬弃并不仅限于人的外部关系方面，即不只是从人与自然、社会的关系中获得解放，而是同时也意味着"是人的一切感觉和特性的彻底解放"，人的一切肉体和精神的感觉，如视觉、听觉、嗅觉、味觉、触觉、思维、直观、情感、愿望、活动、爱，等等，都真正成为人所拥有的本质，成为人的一种自我享受，比如耳朵成为有音乐感的耳朵，眼睛成为能感受形式美的眼睛。这样，人才能以一种全面的方式，作为一个总体的人，占有自己的全面的本质；也只有这样，人才能以全面的方式占有对象，包括以审美

---

① ［英］特里·伊格尔顿：《马克思为什么是对的》，李扬等译，新星出版社2011年版，第90—91页。

的方式占有对象和面对世界。① 这样一种以人的解放和自由全面发展为目标的价值立场和价值理念,既是面对历史和现实的,更是面向未来的;既昭示着一种艺术审美理想,同时也能够成为我们观照和评判文艺现象的重要价值尺度。

总之,原典形态的马克思主义文论,是一种极富有个性和特色的理论形态。因此,我们不必将它与别的专门文论做趋同性比较来看它的意义价值,恰恰相反,只有从它所独有的理论视野、思想方法和价值理念着眼,才能真正把握它的特质和生命力之所在。更为重要的是,它作为一种视野宏阔和实践性很强的理论形态,并不适合人们把它当作教条化的经典来供奉和膜拜,而是更有待于人们把它当作思想武器,用它来观照、洞察和研究解决现实问题,恢复其应有的理论生命力。

三 联系当代文论研究的理论反思

也许可以说,无论是当今的马克思主义文论研究,还是整个当代文论和文学研究,都面临着一定程度的困境,并且二者之间具有内在的关联性。从前者而言,如前所说,我们往往无视它的独特性,陷入所谓学理化、体系化探究的误区,把它最根本的精神特质和最富有生命力的东西丢失了,它作为批判现实的思想武器的功能丧失了。而从后者来看,其问题之一,也正在于没有把马克思主义文论中最有力量的思想资源,引入到当代文论和文学研究中来,从而激活它应有的生机活力。在这里,我们不妨联系上面所谈到的问题,针对当今某些现实情况略加反思探讨。

其一,关于文学研究的唯物史观视野与意识形态批评问题。如上所述,马克思主义文论的特质之一,就是把文艺现象纳入唯物史观视野来加以认识说明,揭示其在社会结构系统中的地位及其意识形态特性,着眼点在于看到文艺在社会变革发展进程中的重要作用。对于这样一种极富有创见的革命性理论,在"西马"学派那里倒是得到了高度重视,无论是前期的法兰克福学派,还是后来各种马克思主义名义的"文化研究",都对马克思主义的意识形态理论大加阐发,致力于把当代各种文艺和文化现象,纳入社会结构及其意识形态系统加以阐释评析。一些"西马"理论家和批评家都大力倡导"意识形态批评",而且事实上他们的不少文化研

---

① 参见马克思《1844年经济学哲学手稿》,人民出版社2000年版,第85—87页。

究理论和实践，也都无不具有很强的现实针对性和意识形态批判性。英国著名马克思主义理论家伊格尔顿甚至极力呼吁建立一种"政治的批评"，在他看来，"现代文学理论的历史是我们这个时代政治和思想意识历史的一个部分……文学理论一直不可分割地与政治信仰和思想价值有着密切的关系"。因此，所谓"'纯'文学理论是一种学术神话……文学理论不应该因为是政治的而受到谴责，而应该因为在整体上不明确或意识不到它是政治的而受到谴责——因为盲目性而受到谴责……"[①] 应当说，从20世纪以来，"西马"学派在整个西方文论界、思想界叱咤风云影响极大，在很大程度上是得力于他们对唯物史观和意识形态理论的阐发，以及对社会现实问题的批判性介入。

然而我们这里的情形如何呢？过去固然有过无比重视的时期，极力把马克思主义唯物史观和意识形态理论奉为思想原则，然而这只是一种抽象化的悬置和标签化的利用，既抽去了它的精神灵魂，也丧失了它的现实针对性，成了某种虚幻化的东西，真的成了马克思所批判的那种"虚假的"思想意识，成为维护某种现存秩序的理论工具。在改革开放的时代条件下，本来有可能恢复马克思主义理论的精魂和生命力，真正发挥它介入社会历史和现实的作用，然而，也许是出于人们某种逆反心理，以及各种隐秘复杂的原因，这种理论不仅仍然难以发挥作用，甚至面临着更加尴尬的处境。比如，文论界和文学界有些人根本反对用意识形态理论研究文学，认为文学是一种语言艺术或审美艺术形态，只适合用语言形式理论或艺术审美理论来进行研究，没有必要引入唯物史观和意识形态理论来进行研究，否则就会破坏文学的纯洁性和审美规律性。也有人极力从马克思的著作中找依据，认为只能把文学理解为社会意识形式，而不能归结为社会意识形态，因为文学是一种感性形态的存在物，而意识形态是一种观念化和理论化的东西，不能把两者混同起来。还有人在阐释文学的审美意识形态理论命题时，反对把审美和意识形态理解为文学的二元特性，或是理解为研究文学的两个不同视角，而是强调要用审美来融解化合意识形态，其实仍然是一种审美主义的思想观念。总的来看，在改革开放以来文学理论观念拨乱反正的进程中，我们不是去反思过去极"左"的意识形态如何背离了马克思主义，如何成为了一种"虚假的"思想意识，如何愚弄蒙骗

---

① [英]特里·伊格尔顿：《现象学，阐释学，接受理论——当代西方文艺理论》，王逢振译，江苏教育出版社2006年版，第190—191页。

了民众，同时也坑害了文学，而是干脆以种种方式，把意识形态从文学中清除出去，把文学研究的意识形态视角也极力否定掉。由此而来，文学的思想性大大弱化了，文学研究的思想穿透力也失去了，出现所谓"去思想化""去价值化""去历史化"等现象，也就不足为奇了。

在笔者看来，是不是要用意识形态来给文学下定义，这的确是一个值得讨论的问题。但要说文学不仅表达情感而且表现思想，不仅具有审美性而且具有意识形态性，相信很多人都会认同。实际上，在马克思主义文论语境中，这并不是一个本质论问题，而是一个功能论问题。这就是说，是否要用意识形态来定义文学并不重要，重要的是把文学纳入社会结构系统，看到文学所具有的意识形态特性与功能，以及它在社会变革发展中所能起到的作用。文学当然有不同于哲学、道德、宗教等其他意识形态的独特性，但是，由于文学所拥有的情感性、思想性力量，它在社会变革发展中所起到的意识形态性作用，一点也不会比其他意识形态逊色，这在中外文学史上有无数的例子可以证明。在当今这样一个开放多元的时代，当然不必倡导意识形态批评一统天下，但也不能让它完全退场，在当今文学理论批评和文学研究多元并存的格局中，意识形态批评应当有它的一席之地。更进一步说，尤其是在当今社会仍然问题多多的严峻形势下，也仍然需要具有强烈意识形态性的文学和文学批评介入其中，在推动社会变革进步中发挥重要作用。如果文学及其理论批评丧失了这样的特性和功能，它就必然陷于冷寂与困顿，这无论是与"西马"文论做比较，还是从本土文论的状况来反思，都不难得出这样的结论。

其二，关于文学研究和理论批评的现实批判性问题。这个问题显然与前一个问题直接相关，所谓文学及其理论批评的意识形态性，其实就主要体现在对于现实的批判性。马克思主义的根本精神就是现实批判精神，如果消解了这种现实批判精神，那就在根本上背离了马克思主义。如前所说，马克思主义文论的批判性，很大程度上是建立在对当时批判现实主义文学的评论阐发基础上的。这里的基本前提，是当时的现实主义文学本身就具有很强的批判力量，它把资本主义生产方式和生产关系的根本弊端所带来的各种社会矛盾和异化现象，如残酷的阶级剥削和压迫，贫富两极分化造成的阶级对立与仇恨，资本逻辑对人的现实关系的严重扭曲，唯利是图的金钱价值观带来的道德沦落与人性异化等，以空前的规模给予了真实而深刻的揭露批判。这与马克思、恩格斯从政治经济学角度所做的理论批判是一致的，并且也构成了理性批判与文学批判的呼应关系，他们也正是从这种现实批判的共同立场，高度关注和评价批判现实主义文学的。应当说，这样的揭露批判虽然尖锐激烈，但它并不是反历史主义的，不意味着对资本主义的全盘否定。实际上，马克思、恩格斯在《共产党宣言》等著作中对资本主义的进步性给予了充分肯定和高度评价，但它所带来的社会关系与人性异化的罪恶同样也是不可忽视的，对它的揭露批判正是为了推动社会的变革进步。后来西方现代派文学改变艺术策略，更多以隐喻、象征、反讽和荒诞变形等手法，对资本主义社会的荒诞现实和各种异化现象，给予了更有深度和力度的讽刺批判，产生了更大的震撼力量。同样，"西马"学派也秉承了马克思主义的现实批判精神，继续对资本主义发展中的种种不合理社会文化现象和人性异化现象进行激烈批判，它的世界性影响和声誉，也显然是来源于这种强烈的现实批判性。

比较而言，我们的文学及其理论批评，包括马克思主义文论研究与批评在内，这种现实批判精神一直是比较薄弱的。让人记忆犹新的，只有改革开放初的思想解放时期，从理论界到文学界，曾有过对"反右"到"文化大革命"历史的深刻反思，真实反映了荒唐岁月中的各种反社会、反人道和人性异化现象，并且给予了尖锐的批判控诉，起到了思想启蒙和促进改革开放的巨大作用。在这个过程中，马克思主义的现实批判精神，在关于现实主义文学精神、人道主义与异化等问题的讨论中，得到了应有的体现和阐发，扩大了马克思主义文论的影响力。然而由于多方面的原因，这种作用并没有顺势延续下去。实际上，在中国社会现代转型发展的进程中，并不是没有值得进行批判性反思的现象和问题，邓小平的一句话说得意味深长：发展起来以后的问题并不比没有发展的时候少。特别是在市场经济改革发展进程中，由于政治、民主、法治等各方面的改革没有跟上去，不可避免地出现了各种消极腐败现象和比较严峻的社会问题。也许可以说，在西方批判现实主义文学和现代派文学中所揭露的各种丑恶现象，在当今市场化的社会现实中都已司空见惯。更有甚者，即使一些在资本主义社会也被鄙弃的东西，在我们的市场化现实中却被当作先进乃至新潮的东西广被追捧横行无忌。还有一些封建主义腐朽不堪的东西，也往往以某种新的名目借尸还魂招摇过市。各种混杂不堪的社会现象，又与人们困惑迷乱的价值观念相互影响、相互作用，使这种社会转型发展变得更加扑朔迷离难以预测。令人感叹的是，西方资本主义发展中出现的不合理现象和问题，尚且有许多现实主义作家怀抱着人道主义理想进行揭露讽刺，有马克思主义思想家坚守共产主义信念进行理性批判，可是在我们的现实中却好像缺少这样一种批判的力量。我们很多人似乎更习惯于接受既成现实，不管这种现实是否合理；也似乎更乐意于在麻木和娱乐中度日，也不管这种自我麻醉会带来什么。于是，我们在影视、网络和各种媒体上所看到的，是层出不穷的娱乐化、快餐化的庸俗之作，以及心灵鸡汤式的自慰文本，而很少看到真正有深度、有力度、有分量的批判现实的作品。这也许有多方面的原因，从创作主体方面来说，可能缺少像恩格斯所称赞的"现实主义艺术家的勇气"，以及批判现实主义作家那样的深刻洞察力。从文学理论与批评方面而言，包括马克思主义文论研究与评论在内，显然也缺少应有的倡导和推动。如果不能改变这种状况，不能从马克思主义文论中汲取批判精神的力量，不能真正成为"批判的武器"而介入文学现实和社会现实，就很难起到促进现实变革进步的作用，也很难改变自身冷寂边缘的现实困境。

其三，关于文学研究的人学价值立场与理念问题。如前所述，与别的一些专门文论比较而言，马克思主义文论好像并不那么重视形式美学问题，而是更为关注文学的人学价值取向问题。马克思主义学说的基本观念，认为一切社会实践的根本目标，在于追求人的解放和自由全面发展，文学活动当然也是如此。无论是强调文学的意识形态特性与功能，还是高度重视现实主义文学的现实批判性，最终都要落到这样的人学价值指向上来。"西马"学派的文论也秉承了这样的基本理念，在20世纪西方文论发展的整体格局中，它一直坚持社会批判和人本主义价值立场，既与各种形式主义或其他类型的文论相区别，表现出特立独行的风格，同时也以其现实批判性显示出特有的价值和无可替代的影响力。

我国当代文论曾在80年代围绕"文学是人学"的问题，以及文学表现人性和人道主义问题等，展开过相当热烈的讨论，产生了相当广泛的影响，极大地促进了当代文学的人性反思与人学价值探索。90年代在市场经济改革发展和大众文化兴起的背景下，又围绕着文学的人文精神、新理性精神等问题，展开了激烈的争论，虽然这种争论未必解决了什么实际问题，但它针对人性沦落和人文价值迷失的现实进行批判反思，应当说是具有震撼力的，其意义也是深远的。只是后来随着市场化改革涉水越来越深，人们也似乎患上了某种"市场晕眩症"而难以把持，出现了种种人性迷失现象。在这种背景下,理论界和文学界也曾热烈讨论过所谓"以人为本"的问题。其本义之一,是针对市场化改革发展盲目追逐物质目标,而忘记了发展的最终目的是为了人的幸福,以及人们容易为金钱物质所诱惑,在对物质利益的追求中迷失人的本性。这样的反思当然也没错,但这个命题中所隐含的许多深层次的问题,却并没有得到应有的揭示。比如,所谓"以人为本"抹去了所有人的差别,无论是操控资本大发横财的老板,还是挥洒血汗养家糊口的民工;无论是巧取豪夺骄奢淫逸的富豪,还是辛苦劳作节俭度日的贫民;无论是滥用威权为所欲为的权势者,还是备受欺凌哀告无门的可怜人,似乎都在"以人为本"的普遍关怀之内,这样完全抹平一切差异和鸿沟,必然会把很多社会矛盾和问题都遮蔽起来,又如何能解决社会的公平正义问题?

按照马克思主义的人学理念,要解决社会的合理健全发展和人的合理健全发展问题,显然难以回避阶级或阶层分化的深刻社会矛盾,以及由此而来的复杂现实问题。既然说"文学是人学",那么无论是文学创作,还是文学理论与批评,都无法回避这样的社会矛盾和人学问题,否则它就不会有真正打动人的力量。在这种背景下来看马克思主义文论的"人民性"问题,就具有特殊的意义,它强调以人民为中心,真正反映劳动群众和国家建设者的情感愿望和利益诉求,真正体现人民的主体性和先进性,而不是用"全民性"把"人民性"淹没掉。另一个方面则是要突出人性的健全发展,礼赞合乎人性的生活和人格尊严,对一切导致人性扭曲或异化的现象给予无情的揭露批判,而不是善恶美丑不分,对各种扭曲变态或人性沦落现象听之任之熟视无睹。这是当代社会文明进步需要走出的困境,也是当代文学和文论需要通过介入现实而走出的困境。

第十章

当代文论的学科反思与理论重建

近一时期，我国学界正围绕如何坚定文化自信，从而加快构建中国特色哲学社会科学的话题，展开广泛而深入的讨论。在此背景下，我国文论界也相应提出了当代中国文论话语体系建构的理论命题。要实现这个目标，可能有一个基本前提，就是需要对前一时期特别是新时期以来，当代文论的变革发展进程以及所存在的根本性问题，进行必要的学科反思；在这种反思的基础上，进而找到并确立当代中国文论话语体系建构的理论基点，有针对性地解决其中的某些关键问题，才能使其得到切实的推进。

第一节 当代文论变革发展中的学科反思

从20世纪初中国文论在新文化运动和文学革命的背景下开始现代转型，到现在已经走过百余年发展历程。对这百余年来中国文论的回顾与反思，就成为近一时期文论界的热门话题。在这种历史回顾与反思中，重心应该是改革开放以来四十余年的变革发展，尤其是当前中国文论所面临的现实境遇及其问题。在笔者看来，改革开放以来我国文论的变革发展历程，大致可以划分为两个阶段来进行回顾和比较。通过这种回顾和比较，可以看出这两个阶段变革发展的不同特点，以及认识当代文论发展中所面临的现实问题，从而有助于推进当代文论的学科反思和理论重建。

一 改革开放以来文论变革发展的两个阶段及其特点

回顾改革开放以来四十余年我国文论的变革发展进程，也许可以划分为以下两个大的阶段来进行总结和反思。

前一个二十年左右，也就是从改革开放初到90年代中后期，当代中国文论在破、引、建三者交织互动的作用下变革发展不断推进，多有与时俱进的理论创新和拓展。所谓"破"，就是努力破除过去"文艺为政治服务"之类比较单一僵化的理论模式，寻求文艺理论观念的变革。所谓"引"，就是积极引进国外特别是西方各种现代文论资源，努力拓宽理论视野获得启示借鉴。这既是破除旧的理论观念的需要，也是重建新的理论观念与范式的需要。所谓"建"，就是在破除过去旧的理论观念和模式的同时，寻求新的理论观念与范式的重建。也许可以说，这二十年左右的变革发展，是当代中国文论最富于生机活力和创造性的时期，既打破了过去单一封闭的文论体系一统天下的局面，也重新提出和建构了具有新时代特点的新文论形态，如审美反映论、审美意识形态论、文学主体性理论、新人文精神文学论、新理性精神文学论等。从这些不断探索创构的理论学说中，可以看出这个时期文论界比较充分的理论自觉和理论自信。

后一个二十年左右，也就是从90年代中后期以来到现在，我国市场经济改革不断推进渗透到社会生活的各个方面，全球化浪潮汹涌而来对本土经济社会带来极大冲击，后现代主义文化思潮的影响也越来越强劲深入。在这样的时代背景下，我国当代文学艺术呈现出更加开放多元发展的格局和趋向，当代中国文论又似乎进入新一轮破、引、建三者交织互动的循环运动之中。所谓"破"，就是把包括如上所述改革开放以来重新建构起来的一些理论学说，也视为过时了的、陈旧的理论观念试图进一步加以破除；所谓"引"，就是极力引进和阐发西方后现代理论学说，特别是解构主义、文化研究和"后"理论学说等，以此作为质疑和破除前述文论形态的理论依据；所谓"建"，即试图推出一些新的理论命题或理论构想来对此前的理论形态取而代之。然而，在这新一轮的变革循环运动中，我们好像已经失去过去那样的理论自觉和自信了，恰恰相反，让人感觉到当代中国文论似乎陷入了空前的焦虑与困惑之中。

这样说并不是没有依据的，这种焦虑与困惑，可以从近二十年来几次影响甚大的学术论争当中看出来。如果说此前的二十年也存在着激烈的学术论争，但那是对于当代中国文论应当如何更好地建构的论争；而近二十年来的论争，则是出于对当代中国文论自身的质疑与反思的论争。要说它陷入了空前的焦虑与困惑之中，也正是根源于此。对于这几次论争的情况，我们不妨略加回顾。

一是90年代中期兴起的关于中国文论"失语症"问题的讨论。这场讨论的由来或所依据的基本事实，是中国文论近百年来的发展，很大程度上是在接受或移植外国文论的基础上建构起来的。前半个多世纪主要是受马克思主义文论、苏联文论和西方近现代文论影响，改革开放以来则主要受西方现当代文论影响。对于这个基本事实学界并无多少争议，问题只在于对此如何认识和评价。有一种看法认为，这种横向移植式的文论发展是失大于得，所导致的严重后果是使中国文论患了"失语症"，既没有真正切实地讨论中国文学问题，也不能用中国文论自己的理论话语加以言说，因此无法对中国人自己的文学经验进行有效阐释，也难以对当下的文学实践形成有益的引导。有鉴于此，他们开出了"中国古代文论现代转换"的药方，试图通过复归和承传中国文论的既有传统，来疗救当代中国文论"失语"的病症。而另一种看法则认为，所谓"失语症"的判断是不能成立的，应当说近百年来对外国文论的引进和借鉴是有得有失，总体上是得大于失。如果没有这种理论借鉴，就不可能实现中国文论的现代转型，也不可能形成中国文论的现代传统。如果说当代中国文论确实存在某些弊端，不能适应当代文学实践发展的要求，除了对西方文论话语的生搬硬套之外，更重要的原因还在于，不能真正面对当代中国的社会和文学现实，不能针对这些现实问题给予切实有效的回答。对于这样的现实问题，仅仅在文论话语的层面上寻找原因，以及企望通过某种文论话语转换来寻求解决之道，恐怕是难以奏效的。时过境迁，如今看来，当年那场论争持续时间不短颇为热烈，确实反映了文论界普遍存在的困惑与焦虑，但从理论探讨的成效来看，却并没有解决多少实际问题。在此后的文论发展中，有些问题反而显得更加突出，比如照抄照搬西方文论的问题，文论研究脱离当下社会和文学现实的问题等，都并没有得到根本改变。

二是 21 世纪之交关于当代文论"反本质主义"问题的讨论。可以说这个话题本身就是从当代西方学界直接引入的，只不过它所针对的是当代中国文论的现实。这里的核心问题是：当代中国文论是否陷入了"本质主义"误区？是否需要引入西方"反本质主义"的理论观念和思维方式来加以批判反思？有一种观点认为，当代中国文论最根本的弊端就是本质主义，不仅改革开放之前的文论是本质主义的，而且改革开放以来当代文论的变革重建，也仍然没有走出本质主义的理论误区，因此在根本上还是比较僵化封闭的，不能反映当代文学开放多元发展的事实，也不能回应当下现实变革的要求。他们所提出的应对之策，便是引入西方反本质主义的理论观念和思维方式，有针对性地加以批判反思，然后走向建构主义、关系主义抑或别种新思维的理论重建。与此同时，则是主张面对后现代文化蓬勃发展的现实，把过去模式化的文学研究引向开放性的文化研究，从而走出文论与文学研究的当下困境。也有另一种看法认为，所谓本质主义与反本质主义不过是人为构想的一种对立，随意把别人的某种理论学说宣布为"本质主义"加以讨伐，是颇为轻率和不负责任的。如果用有些学者所倡导的历史性、地方性和语境化、事件化的思想方法来看待，那么过去的一些文论形态，即便是一些被视为"本质主义"的理论学说，在一定历史条件下也并非没有一定的道理和历史合理性，理应去追问和分析它在那个历史阶段，何以会形成那样的理论，以及它的历史合理性和历史局限性何在，从中获得历史的借鉴和启示，而不是简单化地给它贴上"本质主义"标签，粗暴地把它完全否定掉。问题还在于，当今是否还有必要进行文学本质论研究？避开此类问题是否更有利于对文学活动的认识理解？如果要重新寻找和说明文学本质，又怎样才能不被后人当作"本质主义"来加以清算？还有，把文学研究引向文化研究之后，就能找到它应有的出路和前途吗？这些问题也仍然没有谁能给予确切的回答。如今人们普遍的感觉是，经过这样一场讨论之后，长久困扰学界的一些基本理论问题不仅没有得到澄清，反而被搅得更加迷糊了；文论界的困惑与焦虑不仅依然存在，而且比以往更加严重了。

三是近年来越来越引起关注的有关"强制阐释论"问题的讨论。这个问题看上去主要是针对当代西方文论的缺陷提出来的，但并非与当代中国文论无关。因为如前所说，当代中国文论一直是紧紧追随西方文论寻求新的发展，无论是得是失都无不与其本源休戚相关。在有些论者看来，长期以来我们文论界对当代西方文论过于迷信和盲从，似乎它总是最现代和最先进的理论形态，好像我们离开了西方文论的引领就找不到自己的方向，就不知道应该怎样进行文学研究。然而，当代西方文论本身实际上存在着根本缺陷，其中最突出的问题，就是脱离文学实践和文本实际，按照某种主观化的理论预设，或者场外征用其他学科的某些理论范式，对文学进行主观随意的"强制阐释"，根本无视文学本身的基本特性和意义价值。对于这种弊端理应要有清醒的认识，不应盲目追逐。[①] 实际上，当代

[①] 参见张江《当代西方文论若干问题辨析——兼及中国文论重建》，《中国社会科学》2014年第5期；《强制阐释论》，《文学评论》2014年第6期。

西方文论中存在的这种缺陷，已经不可避免地对当代中国文论产生了相当程度的影响，问题只在于我们能否正视这种现实，并自觉进行理论反思。由此而来，需要进一步思考和探讨的问题是，我们还要不要继续引入和接受西方文论，究竟应当如何对待西方文论的影响，以及当代中国文论应当走什么样的发展道路。这也许可以说是比如何认识评价当代西方文论更为重要也更值得关注的问题。从当前学界讨论的情况来看，仅就如何认识评价当代西方文论而言，也仍存在各种不同的看法，而对于当代中国文论应当如何发展，可能就更是莫衷一是。从这些争论中仍然可以看出，当代文论界的困惑与焦虑依然存在，甚至可以说有增无减。

应当说，以上提出的学科反思命题都有一定的道理，都能够引起我们对一些现象及理论问题的关注和思考。之所以要进行这样的学科反思，是因为需要确认学科自身所处的方位，看到学科发展中存在的问题，校正学科发展的方向和路径，从而建立必要的理论自觉。而且，必要的学科反思与寻求理论建构是相互作用的。如果没有后者，所谓学科反思就没有方向和目标；如果没有前者，所谓理论建构也就没有现实针对性，难以取得真正的成效。提出构建当代中国文论话语体系，这是一个大课题，关涉到为什么要构建、依据什么来构建，以及怎样构建即按照什么样的思路和目标来构建等问题，这实际上关涉当代中国文论话语体系构建的理论基点问题。而要回答这个问题，就有必要回到学科原点上来，对当代中国文论进行整体性学科反思。

二 当代文论发展面临的问题

倘若如上描述分析不无根据，那么值得进一步反思的问题就是，当代文论界的焦虑与困惑根源何在，或者说，这究竟是一种什么样的焦虑和困惑，在哪些方面突出地表现出了这种焦虑和困惑。在笔者看来，问题的根源始终在于，究竟应当如何建立当代文论的理论自觉和理论自信，以及当代文论应当如何面对当代文学实践，建构能够呼应时代要求的文学观念和理论范式，能够对当代文学现实做出切实有效的理论阐释和评价分析，能够切实介入文学实践从而起到应有的价值导引的作用。

近年来，"当代中国文论话语体系重建"问题被再次提出来，无疑跟以上所说的理论背景有关，这的确是一个值得认真讨论的问题。然而，理论重建的前提，是应当对当代文论所面临的问题进行必要的理论反思，首先重建理论观念,并找到重建的理论基点。具体而言,联系上面所做的探讨,笔者以为目前值得着重反思和探讨的,主要有以下几个方面问题。

第一个问题:"后理论"时代理论何为?理论的功能是重在解构还是建构?彼此构成怎样的互动关系?当今时代文学理论还有建构的必要与可能吗?美国文论家乔纳森·卡勒在《文学理论入门》中专章讨论了"理论是什么"的问题,他的简要回答概括了四点:第一,理论是跨学科的,是一种具有超出某一原始学科的作用的话语;第二,理论是分析和推测。它试图找出我们称为性,或语言,或写作,或意义,或主体的东西中包含了些什么;第三,理论是对常识的批评,是对被认为自然的观念的批评;第四,理论具有自反性,是关于思维的思维,我们用它向文学和其他话语实践中创造意义的范畴提出质疑。① 在他看来,理论最重要的特质与功能是"自反性"或反思性,特别是对常识的批评。从他的一些具体论述来看,也可看出他所强调的更多是解构性反思。对于文学理论而言,这种解构性反思当然也是必要的。过去时代传承下来的各种文学理论,显然是那个时代的人们面对当时的社会现实和价值诉求建立起来的,肯定会有它的历史局限性,后人不可能全盘接收拿来就用,理应对它进行必要的怀疑乃至批判性反思。然而问题在于,当今的文学理论是否也需要面对当代的社会和文学现实,以及当代人的价值诉求来进行建构,从而适应当今时代的发展要求?对于这个方面的问题,解构主义理论家们则似乎并不关心。毫无疑问,理论的解构与建构是相辅相成彼此互动的,缺少怀疑反思精神的理论建构很难说是真正自觉的;反过来说,没有建构性价值诉求的所谓解构反思也将是盲目和没有多少实质性意义的。解构过度而建构不足,很容易导致理论功能的迷失。当代文论无论如何也回避不了面对现实要求进行建构的问题,至于如何建构,站在什么样的理论基点上建构,则正是需要加以讨论的问题。比如,对于文学本质论问题的探讨,一方面有必要对过去时代的理论观念嬗变进行历史梳理和反思,另一方面也需要对此做出当代人的探讨和回答,建立当代人应有的文学观念、价值理念和审美理想。这种理论探讨与建构,确实如有些人所说,未必要一味去追问和解答文学的终极本质何在,但至少有必要回答当代人应该如何来理解和对待文学的问题。在这种探讨中,实际上又无法回避文学的终极价值追求问题,否则

---

① [美] 乔纳森·卡勒:《文学理论入门》,李平译,译林出版社2013年版,第16页。

就谈不上文学价值理念与审美理想的建构。从体、用合一的观点来理解，文学本质观念与文学价值观念之间的内在联系，也仍然是值得我们深入思考和探讨的基本理论问题。

第二个问题：当代文论所要面对的研究对象是什么？面对当代中国文论的现实进行反思，也许可以说，文论界普遍存在的焦虑与困惑，在很大程度上关乎文学研究的对象问题，或者说是根源于研究对象的迷失。有论者指出，从19世纪末到20世纪后期，西方文论的发展经历了从"以作者为中心"到"以文本为中心"再到"以读者为中心"三个重要阶段，此后以现代主义特别是解构主义的兴起为标志，当代西方文论总体放弃了以作者—文本—读者为中心的追索，走上了一条理论为王、理论至上的道路，进入了以理论为中心的特殊时代，其基本标志是：放弃文学本来的对象；理论生成理论；理论对实践加以强制阐释，实践服从理论；理论成为文学存在的全部根据。这样一来，就成了一种没有文学的"文学理论"。[①]这种情况不仅在西方文论中成为突出问题，而且受其影响，在当代中国文论中也同样比较严重。此外还有另一种情况，就是由于当今时代文学本身不断泛化发展，与各种大众消费文化包括图像文化、网络文化等混杂在一起，远不像过去的文学那样纯粹和引人注目。在这种情况下，加上受西方"文化研究"转向的影响，当代文论也往往转向研究各种泛文化现象或大众文化现象，对文学本身却并不怎么关注了，或者说对文学关注度大大降低了，这就在一定程度上带来了研究对象的迷失。其结果是文学理论变得不伦不类，变成某种泛文化理论，导致文学理论自身的"身份"迷失。或者也有的研究者热衷于阐释某些边缘化的文学现象，把所谓便条改做的诗，车祸报道分行排列而成的诗，甚至列车时刻表之类，也都作为文学对象来进行所谓"文学性"的理论阐释。这种做法不仅无助于说明文学区别于其他事物的根本特性，反而更容易模糊对于文学性问题的认识理解，甚至有可能导向对于真正文学性的消解。笔者以为，文学理论应当以公认的经典或优秀的文学作为主要研究对象，在此基础上建立基本的文学观念，确立应有的文学价值导向，这样才有助于文学事业良性发展，使文学在当代社会文明进步中发挥应有的作用。

第三个问题：当代文论应当研究什么样的问题？是否需要重新梳理当

---

① 参见张江《理论中心论》，《文学评论》2016年第5期。

代文论所要着重关注和研究的基本问题？一段时间以来，文论界普遍存在的焦虑情绪，突出地表现为过度追求所谓"创新"，过度强调所谓理论研究的"前沿性"。在有些人看来，过去文学理论着力研究的一些基本问题，如文学本质论、文学价值论、文学本体论、文学主体论、文学审美论，以及文学与政治、文学与道德、文学与意识形态，乃至曾经极为热烈讨论的"文学性"等问题，似乎都早已过时，没有什么可谈论的了。当代文论要追求创新，就要努力搬弄出一些前人没有谈论过的话题来，似乎这样才能体现学术研究的前沿性。如此盲目追逐的结果，恰恰容易导致当代文论所要研究问题的迷失。应当说，理论研究要注重创新和前沿性本身并没有错，而问题在于，什么样的研究才是真正的理论创新和前沿性。在笔者看来，当代文论的创新探索主要有两种情况：一种情况是，当代文学实践得到新的发展，有许多新的问题需要提出来研究。比如，在市场经济和文化产业化条件下文学发展所面临的问题，大众文化潮流中文学发展所面临的问题，新媒体时代文学发展所面临的问题等。另一种情况是，当代文学实践的新发展，对一些文学理论基本问题提出了新的挑战，需要进行与时俱进的研究探讨，做出呼应当今时代要求的新的回答。对于如上所述一些文学理论基本问题，也许可以说，过去的理论研究所形成的一些理论观点或文学观念，或许存在某种历史局限性，可以认为已经过时了，但是这些问题本身仍然存在并不过时。这些文学理论基本问题在新的时代条件下遇到挑战，也就成为前沿性问题；能够对这些问题做出呼应当今时代要求的新的回答，这也是一种理论创新。然而，当代中国文论界往往跟在西方文论后面，热衷于搬弄谈论一些新潮前沿的问题，如种族、性别、身份、身体、文化符号等，离文学问题相距很远甚至没有多少关系。主张文学理论的跨界或跨学科研究不能没有前提，这个前提就是以文学为本体，是着眼于对文学问题的研究，否则，对所要研究问题的迷失，也就必然导致文学理论的自我消解。当今提出"当代中国文论话语体系重建"，也理应对当代文论的基本问题进行系统梳理，确立所要研究的主要问题及相关问题，然后才谈得上有针对性的创新探索和理论重建。

第四个问题：当代文论研究的价值功能与价值目标何在？文学理论研究要向何处去？它又要将文学研究和文学实践引向何方？通常说"文学是人学"，是关乎人的生命意义和精神价值的审美活动。同样，对文学的研究包括文学理论在内，也应该是与文学的意义价值追求相一致的。当然也应该承认，文学还是一种语言艺术，它有艺术表达的文学性问题，同样，文学研究也要注重对文学性问题的研究，包括语言学、修辞学、叙事学、符号学的研究等。但是，从根本上来说，语言艺术是服从于人学与审美的，文学性也是服务于文学的生命意义和精神价值表达的，同样，对文学性问题的研究，包括语言学、修辞学、叙事学、符号学的研究在内，也应当是以阐释文学的人文意义和审美价值为前提、出发点和归宿的。然而，从西方形式主义文论研究转向开始，却把文本的"文学性"作为研究的中心，将注意力集中在语言学、修辞学、叙事学、符号学的研究上。这种偏向也在相当程度上影响了当代中国文论的走向。在一些人的观念中，文学创造就成了如何摆弄语言结构的一门"技术活"，文学研究也就主要是语言学、修辞学、叙事学、符号学的问题，文学理论成了某种专门化的"知识"，文学理论研究也被看成是一种"知识生产"，如此等等。在这种理论观念的转变中，文学的人文意义和审美价值，也就在不知不觉中被淡忘或者被遮蔽了。这不仅仅是文学研究问题的误置，更是文学价值目标的迷失。从文学理论的价值功能而言，它不只是理论本身的自说自话和自娱自乐，也不是在文论系统内部的自我循环式知识生产，而是要对文学实践发生影响的理论创造活动，它应当有利于促进文学实践的良性发展，导引文学在当代社会文明进步中发挥应有的作用。如果是这样，文学理论本身就需要有自己的价值信念、审美理想和文学信仰，否则，就会缺少理论应有的思想力量，也难以对文学实践起到积极促进和引导的作用。在当下文学实践本来就陷于多元混杂价值迷失的情况下，倘若文学理论不能进行积极的价值引导，反倒自身陷于价值迷误形成误导，那就是一种更大的失误。还有一个问题是，文学理论研究不只是要说明文学事实如何，更要回答文学应该如何。因此，就不能仅限于对当下文学事实做"实然"性的、"存在即合理"式的分析研究，而是还有必要引入"应然"的价值维度，进行更高层次的理论观照与价值评判，建立应有的符合时代要求的文学价值理念和审美理想。在这方面，改革开放初至90年代中期这个阶段，在现实主义复归论、文学审美论、文学主体论、新人文精神论、新理性精神论等理论建构中，可以明显看到这种价值目标追求。然而在90年代中期以后，这种价值目标追求则是明显地弱化了。对此显然值得认真反思，并且理应在当代中国文论话语体系重建中得到重视和强化。

第五个问题：当代文论研究，特别是当代中国文论话语体系重建，是否需要一定的理论资源为依托？以及应当依托什么样的理论资源？应当说，这个问题在"失语症"和"强制阐释论"等话题的讨论中已经被凸显出来了，但是并没有得到认真的研讨和回答。从抽象的原则意义上说，中国传统文论、西方文论、马克思主义文论的理论资源无疑都是需要的，然而一旦具体化，却实际上面临着很多复杂问题。中国古代和现代文论本来是我们的传统，理应得到传承，但究竟如何传承并没有得到具体落实。"失语症"问题讨论中曾提出过"中国古代文论现代转换"的命题，也得到了学界的热烈呼应，从总体上看，好像还是宏观层面上的原则性问题讨论居多，而在具体的理论观念、范式、方法、话语的层面上，如何进行现代转换，如何与当代文论研究的具体问题对接，并且如何在当下的文学研究中实际运用，却似乎并没有得到切实推进。还有中国现代文论，究竟是过于移植外国文论已经"失语"了，还是在借鉴外国文论资源的基础上形成了现代文论新传统？当代文论话语重建能否完全抛开这个传统，其中有些什么样的经验教训值得总结？对这些问题文论界的看法仍然分歧很大。为什么会是这样的情况，无疑值得反思。马克思主义文论本来是极富于革命性和批判精神的理论资源，而且具有极为丰富深刻的人学价值内涵，非常有助于我们的当代文论建构。然而在当今复杂的社会文化语境中，它或者被神圣化、原则化或"指导思想化"而高高悬置，并没有把它的思想灵魂真正注入当代文论的价值理念中去；或者被一些人有意无意地贬抑排斥，或者被一些人严重误读扭曲，并没有得到真正合理而有效的阐发和运用。所有这些都容易使它陷入脱离实际的更大困境，这同样值得认真反思。在改革开放以来的文论变革发展中，对西方文论的接受影响无疑是最大的，然而究竟孰得孰失？在当今以"强制阐释论"为命题对当代西方文论的弊端进行质疑批驳的背景下，对西方文论还应该怎么全面认识？其中还有没有积极可取并值得我们继续学习借鉴的东西？这是需要我们理性面对的。对于当代西方文论中那些明显给我们带来误导和不利影响的东西，学界正在进行批判清理，这无疑是必要的。但从正面的意义来看，西方文论中究竟还有哪些东西是有价值的，是可以作为理论资源在当代中国文论话语体系重建中合理地加以借鉴和吸收的？这同样有必要进行一番清理和讨论，力求能形成一定的共识。目前学界这方面的讨论显得相对比较薄弱，与对其弊端的质疑批驳相比，这种建设性的清理和讨论可能难度更大，人们的顾虑和困惑也会更多，但无疑也显得更为重要。在这里，仅仅强调"批判借鉴"的抽象原则并不能解决实际问题，这也正是当下的现实矛盾之所在。

总之，只有对以上所面临的这些问题进行必要的理论反思，重新建立应有的理论自觉和理论自信，才有可能真正走出当代文论研究的当下困境，在新的理论基点上寻求新的理论重建。

三 当代文论发展中的自我迷失

从当今时代的现实出发，对当代中国文论进行整体性学科反思，也许可以说，这里最根本的问题，可能还不是文论话语方面的"失语症"问题，也不只是思维方式方面的"本质主义"问题，甚至也不见得是研究方法方面的"强制阐释"问题。笔者以为，这里更值得关注的根本问题，是当代中国文论的"自我迷失"问题，而其他各种问题可能都根源于此。这种"自我迷失"表现为，当代文论在改革开放的时代变革中，不断追逐某些外在的目标和理论潮流，不断追求创新拓展和理论蜕变，在埋头追逐中逐渐失去了自我主体性，失去了应有的理论自觉和自信。要进行学科反思和理论重建，就有必要正视当代中国文论的"自我迷失"问题，对此进行全面深刻的反思，找回自我主体性，重建理论自觉和自信。否则，所谓当代中国文论话语体系建构，就会缺少必要的理论前提。在笔者看来，当代中国文论的自我迷失，具体而言表现为以下三重意义上的迷失。

其一，当代文论迷失了作为"文学理论"所应有的对象目标和理论功能，这是一种学科特性的自我迷失。这应当说是90年代以来在大众文化兴起和文学走向泛化发展的背景下，受西方文化研究转向思潮影响，当代文论过于追逐后现代文化研究所带来的问题。文学理论作为一门成熟的理论学科，自有其特定的研究对象、范围边界和研究目标，使它与艺术理论、文化理论等相区别。而且，从理论功能而言，既然文学是一种重要的社会人文现象，在社会文明发展中具有重要意义，那么按照文学理论的学科职能，就理应以文学为研究对象，一方面从历来文学发展的事实出发来研究文学的特性和规律，从而形成一定的理论认识；另一方面，这种理论可以为人们认识文学现象提供参照，同时也能够对当代文学实践产生积极影响。在90年代之前，这种认识在文论界并不成为问题，然而到90年代中期以后，当代文论发展便逐渐陷入迷误之中。一方面，在市场经济改革的推动下，大众消费文化蓬勃兴起，文学实践趋从于市场消费，的确出现了向大众消费文化不断泛化发展的趋向；另一方面，则是西方文化研究转向的理论思潮被引入，并在当代文论界发生强势影响。两者彼此契合，便对当代文论研究产生强烈冲击波，导致传统的文学理论研究开始发生裂变。这种裂变可从当时颇有影响的"文化诗学"问题讨论中看出来。"文化诗学"本来就是西方文化研究转向中提出的命题，又恰好适合当时中国文化和文学泛化发展的现实，因而引起中国学界的极大关注。这个命题被引入我国学界后，出现了两种完全相反的阐释路向。一种是在文化诗学研究中偏重于强调"诗学"，即仍然重视和突出文学的审美与人文特性。之所以要借助于"文化诗学"的命题来进行讨论，是因为不得不面对当代文化和文学泛化发展的现实，因而不得不改变原来的纯文学研究格局。即便如此，一些学者仍然坚持认为，在当代社会和文化转型的背景下，可以拓展理论视野，把文学作为一种文化现象来认识，适度引入文化学的方法来研究，但文化诗学研究的中心问题，应当是"诗学"问题，即文学的审美与人文特性和价值问题。而另一种路向，则显然是偏向"文化学"研究。按照西方的后现代理论观念，所谓"文学性"几乎蔓延到所有文本中，因此，没有必要固守所谓文学研究，而是应当转向更广泛的文化研究。[①] 这种文化研究，只是把"诗学"或"文学性"作为某种文本因素和中介看待，所关注的中心问题，是诸如性别、身份、种族、后殖民等社会文化问题。到后来，则干脆连文学性也不谈，完全转向研究大众文化和日常生活的审美化了。在后现代文化转向的大背景下，显然还是后一种文化研究越来越占据主导地位。其结果，是当代文论越来越迷失了自己的对象目标，越来越陷入后现代文化研究的迷误之中。由此而来，当代文论的理论功能也越来越弱化，既对当代文学实践发展漠不关心，也缺乏对这种文学现实所应有阐释力和影响力。一段时间以来，人们对当代文论现状普遍不满，其根源正在于此。因此，要讨论当代文论的重新建构，首先需要面对上述现实，解决学科特性迷失和理论功能弱化的问题。至于当代文论研究应当以什么作为对象目标和价值目标，这个问题后面部分再做探讨。

其二，当代文论迷失了作为"中国文论"所应有的主体性，这是一种主体身份的自我迷失。这可以说是一个时期以来，在文化全球化的背景

[①] 参与讨论的文章主要有王宁《全球化语境下的文化研究和文学研究》，《文学评论》2000年第3期；童庆炳《植根于现实土壤的"文化诗学"》，《文学评论》2001年第6期；徐润拓《文学的文化研究和文化研究中的文学》，《文艺理论研究》2003年第4期等。

下，我们过于追逐当代西方文论新潮所带来的问题。从20世纪初以来，在中国社会和文化现代转型发展的进程中，始终有一个是否需要学习借鉴外国经验，以及如何学习借鉴的问题，这是一个让国人感到十分纠结的问题。在近百年来中西文化与文学（文论）的论争中，究竟何为先进与落后，应当"中体西用"还是"西体中用"，一直争论不休。在改革开放的条件下，这个问题无疑变得更加突出。从改革开放初文论界拨乱反正进行学科反思，到80年代中后期全面引进西方文论，并由此引发文学研究和文学批评方法大讨论，学界普遍意识到我们的文学观念和研究方法比较简单僵化，不能不承认西方文论的开放性和先进性。于是我们纷纷学习借鉴西方文论的研究方法来进行文学研究，开辟了文学批评和文论研究的全新格局。进而在这种学习借鉴的基础上，立足于文学变革发展的现实进行理论创新，从审美意识形态论、文学主体性理论、新理性精神文学论等影响甚大的理论建构中，可以看出中西文论融合创新的积极努力，而且其中仍有中国文论主体性的坚守。然而到90年代中期以后，在全球化的背景下，西方后现代文化思潮对我们形成更为强势的影响。这种以解构主义为内核的后现代文化思潮具有很强的解构性，在很大程度上把我们当代文论所坚守的主体性消解了。此后我们文论界差不多是一边倒地追随在西方时兴的文化研究潮流后面，热衷于追逐研究西方学界讨论的热点问题，而对中国文学发展中的现实和理论问题，却显然关注和研究不够。这里有一个文论界普遍存在的心结或观念误区，就是始终纠结于中国文论在国际舞台上没有声音和地位，因而总想加入到与外国文论的交往和对话中去，以求争得一席之地。于是，我们就要去追逐国际论坛上的热门话题，就要去参与西方文论家所主导的热点问题讨论。其结果，必然是跟随在当代西方文论后面亦步亦趋，而作为中国文论所应有的本土问题意识和主体性，却在不知不觉中逐渐迷失了，这种状况一直持续至今。如上所述关于"失语症""强制阐释论"等问题的讨论，实际上都是这种状况的反映，其深层次问题，正在于当代中国文论主体身份和主体精神的迷失。当然，这种情况不仅仅是当代文论界，在其他学科领域可能同样存在，因此就更值得引起关注和反思。话说回来，提出这方面的问题进行学科反思，并不是要否定对外国经验的学习借鉴，也不是要拒绝与外国文论交往对话，回到自我封闭发展的老路，这样无疑是消极和没有出路的。习近平《在哲学社会科学工作座谈会上的讲话》中强调："要按照立足中国、借鉴国外，挖掘历史、把握当代，关怀人类、面向未来的思路，着力构建中国特色哲学社会科学"；"要坚持古为今用、洋为中用，融通各种资源，不断推进知识创新、理论创新、方法创新。我们要坚持不忘本来、吸收外来、面向未来"。① 很显然，这里仍然强调要"借鉴国外""吸收外来"，但基本前提则是"立足中国""不忘本来"，即确立我们自己的主体地位。因此，对于当代中国文论的学科反思和理论重建而言，最关键的问题是，正视前一时期盲目追逐西方文论思潮而导致自我主体身份迷失的现实，回归自我，重建中国文论的主体精神。

其三，当代文论迷失了作为"当代"理论所应担当的责任和使命，这是一种当代性即当代实践品格的自我迷失。这也可以说是一个时期以来，受西方文论影响，过于把文论研究作为一种自我循环的知识生产，忽视现实问题的针对性和弱化理论介入现实的功能所带来的问题。在改革开放初期，当代文论界曾经非常热烈地讨论过"现代性"问题。这种"现代性"精神表现为，对社会文化变革转型的积极关注和介入，力图通过文学理论的影响力，去推动文学的变革创新，进而以这种文学的整体性力量，去影响和推动社会文化的现代变革发展。从围绕伤痕文学、反思文学、改革文学的讨论，以及恢复现实主义传统的理论探讨，到后来关于审美意识形态论、文学主体性理论、新理性精神文学论等理论问题的讨论，都具有很强的现实针对性，体现了那个时期特有的现代性精神。这正是作为当代文论的"当代性"的意义价值之所在。然而，到90年代中期以后，文论界的"现代性"声音逐渐被"后现代性"声浪所遮蔽。如前所说，后现代文化思潮具有很强的消解性，不仅消解了当代文论的主体性，而且也在很大程度上消解了文学和文论的现代性精神。随之而来的是，当代文论研究中有两种倾向比较突出。一种是文学理论的"知识化生产"现象。这是在西方的知识生产论、知识谱系学之类学说传入后，受其影响而新出现的一种文论研究趋向，颇受学院派研究者的青睐。其主要特点是，把文论研究看成一种纯粹的知识生产，它无须去关注文学实践的发展，更不必跟在作家创作后面做注解式研究；相信文学理论是一种专门化知识，这种知识生产本身就有意义，而不必通过文学实践来检验，也不必通过介入和影响文学实践来证明其意义价值。在这种理论观念的支配下，

---

① 习近平：《在哲学社会科学工作座谈会上的讲话》，《人民日报》2016年5月19日。

当代文论研究就很容易成为一种自说自话、自我证明、自我循环的知识生产。这无论是在此后许多文学理论教材编著中，还是一些新潮理论的译介研究中，都能看到这种"知识化生产"的趋向。文学理论"知识化"的结果，相应地便是其实践性即理论功能的弱化与丧失。文学理论无关乎文学和社会现实，那么反过来，文学和社会现实也不看好文学理论，这便成为一段时间以来当代文论面临的尴尬处境。而另一种倾向则可能相反，不仅没有远离现实，甚至还极为贴近现实，主动积极地迎合和拥抱现实，对日常生活审美化和大众消费文化的市场化、娱乐化现象，表现出极大的热情。研究者站在后现代文化立场，对当下的社会和文学（文化）现实，只做"存在即合理"式的注解性和认同性研究，缺乏应有的理论审视和价值判断，对各种庸俗化、低俗化、媚俗化和精神低迷、价值迷乱现象视若无睹、听之任之，这同样是丧失了应有的理论功能，是一种当代性理论品格的自我迷失。

总之，当代文论的学科反思，除了学界已经关注到的理论话语、思维方式和研究方法等方面的问题外，还有必要关注如上所说的学科特性、主体身份和当代性品格的自我迷失问题，这可以说是一个更带有根本性的前提性问题。如果我们不能通过必要的学科反思，找出问题的症结所在，有针对性地解决当代文论发展中的自我迷失问题，就难以真正实现当代中国文论话语体系的重新建构。

第二节　当代文论建构的观念与思路问题

当代中国文论话语体系的重新建构，无疑涉及到一个如何建构的理论观念与建构思路的问题，理论界对此展开了多方面的探讨。其中较有影响的，有前面曾评析过的建构主义、关系主义、本体阐释等各种理论主张。但也有学者对上述理论表示怀疑，认为无论是前一时期"反本质主义"论争中提出的各种理论主张，还是近期"强制阐释论"讨论中阐述的各种理论观点，基本上都属于"本质论"范式之中的争论，在总体上仍未脱离"本质论"文艺学范畴。作者进而提出，从哲学"本质论"思维模式，到文艺学"本质论"研究范式，都具有难以克服的先天缺陷；因此，不仅"本质主义"需要抛入历史的垃圾堆，无须任何留恋，而且对"本质论"范式也应该进行反思，彻底突破"本质论"范式的怪圈，寻找符合当代需要的理论范式，回应今天的文学和文论现实，推动文艺学开拓出新的发展道路。作者认为，在"反本质主义"和超越"本质论"范式之后，应当着力建构现代"存在论"文艺学，推动中国当代文艺学走向新的发展阶段。[①] 应当说，作者密切关注中国当代文艺学发展走向，对当代文论发展中一些理论问题的分析阐述，是比较深刻和有独到见解的。但是，主张中国当代文艺学应该完全抛弃"本质论"研究，而以"存在论"研究取而代之，则是难以使人信服的。这里关涉到当代文论建构的理论观念与基本思路问题，值得对此进行认真探讨。

一 "本质论"文艺学研究观念与思路

首先，是否存在一个"本质论"文艺学的"研究范式"，这个问题本身是值得怀疑的。文章中并没有对什么是"本质论文艺学研究范式"进行界定，也没有说明这个研究范式的主要特点是什么，所以难以确切把握。不过，根据行文的意思来猜测，大概是指，在文艺学研究中，坚持把"文学是什么"这样的文学本质论问题，作为基本问题进行研究，或者以这样的文学本质论观念，作为显在或潜在的基本观念进行文学理论研究，都属于"本质论文艺学研究范式"。笔者以为，这样的指涉似乎过于宽泛模糊，与其将它说成是一种研究范式，还不如说是一种理论观念与研究思路，或者如曾繁仁先生所说，是不同的研究方法与致思路径，[②] 这样可能更为确切一些。当然，我们的讨论不必纠缠于此，而是应当继续追问下去。比如说，文学理论为什么要把"文学是什么"这样的本质论问题，作为文学理论的基本问题来研究？这样的研究方法与致思路径是怎么形成的？它是不是具有合理性？在今天还有没有意义？如此等等。

如果追溯起来，的确如该文中所说，"文艺学'本质论'范式是西方哲学'本质论'在文论上的落实与延展。"众所周知，西方哲学本质论源远流长，从根本上说，它从属于西方哲学本体论和认识论。按通常看法，西方哲学源头上首先关注的是本体论问题，即追问"世界是什么"，以及"世界的本原是什么"，古希腊不同哲学派别给出了各种各样的回答。很

---

① 单小曦：《从"反本质主义"到"强制阐释论"——中国当代文艺学的"本质论"迷失及其理论突围》，《山东大学学报》2016年第5期。以下讨论中所引述内容除另注外，均见该文，不另详注。

② 曾繁仁为祁志祥《乐感美学》所作"序"，参见祁志祥《乐感美学》，北京大学出版社2016年版。

显然，在最早形成的哲学本体论之中，就包含着本质论的基本问题。然后，西方哲学发展从本体论转向认识论，将哲学追问探寻的重心，转向如何认识和解释世界，以及通过什么样的方法和途径来达到对世界存在的认识。这样，在哲学认识论的发展中，本质论和方法论的问题就更加凸显出来了。各种各样的哲学派别，无论通过什么样的方法与途径来认识和解释世界，不管是唯心主义还是唯物主义，理性主义还是经验主义，客观主义还是主观主义，思辨主义还是实证主义等，都无不以认识和解释世界是什么作为根本问题，无不以探究一切存在、一切事物的本质规律作为根本目标。随着科学认识论的发展，对世界存在以及各种事物的认识，还有人类自身各种实践活动及历史发展的认识，也越来越从原来的混沌未分走向分门别类，逐渐形成了各种各样的学科门类，建立了发展至今的现代学科体系。

学界有一个说法：哲学是一切学问（学科）之母，这无疑是有道理的。因为任何学科门类所研究的对象世界，都有一个本体论和认识论的基本问题，而哲学所建立起来的世界观与方法论，能够为其提供必要的理论基础和思维方式的指导。至于研究者具体接受和采用什么样的哲学观念与方法，那是另一码事。而在具体研究中，哲学的基本问题，也通常成为各门类学科中的首要问题和基础问题。比如，不管是什么学科，都首先要确定它的特定研究对象及其研究范围，既然如此，就必然要求确定这个事物的本质特性是什么，这个事物与其他事物特别是与其相邻近的事物的根本区别在哪里，否则就无法对这个学科的研究进行基本定位。至于要进一步研究和认识说明这个事物的特点、意义价值和规律性，那就更是需要以把握其性质作为基本前提。因此，在哲学本体论和认识论的现代发展中，把本质论问题凸显出来的理论观念和思维方式，大概就是这样建立起来的。这种本质论观念和思维方式，在各种学科门类中都普遍得到落实与延展，当然在文艺学研究中也不例外。

笔者曾对这方面的问题做过一些考察和阐述，认为无论在西方文论还是中国文论中，当今人们所讨论的"文学"都是一个现代概念，所谓文学本质论更是一个现代意义上的文学理论问题。根据英国学者彼得·威德森在《现代西方文学观念简史》中所论，西方社会"文学"这个概念的现代含义大致形成于19世纪前后，以法国批评家斯达尔夫人和英国批评家马修·阿诺德的看法为标志，总体上来说就是把"大写的文学"

(Literature) 从 "小写的文学" (literature) 中区分开来。所谓 "大写的文学" 也就是现代文学观念，是指那些特别富有创造性、想象性（包括虚构性）、审美性（总体上称为 "文学性"）的作品类型。① 由此建构起了西方现代 "文学" 观念及其文学理论研究范式。中国文学的情况与此相似，这种现代意义上的 "文学" 观念，总体上来说也是把比较纯粹意义上的文学（纯文学）从比较混杂的文学（杂文学）中区分出来。这大致是以王国维《文学小言》等论著中的阐述为标志，他显然受到西方现代文学观念影响，把 "文学" 看成是一种超实用功利性的具有游戏、审美特性的写作或文体类型。② 按照这种现代文学观念，逐渐建构起了中国现代文学理论研究范式。

以历史的观点来看，西方近二百多年现代文学理论的发展演变，其核心问题依然是文学本质论观念的嬗变。具体而言，其中有该文中提到的，如古老的 "模仿说" 及其各种后世变体——"镜子说" "再现说" "反映说" "能动反映说" "审美反映说" 等；"表现说" 及其各种变体——"直觉表现说" "本能升华说" "精神主体说" "人类学本体论说" 等。其实还有，如现代 "审美自由说" 及其各种变体，20 世纪以来 "文学性" 理论学说及各种变体等。中国近一百多年现代文学理论的发展演变，情况同样如此。文学本质论观念的嬗变中包括：古老的 "文章博学说" 及其各种变体、"言志抒情说" 及其各种变体、"文以载道说" 及其各种变体，以及在西方现代文学观念影响下形成的 "审美自由说" 及其各种变体、"情感表现说" 及其各种变体、"生活反映说" 及其各种变体等。还有改革开放以来，从 "审美意识形态论" "审美本性论" "文学主体论" "人的文学论" "新理性精神论" 等，都体现了这种文学本质论观念的嬗变，这些都不用多说。

通过上述历史反思，我们能够从中获得一些什么样的认识和启示呢？笔者认为可以从以下两个大的方面来看。

首先，从积极意义方面来看，可以归纳为这样几点。第一，文学本质论作为一个现代意义上的文学理论问题，的确具有重要的理论意义。它是

---

① 参见［英］彼得·威德森《现代西方文学观念简史》，钱竞等译，北京大学出版社 2006 年版，第 36 页。
② 参见王国维《文学小言》，《中国近代文论选》下卷，人民文学出版社 1981 年版，第 766—770 页。

根源于人们对于文学这种事物的认识需要，也关联着人们从事文学实践活动的需要。无论中外何种有影响的现代文学理论，几乎都体现了对于文学本质问题的自觉或不自觉的探求，或显或隐地包含着某种文学本质论观念。这就证明了文学本质论问题存在的合理性及其理论价值，或者说，文学本质论是文学理论中一个绕不开的基本问题。第二，在中外文论史上，对于文学本质问题有各种各样的探寻路向，形成了各种不同的文学本质论。从各种理论学说本身来看，各自说明了文学这种事物（包括文学实践活动及其生成的对象物）某个方面或层面的本质特性，拓展了对于文学本质特性的认识，具有其认识意义和理论价值。而从文学理论的学科整体性来看，这些如同盲人摸象一般获得的或大或小、或多或少的理论认识，有助于复合形成对于文学这种事物的比较全面和系统的认识。这样的认识过程是符合认识论规律的，当然也是具有历史合理性及其意义价值的。第三，文学的本质特性问题，始终关联着文学的价值功能问题，因而文学本质论并不只是一种理论观念或理论知识，而是与文学实践密切相关。通常说"一时代有一时代之文学"，那么同样可以说，一时代有一时代之文学观念。就某一时代的文学本质论观念而言，既反映了这个时代人们对于文学的某种本质特性的认识，同时这种理论观念也会以各种方式进入文学实践，影响和推动文学活动乃至社会变革的历史进程。国外的情况暂且不论，中国近一个多世纪以来的文学观念变革和文学实践的发展，就可以充分说明这一点。因此，应当看到并且肯定文学本质论研究的理论意义，看到并且肯定这种理论研究对于影响文学实践和推动历史进步的积极作用，而不应该把这种理论研究的意义轻易否定掉。

当然，问题还有另外一个方面，这就是前一时期学界争相讨论的话题：从哲学本质论到文学本质论，都存在着某种"本质主义"倾向和弊端，应当对其进行批判反思。对于这种"本质主义"理论的表现形态，从西方理论家到国内学界，都有很多描述，比如僵化、封闭、独断的思维方式，设置现象/本质的二元对立，把事物的某种本质特点看成是超历史的、普遍的永恒本质，思想僵化、知识陈旧、形而上学猖獗，等等。从历史主义的观点进行历史反思，应当承认，过去的哲学研究到文艺学研究，都在相当程度上存在着本质主义的问题。国外的情况暂且不论，仅从中国文论近一个多世纪以来的发展来看，理论研究中的本质主义倾向和弊端，大都与极"左"思潮泛滥有关。除如上所述那些思维方式与理论观念上的特点外，甚至还包括唯我独尊、排斥其他的理论态度，粗暴地对待别种理论学说，轻易断定某种理论观点为某个阶级、某种主义的，赞同的便加以推行，不赞同的便要打倒。这种简单粗暴的态度与僵化、封闭、独断、绝对化、极端化的思维方式结合在一起，造成的后果是严重的，教训也是深刻的。因此，对本质主义理论倾向进行批判反思无疑是必要的，也是具有积极意义的，对此无须多论。

不过，现在回过头来看，在已经历时不短的"反本质主义"讨论之后，我国当代文论界目前的状况又如何呢？我们现在又面临着一些什么问题呢？笔者认为主要有两个方面的问题，一个是"反本质主义"过于滥用和扩大化的问题。有些人把从西方搬来的"反本质主义"理论，赋予其天然的合法性和正义性，用来讨伐各种理论学说，动不动就给某种理论学说戴上"本质主义"的帽子进行义正词严的批判。在有些人的"反本质主义"批判中，根本不顾"本质主义"与"本质论"的区别在哪里，把凡是坚持"本质论"观念和思路的理论，都视为"本质主义"加以批判否定，全然不顾其中是否具有合理性。当代文论界"反本质主义"的激进派大致有两种情况，一种是在"反本质主义"的同时，也有自己的某种建构性理论主张，并自以为这种理论建构才是最正确合理，别的理论思路都不屑一顾。这种自以为是的独断性理论，不知不觉自己又回到"本质主义"那里去了。另一种情况是，全部兴趣都在于反对别人的"本质主义"，自己并没有什么建设性理论构想，这样就难免陷入虚无主义里面去了。由此就带来另一个方面的问题，这就是以极端化解构为特征的后现代主义文化普遍存在的"自我迷失"的问题。这种情况在当今文艺学界同样比较突出，具体表现为理论问题、理论目标、理论价值的迷失，从而造成了当代文艺学的严重危机。其中，对文学本质论问题的过度解构，是造成这种理论危机的重要原因之一。

笔者以为，从"文学是人学"的角度来看，"文学是什么"的本质论问题，以及与此相关联的"文学应如何"的价值论问题，相当于人学中的"我是谁""我要去哪里"之类的问题，始终是文艺学的基本理论问题。只要文学现象存在、文学实践活动存在、文艺学学科还存在，这个基本理论问题就有存在的理由和根据。除非能够证明文学现象已经消亡和文学实践活动已经终结，否则，文艺学研究及其文学本质论问题就不可能终结。当然，对于这个理论问题如何研究和回答，那是一个理论观念、思路和方法的问题，不同时代有不同的研究路径和理论观念，所做出的回答可能既有合理性也有时代局限性，这些都可以通过历史反思来加深认识和吸取经验教训。作为当代人的理论研究，可以不赞同过去时代的理论观点和研究方法，但不必也不可能把文学本质论问题及其研究的可能性也都全部否定掉。如果这样，当代文艺学将会陷入更加严重的自我迷失和理论危机。

二 "本质论"与"存在论"研究的互补

该文中的一个基本观点是，从哲学"本质论"到文艺学"本质论"，其研究范式都具有难以克服的先天缺陷，即主张抛弃"本质论"研究范式，改为寻求建构现代"存在论"文艺学，为中国当代文艺学发展开辟新的发展道路。那么，这就相应带来了几个值得进一步讨论的问题。第一，是否真的存在"本质论"文艺学与"存在论"文艺学这样两种根本不同的研究范式？第二，这样两种不同的研究思路之间果真具有优劣之分吗？"存在论"文艺学研究就一定比"本质论"文艺学研究更好和更有价值吗？第三，"本质论"文艺学研究与"存在论"文艺学研究是非此即彼、不能相容的吗？下面围绕这些问题谈谈笔者的粗浅看法。

首先讨论第一个问题，是否真的存在"本质论"文艺学与"存在论"文艺学这样两种根本不同的研究范式？前面曾经说到，笔者对此表示怀疑。在我看来，不管文学本质论也好，文学存在论也好，都是现代文艺学当中的基本理论问题，并且无论哪个基本问题，也都只能关联而不能涵盖文艺学中的全部问题，除此之外，还要探讨文学本体论、文学价值论、文学生产论等各种问题。当然，任何一种文艺学理论建构，都要选择某个合适的切入点，提出某个方面的基本问题，并且按照一定的逻辑思路，来展开对文学问题的系统性理论研究，从而建立一定的理论系统。如前所说，以往传统的文艺学研究，由于受传统哲学本体论和认识论的影响，往往选择文学本质论问题作为切入点，把"文学是什么"作为首要和基本问题，按照这种逻辑思路展开理论研究。新时期以来的文艺学研究变革，不少理论学说都打破了这种研究套路，有的把文学作品本体论作为切入点，有的把文学审美活动论作为切入点，有的把文学主体论作为切入点，有的把文学生产（创作）论作为切入点，等等。当然，文学存在论也可以是一种切入点。这些各不相同的理论研究，都属于研究的切入点和研究思路不同，而未必是文艺学研究的"范式"不同。如果都要归结为研究范式不同，那么，所谓文艺学的研究范式也就太多了。再进而言之，不同的理论研究选择不同的切入点和研究思路，就如同我们进入一座大房子，未必只有一个入口，从不同的入口进去，里面各个部分（各种问题）之间还是相通的。如果这些问题之间不可以相通，那也就不可能是真正科学的文艺学研究。

或许，该文说的还不是这个意思，并不仅限于研究的切入点和研究思路不同，而是关涉以什么样的文学观念作为文艺学体系的基本观念、核心观念，就是说，以"本质论"为基本和核心理论观念呢，还是以"存在论"为基本和核心观念？即使这样提出问题，其实还是一样的。就像不同的理论学说可以选择不同的切入点和理论思路一样，也可以选择不同的理论观念作为其理论体系建构的基本观念、核心观念。比如，有的以文学价值论为基本和核心观念，有的以文学主体论为基本和核心观念，有的以语言本体论为基本和核心观念，等等。不管以什么样的文学观念作为基本和核心观念，都只意味着它所选择的理论"支点"不同，它所着重关注的现象和问题不同。但一般来说，它还是要借此去撬动相关理论问题的研究，要把这种理论观念与其他理论观念关联沟通起来，要对文艺学的那些基本问题做出应有的回答。我们很难设想，某种理论学说选择了某种切入点、理论思路和核心观念，就只顾自说自话，而把其他文艺学基本问题抛开，甚或把它所不感兴趣的那些理论问题，说成是不存在的要把它取消掉，这样的理论恐怕是难以让人信服的。正是从这个意义上说，笔者不太愿意相信，真正科学的文艺学研究，不同理论思路（哪怕说是"范式"）之间会是彼此对立、不能相容的。

其次讨论第二个问题，这样两种不同的研究思路之间果真具有优劣之分吗？"存在论"文艺学研究就一定比"本质论"文艺学研究更好和更有价值吗？按照笔者上述看法，不同的研究思路和理论观念各有不同的特点，而且彼此之间应当可以相通，并不一定存在哪一种研究更好或更差的问题。该文中显然对"本质论"文艺学研究多有不满，这或许是因为，"本质论"文艺学研究里面出现了"本质主义"的不良倾向和弊端。如今大家都在"反本质主义"，都在对各种理论放在"本质主义"的名号下加以批判声讨，"本质主义"早已成为人人喊打的过街老鼠声名狼藉，谁要是跟它有关联，那就肯定是不好的东西。然而，这样的思维方式是否过于简单化了呢？"本质主义"有弊端固然不错，对其进行批判反思是完全必要的。但问题在于，能不能把"本质论"研究与"本质主义"混为一谈呢？能不能把凡是以文学本质论问题作为切入点和研究思路，或者以文学本质论作为基本理论观念，甚或在理论背景中关联着这种理论观念，都可以统统归结为"本质主义"加以否定呢？能不能说以往的文学本质论研究全都一无是处呢？能不能因为"反本质主义"，就把一切关于文学本质论的研究全都否定，甚至把文学本质论问题本身也都取消掉呢？如此等等。对于这些问题，也许用不着去争辩，明白人自有判断。

那么，"存在论"文艺学研究又当如何呢？按照上述笔者的观点，这种文艺学研究的切入点和研究思路，自有不同于其他研究思路的特点与意义价值，这是不言而喻的。但能不能说这就是最新和最好的"研究范式"，就必然要取代"本质论"研究而成为当代文艺学新的发展道路，这恐怕就值得讨论了。首先，同"本质论"研究思路一样，"存在论"研究也是从西方引进的。在西方学界，存在论哲学的形成发展，以及从存在论哲学到存在论诗学的延伸，不仅形成发展过程颇为复杂，而且其中涉及的理论渊源、理论派别和理论学说更是纷繁复杂，不同理论学说之间往往存在分歧和争论，是否有一个统一的"存在论"理论体系和研究范式，恐怕还有争议。我国学界对西方"存在论"哲学与文论的译介，也多是分别介绍一些代表性人物的理论，同样看不出有完整的理论体系和研究范式；而且从对它的阐释评析来看，研究者也指出了这种理论存在的不少缺陷。[①] 其次，从国内研究的情况来看，的确如单文所说，改革开放以来在哲学、美学、文艺学研究中都涌现出了不少用存在论的观念与方法进行研究的学术探索，也取得了相当丰硕的研究成果。把这种研究看成是一种当代学术的创新发展，充分肯定其创新开拓的意义价值，这都是没有问题的。但这种研究路径也仍然在探索之中，也仍然还有不少争议，能不能说已经形成了一种稳定成形的"存在论"研究范式，尤其是能不能断定这种研究思路就一定是最好的，就应当完全取代其他思路的理论研究，这就恐怕还有待观察和检验，还不能轻易下结论。

接下来讨论第三个问题，"本质论"文艺学研究与"存在论"文艺学研究是非此即彼、不能相容的吗？笔者以为，无论哪个学科门类的学术研

[①] 参见朱立元主编《当代西方文艺理论》第七章，华东师范大学出版社1997年版。

究，都不应该是一个只能容纳单个人表演的舞台，一个角色上场另一个角色就必须退场。一山不容二虎，这不是学术研究中所应该出现的局面。就文艺学研究而言，如果说过去在极"左"思潮影响下，"本质论"的研究思路曾经占据主导地位，排斥和压制了其他研究思路的发展，这无疑是值得吸取的教训。那么现在能不能反过来，以其人之道还治其人之身，为了拓展"存在论"研究思路的发展空间，就非要把"本质论"的研究思路彻底否定掉？如果这样，那就显然不是科学的态度。如前所说，在当代文艺学研究中，从不同的切入点和思路进入文学问题研究，就像从不同的入口进入一座大房子，进入到房子里面，对那些基本文学问题的观察和认识，彼此之间是可以对话和沟通的。而且应当承认，不同的研究思路和观念方法，不一定有好坏优劣之分，而是各有其特点、优长和局限性。不同的研究思路之间，不应该相互排斥，而是应当相互补充，即便观点彼此对立也是一种互补。因此，"本质论"文艺学研究与"存在论"文艺学研究是可以相容和彼此互补的。不同的研究者各有自己的学术兴趣和研究专长，扬其所长充分发挥在某个方面研究的优势，这是完全合情合理的。但与此同时，也应当以开放的心态，充分理解和尊重别种研究思路的探索，从中获得有益的启示和借鉴。记得曾繁仁先生曾说过："本人是力主当代中国美学由认识论到存在论转型的，同时也认为现象学方法是当代美学研究的一种相对比较科学的方法，现象学与存在论是本人所强调的生态美学的哲学立场。当代中国美学研究由认识论到存在论的转型以及现象学方法的运用是一种历史的必然。"同时又表示："现象学方法与本质论方法是当代美学研究中两种不同的治学方法与致思路径。前者是将美学作为人文学科，坚持美学是人学，审美是人的一种肯定性的情感经验，因此更多使用的是对这种经验的描述性论述。而'本质论'则是试图从某种逻辑起点出发的研究方法。这种本质论研究方法与致思路径，当然承认美的客观性、概念的逻辑起点等。我个人认为这种逻辑的研究方法也不失为一种可以运用的有效方法。"他主张这两种方法可以相互讨论，共同推动美学研究的进步。[①] 这无疑是一种更加值得倡导的既有自己明确的学术取向、同时又充分开放和包容的科学态度。

当然，按照曾先生的说法，无论是本质论，还是现象学与存在论，都

[①] 曾繁仁为祁志祥《乐感美学》所作"序"，参见祁志祥《乐感美学》，北京大学出版社2016年版。

只是某种研究方法与致思路径，并不意味着必然得出什么样的结论。其实，每一种研究方法与致思路径当中，又会有多种发展取向及其可能性，关键问题在于，如何确定应有的研究对象与目标，校正研究问题的现实针对性，回答现实发展中提出的问题，构建适应当今时代要求的理论观念，去介入和影响现实变革发展进程，从而推动学科自身的创新发展。从这个意义上说，无论"本质论"文艺学还是"存在论"文艺学研究，都应当大有可为。

三 "反本质主义"之后的文学本质论研究

如前所说，如果存在一种"本质论"文艺学研究的话，大概是指在文艺学研究中，把"文学是什么"这样的文学本质论问题，作为基本问题甚至首要问题进行研究，或者以这样的文学本质论观念，作为显在或潜在的基本观念进行文学理论研究。如果是这样，那么，问题最终就还是要落到文学本质论研究上来。所以，接下来还是要专门探讨一下这方面的问题。

笔者认为，文学本质论是文艺学中的一个基本理论问题，自有其研究的必要性及其价值。无论"反本质主义"怎么反，可以（也应当）反掉在这个问题的研究中存在的僵化、封闭、绝对化等"本质主义"思维方式，可以反掉各种被认为是"本质主义"的理论观点（有必要补充说明一下：岂止是对于文学本质论问题的研究，在其他理论问题的研究中，又哪里不存在这样的问题呢？），但无法反掉文学本质论问题本身，也无法反掉对这个问题继续探讨的必要性与可能性。在经过前一时期的"反本质主义"讨论之后，如今的确有必要重新认识和思考文学本质论研究的相关问题。

第一，清理和反思文学本质论的研究思路，重新认识这种理论研究的意义价值。首先，需要对文学本质论研究与"反本质主义"讨论进行清理，搞清楚"本质论"研究与"本质主义"的区别何在。如前所述，在我国文艺学界的"反本质主义"讨论中，在一定程度上存在着"反本质主义"滥用和扩大化的问题。有些人把凡是坚持"本质论"观念和思路的理论，都当作"本质主义"加以批判否定，这肯定是没有道理的。笔者以为，应当划定这样的界限，只有那种坚持认为事物只有唯一的本质、先验的本质、抽象的本质、永恒不变的本质、放之四海而皆准可以解释和评判一切文学的本质,并且坚持认为自己的本质观才是唯一正确的绝对真理,而对于别种研究思路、研究方法和理论观点则一概反对、排斥、否定甚至打压等,这样的思维方式、研究方法和理论观念,才应该归于"本质主义"进行批判否定。如果不是这样,而是在理论研究中采用某种研究思路和方法,按照一定的学理逻辑提出某种本质论观点,并且按照这种理论思路和观点来解释相应的文学现象,就应当是属于正常和合理的文学本质论探索。即使这种学术探索和理论建构比较简单或有缺陷,也不能轻易归入"本质主义"而否定排斥。如今文艺学界在"反本质主义"的浩大声势之下,学者们都不太敢正面讨论文学本质问题了,也都极力回避使用"文学本质"这样的概念了,这显然不是一种正常情况,理应得到改变。其次,还有必要清理对于文学本质论研究意义价值的认识。在有些人看来,文学本质论纯粹是一个抽象命题,是一个通过逻辑概念推演的思辨性问题,因而总是容易把它与"本质主义"联系起来。其实,文学本质论并不是一个纯粹抽象思辨的问题,更不是只有通过逻辑概念推演才能研究的问题,对文学本质特性的认识把握,可以有很多具体途径和方法,如归纳、描述和阐释等。更重要的是,文学本质论在根本上属于认识论问题,而认识论则又关联着价值论,并且根源于实践论。按照马克思主义哲学观点,人的自由自觉的生命实践活动,是合规律性与合目的性统一。其中,合规律性即要求认识事物的本质特性、功能与运动发展规律,从而与人的目的意图和价值诉求结合起来,达到更好的实践成效。文学实践活动当然也有这样的要求,文学本质论对于文学本质特性与功能的研究,便是适应这样的"合规律性"要求。作为文艺学基础理论,无疑需要对文学本质论问题进行研究,从而在文学观念上为文学实践和文学研究提供必要的理论参照。当然,并不是所有从事文学活动的人都需要研究文学本质论问题,对于具体的文学创作者和文学研究者而言,不一定要在理论上搞清楚"文学是什么"的问题,但也不能完全没有自觉的文学观念,包括对于文学本质特性与功能的理解,否则,他的文学创作或研究活动就很可能是盲目的,而不是真正自由自觉的。所以,对于文学本质论研究的意义价值,不能仅仅作为抽象命题和概念知识来认识,更应该从文学实践论和认识论的层面上来认识。

第二,以应有的历史主义态度,对过去的文学本质论研究进行历史考察和理论反思,总结经验教训和获得启示借鉴。首先,应当反对文学本质论乃至整个文艺学研究中的"非历史主义"和虚无主义倾向，建立应有的历史价值观。在"反本质主义"讨论中，有学者指出，"本质主义"理论的实质和要害之一，就在于它是一种"非历史主义"，不是假定事物具有一定的本质而是假定事物具有超历史的、普遍的永恒本质（绝对实在、普遍人性、本真自我等），这个本质不因时空条件的变化而变化。① 因此，对其进行批判反思无疑是必要的。但同时也要看到，在"反本质主义"理论中同样存在着"非历史主义"现象，比如，不是用历史的观点去看待过去的各种文学理论（哪怕是有缺陷或错误的理论），没有看到这些理论形态本身也是一种历史建构的产物，没有从一定的历史语境出发对这些理论形态进行切实评析，而只是简单粗暴地斥为"本质主义"而扫入历史垃圾堆。如此而来的结果便是导向虚无主义。对有些人来说，过去那些历史建构的理论已经过时没有价值，不值得去研究；而当下的文学本质论研究，也觉得有重蹈"本质主义"覆辙之虞而极力回避，这样便一切都将归于虚无了。对于这样的极端化倾向同样应当批判反思。按照历史建构论的观点来看，如前所说，无论是西方近二百多年现代文学理论的发展演变，还是中国近一百多年现代文学理论的发展演变，乃至改革开放以来当代文论的变革，其核心问题都是文学本质论观念的嬗变，形成了诸多理论形态。笔者认为，应当充分看到文学本质论建构发展的历史性和时代性，努力用历史主义的态度、视野和方法，去研究分析在当时的历史背景下，为什么会建构这样的文学本质论？它反映了当时历史条件下什么样的文学事实和人们的思想观念？它适应了什么样的现实需要？在当时起了什么样的作用？带来了什么样的结果？等等。通过这样的历史反思，才能够获得应有的历史启示和有益的理论借鉴。

第三，需要分析研究当代文论研究中存在的问题，探寻各种可能的研究路径，推进文学本质论研究不断拓展和深化。当代文论在各种理论思潮影响下不断拓展，无疑有得有失。就存在的问题方面而言，文论界多有反思，笔者也做过一些探讨。看来目前比较突出并且理论界比较关注的问题主要有：一是受后现代"文化研究"的影响，造成当代文论研究的自我迷失。本来，针对原来的文学研究过于自我封闭、视界狭小的弊端，适度引入文化研究的观念与方法，拓展文学研究的理论视野，应当是大有益处

---

① 参见陶东风《文学理论：建构主义还是本质主义——兼答支宇、吴炫、张旭春先生》，《文艺争鸣》2009 年第 7 期。

的。但后来的发展走向，却是盲目追随西方后现代"文化研究"思潮，用"文化研究"淹没、消解、取代"文学研究"，有的甚至宣布文学、文学理论和文学研究的"终结"，由此带来观念的混乱和文学研究的危机，包括文学研究的对象、目标和问题的迷失等。现在有必要拨乱反正，重新认识"文化研究"与"文学研究"的区别，以及各自的意义价值；适度回归"文学本体"观念（当然不是要回到原来的封闭状态），回归真正意义上的"文学研究"，包括重视文学研究中的"本体阐释"问题；重新确立以"文学"为本体的文艺学研究对象、目标和基本问题，重建当代文艺学研究范式。对于文学本质论问题的研究如何认识，便与此密切相关。二是受当代西方文论思潮影响，在我国当代文论包括文学本质论研究中，一定程度上存在"理论中心主义"的偏向，以及理论脱离实践的问题。有些研究者热衷于将西方学者的理论，搬用到中国语境中来阐释发挥，而并不关心中国现实状况，也难以回应当今社会变革与文学实践中提出的问题。所以有学者提出，应当从理论中心回归实践根基的文论重建，"必须从认识论根源入手，把理论生成的认识逻辑从理论与实践的倒置逻辑中校正过来，从而重新恢复理论与实践的正确关系，回归到实践这个根本出发点上来。要从具体的文学实践活动及其问题出发，而不是对现成西方理论的简单移植，并且要在这一基础上进行一种有效的理论重建"[1]。对此观点笔者是深为赞同的。三是与上一个问题相关，就是当代文论包括文学本质论研究中的"非功能化"问题。具体而言，也就是把文学理论只当作某种知识形态，而不是当作理论形态。我们知道，知识形态是非功能性的，它只告诉我们关于某事某物有些什么样的认识结果，让我们增长知识；而真正的理论则要求从实践中来到实践中去，要研究解答来自实践中的问题，并且要努力介入实践发挥作用。反观现在的不少文论研究，已经在很大程度上丧失了应有的理论功能。有的热衷于介绍阐释各种西方文论知识，不管是不是切合中国的文学实际；有的只顾把文论史上各种历史化、地方化的文论知识，按照一定的专题加以系统性编排，成为某种文论专题资料汇编或文献式解读；有的虽然面对当下文学现象研究，也只是跟在某些时兴的文学事实后面做"实然性"的说明解释，而比较缺少"应然性"的价值评析和理论阐释，忽视文学理论对于文学实践的介入和导

---

[1] 李自雄：《理论中心、反本质主义与文论重建》，《中州学刊》2017年第5期。

向作用。当然,这一切都根源于"后理论"时代所谓"知识论"(也有的称为"知识生产")转向的影响,对此也应当联系现实进行必要的理论反思。

综上所述,笔者认为,我国当代文论包括文学本质论研究,还是应当回到马克思主义实践论的基本立场上来,坚持在实践论的基础上,寻求合规律性与合目的性统一、认识论与价值论统一、知识论与功能论统一,推动当代文论的创新发展。这种基本理论诉求,与"存在论"文艺学研究在理论价值取向上可说是相通的。

第三节 当代文论建构的理论基点问题

当代中国文论话语体系重新建构关涉到另一个方面的问题,就是为什么要建构、依据什么来建构,以及按照什么样的思路和目标来建构等问题,这些实际上是一个有关当代中国文论话语体系建构的理论基点问题。目前,文论界正在积极行动,在对"强制阐释论"问题进行深入讨论的同时,还在积极推进中西文论关键词比较研究,这无疑都是十分必要和极有意义的。但笔者以为,同时还有必要对当代文论建构的理论基点问题展开探讨,这也许是更为重要的基础性问题,就如同建造房屋,打地基比垒砖石更重要一样。如果粗略梳理一下,笔者以为有以下一些问题可以作为理论基点问题来加以探讨。

一 面向什么需求建构当代文论

这就是说,进行当代文论建构首先应当追问一下:当今时代谁需要文学理论?以及需要什么样的文学理论?这关涉到为什么要建构,以及面向什么来建构当代文论的问题。当今许多领域都在关注和讨论"供给侧"改革问题,这似乎也可以引入到当代文论当中来借以反思。在历来的文论知识生产中,也许从来都是"供给侧"占主导地位,很少考虑"需求侧"方面的情况。从上述学科反思中我们可以发现,当前文论界的理论研究,可能在很多时候和很大程度上,是出于我们文论界和文论家自己的需要。比如,或是把这种研究探讨作为个人的理论兴趣和爱好,或是要通过这种理论言说来表现自己的才能和证明自己存在的价值等。这些当然也自有道理,但仅限于此显然不够。除此之外,我们是否也应当关注另一个方面,即从社会需要方面加以考量，究竟在多大程度和什么意义上需要文学理论？比如，来自文学实践活动方面的需要，从作家的文学创作活动，到读者的文学接受活动，还有文学评论和文学研究活动等，他们是否需要文学理论提供必要的文学观念和艺术方法等方面的有益参照？文学理论究竟能够对文学实践产生什么样的积极作用？实际上，当今文学理论对当代文学实践的影响作用是非常有限的，原因何在很值得反思。再如，来自社会生活实践方面的需要，我们是否需要考虑这个时代对于文学理论的期待？当代文论有没有可能更积极地介入社会现实，在引领文学和文化价值观方面发挥应有的作用？此外，还有来自文学教育方面的需要，比如在高校的文学理论教学中，我们究竟应当用什么样的文学观念与理论方法去教育和培养学生？文学理论究竟应当在文学教育和人才培养中起到什么样的积极作用？如此等等。概而言之，当今时代所需要的文学理论，应当不是文论家自身或文论界小圈子里的自说自话、自娱自乐的智力游戏活动，不是文论家需要理论来证明自己，也不是要追逐外国文论潮流去争夺话语权，而是首先要面对当代社会的现实需求，承担更重要的责任和使命，力求对社会的文明进步发挥更积极有力的作用。这种文学理论的基本立场和价值理念，是值得我们文论界加以反思的，从而在反思中建立我们应有的理论自觉性。

二　当代文论建构的学科定位与理论形态

当今时代的文学理论究竟是"知识"生产，还是"理论"建构？这关涉到如何进行当代文论建构的学科定位，以及把它建成什么样的理论形态的问题。这里有两种不同的建构思路。一种是"知识论"的建构思路，即把文学理论主要看成是一种学科知识，按照其知识谱系来加以建构。这不能说毫无道理。应当承认，文学理论如同其他各种学科理论一样，自有其学科知识的特性，建立一门学科比较完整的知识系统，以及历史传承的知识谱系，无疑是有必要也有价值的。但是，"知识"并不等同于"理论"，因为一般性的"知识"是非功能性的，它主要告诉我们关于某种事物有什么和是什么，而并没有明确的问题指向性和针对性，它主要起知识参照的作用。实际上，当代文论中就有这样一种现象，就是努力使文学理论"知识化"，把文学理论研究当作一种"知识"生产。比如，有些文学理论新著或新编文学理论教科书，往往注重罗列各种历史化、地方性的知识，而不太重视作为"理论"来建构，从而导致理论功能的不断弱化。另一种则是"功能论"的建构思路，即更为重视文学理论应有的理论功能。"理论"不同于"知识"，就因为它是功能性的。当然，这种理论功能或许是多方面的，比如美国著名解构批评理论家乔纳森·卡勒在《文学理论入门》中，就特别重视文学理论的自我反思功能，尤为强调对理论常识的批评。[①] 这是富于启示意义的，但这并不是理论功能的全部。我以为文学理论更重要的功能，还在于它要面对历史和现实，研究和回答来自社会实践的问题。特别是作为当代文论，就更是需要具有很强的现实针对性和"问题意识"，致力于研究和回答来自当代社会和文学发展中的现实问题，一方面对当代文学实践经验进行理论观照与总结，另一方面，力求能够介入当下现实，对当代文学实践起到积极的引导作用。

三 当代文论的主要阐释对象

当今时代的文学理论应当以什么样的文学作为主要阐释对象？这关涉到究竟依据什么样的文学事实或文学对象来进行理论建构的问题。文学理论建构的基本要求或原则，应当是从文学事实（经验）出发，而不能从抽象的原则出发。但问题在于，任何时代的文学事实（经验）都是非常复杂多样的，任何文学理论都不太可能把所有文学现象都完全包罗进去。那么究竟应当根据什么样的文学事实或经验进行阐释？或者说应当以什么样的文学作为主要阐释对象？从文论史的情况来看，那些比较有影响的文学理论，往往都是基于那个时代最有创造性、最有特色、最有成就和影响，最能体现这个时代的文学精神，因而也最有代表性的文学形态，以这种最具有经典性、也最值得重视的文学现象和文学经验，作为主要对象进行说明和阐释，因而成为那个时代最有代表性的文学理论和文学观念。西方亚里士多德的《诗学》，古典主义文论、浪漫主义文论、现实主义文论等，我国古代不同时期的诗论、文论、小说和戏曲理论等，差不多都是如此。我们今天面临的问题在于，文学现象太复杂也太多样化了，尤其是在网络文学蓬勃发展的当下就更是如此。那么当代文论应当面对什么样的文学现实呢？笔者的看法是，在当今文学极为开放多样发展的情况下，可以有不同的文学理论建构，比如网络文学理论、大众文学理论等。某种专门

---

① ［美］乔纳森·卡勒：《文学理论入门》，李平译，译林出版社 2013 年版，第 16 页。

文论偏重于对某些特别值得关注的文学现象进行说明和阐释，有助于对此类文学现象的认识和引导，这自有其价值。而作为基础性也理应是主导性的文学理论建构，则无疑更应当面对历代经典化的文学现象和文学作品，以此作为主要阐释对象。就当代经典化的文学现象而言，也就是要能够从当代开放多样的文学发展潮流中，发现和关注那些更富有创造性、更具有丰厚的文学品质、更能体现当今时代精神的文学现象和文学作品，主要面向和基于这样的文学现实，主要以此类经典化的作品，来进行理论概括和文学阐释。只有这样，才能避免如前所述文学研究对象目标的迷失，克服面对复杂多样文学现象而无所适从的焦虑与困惑，从而建构具有相对稳定性和先进性的文学观念和理论系统，以此影响文学批评和介入文学实践，对当今文学发展起到应有的引导作用。

四　当代文论建构的价值目标

当今时代的文学理论应当追求什么样的价值目标？这关涉到应当按照什么样的思路和目标来进行当代文论建构的问题。文学并不只是一种艺术审美现象，更不是像有些人所看待的那样，是一种语言文字的智力游戏，从最根本的意义上来说"文学是人学"。因此，作为专门研究文学现象的理论学科，文学理论并不只是关乎语言艺术或叙事技巧的技术性学科，它更是关乎人们精神价值追求的人文学科。它与自然科学研究的不同之处，在于它不是完全科学的"求真"的研究，作为社会人文学科的理论探索，具有双重的目标指向。一方面，是指向说明事实存在"是什么"和"怎么样"，即对文学存在的说明和阐释。它要说明文学的基本特性是什么，它是一种什么样的存在？以及文学的存在方式如何和存在形态怎样？还有关于文学存在的发生学（文学起源论）问题，文学存在的历史演变（文学发展论）问题等。这是一种事实性、规律性的认识和探索，体现研究者的学理态度。另一方面，则还要指向思考和探究"应如何"，即在认识说明文学基本特性的基础上，注重对文学价值功能的研究阐释，探究文学在人们的生活实践中究竟起什么作用，以及它应该起什么样的作用等。这是一种价值性、目的性的研究探讨，包含研究者的价值信念在内。应当说，事实性、规律性的研究和价值性、目的性的研究都是重要的，实际上两者也是密切相关和相互作用的。在理论研究中，坚守什么样的价值理念，可能是更为值得重视的问题，它会在根本上影响我们的研究思路和目标指向。比如，以文学本质论问题的研究为例，其实并不存在所谓纯然客观的文学本质特性，往往是研究者基于一定的文学事实，按照自己心目中的文学价值理念，从而建构起来的一种文学理论观念。按照有些学者的说法，文学本质其实有"实然性本质"与"应然性本质"的不同，前者指向说明文学事实，后者指向确立文学价值。[①] 在文学本质论研究中，也许有人更为偏重于"实然性本质"，即更多基于文学事实的观照与理论概括；也有人可能更为偏重于"应然性本质"，即更多基于心目中所理想的文学品质。当然，比较理想的状态，还是应当注重两者的有机统一。其他一些理论问题的研究，道理也同样如此。

综上所述，对当代中国文论的变革发展进程进行必要的学科反思，特别需要关注和反思当代中国文论的自我迷失问题，从根本上来说，这关涉如何克服当前文论界普遍存在的困惑和焦虑情绪，重建当代中国文论的自觉和自信的问题。而最终的落脚点，则还是需要找到并确立当代文论建构应有的理论基点和价值目标，推进这种文论话语体系的重新建构，从而对当下的社会和文学发展现实做出应有的理论回应。

第四节　当代文论建构的科学性、人文性与实践性

从我国文学变革发展的总体趋向来看，是要求"回到文学本身"，与此相适应，文学理论的变革发展也是要求"回到文学理论本身"。它所针对的是过去的文学理论过于把文学当作实现政治意识形态意图的"工具"来看待，而未能充分重视文学本身的特性和普遍规律。"回到文学理论本身"也就意味着，要求把文学作为一种艺术形态来看待，对文学的特性和普遍规律做出合乎实际的科学的理论解释，这通常被认为是当代文学理论回归自身特性的一种不懈努力。而当代文论建构的努力方向，就是回归应有的科学性、人文性和实践性。

一　"回到文学理论本身"意味着什么

改革开放以来文学理论变革发展的具体进程，可以说呈现出这样两种基本趋向：一是努力破除过去比较僵化的文学观念，针对过去文学理论过

---

① 参见余虹《在事实与价值之间——文学本质论问题论纲》，《天津社会科学》2006年第5期。

于"政治化"或"意识形态化"的弊端，致力于在文学理论中"去政治化""去意识形态化"；与此同时，则是努力回归学科规范和学理立场，大大强化了对文学的审美特性与规律、文学的形式因素以及内部规律的研究阐释，后来在"文化研究"转向的背景下，又加强了对文学的文化特性及其规律性的探讨，力求从文学本身的特性和规律出发来重新建构当代文学理论的学科体系。二是致力于改变过去那种主要从社会学的单一视角认识和解释文学的陈旧模式，努力效仿西方文论模式，注重运用各种科学理论与方法，从美学、语言学、心理学、人类学、符号学、文化学、传播学以及信息论、系统论、控制论等多学科角度，对文学进行全方位、多层面的观照阐释，力图将文学理论建立科学理论的基础上，使之朝着"科学化"的方向转型发展。当然，在这个过程中，我国文学理论显然大量借鉴了国外文论资源，不仅将各种观念、模式、方法和话语引入研究中，而且直接把一些国外文论知识搬用过来，用以改造既有的理论形态，这从一些颇有影响的文学理论教材或著作中不难看到这种现象。这些也都可以看作是我国当代文论努力追求科学性，力求与国际文论界接轨与对话的一种表征。

从总体上来看，当代文论的变革进步是显而易见的。一是推进了文学理论的学科化建设。应当说，文学理论在我国作为一门学科来建设也经历了近百年的发展历程，从20世纪初文化教育的现代转型开始，文学理论便作为一门学科开始建设，到新中国成立后高校推广开设文学理论课程并开始进行教材建设，直至20世纪60年代前期，以蔡仪、以群主编的文学理论教材问世为标志，作为一门学科的理论体系得以初步建立。问题只在于，在当时的时代背景下，这门学科还具有较大的依附性：一方面是思想倾向上过于依附政治意识形态，另一方面是理论基础上过于依附唯物论哲学原理，而它所应有的学科自主性则还比较欠缺。改革开放以来，当代文学理论在拨乱反正和变革发展中，努力摆脱依附性而强化自主性，按照应有的学科规范性要求，寻求重建其学科理论体系，虽然这种建构还未必令人满意，但毕竟有了比较大的推进。二是拓展了文学理论的学术视野。如前所说，过去的文学理论视角比较单一，差不多就是从哲学反映论和文学社会学的范围内说明阐释文学问题，其视野有很大的局限性。改革开放以来文学理论的变革与创新，其主要表现之一，就是努力将其他各种理论视角和理论资源引入进来，从多方面、多层面和多角度、多维度对文学加以观照和说明，从而不断拓展文学理论的学术视野，明显提高了文学理论的阐释能力。三是丰富了文学理论的学理内涵。如果说过去的文学理论主要是着眼于文学的外部关系，重在阐述文学的表层特性和外部规律，那么，改革开放以来的文学理论建设，显然自觉加强了对于文学内在特性和内部规律的研究探讨，既丰富了文学理论的学理内涵，也将文学理论研究不断引向深入。

如上所述当代文学理论的变革进步，无疑是当代文学理论寻求回归自身，不断追求科学性的一种不懈努力，它的成效及其意义不言而喻。但从另一方面来看，在此过程中也仍然存在一些难以忽视的问题，尤其是在近一时期文学理论所面临的新一轮变革当中，一些内在矛盾和问题更加凸显出来。比如说，在一些看似追求强化文学理论"科学化"的努力中，实际上并不符合其科学性本身的内在要求，有的恰恰是对文学理论的科学性带来某种新的危机和挑战，成为一种悖论式的矛盾现象。再者，在强调和追求文学理论科学性的时候，有意或无意地忽视或遮蔽了它的人文性的一面，造成其科学性与人文性的失衡乃至分裂，由此带来文学理论功能的弱化及其对文学实践的不利影响。在当今的时代条件下，我们究竟应当怎样来理解文学理论的科学性与人文性以及两者之间的关系，既是一个值得重视的理论问题，也是一个无可回避的现实问题，有必要对此进行研究探讨。

二　当代文论建构的科学性问题

如前所说，经过近百年现代学术转型和理论建设，文学理论在我国当代学科体制中形成一门独立的学科已是不争之实。既然是一门独立学科（科学），那么当然就有其科学性的必然要求。

按通常看法，所谓科学是反映自然、社会、思维等客观规律的知识体系，它是人们"以理性的手段对确定的对象进行客观、准确认识的活动及其成果"[①]。科学可以说是理性和严密性的化身，而科学性的基本要求是客观、理性、严密，建构系统化的理论知识。当然，不同学科的科学性会有不同的特点和具体要求，对于人文社会科学而言，显然不能用自然科学的那种科学性来要求它，但是，既然是一门学科（科学），就应当对它

---

① 肖峰：《科学精神与人文精神》，中国人民大学出版社1994年版，第11页。

的科学性有恰当的定位。文学理论作为一门人文学科（科学），那么我们如何来理解它的科学性？或者说它究竟是一种什么意义上的科学性？按笔者的理解，大概主要有以下几个方面。

一是学科的规范性。既然是一门理论学科，就应当有作为理论学科（科学）的规范要求，包括这门学科特定的研究对象、研究范围和学科边界，它的主要理论命题和基本理论问题，而这些理论命题和问题应当是这个学科所独有的，是别的学科问题所不可取代的。文学理论是一种研究文学的特性和规律的学问，它的研究对象便是文学存在。文学是一种自古以来就存在的现象，至今也仍然是客观存在着的社会现象，尽管对于什么样的现象属于文学现象，什么样的文本属于文学文本历来都有不同的认识，但是对于哪些现象可以作为文学现象来研究，以及这种研究对象的大致范围和边界，文学理论界还是有基本共识的，由此而奠定了文学理论的学科基础。在此前提下，对于文学存在的研究大而言之可有两个大的方面：一方面研究文学是一种什么样的存在？比如，文学的存在方式问题，即文学是以什么样方式存在的？文学的存在形态问题，即文学究竟有些什么样的存在形态？以及文学的特性问题，即文学区别于其他事物的根本特点何在？如此等等。另一方面则是研究文学为什么存在？即文学存在的理由和根据问题。文学作为一种人类文化现象，是人所创造出来的东西，那么，人为什么要创造文学？人在什么意义上需要文学从而创造了文学？文学究竟满足人们什么样的需要？文学与人的生命意义价值有什么关系？以及人们究竟是怎样来创造文学的？这其中有些什么样的内在逻辑或规律性？如此等等。这两方面的问题，前者关涉对于文学存在本身特点的认识，后者关涉对于文学存在的目的性的认识。上述追问便构成文学理论的主要命题和基本问题。作为科学的文学理论，不管研究者构设什么样的理论框架，使用什么样的理论范畴，都需要按照学科本身的规范要求，对这些主要命题和基本问题做出合乎实际的理论解释，否则，就很难说是具有科学性的。

二是理论的体系性。科学性的要求和具体体现之一，便是学科理论的体系性。黑格尔曾经说过："哲学若没有体系，就不能成为科学。"[①] 不仅哲学如此，其他理论性学科也理应如此。文学理论作为一门理论学科也应当致力于建构自身科学的理论体系。当然，这种科学的理论体系

---

① ［德］黑格尔：《小逻辑》，贺麟译，商务印书馆1980年版，第56页。

并不是先验地预设形成的，而是研究者在对研究对象的认识把握中不断进行建构的过程。在笔者看来，理论体系的形成实际上是发现与建构的统一。一方面，客观事物或对象世界本身就可能存在着某些外在或内在的相互联系，存在着这个对象世界系统本身的某种秩序和规律性，研究者需要用自己的慧眼去"发现"这些联系、秩序和规律性，从而用理论的方式加以概括和阐述。而另一方面，如果说对象世界本身并不总是那么有序或具有必然规律性（与自然界相比，人类社会现象更复杂多变难以认识把握），那么，理论的基本要求之一，便是需要研究者借助已知去把握未知，通过理论思维给看似无序的对象世界建构起一种联系和秩序，使其能够在我们现有的认知能力范围内得到说明和解释，从而尽可能缩小我们认识上的盲区和避免实践上的盲目性，这就是理论的"建构"功能。就具体的理论体系建构而言，笔者以为首先应当确立本学科的主要命题和基本问题，然后围绕这些主要命题和基本问题构设该学科的理论体系框架，在此基础上紧扣这些主要命题和基本问题，按照逻辑的和历史的结构关系展开研究寻求答案进行理论阐释，从而形成比较完整的理论体系。当然，由于学科理论体系很大程度上是人们"建构"起来的，这就难以避免其局限性，随着认识的进步和深入，显然还需要不断调整和完善。还有就是，理论体系的建构本身也容易陷入悖论式处境：一方面，理论的学科化（科学化）必然要求建立理论体系，否则就很难称得上是科学；而另一方面，理论一旦体系化便成为某种原理，成为一种元理论、元叙事，这样又容易造成封闭性和思想束缚，因此就需要对理论体系的封闭与僵化保持必要的警惕，有时甚至要打破原有的体系结构加以重构。也许可以说，理论体系的解构与重构的矛盾运动，也正是理论科学化的一种必然要求。

三是研究的学理性。人文社会科学研究与自然科学研究的不同之处在于，它比较容易受到各种主客观因素的干扰和影响，因此强调其理论研究的学理性就显得非常重要。如果说在人文社会科学研究领域不好轻言真理性，那么要求注重学理性是理所当然的，学理性正是其科学性的具体体现。笔者以为，文学理论研究的学理性应当包括以下要求：第一，摆脱和避免各种非学术因素的干扰，坚守理论研究所应有的学理立场。第二，保持对问题本身的学理审视态度，就是说，所提出来研究的理论命题和问题是经过学理考量的，这些问题本身是来自于文学现实，的确是值得研究探讨的真问题而不是伪问题。第三，对这些理论命题和问题的研究，能够遵循科学的思想方法，注重科学的提问方式及入思方式，充分考虑问题形成的历史语境、问题展开的逻辑结构关系，以及问题所关涉的不同维度，力求给予比较富于学理性、比较科学的理论解释。当然，人文社会科学包括文学理论中的许多问题都是历史性的，是在历史发展进程中形成和展开，也需要在历史过程中来深化研究的，未必有什么最终答案，因此我们也不必奢望得到一个最后结论。但富有学理性的理论，总是能够不断接近对文学现实本身的认识，从而确证其科学性。第四，在对问题的研究中，有一个处理个人见解与学术共识的关系问题。一方面，学术研究的可贵之处在于有个人的独到见解和理论创新，这不言而喻；而另一方面，也需要避免个人的主观随意性和好恶偏见。换言之，我们在理论研究中坚持个人"见识"是重要的，但也应当懂得尊重理论"常识"和注重学界"共识"，这样才能保证一切学术对话和讨论，都建立在学理性和科学性的平台上，共同推动学科发展和理论进步。第五，理论研究中的反思性，也应当说是其学理性、科学性的必然要求。在伊格尔顿看来，这种自我反省正是理论的基本品格，他在谈到西方人文学科的现状时说，"它如还想继续生存，停下脚步反省自己的目的和担当的责任就至关重要。正是这种批评性的自我反省，我们称它为理论"[①]。当然，这种反思既包括学科本身的反思，也包括研究者的自我反思，应当说这两个方面的反思都是必要的。只有经常保持这种清醒的反省意识，随时校正理论研究中可能出现的偏误，才能避免在不自觉中陷入误区而背离学理性或科学性。

四是理论的实践性。也有人把实践性视为文学理论的外在要求，而我认为这理应是它的内在品格，是其科学性的现实表征之一。应当说，真正的科学理论应当既能够说明实践，又能够能动地作用于实践甚至指导实践，影响实践的积极发展，同时理论自身也要在实践中接受检验，从而使理论与实践形成良好的互动关系。特别是在人文社会科学领域，如果理论脱离实践，不能对实践起到积极的影响作用，那就很难说得上是具有科学性的理论。这个问题在当代文论发展中显得十分突出，后面第四部分再做专门探讨。

---

① [英] 特里·伊格尔顿：《理论之后》，商正译，商务印书馆 2009 年版，第 27 页。

上述关于文学理论的科学性的认识显然还是不完全的。然而仅就以上认识来反观当今文学理论的变革,可以发现其中存在着的一些问题。一方面,理论界有些人基于对以往文学理论"学科化"建设的不满,努力寻求破除过去的理论观念和学科体系,致力于引进国外的最新理论模式和话语,力图重建更为"科学化"的理论形态;而另一方面,某些看似追求文学理论"科学化"的努力,却恰恰容易导致对其科学性的背反与消解,值得我们关注和思考。

比如,其一,在近一时期的"文化研究"转向中,文学理论研究的"越界"和"跨学科化"成为一种新的时尚,这从积极方面来说是有利于拓展理论研究视野,而从另一方面来说,则又带来了研究对象的泛化与迷失,文学理论基本问题的模糊与遮蔽。如果我们的文学理论不再以文学为研究对象,而是转而去追逐研究流行文化;不是着力于研究文学理论本身的问题,而是转而去研究各种大众文化问题,那么它又何以成为文学理论,更何谈文学理论的规范化与科学性?在"文学理论"的名义下所发生的这一切,岂不恰恰是对文学理论本身的弱化与消解?其二,在当今的后现代语境下,文学理论界也比较流行反体系化、反中心主义、反本质主义等等,一些文学理论命题和问题频遭质疑,文学理论的学科体系性面临着被过度解构的危机。如前所说,学科理论建设的确容易陷入两难困境,理论的学科化要求建构理论体系,而学科理论体系的建立又难免造成封闭与僵化,因此,对学科理论体系保持一定的解构性反思无疑是必要的。但是,解构性反思只是保证科学不陷入封闭僵化的必要手段,它本身并不是目的。理论研究的目的无论如何都在于积极建构,因此它还需要建构性反思,通过解构与重构之间的矛盾运动,达到推进学科理论体系建设的目的。如果将解构主义普遍化和绝对化,导致文学理论学科体系的过度解构,显然也是违背基本的科学精神的。其三,与上述理论研究转向相关,当今文学理论界存在一种理论"话语化"或"知识化",以及知识"拼盘化"的现象。按有的学者的看法,后现代转折的特点之一,便是从"理论"到"话语"。"后现代以前,理论只有用理论一词才具有理论性,到后现代,理论一词反而没有了理论的本质性和普遍性,要在'理论'一词的后面加上'话语',成为'理论话语'才能获得理论的本质性和普遍性。因而不是理论概念,而是话语概念成为后现代时代的理论形态的基础。"那么理论与话语的区别何在呢?"不妨说,概念、逻辑、体系意味着超越话语的理论,谈论、言说、随感就是非理论的话语。"① 这与上面所说的反体系化、反中心化趋向是一致的。"理论"一旦解体成为"话语",它也就成为一堆零散的理论"知识"。于是我们看到,一段时间以来不少文学理论教科书或理论著作,往往成为各种国外文论知识的杂烩拼盘。在这里,理论的有机系统性和逻辑性没有了,研究问题的学理深度也不见了,所能看到的只是一些平面化的知识堆集。然而这样零散堆集起来的拼盘式理论"知识",又究竟有多少科学性可言呢?其四,理论"知识化"带来的一个直接后果,便是在有些人那里,文学理论变成了简单的"知识生产",而不是真正的理论研究。二者的区别在于:"知识生产"可以是一种"来料加工"式的机械制作,采集各种学科知识,引入形形色色的后现代文化理论,再糅合某些文学理论元素,加以拼装组合,便可以生产出适合各种口味需求的知识拼盘;而理论研究则无疑要求从"问题"出发,从理论与实践的结合上对本学科面临的现实问题做出回答,起到推动现实变革发展的作用,同时也实现理论自身的创新发展。如果理论研究变身为"知识生产",就很容易导致脱离文学现实和社会现实,丧失现实关怀精神,丧失理论的思考能力和思想含量,它的理论性和科学性也必将大打折扣。应当说上述问题在我们当今的文学理论研究中仍不同程度地存在,如果不能得到应有的重视和有效的克服,那么要增强文学理论研究的科学性就只会是一句空话。

三 当代文论建构的人文性问题

一段时间以来,对于文学理论究竟属于社会科学还是人文学科的问题,理论界似乎有不同认识。有人认为文学理论(或文艺学)应当归属于社会科学,因为文学是一种社会现象,应当从社会结构关系进行研究和说明。如此强调的目的在于,避免像过去那样过于随意地将文学当作政治意识形态或别的什么现象看待,避免理论研究过于受到某些主观化的思想观念的影响,从而强化文学理论研究的科学性。还有一个原因就是,西方文论从20世纪初的形式主义转型到后来的文化研究转向,都更多体现出科学主义的倾向,以为只有顺应这种全球化潮流才能增强文学理论的科学性。当然,在我国的文化语境中,不少人还是认为,文学理论应当归属于

---

① 张法:《走向全球化时代的文艺理论》,安徽教育出版社2005年版,第29、35页。

人文学科。笔者以为，文学理论既是社会科学，也是人文科学，二者并不矛盾。从社会科学的角度看，文学的确是一种社会现象，与其他社会存在和社会现象相互交织，有必要把它作为社会现象来研究，揭示它的社会性质及其规律性。而从人文学科的角度来看，它显然与别的社会科学如经济学、政治学、社会学等不同，无论是它所研究的文学现象，还是文学理论研究本身，都直接关乎人的精神生活和人的内心世界，关乎对于人生、人性以及人的生命意义价值的感悟和理解。通常说"文学是人学"，而作为研究文学的理论学说，它也必然具有"人学"特性或人文性特征。

看来问题并不在于如何进行学科归类，而在于如何理解文学理论的科学性与人文性的关系，以及对科学性与人文性本身如何认识。关于科学性的问题我们前面已讨论过，这里拟对另两个问题加以探讨。

首先，关于文学理论的科学性与人文性的关系问题。

有学者曾对科学与人文的不同视野进行比较，认为二者存在着"排我"与"融我"、情感中立与偏向、透视与感悟、多用概念与偏于形象、显示智力与表现智慧等等区别。[①] 也就是说，科学是强调客观性而排斥主观性的，它只关注"是什么"即存在的事实性，注重对于事物之"物性"的探求，而无关乎价值判断。反过来说，只有尽可能排除主观因素的介入，才能最大化地保持研究的客观性与科学性。这样的要求对于自然科学来说也许是能够成立的，而对于社会科学来说是否切合实际？即它怎么可能做到只描述现象与事实，对此却不做说明和阐释，完全排除价值判断与分析？或者说它如果这样做到了，那么这样的社会科学研究又还有多少意义可言？社会科学研究如此，人文学科研究就更不言而喻，它关乎对于人的生存状态及其生命意义价值的认识，必定关涉"是什么"与"应如何"两个方面的问题，前者关乎事实分析，后者关乎价值判断，在这里，人文性显然是不可或缺的。毫无疑问，作为科学研究当然不能放弃科学性要求，但对于人文社会科学来说，其科学性应当是体现在如上节所述的学科的规范性、理论的体系性、研究的学理性、理论的实践性，以及严谨的态度和科学的方法等方面，而不是要把价值判断和人性关怀等人文性因素排除出去。进而言之，在笔者看来，人文社会科学中的科学性与人文性甚至是可以相互包含的。比如，研究的学理性和科学性的基本要求，就是要尊

[①] 参见肖峰《科学精神与人文精神》，中国人民大学出版社1994年版，第25—34页。

重事实，从事实出发，而由人的生活实践构成的各种社会现象，包括文学艺术现象在内，其本身都是包含政治、道德、人性等各种因素的，都要关涉到对道德价值、人性善恶等做出富于学理性的说明和判断，这既是科学性的体现，也包含着人文性的内涵。反过来说，如果我们的研究为了某种科学性理念，非要把对象世界中所包含的这些现实因素排除出去或回避过去，这恰恰是违反科学性的。笔者非常认同伊格尔顿的看法："道德价值存在于我们这个世界，而不在于我们的心灵。在那个意义上，道德价值看起来类似意义，它首先存在于历史，而不存在于我们的头脑。""客观性并不意味着不带立场的评判。相反，只有身处可能了解的局面，你才能知道局面的真相。只有站在现实的某个角度，你才可能领悟现实。"[①] 只有深入到人的生活实践及其现实关系中去，深入到具体的人生与人性中去，才能真正理解什么叫"文学是人学"，才能真正揭示文学的人学蕴涵，从而对文学的特性与规律做出说明与阐释，难道不是这样吗？

然而一个时期以来，从西方到我国的人文社会科学研究似乎形成了一种趋向，就是过于强调和追逐科学主义，以为事实与价值是可以分离的，好像排除了价值判断就能够提升科学性。就文学理论研究而言，大概有这样两种情况：一种是将文学的形式与内容相分离，有意无意地淡化或遮蔽文学的内容因素，将文学作品"文本化"和"形式化"，这样就比较容易将文学作品"固化"为一个比较确定的文本事实，一个封闭式的语言形式结构，然后就可以对这个"文本事实"和"形式结构"，从语言与结构、技术与技巧等各个方面进行"科学化"的解剖，所得到的也就是比较客观化或科学化的认识，由此文学理论的"科学性"似乎也就相应提高了。从历史的观点看，相对于过去的文学理论对"文本事实"研究的欠缺，加强这方面的研究无疑有利于提高其科学性；但从另一方面看，即从文学作为一种与现实人生相关联而存在的"事实"而言，它的现实联系、价值内涵及其人文特性却又被忽视和遮蔽了，这能否说是另一种意义上的科学性缺失？另一种情况则是前面说到的文学理论的"知识化"转向，理论一旦变成"知识"，从某种意义上说它的客观性和普遍性得到了强化，而它的现实性和思想性却被隐匿遮蔽了，这种知识形态与价值形态的分离，也正是当今文学理论科学性与人文性分离的一种表征，如何看待

---

① ［英］特里·伊格尔顿：《理论之后》，商正译，商务印书馆2009年版，第130—131页。

这种现象，值得我们思考探讨。

当然，这种科学主义领先而带来的文学理论转向，首先发端于西方然后才被我们当作"先进"的东西学过来的。然而正所谓"三十年河东三十年河西"，西方理论界也并非总是一风吹到底，那里的循环式转向仍时时在发生。据有的西方学者所言，近一个世纪以来，西方国家的文学研究经历了一个追求科学性而贬低价值评判，然后回归到为价值挽回一些地位的过程。他们认为，20世纪文学研究可谓是一个"放逐评价"的时期，其"源头可追溯到启蒙运动时期科学与人文学科的分裂，即事实与价值的分裂。20世纪上半叶，英美文学研究为'科学的'严密性而进行的斗争，把贬低价值评判推上了前台，因为价值评判与解释文学的学术性关系不大"。这种状况一直延续到后现代主义，"后现代主义已经对价值进行了一种无可挽救的诋毁。后现代主义与后结构主义共谋，使元叙事失败，瓦解自主的主体，从而使得建构任何新的以客体为中心或以主体为中心的伦理学、美学和价值论变得不可能"。在这种情况下，一些理论家试图做出"重振和提升价值之地位"的努力，"为价值挽回一些地位"，从而"把价值从无限倒退的黑洞里拯救出来"。[①] 从近一时期一些西方著名思想家的文论著述中，我们的确可以看出这样一种新的变化趋向。在这种背景下，我们是否也应该对此前的观念迷误重新反思，从理论观念和研究方法上做出必要的调整，寻求事实与价值或科学与人文的相互融通，从而适应当今时代发展的新要求呢？

其次，如何理解文学理论的人文性内涵的问题。

对于人文性及其内涵，不同的人可能各有不同的理解。在笔者看来，似乎可以从这样一些方面寻求探讨文学理论的人文性问题的切入点。比如，可以把人文性理解为一种研究视野。人文视野也就是人学视野，既然说"文学是人学"，那就当然有必要将文学置于人学视野中来加以说明和解释。曾有人解说"文学是人学"，说文学是人写的、写人的、写给人看的，这当然不错，但仅止于此显然远远不够。作为文学研究至少还需要进一步说明：人为什么要写以及为谁写？他对于人怎样理解以及怎样写？他写给人看的目的何在或要告诉人们什么？等等。如果说这些问题都只是一种目的论的追问的话，那么从存在论的意义而言，对于文学这样一种存在

[①] [英]凯瑟琳·伯加斯：《后现代的价值观》，阎嘉主编：《文学理论精粹读本》，中国人民大学出版社2006年版，第283—284、290页。

物或现象，既可以从文学的存在方式和存在形态方面着眼研究，更需要从文学存在的理由和根据方面加以观照与阐释；既可以从形式主义或唯美主义方面研究文学的"文本事实"，更需要从文学主体论与审美实践论方面研究文学的各种价值关系。文学理论的这种人学视野或人文视野不是外加的，而是"文学是人学"这个命题本身带来的内在要求。再如，可以把人文性理解为一种价值理念。从这种价值理念出发来看待对象世界，特别是人类社会生活中的各种现象包括文学现象，可以说并不存在与价值无关的客观"事实"，因此，文学研究在根本上应当坚持事实与价值的统一，人文价值应是其中不可缺少的因素和维度。进而言之，无论对于文学实践活动还是理论研究来说，人文性的核心问题都是价值观问题，比如文学中的审美价值观、社会历史价值观、道德价值观、人性价值观、文化价值观等。然而在如今的后现代文化语境中，文学理论与批评的价值评判弱化，以及价值观多元化所带来的困惑与迷乱，恰是当今人文性所面临的现实挑战。

此外，在讨论和理解文学理论的人文性时，可能还有一些难以回避的敏感问题，比如文学与政治、道德、意识形态的关系，都属于人文性视野中所应关注的问题。即以文学与政治的关系而言，由于过去极"左"政治意识形态对于文学的粗暴介入与控制，不仅造成对于文学理论科学性的伤害，同时也造成对其人文性的遮蔽，因此在后来拨乱反正的过程中，几乎是把政治当作文学理论科学性与人文性的破坏性因素而排除在外。即便是现在，理论界也很少看到关于文学与政治关系的正面探讨。然而无论是从事实上还是学理上来看，它都应当是人文视野中理应关注的问题，因为无论是在社会现实还是文学现实中，政治往往是潜隐其中的重要内容，政治关怀也是我们的生活中无法缺失的最重要的人文关怀，因此对于文学的研究它也应是重要的维度之一。英国马克思主义理论家伊格尔顿在他为中国读者所写的中译本前言中，明白宣示他的一个重要结论："即'文学理论'和文学批评不论显得多么公允，从根本上说它们永远是政治性的——不应该被误解为是企图把文化产品中独特的东西简化为直接的政治宣传目的。相反，整个文化和政治社会之间的关系，尽管无疑是密切的，但却永远是复杂的，而且常常是间接的。"[①] 在他的另一本著作中，借助

---

① ［英］特里·伊格尔顿：《现象学，阐释学，接受理论——当代西方文艺理论》中译本前言，王逢振译，江苏教育出版社 2006 年版。

于阐释亚里士多德的伦理学与政治学密不可分的关系,他指出:"能否过上道德的生活,也就是说人类独有的一种臻于完善的生活,最终取决于政治。""因为我们所有的欲望都具有社会性,所以必须放在一个更宽阔的背景之下,这个背景就是政治。……积极参与政治生活本身就是善行。……积极投身政治有助于我们为德性创造社会条件,积极投身政治本质上也是德性的一种形式。它既是手段,也是目的。"① 在另一处他再强调说:"我们天生就是政治动物,只有在社会中才舒适自在,这是事实。除非互相合作,否则我们就不能生存。但社会性也能表示一种积极的、正面的合作形式,某种令人喜爱、而不仅仅是生物学意义上不可避免的东西。"② 我理解他之所言大概有三重意思:第一,人生来就是政治动物而且始终生活在政治性的社会关系中,人的社会活动包括文学理论和文学批评也都摆脱不了政治性;第二,政治虽然具有复杂性,但它在根本上就是人们相互合作中的社会关系即权力关系;第三,政治可以表现为积极的、正面的形式,我们也可以以积极的态度投身政治,这本身就是一种良好德性的表现。那么我们可以由此获得的启示是,如果说过去的极左政治及其对于文学的粗暴介入与控制,是政治的一种消极的、负面的表现形式,的确带来了多方面的问题,但这并不是政治的唯一形式。无论从历史还是现实来看,政治都还可以表现为积极的、正面的形式,对那种消极负面的政治形式的批判斗争本身也是这种积极正面的表现形式之一。而且问题还取决于我们的态度,如果一味以消极的态度回避政治现实,那么也许一切都于事无补,倘若能够以积极的态度面对生活现实与文学现实,那就完全可以对文学与政治之类的问题做出合乎学理逻辑的阐释,表现出应有的人文精神,这也正是作为人文学者良好德性的表现。

对于文学与意识形态、文学与道德、文学与人性等问题,同样可以作如是观。如果说当今文学理论面临着在反思中重建,其中应当包括人文精神的反思与重建,那么如上所述的一些问题恐怕是难以回避的,可以寻求在学理性立场上重新思考和探讨。无论过去的历史和理论形态有过多少迷误与教训,我想都不应当导向对所有价值的怀疑和消解,否则一切所谓研究都会变得毫无意义。

---

① [英]特里·伊格尔顿:《理论之后》,商正译,商务印书馆2009年版,第124—125页。
② [英]特里·伊格尔顿:《理论之后》,商正译,商务印书馆2009年版,第165页。

四　当代文论建构的实践性问题

在传统的文学观念中，是颇为重视文学理论的实践性的，强调文学理论从文学实践中来，是对文学实践经验的总结和对文学特性规律的理论概括；反过来它还要回到文学实践中去，对文学实践的发展产生积极的影响，有时甚至直接倡导文学理论对文学创作实践的指导作用。文学理论虽然它不一定非要从具体的文学事实和实践经验中概括总结出来，但它应当能够说明解释文学现象与经验事实，能够介入文学实践从而发生影响作用，否则它就充其量只是一堆"知识"而不是"理论"。知识与理论的区别就在于：知识是抽象化、平面化、书本化和被悬置了的东西，宛若风干了的陈年干果，有如词典之类工具书上的客观介绍；而理论则是根植于生活实践的土壤，富有思想和生命活力，它总是力图"介入"现实、"干预"生活，因而时时与生活实践保持某种紧张（张力）关系，以理论的特有方式对生活实践产生现实的影响作用。这样的理论才是有意义的，才有科学性品格可言。

然而不知从何时起，某些新潮时尚的文学理论观念流行起来，主张文学理论不必跟随在文学创作后面亦步亦趋，而是可以独立产生意义和实现其价值，于是文学理论与文学实践之间这种应有的良好互动关系便悄然发生变化——文学理论越来越疏离文学实践，有的成为仅仅对过去文学现象加以说明解释的知识性讲解，有的成为各种中外文论知识拼合制作的理论"拼盘"，也有的成为借用某些理论概念加以推导演绎的纯粹学问。我们经常可以看到，时下一些以"文学理论"名义流行的理论学说，或许可以说它与某些学科的专门学问有关，而唯独与文学本身不太相关，因而成为一种"无关乎文学"或"抛弃了文学"的文学理论，有的甚至成为"消解文学"或"诅咒文学早日死亡"的文学理论，让人莫明其妙困惑不解。像这样日益远离文学实践，也根本不关心文学现实的文学理论，就很难指望它能够研究和回答当今文学实践中的现实问题，更难以指望它对当代文学发展产生积极有力的现实影响。如果说一段时间以来文学理论与文学创作之间的关系变得越来越疏远，文学理论对文学实践的影响力越来越萎缩，一些文学创作者对当代文学理论似乎也越来越失去信任而不加理会，我想除了创作者自身的观念迷误之外，更主要的原因可能还在于当代文学理论日益疏离文学实践而陷入了某种理论观念的误区。

面对这种现实情况，也许有必要呼唤当代文学理论的自我反思，从而适当调整自身的理论立场和观念，以适应当今时代文学变革发展对于文学理论的要求。笔者以为，如果我们不是那样轻浮地把文学仅仅看作供人消遣的娱乐游戏，而是理解为关乎人的健全发展和社会文明进步的有意义的事业，那么必要的价值立场和文学信念还是不可或缺的。由此想到 20 世纪中叶法国存在主义作家萨特的文学观念，在当时西方形式主义文学观、大众消费文化观念大行其道的时候，萨特旗帜鲜明地表明自己的文学立场：反对"为艺术而艺术"的文学观，反对作家不负责任地逃离现实，明确提出"文学介入"的主张，倡导作为知识分子的作家以自己独特的写作方式介入现实、干预生活，主动积极地加入改变现实和争取人的解放的社会发展进程。众所周知，萨特不仅以其著名的文学理论观念极大地影响了西方文学界，而且他也身体力行，以其独特的文学写作践行了自己的文学信念从而声名远播。也许可以这样说，越是平庸的时代，社会现实中越是容易流行那种庸人式的、犬儒主义的价值观，那么萨特那种特立独行勇于担当的精神就显得尤为可贵和值得尊敬，并且这个事实本身也足以让我们从中获得许多启示。

如果将萨特的"文学介入"命题或文学观念引入到我国当代文学语境中来，也许可以在两个方面或维度上启发我们思考：一是从文学创作方面而言，当今的文学应当怎样更有效地介入现实，从而更好地起到影响社会现实变革发展进程的作用；二是从文学理论方面而言，当今的文学理论应当怎样更有效地介入文学实践，从而更好地起到影响文学实践变革发展的作用，进而参与到影响社会现实变革发展的历史进程中去。这里笔者主要就后一个问题谈点认识看法。

首先，当今为什么需要倡导文学理论积极"介入"文学实践？我想无非是这样两个方面的原因：一方面是当代文学实践创新发展的需要；另一方面是当代文学理论本身创新发展的需要。

就前一个方面而言，不管我们是否认识到或者是否承认，理论对于实践的积极影响作用都是不容忽视的。毛泽东在《实践论》中对此有十分深刻辩证的论述，其中引用斯大林的话说："理论若不与革命实践联系起来，就会变成无对象的理论，同样，实践若不以革命理论为指南，就会变成盲目的实践。"① 虽然这里主要是针对革命理论与革命实践的关系而言，但对于理论与实践的一般关系，对于其他领域的实践活动，也应当说是同样适用的。

文学创作称得上是一种特殊的实践活动，在一些人看来，这项活动主要是依赖于写作者的个人经验，包括他的生活经验、情感经验以及写作经验等等，而其他方面的因素，包括关于文学的理论观念等，似乎都是并不重要的，而且也是并不关心的。于是在一些作者的写作实践中，就完全成为一种经验式的写作，一种"跟着感觉走"的写作，一种缺乏文学理念支撑的写作，一种没有目标感和方向感的写作，总的来说就是一种缺乏应有的主体自觉性的写作。比如，对于当今一些文学写作者来说，写什么（题材）和怎么写（艺术方法）似乎都不成为问题，仅凭自己积累的这点经验大概就足够了，除此之外好像就没有别的什么问题了。然而写作这件事情果真如此简单吗？其实，对于真正严肃的文学写作而言，除了"写什么""怎么写"这样偏于经验性的问题之外，"为什么写""为谁写"，站在什么样的价值立场和秉持什么样的价值观念来写，此类理念性的问题才是文学写作中真正重要也更为关键的问题。萨特说得好："人们不是因为选择说出某些事情，而是因为选择用某种方式说这些事情才成为作家的。"② 这里所谓"选择用某种方式说"，绝不仅仅是指写作方法和艺术技巧，更是指写作者的立场态度和文学理念。我们知道，萨特在其著名的《什么是文学》的论著中所特别强调的，恰恰就是"为谁写"、站在什么样的立场和以什么样的态度写这样更为根本性的问题。倘若就中国文学经验而言，众所周知，毛泽东《在延安文艺座谈会上的讲话》首先讲的就是"为谁写""为什么写"、站在什么样的立场和以什么样的态度写这样的根本性和原则性问题，在这个前提下再来讲"写什么""怎么写"等其他与之相关的一些问题。这篇讲话之所以重要，就在于它从理论上明确回答了当时延安文艺实践中面临的实际问题，廓清了当时延安文艺界的一些"糊涂观念"，使许多文艺家在文艺思想观念上受到很大震动，意识到仅仅凭自我经验写作的局限性，从而主动积极地调整写作姿态和创作方向，由此带来延安文艺创作实践一个新的飞跃。

---

① 毛泽东：《实践论》，《毛泽东选集》（第1卷），人民出版社1991年版，第293页。
② ［法］让-保尔·萨特：《什么是文学？》，施康强译，人民文学出版社2018年版，第21页。

如此看来，文学创作还真不是一个仅凭一己"经验"就能够完全解决的问题，创作者所秉持的文学"观念"同样至关重要，从某种意义上来说甚至显得更为重要。或者也可以这样说，那些仅凭一己文学"经验"的写作可能还只是一种非自觉性的低层次的写作，而只有那些能够超越文学"经验"层次，同时具有一定的文学"观念"乃至文学"理念"作为内在灵魂支撑的写作，才有可能成为真正具有主体自觉性的高境界的艺术创作。由此反观我们当今的文学实践，那种"跟着感觉走"或"跟着消费走""跟着市场走"的写作并不少见，而文学"观念"或"理念"的缺失不言而喻，因而文学写作陷于杂泛低迷便毫不奇怪。究其根源，可以说一方面是由于文学创作者的认识迷误，不懂得或不相信文学"观念"或"理念"对于文学写作的重要意义；另一方面也由于我们的文学理论疲软和缺失，既缺少对当今时代所需要的文学观念或理念的积极建构，也缺少对当代文学实践的主动积极有效的"介入"。在笔者看来，如果不能解决这方面的现实问题，那么当今文学实践就仍然只会是表面浮泛的繁荣，而难以实现真正意义上的创新发展。

其次，再从后一个方面，即当代文学理论本身创新发展的需要方面来看。

应当说，新时期以来，当代文学理论积极介入社会变革现实，在促进解放思想和拨乱反正，致力于当代文学观念变革与创新，引导当代文学实践的创新探索等方面，做出了应有的努力。比如：破除僵化的文学教条和复归现实主义文学传统，重建文学审美观念和推进文学审美转型，开掘文学的"人学"内涵，张扬文学的人文价值，呼唤文学自觉和高扬文学主体性，抵御文学精神价值沦落和重建文学新理性精神等，这些都无不彰显了当代文学理论所担当的责任和所实现的自身价值。然而实事求是地说，近一时期以来，在当代消费文化转型、"文化研究"转向以及所谓"文学终结论"的蛊惑下，当代文学理论似乎突然陷入"眩晕"状态，面对迷雾重重的社会现实和文学现实变得有些茫然不知所措。在现实撞击之下和理论界的重新分化之中，有些人顺应了大众消费文化大潮而随波逐流，也有些人选择了"疏离"现实而退守"学问"的立场，他们更有兴趣来讨论一些关于文学"本质主义"与"反本质主义"之类的形而上学问题，更热衷于投身研究国外引入的各种热门时兴的"主义"，即便仍然研究文学，更愿意将这种研究引向似乎更为新潮时髦的"文化研究"领域，其结果，则是当代文学理论与当代文学实践越来越疏离，对当代文学的阐释力和影响力越来越弱化，因而它所存在的理由根据和意义价值也倍受质疑，即使说它正面临着某种"危机"似乎也并不为过。

在此情况下，就的确需要认真反思一下当代文学理论存在的问题，从而对其自身的理论立场和理论观念进行必要的调整，在加强文学理论对于文学实践的"介入"作用方面下一番功夫。在笔者看来，这至少需要解决以下三个方面的问题。

一是重建当代文学理论"介入"文学实践的主体意识。应当说理论的意义很大程度上就在于对实践的指导作用，毛泽东在《实践论》中说："马克思主义看重理论，正是，也仅仅是，因为它能够指导行动。如果有了正确的理论，只是把它空谈一阵，束之高阁，并不实行，那么，这种理论再好也是没有意义的。"[①] 新时期以来，鉴于过去极"左"僵化的理论观念对文学实践造成的误导，加以后来过于强调文学主体性所带来的某些偏差，使得一些写作者过于自信自负，根本不相信文学理论能够指导文学实践，一些文论家自己也对此自我怀疑而放弃这种努力，这本身就可以说是一种观念迷误。其实所谓理论指导，并不是说理论家要越俎代庖，直接指点作家写什么怎样写，它更主要的还是一种文学思想或理论观念的启示影响作用，文论史上那些著名的文学理论，以及上面说到的毛泽东的《讲话》和萨特的"介入"论文学观，所起到的正是这样的作用。也许谁也不能说这种文学思想或理论观念对于文学实践是无用的，也没有哪个真正的文学写作者会认为这样的理论启示是多余的。这里的关键问题在于，文学理论家自身需要重建自身的主体观念意识，增强"介入"现实的责任感和理论自信，以萨特式的理论姿态，努力用文学理论自身的觉悟和责任，来唤起文学创作者的觉悟和责任。诚如此，文学理论对于文学实践的作用就不会是虚无的。

二是努力增强当代文学理论"介入"文学实践的有效性。无论从理论上还是实践上来说，要真正发挥文学理论的作用，切实增强文学理论"介入"文学实践的有效性，那么就当然要求这种理论本身具有现实针对性和足够的说服力。如前所说，正如实践若不以理论为指南就会变成盲目的实践一样，理论若不与实践联系起来就会变成无对象的理论，这样的理

---

① 毛泽东：《实践论》，《毛泽东选集》（第 1 卷），人民出版社 1991 年版，第 292 页。

论就很难起到应有的作用。而要增强文学理论的有效性，当然就需要努力抓住当今文学实践中主要或突出的问题。笔者以为，当今的文学写作在题材开拓（写什么）、艺术方法借鉴（怎么写）等方面都已不成问题，目前更为突出的是"为谁写""为什么写"以及站在什么样的价值立场上写的问题，最根本的是文学价值观念迷乱与困惑的问题。面对这种现实，恰恰最需要文学理论观念的"介入"，需要某些新的文学思想和价值观念的"介入"，从而给当代文学实践以必要的影响和引导。当代文学理论能否积极应对这样的现实问题，建构起当今时代所需要的文学思想观念和价值理念，从而有效影响和引导当代文学实践的健康发展，正是摆在我们面前难以回避的现实课题。

三是努力寻找当代文学理论有效"介入"文学实践的恰当方式。应当说真正具有真知灼见的文学思想观念本身就是富于启示意义和影响力的，为了增强这种理论"介入"的力度使其引起文学界的注意，可以在一些有影响的文学报刊上集中展开某些重要文学理论问题的讨论，从而形成一定的文学观念场域并产生集束性的辐射影响，就像改革开放以来一些重要文学理论问题的讨论那样。然后则是积极倡导文学理论的批评化，让有价值的文学思想观念"介入"文学批评活动，通过文学批评这一"中介"，对文学创作实践起到应有的"介入"和引导作用。

参考文献

一 中文著作

蔡仪主编：《文学概论》，人民文学出版社1983年版。
畅广元等：《文艺学导论》，陕西人民教育出版社1991年版。
陈传才等：《文学理论新编》，中国人民大学出版社1994年版。
陈传才：《当代文艺理论探寻录》，中国广播电视出版社2008年版。
陈晓明：《无边的挑战》，时代文艺出版社1993年版。
杜书瀛：《文学原理——创作论》，社会科学文献出版社1989年版。
杜书瀛：《新时期文艺学前沿扫描》，中国社会科学出版社2012年版。
狄其骢等：《文艺学通论》，高等教育出版社2009年版。
董学文、张永刚：《文学原理》，北京大学出版社2014年版。
董学文等：《中国当代文学理论（1978—2008）》，北京大学出版社2008年版。
傅道彬、于茀：《文学是什么》，北京大学出版社2002年版。
高建平：《当代中国文艺理论研究（1949—2009）》，中国社会科学出版社2011年版。
侯文宜：《当代文学观念与批评论》，中国社会科学出版社2007年版。
胡亚敏主编：《西方文论关键词与当代中国》，中国社会科学出版社2015年版。
黄曼君主编：《中国20世纪文学理论批评史》，中国文联出版社2002年版。
季水河：《回顾与前瞻：论新中国马克思主义文艺理论研究及其未来

走向》，中国社会科学出版社 2009 年版。

九歌著，畅广元审订：《主体论文艺学》，中国社会科学出版社 1989 年版。

老舍：《文学概论讲义》，复旦大学出版社 2004 年版。

李春青：《文学价值学引论》，云南人民出版社 1995 年版。

陆贵山等：《马克思主义文艺论著选讲》，中国人民大学出版社 1999 年版。

陆贵山：《文艺理论与文艺思潮》，中国人民大学出版社 2007 年版。

鲁枢元主编：《文学理论》，华东师范大学出版社 2009 年版。

毛崇杰：《颠覆与重建——后批评中的价值体系》，社会科学文献出版社 2002 年版。

南帆主编：《文学理论新读本》，浙江文艺出版社 2002 年版。

欧阳友权：《网络文学论纲》，人民文学出版社 2003 年版。

裴斐：《文学原理》，中央民族学院出版社 1990 年版。

钱中文：《文学发展论》（增订本），经济科学出版社 1998 年版。

钱中文：《文学理论：走向交往对话的时代》，北京大学出版社 1999 年版。

单小曦：《现代传媒语境中的文学存在方式》，中国社会科学出版社 2007 年版。

孙子威主编：《文学原理》，华中师范大学出版社 1989 年版。

童庆炳主编：《文学理论教程》，高等教育出版社 2004 年版。

童庆炳主编：《新时期文学理论教材编写调查报告》，春风文艺出版社 2006 年版。

童庆炳：《文学审美特征论》，华中师范大学出版社 2000 年版。

谭好哲等：《现代性与民族性：中国文学理论建设的双重追求》，社会科学文献出版社 2005 年版。

陶东风主编：《文学理论基本问题》，北京大学出版社 2004 年版。

王先霈等主编：《文学理论导引》，高等教育出版社 2005 年版。

王元骧：《文学理论与当今时代》，浙江大学出版社 2002 年版。

王元骧：《文学原理》，广西师范大学出版社 2002 年版。

王一川：《文学理论》，北京大学出版社 2011 年版。

吴中杰：《文艺学导论》，复旦大学出版社 1998 年版。

邢建昌：《理论是什么——文学理论反思研究》，人民出版社2011年版。

阎嘉主编：《文学理论基础》，重庆大学出版社2014年版。

以群主编：《文学的基本原理》，上海文艺出版社1980年版。

姚文放：《当代性与文学传统的重建》，人民文学出版社2004年版。

杨春时等：《文学概论》，人民文学出版社2002年版。

杨守森等：《文学理论实用教程》，中国人民大学出版社2013年版。

赵宪章：《文体与形式》，人民文学出版社2004年版。

赵毅衡编选：《"新批评"文集》，百花文艺出版社2001年版。

张法：《走向全球化时代的文艺理论》，安徽教育出版社2005年版。

张隆溪：《二十世纪西方文论述评》，生活·读书·新知三联书店1986年版。

曾庆元编著：《文艺学原理》，武汉大学出版社1998年版。

周启超：《跨文化视界中的文学文本/作品理论》，中国社会科学出版社2012年版。

周宪：《文学理论导引》，高等教育出版社2014年版。

朱立元主编：《当代西方文艺理论》，华东师范大学出版社1997年版。

朱立元主编：《新时期以来文学理论和批评发展概况的调查报告》，春风文艺出版社2006年版。

二 中文译著

［意］安伯托·艾柯：《开放的作品》，刘儒庭译，中信出版社2015年版。

［英］安德鲁·本尼特等：《关键词：文学、批评与理论导论》，汪正龙等译，广西师范大学出版社2007年版。

［法］安托万·孔帕尼翁：《理论的幽灵——文学与常识》，吴泓缈、汪捷宇译，南京大学出版社2011年版。

［英］阿雷恩·鲍尔德温等：《文化研究导论》，陶东风等译，高等教育出版社2004年版。

［美］艾布拉姆斯：《镜与灯：浪漫主义文论及批评传统》，郦稚牛等译，北京大学出版社2004年版。

［英］彼得·威德森：《现代西方文学观念简史》，钱竞、张欣译，北京大学出版社2006年版。

［俄］别林斯基：《文学论文选》，满涛等译，上海译文出版社2000年版。

［法］杜夫海纳：《美学与哲学》，孙非译，中国社会科学出版社1985年版。

［英］弗朗西斯·马尔赫恩编：《当代马克思主义文学批评》，刘象愚等译，北京大学出版社2002年版。

［美］哈罗德·布鲁姆：《如何读，为什么读》，黄灿然译，译林出版社2011年版。

［美］赫伯特·马尔库塞：《审美之维》，李小兵译，广西师范大学出版社2001年版。

［英］H. A. 梅内尔：《审美价值的本性》，刘敏译，商务印书馆2001年版。

［美］莱斯莉·菲德勒：《文学是什么?》陆扬译，译林出版社2011年版。

［苏］列·斯托洛维奇：《审美价值的本质》，凌继尧译，中国社会科学出版社1984年版。

［英］拉曼·塞尔登等：《当代文学理论导读》，刘象愚译，北京大学出版社2006年版。

［加］马克·昂热诺等主编：《问题与观点——20世纪文学理论综论》，史忠义等译，百花文艺出版社2000年版。

［美］乔纳森·卡勒：《文学理论入门》，李平译，译林出版社2013年版。

［匈］乔治·卢卡奇：《审美特性》，徐恒醇译，中国社会科学出版社1986年版。

［英］瑞恰慈：《文学批评原理》，杨自伍译，百花洲文艺出版社1997年版。

［美］斯坦利·费什：《读者反应批评：理论与实践》，文楚安译，中国社会科学出版社1998年版。

［英］特里·伊格尔顿：《理论之后》，商正译，商务印书馆2009年版。

［英］特雷·伊格尔顿：《二十世纪西方文学理论》，伍晓明译，北京大学出版社2007年版。

［俄］瓦·叶·哈利泽夫：《文学学导论》，周启超等译，北京大学出版社2006年版。

［美］韦勒克、沃伦：《文学理论》，刘象愚等译，生活·读书·新知三联书店1984年版。

［美］韦勒克：《批评的诸种概念》，罗钢等译，上海人民出版社2015年版。

［德］沃尔夫冈·韦尔施：《重构美学》，陆扬等译，上海译文出版社2002年版。

［美］希利斯·米勒：《重申解构主义》，郭英剑等译，中国社会科学出版社1998年版。

［英］肖恩·塞耶斯：《马克思主义与人性》，冯颜利译，东方出版社2008年版。

［意］伊塔洛·卡尔维诺：《新千年文学备忘录》，黄灿然译，译林出版社2009年版。

［法］雅克·德里达：《文学行动》，赵兴国等译，中国社会科学出版社1998年版。

后　　记

　　本著是我近年来承担的第三个国家社科基金项目"当代文学理论观念的嬗变与创新研究"的结题成果。我在高校长期从事当代文学理论与文学批评的教学和研究，主要关注文学理论与批评的观念变革与创新发展问题。20世纪80年代中期在中国人民大学读研究生，选做硕士学位论文的题目就是"当代文学观念的变革与重建"，当时进入改革开放新时期不久，无论当代文学还是当代文论的变革发展都突出地表现为观念与方法的变革，这引起我很大的兴趣，此后的研究和教学都重点关注这方面的问题。后来我承担了第一个国家社科基金课题"20世纪中国文学理论批评的现代转型研究"，主要是想追溯我国当代文学理论批评是如何从20世纪初开始现代转型发展过来的，又如何在新时期再次走向新的转型发展。然后由于承担了文学批评方向的研究生教学和指导工作，于是教学和研究的重心转向了当代文学批评方面，相继承担了"文学批评形态论"（教育部人文社科项目）和"文学批评的价值观问题研究"（国家社科基金项目）两个课题的研究，主要关注当代文学批评的形态与观念变革问题。在此之后，还是回到了当代文学理论基本问题的研究和教学，想接续80年代的硕士论文选题，继续推进当代文学理论观念的变革与创新发展研究。总体而言，自以为上述这些研究，大致属于当代文论学术史的研究范围，而重点则是在于当代文论观念与方法的历史性变革和创新发展。有关这方面理论研究的一些认识思考，在本著绪论部分已经有所阐述，恕在这里不再赘述。

　　本来这个项目前两年就已经完成结题了，结题成果鉴定为"优秀"等级。但这只是意味着完成了一个课题的研究任务，从学术研究的意义而言，其实自己并不满意，还有一些想要做的事情没有来得及做，已经做了的其实也还可以做得更好一些。原本想在赶忙完成项目结题之后，能够有时间静下心来再做些补充和加工，争取使书稿更加充实和完善一些，如果有机会还可以尝试申报社科文库之类，力求有更好一些的结果。然而实际上仍然摆脱不了现实中的种种牵制，难以真正按照自己的意愿行事。在各种现实因素作用下，紧接着又忙于申报新的项目，而新项目获得批准之后，就理所当然要赶时间去完成新的任务。此外还有教学和指导学生等各种需要应付的工作，这样就不太可能腾出更多时间精力来充实完善原来的书稿了。如此拖延了一段时间之后，感到确实难以再回到这个题目上来做些什么了，既然如此，那就还是把这个研究成果出版呈现出来吧，无论是对于这个项目的结果还是自己的研究工作而言，总归还是要有一个说得过去的交代。

当初申报这个项目的时候，本来是准备带着几位学生一起来做的，也填报了他们作为课题组成员，这样一方面可以让他们得到学习锻炼，另一方面也可以分担我的一些压力。然而实际上现实情况难以如愿，他们都各有自己并不轻松的工作任务和家务负担，而且他们自己也要申报和承担研究项目，也要抓紧完成他们自己所承担的课题研究任务，这样一来，差不多也就是各做各的事情。最终本课题研究还是由我自己完成，本书稿中没有纳入其他作者的研究成果，这里顺便说明一下。

本课题的一些阶段性研究成果，有十多篇论文先后在一些国内学术期刊发表，主要有《文艺理论研究》《文艺争鸣》《学术月刊》《社会科学》《学习与探索》《江汉论坛》《中州学刊》《华中师范大学学报》《江西师范大学学报》等，其中有多篇论文被《新华文摘》、人大复印报刊资料《文艺理论》全文转载，或被《中国社会科学文摘》《高等学校文科学术文摘》等摘要转载。在此谨对发表和转载本课题阶段性研究成果的学术刊物以及编辑同志深表谢意！

同时也借此机会，对国家社科基金课题立项与资助深表感谢！对给予本课题研究大力支持和关心帮助的各位专家、老师、朋友、同事和家人深表谢意！对中国社会科学出版社接受出版拙著，以及宫京蕾责编的热情帮助和精心编审深表谢意！

另外，由于本课题研究的延续时间较长，其中的专题研究以及成果发表等都具有一定的阶段性，因而在形成书稿整体和相关专题研究的彼此呼应方面，研究内容的安排以及理论阐述等方面，都可能存在诸多不足之处，敬请各位读者和学界同仁不吝批评指正，谨深表谢意！

作者
2022 年 9 月